Bei dem vorliegenden Buch handelt es sich um einen Roman. Die dargestellten Personen sind der Fantasie des Autors entsprungen. Jede Ähnlichkeit mit lebenden oder verstorbenen Personen wäre rein zufällig. Im Buch genannte Unternehmen entspringen teilweise der Fantasie des Autors, teilweise gibt es sie in der Realität. Sämtliche im vorliegenden Roman vorkommenden Geschehnisse in oder um real existierende Unternehmen sind ausschließlich der Fantasie des Autors entsprungen.

Der Autor

Stefan Bouxsein wurde 1969 in Frankfurt/Main geboren. Studium der Verfahrenstechnik und des Wirtschaftsingenieurwesens an der FH Frankfurt. Seit 2000 als Dipl.-Wirtschafts-Ing. bei einem Frankfurter Unternehmen beschäftigt. 2006 veröffentlicht er seinen ersten Roman: Das falsche Paradies.

Stefan Bouxsein

Das falsche Paradies

Kriminalroman

traumwelt

Inh. Stefan Bouxsein

Johanna-Kirchner-Strasse 20
D-60488 Frankfurt/Main

Internet: www.Traumwelt-Verlag.de
E-Mail: info@Traumwelt-Verlag.de

Gestaltung, Titelfoto, Satz und Typographie:
DerSetzer, Ralf Heller Mediendesign

ISBN 9-783939-36-2005
2. Auflage April 2007

Mein Tagebuch, 28. August 2002

Heute ist es genau ein Jahr her. Jetzt sehe ich die Dinge, die geschehen sind, mit anderen Augen. Doch es ist zu spät. Was geschehen ist, kann ich nicht mehr rückgängig machen. Was mir bleibt, sind einige schöne und noch mehr weniger schöne Erinnerungen. An den Abend des 28. August vor einem Jahr erinnere ich mich aber nur noch schemenhaft.

Ich fühlte mich nicht wohl, als ich mich von ihnen verabschiedete. In meinem Kopf drehte sich alles, ich konnte keinen klaren Gedanken mehr fassen. Auch mein Magen drehte sich. Ich hätte nicht so viel Alkohol trinken sollen. Ich trank ja auch sonst nie Alkohol, weil ich wusste, dass ich ihn nicht vertrug. Und dann diese bunten Pillen, die ich geschluckt hatte. Noch nie in meinem Leben hatte ich Pillen geschluckt. Aber sie hatten darauf bestanden. Orangensaft mit Wodka. Drei volle Gläser. Und dann gaben sie mir diese bunten Pillen. Sie sagten mir, dass ich sie schlucken solle, es wäre gut für mich. Und ich schluckte die Pillen. Natürlich schluckte ich die Pillen. Und natürlich trank ich den Wodka. Ich tat alles, was sie von mir verlangten. Sie waren doch meine Familie, endlich kümmerten sie sich wieder um mich. Ich liebte sie doch, liebte sie alle, war nur glücklich, wenn ich bei ihnen sein durfte, wenn sie mir sagten, was ich tun solle.

Ich stieg in meinen Wagen, schlug die Tür hinter mir zu, öffnete sie wieder, kotzte vor meinen Wagen, entleerte meinen rebellierenden Magen, schlug die Tür wieder zu. Ich startete den Motor und fuhr los. Nur verschwommen sah ich die Schilder, die den Weg nach Frankfurt wiesen. Ich kam auf die Schnellstraße, dachte, ich müsste mich wieder übergeben, doch das flaue Gefühl im Magen ging vorüber. Ich sah auf den Tacho. Einhundertzehn Stundenkilometer zeigte die Nadel, aber ich musste lange hinschauen, um es zu erkennen. Ich fuhr die Rosa-Luxemburg-Straße, die Schnellstraße, die in den Norden Frankfurts führt. Die Ausfahrt zum Nordwestzentrum wollte ich abfahren. Beinahe wäre ich daran vorbeigefahren. Ich sah alles so verschwommen. Ich hätte früher vom Gas runtergehen sollen. Mein Wagen prallte mit voller Geschwindigkeit gegen die Leitplanke, die die Abfahrt von der Schnellstraße trennte. Ich war nicht angeschnallt, prallte mit voller Wucht gegen die Windschutzscheibe.

Fünf Minuten später lag ich im Rettungswagen, die Fahrt zum Nordwest-Krankenhaus dauerte nur zwei Minuten. Die Sanitäter pumpten mir noch im Rettungswagen den vergifteten Magen aus. In der Notaufnahme wurde schließlich ein Schädelbasisbruch festgestellt, drei Wirbel waren gebrochen, mein Leben hing am seidenen Faden. Die Ärzte versetzten mich in ein künstliches Koma.

1

Montag, 19. August 2002

Till war bereits um 6.00 Uhr morgens wach. Es versprach ein angenehmer Tag zu werden. 25 °C und Sonnenschein waren vorhergesagt und es sah so aus, als ob die Wettervorhersage wieder einmal stimmen würde. Till schlüpfte in kurze Shorts, zog seine Laufschuhe an und machte sich auf in Richtung Rebstockpark. Diese morgendliche Routine würde bald ein Ende haben, der Park sollte einem neuen Stadtteil weichen. Die ersten Bagger standen bereits auf dem weitläufigen Gelände. Till drehte seine Runde wie so oft am frühen Morgen, drei Kilometer lief er in circa zwanzig Minuten. Während er im gemächlichen Tempo seine Runde lief, wanderten seine Gedanken zurück zum letzten Freitag. Er hatte sich zu einer Übung auf der neuen Schießanlage im Präsidium eingefunden. Jeder Polizist sollte mindestens sechs Mal im Jahr seine Fertigkeiten mit der Schusswaffe trainieren. Es muss an dem guten Wetter gelegen haben, dass der Gaul mit ihm durchgegangen war, beim Training auf der interaktiven Schießanlage. Er fing unwillkürlich an zu lachen, als er an den Gesichtsausdruck von Schneider dachte. Schneider war einer der Ausbilder auf der Schießanlage. Till hatte das Reh, das plötzlich auf der Leinwand erschien, mit einem sauberen Plattschuss erlegt. Schneider hatte getobt, Tills Kommentar, dass das tollwütige Reh keinen Schaden mehr anrichten würde, hatte Schneider dann endgültig auf die Palme gebracht. Aber Till hatte noch einen draufgesetzt. Auf der nächsten Leinwand war eine Geisel aufgetaucht, eingerahmt von zwei bewaffneten Männern. Mit drei schnell hintereinander abgefeuerten Schüssen aus zehn Metern Entfernung hatte Till der Geisel drei Kugeln in die Stirn gejagt. Schneider war außer sich gewesen, jeder wusste, dass Till der beste Schütze im Präsidium war.

Als er leicht verschwitzt wieder in seiner Wohnung in dem neuen Stadtteil City West ankam, duschte er sich kalt ab, schmierte sich schnell ein paar Brote und wollte sich dann auf den Weg ins neue Präsidium machen. Mittlerweile hatte er sich an seine neue Arbeitsstelle gewöhnt. Das neue Präsidium an der Adickesallee war erst vor wenigen Wochen fertig gestellt worden, seit ihrem Umzug ins neue Büro gab es nur Routinefälle, alles plätscherte so vor sich hin. Till nahm seinen Nierengurt und seinen Jet-Helm und wollte gerade zur Tür hinaus, als das Telefon klingelte. „Till Krüger", meldete er sich, obwohl ihm klar war, dass nur einer um diese Zeit bei ihm anrufen konnte.

„Hallo Till, Steffen hier. Gut, dass du noch da bist, wir treffen uns in einer halben Stunde im Brentano-Bad. Leichenfund auf der Liegewiese."

„Eine Leiche im Brentano-Bad? Morgens um halb sieben? Wie kommt die denn dahin?"

„Frag nicht, wir sehen uns in einer halben Stunde am Haupteingang." Steffen legte wieder auf, ohne auf eine Antwort von Till zu warten.

Zwei Minuten später verließ Till seine Drei-Zimmer-Eigentumswohnung und holte seine Honda Gold Wing GL 1500 SE aus der Garage. Einen Traum, den er sich erst im letzten Jahr erfüllt hatte. Er bestieg die über vierhundert Kilogramm schwere Maschine, betätigte den Starter und schwebte wie ein König auf zwei Rädern über die Ludwig-Landmann-Straße in Richtung Brentano-Bad. Der Sound des Motors vermischte sich mit den Klängen von Hells Bells, AC/DC ertönte aus den integrierten Lautsprechern. Till wäre jetzt gerne stundenlang weitergefahren, doch bis zum Brentano-Bad waren es nur zwei Kilometer. Er wechselte im Kreisverkehr am Fischstein auf die gegenüberliegende Fahrbahn und bog gleich darauf rechts ab, zum Haupteingang von Frankfurts größtem Freibad.

Steffen Siebels wartete schon am Kassenhäuschen auf ihn. Neben Siebels standen zwei weitere Männer. Der eine war in seiner weißen Bekleidung unschwer als Bademeister auszumachen, der andere hatte eine Kamera umhängen. Till und Steffen schüttelten sich die Hände, anschließend begrüßte Till die anderen beiden Männer. Steffen Siebels stellte sie ihm vor.

„Das ist Lutz Neumann, Herr Neumann ist der leitende

Bademeister, die Kollegen von der Streife haben ihn vor einer halben Stunde verständigt. Die Kollegen sind übrigens schon im Bad bei der Leiche. Und dieser Herr hat die Leiche gefunden und auch gleich fotografiert."

„Guten Morgen, Sven Fischer ist mein Name, ich arbeite als freier Journalist und habe einen anonymen Hinweis erhalten. Daraufhin bin ich um 5.30 Uhr heute früh über das Eingangstor geklettert und habe auf der Liegewiese die Frau gefunden, Sie werden ja gleich sehen."

Neumann, der Bademeister, führte die vier Männer zunächst über die große Ballsport-Wiese, vorbei an der riesigen Leinwand.

„War gestern Abend eine Vorstellung im Open-Air-Kino?", erkundigte sich Steffen Siebels beim Bademeister.

„Ja, es lief STAR WARS, die zweite Episode. Das war die letzte Vorstellung für diese Saison."

Im Sommer lief auf der Ballsportwiese im Schwimmbad das Open-Air-Kino-Programm. Die Kinobesucher machten es sich mit Decken oder Stühlen auf der Wiese bequem und verfolgten in heißen Sommernächten alte Kinoklassiker oder aktuelle Filme auf der Leinwand.

„Wissen Sie, wie viele Besucher bei der Vorstellung waren?", erkundigte sich Siebels. Die vier Männer gingen gerade am Planschbecken für die Kleinkinder vorbei, bis zum Tatort waren es noch ungefähr zweihundert Meter.

„Nein, das kann ich nicht sagen, aber da es gestern Abend sehr warm war, bestimmt noch über 23 °C nach 22.00 Uhr und der Film sehr beliebt ist, würde ich vermuten, dass mindestens fünfhundert Leute den Film gesehen haben."

Die vier Männer erreichten die große Liegewiese, die sich um das ovale dreihundert Meter große Schwimmbecken dehnte. Neben der Rutsche auf der rechten Seite des Schwimmbeckens konnte Till jetzt die zwei Kollegen von der Streife ausmachen.

„Wie haben Sie denn den anonymen Hinweis erhalten?", fragte Till den freien Journalisten Sven Fischer.

„Es war heute Morgen, so gegen 5.00 Uhr. Ich lag im Bett, schlief noch fest, als mein Handy läutete. Es dauerte eine Weile, bis ich es registrierte. Ich war immer noch ziemlich verschlafen, als ich mich endlich meldete. Es war ein Mann. Er sprach mit verstellter Stimme. »Auf der Liegewiese im Brentano-Bad liegt eine Story,

BEEIL DICH, DANN HAST DU SIE EXKLUSIV. EIN FREUND.« Das waren seine Worte. Ich bin sofort hierher gefahren, über das Tor geklettert und habe sie hier gefunden, so wie sie jetzt da liegt. Ich habe ein paar Fotos geschossen und dann per Handy über Notruf die Polizei gerufen. Und jetzt sind Sie hier."

Die vier Männer standen jetzt vor der Leiche. Till begrüßte die Kollegen von der Streife, die er noch aus früheren Tagen gut kannte.

Till Krüger ging direkt nach dem Abitur auf die Verwaltungsfachhochschule der Polizei, war Jahrgangsbester, ohne sich dafür großartig anstrengen zu müssen. Anschließend verbrachte er drei Jahre als Kommissar bei der Bereitschaftspolizei, die meiste Zeit davon im Bahnhofsviertel. Im Gegensatz zu seinen Kollegen fand er die Arbeit im Stadtkern, wo die Kriminalitätsrate am höchsten ist, immer spannend und abwechslungsreich. Prostitution, Drogendealer, Hütchenspieler, illegale Einwanderer ..., ihn faszinierte dieses Bild der Stadt und die Geschichte der Menschen, die sich hinter diesem Bild verbargen. Gleichzeitig nahm er einige Fortbildungskurse der Polizei in Anspruch, hauptsächlich in der Kriminalitätsbekämpfung, aber auch im Bereich Sport/Schießausbildung. Bei einer Razzia in einem illegalen Spielclub im Bahnhofsviertel machte er dann auf sich aufmerksam, als er zwei flüchtige Kosovo-Albaner durch das gesamte Bahnhofsviertel verfolgte und sie schließlich am Mainufer stellte, ohne bei dieser Aktion unbeteiligte Passanten zu gefährden. In seinen Beurteilungen wurde er als stressresistent und draufgängerisch beschrieben. Er galt als ehrgeizig und war ein ausgezeichneter Sportler und Schütze. Sein ausgeprägter Sinn für Humor hatte ihm allerdings schon so manchen Ärger eingebracht, die Aktion auf dem Schießstand war kein Einzelfall. Polizeihauptkommissar Steffen Siebels suchte zu dieser Zeit einen neuen Mitarbeiter, er wurde auf Till aufmerksam und holte ihn zu sich. Seit zwei Jahren arbeiteten sie nun als harmonisches Team bei der Kriminaldirektion K11. Das K11 befasste sich mit Tötungsdelikten, Leichen- und Vermisstensachen. Till wurde zum Polizeioberkommissar befördert, die Aufklärungsquote der beiden gehörte zu den höchsten in ganz Deutschland.

Das beste Team vom K11, Steffen Siebels und Till Krüger, stand nun vor der Leiche im Brentano-Bad. Sie lag auf dem Bauch, keine Blutspuren, keine Wunden. Sie war vielleicht Mitte zwanzig. Bildhübsch, eine Figur, mit der sie als Model Karriere hätte machen können. Die hellblonden Haare reichten bis knapp über die Schultern. Sie war nur mit einem Bikini-Höschen bekleidet und das war ihr bis zu den Kniekehlen heruntergezogen. Etwa einen Meter neben ihr lag das dazugehörige Oberteil. Sie lag im Schatten unter der alten Linde. Es sah aus, als würde sie schlafen. „Das ist also die Story", Till deutete auf den Rücken der toten Frau. »Ich bin eine kleine geile Schlampe«, stand mit roten Buchstaben auf ihrer Haut geschrieben.

„Na wunderbar", seufzte Steffen Siebels. „Da war wohl einer nicht so gut zu sprechen auf die junge Dame."

Till sah sich die nähere Umgebung an. „Nichts als grüne Wiese. Keine Tasche, keine Schlüssel, keine Klamotten, rein gar nichts – nur ein halbnacktes totes Mädchen mit einer nicht sehr netten Botschaft auf dem Rücken. Und irgendjemand scheint das für eine tolle Story zu halten."

„Dahinten kommen die Kollegen von der Spurensicherung und der Doc ist auch dabei", Steffen Siebels deutete mit dem Finger in die Richtung der Truppe, die sich ihnen näherte.

Fünf Minuten später untersuchte der Polizeiarzt die Leiche, das Team von der Spurensicherung nahm den Tatort in Augenschein.

„Können Sie schon eine erste Angabe zum Todeszeitpunkt machen?" Siebels schaute den Polizeiarzt Doktor Petri hoffnungsvoll an. Petri schaute auf seine Uhr. „Jetzt ist es 7.30 Uhr, ich würde sagen so zwischen 3.00 und 4.00 Uhr heute Morgen. Aber viel länger als drei bis fünf Stunden ist der Todeszeitpunkt noch nicht her. Sie wurde wahrscheinlich erwürgt. Schauen Sie hier. Sie hat Würgespuren am Hals und Punktblutungen im Gesichtsbereich. Sehen Sie die Punkte, insbesondere um die Augenregion, das ist ein sicheres Zeichen für einen Erstickungstod. So wie die Würgespuren ausgeprägt sind, würde ich vermuten, dass der Täter hinter ihr stand, als er sie würgte. Aber genaueres erfahren Sie spätestens morgen aus dem Obduktionsbericht. Ich werde veranlassen, dass die Leiche in die Gerichtsmedizin kommt, das ist doch wunderschönes Anschauungsmaterial für unsere Studenten. Einfach wunderbar ausgebildet, diese Tardieu'schen Flecken, finden Sie nicht?"

Der Arzt deutete auf die Verfärbungen im Gesicht der Toten.

Siebels zündete sich eine Zigarette an. So früh am Morgen hatte er noch keinen Sinn für den Humor von dem alten Doktor Petri.

Petri betrachtete sich die roten Buchstaben auf dem Rücken der Toten. „Vermutlich mit Lippenstift geschrieben“, murmelte er vor sich hin.

„Sind Sie sicher?“ Siebels kniete sich neben Petri und betrachtete sich die rötlich schimmernden Buchstaben auf der kalten Haut.

„Hören Sie schlecht? Ich sagte: Vermutlich. Sicher ist nur das, was später in meinem Bericht steht, so wie immer.“

„Ja ja,“, wiegelte Siebels den Kommentar von seinem alten Spezi ab.

Sven Fischer, der Journalist, der die Leiche gefunden hatte, ging auf Siebels zu.

„Hören Sie, Herr Siebels, Sie haben bestimmt noch einige Fragen an mich. Ich würde Sie bitten, mich zunächst gehen zu lassen, damit ich die Fotos auf den PC überspielen und einen kurzen Artikel über den Fall schreiben kann. Wie es aussieht, bin ich der einzige von der Presse, der von der Sache weiß. Das bringt mir ein bisschen was ein, finanziell gesehen. Und ich habe es leider mehr als nötig.“

Siebels überlegte einen Moment lang. „Einverstanden. Unter einer Bedingung. Sie erwähnen mit keinem Wort den Spruch auf dem Rücken der Toten, das bleibt vorerst unter uns.“

Fischer schaute sich noch einmal die Tote an, die Spurensicherung machte gerade Fotos aus allen erdenklichen Blickwinkeln. „In Ordnung, dann verraten Sie es aber auch nicht an meine Kollegen der schreibenden Zunft.“

„Wenn es an die Öffentlichkeit soll, dann sind Sie der Erste, der es schreibt. Aber erst wenn ich mein O. K. gegeben habe. Wir sehen Sie dann um 14.00 Uhr auf dem Präsidium, in der Adickesallee. Fragen Sie nach Polizeihauptkommissar Siebels.“

„Ich werde pünktlich sein“, erwiderte Fischer und machte sich auf den Weg. Till sah ihm nachdenklich hinterher. „Könnte dieser Fischer nicht auch der Täter sein?“

„Möglich wäre es. Aber mein Gefühl spricht dagegen. Ich habe mir aber seine Personalien notiert, als du auf dem Weg hierher warst. Er wird heute Mittag bestimmt kommen. Ob Täter oder nicht. Wenn er der Täter ist, dann ist er ganz schön dreist, wenn nicht, sollten wir mit ihm zusammenarbeiten. Eine Verbindung zum Täter gibt es nämlich bestimmt, wenn seine Geschichte stimmt. Und sollten wir bis Mittag die ersten Ergebnisse von der Spurensicherung haben, können wir ihm auch schon mal auf den Zahn fühlen."

Die beiden Kommissare schenkten ihre Aufmerksamkeit nun wieder der Toten. Sie lag jetzt auf dem Rücken, der Arzt untersuchte sie noch. Körbchengröße 75C tippte Till in Gedanken. Sie war rasiert. Unter den Achseln, im Intimbereich und an den Beinen. Es war kein Haar auf ihrem Körper zu entdecken. Keine Ringe an den Fingern, keine Halskette, kein Hinweis auf ihre Identität.

„Was denken Sie, wann wir das Bad öffnen können?", unterbrach der Bademeister die Gedanken von Steffen Siebels.

„Das müssen Sie mit den Kollegen von der Spurensicherung klären. Kommt auch darauf an, ob noch etwas Wesentliches gefunden wird." Siebels zeigte auf den Chef der Spurensicherung. „Kollege Müngersdorf wird Ihnen Bescheid geben, wenn die Spurensuche abgeschlossen ist. Gibt es noch andere Eingänge zum Bad?"

„Ja, auf der gegenüberliegenden Seite gibt es noch einen Eingang."

„Und wie gelangt man nachts am besten ins Bad?"

„Am einfachsten ist es, an einem der beiden Eingänge über das Tor zu klettern. Am Haupteingang, durch den auch wir hereingekommen sind, ist die Gefahr entdeckt zu werden am geringsten, weil der Parkplatz davor liegt und es nachts stockdunkel ist. Der Seiteneingang liegt an einer kleinen Straße. Nachts fährt dort zwar selten ein Auto vorbei, aber auf der anderen Straßenseite stehen Wohnhäuser. Dort über das Tor zu klettern ist wesentlich ungünstiger, wenn man nicht erwischt werden will. Und auf der Stirnseite", der Bademeister deutete hinter die Startblöcke am Beckenende, „liegt direkt eine Rollschuhbahn an unserem Gelände. Wenn man von dort ins Bad will, muss man auch noch das Eingangstor an der Rollschuhbahn überwinden. Und auf dieser Seite vom Bad", der Bademeister deutete mit dem Finger zu dem zehn Meter entfernten Zaun, „fließt hinter dem Zaun die Nidda. Während der Öffnungszeiten versuchen immer wieder mal ein paar Jugendliche, über die Uferböschung zum Zaun zu gelangen. Im Zaun finde ich dann auch immer wieder Löcher, die wir ständig flicken. Aber nachts in der Dunkelheit macht es keinen Sinn, über die Nidda-Seite ins Bad zu kommen."

„Also am wahrscheinlichsten ist es, dass das Opfer und der Täter gemeinsam über das Tor vom Haupteingang in das Bad gelangt sind", resümierte Siebels.

„Es sei denn, sie haben sich am Abend den Film im Open-Air-Kino angesehen und sind dann auf dem Gelände geblieben", warf Till ein.

„Ja, daran habe ich auch schon gedacht. Aber dann hätten sie wohl einige Stunden im Bad sein müssen, ehe es zum Mord kam. Das halte ich für unwahrscheinlich, ist aber eine Möglichkeit."

„Wann war der Film denn zu Ende?" Till schaute fragend zum Bademeister.

„Genau weiß ich das nicht, ich habe ihn ja nicht gesehen, aber da es um diese Jahreszeit erst nach 21.00 Uhr dunkel wird und der Film erst bei Anbruch der Dämmerung beginnt, endete die Vorstellung wahrscheinlich gegen Mitternacht."

„Das wären noch circa vier Stunden bis zur Tatzeit, eine lange Zeit für eine Runde Nachtschwimmen", überlegte Siebels laut.

Till sah in das große Schwimmbecken aus Naturstein, das Wasser war klar und stand vollkommen still. Er war schon oft hier zum Schwimmen, aber so ruhig und idyllisch hatte er das Wasser und die Liegewiese noch nie gesehen. Er wäre zu gern ins Wasser gesprungen, wäre gern mutterseelenallein in dem großen Becken ein paar Bahnen Schmetterling geschwommen. Die Sonne schien angenehm warm auf seine Haut. Siebels riss ihn aus seinen Träumen.

„Wir fahren erstmal zum Präsidium. Bis die Jungs mit der Spurensuche fertig sind, kann es noch dauern."

Die beiden Beamten reichten dem Bademeister ihre Visitenkarten, falls ihm noch etwas einfallen würde. Till notierte sich die Adresse und Telefonnummer von Neumann, dann verließen sie das Bad. Am Parkplatz trafen sie auf den Mercedes des Bestattungsunternehmens, das die Leiche erstmal in die Gerichtsmedizin transportieren würde. Till schwang sich auf seine klobige Gold Wing. Er fuhr über die Stadtautobahn Richtung Miquellallee zum Präsidium, Siebels folgte ihm in seinem BMW.

2

Um 9.00 Uhr saßen Siebels und Till an ihren Schreibtischen und diskutierten den neuen Fall.

„Also Kollege Krüger, erste Zusammenfassung vom neuen Fall, lass einmal hören, was sich im Kopf des Kriminalisten-Genies so abspielt."

Till grinste. „Unbekannte Tote im Freibad, eigentlich nackt, sie trägt nur einen String, der ihr in den Kniekehlen hängt. Sie kam wahrscheinlich mit einem Mann für ein kleines Abenteuer ins Schwimmbad, denn mit Gewalt wurde sie bestimmt nicht im Bikini mitten in der Nacht ins Schwimmbad gedrängt. Kein Auto in der Nähe, keine Kleidung, keine Tasche, nichts. Es sei denn, die Spurensicherung findet noch etwas. Der Spruch auf dem Rücken lässt auf einen Mann schließen. Einen Mann, den sie kannte. Wie war der Spruch?

»Ich bin eine kleine geile Schlampe.«

Da war jemand nicht gut zu sprechen auf die Dame. Ein verschmähter Liebhaber? Ein Weltverbesserer? Ein Moralapostel? Um das zu klären, müssen wir erst einmal ihre Identität aufdecken. Sie war jedenfalls sehr körperbewusst, hat sich an Beinen und Armen rasiert, auch die Muschi war spiegelblank. Sie wurde erwürgt, von hinten. So, wie wir sie gefunden haben, würde ich wetten, dass er es erst mit ihr auf der Wiese getrieben hat und ihr dann an die Gurgel gegangen ist. Jetzt müssen wir den Bericht von Spurensicherung und Pathologie abwarten. Vergewaltigung oder Schäferstündchen? Mal sehen, ob dieser Journalist noch etwas zu berichten hat. Vielleicht ist das ja schon unser Mann. Wenn nicht, müssen wir schnellstens ihre Identität aufklären."

„Genau, und deshalb darfst du nun auch ermitteln, ob zwischen gestern Abend und jetzt schon eine passende Vermisstenmeldung reingekommen ist. Und anschließend recherchierst du, ob es schon einmal einen ähnlichen Mord gegeben hat. Suche nach Fällen, bei denen einer Frau mit roter Schrift auf die Haut geschrieben wurde oder der Täter sein Opfer als kleine geile Schlampe tituliert hat."

„Wie wäre es, wenn ich als Erstes bei der Telekom überprüfen lasse, wer heute Morgen auf dem Anschluss von Fischer angerufen hat?"

Siebels zeigte mit ausgestrecktem Zeigefinger auf seinen jungen Kollegen. „Das wollte ich dir gerade vorschlagen ..." Seine Gestik verriet, dass er daran keinen Gedanken verschwendet hatte.

„Ich habe in einer halben Stunde einen Termin mit Staatsanwalt Jensen. Kleine Unterredung in Sachen Personalplanung. Ich habe was läuten hören, dass wir vielleicht noch Unterstützung bekommen."

„Wenn das mit der Unterstützung kein Scherz ist, meiner Meinung nach könnten wir unsere Frauenquote noch verbessern."

Till grinste über beide Backen und Steffen verließ ebenfalls lachend das Büro.

Sven Fischer saß vor seinem PC und bearbeitete die Fotos, die er am frühen Morgen von der Toten im Brentano-Bad geschossen hatte. Er retuschierte geschickt ein Foto, auf dem die unbekannte Tote auf dem Bauch liegend zu sehen war. Deutlich konnte man die in leuchtend rot geschriebenen Worte auf ihrem Rücken lesen.

Sven Fischer hielt sich an seine Abmachung mit Kommissar Siebels. Mit seinem Bildbearbeitungsprogramm entfernte er die roten Buchstaben, klickte mit der Maus einen Punkt auf der Haut der Toten an und übertrug den Hautton über die roten Buchstaben. Nach einigen Minuten war das Foto bearbeitet, keine Spur mehr von roten Buchstaben auf dem Rücken der Frau. Auch in seinem Bericht erwähnte Sven Fischer kein Wort von dem Spruch, den er mit Schaudern gelesen hatte, als er die Leiche heute Morgen gefunden hatte.

Sven Fischer war zufrieden mit seinem Text, er rief die Redaktion der Bild an. Die Boulevardpresse dürfte das größte Interesse an dieser Story haben, dachte er sich. Er ließ sich mit dem Chefredakteur verbinden, handelte eine Summe aus. Sie waren sich schnell einig und per E-Mail ging das Foto inklusive seinem Text an die Redaktion der Bild.

Es war 12.00 Uhr. Noch zwei Stunden bis zu seinem Termin bei Kommissar Siebels vom K11 im Polizeipräsidium. Sven Fischer hatte nun die ersten ruhigen Minuten nach diesem mysteriösen Anruf in der Nacht. Warum er? Kannte er den Anrufer und somit auch den Mörder dieser jungen hübschen Frau? Oder kannte der Mörder ihn, aber er den Mörder nicht? Sven Fischer dachte nach. Dachte an seine Zeit bei der Frankfurter Allgemeinen Zeitung. Aber da war nichts, was ihn mit so einer Geschichte in Verbindung bringen würde. Er überlegte weiter, rief sich die Stimme in Erinnerung, die ihn aus dem Schlaf gerissen hatte. Nichts. Fischer ging systematisch die letzten Jahre seines Lebens durch, die Stationen, auf denen er die verschiedensten Menschen kennen gelernt hatte. Sein Abitur auf der Max-Beckmann-Schule in Frankfurt, Zivildienst bei der evangelischen Kirche, Studium am Institut für Publizistik und Kommunikation an der Uni Göttingen, Aufbaustudiengang Journalistik an der Universität in Mainz, Volontariat bei der Frankfurter Allgemeinen Zeitung F.A.Z. Und seit fast einem Jahr nun freier Journalist, nachdem ihm die F.A.Z. mitgeteilt hatte, dass er zwar ein hervorragender Journalist sei, aufgrund der wirtschaftlichen Situation eine feste Anstellung aber nicht möglich wäre.

An all diesen Stationen in seinem Leben hatte er viele Menschen kennen gelernt. Aber einen Mörder, der ihm nun mit seinem Mord zu einer Story verhelfen wollte? Nein, Sven Fischer konnte sich keinen Reim darauf machen. Und je länger er darüber nachdachte, desto tiefer drang in sein Bewusstsein, dass er für die Polizei zu dem Kreis der Verdächtigen gehören würde. Bei diesem Gedanken wurde ihm etwas mulmig zumute und er war heilfroh, dass er sich an die Abmachung mit Kommissar Siebels gehalten und in seinem Artikel nichts von dem Spruch erwähnt hatte.

Ja, schön war sie. Sehr schön sogar. Wenn sie es darauf angelegt hätte, hätte sie bestimmt jeden Mann verrückt machen können. Gehörte sie zu der Sorte Frau, die Männer in den Wahnsinn treiben konnte? Eine lebensfrohe Frau, die mit ihren Reizen nicht geizte? Aber einen hatte sie wohl zu sehr gereizt. Und der wollte der Welt zeigen, wer diese Frau wirklich war. Nichts als eine kleine geile Schlampe, die ihr Leben verwirkt hatte. Oder war sie in illegale Machenschaften verwickelt gewesen? Hatte sie sich als Prostituierte angeboten? Die Neugier des Journalisten erwachte in Sven Fischer.

Um 13.00 Uhr erschien Siebels wieder im Büro.

„Und, wird sich die Frauenquote in unserer Abteilung jetzt

sprungartig erhöhen?" Till kaute auf seinem Kugelschreiber, sah Siebels erwartungsvoll an.

„Du wirst es nicht glauben, aber ab nächsten Monat bekommen wir Verstärkung. Es gibt zwei Kandidaten, die Jensen und ich in die engere Wahl gezogen haben. Einen jungen Mann und eine junge Frau."

„Wir nehmen die Frau!" Till tat so, als wäre sein Wort das letzte und die Entscheidung somit gefallen. Aber auch Steffen Siebels gefiel der Gedanke, noch eine Frau im Team zu haben.

„Was war eigentlich am Freitag am Schießstand los? Jensen war ziemlich ungehalten."

Till konnte sich ein Grinsen nicht verkneifen. „Die neue Schießanlage ist echt super. Der Unterschied zwischen den Guten und den Bösen war aber ziemlich eindeutig, da dachte ich mir, das wäre eine Falle, weißt du ..."

„Ja, Jensen war auch sehr beeindruckt von deiner Leistung. Ein tollwütiges Reh, ständig hat er etwas von einem tollwütigen Reh gefaselt und ist dabei ganz aufgeregt durch sein Büro gestiefelt. Plötzlich fauchte er mich an, die Geisel hätte wohl auch Tollwut gehabt. Ich hatte keinen blassen Schimmer, wovon er überhaupt redet. Erst als er Schneider erwähnte, kam mir der Schießstand in den Sinn."

Till hatte Mühe, den Kaffe nicht wieder auszuspucken, so sehr amüsierte er sich über den Bericht von Siebels. Er konnte sich richtig vorstellen, wie sich der kleine wieselflinke Staatsanwalt künstlich aufregte.

„So lustig ist das gar nicht, Kollege. Das steht jetzt in deiner Akte. Und wenn du irgendwann mal draußen auf der Straße einen Schuss abgibst, der den falschen trifft, dann möchte ich nicht in deiner Haut stecken."

„Hast ja Recht", wiegelte Till mit einer Handbewegung ab. „Aber das konnte ich mir einfach nicht verkneifen."

„Gibt es schon etwas Neues von unserer Unbekannten aus dem Brentano-Bad?"

„Einen ersten Kurzbericht habe ich schon bekommen. Die Spurensicherung hat im Bad keine verwertbaren Spuren mehr gefunden. Auch keine Gegenstände, die dem Opfer zugeordnet werden könnten. Wenn sie nicht schon im Bikini über das Eingangstor geklettert ist, muss der Täter ihre Kleider mitgenommen haben. Doktor Petri hat seine ersten Erkenntnisse schon telefonisch durchgegeben. Todeszeitpunkt gegen 3.00 Uhr in der Frühe. Sie wurde von hinten erwürgt. Kurz vor ihrem Tod hatte sie vaginalen und analen Geschlechtsverkehr. Darauf deuten frische Risswunden in besagten Bereichen hin. Schwimmen war sie auch, ihr Bikini war noch feucht. Übrigens ein exklusives Teil. Oder besser gesagt: Zwei Teile. Ein Push-up Top und ein String-Höschen. Beides von Aubade, einer exklusiven Marke für Bademode. Die zwei Stofflappen sind für knappe 170 Euro zu haben. Aus der neuesten Kollektion, die ist erst vor drei Wochen auf den Markt gekommen. Vielleicht können wir über eine Boutique die Dame identifizieren, eine Vermisstenmeldung gibt es jedenfalls bisher noch nicht. Außer einem dreiundachtzigjährigen Opa, der gestern Abend aus einem Altersheim in Rödelheim ausgebüxt ist, gab es keine Vermisstenmeldungen. Könnte jetzt höchstens sein, dass der Opa unser Mann ist." Till grinste über beide Backen. „Jedenfalls habe ich im Computer keinen Fall gefunden, bei dem jemand eine weibliche nackte Leiche zurückgelassen hat, mit dem Hinweis, es sei eine kleine geile Schlampe gewesen. Anhaltspunkte gleich Null. Auf der Leiche wurden auch keine Fingerabdrücke gefunden, nicht einmal ihre eigenen. Nur ein paar Stofffasern. Wahrscheinlich von einem feuchten Handtuch. Er hat sie also noch fein säuberlich gewaschen, bevor er sich aus dem Staub gemacht hat. Das lässt den Schluss zu, dass er die Tat geplant hat. Mehr konnte ich noch nicht in Erfahrung bringen und auch das ist nur unverbindlich, bis uns der schriftliche Bericht vorliegt. Bei der Telekom habe ich auch Druck gemacht. Ich erwarte einen Rückruf."

Siebels zuckte nur mit den Schultern und sah auf seine Uhr. „Kommst du mit zum Imbiss runter? In einer Stunde kommt der Journalist, vielleicht hilft der uns ja weiter. Vorher brauche ich aber noch einen Bissen."

„Mein Magen knurrt auch, gehen wir."

Steffen Siebels und Till Krüger verließen das Präsidium, an der nächsten Kreuzung war der Imbiss. Hier diskutierten sie ihre Fälle immer bei einer Currywurst, wenn ihnen im Büro nichts mehr einfallen wollte.

3

Pünktlich um 14.00 Uhr traf Sven Fischer im Büro der beiden Kommissare ein.

„Nehmen Sie Platz." Siebels bot dem jungen Mann einen Stuhl an, Fischer setzte sich Siebels gegenüber. Till hockte auf der Schreibtischkante.

Fischer versicherte zunächst, dass er sich an die Vereinbarung gehalten habe. Über den Spruch auf dem Rücken der Toten würde nichts in der Zeitung erscheinen, auch auf dem Foto könne man nichts davon erkennen.

Dann erzählte er den Kommissaren noch einmal ausführlich, wie sich die Dinge ereignet hatten, die ihn in aller Frühe zur Leiche im Brentano-Bad geführt hatten. Fischer berichtete chronologisch, emotionslos und sachlich. Siebels und Till hörten ihm zu, stellten zunächst keine Fragen. Als Fischer mit seinen Ausführungen endete, sahen Till und Siebels sich kurz an. Siebels übernahm nun die Befragung, Till studierte dabei unauffällig jede Reaktion von Fischer.

„Sie wurden auf dem Handy angerufen, wie viele Leute kennen Ihre Handynummer?"

„Meine engen Freunde, meine früheren Kollegen, meine Eltern, meine Schwester. Aber da ist mit Sicherheit niemand dabei, der als Täter in Frage kommt."

„Sie sind freiberuflich tätig. Wer sind Ihre früheren Kollegen?"

„Bis vor einem Jahr absolvierte ich bei der F.A.Z. ein Volontariat. Seit dieser Zeit habe ich auch erst ein Handy, von früheren Zeiten kann also niemand meine Nummer haben."

„Wir überprüfen gerade, von welchem Anschluss aus Sie heute Morgen angerufen wurden. Sollte sich der Mann noch einmal mit Ihnen in Verbindung setzen, geben Sie uns bitte unverzüglich Bescheid. Wenn wir Glück haben, erwischen wir ihn über seine Telefonnummer."

Siebels schaute Fischer erwartungsvoll an.

„Selbstverständlich. Kann ich Sie zu jeder Zeit erreichen?"

„Über die Handynummer bin ich rund um die Uhr erreichbar, ja.

Noch lieber wäre es mir, wenn wir Ihre Telefongespräche aufzeichnen könnten. Vom Handy und vom Festnetz. Dazu benötige ich aber Ihre Einwilligung."

Fischer schien von diesem Vorschlag etwas irritiert. Er ließ sich einen Moment Zeit mit seiner Antwort. „Wie lange soll das gehen?"

„Ich weiß es nicht, je nachdem, wie sich der Fall entwickelt. Wir werden natürlich sämtliche Gespräche sofort wieder löschen, es sei denn, unser Mann ist dran."

„Gut", willigte Fischer ein. Der Polizei behilflich zu sein, schien ihm der beste Weg, um weiter an seiner Story arbeiten zu können. Siebels veranlasste das Nötige und ein Spezialist für Abhörtechnik kümmerte sich um Sven Fischer.

„Was hältst du von ihm?" fragte Till.

Siebels schaute aus dem Fenster. „Ich habe den Eindruck, dass er in Ordnung ist. Mal sehen, was wir morgen in der Zeitung von ihm zu Lesen bekommen. Ich kann mir jedenfalls nicht denken, dass er wissentlich mit der Sache zu tun hat. Aber der Täter muss ihn kennen. Und somit ist er bis jetzt unsere einzige Verbindung zum Täter. Wir werden ihn morgen in seiner Wohnung besuchen. Kleiner Überraschungsbesuch. Mal sehen, wie er so lebt. Und dann fühlen wir ihm noch einmal auf den Zahn. Vielleicht hat er ja einen bestimmten Verdacht, den er noch nicht zugeben will. Einen Freund, einen ehemaligen Kollegen, wer weiß. Ist ja auch nicht einfach, jemanden den man kennt, vor der Polizei als Mörder zu verdächtigen."

„Und wie geht es nun weiter?"

„Du wirst dich jetzt weiterbilden und zwar in der Rubrik exklusive Damen-Bademode. Finde einfach heraus, wo dieser Bikini verkauft wurde. Vielleicht kennt man dort ja unsere Unbekannte."

„O.K., exklusive Damen-Bademode, da bin ich doch ein Kenner. Dann fahre ich jetzt in die City, kleiner Bummel durch die Goethestraße. Ich wollte doch schon immer mal in einer noblen Boutique was Hübsches kaufen, warum also nicht einen Bikini."

Gegen 16.00 Uhr stellte Till sein Motorrad an der Hauptwache ab. Der Platz war übersät mit schweren Maschinen. Einige Harleys, schwere Motorräder von BMW, gewöhnliche Straßenmaschinen und jede Menge Motorroller standen auf dem Asphalt und der Chrom glänzte in der heißen Augustsonne. Aber Tills Gold Wing war der absolute Blickfang. Es kamen auch gleich ein paar Biker und bestaunten seine schwere Maschine. Von seinem Gehalt bei der Polizei konnte er sich die Maschine zwar nicht leisten, aber er hatte einfach großes Glück an der Börse gehabt. 1998 erbte er fünfzigtausend Deutsche Mark von seiner Oma. Sein Bruder, ein Investmentbanker, riet ihm damals, das geerbte Geld am Neuen Markt in Aktien anzulegen. Till hatte keine Ahnung von Aktien, aber er vertraute seinem Bruder. Als er sich Ende 1999 die Kurse wieder einmal anschaute, traute er seinen Augen nicht. Aus seinen fünfzigtausend Mark waren mittlerweile sechshundertfünfzigtausend Mark geworden. Kurz entschlossen rief er seinen Bruder bei der Bank an und beauftragte ihn, sein Aktienpaket zu verkaufen. Sein Bruder wollte ihm das ausreden, doch Till bestand darauf. Mittlerweile markierten die Aktien des Neuen Marktes ständig neue Tiefstände. Doch Till hatte seine Eigentumswohnung, sein Motorrad und noch viel Geld auf dem Konto. Irgendwie hatte er die Gabe, immer alles richtig zu machen. Nur mit seinem Freund und Kollegen Siebels durfte er über seine wunderbare Geldvermehrung nicht reden. Der hatte nämlich einen Großteil seines gesparten Geldes am Aktienmarkt verloren, war nicht rechtzeitig ausgestiegen und wenn jemand in seiner Nähe über Aktien redete, wurde Siebels sehr schweigsam.

Till schlenderte über die Goethestrasse, betrachtete sich die teuren Geschäfte, wo die Frankfurter Prominenz und die weniger Bekannten, aber Wohlbetuchten einzukaufen pflegten. Er betrachtete sich zunächst die Schaufenster links und rechts der Goethestraße. Beim Feinuhrmacher und Juwelier Wempe bestaunte er Uhren von Rolex im Schaufenster. Sämtliche Preise waren vierstellig. Er schlenderte weiter, vorbei an Tiffany, durch das Schaufenster beobachtete er, wie sich ein junges Pärchen Schmuckstücke vorführen ließ. Er ging weiter. Schaute durch die Fenster bei Chanel. Ein Cocktailkleid hing im Fenster, er konnte kein Preisschild dazu finden. Im Inneren des Verkaufsraumes warteten zwei elegant gekleidete Damen auf Kundschaft. Ein paar Meter weiter glitzerten die Auslagen in den Schaufenstern von Swarovski. Ein Rolls Royce mit Schweizer Nummernschild parkte am Straßenrand, dahinter stand ein 280er Mercedes SL Cabrio mit offenem Verdeck. Till wechselte die Straßenseite, betrachtete die Schaufenster von Armani und Bogner. Eine Gruppe Japaner stellte sich auf dem Bürgersteig für ein Gruppenfoto vor dem Schaufenster von Gucci auf. Ein Fahrradfahrer fluchte, weil die Japaner den Radweg versperrten. Till hielt nun Ausschau nach Bademoden und fand auch schnell eine kleine Boutique, die sündhaft teure Dessous und Bikinis im Schaufenster ausstellte. Till trat ein, schaute sich um. Es dauerte nicht lange und eine sehr gepflegt aussehende Dame sprach ihn an, fragte, ob sie ihm behilflich sein könne. Er schätzte die Frau auf Anfang bis Mitte vierzig, sie hatte eine sehr weiche und angenehme Stimme und sah Till neugierig an. In seinen abgewetzten Jeans und seinem T-Shirt mit dem Hard-Rock-Café-Emblem passte er auch nicht in die Landschaft.

„Ich suche nach einem Bikini für meine Freundin", stammelte er erst etwas unsicher, doch dann war er schnell Herr der Lage.

„Es soll etwas ganz Besonderes sein, wir fliegen nämlich nächste Woche nach Frankreich und dort feiert meine Freundin ihren Geburtstag. Eine Bekannte erzählte mir, es gäbe eine neue Kollektion von Aubade. Sie meinte, die würden meiner Freundin bestimmt sehr gut gefallen."

„Da haben Sie aber Glück." Die Verkäuferin lächelte Till mit dem schönsten Verkäuferlächeln an. Ihre weißen Zähne waren makellos und mussten jedem, der von ihr angelächelt wurde, sofort auffallen.

„Wir führen diese Kollektion, sehr schöne Stücke sind das."

„Haben Sie schon viele davon verkauft?", erkundigte sich Till. „Ich möchte nämlich nicht, dass wir am Strand liegen und plötzlich taucht dann eine andere Frau im gleichen Bikini auf."

Till lächelte selbstsicher und fühlte sich wie ein versnobter Millionär.

„Keine Sorge, junger Mann. Bisher sind erst drei Bikinis über die Ladentheke gegangen. Da ist die Wahrscheinlichkeit doch sehr gering, dass sich zwei Frauen am Strand mit dem gleichen Modell begegnen, finden Sie nicht?"

„Da haben Sie sicher Recht. Kennen Sie die Damen, die sich für diese Bikinis entschieden haben, denn persönlich?"

Als die Verkäuferin nun doch ihr freundliches Lächeln gegen einen misstrauischen Blick eintauschte, entschied sich Till dafür, ihr die Wahrheit zu sagen. Er zog seine Polizeimarke heraus und erklärte der Verkäuferin die Situation, erzählte ihr, dass der Bikini der Toten zur Zeit der einzige Hinweis sei, mit dem die Polizei vielleicht ihre Identität aufklären könne. Dann zeigte er der Dame ein Foto der Toten. Sie betrachtete das Foto intensiv und Till bemerkte, wie ihre Mundwinkel leicht zuckten.

„Ja, diese junge Frau kenne ich. Sie hat tatsächlich einen Bikini gekauft. Einen von Aubade."

„Kennen Sie auch ihren Namen?"

„Ja, sie heißt Tanja Niehaus. Ich weiß das, weil wir den Bikini in ihrer Größe nicht vorrätig hatten, als sie ihn kaufen wollte. Also hinterließ sie ihren Namen und ihre Telefonnummer und ich meldete mich zwei Tage später bei ihr, um ihr mitzuteilen, dass der Bikini im Haus sei."

„Wann war das bitte?"

„Warten Sie, ich habe einen Eintrag darüber im Notizbuch." Die Verkäuferin ging zur Ladentheke, blätterte im Notizbuch einige Seiten zurück.

„Hier ist der Eintrag. Am 22. Mai kam sie her, um sich ihren Bikini abzuholen."

Ein kleines Glücksgefühl kam in Till auf. Dass er so schnell zu einem Ergebnis kommen würde, hätte er nicht geglaubt. Hatte er doch wieder mal den richtigen Riecher gehabt. Er notierte sich den Namen und die Telefonnummer und verließ dann die Boutique. Es war mittlerweile 17.30 Uhr. Till rief auf dem Präsidium an, wollte Siebels informieren. Ein Kollege meldete sich, Siebels war bereits auf dem Weg nach Hause.

Till fuhr zurück ins Präsidium, um die Adresse von Tanja Niehaus zu ermitteln.

Um 18.00 Uhr saß Till wieder an seinem Schreibtisch. Er hatte die Adresse von Tanja Niehaus ausfindig gemacht. Sie war in der Schweizer Straße, einer lebhaften Einkaufsstraße in Sachsenhausen gemeldet.

Es war ein langer Tag gewesen, aber nun musste er Siebels verständigen, die Besichtigung der Wohnung würde nicht bis morgen warten können. Till rief Siebels auf seinem Handy an. Nach dem dritten Klingelton meldete er sich.

„Hallo Steffen, ich bin schon fündig geworden. Unsere unbekannte Leiche aus dem Brentano-Bad wohnte in Sachsenhausen, Schweizer Straße Nr. 13. Ich würde vorschlagen, wir treffen uns dort in einer halben Stunde, ich rufe den Schlüsseldienst."

Eine halbe Stunde später stellte Till seine Gold Wing vor dem N.Y.C., einem Lokal mit amerikanischem Ambiente und großen Burgern, ab. Die Wohnung von Tanja Niehaus befand sich in dem Eckhaus gegenüber. Er sah den BMW von Siebels vorbeifahren, hier einen Parkplatz zu finden war reine Nervensache. Der Mann vom Schlüsseldienst wartete bereits vor der Tür. Nachdem Siebels zum dritten Mal an Till vorbei gefahren war, stellte er seinen BMW schließlich auf der Straße in zweiter Reihe ab und befestigte das Blaulicht auf dem Autodach.

„Gute Arbeit", Siebels klopfte Till anerkennend auf die Schulter. Am Hauseingang prangten mehrere Messingschilder, Psychologen und Rechtsanwälte hatten hier ihr Domizil. Till suchte den Namen Niehaus auf den Klingeln, er fand ihn ganz oben. Mehrmals drückte er den Klingelknopf. Als nichts geschah, drückte er den untersten Klingelknopf.

„Wer da?", fragte eine alte Männerstimme durch die Sprechanlage.

„Kriminalpolizei, bitte machen Sie uns auf", Siebels Stimme klang tief und angenehm. Der Türsummer ertönte und die Männer traten ins Haus. Dort erwartete sie bereits der Bewohner aus dem Erdgeschoss. Till und Siebels zeigten ihre Ausweise.

„Guten Tag Herr Guttroff, Kriminalpolizei Frankfurt, mein Name ist Siebels, das hier ist mein Kollege Herr Krüger. Wir möchten zu Frau Tanja Niehaus. Kennen Sie die Dame?"

„Die Niehaus, ja, die wohnt ganz oben, dritter Stock links."

„Wann haben Sie sie zuletzt gesehen?", wollte Till wissen.

„Das kann ich nicht genau sagen, ich sehe sie natürlich regelmäßig, aber immer nur flüchtig. Auf der Treppe, wenn sie abends heimkommt. Ist ein nettes Mädchen, sehr höflich. Viel gesprochen habe ich aber nie mit ihr. Hat sie etwas ausgefressen?"

„Nein, nein, keine Sorge, Herr Guttroff. Wir gehen nun nach oben, bitte halten Sie sich nachher noch kurz zur Verfügung." Die zwei Beamten und der Mann vom Schlüsseldienst gingen die Treppe hoch. Fünf Minuten später war die Wohnungstür geöffnet.

„Danke, das war es für Sie. Die Rechnung schicken Sie bitte an das Polizeipräsidium." Siebels schickte den Mann vom Schlüsseldienst sofort weg, nachdem er die Wohnungstür geöffnet hatte.

Till und Siebels betraten eine helle und freundlich wirkende

Altbauwohnung. Die Wohnung hatte drei große Zimmer, eine geräumige Küche, ein Bad und eine Abstellkammer.

„Alles vom Feinsten", Till pfiff anerkennend durch die Zähne.

„Ja, notleidend war sie sicher nicht, aber das haben wir ja schon an ihrem Bikini festgestellt."

„Ist das hier das Arbeitszimmer oder das Schlafzimmer?" Till sah Siebels fragend an. Im Zimmer stand ein Doppelbett, daneben ein Tisch mit PC. Der PC war mit zwei Webcams verbunden. Eine zeigte auf den Stuhl, der vor dem Arbeitsplatz mit dem Computer stand. Die andere zeigte auf das mit schwarzem Satin überzogene Bett.

„Das scheint ja doch noch interessant zu werden", murmelte Siebels vor sich hin.

„Schau mal hier", rief Till. In einer Ecke standen zwei Anrufbeantworter, angeschlossen an einen ISDN-Anschluss. Till drückte die Abruf-Taste des ersten. Das Display zeigte zwei aufgezeichnete Anrufe an.

»Hi Tanja, Rolf hier. Ich würde am Samstagabend gern mit dir ins Living gehen. Wenn du Lust hast, dann ruf mich doch bitte kurz zurück. Ich wollte dich heute Mittag im Büro noch fragen, habe dich aber nach der Sitzung nicht mehr gesehen. Bis dann, tschüss.«

Die digitale Stimme des Anrufbeantworters kündigte den zweiten Anruf an.

»Hallo Tanja, hier spricht deine Mutter. Ich wollte dich nur daran erinnern, dass dein Vater nächste Woche Geburtstag hat. Es wäre schön, wenn du vorbeikommen könntest. Pass auf dich auf mein Kind.«

„Die Eltern werden wir wohl morgen besuchen müssen", stöhnte Siebels und verzog eine missmutige Miene. Auch Till wurde bei dem Gedanken mulmig zumute.

„Wird kein schöner Geburtstag für den Papa werden", seufzte er.

„Der erste Anrufer war bestimmt ein Kollege", überlegte Siebels laut und zitierte den Text auf dem Band: „... ich wollte dich heute Mittag im Büro noch fragen ..."

Till drückte die Abruftaste des zweiten Anrufbeantworters. Das Display zeigte sieben Anrufe an.

Das Band spulte einen Ansagetext ab.

»Hallo mein Freund. Schön, dass du dich bei mir meldest. Ich warte schon sehnsüchtig auf deinen Anruf. Deine E-Mail hat mich sehr angesprochen, du scheinst der Mann zu sein, den ich haben will. Ich will dich unbedingt kennen lernen. Wir werden bestimmt viel Spaß zusammen haben. Ich kann es kaum erwarten, dich unter meine Fittiche zu bekommen. Du wirst staunen, was ich auf meiner kleinen Spielwiese alles mit dir anstellen will. Aber keine Sorge, ich werde dir schon beibringen, wie du dich in Gegenwart einer Lady wie mir zu benehmen hast.

Leider bin ich gerade nicht zu Hause. Ich bin aber bestimmt bald wieder zurück. Also versuch es später doch noch einmal. Ich kann es kaum erwarten, persönlich mit dir zu sprechen. Also bis gleich, deine Chantal.«

Pieps.

»Hallo Chantal, hier ist der kleine Bengel. Habe gerade deine E-Mail erhalten. Melde dich doch mal bei mir. Meine Nummer ist die 069 4443332221 1.«

Pieps.

»Guten Tag Chantal. Mein Name ist Georg. Ich bin Witwer. Nun suche ich die starke Hand einer starken Frau. Schade, dass Sie nicht da sind. Ich melde mich später wieder. Georg.«

Pieps.

»Hallo. Hier spricht Sklave Peter. Ich bewerbe mich auf Ihre Kontaktanzeige. Ich hoffe, ich bin nicht zu übermütig, wenn ich Ihnen meine Dienste anbiete. Ich werde mich später wieder melden, wenn ich darf. Demutsvoll, Ihr Peter.«

Pieps.

»Sehr geehrte Frau Chantal, Ihre Kontaktanzeige hat mich sehr angesprochen. Ich würde mich glücklich schätzen, Ihre Bekanntschaft machen zu dürfen. Gerne melde ich mich später wieder bei Ihnen.«

Pieps.

»Hey du Weibsbild. Mit mir kannst du machen was du willst. Ich bin für alle Sauereien zu haben. Mach mich einfach fertig. Da steh ich drauf. Lies einfach meine Mail, die mit dem Absender kleiner Zwerg. Ich kann es kaum erwarten, deine Antwort zu lesen, bis dann.«

Pieps.

»Wenn du echt bist, dann beantworte bitte meine Mail. Ich bin devoter-Mann@gmx.de. Wenn du auch nur eine Abzockerin bist, dann lass mich bloß in Ruhe.«

Pieps.

»Und ewig spricht das Band. Ihr könnt mich alle mal, ihr dummen 0190er-Nutten.«

Ende der Durchsagen, Pieps.

Steffen Siebels und Till Krüger schauten sich ungläubig an.
„Anscheinend hatte Tanja Niehaus noch einen anderen Namen, Chantal. Es würde mich interessieren, ob sie nur das Band laufen lässt oder ob sie auch Anrufe entgegennimmt."
Siebels schaute auf die Webcams.
„Wenn die Kamera zum Bett gerichtet ist, wird sie sicher mehr drauf haben, als nur einen Anrufbeantworter. Die Nummer, auf die sich der Anrufbeantworter meldet, ist mit Sicherheit eine 0190er-Nummer. Morgen sollen sich mal die Techniker um den PC kümmern. Da sind bestimmt noch einige interessante Dinge drauf zu finden. Und dann will ich wissen, über welche Nummer man auf den zweiten Anrufbeantworter kommt. Jetzt bin ich aber gespannt, was wir hier noch alles vorfinden."
Neugierig untersuchten Siebels und Till den Inhalt der Schränke. „Die Klamotten sind alle vom Feinsten." Siebels stand vor einem großen viertürigen Kleiderschrank. Hinter der ersten Tür verbarg sich eine stattliche Anzahl an Sommerkleidern, Miniröcken und Blusen. Siebels holte jedes Teil von der Kleiderstange und betrachtete es eingehend.
„Alles sehr sexy und sehr teuer. Die wusste nur zu gut, was Männern gefällt."
Hinter der nächsten Schranktür fand Siebels die Wintergarderobe. Einen Pelzmantel, einen Ledermantel, Hosenanzüge, verschiedene Marken-Sportjacken, Kostüme, teure Jeans. Als er schließlich die dritte Schranktür öffnete, pfiff er leise durch die Zähne.
„Schau dir das mal an."
Wie zwei kleine pubertierende Jungs standen die zwei Beamten vor den Regalen im Kleiderschrank. Sie waren vollgestopft mit aufreizenden Dessous. String-Tangas, Strapse in rot, in weiß, in schwarz. Büstenhalter in allen erdenklichen Formen und Farben, Büstenheben, Bodys aus durchsichtigem Stoff. Till musterte ein Korsett, Siebels entdeckte in einem Regal ein paar Handschellen, ein paar hohe Lederstiefel und einen schwarzen Seidenschal.

Till schaute sich amüsiert an, was Siebels alles zum Vorschein brachte. Er selbst hielt einen weißen Slip mit aufwendigen Verzierungen und Rüschen in den Händen.

„Na wie praktisch, guck dir das mal an."

Der Slip hatte einen Schlitz im Schritt, durch den Till gerade seinen Finger steckte.

„Nett", kommentierte Siebels diese Entdeckung. „Vermutlich sind das die Klamotten von Chantal, der Anrufbeantworter wird nur die Spitze des Eisberges gewesen sein. Jetzt würde ich aber gerne auch noch etwas von Tanja finden, vielleicht im Wohnzimmer."

Fachmännisch durchsuchten die beiden die Schränke im Wohnzimmer. Eine Schrankwand aus massivem Mahagoni-Holz beherbergte die privaten Utensilien von Tanja Niehaus.

„Hier habe ich ihre Gehaltsabrechnungen", rief Till, der gerade dabei war, die Schubladen zu durchstöbern.

„Die gute Chantal arbeitete bei der Deutschen Bank. Aber dort kennt man sie bestimmt nur als Tanja Niehaus und nicht als Chantal."

„Bei der Deutschen Bank, na sieh mal einer an. Was hat sie denn verdient?"

„Unter dem Strich blieben ihr immerhin noch dreitausend Euro im Monat. Nicht schlecht."

„Dazu kamen regelmäßig zwischen zweitausend und viertausend Euro monatlich von einer Firma namens phone-tell. Hier habe ich ihre Bankauszüge, schön säuberlich abgeheftet."

„Fünftausend bis siebentausend Euro jeden Monat, das ist natürlich eine Stange Geld. Sie konnte sich also ein luxuriöses Leben durchaus leisten. Bleibt nur die Frage, wie legal und wie integer ihr Nebenverdienst bei dieser phone-tell war. Wir sollten uns morgen mit den Kollegen vom K65 unterhalten, vielleicht haben die ein paar Hintergrund-Informationen, wie die Abzocke mit den 0190er-Rufnummern funktioniert."

„Wir wissen doch noch gar nicht, ob es eine 0190er-Nummer ist, auf der man Chantal erreichen kann."

„Morgen wissen wir es. Und ich gehe jede Wette ein, dass es eine ist. Bleibt nur die Frage, ob sie damit ihren sexuellen Neigungen nachgekommen ist oder ob sie es nur als Tarifgaunerei und Abzocke betrieben hat."

Siebels war sich nicht sicher, ob die Kollegen vom K65 zuständig waren oder ob er nicht besser beim K31 nachfragen sollte. Das K31 war für Wirtschaftskriminalität zuständig, das K65 für Milieukriminalität, und zwar im Besonderen für Menschenhandel, Zuhälterei und Prostitution. Früher nannten sich die Beamten vom K65 aber einfach nur Sitte, und das schien Siebels die beste Anlaufstelle zu sein.

„Schau mal hier." Till öffnete einen Briefumschlag, den er aus einer Schublade gezogen hatte. Darin befanden sich einige Fotos von Tanja Niehaus, die nun auch Siebels aufmerksam betrachtete. Es waren Aktaufnahmen in Schwarz-Weiß. Tanja Niehaus präsentierte ihren wohlgeformten Körper in allen erdenklichen erotischen Stellungen. Till betrachtete ein Foto, nicht ohne eine gewisse Erregung zu spüren, auf dem sich Tanja Niehaus mit Zylinder und Frack ablichten lies. Unter dem Frack trug sie nur ihre nackte Haut, ihre Hände waren in die Hüften gestützt und sorgten dafür, dass der Frack auch nichts vor dem neugierigen Auge des Betrachters verbarg. Auf einem anderen Foto stand sie in einem Park unter einem Baum, bekleidet nur mit hochhackigen Stöckelschuhen und einem Schal um den Hals. Der Stoff des Schals hing zwischen ihren Brüsten und endete knapp über ihrer Scham, die zu einem schmalen Strich rasiert war. Ein weiteres Foto zeigte Tanja Niehaus mit einem Mann, der dicht hinter ihr stand. Er war nicht zu erkennen, seine Stirn lag auf ihrer Schulter. Die Arme des Mannes umfassten Tanja und seine Hände lagen auf ihren Brüsten. Ihre eigenen Hände bedeckten ihre Scham. Auf dem nächsten Foto das gleiche Motiv, nur dass hier die Hände des Mannes ihre Scham und die Hände von Tanja ihre Brüste verdeckten. Siebels betrachtete sich die Rückseiten der Fotos.

„Schade, kein Hinweis auf einen Fotografen oder auf ein Studio. Würde mich interessieren, wer der Mann auf dem Bild ist."

Till wühlte weiter neugierig in den Schubladen. „Hier ist ein leerer Briefumschlag. Der Absender lautet auf Peter und Maria Niehaus, das könnten ihre Eltern sein."

„Wie ist die Adresse?"

„Broßstraße in Frankfurt. Weißt du, wo das ist?"

„Ja, in Bockenheim, im Diplomatenviertel, in der Nähe vom Grüneburgpark."

„In dem Viertel, in dem die türkische Botschaft ihren Sitz hat?

Da habe ich mir früher im Streifenwagen nächtelang den Arsch abgefroren. Am schlimmsten war es, als es die kurdischen Krawalle gab. Damals war ich schon drauf und dran, den Job hinzuschmeißen. Wenigstens waren die Türken von der Botschaft sehr nett gewesen. Die haben uns mit warmem Tee bei Laune gehalten."

Siebels unterbrach Till in seinen Erinnerungen. „Wie viel Uhr ist es jetzt?"

„21.45 Uhr."

„O.K., dann weißt du ja, wo wir uns in einer Viertelstunde treffen. Die Broßstraße ist nur ein paar Meter von der türkischen Botschaft entfernt."

„Weißt du eigentlich, was wir seit heute Morgen schon alles gemacht haben?" Tills Tonfall klang leicht verärgert, er spürte die Müdigkeit, wollte heim, heim in sein Bett und schlafen.

„Weiß ich, ich war ja dabei. Aber morgen erscheint der Artikel von Sven Fischer in der Zeitung. Und dazu das Bild von der toten Tanja Niehaus. Wir sollten bei ihren Eltern gewesen sein, bevor sie es aus der Zeitung erfahren. Außerdem müssen sie Tanja identifizieren. Und falls es in der Beziehung von Tanja Niehaus zu ihren Eltern Ungereimtheiten gab, dann erfahren wir es am ehesten, wenn wir die Nachricht überbringen, bevor sie vom Tod ihrer Tochter aus der Zeitung erfahren."

„Überredet", seufzte Till. „Dann aber los jetzt. die Wohnung können wir immer noch auseinandernehmen. Für heute habe ich genug gesehen."

Siebels versiegelte die Wohnungstür von Tanja Niehaus. Die zwei machten sich auf den Weg zu der Adresse von Peter und Maria Niehaus.

Till wurde wieder munter, als er auf seiner schweren Maschine saß und sich die abendliche Sommerluft um die Nase wehen ließ. Auch in der Dämmerung ließ er es sich nicht nehmen, mit Sonnenbrille und offenem Visier zu fahren. Er folgte dem BMW von Siebels. Sie fuhren von Sachsenhausen aus über eine der Mainbrücken in Richtung Frankfurter Innenstadt. Die gläsernen Hochhäuser der Frankfurter Bankenlandschaft spiegelten den Sonnenuntergang, am Mainufer herrschte ein buntes Treiben, die Menschen saßen auf den Bänken, schlenderten am Ufer entlang oder saßen bei einem Caipirinha zusammen. Siebels nahm den Weg über den Cityring, die Straßen in der Frankfurter Innenstadt waren frei um diese Zeit, nach wenigen Minuten erreichten sie die Alte Oper. Auch hier füllten noch viele Menschen den Opernplatz mit Leben. Gegenüber der Alten Oper gähnte eine leere Baugrube. Das neue Hochhaus der Zürich-Versicherung sollte hier entstehen, die wirtschaftliche Schieflage hatte aber auch vor den Banken und Versicherungen nicht Halt gemacht, der erste Spatenstich war auf unbestimmte Zeit vertagt. Till folgte weiter dem BMW, die Bockenheimer Landstraße hinunter, links und rechts von ihnen waren die Niederlassungen von Banken aus aller Welt angesiedelt. Auch an der Bockenheimer Warte war noch viel Betrieb. Die Sitzplätze des Cafés an der Bockenheimer Warte, dessen Türmchen die ehemalige Stadtgrenze markierte, waren restlos gefüllt. Till überlegte, ob er Siebels nach dem Besuch bei Tanjas Eltern hier noch zu einem Bier einladen sollte. Siebels nahm den Weg über die Sophienstraße, hier wurde es nun merklich ruhiger. Der BMW bog in die Franz-Rücker-Allee ab und gleich darauf in eine breite dunkle Straße. Beim Abbiegen erkannte Till das Straßenschild. Sie waren schon in der Broßstraße. Hier war es menschenleer, große Häuser und imposante Villen schmückten die Gegend. An der Ecke Broßstraße/Frauenlobstraße parkte Siebels seinen BMW, Till stellte seine Gold Wing direkt dahinter ab.

4

Es war bereits 22.00 Uhr, als Siebels an der Tür von Peter und Maria Niehaus den Klingelknopf drückte. Von hier aus erkannte er nur schemenhaft die moderne Villa, die sich hinter einem lang gestreckten Garten befand. Am Eingangstor hing ein großes Messingschild: Niehaus-Consulting.

Eine bedrückende Stille umhüllte die beiden Kripobeamten. Den Eltern die Nachricht vom Tod ihres Kindes zu überbringen war eine Aufgabe, für die sich weder Till noch Siebels als geeignet ansahen.

„Wer da?", fragte eine energiegeladene Männerstimme aus der Sprechanlage. Die Videokamera summte leise. Siebels schaute in die Kamera. „Guten Abend Herr Niehaus, wir sind von der Kripo Frankfurt und müssen Sie dringend sprechen. Es handelt sich um Ihre Tochter Tanja." Siebels hielt seinen Ausweis vor die Kamera, der Türöffner wurde betätigt, schweren Schrittes gingen Siebels und Till zum Eingang der Villa. Dort erwartete sie Peter Niehaus. Siebels schätzte ihn auf Ende vierzig. Schlank, durchtrainiert, hohe Stirn. Ein Mann, der im Leben Erfolge hatte, das sah man ihm an.

„Was ist mit meiner Tochter? Hat sie Dummheiten gemacht? Ist etwas passiert?"

Siebels holte eines der Fotos aus der Tasche, das der Polizeifotograf am Morgen im Brentano-Bad gemacht hatte.

„Ist das Ihre Tochter Tanja?"

„Ja, das ist sie." Niehaus wich langsam die Farbe aus dem Gesicht, er starrte sekundenlang auf das Foto. Er stammelte.

„Ist sie ... sie sieht so blass aus ... was ist das für ein Foto?"

„Es tut mir leid Herr Niehaus, ich muss Ihnen mitteilen, dass Ihre Tochter tot ist."

„Tot? Wieso tot? Das kann nicht sein. Sie müssen sich irren."

Siebels nahm Niehaus am Arm und führte ihn ins Wohnzimmer. „Ist Ihre Frau da, Herr Niehaus?"

„Ja, aber sie schläft bereits. Nun sagen Sie mir schon, was passiert ist." Niehaus ging zur Bar und schenkte sich einen Cognac ein.

„Ihre Tochter wurde heute früh in Frankfurt im Brentano-Bad tot aufgefunden. Sie wurde letzte Nacht erwürgt."

„Im Schwimmbad? Sie wurde umgebracht? Von wem?"

Niehaus hatte Mühe zu sprechen, seine Stimme wollte ihm nicht gehorchen, seine Hand zitterte, mit einem Schluck trank er seinen Cognac aus.

„Wir haben keinen Hinweis auf einen möglichen Täter. Hatte Ihre Tochter einen Freund?"

„Nein, sie lebte in keiner festen Beziehung. Sie wollte immer ihre Freiheit haben, unabhängig sein. Bis vor einigen Monaten war sie mit einem Kollegen von der Deutschen Bank eng befreundet. Ein sehr netter und integerer Mann. Aber auch das war wohl nicht für die Dauer bestimmt." Niehaus flüsterte seine Worte vor sich hin, Siebels und Till mussten sich dicht neben ihn setzen, um ihn zu verstehen. Sein Blick ging ins Leere, eine Träne lief über seine Wange.

„Wie heißt der ehemalige Freund Ihrer Tochter?", wollte Till wissen.

„Olaf. Olaf Kreuzberger. Er ist bei der Deutschen Bank als Abteilungsleiter beschäftigt. Tanja hat in seiner Abteilung gearbeitet. Bitte gehen Sie jetzt. Ich will allein sein."

Siebels gab ihm seine Karte.

„Bitte rufen Sie mich morgen an. Sie müssen Tanja identifizieren und wir werden noch einige Fragen an Sie haben."

Niehaus zeigte keinerlei Reaktion, er schaute ins Zimmer, völlig geistesabwesend.

Mein Tagebuch, 12. Januar 2000

Gestern hatte ich ein Erlebnis. Ein wunderbares Erlebnis, das ich nie vergessen werde. War es Schicksal? Ich glaube, es war ein Wegweiser für viele weitere Erlebnisse, die ich noch haben werde. Und der Weg, den ich nun gehen will, den will ich festhalten in meinem Tagebuch. Oder soll ich es besser Erlebnisbuch nennen?

Mein Tagebuch beginnt am 12. Januar 2000. Ich bin in der Steiermark. Wir verbringen hier mit der Berufsschulklasse unsere Klassenfahrt auf einer Skifreizeit. Wir sind alle angehende Bankkaufleute. Noch ein halbes Jahr haben wir vor uns, dann finden endlich die Abschlussprüfungen statt. Mit mir sind wir nur fünf Jungs in der Klasse. Und dreizehn Mädchen.

Das Skifahren liegt mir nicht. Aber die schneeweiße Landschaft ist sehr schön. Am Abend des 11. Januar sind meine Klassenkameraden zum Dorf hinuntergegangen. Das Dorf liegt circa zwei Kilometer von unserer Jugendherberge entfernt. Im Dorf gibt es diese Disco. Ich hatte keine Lust auf Disco. Ich blieb in der Herberge. Im Keller war die Sauna. Ich las die letzten Seiten von meinem Buch und als ich es ausgelesen hatte, machte ich mich auf den Weg in den Keller. Ich freute mich darauf, in der Sauna zu schwitzen. Als ich in den Keller kam, hörte ich Stimmen aus der Sauna. Ich dachte eigentlich, die anderen seien alle im Dorf und wunderte mich. Mit leisen Schritten näherte ich mich der Holzkabine. Als ich nur noch einen Schritt von der Saunatür entfernt war, konnte ich durch die Glasscheibe in der Tür schemenhaft die Gestalten von drei Saunagängern erkennen. Neugierig näherte ich mich der Tür und spähte durch das Glas. Was ich dann sehen durfte, ließ mein Herz wie wild schlagen. Drei meiner Klassenkameradinnen vergnügten sich auf der Holzbank im Inneren der Sauna. Ich erkannte Tanja, Johanna und Jenny. Splitternackt räkelten sie sich auf ihren Handtüchern und genossen sichtlich den Abend in Abwesenheit von Lehrern und Mitschülern. Ich vergaß alles um mich herum und starrte durch die Scheibe. Sie waren so schön, so wunderschön. Sie waren mit Abstand die drei schönsten Mädchen der Schule und ich sah sie, so wie Gott sie erschaffen hatte. Mein Blick wanderte am Körper von Tanja entlang. Ich sah ihr Gesicht von der Seite. Ihr perfektes Gesicht. Wie oft hatte ich sie schon heimlich beobachtet, wenn sie in der Pause über den Schulhof geschlendert war oder im Unterricht wie eine Königin auf ihrem Platz thronte. Schon oft war meine Fantasie dabei mit mir durchgegangen und ich hatte mir versucht vorzustellen, wie Tanja nackt aussehen würde. Was ich in der Sauna sehen durfte, übertraf meine kühnsten Vorstellungen. Mein Blick wanderte gierig über Tanjas feste Brüste, über ihren flachen Bauch, an ihren wunderschönen Beinen herunter. Ich kam mir vor, wie ein Verdurstender in der Wüste. Nur zwei Meter entfernt von mir sprudelte das frische Wasser in einem Brunnen, doch der Brunnen schien trotz seiner Nähe unerreichbar für mich. Ich hätte alles dafür gegeben, in diesem Moment auf der anderen Seite der Saunatür sitzen zu dürfen. Neben Tanja, zwischen Tanja und Jenny. Gegenüber von Johanna. Ich schaute ins Schlaraffenland und wusste, dass ich dort nicht willkommen war. Tanja hatte mich noch nie beachtet und wenn doch, dann nur, um sich über mich lustig zu machen. Das Gleiche kann ich getrost auch über Johanna und Jenny sagen. Ich war schon immer ein Verlierer-Typ, von Frauen wie Tanja oder Jenny werde ich niemals beachtet werden.

Gebannt schaute ich durch die kleine Scheibe, beobachtete, wie Jenny sich plötzlich dicht neben Tanja auf das Handtuch setzte. Die beiden waren so nah vor meinem Auge, ich hätte die Schweißperlen auf ihrer glänzenden Haut zählen können. Die beiden unterhielten sich, fast kam es mir so vor, als würden sie miteinander flirten. Jenny legte ganz unvermittelt ihre Hände auf Tanjas Schultern und fing an, sie zu massieren. Tanjas entspannter Gesichtsausdruck zeugte nur allzu deutlich von ihrem Wohlbefinden. Wie sehr hätte ich mir gewünscht, in diesem Moment mit meinen Händen diesen Gesichtsausdruck auf Tanjas Gesicht zu zaubern. Aber ich hätte mein linkes Bein darauf gewettet, dass Tanja das niemals zulassen würde. Wie eine Katze schmiegte sie sich an Jenny, niemals hätte ich gedacht, dass die beiden sich so nahe stehen. Die langen schwarzen Haare und die gebräunte Haut von Jenny bildeten einen wunderbaren Kontrast zur hellblonden Tanja, deren blasser Teint die Zartheit ihrer Haut hervorhob. Auch die Dritte im Bunde bestach durch ihre fraulichen Attribute. Johanna lag gegenüber von ihren Freundinnen mit dem Bauch auf der Holzbank und schenkte mir einen freizügigen Blick auf ihren entzückenden Rücken. Ich drückte mir fast die Nase an der Scheibe platt, damit ich auch Johannas knackigen Po mit meinen Augen verschlingen konnte. Ich sog das mir dargebotene Bild in allen Einzelheiten in mich auf. Nie wieder in meinem ganzen Leben würde sich mir eine solche Herrlichkeit auftun, dachte ich mir und stierte mit großen Augen auf die nackten Körper der drei Mädchen. Während mein Blick noch auf der verträumt daliegenden Johanna lag, passierte es. Was ich in meinen kühnsten Träumen nicht für möglich gehalten hätte, spielte sich plötzlich ganz dicht vor meinen Augen ab. Mein Herz raste, als ich es sah und ich musste eine ganze Weile hinschauen, bis ich auch glaubte, was ich sah.

Tanja und Jenny küssten sich. Innig und zärtlich kosteten sie einander, ohne Scheu schenkten sie sich gegenseitig einen leidenschaftlichen, langanhaltenden Kuss. Am liebsten wäre ich in die Sauna hineingestürmt, um mir dieses wunderbare Schauspiel nicht durch die störende, vom Wasserdampf beschlagene Scheibe betrachten zu müssen.

Da passierte es. Johanna drehte sich herum und sah mich. Ich wollte weg, doch ich blieb wie angewurzelt stehen, unfähig, mich zu bewegen. Und dann sah Jenny mich auch. Tanja bemerkte nun ebenfalls, dass etwas nicht stimmte. Sie wandte ihr Gesicht von Jenny ab und blickte jetzt auch zu mir. Alle drei sahen sie mich verwundert durch die Scheibe an. Dieser Moment kam mir wie eine Ewigkeit vor. Eine Ewigkeit, in der nichts passierte. Nur die vorwurfsvollen Blicke dreier wunderbarer Frauen trafen mich wie vernichtende Blitze.

Plötzlich stand Tanja auf, kam auf mich zu und öffnete die Saunatür. Dabei lächelte sie mich an. Sie ging nicht, sie schwebte. Ihr nackter Körper schwebte auf mich zu. Aufreizend schlenderte sie mir entgegen. Mein Blick war starr auf ihre festen Brüste gerichtet. Ich wollte weglaufen, konnte nicht. Wollte wegschauen, konnte nicht. Da stand sie nun vor mir. Die Frau meiner Träume. Nackt und selbstbewusst stand sie vor mir, ich kam mir so klein und schäbig vor. Fühlte mich wie ein kleiner Junge, der beim Stehlen ertappt wurde und nun auf seine Strafe wartete.

Sie stand dicht vor mir, kam noch näher. Ihre blauen Augen, die immer strahlten, blickten mich eindringlich an. Ihr blondes Haar hing nass auf ihren Schultern. Ich stand regungslos da, ihr Anblick betäubte mich förmlich. Sie lächelte mich an, hob ihre Hand und streichelte über meinen Kopf. Sie fuhr mit ihrem Zeigefinger über meine Lippen, presste ihn zwischen meine Lippen. Ich lutschte ihren Finger, wie ein Baby an seinem Schnuller. Dann sagte sie laut, dass ich ein kleiner geiler Spanner wäre. Ich wollte es verneinen, konnte nicht, ich musste an ihrem Finger lutschen. Jenny und Johanna kicherten laut im Hintergrund. Tanja zog langsam ihren Finger aus meinem Mund. Mein Gesicht lief rot an. Tanja überlegte laut, ich wäre nun in ihr Geheimnis eingeweiht. Wenn ich ein Gentleman sein wollte, müsste ich dieses Geheimnis für mich behalten. Ich nickte. Tanja redete aber weiter auf mich ein. In einer Stunde sollte ich in ihr Zimmer kommen, dort wollte sie einen Vertrag mit mir machen, um sicher zu gehen, dass unser kleines Geheimnis auch geheim bleiben würde. Dann drehte sie mir ihren Rücken zu und ging zurück zu Jenny und Johanna. Aufreizend wackelte sie beim Gehen mit ihren Hüften. Mein Kopf war tiefrot angelaufen, mein Herz klopfte rasend schnell und mein Blick starrte auf ihren runden Hintern. Sie drehte sich noch einmal herum, winkte mir zu und gab mir zu verstehen, dass ich endlich gehen sollte. Ich ging. Aber schon eine Stunde später sollte ich sie wiedersehen dürfen. Ich fragte mich, was für einen Vertrag sie bloß mit mir machen wollte.

5

Dienstag, 20. August 2002

Siebels und Till hatten sich für diesen Morgen um 9.00 Uhr im Präsidium verabredet. Das neue Polizeipräsidium erstreckte sich auf einer Fläche von 129.000 Quadratmetern. Die Außenmaße des monumentalen Neubaus an der Adickesallee beliefen sich auf 232 mal 127 Meter Kantenlänge, im Inneren des sechsstöckigen Bauwerks waren vier Innenhöfe angelegt. Im Inneren befanden sich neben den 4600 Zimmern für die Beamten und Angestellten der Frankfurter Polizei eine riesige Sporthalle, Europas modernste interaktive Schießanlage sowie Frankfurts erstes Kriminalmuseum. Über 250 Millionen Euro kostete das Land Hessen die neue Heimstätte der Polizei. Till fühlte sich in seiner neuen Umgebung sehr wohl. Als er um kurz nach neun das Büro betrat, saß Siebels bereits am Schreibtisch und telefonierte. Die Bild-Zeitung lag vor ihm auf dem Schreibtisch. Die großen Buchstaben sprangen Till sofort ins Auge. Mord im Brentano-Bad. Daneben ein Foto der toten Tanja Niehaus. Es zeigte sie, wie sie auf dem Bauch auf der Liegewiese lag. Das Bikini-Höschen in den Kniekehlen hängend. Allerdings war auf dem Foto keine Spur von Lippenstift auf dem Rücken der Toten zu sehen. Till nahm sich die Zeitung und las den Artikel. Viel geschrieben hatte Fischer nicht, was sollte er auch schreiben. Der Artikel endete mit dem Hinweis, dass die Polizei noch völlig im Dunkeln tappe.

Siebels legte den Telefonhörer in dem Moment auf, als Staatsanwalt Jensen ins Büro stürmte. Grußlos tippte er mit seinem Zeigefinger auf den Artikel. „Das mit der Tappserei im Dunkeln, das geht so nicht, meine Herren. Wir müssen die Presse von unseren Fortschritten unterrichten.“ Ohne auf eine Antwort zu warten, verließ Jensen wieder wieselflink das Büro. Siebels verzichtete auf einen Kommentar, er begnügte sich damit, seine Augenbrauen zusammen zu kneifen. Irgendwie mochte er ja diesen Jensen. Er konnte sich nur nicht entscheiden, ob er ihn wegen oder trotz seiner cholerischen Anfälle sympathisch fand.

„Guten Morgen."

„Morgen Chef."

„Ich habe gerade mit dem Kollegen Meyer vom K65 telefoniert. Eine Tanja Niehaus ist bei den Kollegen nicht bekannt. Sie haben aber eine junge Kollegin im Team, die sich vor einiger Zeit ausführlich mit 0190er-Nummern beschäftigt hat. Vor allem mit denen, die in erotischen Internet-Kontaktmärkten immer öfter anzutreffen sind. Allerdings ging es dabei nicht um einen konkreten Fall, sondern nur um ein Referat. Sinn und Zweck der Übung war es, die Polizei auf den neuesten Stand zu bringen, was das horizontale Gewerbe betrifft. Vielleicht hat die Kollegin ja ein paar interessante Hinweise für uns. Sie wird uns gegen 11.00 Uhr hier aufsuchen. Charly Hofmeyer von der Spurensicherung ist schon auf dem Weg nach Sachsenhausen, zur Wohnung von Tanja Niehaus. Charly ist unser Computer-Experte. Der wird sich um den PC von Tanja Niehaus kümmern. Bin schon sehr gespannt, was er uns alles erzählen kann."

„Und was hältst du von dem Artikel in der Zeitung?"

„Fischer hat dafür gesorgt, dass weder auf dem Foto noch in dem Artikel etwas von einer kleinen geilen Schlampe erscheint. Das geht also so weit in Ordnung. Ich möchte aber, dass du ihm einen kleinen Besuch abstattest. Er hat jetzt eine Nacht über die Geschichte geschlafen, sein Artikel ist veröffentlicht, sein Telefon wird überwacht, rede mit ihm. Fühle ihm auf den Zahn. Irgendeine Verbindung zwischen ihm und dem Täter muss es geben."

„Oder er ist selbst der Täter."

„Fahr hin und finde es heraus, frag ihn Löcher in den Bauch, vielleicht wird er nervös. Aber ich glaube nicht, dass er unser Mann ist."

„Und was machst du in der Zeit?"

„Der Obduktionsbericht ist fertig. Den werde ich mir jetzt erstmal in Ruhe durchlesen. Außerdem will ich noch einen Termin mit den Eltern von Tanja Niehaus vereinbaren. Am besten heute Nachmittag. Sieh zu, dass du in zwei Stunden wieder hier bist, wenn die Kollegin vom K65 kommt."

Siebels nahm sich den Schnellhefter mit dem Obduktionsbericht von der Gerichtsmedizin, schenkte sich einen Kaffee ein, zündete sich eine Zigarette an, lehnte sich zurück und legte seine Füße auf den Schreibtisch. Sekunden später war er in den Bericht vertieft.

Till wollte sich gerade auf den Weg machen, als sein Telefon klingelte. Ein Angestellter der Telekom teilte ihm mit, dass Sven Fischer zur besagten Zeit von einem Telefonhäuschen vor der Postfiliale am Fischstein aus angerufen wurde. Till bedankte sich und überlegte, ob Fischer damit als Täter entlastet sein könnte. Er konnte sich nicht durchringen, Fischer gefiel ihm nicht. Der Besuch bei ihm würde vielleicht neue Fragen aufwerfen, hoffte Till.

Fischer wohnte in einer kleinen Zwei-Zimmer-Wohnung in der Berger Straße in Bornheim. Till war froh, dass er mit dem Motorrad gefahren war, Parkplätze waren hier nämlich Mangelware. Die Berger Straße teilte sich in zwei Straßenzüge, die obere und die untere Berger Straße. Die beiden Straßenteile wurden von der Habsburger Alle getrennt. Fischer wohnte direkt am Merianplatz, im unteren Teil der Berger Straße. Die Berger Straße war eine Ansammlung von alt eingesessenen kleinen gemütlichen Kneipen und neu errichteten Cafés. Sie war eine der bekanntesten Straßen in Frankfurt, im Sommer saßen die Frankfurter an den vielen kleinen Tischen, die auf den Bürgersteigen standen oder in einem der Biergärten, die in den Hinterhöfen angesiedelt waren. Getrunken wurde neben Bier bevorzugt der Apfelwein, das hessische Nationalgetränk. Till musste sich erst an den leicht säuerlichen Geschmack des Apfelweins gewöhnen, als er nach dem Abitur seine Heimatstadt Erfurt verließ, um den Polizeidienst in Frankfurt anzutreten. Mittlerweile wusste er besonders an schwülen Sommerabenden den Apfelwein zu schätzen. Mittlerweile trank er ihn meistens pur. Er war eben ein echter Frankfurter geworden.

»Sven Fischer« stand kaum lesbar auf dem Klingelschild. Till drückte bereits zum dritten Mal den Klingelknopf, als ihm von hinten jemand auf die Schulter klopfte.

„Guten Tag Herr Krüger, ich nehme an, Sie wollen zu mir."

Fischer lächelte Till an und öffnete die Tür.

„Ich war nur eben am Kiosk und habe mir die Bild-Zeitung geholt. Und ein Päckchen Zigaretten. Eigentlich habe ich ja vor drei Wochen aufgehört mit dem Rauchen. Aber gestern habe ich mir wieder eine angezündet. Die ganze Geschichte ging mir wohl doch ein bisschen unter die Haut."

Fischer und Till betraten die Wohnung. Fischer zeigte auf sein Telefon. „Glücklich bin ich ja nicht damit, dass Sie meine Gespräche überwachen. Aber in dem Fall will ich mich nicht quer stellen. Ich wüsste doch zu gern, warum der Typ ausgerechnet mich angerufen hat. Es hat heute erst ein Mal geklingelt. Die Redaktion der Bild. Die wollten wissen, ob es etwas Neues von der Toten gibt. Immerhin rufen sie noch bei mir persönlich an, also weiß auch sonst niemand etwas Neues, oder?"

„Nein, bisher sind nur mein Kollege und ich auf dem neuesten Stand der Dinge. Es sei denn, Sie verschweigen uns etwas und wissen mehr als Sie sagen."

„Sie trauen mir also nicht? Setzen Sie sich doch, kann ich Ihnen einen Kaffee anbieten?"

„Ja, danke. Ein Kaffee wäre nicht schlecht. Ich bin Polizeibeamter und mache meinen Job. Ob ich Ihnen traue oder nicht, das spielt keine Rolle. Mich interessieren nur Fakten."

Fischer schenkte Kaffee ein und zündete sich eine Zigarette an. Er schaute Till an und inhalierte einen kräftigen Zug Nikotin in seine Lunge.

„Hören Sie, dass ich bei dieser ganzen Geschichte nicht so ganz lupenrein aussehe, das ist mir auch bewusst. Entweder ich kenne den Täter irgendwoher oder aber ich bin selbst der Täter. Wenn ich selbst der Täter wäre, wäre es nicht sehr dreist von mir, die Polizei zu alarmieren und am Tatort auf Sie zu warten?"

„Das wäre sogar sehr dreist. Wenn Sie dann auch noch unter der Aufsicht der Polizei einen Artikel in der Bild publizieren, wäre das der Gipfel der Dreistigkeit."

„Ich würde auch lieber politische Berichterstattung machen als so was hier." Fischer zeigte auf die Bild-Zeitung. „Aber leider ist das zur Zeit das Einzige, was mir geblieben ist. Es soll schon Journalisten gegeben haben, die ihre Storys selbst inszeniert haben, soweit bin ich aber zum Glück noch nicht gesunken." In der Stimme von Fischer klang ein Hauch von Selbstmitleid mit.

Till schaute sich im Zimmer um. Unauffällig suchte er nach einem Hinweis, einem Indiz, das Fischer in ein anderes Licht stellen würde. Aber er fand nichts. Ein Wohnzimmer wie hunderttausend andere auch. Ein schäbiger Schrank, eine ausgesessene Couchgarnitur, bezogen mit hellgelbem Stoff, vergilbte Gardinen, aber alles gepflegt. Kein Staub auf den Möbeln, keine Unordnung. Nicht gerade ein typisches Junggesellenzimmer.

„Haben Sie eine Freundin?"

„Nein, ich habe keine Freundin."

„Darf ich fragen, wie lange Ihre letzte Beziehung zu einer Frau zurückliegt?"

Fischer schmunzelte. „Ich hatte noch nie eine intime Beziehung zu einer Frau."

Till schaute ihn ungläubig an. „Sie hatten noch nie ...?"

„Nein, ich pflege hin und wieder Beziehungen zu Männern, ich bin schwul. Zufrieden?"

„Können Sie das beweisen?" Kaum hatte Till die Frage gestellt, bemerkte er, wie dumm die Frage war. Dass Fischer schwul sein könnte, wäre ihm nie in den Sinn gekommen.

Fischer wollte gerade antworten, als Till abwehrend die Hände erhob. „Entschuldigung, vergessen Sie es wieder."

„Sie sind auch nicht unbedingt mein Typ", rettete Fischer ihn aus seinem Fettnäpfchen.

Till überlegte kurz. Die Geschichte von Fischer schien Hand und Fuß zu haben, er wurde tatsächlich angerufen, von einer öffentlichen Telefonzelle ganz in der Nähe des Tatortes. Das machte Sinn. Aber eine Verbindung zum Täter, die musste es doch geben.

„Sagt Ihnen der Name Niehaus etwas?"

„Niehaus? Ich hatte beruflich mal etwas mit einem Peter Niehaus zu tun. Warum fragen Sie?"

„Peter Niehaus ist der Vater der Toten, Tanja Niehaus."

„Das ist ja ein Ding. Während meiner Zeit als Volontär bei der F.A.Z. habe ich für einen Artikel über Niehaus recherchiert. Ihm gehört eine Consulting-Firma, die sehr eng mit der Deutschen Bank zusammenarbeitet. Niehaus hat viele kleinere Firmen aus der Industrie beraten, die kurz vor der Pleite standen. Die meisten hatten faule Kredite bei der Deutschen Bank. Und die Deutsche Bank hat dann Niehaus eingeschaltet, um den Laden wieder zu sanieren. Und das konnte er sehr gut. Er hat viele Firmen wieder auf die Beine gebracht. Wo er ins Spiel kam, gab es zwar immer massenweise Entlassungen, aber am Ende hat er es geschafft, die Unternehmen wieder fit zu machen. Es gab aber mal einen Fall, da ging nicht alles mit rechten Dingen zu. Es ging um die Vereinigte Edelmetall Werke. Niehaus wurde wie üblich von der Deutschen Bank als Sanierer eingesetzt. Doch angeblich gab es gar nichts zu sanieren. Der Betriebsrat jedenfalls war der Meinung, dass die Firma sehr gute Zahlen schreiben würde. Die Geschäftsleitung, die von der Deutschen Bank als Hauptkreditgeber kurz zuvor installiert worden war, hätte angeblich die Bilanz massiv zum Schaden des Unternehmens frisiert. So wurde monatelang zwischen Betriebsrat und Deutscher Bank wegen den von Niehaus geplanten Massenentlassungen verhandelt. Und jetzt kommt das Merkwürdige. Die Betriebsratsmitglieder kündigten nach und nach bei den Vereinigten Edelmetall Werken. Bei der F.A.Z. fanden wir später heraus, dass einem nach dem anderen ein überaus lukratives Angebot aus anderen Unternehmen unterbreitet wurde. Insgesamt waren es sechs Männer, die so abgeworben wurden. Die Vereinigten Edelmetall Werke standen bald ohne Betriebsrat da. Es wurden zwar neue Leute gewählt, die waren aber nicht tief genug in die Materie eingearbeitet, um bei den Verhandlungen mit Niehaus und der Deutschen Bank ein ernsthafter Gegner zu sein. Es wurden bei den Vereinigten Edelmetall Werken schließlich einhundertzwanzig Mitarbeiter entlassen. Kurze Zeit später wurde das Unternehmen unter der Regie von Peter Niehaus in kleinere Geschäftseinheiten zerschlagen, die dann unter verschiedenen Gesellschaftsformen rechtlich selbständig wurden. Insgesamt wurden auf diese Weise sechs neue Unternehmen gegründet. Drei davon firmierten als GmbH und die anderen drei als Aktiengesellschaft. Diese Umfirmierung geschah Anfang 1997. Bis November 1997 hielt die Deutsche Bank 95% des Aktienvolumens dieser drei Unternehmen, die anderen 5% gehörten Niehaus. Im Dezember schließlich platzierte die Deutsche Bank diese drei Unternehmen am Börsensegment Neuer Markt. Niehaus Consulting war als Unternehmensberatung für alle drei Börsenneulinge zuständig. Niehaus kümmerte sich persönlich um das Marketing. Und aus dem ehemaligen konservativen Unternehmen der Vereinigten Edelmetall Werke wurden innerhalb kürzester Zeit drei junge dynamische Unternehmen mit ungeahntem Wachstumspotential. Es handelt sich hierbei um die NMT, New Material Technology, die angeblich in naher Zukunft neue Technologien auf dem Gebiet der Oberflächenbeschichtung von Metallen zur Marktreife bringen sollte, außerdem um die MicroTec. Diese Firma entwickelte neue Verfahren zur Herstellung von hochreinem Siliciumoxid, das unter anderem zur Herstellung von Glasfasern und Mikrochips benötigt wird, und schließlich die Global Trading and

Scientific, ein Unternehmen, das sich auf den weltweiten Handel mit Edelmetallen spezialisiert hatte.

Die Börsenkurse entwickelten sich mit dem Boom an den Börsen in den folgenden zwei Jahren rasant nach oben, bis März 2000 haben sich die Kurse aller drei Unternehmen mehr als verzehnfacht. Zu dieser Zeit hat Niehaus seinen Aktienbesitz an allen drei Unternehmen über die Deutsche Bank am Markt verkauft. Schätzungsweise hat er über zehn Millionen Euro an Kursgewinnen verbuchen können. Bis zu diesem Zeitpunkt war er wohl mitverantwortlich für die Euphorie am Neuen Markt. Er veranlasste eine Flut von Ad-hoc-Meldungen, die immer größere Wachstumsprognosen zur Folge hatten. Er gab Partys auf Ibiza, bei denen sich die einflussreichen Fondsmanager in ausgelassener Stimmung unter der Wirkung von reichlich Alkohol und im Beisein schöner Frauen von den Strategien der am Neuen Markt notierten Unternehmen überzeugen ließen. Niehaus steigerte sich immer weiter in die Rolle des Showmasters. Das Börsenparkett wurde seine Bühne, die drei von ihm beratenen Unternehmen waren die Hauptattraktionen und die Aktionäre waren das begeisterte Publikum. Er veranstaltete eine perfekte Show und wusste auch genau, wann die Show vorbei war. Nachdem er sich von seinen Anteilen getrennt hatte, dauerte es nicht mehr lange, bis die Kurse an den Börsen absackten.

Mittlerweile ist der gesamte Neue Markt nur noch ein Trümmerhaufen. Die New Material Technology und die MicroTec haben Insolvenz angemeldet, der Vorstandsvorsitzende der Global Trading and Scientific steht wegen Kursbetrug und Insidergeschäften vor Gericht. Peter Niehaus hat das Geld, das den Kleinaktionären nun fehlt, und saniert wieder Firmen im Auftrag der Deutschen Bank."

Till hatte den Ausführungen seines Gegenübers aufmerksam zugehört. Er hatte zwar nicht viel Ahnung von der Börse, hatte aber mit seinem Aktiengeschäft am Neuen Markt sehr gut verdient. Des einen Leid ist des anderen Freud, dachte er bei sich. „Konnte man Niehaus denn auch illegale Machenschaften nachweisen?"

„Nein. Jedenfalls nicht, um ihm strafrechtlich etwas anhängen zu können. Dafür gibt es in Deutschland keine ausreichenden Gesetze."

„Aus welchem Grund kam es dann bei Ihrer Redaktion zu den Recherchen über Peter Niehaus?"

„Zum einen gab es generell ein großes Interesse der Medien am Aufstieg und Fall des Neuen Marktes, nachdem sich herausstellte, auf welch dünnem Eis sich die deutsche Wirtschaft hier bewegte, zum anderen meldete sich in unserer Redaktion einer der ehemaligen Betriebsräte der Vereinigten Edelmetall Werke. Wie sich herausstellte, wurde keiner der ehemaligen Betriebsräte in seiner neuen Anstellung glücklich. Zweien wurde noch in der Probezeit wieder gekündigt, die vier anderen wurden schließlich mit völlig anderen Funktionen betraut, als ursprünglich zugesagt. Alle Abwerbungen waren von Niehaus inszeniert. Leider ist ihm das nicht nachzuweisen."

„Können Sie mir die Namen dieser Betriebsräte geben?"

„Ich kann Ihnen den Namen und die Adresse vom dem geben, der uns in der Redaktion aufgesucht hat. Er heißt Joachim Schäfer und wohnt in Griesheim, in der Lärchenstraße."

Fischer schrieb Till die Adresse und die Telefonnummer von Joachim Schäfer auf einen Zettel. Die Männer verabschiedeten sich. Beim Hinausgehen deutete Till auf das Telefon.

„Vergessen Sie nicht, ihn so lange wie möglich in der Leitung zu halten, falls er sich meldet."

„Ja, ich weiß Bescheid. Ist diese Abhöraktion eigentlich legal?"

„Wenn Sie einverstanden sind, wer sollte dann etwas dagegen haben? Es ist ja Ihr Telefon, das wir anzapfen."

Till bedankte sich noch einmal bei Fischer für dessen Informationen zu Niehaus und ging dann hinaus auf die Berger Straße. Er hatte noch etwa eine halbe Stunde Zeit, bis er wieder mit Siebels verabredet war. Bis zum Präsidium brauchte er nur zwei bis drei Minuten von hier aus. Die Sonne schien angenehm warm, es sollten heute 28 °C werden. Till entschloss sich, noch einen Kaffee zu trinken, unter dem Schatten eines Sonnenschirms in einem der vielen kleinen Cafés auf der Berger Straße. Nicht weit von Fischers Wohnung fand er ein gemütliches Straßencafé, bestellte einen Milchkaffee und beobachtete die Leute, die an ihm vorüberliefen. Er dachte noch einmal über Niehaus nach, über das, was Fischer ihm eben erzählt hatte. Er schien ein Machtmensch zu sein, einer, dem nichts danebenging. Einer, der auch mal über Leichen ging. Siebels hatte sich auch das schnelle Geld versprochen, als die Anlage in Aktien in aller Munde war. Er investierte aber mehr, als ihm eigentlich möglich gewesen wäre. Aber was sollte bei Aktien der

Deutschen Telekom schon schief gehen, viele seiner Kollegen griffen zu, als die Telekom ihre Anteilscheine auf den Markt warf. Siebels wollte die Raten für sein Häuschen etwas schneller zurückzahlen, als ursprünglich geplant. Doch mittlerweile hatte er über achtzig Prozent seiner Einlage eingebüßt. Vor einem halben Jahr verließ ihn schließlich seine Frau. Zusammen mit der zwölf Jahre alten Tochter drehte sie Siebels und Frankfurt den Rücken zu und zog Hals über Kopf in ihre alte Heimat nach Berlin. Die ewigen Geldsorgen hatten die Familie am Ende kaputt gemacht. Siebels hatte sein Haus verkaufen müssen, seine Aktien besaß er aber noch, die Hoffnung auf eine Erholung des Aktienkurses wollte er jedenfalls nicht aufgeben. Es wäre ja nur eine Frage der Zeit, bis er sein eingesetztes Kapital wieder zur Verfügung hätte. Das war Siebels Standpunkt. Und bis dahin arbeitete er wie ein Besessener. Seine Erfolgsquote war schon immer gut, aber im letzten Jahr hat er noch einen drauf gesetzt. Kaum kam ein neuer Fall auf den Tisch, schon setzte Siebels alle nur erdenklichen Hebel in Bewegung. Manchmal arbeitete er bis spät in die Nacht hinein. Tagsüber befragte er Zeugen, vernahm Verdächtige, recherchierte bei Ämtern und Behörden, befragte sämtliche Freunde und Kollegen von Opfern über deren Leben und sehr schnell hatte er so die eine oder andere heiße Spur. Abends schrieb er seine Berichte, legte Akten an, studierte Obduktionsberichte, verglich seine Informationen immer wieder, grübelte über Zusammenhänge nach, bis er an seinem Schreibtisch einschlief und von Till am nächsten Morgen geweckt wurde. Oft hatte Till ein schlechtes Gewissen, weil er nicht annähernd so viel Zeit mit der Arbeit verbrachte wie Siebels. Doch Siebels verstand es, Till nicht unnötig unter Druck zu setzen, er ließ ihm alle Freiheiten, das war wohl der Grund, warum die beiden so gut harmonierten. Till bezahlte, er musste sich beeilen, wenn er die Kollegin vom K65 nicht verpassen wollte.

6

Till öffnete gerade die Tür zu seinem Büro, als ihm im Flur die junge Polizistin entgegenkam. „Herr Krüger?"

„Ja, der bin ich."

„Wir sind verabredet, ich bin Sabine Karlson, drüben vom K65. Herr Siebels hat mich gebeten, Ihnen beiden über meine Erfahrungen mit 0190er-Rufnummern im Sexgeschäft einige Auskünfte zu geben."

Till und Sabine Karlson betraten das Büro, wo Siebels sie begrüßte. Till war sichtlich beeindruckt von der jungen Polizistin. Jedenfalls von ihrer äußeren Erscheinung. Sie hatte die Größe von Till, 175 Zentimeter. Kurze hellblonde Haare und eine sonnengebräunte Haut. In ihrer engen Jeans und dem knappen weißen T-Shirt waren ihre fraulichen Kurven nicht zu verbergen. Sie wirkte fröhlich und sehr selbstbewusst.

„Sind Sie Schwedin oder sehen Sie nur so aus?"

Die Frage stellte Till mehr im Unterbewusstsein, für einen Moment war er wie weggetreten. Diese Frau hatte etwas. Etwas, das Männer magisch anzog.

„Meine Mutter ist Deutsche, mein Vater ist Schwede. Also bin ich eine Halbschwedin, wenn das Ihre Neugier befriedigt."

Siebels goss den beiden Kaffee ein und war sichtlich amüsiert über die großen Augen von Till, mit denen er die junge Kollegin vom K65 anstarrte.

Die Polizisten setzten sich im Nebenbüro an einen Besprechungstisch. Siebels berichtete in knappen Worten über den aktuellen Fall und über den Anrufbeantworter von Tanja Niehaus. Die blonde Halbschwedin hörte aufmerksam zu, blickte zwischendurch des Öfteren zu Till herüber, der es nicht unterlassen konnte, sie anzustarren.

Till erfuhr nun von Siebels, dass die Kollegen von der Spurensicherung gerade dabei waren, die Wohnung von Tanja Niehaus auf den Kopf zu stellen. Der Computer würde in Kürze von dem EDV-Spezialisten Charly Hofmeyer untersucht werden. Spätestens in zwei Tagen sollte ein Bericht über die gesendeten und empfangenen E-Mails von Tanja Niehaus vorliegen, wahrscheinlich schon früher. Und die Festplatte würde gründlich auf Material durchsucht werden, das einen Hinweis auf einen möglichen Täter geben könnte.

„Sollte sich etwas Interessantes finden lassen, werde ich Sie gern informieren, Frau Karlson."

Till hatte sich nun einigermaßen an die Anwesenheit der blonden Kollegin gewöhnt und konnte wieder klare Gedanken fassen.

„Hat der Obduktionsbericht noch etwas Neues ergeben?"

Siebels zündete sich eine Zigarette an.

„Ja, das hat er. Es hat sich bestätigt, dass der Täter Tanja Niehaus von hinten erwürgte."

Siebels nahm den Bericht in die Hand und zitierte einige Passagen. „... kann Tod durch Erstickung bescheinigt werden. Die äußeren Befunde wie Würgespuren am Hals sowie Punktblutungen im Gesichtsbereich, insbesondere um die Augenregion, sind eindeutig auf eine Kompression der Halsgefäße zurückzuführen, die einen Verschluss der oberen Atemwege zur Folge hatten. Die inneren Befunde lassen den gleichen Schluss zu. Subepikardiale Blutungen am Herz und hypopleurale Blutungen in der Lunge, auch Tardieu'sche Flecken genannt, sind typische makroskopische Befunde, wie sie beim Tod durch Erstickung auftreten und entstehen durch Zerreißen von Blutgefäßen bei forcierten Atembewegungen. Des Weiteren deuten auch sämtliche mikroskopischen Befunde auf Tod durch Erstickung hin. Im Einzelnen sind dies eine Schwellung der Neuroglia sowie fleckenförmige Ödeme in verschiedenen Hirnteilen. In der Lunge wurde eine Zerreißung der Alveolarsepten sowie eine Schwellung der Aveolarzellen festgestellt. Die mikroskopisch sichtbaren Zellschädigungen in verschiedenen Organen sind Zeichen des Sauerstoffmangels, wie er bei Tod durch Erstickung eintritt. Da sich die Zeichen des Sauerstoffmangels als mikroskopisch sichtbare Zellschädigungen nur bei stark prolongierten Erstickungsvorgängen feststellen lassen, muss davon ausgegangen werden, dass die Asphyxie sich über einen Zeitraum von mindestens fünfzehn Minuten hingezogen hat, bis der Tod eingetreten ist."

Siebels schlug den Bericht wieder zu, die weiteren Ergebnisse der Obduktion und die Schlussfolgerungen der Gerichtsmedizin wollte er Till lieber in seinen eigenen Worten wiedergeben.

„Sie wurde also mindestens fünfzehn Minuten lang gewürgt, vielleicht auch länger, bis der Tod eintrat. Und jetzt kommt's. Die Gerichtsmediziner haben festgestellt, dass sie zum Todeszeitpunkt unter der Einwirkung von Kokain stand. Die Risswunden im vaginalen und analen Bereich sind nicht viel älter als der Todeseintritt. Eine Vergewaltigung schließen die Gerichtsmediziner allerdings aus. Im Gegenteil, Blutuntersuchungen lassen den Schluss zu, dass sie kurz vor Todeseintritt noch einen Orgasmus hatte."

„Das können die feststellen? Wow."

„Ja, anhand von Endorphinen, die beim Orgasmus gebildet werden. Die Ergebnisse der Obduktion deuten darauf hin, dass sie gewürgt wurde, während sie analen Verkehr hatte. Sie hat sich also wahrscheinlich freiwillig würgen lassen, vielleicht hat sie sogar darauf bestanden, weil sie unter Sauerstoffmangel ihren Orgasmus noch intensiver erleben wollte. Wir müssen also davon ausgehen, dass es sich nicht um einen Mord, sondern um einen Unfall mit Todesfolge handelte. Es wurden keine Spermaspuren gefunden, wahrscheinlich hat der Täter also ein Kondom benutzt. Auch das spricht gegen eine Vergewaltigung. Es gibt auch sonst keine Spuren, die darauf hindeuten, dass sie sich gewehrt hätte. Unter den Fingernägeln wurde weder Gras noch Erde gefunden, dafür aber Fasern von einem Handtuch. Dieselben Fasern wurden auch am ganzen Körper gefunden, dafür wurde kein einziger brauchbarer Fingerabdruck auf ihrer Haut entdeckt. Noch nicht mal ihre eigenen Abdrücke. Wir müssen davon ausgehen, dass sie ausgiebigen Sex miteinander hatten, dass er sie dabei versehentlich erwürgt und die Leiche hinterher fein säuberlich mit dem Handtuch abgewischt hat. Anschließend hat er ihr mit Lippenstift den Spruch auf den Rücken geschrieben. Dass es sich dabei tatsächlich um Lippenstift handelt, wurde auch eindeutig festgestellt."

Tills Gesichtsausdruck machte deutlich, dass er mit der Unfall-Theorie nicht glücklich war.

„Das macht doch keinen Sinn, warum sollte er ihr auf den Rücken schreiben, dass sie eine kleine geile Schlampe ist, wenn es gar nicht seine Absicht war, sie zu töten?"

„Darüber habe ich mir auch schon den Kopf zerbrochen. Als ich nicht weiterkam, habe ich mir im Drogendezernat einen Merkzettel über die Auswirkungen von Kokain besorgt. Ich lese dir mal das

Wesentliche vor: Der Kokainberauschte ist weniger gehemmt, wirkt enthusiastisch und direkter im Umgang. Insbesondere sexuelle Hemmungen fallen, bei erhöhter Libido und verzögertem Eintritt des Orgasmus. Sein Eingreifen in den Gesamtorganismus macht die Faszination des Gebrauchs aus. Kokain vermittelt Exotik und Erotik bei gleichzeitiger Energiegeladenheit und gesteigerter Leistungsfähigkeit. Von seiner Fähigkeit, die Erektion zu verlängern sowie den Orgasmus hinauszögern zu können und ihn intensiver zu erleben, wird häufiger berichtet. Bei zu hohen Dosen oder Dauergebrauch kann die erotisierende Wirkung aber auch umschlagen, Erektions- und Orgasmusschwierigkeiten können die Folge sein. Kokain gilt als Ego-Droge, denn sein Gebrauch senkt zuweilen die Bereitschaft, sich auf andere einzulassen."

Siebels schaute zu Till, aber dessen Gesichtsausdruck blieb weiter skeptisch.

„Tanja konsumierte regelmäßig Kokain, sie hatte entzündliche Verätzungen der Nasenschleimhäute und der Nasenscheidewände", fuhr Siebels in seinen Ausführungen fort.

„Ich habe mir folgende Theorie zurechtgelegt, davon ausgehend, dass auch der Täter unter der Einwirkung von Kokain stand. Die beiden hatten also Geschlechtsverkehr in allen Varianten. Während Tanja aber eine gesteigerte Libido empfand und im Rausch der Droge auf ihren Höhepunkt zusteuerte, dessen Auswirkungen sie noch intensiver erleben wollte, indem sie sich würgen ließ, hatte das Kokain bei ihm die entgegengesetzte Wirkung. Vielleicht hatte er eine zu hohe Dosis genommen. Jedenfalls hatte er Schwierigkeiten, zum Orgasmus zu kommen. Also nahm er sie härter, würgte sie fester. Er verlor die Kontrolle über sich und würgte sie immer heftiger. Bis sie tot war. Dann merkte er, was er da angerichtet hatte. Die Wirkung des Kokains ließ nach, er kam herunter von der Droge, durchlebte dabei eine depressive Phase. Tanja lag tot vor ihm. Erst hatte sie ihren Orgasmus, der ihm vorenthalten blieb, dann machte sie einen Abgang und ließ ihn allein zurück. In seiner depressiven Phase gab er ihr die Schuld an dem Desaster. Er wischte die Leiche ab, das machte ihn noch depressiver. Er fand Tanjas Lippenstift in ihrer Tasche und schrieb ihr auf den Rücken, dass sie eine kleine geile Schlampe ist. Dann sammelte er die Klamotten und alles andere ein und machte sich aus dem Staub."

„Nette Theorie“, bestätigte Till. „Das setzt aber voraus, dass die zwei sich gut kannten. Hätten er dann bei so einer Nummer einen Kondom benutzt? Ich bezweifele das.“

Sabine Karlson, die bis dahin aufmerksam zugehört hatte, schaltete sich in das Gespräch ein. „Vielleicht haben Sie Recht, vielleicht benutzte er wirklich keinen Kondom. Das würde die Theorie von Herrn Siebels doch nur bekräftigen, dass er unter Einfluss von einer Überdosis Kokain Orgasmusschwierigkeiten hatte. Wäre er rechtzeitig zu seinem Höhepunkt gekommen, wäre vielleicht gar nichts passiert, so hat er sie aber immer weiter gewürgt und penetriert.“

Für Till war das keine befriedigende Theorie. Er überlegte kurz und präsentierte Siebels und Karlson eine andere Theorie.

„Es könnte aber auch genauso gut sein, dass der Treff im Schwimmbad ein blind date mit einer Internet-Bekanntschaft war. Sie hat sich mit einem Unbekannten getroffen. Die beiden konsumierten Kokain und gingen eine Runde Nachtschwimmen. Dann trieben sie es miteinander auf der Wiese. Tanja holte sich auf diese Weise ihren Kick. Der Täter bekommt seinen Kick aber auf andere Weise. Er erwürgt sie, während er sie fickt. Er hat die ganze Aktion im Voraus geplant und weiß genau, was er tut. Sein Opfer hat er im Internet kennen gelernt, es gibt keine Verbindung zwischen Tanja und ihm, er kann seine perverse Veranlagung nun ungestört ausleben. Und Tanja hat auch noch Spaß dabei. Das ist seine Rechtfertigung, die kleine Schlampe hat Spaß daran. Damit auch keine Missverständnisse auftreten, schreibt er ihr das auch noch auf den Rücken. Er lässt sie tot und gedemütigt zurück, teilt der Welt mit, dass sie es ja nicht besser verdient hat.“

„Gratuliere Herr Kollege, das ist eine Theorie, die wir auch verfolgen sollten. Deswegen hoffe ich, dass wir auf ihrem Computer brauchbare Spuren finden werden. Ihre Männerbekanntschaften hat sie nämlich mit Sicherheit auch über das Internet gemacht. Deswegen würden wir jetzt auch gerne ein paar Hintergrundinformationen zu Kontaktanzeigen mit 0190er-Nummern haben, Frau Karlson.“

Siebels legte das Band aus Tanjas Anrufbeantworter in einen Rekorder und ließ es abspielen. Sabine Karlson hörte aufmerksam zu.

»Hallo mein Freund. Schön, dass du dich bei mir meldest. Ich warte schon sehnsüchtig auf deinen Anruf. Deine E-Mail hat mich sehr angesprochen, du scheinst der Mann zu sein, den ich haben will. Ich will dich unbedingt kennen lernen. Wir werden bestimmt viel Spaß zusammen haben. Ich kann es kaum erwarten, dich unter meine Fittiche zu bekommen. Du wirst staunen, was ich auf meiner kleinen Spielwiese alles mit dir anstellen will. Aber keine Sorge, ich werde dir schon beibringen, wie du dich in Gegenwart einer Lady wie mir zu benehmen hast.

Leider bin ich gerade nicht zu Hause, bin aber bestimmt bald wieder zurück. Also versuch es später doch noch einmal. Ich kann es kaum erwarten, persönlich mit dir zu sprechen. Also bis gleich, deine Chantal.«

Pieps.

»Hallo Chantal, hier ist der kleine Bengel. Habe gerade deine E-Mail erhalten. Melde dich doch mal bei mir. Meine Nummer ist die 069 44433322211.«

Pieps.

»Guten Tag Chantal. Mein Name ist Georg. Ich bin Witwer. Nun suche ich die starke Hand einer starken Frau. Schade, dass Sie nicht da sind. Ich melde mich später wieder. Georg.«

Pieps.

»Hallo. Hier spricht Sklave Peter. Ich bewerbe mich auf Ihre Kontaktanzeige. Ich hoffe, ich bin nicht zu übermütig, wenn ich Ihnen meine Dienste anbiete. Ich werde mich später wieder melden, wenn ich darf. Demutsvoll, Ihr Peter.«

Pieps.

»Sehr geehrte Frau Chantal, Ihre Kontaktanzeige hat mich sehr angesprochen. Ich würde mich glücklich schätzen, Ihre Bekanntschaft machen zu dürfen. Gerne melde ich mich später wieder bei Ihnen.«

Pieps.

»Hey du Weibsbild. Mit mir kannst du machen was du willst. Ich stehe für alle Sauereien zur Verfügung. Mach mich einfach fertig. Da steh ich drauf. Lies einfach meine Mail. Die mit dem Absender kleiner Zwerg. Ich kann es kaum erwarten, deine Antwort zu lesen, bis dann.«

Pieps.

»Wenn du echt bist, dann beantworte bitte meine Mail. Ich bin devoter-Mann@gmx.de. Wenn du auch nur eine Abzockerin bist, dann lass mich bloß in Ruhe.«

Pieps.

»Und ewig spricht das Band. Ihr könnt mich alle mal, ihr dummen 0190er-Nutten.«

Ende der Durchsagen, Pieps.

Sabine Karlson übernahm nun das Wort.

„Ja, das sind eindeutig alles Männer, die sich auf eine Kontaktanzeige im Internet gemeldet haben und dann eine Antwort mit einer 0190er-Telefonnummer erhalten haben. Das ist ein ganz typisches Muster für die allgemeine Vorgehensweise, wenn man über hohe Telefongebühren Geld verdienen will. Es bleibt nur die Frage, ob sich Ihre Tote ausschließlich des Geldes wegen anrufen ließ oder ob sie auch an realen Kontakten interessiert war.

Es gibt mittlerweile einen ganzen Industriezweig, der sich auf betrügerische Kontaktanzeigen spezialisiert hat. Da sitzen Leute am Computer, die nichts anderes machen, als in den einschlägigen Kontaktmärkten eindeutige Kontaktanzeigen zu platzieren. Je nach Kontaktmarkt und Anzeigetext bekommen die dann Hunderte von Antworten auf ihre Anzeige. Alles Antworten von Männern, die im Internet auf der Suche nach einem sexuellen Abenteuer sind. Viele der Männer sind verheiratet und Familienväter. Und alle diese Männer bekommen dann in der Regel eine standardisierte Antwort, meistens noch mit einem freizügigen Foto. Die Damen, die auf den Fotos abgebildet sind, wissen oft gar nicht, dass sie für Kontaktanzeigen missbraucht werden. Die Männer erhalten dann also eine Antwort, die ihnen einreden soll, dass da eine willige junge Frau es gar nicht abwarten kann, sich mit ihnen zu treffen. Man soll einfach nur schnell die angegebene Telefonnummer anrufen und schon kann man ganz unkompliziert ein Date ausmachen. Viele erkennen gleich, dass es dabei nicht mit rechten Dingen zugeht, und löschen diese Mails auch wieder. Andere haben in ihrem PC schon einen eingebauten Schutz, der E-Mails mit 0190er-Nummern erst gar nicht runterlädt. Es gibt aber auch sehr viele Männer, die es sich nicht nehmen lassen, die angegebene Telefonnummer zu wählen. In der Regel landen sie dann im Nirwana auf einem Anrufbeantworter und hören sich geduldig eine Bandansage an. Und während sie dem Band lauschen und noch auf die Frau ihrer Träume hoffen, läuft der Tarifticker, der Telekom entgeht nichts. Die wenigsten haben auf diese Weise jemals einen Kontakt zu einer echten Frau gefunden. Aber Telefonrechnungen, die ihnen die Tränen in die Augen getrieben haben."

Siebels unterbrach die Ausführungen seiner Kollegin.

„Was kostet denn so ein Anruf auf einer 0190er-Nummer?"

„Das kommt auf die nachfolgende Ziffer an. Wenn man bei einem Anbieter eine Rufumleitung auf eine 0190er-Nummer beantragt, hat man die Wahl zwischen verschiedenen Tarifen. Abgerechnet wird auch nach vereinbarten Taktzeiten. In der Regel im Minutentakt. Das heißt, dass der Anrufer schon für die erste Sekunde die Gebühren für eine volle Minute tragen muss."

Sabine Karlson schlug ihre Unterlagen auf. „Folgt der 0190 eine eins, dann kostet die Minute zur Zeit 0,618 Euro. Ist die nächste Ziffer zum Beispiel eine vier, dann kostet die Minute 0,433 Euro. Am verbreitetsten ist die acht als nachfolgende Ziffer. Das ist mit 1,855 Euro der höchste Tarif. Wenn Sie also auf einer Nummer anrufen, die mit 01908 beginnt, zahlen Sie für jede Minute 1,855 Euro. Und wenn Sie sich einen dreiminütigen Ansagetext auf einem Band anhören, sind Sie schon über fünfeinhalb Euro los. Bei der heutigen Technik ist es allerdings möglich, dass auf einem solchen Band gleichzeitig Tausende von Anrufen eingehen können.

Die Anbieter von 0190er-Nummern sind heute in der Lage, bis zu 3.600 Anrufe gleichzeitig durchzustellen. Außerdem kann ein Kunde zwanzig oder mehr 0190er-Nummern erhalten. Natürlich geht das nicht mehr mit einem gewöhnlichen Anrufbeantworter, aber mit einer kleinen Investition in die nötige Technik ist jeder in der Lage, sich Tausende von Anrufen jeden Tag in seine Wohnung durchstellen zu lassen. Und jeder Anrufer hört den gleichen Ansagetext von einem Band. Nehmen wir einmal an, Sie schaffen es, dass pro Tag nur hundert Leute bei Ihnen über eine 01908er-Nummer anrufen und sich für zwei Minuten eine Bandansage anhören. Dann sind Sie für Telefongebühren von 371 Euro verantwortlich. Dieser Betrag geht an die Firma, die Ihnen die Rufumleitung auf eine 0190er-Nummer ermöglicht. Je nach vereinbartem Tarif bekommen Sie dann den größten Teil des Betrages von dieser Firma monatlich auf Ihr Konto überwiesen. Von den 371 Euro gehören ungefähr 300 Euro Ihnen, der Rest bleibt bei dem Anbieter der Rufumleitung.

Sie können mit dieser Rechnung also pro Woche knapp 2.600 Euro verdienen, das sind über 10.000 Euro im Monat."

Till pfiff leise durch die Zähne.

„Wo bekomme ich denn schnell so eine Rufumleitung her?"

Er lächelte spitzbübisch die hübsche Kollegin an. Und Siebels fing an zu rechnen.

„Wenn ich fünf verschiedene Nummern habe, und auf jeder Nummer rufen mich täglich fünfhundert Leute an und jeder hört sich meinen genialen Band-Ansagetext zwei Minuten lang an, dann sind das Telefongebühren von über 9.000 Euro pro Tag. Das ist ja Wahnsinn."

Karlson unterbrach ihn. „Der Trick bei der Sache ist nun, jeden Tag fünfhundert Leute davon zu überzeugen, dass sie auf Ihrer teuren Nummer anrufen. Mit erotischen Kontaktanzeigen erreicht man sehr viele Leute, die dazu bereit sind. Allerdings ist es auch sehr zeitaufwendig, immer wieder Kontaktanzeigen zu schalten. Viele dieser kommerziellen Bauernfänger drehen den Spieß auch um und durchforsten ehrlich gemeinte Anzeigen. Sie antworten auf unzählige Anzeigen von suchenden Privatpersonen mit einer Standardantwort. Diese Antworten enthalten einen verführerischen Text, der sich einigermaßen plausibel anhört, ein aufreizendes Foto wird natürlich als Datei angehängt, der Inserent soll ja wissen, wer ihm da antwortet und schon läuft das Band."

„Kann ich diese Masche auch bei Frauen durchziehen, ich meine mich anrufen lassen auf einer teuren Nummer?"

Till war auch eifrig am Rechnen und sein Beamtensold erschien ihm nun irgendwie viel zu niedrig, wenn man doch auf so einfache Weise an sein Geld kommen konnte.

„Ja natürlich, anders herum läuft es ganz genauso ab. Nur sind die Dimensionen hier bei weitem nicht so ausgeprägt. Aber es gibt genug Frauen, die auf diese Masche hereinfallen."

Siebels überlegte laut, ob nicht irgendwann alle einmal darauf hereingefallen sind und sich das Thema dann früher oder später von selbst erledigt hätte.

„Nein, nein, dieses Geschäft floriert immer besser. Die Tricks der Betrüger werden immer ausgefeilter, aber das würde nun zu weit führen, Ihnen alle Einzelheiten über die Betrügereien mancher Zeitgenossen aufzuführen. Sie sollten aber bedenken, dass täglich Tausende von neuen Internet-Anschlüssen dazukommen. Jugendliche entdecken ab einem gewissen Alter den Reiz von diversen Kontaktanzeigen-Märkten im Internet, diese Zielgruppe wird noch viel Geld in die Taschen cleverer Geschäftsleute spülen. Es gibt zwar seit einiger Zeit konkrete Maßnahmen von den Staatsanwaltschaften und von Seiten der Telekom, um den schlimmsten Betrügern das Handwerk zu legen. Bisher ist nämlich fast alles erlaubt, aber das normale Tagesgeschäft wird man so schnell nicht ausmerzen. Das würde nämlich voraussetzen, dass die Dummen aussterben, glauben Sie daran?

Allerdings gibt es auch Frauen, die sich tatsächlich auf ein sexuelles Abenteuer einlassen wollen und sich dafür eine 0190er-Nummer schalten lassen. Manche verbinden auch das Angenehme mit dem Nützlichen. Sie suchen sich den ihrer Meinung nach richtigen Partner für ein Abenteuer aus, mit dem großen Rest an willigen Männern wird halt Kasse gemacht. Zu welcher Sorte Ihre Tote nun gehört hat, dürfte sich schnell herausfinden lassen, wenn Sie ihren PC durchstöbern. Wenn sie sich tatsächlich auch mit Männern getroffen hat, die mit ihr über die 0190er-Nummer kommuniziert haben, dann sollten entsprechende E-Mails auf ihrem PC zu finden sein. Denn bis ein Treffen zustande kommt, bedarf es in der Regel einiger Kommunikation und wer will dabei schon immense Summen an Telefongebühren bezahlen? Außerdem wird sie dann von den betreffenden Männern auch Bilder haben, die mit Sicherheit in einem separaten Dateiordner gespeichert sind."

„Na, dann bin ich ja mal gespannt, was uns die Kollegen zu berichten haben, wenn sie den PC unter die Lupe genommen haben. Ich hoffe, dass wir bis morgen, spätestens übermorgen, einen Bericht und die entsprechenden Dateien vorliegen haben."

„Habt ihr schon zu Mittag gegessen?" Siebels beendete damit das offizielle Gespräch. Karlson verneinte und auch Till hatte noch nichts gegessen. Gemeinsam begaben sie sich in die Kantine des Präsidiums.

Es gab mehrere Menüs zur Auswahl, eines davon vegetarisch. Sabine Karlson entschied sich für den großen Salatteller, Siebels konnte dem Jägerschnitzel mit Pommes nicht widerstehen und Till lud einen Teller mit Spaghetti Bolognese auf sein Tablett.

„Haben Sie bei Ihren Recherchen auch selbst Anzeigen geschaltet, mit einer eigenen 0190er-Rufumleitung?"

Die Halbschwedin aß mit großem Appetit ihren Salat und musste erst ihren Mund leer essen, bevor sie Siebels antworten konnte. „Ja, wir haben uns für drei Monate eine Rufumleitung gemietet und sie an einen Apparat in unserem alten Büro anschließen lassen. Und dann habe ich tagelang im Internet gesurft, Hunderte von Kontaktmärkten ausfindig gemacht und wie eine Wilde Suchtexte aufgegeben. Ich habe mich als gelangweilte verheiratete Ehefrau ausgegeben, als Domina, als siebzehnjährige Schülerin, die im Klosterinternat lebt. Ich war eine devote Frau, die den Meister suchte, dem sie sich unterwerfen wollte. Ich war eine Studentin, die ganz neu in der Stadt ist, ich war eine erfolgreiche Geschäftsfrau, die keine Zeit für eine Beziehung hat, aber für ein schnelles Abenteuer immer zu haben ist. Das volle Programm. Sie glauben gar nicht, was ich alles für Antworten bekommen habe. Am Anfang war es ja noch spannend und amüsant. Aber nach drei Wochen, da konnte ich den ganzen Müll einfach nicht mehr sehen. Ist aber auch gar nicht notwendig, sich das alles durchzulesen. Jedenfalls nicht, wenn man es als Verdienstquelle ansieht. Als Beamtin bei der Milieukriminalität, die ein Referat über die Thematik halten sollte, musste ich aber tagelang die Antworten von frustrierten Männern und von Möchtegern-Frauenhelden lesen. Haben Sie eigentlich noch nie auf eine solche Anzeige geantwortet?"

Sabine Karlson konnte sich ein amüsiertes Lächeln nicht verkneifen.

„Warum sollten wir? Die hübschesten Frauen findet man nicht im Internet, die findet man auf dem Polizeipräsidium."

Till strahlte und freute sich über seine schlagfertige Antwort. Siebels hatte Mühe, sich nicht an seinen Pommes zu verschlucken und kam wieder zum Thema zurück.

„Und wie viele Antworten mit Ihrer 0190er-Nummer haben Sie daraufhin versendet?"

„Innerhalb der drei Monate haben wir eine Liste mit über siebentausend E-Mail-Adressen erstellt, von Leuten, die sich auf meine Anzeigen hin gemeldet haben. Natürlich wissen wir nicht, wie viele Männer sich mit zwei oder mehreren verschiedenen Adressen gemeldet haben. Das Ganze war ja auch nicht offiziell und hatte schon gar keinen repräsentativen Charakter."

„Und Sie haben dann an alle siebentausend eine Standardantwort mit Ihrer Telefonnummer gesendet?"

„Nein, es gab mehrere Standardtexte. Für jede Rolle die ich spielte, habe ich eine eigene E-Mail-Adresse verwendet. So wussten wir genau, wer auf die erfolgreiche Geschäftsfrau und wer auf die einsame Studentin geantwortet hat. Und diese Zielgruppen haben dann jeweils für sich standardisierte Antworten erhalten."

„Haben Sie auch ein Bild von sich angehängt?"

„Witzbold." Karlson nahm Tills Einwand mit Humor.

„Wir haben aber Bilder mit angehängt. Zwar nicht von mir, aber von sehr attraktiven Frauen. Die Bilder bekamen wir von Bildagenturen, das lief alles sauber ab."

„Jetzt erzählen Sie schon, wie viele Anrufe Sie bekommen haben und wie viel Geld das der Polizei gebracht hat."

„Ungefähr 10% der angeschriebenen Personen haben von der Telefonnummer Gebrauch gemacht. Wir hatten einen Ansagetext mit einer Länge von knapp vier Minuten auf den verschiedenen nach Zielgruppen besprochenen Bändern. Im Durchschnitt sind die Anrufer zweieinhalb Minuten in der Leitung geblieben. Das ergab schließlich Telefongebühren von über 3.200 Euro. Ein kleiner Teil wurde natürlich von dem Anbieter der Rufumleitung einbehalten, unseren Teil haben wir nach Absprache mit der Staatsanwaltschaft an wohltätige Vereine gespendet. Jetzt muss ich mich aber verabschieden, sonst geben meine Kollegen noch eine Vermisstenmeldung raus."

Sabine Karlson verließ die Kantine, Tills Blicke folgten ihr, bis sie hinter der nächsten Ecke verschwand. Siebels riss ihn aus seinen Träumen.

„Hey, alter Schwede, die Frau ist zuständig für Zuhälterei und Prostitution, die ist eine Nummer zu groß für dich."

„Wenn du dich da mal nicht täuschst. Außerdem bin ich kein alter Schwede, aber vielleicht einmal der Vater von einem viertel Schweden."

Siebels musste laut lachen. Er schaute auf seine Uhr.

„Es ist ja schon 15.30 Uhr, in einer halben Stunde kommen Peter Niehaus und seine Frau. Ich werde mit ihnen in die Gerichtsmedizin fahren, zur Identifizierung. Und anschließend will ich mich noch mit ihnen hier unterhalten."

„Apropos Niehaus, mein Besuch bei Sven Fischer heute Vormittag war ganz interessant. Der Typ ist schwul und damit wohl raus aus dem Rennen. Aber mit dem Namen Niehaus wusste er einiges anzufangen.

Die haben bei der F.A.Z. vor einiger Zeit über Niehaus recherchiert. Es ging um einige sehr merkwürdige Geschäftsbeziehungen zwischen Niehaus und der Deutschen Bank. Außerdem war er einer der Strippenzieher bei Börsengängen von zweifelhaften Unternehmen am Neuen Markt." Till erzählte Siebels die ganze Geschichte.

„Es wäre vielleicht nicht schlecht, wenn du später dabei bist, wenn ich die Eltern hier noch einmal befrage."

„Und was soll ich bis dahin machen?"

„Schau schon mal bei den Kollegen von der Spurensicherung nach, erkundige dich, ob in Tanjas Wohnung noch etwas Interessantes gefunden wurde. Und dann ruf mal bei der Deutschen Bank an. Finde heraus, wer Tanjas Abteilungsleiter oder Personalchef war und mach einen Termin für morgen aus. Am besten zwischen 9.00 und 10.00 Uhr."

„Wird erledigt Chef."

7

Pünktlich um 16.00 Uhr betraten Peter und Maria Niehaus das Büro von Till und Siebels. Siebels begrüßte die beiden, sie sahen nicht so aus, als hätten sie letzte Nacht viel Schlaf gefunden. Die Ähnlichkeit zwischen Tanja Niehaus und ihrer Mutter war verblüffend. Siebels schätzte die Frau auf Mitte bis Ende vierzig. Sie war immer noch eine wunderschöne Frau, hatte kein Gramm Fett zuviel auf dem Leib. Ihre Augen waren gerötet, wahrscheinlich hatte sie viel geweint in den letzten Stunden. Die hellblonden Haare trug sie in einem Knoten. Sie wirkte elegant in ihrem grauen Kostüm, man merkte ihr zweifellos an, dass sie wohlhabend war. Wahrscheinlich wurde sie schon in eine wohlhabende Familie hineingeboren. Peter Niehaus war unrasiert, sein sonnengebräunter Teint war einer aschfahlen Blässe gewichen. Er roch nach Nikotin und Alkohol.

„Darf ich Ihnen einen Kaffee anbieten?"

Niehaus antwortete, seine Frau zeigte keinerlei Reaktion.

„Nein, bitte lassen Sie es uns gleich hinter uns bringen. Damit wir wenigstens absolute Gewissheit haben, dass es sich nicht um eine Verwechslung handelt. Wir können es immer noch nicht glauben, dass Tanja tot sein soll. Dass sie ermordet worden sein soll. Das ist doch Unsinn. Wer sollte so etwas tun? Haben Sie schon einen Verdacht?"

„Fahren wir erst einmal in die Gerichtsmedizin, in die Unikliniken. Anschließend können wir uns hier über alles in Ruhe unterhalten."

Zu dritt fuhren sie in Siebels BMW nach Frankfurt-Niederrad, zur Uniklinik am Main. Dort wurden die Leichen untersucht und obduziert, die keines natürlichen Todes gestorben waren. Die Frankfurter Uniklinik verfügte über die besten Pathologen im Land, in diesem Fall waren aber keine Spezialisten nötig, um die Todesumstände aufzuklären.

Siebels kannte den Weg in die Pathologie, er war hier ein alter Bekannter, mit den meisten Ärzten war er mittlerweile per Du. Heute hatte Dr. Grimaczek Dienst. Er führte Siebels und Tanjas Eltern in den gekühlten sterilen Raum, wo die sterblichen Überreste von ungeklärten Todesfällen aufbewahrt wurden. Langsam, mit zitternden Schritten bewegten sich Peter Niehaus und seine Frau auf den Edelstahltisch zu, auf dem ihre Tochter liegen sollte. Unter einem weißen Tuch schauten Füße heraus. Frauenfüße, am rechten großen Zeh hing ein Zettel, so wie Peter Niehaus es schon oft im Fernsehen gesehen hatte. Behutsam schob Siebels das Tuch von dem leblosen Körper. Die Eltern betrachteten für einige Sekunden ihre tote Tochter, nun hatten sie Gewissheit, Tanja lag vor ihnen. Maria Niehaus reagierte als Erste, indem sie einen Kreislaufzusammenbruch erlitt. Siebels konnte sie gerade noch auffangen und trug sie aus dem kalten Raum heraus. Peter Niehaus zeigte keinerlei Reaktion, als seine Frau zusammenbrach. Mit leerem Blick starrte er auf seine Tochter. Er streckte seine Hand aus, strich ihr eine Haarsträhne aus der Stirn, beugte sich über sie und gab ihr einen letzten Kuss.

Siebels kümmerte sich um Maria Niehaus, die wieder zu sich gekommen war. Sie gab sich alle Mühe, die Haltung zu bewahren. Und nach kurzer Zeit gelang ihr das auch. Sie trocknete ihre Tränen, sah Siebels mit einem schmerzvollen Blick in die Augen. „Warum?"

Siebels wusste noch keine Antwort auf diese Frage. Er musste ihrem Blick ausweichen. Dem Blick einer Mutter, die ihre einzige Tochter auf tragische Weise verloren hatte. Er senkte seine Augen zum Boden. „Ich weiß es nicht, noch nicht."

Peter Niehaus kam nun mit schnellen Schritten auf sie zu. „Lassen Sie uns ins Präsidium zurückfahren."

Er sagte dies in einem rauhen Befehlston, nahm seine Frau am Arm und zog sie mit sich zum Ausgang. Siebels folgte ihnen.

Im Präsidium führte Siebels die beiden in das Besprechungszimmer, in dem er vor kurzer Zeit noch von Sabine Karlson über die Hintergründe von Kontaktanzeigen mit 0190er-Nummern aufgeklärt worden war. Siebels wollte den beiden gerade einen Kaffee anbieten, als Till ins Büro trat und ihn zu sich winkte. Siebels schloss die Verbindungstür zwischen ihrem Büro und dem Besprechungszimmer, durch eine Glasscheibe konnte er die beiden beobachten. Sie sprachen kein Wort miteinander. Niehaus ging zum Fenster und schaute hinaus, drehte seiner Frau den Rücken zu. Sie saß wie ein Häufchen Elend am Tisch und starrte auf den Boden.

„Was gibt es denn?“

„Ich war vor einer halben Stunde bei den Jungs von der Spurensicherung, sie kamen gerade aus Tanjas Wohnung. Sie haben eine Arztrechnung über einen Schwangerschaftsabbruch gefunden. Ich habe mich auch gleich mit dem Arzt in Verbindung gesetzt. Erst wollte er nicht raus mit der Sprache, hat sich auf seine Schweigepflicht berufen. Ich konnte ihn aber davon überzeugen, dass seine Patientin einem Verbrechen zum Opfer gefallen ist. Er bestätigte mir dann, dass sie in der sechsten Schwangerschaftswoche eine Abtreibung von ihm durchführen ließ. Das war im Februar, also ziemlich genau vor einem halben Jahr.“

„Das ist ja interessant. Dann haben wir ja vielleicht einen ersten Verdächtigen. Der Vater von Tanjas Kind, der es nicht ertragen hat, dass sie es abgetrieben hat. Er wusste von ihrem freizügigen Lebenswandel, das nagte sowieso schon an ihm. Dann lässt sie sein Kind abtreiben, wahrscheinlich wusste er nicht einmal was davon, bis es zu spät war. Im Schwimmbad ist vielleicht etwas vorgefallen, dass das Fass dann zum Überlaufen gebracht hat. Wir wissen, dass sie vorher Kokain konsumiert hatte. Nehmen wir einmal an, sie wollten sich beim Nachtschwimmen amüsieren und anschließend trieben sie es auf der Liegewiese. Für ihn sollte es ein romantischer Abend unter Vollmond werden, aber Tanja wollte mehr, als nur eine kleine Nummer im Freien schieben. Sie war im Kokainrausch, sie wollte das volle Programm. Sie hat ihm einen geblasen und ihn dann aufgefordert, sie von hinten zu nehmen. Er liebte sie, war verrückt nach ihr, gab ihr, was sie von ihm verlangte. Gleichzeitig hasste er sie. Er hasste sie, weil sie mit ihm spielte, weil sie sein Kind abgetrieben hatte, weil sie unersättlich war. Aber er folgte ihren sexuellen Begierden, er konnte sich ihrer sexuellen Anziehungskraft nicht widersetzen. Er vögelte sie von hinten, würgte sie dabei, weil sie das noch mehr stimulierte. Sie ließ sich völlig gehen, schwebte im Kokainrausch ihrem Orgasmus entgegen, da machte sie eine unüberlegte Bemerkung. Das brachte ihn zur Weißglut. Er liebte sie voller Leidenschaft, gleichzeitig würgte er sie voller Hass. Liebe und Hass, ganz nah beieinander. Doch dann siegte der Hass, er drückte fester und länger zu wie sonst, wenn er ihr beim Liebesakt die Kehle drosselte. Er verlor die Kontrolle, fickte und würgte sie wie ein Wahnsinniger. Plötzlich spürte er keinen Widerstand mehr, nur noch einen leblosen Körper. Als er bemerkte, was er angerichtet hatte, war es zu spät. Aber der Hass über sie war immer noch da. Also brandmarkte er sie als eine kleine geile Schlampe. Ließ sie so in der Öffentlichkeit zurück, entblößt und gedemütigt."

Till klopfte Siebels anerkennend auf die Schulter.

„Sieh mal einer an. Kaum gibt man dir ein paar Fakten, schon hast du einer toten Frau und ihrem Liebhaber, von denen du bis gestern noch nichts wusstest, bis in die tiefsten Winkel ihrer dunklen Seelen geschaut. Ich bin beeindruckt. Mich würde aber sehr interessieren, was für eine Bemerkung sie gemacht haben könnte, die ihn so zum Ausrasten gebracht hat."

„Dann lass deiner Fantasie mal freien Lauf und sag mir Bescheid, wenn dir was einfällt."

„Jedenfalls gefällt mir diese Theorie schon wesentlich besser als die Unfalltheorie."

„Die sollten wir aber auf jeden Fall auch in die engere Wahl ziehen. Kommst du mit, ich werde ihren Eltern mal ganz behutsam auf den Zahn fühlen."

Siebels setzte sich gegenüber von Maria Niehaus, Peter Niehaus blieb am Fenster stehen. Till setzte sich in eine Ecke vom Zimmer und nahm die Rolle des Zuschauers ein. Siebels führte das Gespräch.

„Wie war Ihr Verhältnis zu Ihrer Tochter?"

Maria Niehaus öffnete langsam ihren Mund, holte Luft, doch bevor sie etwas sagen konnte, antwortete ihr Mann.

„Sie war unsere Tochter, unser einziges Kind. Wir haben sie geliebt. Es gab Meinungsverschiedenheiten, so wie in jeder normalen Familie. Aber wir haben über alles gesprochen, manchmal habe ich mich mit ihr auch gestritten. Aber es gab nie ernsthafte Probleme zwischen Tanja und uns. In den letzten Jahren war der Kontakt nicht mehr so intensiv. Vor zwei Jahren ist sie bei uns ausgezogen, sie hat sich eine Wohnung in Sachsenhausen genommen. Nach ihrem Abitur, das sie übrigens als Jahrgangsbeste mit einer Eins abgeschlossen hat, hat sie eine Ausbildung bei der Deutschen Bank gemacht. Sie wollte im Anschluss an die Ausbildung Betriebswirtschaftslehre studieren. Die Bank hat ihr dann aber ein lukratives Angebot gemacht und sie hat das Studium erst einmal verschoben. Ich war gegen diese Entscheidung. Ich wollte, dass sie gleich mit dem Studium beginnt, sonst hätte sie es nämlich nie begonnen. Sie hätte sich sehr schnell an das regelmäßige Einkommen gewöhnt, das Studium wäre schnell in Vergessenheit geraten. Das war meine Meinung, die ich ihr auch deutlich gesagt habe. Und das war der letzte Streit, den ich mit ihr hatte. Einen Streit, weil ich nur das Beste für sie wollte. Aber Tanja wollte unabhängig sein. Und sie wollte schon gar keine Ratschläge von mir haben. Und am wenigsten wollte sie, dass ich mich in ihr Leben einmische."

Die letzen Sätze sprach Niehaus immer langsamer und bedächtiger aus. Seine Frau fing an zu schluchzen. Siebels reichte ihr ein Taschentuch.

„Wussten Sie, dass Ihre Tochter vor sechs Monaten einen Schwangerschaftsabbruch hat vornehmen lassen?"

„Sie hat was?" Niehaus fuhr herum und schrie Siebels an. Maria Niehaus schaute ungläubig. Man sah ihr an, dass sie das eben Gehörte erst verarbeiten musste.

„Ihre Tochter war im zweiten Monat schwanger. Das war im Februar. Wir haben eine Arztrechnung über den Schwangerschaftsabbruch und der behandelnde Arzt hat uns den Eingriff bestätigt."

„Nein, das wussten wir nicht. Oder wusstest du etwas davon, Maria?"

Niehaus sprach nun leise, fast flüsterte er.

„Nein, sie hat mir nie etwas von einer Schwangerschaft erzählt. Nicht einmal andeutungsweise. Das hätte ich doch merken müssen. Ich bin doch ihre Mutter. Wir haben so oft miteinander telefoniert in den letzten Monaten. Aber sie wirkte immer fröhlich und zufrieden."

Die Stimme von Maria Niehaus klang monoton. Till vermochte nicht einzuschätzen, ob das an dem Trauerzustand der Mutter lag oder ob sie ihre wahren Gefühle in Bezug auf Tanjas Schwangerschaft verbergen wollte.

„Könnte es sein, dass ein Schwangerschaftsabbruch für Ihre Tochter einfach von nicht so großer Bedeutung war?"

„Wenn Sie eine Frau wären, würden Sie eine solche Frage nicht stellen."

Jetzt klang ihre Stimme wütend. Auch ihr Mann wurde wieder zorniger.

„Was wollen Sie damit sagen? Dass meine Tochter ein dummes

Flittchen war, für die eine Schwangerschaft gleichbedeutend mit einem Pickel ist, den man loswerden will?"

„Es tut mit leid, wenn ich taktlos war, ich will mir nur ein Bild von Ihrer Tochter machen. Haben Sie eine Vorstellung, wer der Vater gewesen sein könnte?"

„Olaf. Von einem anderen Mann weiß ich nichts."

„Olaf Kreuzberger, der Kollege aus der Bank, von dem Sie mir gestern erzählt haben?"

„Genau der. Ein anständiger Mann. Etwas Besseres hätte Tanja gar nicht passieren können."

„Tanja war da aber anderer Meinung. So wie ich Sie gestern verstanden habe, hat sie mit ihm Schluss gemacht. Hatten Sie deswegen auch Streit mit Ihrer Tochter?"

„Wir hatten keinen richtigen Streit deswegen. So tief bin ich in ihr Privatleben nicht eingedrungen, dass ich mich deswegen mit ihr gestritten hätte. Aber ich habe ihr zu verstehen gegeben, dass ich Olaf für einen sehr passablen Mann halte."

„Hatte ihre Tochter noch andere Verehrer? Hartnäckige Verehrer? Verehrer, denen sie einen Korb gegeben hat?"

„Meine Tochter hatte mit Sicherheit sehr viele Verehrer. Sie war bildschön. Sie hatte die Schönheit ihrer Mutter geerbt. Und sie war sehr selbstbewusst und erfolgsorientiert. Das hat sie von mir geerbt. Und das zusammen ist eine Kombination, die Männer magisch anzieht. Das fing schon an, als sie zwölf Jahre alt war. Die sechzehn- und siebzehnjährigen Nachbarsjungen schlichen um unser Haus wie räudige Straßenköter. Und Tanja verstand sehr schnell, wie man Männern den Kopf verdreht."

Siebels dachte an seine Tochter, an seine mittlerweile zwölfjährige Tochter, die nun ohne ihn aufwachsen musste. Hatte sie auch schon Verehrer?

„Es tut mir leid, aber ich habe Sie noch nicht über alle Umstände aufgeklärt, die mit Tanjas Tod zu tun haben."

Siebels holte Fotos vom Tatort aus seiner Jackentasche und legte zwei Fotos auf den Tisch. Niehaus schaute sie fassungslos an. Die roten Buchstaben auf Tanjas Rücken waren deutlich zu lesen. »ICH BIN EINE KLEINE GEILE SCHLAMPE«.

8

Mein Tagebuch, 12. Januar 2000

Ich saß fast eine Stunde in unserem Fünf-Bett-Zimmer, saß auf meinem Bett und wartete. Die anderen waren noch im Dorf, amüsierten sich in der Disco. Doch ich hatte einen Termin. Einen Termin mit Tanja. Und mit Jenny und mit Johanna. Ich schloss die Augen und ließ immer wieder die Bilder aus der Sauna vor meinem geistigen Auge ablaufen. Der innige Kuss zwischen Tanja und Jenny beherrschte meine Gedanken, niemals hatte ich etwas Schöneres gesehen. Ich war in eine neue Welt eingetreten. In die Welt von Tanja. Ich malte mir diese Welt in den buntesten Farben aus, das Paradies hatte sich mir aufgetan. Ein Paradies, das gleich von drei Evas bewohnt war. War ich der Auserwählte? Der Adam inmitten von drei Evas? Der Gedanke war zu schön, um wahr zu sein.

Aber ich sollte auf ihr Zimmer kommen, sie wollten einen Vertrag mit mir machen. Damit das kleine Geheimnis auch geheim bleibt. Ich war sehr aufgeregt. Was für einen Vertrag wollte Tanja mit mir machen? Ich wusste genau, dass ich alles tun würde, was sie von mir verlangte. Und niemals würde ich irgend jemandem erzählen, was ich in der Sauna sehen durfte. Noch immer hatte ich den Geschmack von Tanjas Finger im Mund und das Bild ihres nackten Körpers im Kopf. Es war Zeit, sie erwarteten mich. Mein Herz klopfte schnell und laut, ich machte mich auf den Weg in eine neue Welt, in Tanjas Welt.

Es war still und dunkel in der Jugendherberge, als ich durch den Flur zu den Zimmern der Mädchen ging. Endlich stand ich vor der Tür. Sie war angelehnt, langsam öffnete ich sie und blickte vorsichtig ins Zimmer.

Tanja begrüßte mich wie einen alten Freund. Jenny und Johanna saßen auf dem Bett am Ende des Zimmers. Sie blickten mich misstrauisch an, aber Tanja wirkte sehr nett.

Tanja führte mich ins Zimmer, nahm mich bei der Hand, wie man einen kleinen Jungen an der Hand nimmt. Das gab mir ein sicheres Gefühl. Ich nahm nun meinen ganzen Mut zusammen und fragte Tanja, was für einen Vertrag sie denn mit mir machen wolle. Sie lächelte mich nur an. Dann sagte sie mit leiser und verführerischer Stimme, dass sie nur sicherstellen wolle, dass ich unser kleines Geheimnis auch für mich behalten würde.

Es wäre nicht schlimm, dass ich sie in der Sauna heimlich beobachtet hätte, erklärte mir Tanja mit sanfter Stimme. Allerdings wüsste sie nicht so recht, ob sie mir vertrauen könne. Deswegen würde sie mich einer Prüfung unterziehen wollen. Ich verstand nicht, wovon sie sprach, war aber auch nicht in der Lage, etwas zu erwidern. Also nickte ich nur und ergab mich gespannt in mein Schicksal. Dann ließ Tanja die Katze auch schnell aus dem Sack. Ihre Stimme klang plötzlich etwas distanzierter und kühler, als sie mir erklärte, was sie sich ausgedacht hatte. Ich sollte mir Eintritt in das Zimmer von Frau Berger verschaffen. Frau Berger, unsere Politik-Lehrerin, befand sich als Aufsichtsperson mit den restlichen Schülern in der Disco im Dorf. Tanja erklärte mir im Beisein von Johanna und Jenny, dass ich im Zimmer von Frau Berger einige Stücke ihrer Unterwäsche entwenden sollte. Je schärfer die Wäsche wäre, die ich von meinem Beutezug mitbringen würde, desto eher würde sie mir meine Neugierde in der Sauna verzeihen, zwinkerte Tanja mir zu. Ich sah in Tanjas große blaue Augen und verlor mich darin. In meinem ganzen Leben hatte ich noch nichts gestohlen, jetzt hätte ich auch eine Bank ausgeraubt, wenn Tanja mich darum gebeten hätte. Als auch Jenny auf mich zu kam und mir ins Ohr flüsterte, dass sie schon sehr gespannt sei, was ich Schönes mitbringen würde, war ich nicht mehr zu halten. Johanna rief mir noch hinterher, dass ich für jede von ihnen ein Wäschestück mitbringen müsse.

Erleichtert stellte ich fest, dass Frau Berger ihr Zimmer nicht abgeschlossen hatte. Es war bereits weit nach Mitternacht, als ich vor dem Kleiderschrank meiner Lehrerin stand. Jeden Moment hätte sie wieder in der Herberge eintreffen können. Ich traute mich nicht, das Licht anzuknipsen, durchwühlte im fahlen Licht des einfallenden Mondscheins die Schubladen. In der untersten wurde ich fündig. Ordentlich zusammengelegt lagen dort Slips und Büstenhalter, mehrere Bodys und Nylonstrümpfe. Ich begutachtete jedes Stück, achtete nicht auf die Unordnung, die ich in der Schublade hinterließ. Schließlich wollte ich Tanja nicht enttäuschen, sie wollte die gewagtesten Stücke aus Frau Bergers Schublade haben und die sollte sie bekommen. Nach einigem Überlegen entschied ich mich für einen schwarzen Tangaslip, einen dunkelroten Spitzen-BH und einen weißen Body. Hastig schob ich die Schublade wieder zu und machte mich aus dem Staub. Mein Ausflug hatte nur zehn Minuten gedauert. Zurück in Tanjas Zimmer präsentierte ich meine Beute, die Dessous unserer Lehrerin. Lachend reichte Tanja den Tangaslip an Jenny und den BH an Johanna weiter. Meine Evas kreischten vor Vergnügen, als sie die Unterwäsche unserer Lehrerin begutachteten. Ich stand dabei mitten unter ihnen und war stolz wie Oskar. Ich hatte es geschafft, ich war ihr Verbündeter geworden. Der Adam im Paradies mit den drei Evas. Während Jenny sich den Body betrachtete und über den schlechten Geschmack der Frau Berger lästerte, funkelten mich die blauen Augen von Tanja an. Unser Vertrag müsste jetzt nur noch unterschrieben werden, rief sie in die Runde. Ratlos sah ich sie an. Mit einem verschmitzten Lächeln forderte sie mich auf, mein Hemd auszuziehen und verschwand im Bad. Kurz darauf kam sie mit einem Lippenstift in der Hand ins Zimmer zurück. Ich stand noch immer unschlüssig im Raum, traute mich nicht, mir mein Hemd auszuziehen. Tanja war plötzlich ganz aufgedreht. Ungeduldig knöpfte sie mein Hemd auf, zog es mir aus und schmiss es in die Ecke. Jenny und Johanna saßen auf ihren Betten und schauten zu, wie Tanja mir den BH von Frau Berger um den Hals legte. Ich ließ sie gewähren, freute mich, weil sie sich freute und stand ganz still, als sie anfing, mir mit dem Lippenstift etwas auf meine nackte Brust zu schreiben. Jenny und Johanna kicherten sich in ihre Kissen, als Tanja mir auch noch den Tangaslip in die Hand drückte. Ehe ich mich versah, hielt Tanja eine Polaroid-Kamera in der Hand und drückte den Auslöser. Sie forderte mich auf, den Slip mal so und mal so in den Händen zu halten und machte ein Foto nach dem anderen.

Zu dritt hingen sie kurz darauf über den Bildern und amüsierten sich prächtig. Die Fotos wären unser Vertrag, erklärte mir Tanja und zeigte sie mir. Deutlich war darauf zu sehen, wie ich mit der Unterwäsche unserer Lehrerin posierte. Auf meiner Brust stand gut lesbar mit roten Buchstaben: »ICH BIN EIN KLEINER GEILER SPANNER«.

9

Mittwoch, 21. August 2002

Für diesen Morgen hatte Till um 9.15 Uhr einen Termin mit Dr. Leopold, dem Personalchef der Deutschen Bank, vereinbart. Till und Siebels hatten sich eine Viertelstunde vor dem vereinbarten Termin vor dem Eingang der Zwillingstürme der Deutschen Bank in der Taunusanlage verabredet. Es war wieder ein angenehmer Sommermorgen, der Himmel war hellblau, ein paar weiße Wolken zogen erhaben über die Stadt. Till hatte seine Gold Wing wieder an der Neuen Mainzer Straße abgestellt, zwischen Freßgass und Goethestrasse. Bis zu den Glastürmen der Deutschen Bank war es von hier aus nur ein Katzensprung. Tanja war nach Büroschluss bestimmt des Öfteren noch zu einem Bummel über die Goethestrasse gelaufen, dachte er sich. Als er hier vor zwei Tagen nach der Herkunft von Tanjas Bikini nachforschte, wusste er noch nicht, dass sie gleich um die Ecke arbeitete. Hatte er wieder mal den richtigen Riecher gehabt.

Er warf einen letzten Blick auf seine Gold Wing, dann nahm er den Weg über den Opernplatz, er überquerte die Fußgängerampel an der Taunusanlage und bog links ab, mischte sich unter die Fußgänger, die eiligen Schrittes zu den Glastürmen eilten.

Vor den zwei hundertfünfzig Meter hohen Bürotürmen blieb er stehen. Von Siebels war weit und breit noch nichts zu sehen. Wahrscheinlich fluchte er wieder vor sich hin, weil er keinen Parkplatz fand. Till schaute an den Wolkenkratzern empor, die Sonnenstrahlen spiegelten sich in der Glasfassade. Irgendwo hatte er einmal gelesen, dass zwischen den beiden Türmen eine Luftlinie von nur dreizehn Metern sei. Er fand das sehr beeindruckend. Weniger beeindruckend fand er die vielen Menschen, die aus allen Himmelsrichtungen zu dem kleinen Platz vor den Türmen strömten. Sie kamen mit der Rolltreppe aus der S-Bahn-Station, die direkt vor den Türmen gelegen war. Männer in dunklen Anzügen, mit hellen Hemden und fantasielos gemusterten Krawatten. Frauen in Kostümen und Hosenanzügen. Irgendwie sahen sie alle gleich aus.

Wie magnetisiert wurden sie von den Drehkreuztüren am Eingang der Glaspaläste angezogen. Bevor sie im Inneren der Türme verschwinden durften, mussten sie den davor postierten Männern ihre Ausweise zeigen. Till vermutete, dass diese Kontrollen erst nach den Terroranschlägen des 11. Septembers eingeführt wurden. Bei diesem Schauspiel wurde Till wieder einmal richtig bewusst, wie sehr er seinen Beruf liebte. Er war froh, nicht zu denen gehören zu müssen, die Tag für Tag hinter den Glasfassaden verschwanden, um in klimatisierten Büroräumen ihrer Arbeit nachzugehen. Wenn er einen Fall wie diesen hatte, war das Leben voller Überraschungen. Er lernte ständig neue Leute kennen. Leute, die etwas zu verbergen hatten. Leute, die sich verstrickten in den engen Maschen von Liebe, Hass, Gier und Macht. Sein Büro war die Stadt und die Stadt war aufregend. Sein richtiges Büro im neuen Präsidium war allerdings auch nicht schlecht.

Endlich sah er Siebels auf sich zukommen. Siebels hatte einen grauen Anzug an, darunter ein hellblaues Hemd und eine blauweiß gestreifte Krawatte, er sah aus wie einer der vielen Banker. Till hatte Siebels bisher nur selten mit Anzug und Krawatte gesehen, aber er musste zugeben, dass es ihm gut stand. Er selbst war bisher noch gar nicht auf die Idee gekommen, sich für einen Besuch beim Personaldirektor der Deutschen Bank entsprechend zu kleiden. Eigentlich hatte er auch nur einen Anzug. Und den hatte er bei seiner Konfirmation das letzte Mal getragen.

Die zwei begrüßten sich und mischten sich unter das Volk, marschierten mit in Richtung der Drehtüren, wenn auch nicht so eiligen Schrittes. Siebels wäre wahrscheinlich ohne Probleme in das Innere der Türme gelangt, aber als die Sicherheitskräfte Till erblickten, traten sie ihnen gleich entgegen. Er fiel auch auf, mit seinen ausgewaschenen Blue Jeans, seinem karierten Hemd, das er über der Hose trug und den weißen Adidas-Turnschuhen.

Siebels und Till zogen ihre Dienstausweise heraus.

„Kriminalpolizei, wir haben einen Termin mit Dr. Leopold in der Personalabteilung."

Der Sicherheitsbeamte studierte lange die Ausweise der beiden, dann begleitete er sie in das Gebäude und übergab sie einem Kollegen am Empfang. Der überprüfte noch einmal die Ausweise der Beamten und griff dann zum Telefonhörer. Von der Eingangshalle aus, die die beiden Türme am Boden miteinander verband, ging es zu den Aufzügen der beiden Türme.

„Soll und Haben werden diese Türme auch genannt“, erklärte Siebels seinem Kollegen.

„Dann gehe ich in den Haben und du in den Soll“, antwortete Till und grinste über beide Backen. Bevor Siebels etwas entgegnen konnte, legte der Mann am Empfang den Telefonhörer auf und bat Till und Siebels, noch einen Moment zu warten, Dr. Leopold würde sofort kommen, um sie abzuholen.

Fünf Minuten später kam er, ein schlanker Mann von mindestens 1,90 Meter Körpergröße. Till schätzte ihn auf Anfang fünfzig. Er erinnerte ihn an Peter Niehaus. Eine gesunde Bräune im Gesicht, ein dynamisches Auftreten, einen athletischen Körperbau. „Die Herren sind bestimmt von der Kriminalpolizei, mein Name ist Dr. Leopold, ich bin der Personalvorstand im Hause.“

„Till Krüger, ich habe Sie gestern angerufen. Mein Kollege Herr Siebels ist der leitende Kommissar.“

„Eine schreckliche Geschichte. Ich kannte Frau Niehaus persönlich, sie war eine junge und sehr fleißige Mitarbeiterin. Aber bitte kommen Sie mit in mein Büro, dort können wir uns in Ruhe unterhalten. Ich habe für die nächste Stunde alle meine Termine streichen lassen.“

Die drei Männer gingen zu einem der Aufzüge, Dr. Leopold drückte den Knopf für das 24. Stockwerk. Der letzte Knopf zeigte eine 40. In wenigen Sekunden stoppte der Aufzug in der 24. Etage, Till und Siebels folgten Dr. Leopold in ein geräumiges Büro. Dicker Teppich ließ Ihre Schritte verstummen, an den Wänden hingen Bilder bekannter Künstler. Aus dem Nebenzimmer kam seine Sekretärin, sie brachte Dr. Leopold eine Akte und fragte, ob sie etwas servieren dürfe. Till entschied sich für ein Glas Wasser, Siebels für einen Kaffee. Dr. Leopold bot den beiden einen Platz an einem kleinen Besprechungstisch an und setze sich zu ihnen.

Er schlug die Akte auf, die ihm eben überreicht wurde.

„Die Personalakte von Tanja Niehaus. Ich habe sie mir gestern Abend noch einmal durchgelesen, nach Ihrem Anruf. Für gewöhnlich entscheide ich nicht über die Besetzung von Sachbearbeiter-Positionen. Und als Frau Niehaus vor fünf Jahren in unser Haus eingetreten ist, absolvierte sie eine Ausbildung zur Bankkauffrau.

Sie kam nach ihrem Abitur, das sie als Jahrgangsbeste mit einer Eins absolviert hatte, in die Investment-Abteilung und arbeitete an einigen interessanten Projekten mit. Nach ihrer Ausbildung, die sie ebenfalls mit einer Eins beendet hatte, wurde sie von ihrem dortigen Abteilungsleiter für eine intensive Förderung in einem unserer Nachwuchsprogramme vorgeschlagen. Ihre Unterlagen wurden daraufhin eingehend geprüft, anschließend habe ich sie in einem persönlichen Gespräch dann erstmals kennen gelernt. Und sie hat mich beeindruckt. Sie war nicht nur sehr intelligent, sie hatte auch den Willen zum Erfolg, das merkte man ihr sofort an. Sie war erst zweiundzwanzig Jahre alt, für das Alter war sie enorm selbstbewusst, ohne dabei arrogant zu wirken."

„Sie war auch sehr hübsch", bemerkte Siebels.

„Ja, das war sie. Es arbeiten viele hübsche Mädchen bei der Deutschen Bank, aber Tanja Niehaus hatte schon etwas Besonderes. Sie hatte Ausstrahlung, die ihrer Schönheit erst den richtigen Glanz verlieh."

Leopold schwärmte fast, wenn er von Tanja Niehaus sprach.

„Und wie sind Sie mit ihr verblieben?"

„Ja, wie sind wir mit ihr verblieben? Wir haben ihr vorgeschlagen, ein Trainee-Programm zu absolvieren. Wir haben ihr ein Ausbildungsprogramm angeboten, das wir sonst nur einigen hochbegabten Hochschulabsolventen anbieten. Sie hätte sämtliche relevanten Abteilungen in unserem Hause durchlaufen. Sie hätte einen mehrmonatigen Aufenthalt in London und New York erhalten, wir haben ihr ein Gehalt geboten, wie es für Berufsanfänger bestimmt nicht üblich ist."

„Sie hören sich aber nicht so an, als ob Sie Tanja Niehaus mit Ihrem Angebot überzeugt hätten."

„Nun ja, sie wollte zunächst für ein Jahr an einem ihrer Projekte in der Investment-Abteilung weiterarbeiten. Sie war ganz Feuer und Flamme von ihrer Arbeit, die sie dort leistete. Sie war unter anderem damit beschäftigt, die Wachstumsmöglichkeiten der osteuropäischen Länder zu analysieren. Nach einem Jahr wollte sie dann entweder Betriebswirtschaft studieren oder von unserem Angebot Gebrauch machen. Als es dann soweit war, erbat sie sich allerdings ein weiteres Jahr in ihrer Funktion."

„Sie sagten, so ein Angebot von Ihrer Seite sei etwas ganz

Besonderes, wie bewerteten Sie dann die Entscheidung von Frau Niehaus?"

„Nun, mir war zwar nicht ganz klar und es ist mir immer noch nicht klar, warum sie für ein Jahr und dann für ein weiteres Jahr ihre aktuelle Stelle beibehalten wollte, das war nämlich nichts Außergewöhnliches, was sie da tat. Aber ich muss zugeben, dass sie mit einem Jahr Erfahrung in diesem Bereich und einem anschließenden Studium der Betriebswirtschaft noch viel interessanter für ein anspruchsvolles Programm in unserem Hause gewesen wäre. Dann wäre sie vielleicht mit dreißig Jahren mit dem Studium fertig gewesen und hätte schon einige Berufserfahrung gehabt. Das wäre langfristig bestimmt der vielversprechendere Weg gewesen. Ich weiß nicht, ob sie so vorausschauend war, zugetraut hätte ich es ihr. Aber ich kann nicht ausschließen, dass es andere Gründe für ihre Entscheidung gab, private Gründe vielleicht."

„Wir haben bei der Wohnungsdurchsuchung von Frau Niehaus auch ihre Gehaltsabrechnungen gefunden. Sie verdiente außerordentlich gut."

„Im Anschluss an ihre Ausbildung bekam sie zunächst nur ein gewöhnliches Sachbearbeiter-Gehalt. Erst nach unserem Gespräch ist sie um einige Gehaltsklassen nach oben gerutscht. Sie hat dann hoch gepokert und sie hat gewonnen. Meiner Meinung nach haben wir ihr zu viel gezahlt. Viel zu viel, für den Job den sie machte. Aber in Talente soll man investieren, bevor es die Konkurrenz tut. Das war unsere Ansicht und wir erfüllten ihre Gehaltsforderung für dieses eine Jahr. Und wir waren auch bereit, ihr für ein weiteres Jahr ein sehr gutes Gehalt zu zahlen."

„Wenn sie noch einen Nebenjob ausgeübt hätte, dann hätte sie das doch bestimmt angeben müssen, oder?"

„Ja, so steht es in allen unseren Arbeitsverträgen. Wer einen Nebenjob ausübt, ohne dies bei der Personalabteilung anzumelden, der riskiert seine Kündigung. Wollen Sie mir etwa erzählen, Frau Niehaus hatte noch einen Nebenjob?"

„Dazu darf ich Ihnen leider keine Auskunft geben, aber Sie haben mir nicht gesagt, ob Tanja noch einen zweiten Job angegeben hatte."

„Nein, hatte sie nicht. Das hatte sie wohl aber auch nicht nötig, bei dem Gehalt, das wir ihr zahlten."

Siebels sah den Aschenbecher auf dem Tisch. Er fragte, ob er rauchen dürfe, holte seine Marlboro-Packung aus der Jackentasche und zündete sich eine Zigarette an, ohne auf eine Antwort zu warten. Er inhalierte tief den ersten Nikotinstoß und verbreitete genüsslich eine Rauchwolke im Zimmer. Dr. Leopold schien sich nicht daran zu stören. Till wusste, dass Siebels jetzt die etwas heikleren Frage stellen würde. Siebels zündete sich immer erst eine Zigarette an, bevor er seine Befragungen in die von ihm gewünschte Richtung verlagern wollte.

„Hatte Ihr Interesse an Tanjas Werdegang nur etwas mit ihrer Begabung zu tun oder spielte auch ihr Vater eine Rolle dabei. Wie wir wissen, arbeitet Herr Niehaus sehr eng mit der Deutschen Bank zusammen."

„Nun, meine Herren, ich kenne Herrn Niehaus nicht persönlich, einige meiner Kollegen aus dem Vorstand sind allerdings mit Herrn Niehaus und seiner Consulting-Firma vertraut. Ich kann Ihnen aber versichern, dass es von Seiten des Herrn Niehaus keine Bittbriefe oder ähnliches gab, die seiner Tochter den Weg in unser Haus ebnen sollten. Aber Herr Niehaus ist mir als sehr fähiger und erfolgreicher Geschäftsmann beschrieben worden, das ist durchaus auch ein Pluspunkt für Tanja Niehaus gewesen. Frei nach dem Motto: Der Apfel fällt nicht weit vom Stamm. Das hat aber nichts mit Beziehungskarriere zu tun, jedenfalls nicht in dem Fall von Tanja Niehaus."

„Die glorreiche Karriere des Peter Niehaus hat aber in der letzten Zeit auch einige Schrammen abbekommen, besonders was die gute Zusammenarbeit mit der Deutschen Bank angeht. Hätte das dann auch Minuspunkte für Tanja Niehaus gegeben, frei nach dem Motto, dass der Apfel nicht weit vom Stamm fällt?"

Dr. Leopold ließ sich Zeit mit seiner Antwort, er räusperte sich, trank einen Schluck Wasser, bevor er auf Siebels Frage antwortete.

„Wie Sie anscheinend bereits wissen, war Peter Niehaus mit seiner Consulting-Firma eine führende Figur beim Aufstieg des Neuen Marktes an der Frankfurter Börse. Und mit dem anschließenden Fall dieses Börsensegmentes ins Bodenlose war er plötzlich für viele nur noch ein Scharlatan. Ich denke nicht, dass er von Anfang an nur Böses im Schilde führte, so wie es nun von vielen Anlegern behauptet wird. Er war sicherlich etwas zu optimistisch. Aber das waren auch viele meiner Kollegen. Mir persönlich, als erfahrener langjähriger Mitarbeiter der Deutschen Bank, war es ein Gräuel, was dort getrieben wurde. Aber auch wir und unsere Partner sind nur mit dem Strom geschwommen und ernten nun die Häme. Das ist ein ganz natürlicher Vorgang. Ich kann mir aber beim besten Willen nicht vorstellen, dass das etwas mit dem gewaltsamen Tod von Tanja Niehaus zu tun haben soll. Unter welchen Umständen ist sie eigentlich zu Tode gekommen? Ihr junger Kollege hier erzählte mir gestern am Telefon nur, dass sie erwürgt wurde. Gibt es schon Hinweise auf den Täter? Ich hoffe, sie suchen ihn nicht in unserer Bank."

„Zu den laufenden Ermittlungen dürfen wir Ihnen leider keine Auskunft geben. Bisher gibt es noch keinen Anhaltspunkt auf einen möglichen Täter. Wir sind jetzt bemüht, die persönlichen Lebensumstände von Tanja Niehaus zu prüfen, dazu gehört natürlich auch ihr Arbeitsumfeld."

„Heißt das, dass Sie den Täter in ihrem Bekanntenkreis vermuten?"

„Wie bereits erwähnt, darf ich Ihnen zu den laufenden Ermittlungen keine Auskünfte geben. Ich kann Ihnen aber soviel sagen, dass der Tathergang und die Begleitumstände der Tat die Vermutung zulassen, dass der Täter durchaus mit Tanja Niehaus bekannt war."

„Sie denken, dass es sich um ein Beziehungsdrama handelt?"

„Ich kann es nicht ausschließen, sagen wir einmal so. Und deswegen würden wir uns auch gerne mit den Kolleginnen und Kollegen von Tanja Niehaus unterhalten. Von ihrem Vater haben wir erfahren, dass sie mit einem Herrn Olaf Kreuzberger zusammengearbeitet hat. Mit dem würden wir uns auch gerne unterhalten."

„Herr Kreuzberger war ihr Abteilungsleiter. Er ist verantwortlich für die Analyse und Bewertung der osteuropäischen Märkte. Sein Büro befindet sich im neunten Stockwerk, ich bringe Sie gerne zu ihm."

Dr. Leopold schien der letzte Teil des Gesprächs etwas verwirrt zu haben. Er blieb zunächst etwas gedankenverloren auf seinem Platz sitzen. Dann erhob er sich und öffnete die Tür zu seinem Nebenzimmer. Er beauftragte seine Sekretärin, bei Olaf Kreuzberger anzurufen und ihm mitzuteilen, dass er gleich mit zwei Herren von der Kriminalpolizei vorbeikommen würde.

Dr. Leopold begleitete die Beamten zum Aufzug und brachte sie in die neunte Etage. Olaf Kreuzberger hatte kein eigenes Büro wie

Dr. Leopold. Er arbeitete in einem Großraumbüro, in dem sein Büro nur durch eine Glaswand von den anderen Arbeitsplätzen getrennt wurde.

Till ließ seinen Blick durch das Großraumbüro schweifen. Er zählte elf Schreibtische, davon schienen zwei verwaiste Arbeitsplätze zu sein. Überall hingen Diagramme an den Wänden. Bunte Grafiken zeigten die Entwicklung des Bruttoinlandsproduktes der letzten Jahre von Polen, Tschechien, Ungarn, Slowenien und der Slowakei. Die Mitarbeiter in dem Großraumbüro schienen alle noch recht jung zu sein. Till schätzte die meisten nicht älter als fünfunddreißig. Er sah vier Frauen und drei Männer. Zwei von den Frauen schienen osteuropäischer Herkunft zu sein. Die eine telefonierte zumindest in einer Sprache, die Till nicht verstand.

Dr. Leopold führte sie in das abgetrennte Büro von Olaf Kreuzberger. Sie schüttelten sich die Hände, Dr. Leopold ging wieder. Olaf Kreuzberger wirkte auf Till wie der typische Banker. Er sah so aus, wie einer der vielen, die heute Morgen in die Glastürme geströmt waren. Er trug einen dunkelblauen Anzug, ein weißes Hemd und eine blaue Krawatte. Sein Haar wurde mit Gel nach hinten gehalten, er wirkte etwas nervös, als sich Till und Siebels ihm gegenüber an seinen Schreibtisch setzten.

„Ich war gestern Abend bei Familie Niehaus", eröffnete er das Gespräch. „Tanjas Vater hat mich abends um neun Uhr angerufen und mich gebeten, bei ihm Zuhause vorbeizuschauen. Und da hat er mir dann die schreckliche Nachricht mitgeteilt. Ich kann es gar nicht fassen. Tanja soll tot sein. Ermordet. Am Freitag hat sie noch an ihrem Schreibtisch gesessen, sie war gut gelaunt gewesen und hat sich auf das Wochenende gefreut. Ich kann es nicht fassen, dass sie nie wieder an ihrem Schreibtisch sitzen wird."

„Herr Kreuzberger, Sie waren der direkte Vorgesetzte von Tanja Niehaus, ist das richtig?"

„Ja, das stimmt."

„Und Sie hatten eine Beziehung mit Tanja Niehaus, eine Beziehung, von der auch Tanjas Vater wusste, ist das auch richtig?"

„Ja, ich hatte eine Beziehung mit Tanja. Das ist allerdings schon einige Monate her. Seitdem hatten wir nur noch in der Bank miteinander zu tun."

„Darf ich fragen, wie alt Sie sind?"

„Ich bin siebenunddreißig."

„Und Sie hatten ein Verhältnis mit einer zweiundzwanzigjährigen Mitarbeiterin, deren Vorgesetzter Sie sind. Und das mit der Zustimmung von Tanjas Vater. Ist das nicht etwas außergewöhnlich?"

„Wahrscheinlich, ja. Aber Tanja war auch eine sehr außergewöhnliche Frau. Innerhalb der Bank wusste niemand etwas davon. Es ist auch nicht so, dass ich nur hinter jungen Frauen her bin, wenn Sie das jetzt denken. Ich hatte noch nie ein Verlangen nach Frauen, die wesentlich jünger sind als ich. Bis ich Tanja kennen lernte. Aber sie war ihrem Alter auch weit voraus. Sie war kein Mädchen mehr, sie war eine Frau. Auch wenn sie erst neunzehn war, als sie hier mit ihrer Ausbildung anfing."

Siebels zündete sich wieder eine Zigarette an, obwohl diesmal kein Aschenbecher auf dem Tisch stand. Kreuzberger stand auf und holte einen aus dem Schrank.

„War sie auch in ihrem Sexualleben so eine außergewöhnliche und reife Frau?"

Kreuzberger errötete leicht. „Wie meinen Sie das?"

„Nun, bevorzugte sie vielleicht außergewöhnliche Praktiken, wenn sie mit Ihnen schlief?"

„Ist das relevant für Ihre Ermittlungen?" Kreuzberger wurde es sichtlich unwohl. Er griff zu seinem Kragen und lockerte seine Krawatte.

„Sie können davon ausgehen, dass wir nicht aus reiner Neugierde solche Fragen stellen. Und je offener Sie mit uns sprechen, desto weniger werden wir Sie in Zukunft belästigen. Und alles, was Sie uns erzählen, besonders das, was in den privaten Bereich gehört, werden wir nicht auf dem schwarzen Brett im Büro veröffentlichen, darauf gebe ich Ihnen mein Wort."

Siebels machte einen auf Kumpel und das zahlte sich aus. Kreuzberger wurde wieder etwas lockerer.

„Es war nicht nur schön, mit ihr Händchen zu halten, Tanja war eine sehr offene und neugierige Frau, wenn Sie verstehen."

„In Tanjas Wohnung haben wir unter anderem auch einige Fotos gefunden. Akt-Aufnahmen von Tanja. Und auf ihr Bett war eine Webcam gerichtet. Und auf ihrem Anrufbeantworter waren allerhand merkwürdige Aussagen von merkwürdigen Männern. Sind das die Lebensumstände einer Ihrer Meinung nach offenen und neugierigen Frau?"

„Sie hatte viel Fantasie, sehr viel Fantasie, was den sexuellen Bereich angeht. Sie mochte auch schon mal ein Spielchen mit Handschellen. Während unserer Beziehung habe ich viele Akt-Aufnahmen von Tanja gemacht. Ich fotografiere gern und Tanja stand gern Modell. Sie hatte immer neue Ideen, wie und wo ich sie ablichten sollte. Aber von merkwürdigen Anrufen weiß ich nichts. Wir hatten nun aber auch seit über einem halben Jahr keinen Kontakt mehr außerhalb der Bank."

„Aber mit ihren Eltern haben Sie noch Kontakt, gestern waren Sie noch bei ihnen."

„Ja, ich verstand mich gut mit ihrem Vater. Wir haben auch viel über berufliche Dinge gesprochen. Peter ist sehr interessiert an der Entwicklung der osteuropäischen Märkte. Hin und wieder spielen wir auch eine Runde Squash zusammen, meistens sonntags. Ihm wäre es lieb gewesen, wenn Tanja und ich ein Paar geblieben wären, leider entfernten wir uns immer mehr voneinander."

„Wann und wie hat ihre Beziehung denn angefangen?" Diesmal war es Till, der die Frage stellte.

„Tanja kam vor vier Jahren als Auszubildende in meine Abteilung. Damals war ich noch kein Abteilungsleiter. Eigentlich suchten wir eine Auszubildende mit Russisch-Kenntnissen. Tanja sprach perfekt englisch und französisch, ihr Vater arbeitete früher für Siemens im Ausland. Erst in London, dort wurde Tanja auch geboren. Später gingen sie nach Paris. Als Tanja eingeschult wurde, kam die Familie nach Frankfurt zurück. Kurze Zeit später machte Peter sich mit Niehaus-Consulting selbständig. Tanja beherrschte als Sechsjährige bereits drei Sprachen. So etwas ist heute in Zeiten der Globalisierung sehr gefragt. Sie hat also ihre Ausbildung hier im Büro begonnen. Und sie war sehr engagiert und fleißig. Ich saß damals am Schreibtisch ihr gegenüber. Wir verstanden uns gut, manchmal flirteten wir, es machte Spaß, mit ihr zu flirten. Mehr war aber erstmal nicht. Als sie im zweiten Lehrjahr war, sind wir uns dann näher gekommen. Sie war zwanzig und schon sehr reif. Es war Weihnachten, wir feierten unsere abteilungsinterne Weihnachtsfeier im Blaubart, das ist ein Weinlokal in einem Gewölbekeller hinten in der Freßgass. Ich hatte einiges getrunken und Tanja hat sich angeboten, mich nach Hause zu fahren. Bei mir zu Hause habe ich sie dann noch zu einem Kaffee eingeladen. Und bei der Gelegenheit hat sie mich nach allen Regeln der Liebeskunst verführt. Daraus entwickelte sich eine Beziehung, die bis Ende letzten Jahres sehr harmonisch und aufregend war. In dieser Zeit bin ich auch zum Abteilungsleiter hier berufen worden. Unsere Beziehung mussten wir in der Bank natürlich verheimlichen, sie war ja noch Auszubildende und ich war nun ihr Abteilungsleiter. Nachdem sie ihre Ausbildung beendet hatte und für ein weiteres Jahr in meiner Abteilung bleiben wollte, ging unsere Beziehung so allmählich in die Brüche. Sie wollte an den Wochenenden immer weniger Zeit mit mir verbringen. Wir stritten uns auch öfter, das kam früher nie vor. Bis sie mir schließlich erklärte, dass sie unsere Beziehung endgültig aufgeben wollte und sich unser Kontakt nur noch auf das Berufliche beschränken sollte. Und so ist es dann auch gekommen. Nachdem sie sich dafür entschieden hatte, nach ihrer Ausbildung in der Abteilung zu bleiben, war mir das auch ganz recht. Eigentlich hatte ich nämlich gehofft, dass Tanja nach der Ausbildung an die Uni geht, dann hätten wir unsere Beziehung nicht mehr zu verheimlichen brauchen. Auf die Dauer ist das nämlich sehr stressig, das kann ich Ihnen sagen."

„Sie sagten, dass Ihre Beziehung zu Tanja noch bis Ende letzten Jahres sehr harmonisch verlief. Wussten Sie, dass Tanja im Februar einen Schwangerschaftsabbruch hat vornehmen lassen?"

Olaf Kreuzberger schaute Siebels verständnislos an.

„Nein, das wusste ich nicht. Aber das erklärt vielleicht vieles." Er sprach leise, fast wie zu sich selbst.

„Sie hätten also der Vater von Tanjas Kind sein können?"

„Sie hat die Pille genommen. Ich wusste nichts von einer Schwangerschaft. Mein Gott. Wenn sie schwanger war, ist es durchaus möglich, dass ich der Vater gewesen bin. Ich will aber nicht ausschließen, dass es zu dieser Zeit auch andere Männer in ihrem Leben gab. Wie gesagt, es kriselte seit Anfang diesen Jahres, bevor wir uns im Februar endgültig trennten."

„Heißt einer Ihrer Mitarbeiter mir Vornamen Rolf?"

„Ja, Herr Engelhard, Rolf Engelhard. Warum? Ist er etwa ein Kandidat für Tanjas Schwangerschaft?"

„Lief etwas zwischen den beiden?"

„Nicht dass ich wüsste. Aber sie arbeiteten gut zusammen und verstanden sich zumindest beruflich sehr gut."

Siebels sah auf die Uhr. Es war mittlerweile 11.00 Uhr vorbei.

„Wo waren Sie denn am Sonntagabend und in der Nacht von Sonntag auf Montag?"

Siebels stellte die entscheidende Frage gerne am Ende eines Gespräches, wenn ein Verdächtiger nämlich ein hieb- und stichfestes Alibi aufweisen konnte, sank die Motivation, die richtigen Fragen zu stellen enorm. Diese Erfahrung hatte Siebels schon vor vielen Jahren gemacht. Er hätte den einen und anderen Fall viel schneller lösen können, wenn er bei Verdächtigen, die gleich zu Beginn einer Befragung mit einem hieb- und stichfesten Alibi aufwarteten nur tiefer gebohrt hätte.

„Ich war mit meinem Bruder und einem Freund unterwegs. Wir waren ungefähr von 21.00 bis 1.00 Uhr die Nacht in einem Apfelweinlokal in Seckbach. Mein Bruder hat mich dann nach Hause gefahren. Ich wohne in Schwalbach im Taunus. Dort bin ich dann gleich in mein Bett gefallen."

Till notierte sich die Adresse und Telefonnummer von Kreuzbergers Bruder und von dem Freund.

„Wir werden das überprüfen. Vielen Dank für das offene Gespräch, Herr Kreuzberger. Wenn Ihnen noch etwas Relevantes einfällt, rufen Sie mich bitte an."

Siebels reichte ihm seine Visitenkarte.

„Wir würden nun auch noch gerne mit den anderen Kollegen von Tanja reden, wie viele Mitarbeiter kommen da denn in Frage?"

„Wir sind außer mir zur Zeit noch acht Mitarbeiter in unserer Abteilung. Das sind die Herren Reuter, Kunikowski und Engelhard sowie die Damen Jürgens, Caspari, Dietrich, Oslowski und Kramer."

„Es wäre sinnvoll, wenn mein Kollege Krüger und ich uns die Arbeit teilen könnten. Gibt es hier zwei Zimmer, in denen wir uns ungestört mit den Damen und Herren unterhalten können?"

„Ja, draußen im Gang sind noch mehrere kleine Besprechungszimmer, kommen Sie, ich zeige sie Ihnen."

Kreuzberger zeigte Siebels und Till die Zimmer, dann gingen sie zurück in das Großraumbüro und Kreuzberger rief seine Mitarbeiter zu sich.

„Liebe Kolleginnen und Kollegen, ich habe Ihnen die traurige Mitteilung zu machen, dass Tanja Niehaus einem Gewaltverbrechen zum Opfer gefallen ist. Sie wurde auf tragische Weise aus unserer Mitte gerissen. Die Herren hier sind von der Frankfurter Kriminalpolizei und werden nun einige Fragen an Sie haben.“

Siebels und Till studierten die Gesichter der Mitarbeiter, als Kreuzberger die Nachricht vom Tode Tanjas verkündete. Erschrockenheit und Fassungslosigkeit stand in den Gesichtern geschrieben.

Siebels notierte sich die Namen der Umstehenden und fragte, wer engeren Kontakt mit Tanja gehabt hatte. Von den Männern meldete sich nur Herr Engelhard, von den Frauen meldeten sich Frau Jürgens, Frau Caspari und Frau Oslowski. Siebels entschied sich zunächst für ein Gespräch mit Rolf Engelhard, Till begleitete Frau Caspari in das zweite Besprechungszimmer.

Engelhard rutschte nervös auf seinem Stuhl hin und her. Siebels schätzte ihn auf Ende zwanzig, vielleicht Anfang dreißig. Er wirkte noch sehr jugendlich, eigentlich nicht der Typ, der zu Tanja Niehaus passte. Aber welcher Typ schien schon zu dieser Frau zu passen.

„Herr Engelhard, ich muss Ihnen nun einige Fragen stellen, zunächst würde mich interessieren, wie lange Sie schon hier in der Bank arbeiten und wie Ihr Verhältnis zu Tanja Niehaus war.“

„Ich arbeite erst seit einem Jahr hier in der Bank. Nach meinem Studium der Volkswirtschaftslehre in Mannheim habe ich hier eine zeitlich befristete Stelle für zwei Jahre bekommen. Meine Aufgabe ist die Analyse der volkswirtschaftlichen Entwicklung der ehemaligen Staaten der UdSSR. Im Besonderen befasse ich mich mit Georgien, Litauen und Lettland. Alles sehr kleine Länder, die nach dem Zusammenbruch des kommunistischen Systems nun bestrebt sind, marktwirtschaftliche Strukturen aufzubauen. Die Arbeit unserer Abteilung hier hat auch eine Unterstützungsfunktion beim Entscheidungsprozess innerhalb der Europäischen Union zur Aufnahme weiterer osteuropäischer Staaten in die EU.

Als ich hier anfing, hatte Tanja gerade ihre Ausbildung zur Bankkauffrau beendet. Ich war neu in Frankfurt, suchte noch nach einer Wohnung, Tanja vermittelte mir die Wohnung einer Freundin, die gerade ausgezogen war. So lernten wir uns kennen.“

„Pflegten Sie auch privat Kontakt zu Frau Niehaus?“

Engelhard errötete leicht, nahm ein Taschentuch aus seinem

Jackett und wischte sich den Schweiß von der Stirn. Der Raum war nicht klimatisiert und es war ein schwülwarmer Tag.

„Nein, wir hatten eigentlich nur beruflich Kontakt miteinander. Tanja erklärte mir viel, was die Arbeit betraf. Obwohl sie gerade erst ihre Berufsausbildung beendet hatte, hatte sie schon einiges drauf. Manchmal machte sie zweideutige Bemerkungen und amüsierte sich dann, wenn ich verlegen wurde. Aber sie war immer sehr nett gewesen. Ich mochte sie sehr."

„Haben Sie eine Vorstellung, mit wem Tanja ihre Freizeit verbracht hat. Hatte sie einen Liebhaber?"

„Sie erzählte öfters davon, wenn sie mit ihren Freundinnen etwas unternommen hatte. Am Wochenende ging sie wohl gerne in Discos und tanzte durch bis zum frühen Morgen. Soweit ich weiß, war sie dann meistens mit ein oder zwei Freundinnen unterwegs. Die kenne ich aber nicht. Und von einem Liebhaber weiß ich nichts, jedenfalls hat sie nie einen erwähnt."

„Sie war sehr attraktiv, fragten Sie sich nicht ab und zu, ob sie wohl einen festen Freund hatte?"

„Natürlich fragte ich mich das. Aber ich fragte sie das nie selbst. Und sie hat auch nie etwas von einem Mann erzählt. Ich ging davon aus, dass sie sich als Single sehr wohl fühlte."

„Sie haben ihr am Wochenende auf ihren Anrufbeantworter gesprochen, haben gefragt, ob sie mit Ihnen in die Disco gehen wolle, in das Living. Erinnern Sie sich?"

„Ja, natürlich erinnere ich mich. Wir waren vor ungefähr drei Wochen schon einmal gemeinsam dort. Das war ein Freitagabend, wir hatten bis um 21.00 Uhr abends noch an einer Präsentation gearbeitet, danach sind wir noch zum Pizza Hut gegangen. Tanja fragte mich anschließend, ob ich noch Lust auf Disco hätte. Ich hatte, wir sind bis 3.00 Uhr morgens dort gewesen. Und letzten Samstag wäre ich gern wieder mit Tanja ausgegangen, sie hat sich aber nicht mehr bei mir gemeldet. War sie da schon tot?"

„Wann haben Sie denn bei ihr angerufen?"

„Das war am Freitagabend, so gegen 22.00 Uhr."

„Ermordet wurde sie in der Nacht von Sonntag auf Montag. Wo waren Sie in dieser Zeit?"

„Im Bett. Ich hatte am Montag früh einen Vortrag zu halten, da musste ich ausgeschlafen sein. Es kamen einige Herren aus der

Vorstandsetage, die wissen wollten, wie die zukünftige Geschäftspolitik der Deutschen Bank in Litauen aussehen sollte."

„Ich vermute, Sie haben keinen Zeugen, der bestätigen könnte, dass Sie Zuhause im Bett waren."

„Nein, ich wohne allein. Mittags arbeitete ich an meinem Vortrag, ich erstellte noch einige Grafiken. Abends entspannte ich bei einem Tatort, so gegen 22.00 Uhr bin ich dann zu Bett gegangen."

„Vielen Dank für das Gespräch, Herr Engelhard. Bitte schicken Sie mir Frau Oslowski her, wenn Sie ins Büro zurückgehen. Und melden Sie sich bei mir, sollte Ihnen noch etwas Relevantes einfallen."

Siebels gab auch Rolf Engelhard seine Visitenkarte

Till unterhielt sich im Nebenzimmer mit Frau Caspari. Frau Caspari war die Älteste in der Abteilung, sie war achtunddreißig. Sie hatte lange glatte schwarze Haare, war etwa 1,70 Meter groß, schlank, bestückt mit einem üppigen Busen. Sie trug einen engen Rock, etwas zu eng für ihre Figur. Die obersten Knöpfe ihrer Bluse waren geöffnet. Till hatte Mühe, nicht ständig auf die Ansätze ihrer Brüste zu starren, deren wohlproportionierte Rundungen sich unter der engen Bluse abzeichneten. Sie hielt sie mit einem hellblauen BH unter Kontrolle. Till tippte auf 85D.

Frau Caspari war die Ausbildungsleiterin von Tanja gewesen. Sie erzählte, dass sie von Tanjas rascher Auffassungsgabe und ihrer Fähigkeit, komplexe Sachverhalte richtig zu interpretieren und die notwendigen Schlussfolgerungen daraus zu ziehen, beeindruckt war.

„Hatten Sie nur beruflichen Umgang miteinander oder gab es auch private Kontakte zwischen Ihnen und Frau Niehaus?"

„Während der ersten beiden Lehrjahre waren unsere Kontakte rein beruflich. Als sie dann kurz vor ihrer Abschlussprüfung stand, entwickelte sich auch außerhalb der Bank der eine oder andere Kontakt. Wir haben beide ein Faible für schöne Kleider und sind nach Feierabend hin und wieder noch gemeinsam über die Goethestraße gebummelt. Wir haben uns auch gegenseitig Tipps gegeben, welche Kleider uns stehen und welche nicht, wenn wir zusammen in einer Boutique waren. Tanja war sehr erwachsen für ihr Alter, im letzten Jahr waren wir schon fast so etwas wie gute Freundinnen. Wenn mein Mann auf Geschäftsreisen unterwegs war, habe ich sie auch schon mal zu einem Glas Wein zu mir nach Hause eingeladen. Da haben wir stundenlang miteinander getratscht. Ich kann nicht glauben, dass sie tot sein soll. Haben Sie schon einen Verdacht, welches Schwein sich an ihr vergangen hat?"

„Wir haben noch keinen konkreten Anhaltspunkt. Wir vermuten aber, dass Tanja ihren Mörder gekannt hat. Sie waren nachts zum Schwimmen im Brentano-Bad und sie hatten auch Geschlechtsverkehr im Schwimmbad. Haben Sie eine Ahnung, mit wem Tanja nachts ins Schwimmbad gehen würde?"

„Nicht den geringsten. Ich hatte mal so einen Verdacht, dass sie etwas mit Olaf Kreuzberger haben könnte. Die zwei benahmen sich manchmal etwas merkwürdig im Büro. Aber Olaf ist ein ganz harmloser und lieber Mann. Als Abteilungsleiter eigentlich viel zu weich. Und der Rolf, also Herr Engelhard, hat sich mit Sicherheit auch in Tanja verguckt. Aber der ist noch ziemlich grün hinter den Ohren, mit dem hätte sich Tanja nicht eingelassen. Die zwei verstanden sich zwar gut, aber mehr war da für Rolf auch nicht zu holen. Tanja war sehr selbstbewusst und eigenständig. Und sie war eine rassige Frau. Sie stand mehr auf reife, erfahrene Männer. Aber nachts ins Schwimmbad gehen, das passt zu ihr, sie war ein sehr impulsiver Mensch, voller Lebensfreude."

Die letzten Worte sprach Frau Caspari in einem anderen, weicheren Tonfall. Till hatte den Eindruck, dass sie ein ganz bestimmtes Erlebnis mit Tanja im Kopf hatte. Ein Erlebnis, von dem sie ihm nichts erzählen würde. Till wurde hellwach, er ahnte, dass es da etwas gab, etwas, das Frau Caspari und Tanja Niehaus enger miteinander verband, als Frau Caspari zugeben wollte. Till speicherte diesen Eindruck in seinem Gedächtnis und verabschiedete sich von Frau Caspari, verpasste es aber nicht, noch einen letzten tiefen Blick in deren Bluse zu werfen.

Siebels unterhielt sich unterdessen mit Theresa Oslowski. Frau Oslowski war gebürtige Russin. Sie wuchs in Georgien auf und absolvierte gerade ein Praxissemester bei der Deutschen Bank. Sie kam vor zwei Jahren nach Frankfurt, um Betriebswirtschaft zu studieren. Dabei arbeitete sie stundenweise bei der Bank. Während des Praxissemesters war sie ganztägig bei der Deutschen Bank beschäftigt.

Sie sprach ein gutes Deutsch mit russischem Akzent. Sie war sehr attraktiv, Mitte zwanzig. Dunkle schulterlange Locken umrahmten ein wunderschönes Gesicht mit hohen Wangenknochen. Sie war sehr dezent geschminkt, ihre weiblichen Kurven blieben auch unter dem gelben Hosenanzug, den sie trug, nicht verborgen. Siebels überlegte, ob Tanja und die Frau, die nun vor ihm saß, auch Rivalinnen gewesen sein könnten. Eine Sonne zuviel für den Planeten Großraumbüro in der Galaxie Deutsche Bank. Aber Frau Oslowski machte einen sehr netten Eindruck auf Siebels. Und insgeheim freute er sich, dass er nun mit dieser attraktiven Frau zusammensaß, während sich Till nach seinem Gespräch mit Frau Caspari nun mit Frau Jürgens unterhielt. Und Frau Jürgens machte mehr den Eindruck einer langweiligen grauen Maus.

„Waren Sie gut mit Tanja Niehaus befreundet, Frau Oslowski?"

Theresa Oslowski zündete sich eine Zigarette an. Siebels tat es ihr gleich und gemeinsam füllten sie den kleinen Raum mit großen Rauchschwaden.

„Wir waren seelenverwandt", antwortete die schöne junge Frau und sah Siebels dabei unschuldig mit ihren großen rehbraunen Augen an.

„Können Sie mir das bitte etwas näher erklären?"

Siebels war fasziniert von der erotischen Ausstrahlung dieser Frau, er bemerkte nicht, wie die Asche von seiner Zigarette auf seine Hose fiel.

„Ich habe vor zwei Jahren hier als Studentin einen Nebenjob bekommen. Ich kam direkt aus Georgien. Tanja und ich haben uns auf Anhieb verstanden wie zwei Schwestern. Nach meiner ersten Arbeitswoche hier im Büro hat Tanja mir am Wochenende Frankfurt gezeigt. Wir hatten viel Spaß zusammen und konnten über alles miteinander sprechen. Abends hat Tanja bei sich zu Hause für uns beide gekocht. Wir haben noch eine Flasche Rotwein zusammen getrunken. Und dann haben wir die Nacht miteinander verbracht."

Siebels nahm gerade einen Zug an seiner Zigarette, als ihm die junge Russin so freimütig von ihrer Affäre mit Tanja erzählte.

„Sie meinen, Sie hatten eine intime Beziehung mit Tanja Niehaus?"

„Ja, das wollte ich damit zum Ausdruck bringen."

„Frau Niehaus war also lesbisch, sie stand auf Frauen?"

„Nein, das habe ich nicht gesagt. Ich sagte, dass wir die Nacht zusammen verbrachten. Wir liebten uns. Und nicht nur in dieser

Nacht. Auch in vielen anderen Nächten. Aber Tanja war nicht lesbisch. Sie mochte Männer. Sie mochte Männer sogar sehr. Und ich mag auch Männer. Aber wie ich bereits sagte, Tanja und ich waren seelenverwandt. Mit ihr war es einfach wunderschön. So etwas werde ich nie wieder erleben, da bin ich mir ganz sicher. Finden Sie heraus, wer ihrem Leben ein Ende bereitete. Dieser Mensch hat etwas Wunderbares zerstört. Wenn ich könnte, ich würde ihn töten, es würde mir nichts ausmachen." Theresa Oslowski sah Siebels an, sie verstummte. Ihre großen rehbraunen Augen sahen ihn traurig an.

„Haben Sie einen Verdacht, wer es gewesen sein könnte?"

„Nein, ich habe keinen Verdacht. Hätte ich einen, ich wüsste nicht, was ich tun würde."

Siebels beendete das Gespräch, er musste das Gehörte nun erst einmal verarbeiten.

Es folgten noch Gespräche mit den anderen Mitarbeitern im Büro. Mit denen, die angeblich keinen engeren Kontakt mit Tanja Niehaus gehabt hatten. Weder bei Siebels noch bei Till ergab sich bei diesen Gesprächen etwas Neues. Entweder hatten diese Kollegen nichts über Tanja zu erzählen oder sie wollten nichts erzählen. Kurz nach 14.00 Uhr beendeten Siebels und Till ihre letzten Gespräche. Sie verließen die Bank und beschlossen, beim Pizza Hut an der Hauptwache zu Mittag zu essen. Das Thermometer war mittlerweile bis an die 27 °C-Marke gestiegen.

10

Mein Tagebuch, 23. April 2000

Ich zehre immer noch von den Erinnerungen an jenen Abend, als ich in der Sauna einen Blick in das Paradies werfen durfte. Der Vertrag, den Tanja mit mir gemacht hatte, war hieb- und stichfest. Tanja war im Besitz der Fotos, die dokumentierten, dass ich mich an der Wäsche unserer Lehrerin vergriffen hatte. Natürlich war Frau Berger der Verlust ihrer Reizwäsche nicht verborgen geblieben. Sie hängte es zwar nicht an die große Glocke, sprach aber mit Kollegen und einigen Schülern über den Fall und so manches Gerücht kursierte seitdem in der Schule. Es war ja kein Geheimnis, dass ich an jenem Abend in der Herberge geblieben bin. Trotzdem blieb ich von direkten Anschuldigungen verschont, nur der eine oder andere misstrauische Blick meiner Lehrerin traf mich hin und wieder.

Weder Tanja noch Jenny oder Johanna hatten seit jenem Abend noch einmal mit mir gesprochen. Manchmal ertappte mich Tanja dabei, wenn ich sie verstohlen beobachtete. Oft schlenderte sie mit Jenny oder Johanna Arm in Arm über den Pausenhof. Ich kann meine Augen dann einfach nicht von ihnen lassen, immerzu sehe ich sie vor mir, in der Sauna, so schön, so reizend, so begehrenswert. Meine Evas. Aber unser Vertrag diente eher dazu, mich aus ihrem Paradies auszuschließen. Immer wenn Tanja mich dabei ertappte, wenn ich sie verstohlen beobachtete, schenkte sie mir einen Blick, der mehr als Tausend Worte sagte. Komm uns nicht zu nahe und vergiss, was du gesehen hast, sonst findet Frau Berger ein paar nette Fotos.

Drei Monate sind vergangen, in denen wir uns zweimal wöchentlich in der Berufsschule gesehen haben, die Abschlussprüfungen liegen in nicht mehr allzu weiter Ferne. Meine Hoffnungen, in die geheimnisvolle Welt von Tanja hereinzukommen, hatten sich in Luft aufgelöst.

Doch gestern passierte es. Ich stand allein in einer Ecke auf dem Schulhof, wartete auf meinen Bruder, der mich abholen wollte. Da kam Tanja auf mich zu. Nein, sie schwebte auf mich zu. Ihre vollen roten Lippen formten sich zu einem wunderschönen Lächeln. Sie begrüßte mich so herzlich, wie man sonst nur einen alten Freund begrüßt. Ich erstarrte fast vor Aufgeregtheit.

Tanja erzählte mir, dass sie Probleme mit dem Stoff hätte, den wir gerade in Mathematik durchnehmen. Ich wunderte mich. Tanja war die Beste in der Klasse. Sie spricht perfekt Englisch und Französisch, sie hat in fast allen Fächern eine Eins. Im Rechnungswesen tut sie sich manchmal schwer, das weiß ich. Bei mir ist es umgekehrt. In Buchhaltung und Rechnungswesen bin ich ein Ass. Aber Fremdsprachen sind eine Qual für mich. Ich werde nach der Ausbildung Informatik studieren, das ist klar. Bevor ich meine Ausbildung bei der Hessischen Landesbank begonnen hatte, arbeitete ich in den Schulferien immer bei einer Wirtschaftsprüfungsgesellschaft. Dort würde ich nach dem Studium bestimmt eine lukrative Stelle antreten können.

Tanja kennt meine Stärken. Sie sprach von einem neuen Vertrag, den sie mit mir machen wollte.

Sie schlug mir vor, dass ich ihr Nachhilfe in Mathematik geben solle. Sollte sie die anstehende Klassenarbeit in zwei Wochen mit einer Eins bestehen, würde sie mich zu einem Abendessen einladen. Das war ihr Vorschlag, der neue Vertrag, den sie mit mir machen wollte. Ich willigte ein. Natürlich willigte ich ein. Ich hätte alles getan für ein Rendezvous mit Tanja.

Wir vereinbarten, dass ich sie zweimal in der Woche besuchen würde. Ich würde sie in die Geheimnisse der Statistik einweihen und ihr zeigen, wie die Integralrechnung funktioniert. Ich freue mich schon sehr auf diese Aufgabe.

Mein Tagebuch, 7. Mai 2000

Heute war der große Tag. Zwei Stunden hatten wir Zeit, um die Aufgaben der Mathe-Klausur zu lösen. Ich schaute des Öfteren zu

Tanja rüber. Sie konzentrierte sich auf die Aufgaben, kaute nervös an ihrem Stift. Es war eine Aufgabe dabei, die war nicht einfach zu lösen. Mir wurde bange, dass Tanja daran scheitern könnte. Dass sie nur eine Zwei schreiben würde und sie ihren Teil unseres Vertrages nicht zu erfüllen bereit wäre.

Mein Tagebuch, 21. Mai 2000

Heute wurden die Ergebnisse der Klausur bekannt gegeben. Zwei qualvolle Wochen, in denen Tanja mir aus dem Weg gegangen ist, sind endlich vorüber.

Es gab zwei Einsen. Ich hatte eine, die andere hatte Tanja geschrieben. Mein Herz raste vor Aufregung. Nach Unterrichtsende ging ich aufgeregt den Gang im Schulgebäude entlang. Tanja lief plötzlich neben mir, sie hakte sich bei mir ein. Wortlos gingen wir ein paar Schritte gemeinsam, dann flüsterte sie mir zu, dass sie mich am Samstagabend um 20.00 Uhr erwarten würde, damit sie ihren Teil unseres Vertrages erfüllen könnte. Mir wurde heiß und kalt zugleich. Bis Samstag waren es noch vier Tage. Noch vier lange Tage.

11

Kurz nach 16.00 Uhr saßen Siebels, Till und Sabine Karlson gemeinsam mit Charly Hofmeyer vom K443, der Spurensicherung, in Siebels Büro. Der Kollege von der Spurensicherung hatte den PC von Tanja Niehaus bereits untersucht und einige interessante Dateien darauf gefunden. Er hatte Siebels per Handy verständigt, als Siebels und Till noch in der Sonne gesessen, sich über ihre Pizzen vom Pizza Hut hergemacht und sich dabei über einige der Passanten, die die Freßgass und den Opernplatz bevölkerten, amüsiert hatten. Auf Anweisung von Siebels war dann auch Sabine Karlson benachrichtigt worden, auf ihren Rat wollte Siebels nicht verzichten.

Die Daten von Tanjas Rechner waren auf Diskette gespeichert und wurden nun auf den PC von Siebels überspielt. Charly Hofmeyer, der EDV-Spezialist von der Spurensicherung, hatte mit seinem Spezialwissen seinen Kollegen vom K11 in der Vergangenheit schon viele gute Dienste erwiesen.

„Also, liebe Kollegen, zuerst zeige ich euch den Inhalt eines Dateiordners, der unter Chantal gespeichert war. Ich nehme an, das interessiert euch am meisten."

„Genau", bestätigten Siebels und Karlson im Chor.

„Der Ordner enthält noch einige untergeordnete Dateiordner." Charly klickte auf das Symbol für den Dateiordner, eine Reihe weiterer Symbole kam zum Vorschein. Der erste Ordner hieß »ANZEIGEN«. Charly öffnete ihn.

„In diesem Ordner befinden sich drei Anzeigentexte, wie sie für gewöhnlich in Kontaktmärkten auf erotischen Internetseiten platziert werden. Im ersten Text beschreibt sie sich als erfolgreiche, aber einsame Geschäftsfrau, die auf der Suche nach einem diskreten Liebhaber ist. Im zweiten Text finden wir eine Lady Chantal. Sie sucht devote Männer, deren Erziehung sie übernehmen kann. Allerdings legt sie Wert darauf, keine Domina zu sein, und lehnt harte sadomasochistische Sexpraktiken ab. Im dritten Text gibt sie sich schließlich als schüchterne Biologie-Studentin aus, die nun endlich einen Partner sucht, mit dem sie ihre sexuellen Fantasien in die Tat umsetzen kann."

Charly öffnete einen Anzeigentext nach dem anderen. Siebels, Till und Karlson lasen sie aufmerksam durch. Alle Texte hatten einige Gemeinsamkeiten. Tanja nannte sich immer Chantal, sie war immer blond und sie war immer achtundzwanzig Jahre alt, also vier Jahre älter, als sie wirklich war.

„Ich habe vorhin noch ein wenig im Netz gesurft und mich bei den verschiedenen Kontaktmärkten umgeschaut. Die Anzeigen sind eigentlich auf allen relevanten Seiten zu finden. Die letzte wurde am Freitag aufgegeben, also zwei Tage vor ihrem Tod.

Charly klickte mit der Maus auf den nächsten Ordner, der unter »ANTWORTEN« gespeichert war.

„Das ist nun echt der Hit", stöhnte Charly. „Hier sind alle Antworten gespeichert, die sie auf ihre Anzeigen bekommen hat. Unterteilt nach den verschiedenen Texten, auf die geantwortet wurde. Es gibt über viertausend Antworten. Einige habe ich durchgelesen, das hältst du ja im Kopf nicht aus, was die Typen so alles schreiben. Wenn ihr das alles durchlesen wollt, dann wünsche ich euch viel Spaß."

„Ein bisschen Weiterbildung kann doch nichts schaden", warf Till ein.

Siebels überhörte die Bemerkung, ihm dämmerte Schlimmes. „Das heißt doch auf gut Deutsch, dass wir hier viertausend Verdächtige haben."

„So kann man es natürlich auch sehen", bestätigte Charly. „Aber es kommen ja noch mehr Ordner, vielleicht könnt ihr die Zahl der Verdächtigen damit erst einmal einschränken."

Siebels atmete erleichtert auf.

„Von welchem Datum sind denn die ersten Antworten und wann kamen die letzten?", wollte Karlson wissen.

„Die ersten Antworten kamen Ende Februar und Anfang März dieses Jahres. Die letzte kam, als ich die Post heute Morgen abgerufen habe."

„Dann hat sie mit dem Spaß also angefangen, nachdem sie die Beziehung mit Olaf Kreuzberger beendet hatte."

Siebels klopfte Till anerkennend auf die Schulter. „Und nach ihrem Schwangerschaftsabbruch", ergänzte er Tills Überlegung.

Charly öffnete den nächsten Ordner, der unter »KÖDER« gespeichert war. „Hier sind nun die Antworten gespeichert, mit denen sie die Antworten auf ihre Anzeigen beantwortet hat. Diese Texte enthalten die 0190er-Rufnummer, die Tanja Niehaus bei phone-tell gemietet hat. Außerdem hat sie zu ihren Antworten auch immer eine nette Bilddatei angehängt. Darauf ist sie allerdings nicht selbst zu sehen. Vermutlich hat sie das Foto auch nur irgendwo im Internet gefunden."

Charly öffnete das Bild. Zum Vorschein kam zwar eine blonde Frau, sie hatte aber keine große Ähnlichkeit mit Tanja Niehaus.

„So, bis hierher war das Ganze wohl ein lukratives Spiel, mit dem sie über die 0190er-Rufnummer ganz nett abkassiert hat. Die Anrufe wurden alle auf Band umgeleitet. Einen Band-Ansagetext habt ihr ja schon gehört. Es gibt insgesamt drei Bänder und drei verschiedene 0190er-Rufnummern. Eine für jede Kategorie. Sie hat ihre drei Rollen also bis zum Ende sauber durchgespielt. Jetzt wird es aber etwas spannender."

Der Mauszeiger wurde von Charly auf den nächsten Ordner bewegt. Der Ordner hieß »CHANTALS FREUNDE«.

„Hier sind E-Mails von drei verschiedenen Adressaten gespeichert. Diese E-Mails sind von Männern, mit denen sie wahrscheinlich auf Grund ihrer Kontaktanzeigen in näheren Kontakt getreten ist."

„Drei von viertausend. Mit Chantal einen echten Kontakt zu knüpfen, scheint ja fast wie ein Sechser im Lotto zu sein", brummte Siebels. Charly fuhr mit seinen Erläuterungen fort.

„In diesem Ordner ist ein ausführlicher E-Mail-Kontakt mit den betreffenden drei Männern dokumentiert. Sie hat sich mit allen drei auch getroffen, das geht ganz klar aus den E-Mails hervor." Karlson unterbrach Charly.

„Gibt es in den E-Mails einen Hinweis auf die wahre Identität der Männer?"

„Ja, alle drei haben ihr kurz bevor es zum Treffen kam, ihre Telefonnummer mitgeteilt. Vollständige Namen tauchen zwar in keiner einzigen E-Mail auf, aber wir haben die Telefonnummern schon den Teilnehmern zugeordnet. Der Erste heißt Salvatore Di Lagio, wahrscheinlich ein Italiener, wohnhaft in Karlsruhe. Der Zweite kommt aus Frankfurt und heißt Jens Kiesbach und der Dritte im Bunde ist Detlev Bach aus Saarbrücken. Die Überprüfung läuft gerade, es müsste eigentlich jeden Augenblick ein Kollege mit den vorhandenen Daten vorbeikommen."

„Sehr gut, dann sind wir ja schon einen großen Schritt weiter. Den aus Frankfurt setzen wir erstmal ganz oben auf die Liste, wenn die Überprüfung der anderen nichts Interessantes zu Tage fördert."

Siebels zündete sich die letzte Zigarette aus seiner Packung an, mit den neuen Informationen wurde das Ganze nun doch noch zu einem lösbaren Fall, dachte er sich erleichtert.

„Es gibt aber noch einen interessanten Dateiordner", unterbrach Charly die eingetretene Ruhe.

„Der Ordner heißt »BILDER« und ist in drei Unterordner unterteilt."

Charly öffnete den ersten Ordner, der unter »TANJA AKT« gespeichert war. Auf dem Bildbearbeitungsprogramm erschienen Akt-Aufnahmen von Tanja. Einige davon hatten Siebels und Till schon in Tanjas Wohnung gesichtet. Hier aber waren noch etliche Bilder mehr zu bewundern. Bestimmt um die fünfzig Bilder waren abgespeichert und zeigten Tanja in erotischen Posen. Tills Augen wurden immer größer, Karlson bemerkte es, verkniff sich aber einen Kommentar.

Die Bilddateien waren alle älteren Datums als die gespeicherten E-Mails. „Die Bilder dürften alle in der Zeit gespeichert worden sein, als Tanja noch mit Kreuzberger zusammen war. Die Nacktaufnahmen wären damit wohl geklärt."

Siebels wandte sich an Karlson und berichtete ihr von der Beziehung zwischen Tanja und deren Abteilungsleiter. Charly öffnete noch einige Aktfotos, die seiner Meinung nach alle sehr gelungen waren. Dann präsentierte er den Inhalt des nächsten Ordners, der unter »TANJA, JENNY UND JOHANNA« abgelegt war. Auch hier kamen wieder Bilder zum Vorschein. Allerdings war Tanja nicht allein auf den Fotos, es waren immer zwei oder drei junge Frauen darauf zu sehen. Einige Bilder waren auch sehr erotischer Natur. Tanja und Jenny in der Badewanne, Tanja, wie sie Johannas Brüste streichelt, Tanja, wie sie Jennys Brüste streichelt. Fotos, auf denen alle drei nackt im Bett lagen oder unter der Dusche standen und sich gegenseitig einseiften. Es gab auch einige Fotos, wo neben den jungen Mädchen noch ein junger Mann zu sehen war. Diese Fotos wurden an einem Strand aufgenommen.

Karlson kam es so vor, als würden Tills Augen jeden Moment aus den Augenhöhlen springen.

„Und jetzt noch eine kleine Überraschung", freute sich Charly. Er öffnete den letzten Ordner. Und der war unter »ROTER LIPPENSTIFT« abgespeichert. Siebels pfiff leise durch die Zähne, Charly zeigte die Bilder, die in dem Ordner gespeichert waren.

„Den kennen wir doch", rief Till spontan aus. Vor ihnen flimmerte das Gesicht von Rolf Engelhard auf dem Monitor. Das Bild zeigte seinen nackten Oberkörper und sein Gesicht. Seine Augen waren zwar mit einem schwarzen Tuch verbunden, man konnte ihn aber eindeutig erkennen. Er lag auf einem Bett, seine Hände waren am Kopfgestell des Bettes festgebunden. Auf seiner Brust stand gut leserlich mit roten Buchstaben: »ICH BIN EIN KLEINER DUMMER JUNGE«.

Charly öffnete das nächste Bild. Zum Vorschein kam ebenfalls ein bekanntes Gesicht. Siebels und Till erkannten Theresa Oslowski, die Russin, die so freimütig von ihrer Beziehung zu Tanja erzählte. Nun wurde Siebels auch klar, warum sie gleich beim ersten Gespräch kein Geheimnis daraus gemacht hatte. Sie musste von der Existenz der Fotos gewusst haben. Sie hatte auf dem Bild auch nicht die Augen verbunden, aber die gleichen roten Buchstaben zierten ihren Bauch. »ICH GEHÖRE TANJA«, las Siebels laut vor.

„Ich habe das Gefühl, dass wir morgen noch einmal bei der Deutschen Bank vorbeischauen sollten."

Charly öffnete das nächste Bild. Zum Vorschein kam ein südländisch aussehender Mann, so um die vierzig Jahre alt. Auch er lag auf einem Bett, es war Tanjas Bett. Seine Arme waren ausgebreitet, seine Handgelenke mit Handschellen am Kopfende des Bettes festgekettet, er lächelte vergnügt. Das Foto ähnelte dem von Rolf Engelhard. Mit dem Unterschied, dass der Mann auf diesem Foto nicht die Augen verbunden hatte. Und während man auf dem Foto mit Rolf Engelhard nur dessen Kopf und Oberkörper sah, war auf diesem Foto auch der Unterleib des Mannes deutlich zu sehen. Scheinbar stolz präsentierte er der Kamera sein erigiertes Glied. Er trug einen dunklen Schnauzbart, hatte ein Goldkettchen um den Hals und unter seiner Brustbehaarung trug er seinen Spruch, geschrieben mit rotem Lippenstift. »CHANTALS DESSERT – ITALIENISCHE BANANE«.

„Sinn für Humor hatte sie jedenfalls auch."

Karlson fand das Foto urkomisch und machte auch keinen Hehl daraus.

„Das könnte der Italiener sein, mit dem sie sich getroffen hat. Der aus Karlsruhe, wie hieß er noch gleich?"

Charly half Till weiter. „Salvatore Di Lagio. Ja, da könntest du Recht haben. Aber wir haben noch ein hübsches Foto in der Lippenstift-Sammlung."

„Dann lass mal sehen, Charly." Till platzte fast vor Spannung.

„Schade, ich hatte fast schon vermutet, dass wir nun Dr. Leopold zu Gesicht bekommen."

„Bloß nicht", stöhnte Siebels und erklärte Charly und Karlson, dass Dr. Leopold Personaldirektor bei der Deutschen Bank sei und von Tanjas beruflichen Qualitäten und Aussichten geradezu geschwärmt hatte.

Auf dem Foto war ein blonder Mann zu sehen. Er stand in der Ecke eines Zimmers. An dem Muster der Tapeten erkannte Siebels das Schlafzimmer von Tanja. Der Mann war nackt, mit seinen Händen bedeckte er seine Scham. Er blickte beschämt zu Boden, aber sein Gesicht war noch deutlich zu erkennen. Genauso deutlich wie der rote Lippenstift, mit dem Tanja ihn verziert hatte. »ICH BIN EIN BÖSER JUNGE«.

„Den kennen wir noch nicht. Vermutlich ist das auch eine von Tanjas Internet-Bekanntschaften", mutmaßte Siebels.

„Dann werde ich den Herrschaften mal die Homepage von Lady Chantal vorführen."

Charly öffnete den Microsoft Explorer auf Siebels PC und gab die Internetadresse www.ladyChantal.de ein.

„Stimmt ja, die Webcams im Schlafzimmer müssen ja auch ihren Zweck erfüllt haben." Siebels hatte schon geglaubt, Charly wäre am Ende mit seiner Vorführung.

Auf dem Bildschirm erschien ein schwarzer Hintergrund, vor dem sich rote Buchstaben aufbauten. »WILLKOMMEN AUF DER HOMEPAGE VON LADY CHANTAL«. Dann erschien ein Fenster mit der Aufforderung, das gültige Passwort einzugeben.

„Dreimal dürft ihr raten." Charly grinste seine Kollegen an und wartete auf Antworten. Till versuchte es mit »TANJA«, aber Charly verneinte. Auch Siebels hatte eine Idee. »THERESA« war sein Vorschlag. Charly verneinte bedauernd und schaute herausfordernd zu Sabine Karlson. »ROTER LIPPENSTIFT« war ihre Antwort, sie schien sich aber nicht sehr sicher damit.

Vorgestern war es endlich soweit. Ich fuhr mit dem Fahrrad. Von Rödelheim bis nach Bockenheim brauchte ich eine knappe Viertelstunde. Tanjas Eltern waren über das Wochenende verreist. Die Villa im Diplomatenviertel Bockenheims gehörte also nur Tanja und mir.

Nervös stand ich vor der Tür mit dem großen Messingschild. »NIEHAUS-CONSULTING« *stand in großen schwarzen Buchstaben darauf. Ich klingelte. Tanja empfing mich in einem engen schwarzen Minirock und einer hellen Bluse. Sie trug die Bluse bauchfrei, die Knopfleiste war zu einem Knoten über ihrem Bauchnabel zusammengeknotet. Ihr hellblondes Haar war zu einem Pferdeschwanz gebunden. Roter Lippenstift zierte ihre Lippen, die sie zur Begrüßung zärtlich auf meine Wange drückte. Ich folgte ihr ins Haus.*

Sie führte mich in ein mit Kerzenlicht beleuchtetes Zimmer. Es war ein kleines Esszimmer, in der Mitte stand ein Tisch, bedeckt mit einer Flasche Champagner und zwei Gläsern. Wir setzen uns. Tanja schenkte den Champagner ein, sie verstand es vorzüglich, eine knisternde Atmosphäre zu schaffen. Wir stießen miteinander an, tranken auf unsere hervorragenden Leistungen in Mathematik. Ich konnte meine Augen nicht von ihr lassen. Sie sah aus wie eine Göttin. Wie eine Liebesgöttin. Sie flirtete mit mir, füllte die Gläser erneut mit dem prickelnden Champagner. Seine Wirkung blieb bei mir nicht aus, meine verkrampfte Haltung lockerte sich.

Tanja hatte eine leckere Pasta zubereitet. Wir speisten im Schein der Kerze, die Zeit verging wie im Flug. Tanja wollte wissen, was ich im Anschluss an die Ausbildung tun wollte und erzählte mir von ihren Plänen. Sie wollte ihr BWL-Studium noch etwas hinausschieben, noch etwas Geld verdienen und einige Erfahrungen bei der Bank sammeln. Plötzlich fragte sie mich ganz unverblümt, was ich empfunden hätte, als ich sie mit Jenny in der Sauna beobachtet hatte. Sie fixierte mich dabei mit ihren funkelnden blauen Augen. Ich kam mir vor, wie eine kleine unschuldige Maus im Visier einer hungrigen Katze.

Da saß ich der Frau meiner sehnsuchtsvollen Träume gegenüber und bekam eine zweite Gelegenheit, in ihre für mich bisher so hermetisch abgeriegelte Welt einzutreten. Ich kann mich nicht mehr genau erinnern, was ich ihr zur Antwort gab, aber ich geriet ins Schwärmen. Ich erzählte vom Paradies, von Tanjas geheimnisvoller Welt, von den drei Evas und meinen Sehnsüchten, der Adam sein zu dürfen.

Tanja lachte, aber sie lachte auf eine schöne Art und Weise. Dann sprach sie ganz offen über ihre Beziehung zu Jenny und Johanna. Offenherzig erzählte sie mir, wie sehr sie sich von Jenny angezogen fühlte und wie sehr sie Johanna begehren würde. Etwas wehmütig berichtete sie mir auch, dass Jenny sie manchmal zu sehr einengen würde und Johanna leider ziemlich schüchtern sei. Was Jenny an Temperament und Experimentierfreude zuviel an den Tag legen würde, vermisste sie wiederum bei Johanna. Gebannt hörte ich ihr zu, wie sie mir einen kleinen Einblick in ihre Welt gab. Plötzlich nahm sie meine Hand, drückte sie zärtlich zwischen ihren Händen und fragte mich, ob ich wirklich der Adam im Paradies der drei Evas sein wollte. Einen netten jungen Mann in ihrer kleinen Frauenclique könnte sie sich nämlich noch gut vorstellen. Einen der nicht zu aufdringlich sei, der ein kleines Geheimnis auch für sich behalten könne, der aufgeschlossen und kein Spießbürger sei. Einer wie ich es sei.

Es klang wie Musik in meinen Ohren. Es war kein Traum, es war Tanja in ihrer ganzen Pracht und Herrlichkeit, die mich einlud, ein Bürger in ihrem kleinen Paradies zu sein.

12

„Volltreffer", Charly war beeindruckt und tippte »Roter Lippenstift« in das Eingabefenster. Auf der linken Seite des Bildschirms erschien nun ein Portrait von Tanja. Daneben, auf der rechten Bildschirmseite, baute sich ein Text auf.

»Hallo Freund, ich bin Lady Chantal und begrüsse dich auf meiner Seite. Ich habe eine Leidenschaft für ungezogene kleine Jungs. Bist du so einer? Dann komm zu mir und ich zeige dir, wie man eine Lady zu behandeln hat.«

Am unteren Bildschirmrand durften die ungezogenen Jungs nun über eine Menüleiste weiterblättern. Ein Button verwies auf die Galerie, ein anderer auf die Webcam. Daneben ging es zu einer Seite mit erotischen Geschichten und schließlich gab es noch einen Button, der ein E-Mailfenster öffnete. Hier konnte man auch direkt eine E-Mail an Chantal senden. Charly öffnete zunächst die Galerie. Nach und nach bauten sich Fotos auf dem Bildschirm auf. Durch einen Mausklick auf das Foto konnte man es vergrößern. Es waren fast alles Akt-Fotos von Tanja, die auch in ihrem Datei-Ordner gespeichert waren.

„Hast du dir die erotischen Geschichten schon durchgelesen?" Siebels schaute Charly fragend an.

„Ja, habe ich. Es sind fünf Geschichten. Nicht unbedingt mein Geschmack, aber ich bin ja auch ein großer und wohl erzogener Junge." Charly grinste die Kollegen breit an.

„Spielt eine der Geschichten vielleicht im Schwimmbad?"

„Nein, da muss ich dich leider enttäuschen. Es gibt keine Geschichte, die mit ihrem Tod in Verbindung stehen könnte. Aber es gibt eine Geschichte, die spielt im Wald. Da fesselt sie einen schüchternen jungen Mann an einen Baum und zieht dann einen höllisch heißen Strip vor ihm ab. Dann macht sie es sich selbst, direkt vor seinen Augen. Und der arme Kerl wird immer geiler und geiler und will sich einen runter holen. Kann er aber nicht, weil er ja am Baum festgebunden ist. Sie quält ihn immer weiter, bis er sie anbettelt und wimmert, dass sie ihn von seiner Pein erlösen soll."

„Ja ja, ist gut", unterbrach Siebels den euphorisch erzählenden Charly. „Das lese ich dann ein andermal. Wir sollten uns jetzt überlegen, wer hier eigentlich umgebracht wurde. Tanja oder Chantal. Denn sie hat ihre Spielchen ja nicht nur mit Bekanntschaften aus dem Internet getrieben, die sie als Chantal kannten, sondern auch mit ihren Kollegen von der Bank. Und die kannten sie ja wohl als Tanja. Der Spruch mit dem roten Lippenstift scheint jedenfalls der Schlüssel zum Motiv des Täters zu sein."

„Etwas leuchtet mir einfach nicht ein", schaltete Sabine Karlson sich dazwischen. „Tanja Niehaus hatte eine Schwäche für Männer mit einer devoten Veranlagung. Es hat ihr Spaß gemacht, Männer in lächerlichen Posen zu fotografieren, nachdem sie sie mit ihrem Lippenstift als kleine dumme Jungs abgestempelt hatte. Aber den Männern hat das ja auch gefallen. Die konnten ihre devoten Neigungen bei Tanja ausleben. Das passt aber nicht zu der Art und Weise, wie Tanja im Schwimmbad gestorben ist. Da würde ich eher auf einen dominanten Mann tippen, der es mit seiner Veranlagung etwas übertrieben hat."

„Aber wenn Tanja eine Schwäche für devote Männer hatte, warum hat sie sich dann mit einem Mann eingelassen, der genau andersrum gepolt ist?" Till schaute fragend in die Runde.

„Er tauschte die Rollen, nachdem er als Spielkamerad akzeptiert wurde", mutmaßte Siebels. „Ein Wolf im Schafspelz. Er spielte das Spiel nach Tanjas Regeln, mimte den Devoten. Im Schwimmbad zeigte er dann sein wahres Gesicht, für Tanja war es da aber zu spät. Jetzt war sie es, die mit rotem Lippenstift verunziert wurde."

„Aber wo ist sein Motiv? Vielleicht habe ich noch eine andere Erklärung", meldete sich Karlson wieder zu Wort. „Sie hatte eine Schwäche für devote Männer, keine Frage. Aber ich könnte mir vorstellen, dass sie nur ihre Spielchen mit solchen Männern gespielt hat. Ob sie darin auch ihre sexuelle Erfüllung fand, wage ich zu bezweifeln. Jedenfalls scheinen ihr die harten sadomasochistischen Praktiken, wie sie sonst in dem Milieu üblich sind, völlig abgegangen zu sein. Auf den Aktfotos ist sie in sehr erotischen und verführerischen Posen zu sehen. Es gibt auch nirgendwo einen Hinweis, dass sie Gefallen daran gefunden hat, Männern Schmerzen zuzufügen. Nein, ich glaube das war nur ein Spiel für sie. Ein Spiel, bei dem sie sich amüsiert hat. Sie hat eine Rolle gespielt. So wie sie auch die

Rolle der schüchternen Biologie-Studentin und die der erfolgreichen und einsamen Geschäftsfrau gespielt hat, wenn auch nicht so ausgiebig. Ich könnte mir auch sehr gut vorstellen, dass sie Gefallen an einem dominanten Mann hatte. Wenn sie gerne in verschiedene Rollen schlüpfte, kann ich mir durchaus vorstellen, dass sie auch Spaß daran gefunden hatte, die Rolle der devoten Frau zu übernehmen. Das ist natürlich alles nur Spekulation, meine Erfahrungen bei der Sitte sprechen aber dafür. Sie glauben ja gar nicht, was eine professionelle Prostituierte alles für Rollen spielen muss und wie gut viele darin sind."

„Das mag ja sein", entgegnete Till kampfeslustig. „Aber Tanja war keine professionelle Prostituierte, sie war eine Bankerin. Eine, die anscheinend auch sehr begabt war in ihrem Job. Sie war erfolgreich, sie war selbstbewusst, sie spielte gerne Spielchen mit devoten Männern. Sie stand unter Kokaineinwirkung, als sie starb, und ich würde wetten, sie hat einen ihrer Spielkameraden dazu verführt, ebenfalls Kokain zu nehmen. Dann hat sie im Schwimmbad ihr Spielchen mit ihm gespielt. Vielleicht hatte sie ihm ja zuerst einen Spruch mit dem Lippenstift aufgemalt, einen Spruch, den er überhaupt nicht lustig fand. Tanja hat die Kontrolle über ihr Spiel verloren. Diesmal hat sie es übertrieben. Ihr Spielkamerad kam mit der Wirkung des Kokains nicht zurecht, er war ja auch nur ein kleiner ungezogener Junge. Und dann war der kleine Junge wirklich ungezogen. Hat ihr so lange die Gurgel zugedrückt, bis Schluss war mit lustig. Tanja war auch im Kokainrausch, hat sich von ihm ficken lassen, ohne zu merken, wie er plötzlich drauf war. Als er mit ihr fertig war, verwischte er seine Spuren und spielte das Spiel zu Ende. Jetzt war Tanja allerdings die ungezogene, kleine geile Schlampe. Und das teilt er der Welt mit. Mit ihrem roten Lippenstift."

„Sag das noch einmal." Siebels war plötzlich hellwach.

„Was denn?", fragte Till leicht verwirrt.

„Mit ihrem roten Lippenstift, hast du gesagt. Wer sagt eigentlich, dass es Tanjas Lippenstift war?"

„Meinst du, der Täter hatte seinen eigenen Lippenstift dabei?"

„Nein, was ist aber, wenn der Täter mit dem Spruch auf Tanjas Rücken gar nichts zu tun hatte. Wir wissen doch jetzt, dass Tanja auch ihre kleinen Affären mit Frauen hatte. Theresa Oslowski, die Kollegin aus der Bank zum Beispiel, die wurde auch von Tanja mit

Lippenstift beschrieben. Und dann haben wir noch die Fotos, auf denen sie mit den beiden anderen Frauen zu sehen ist. Was stand noch auf dem Bauch von der Oslowski? »ICH GEHÖRE TANJA«. Das war vielleicht ihr voller Ernst. Als ich mit ihr heute gesprochen habe, schwärmte sie fast davon, wie schön es gewesen war, mit Tanja die Nacht zu verbringen. Könnte es nicht so gewesen sein, dass sie eifersüchtig war. Eifersüchtig auf die anderen Männer, mit denen Tanja sich vergnügte. Sie ist den beiden ins Schwimmbad gefolgt. Sie hat zugeschaut, wie Tanja es mit einem anderen Kerl getrieben hat. Dabei war sie es doch, die Tanja Lust bereiten wollte. Sie wurde stinksauer auf Tanja. Und dann ist der Kerl abgehauen, aber Tanja blieb liegen und rührte sich nicht mehr. Also geht sie hin. Und da sieht sie sie tot im Gras liegen. Das hast du nun davon, denkt sie sich. Sie fühlt sich betrogen, betrogen und im Stich gelassen. Sie nimmt ihren Lippenstift aus der Tasche und spielt das Spiel, das Tanja so gerne spielte. Allerdings war es nun keine Liebe mehr, die der Lippenstift dokumentieren sollte, sondern Hass, abgrundtiefer Hass. Umgebracht wurde sie aber nur versehentlich, beim Liebesspiel, das unter der Wirkung von Kokain außer Kontrolle geriet. Der Täter hat mit dem Lippenstift überhaupt nichts zu tun, vielleicht kennt er noch nicht einmal Tanjas Vorliebe für roten Lippenstift."

„Wenn das stimmt, dann hat Theresa Oslowski ja nicht all zuviel zu verlieren, wenn sie es zugibt. Und dann muss sie wissen, wer Tanja umgebracht hat. Es könnte sich also lohnen, ihr noch einmal richtig auf den Pelz zu rücken."

Die Karlson redet schon so, als wäre sie ein Mitglied im Team der Mordkommission, dachte sich Siebels und er fand den Gedanken recht attraktiv.

Charly reagierte auf die Theorie von Siebels mit einem Griff zum Telefonhörer. Er rief in der Pathologie an und ließ sich mit einem der Ärzte verbinden, die die Obduktion an Tanjas Leiche durchgeführt hatten.

„Hallo, Charly Hofmeyer von der Spurensicherung hier. Habt ihr die Leiche von Tanja Niehaus noch gekühlt? Wunderbar, wir brauchen eine Probe von dem Lippenstift auf ihrem Rücken und wenn auf ihren Lippen auch noch Spuren von Lippenstift zu finden sind, davon auch eine Probe. Das ganze dann bitte ins Labor, zur Spurenauswertung beim K444. Vielen Dank, auf Wiederhören."

„Charly, du bist einsame spitze", lobte Siebels seinen Kollegen. „Weiß ich doch, Steffen, weiß ich doch. Und morgen früh fahre ich gleich in die Wohnung von der Niehaus und besorge die Lippenstifte aus ihrem Badezimmer. Vielleicht solltest du mit der Befragung von der Oslowski warten, bis wir Ergebnisse vorliegen haben."

„Nein, das dauert mir zu lange, aber es spricht ja nichts dagegen, wenn wir sie dann noch einmal befragen, falls es notwendig wird."

Die Unterhaltung zwischen Siebels und Charly Hofmeyer wurde durch einen jungen Kollegen unterbrochen, der ins Büro kam. Siebels kannte ihn vom Sehen.

„Das ist Kollege Stremel, er hat die Überprüfungen von Tanjas E-Mail-Bekanntschaften erledigt", klärte Charly Siebels auf. „Dann lass mal hören, Stremel, die Kollegen hier entwickeln sich nämlich zu wahren Künstlern im Aufstellen von Mordtheorien. Es wird Zeit, dass wir ihnen ein paar Fakten präsentieren." Charly lachte laut und gab Stremel ein Zeichen, dass er sich setzen sollte.

„Viel habe ich nicht", begann Stremel zu berichten. „Jedenfalls ist keiner der Kandidaten vorbestraft oder sonst irgendwie aktenkundig geworden. Salvatore Di Lagio ist Italiener, neununddreißig Jahre alt und lebt seit fünfunddreißig Jahren in Deutschland. Er betreibt ein italienisches Eiscafé in der Innenstadt von Karlsruhe. Das »VENEZIA«. Er lebt seit drei Jahren von seiner Frau getrennt und ist Vater von einem zwölfjährigen Sohn. Der zweite, Jens Kiesbach, ist sechsundzwanzig Jahre alt. Er lebt hier in Frankfurt, in Rödelheim. Seine Eltern kamen beide bei einem Autounfall ums Leben. Damals war er achtzehn Jahre alt. Er hat noch einen zwei Jahre jüngeren Bruder, mit dem er zusammenlebte, nachdem die Eltern der beiden tödlich verunglückt sind. Er hatte damals gerade seine Ausbildung zum Kfz-Mechaniker beendet und arbeitet auch heute noch in einer Autowerkstatt. Er ist nicht verheiratet und hat auch keine Kinder. Der Dritte ist schließlich Detlev Bach. Bach ist dreiundzwanzig Jahre alt, wohnt in Saarbrücken und betreibt dort eine Buchhandlung, die er von seinem Vater als Neunzehnjähriger geerbt hat. Bachs Bücherkiste heißt der Laden, in der Innenstadt von Saarbrücken. Mehr habe ich in der kurzen Zeit nicht herausgefunden."

„Das langt auch, vielen Dank."

Siebels nahm die Unterlagen entgegen und schnorrte von Charly eine Zigarette. Es war mittlerweile 19.00 Uhr vorbei und Siebels wollte noch die ganzen E-Mails lesen, die Tanja mit den drei Männern ausgetauscht hatte. Er beschloss, dass er sich die Arbeit mit Till teilen würde.

„Till, du fährst morgen nach Karlsruhe und nach Saarbrücken und unterhältst dich mal mit den beiden. Ich fahre zu diesem Jens Kiesbach. Frau Karlson, könnten Sie sich morgen einen halben Tag von Ihren Aufgaben freimachen? Ich möchte auch noch einmal zur Deutschen Bank. Und bei dem Gespräch mit Theresa Oslowski hätte ich gerne eine Frau dabei."

„Kein Problem, Sie müssen das allerdings noch mit meinem Boss abklären."

„Wird gemacht."

Charly verabschiedete sich. Er versprach, sich sofort zu melden, wenn die Untersuchung des Lippenstiftes abgeschlossen sei. Die Karlson setzte sich zu Siebels an den Schreibtisch.

„Wenn Sie möchten, schaue ich mir auch noch die viertausend E-Mail-Adressen der anderen Absender an. Das sollten Sie nicht vernachlässigen, auch wenn es aussichtslos erscheint. Ich könnte die Adressen nach den Providern ordnen und versuchen, dort an die richtigen Adressen und Namen der Absender zu kommen. Dann könnten wir die Liste eingrenzen auf die, die aus Frankfurt und Umgebung kommen. Und wir würden bemerken, ob einer der Namen noch in einem anderen Zusammenhang mit Tanjas Tod in Erscheinung tritt."

„Das wäre wunderbar", freute sich Siebels. „Haben wir denn eine Chance, dass die Provider uns die richtigen Namen ihrer Kunden nennen?"

„Das dürfte von Provider zu Provider unterschiedlich sein. Das kommt auch darauf an, wie glaubhaft wir versichern können, dass einer der Absender mit Tanjas Tod zu tun hat."

„Na dann tun Sie mal Ihr Bestes."

Siebels druckte noch die E-Mails von den Männern aus, mit denen Tanja sich getroffen hatte und machte Kopien für Till und Karlson. Dann druckte er von jedem Bild aus dem Ordner »ROTER LIPPENSTIFT« drei Exemplare und gab je ein Exemplar an Till und Karlson weiter. Die Arbeit für den nächsten Tag war auf jeden Fall schon einmal vergeben.

13

Es war bereits 21.00 Uhr vorbei, als Till seine Wohnung betrat. Die kurze Fahrt auf seiner Gold Wing vom Präsidium zu seiner Wohnung hatte ihn wieder munter gemacht. Siebels saß noch im Büro und studierte die Briefe aus Tanjas Rechner. Till holte sich ein Bier aus dem Kühlschrank und machte es sich auf seinem Balkon bequem. Er liebte es, abends noch in der warmen Sommerluft zu sitzen und den Tag mit einem gut gekühlten Bier zu beenden. Den E-Mail-Verkehr zwischen Tanja und Salvatore Di Lagio sowie den zwischen Tanja und Detlev Bach konnte er sich nun in aller Ruhe durchlesen. Akten und sonstige Schriftstücke zu durchforsten, war ihm eigentlich immer ein Gräuel. Doch in diesem Fall konnte er es kaum erwarten, das mitgebrachte Material zu studieren. Bevor er anfing zu lesen, schloss er noch für einen Moment die Augen und ließ die Bilder von Sabine Karlson vor seinem geistigen Auge ablaufen. Sie war eine Klasse-Frau. Ob er sie mal zum Ausgehen einladen sollte? Er träumte von der blonden Halbschwedin, fühlte sich wohl, wenn er an ihren schön geformten Körper und an ihr freches Lächeln dachte. Till musste sich zusammenreißen. Morgen wollte er nach Karlsruhe und anschließend nach Saarbrücken fahren. Und die Karlson würde mit Siebels unterwegs sein. Seine gute Laune wich einem unbestimmten Gefühl bei der Vorstellung, dass sein Kollege mit der Karlson unterwegs sein würde. Hatte Siebels sich vielleicht auch in die Frau verguckt?

Till nahm sich die Kopien vor, er begann mit dem Italiener, der auf folgende Anzeige von Chantal geantwortet hatte:

....

Lady Chantal sucht Spielgefährten.
Ich bin eine selbstbewusste junge Frau von 28 Jahren, blond und ausgestattet mit allen weiblichen Attributen. Zu meiner Unterhaltung suche ich Männer, die mir zu Füßen liegen. Du darfst gerne etwas schüchtern sein, auch ungezogene Jungs sind mir willkommen. Ich werde dir beibringen, dich den Wünschen einer Lady zu unterwerfen. Keine harten SM-Praktiken, keine Schmerzen.

....

From: **SalvatoreDL@hotmail.com**
To: **LadyChantal@postbox.de**
Sent: **Wednesday, March 13, 2002 11.05 AM**
Subject: **ungezogener Junge**

Liebe Lady Chantal,
mit Freuden habe ich Eure Anzeige gelesen. Ich denke, ich bin ein Mann, der viel zu Eurer Unterhaltung beitragen kann. Ich liebe schöne Frauen und es erregt mich, wenn ich mich den sexuellen Wünschen einer schönen Frau unterwerfen kann. Bitte sagt mir, was ich tun muss, um Euch als Lüstling zur Verfügung zu stehen. Ich bin ein attraktiver italienischer Mann von neununddreißig Jahren und komme aus Karlsruhe.
Euer Salvatore

....

From: **LadyChantal@postbox.de**
To: **SalvatoreDL@hotmail.com**
Sent: **Wednesday, March 13, 2002 06.43 PM**
Subject: **Re: ungezogener Junge**

Hallo,
du willst dich also einer hübschen Lady zur Verfügung stellen. Braver Junge. Deine Antwort hat mich neugierig gemacht, ich will dich näher kennen lernen. Ruf mich an, meine Nummer ist: 0190 877535521 1,86Euro/min. Wenn wir uns sympathisch sind und ich der Meinung bin, dass du einer Lady würdig bist, will ich frivole Stunden mit dir erleben.
Lady Chantal

....

From: SalvatoreDL@hotmail.com
To: LadyChantal@postbox.de
Sent: Tuesday, April 2, 2002 11.25 PM
Subject: Treffen

Liebe Lady Chantal,
ich habe die vielen Gespräche, die wir in den letzten Tagen geführt haben, sehr genossen. Auch habe ich Euch in Euren aufregenden Dessous vor Eurer Webcam stundenlang bewundert. Dass wir uns nun am nächsten Wochenende endlich einmal treffen können, macht mich sehr glücklich. Oft habe ich nach unseren Telefonaten daran gezweifelt, dass Ihr ernste Absichten verfolgen könntet. Um so mehr freue ich mich nun, dass Ihr einen dummen Jungen wie mich eines Besseren lehrt. Ich muss gestehen, dass ich mit Schrecken meine Telefonrechnung vom Monat März zur Kenntnis genommen habe. Die Summe beläuft sich auf über fünfhundert Euro. Der größte Teil davon ist auf unsere schönen Telefonate zurückzuführen. Da solch hohe Telefonrechnungen auf Dauer meine finanziellen Möglichkeiten überschreiten, schreibe ich heute wieder per E-Mail. Ich kann es aber kaum erwarten, Euch am Samstag zur verabredeten Zeit in Frankfurt zu treffen. Sollte sich an der verabredeten Zeit etwas ändern, könnt Ihr mich jederzeit unter meiner Handy-Nr. erreichen. 0172 87698765423
Euer Salvatore

From: SalvatoreDL@hotmail.com
To: LadyChantal@postbox.de
Sent: Wednesday, April 10, 2002 07:22 AM
Subject: Treffen

Liebe Lady Chantal,
hiermit möchte ich mich noch einmal für das aufregende Wochenende bedanken, mit dem Ihr mich beglückt habt. Ich fühlte mich wirklich wieder wie ein kleiner ungezogener Junge und habe es genossen, mich von so einer schönen und wunderbaren Frau wie Euch zu einem braven italienischen Mann erziehen zu lassen. Solltet Ihr wieder einmal Lust darauf haben, mit meiner italienischen Banane Schabernack zu treiben, will ich Euch gern noch einmal besuchen kommen. Ich würde mich freuen, wenn Ihr mir schreibt und mir erzählt, ob Euch unser Treffen auch Spaß bereitet hat. Wenn es mein Budget am Monatsende zulässt, werde ich Euch auch wieder anrufen.
Euer Salvatore

From: LadyChantal@postbox.de
To: SalvatoreDL@hotmail.com
Sent: Friday, April 12, 2002 09.12 PM
Subject: Re: Treffen

Lieber Salvatore,
auch mir hat unser gemeinsames Wochenende viel Spaß gemacht. Du warst wirklich ein ungezogener Junge, als du in Frankfurt angekommen bist. Aber ich muss zugeben, du hast dir viel Mühe gegeben, um mir mit deiner italienischen Banane Freude zu bereiten. Weiter so!
Wann wir uns noch einmal sehen können, vermag ich noch nicht zu sagen. Wenn es dich nach meiner Stimme verlangt, ruf mich einfach an. Du weißt ja, wann du mich am besten erreichen kannst.
Lady Chantal

....

Till schmunzelte beim Lesen der Zeilen. Dass dieser Salvatore Tanja umgebracht haben könnte, schien ihm ziemlich unwahrscheinlich. Jedenfalls nachdem Tanja seine Mail beantwortet hatte und damit bestätigte, dass Salvatore wirklich so war, wie er sich in seinen Briefen ausgab. Salvatore könnte man wohl aus der Liste der Verdächtigen streichen. Trotzdem wollte er ihm bei einem persönlichen Gespräch auf den Zahn fühlen.

Till genehmigte sich noch eine zweite Flasche Bier, die er bei der Lektüre der E-Mails von Detlev Bach trank.

Detlev Bach hatte auf den gleichen Anzeigentext geantwortet wie Salvatore Di Lagio. Und er hatte die gleiche Antwort bekommen. Auch er musste ausgiebig mit Tanja telefoniert haben, bevor es zum Austausch weiterer E-Mails kam. Allerdings war sein Kontakt mit Tanja erst einige Zeit später zustande gekommen, als der zwischen Tanja und dem Italiener.

....

From: Detba@gmx.de
To: LadyChantal@postbox.de
Sent: Thursday, July 04, 2002 02.58 PM
Subject: erziehung

Sehr geehrte Lady Chantal,
nun ist es endlich soweit. Nach all den fruchtbaren Gesprächen, die ich mit Ihnen am Telefon führen durfte und nach all den Stunden, die ich Sie vor Ihrer

Kamera beobachten durfte, werden wir uns nun endlich einmal persönlich treffen. Ich kann es kaum erwarten. Bei dem Gedanken, Ihnen ein respektvoller Diener Ihrer Lust zu sein, bekomme ich eine Gänsehaut. Wie Sie ja bereits wissen, erlebe ich größte Freuden, wenn ich von einer jungen schönen Frau auf sanfte, aber dominante Art und Weise gedemütigt werde. In diesem Sinne warte ich ungeduldig auf das kommende Wochenende. Sollte sich an unserer Verabredung noch etwas ändern, können Sie mich jeder Zeit unter meiner Mobilnummer erreichen. 0160 77665599
Detlev

....

From: Detba@gmx.de
To: LadyChantal@postbox.de
Sent: Monday, July 08, 2002 10.02 PM
Subject: Danke

Verehrte Lady Chantal,
ich bin wieder zuhause und zehre von der Erinnerung an unser gemeinsames Wochenende. Es war um ein Vielfaches aufregender, als ich es mir zu träumen gewagt hatte. Danke! Besonders die Nacht im Freibad wird mir lange in angenehmer Erinnerung bleiben. Nie werde ich vergessen, wie Ihr vollendeter Körper im Antlitz des Mondscheines meine Sinne vernebelte. Nie werde ich vergessen, wie verlegen mich meine Nacktheit auf grüner Wiese unter dem freien Sternenhimmel machte. Und immer werde ich mich wundern, wie ich mich unter Ihrer Anleitung von einem schüchternen Jungen zu einem Mann mit solch einer unbändigen sexuellen Triebkraft verwandeln konnte. Ich wage kaum daran zu denken, dass wir dieses Abenteuer noch einmal wiederholen könnten.
Ihr Detlev

....

From: LadyChantal@postbox.de
To: Detba@gmx.de
Sent: Thursday, July 11, 2002 00.28 AM
Subject: Re: Danke

Lieber Detlev,
auch mir hat unser gemeinsames Abenteuer im Schwimmbad großen Spaß gemacht. Du hast dich unter meiner Anleitung tatsächlich zu einem tollen Liebhaber entwickelt. Ob wir uns in absehbarer Zukunft auf ein neues Abenteuer stürzen können, vermag ich im Augenblick noch nicht zu sagen. Aber du hast ja meine Telefonnummer, ruf mich einfach an, wenn du wieder Lust hast, meine Stimme zu hören. Ich möchte mich auch noch für dein Geschenk bedanken. Doch ich fürchte, so ein kostbares Geschenk ist nicht das Richtige für mich. Allerdings habe ich eine sehr gute Freundin, zu der würde dein Geschenk viel besser passen als zu mir.

Vielleicht schreibst du meiner Freundin ja mal eine E-Mail? Ihre Adresse lautet: HerrinCleopatra@t-online.de
Lady Chantal

....

Das liest sich ja schon fast wie ein Geständnis, dachte sich Till. Die Fahrt nach Saarbrücken könnte ein Volltreffer werden. Er würde sich vorher noch mit Siebels absprechen müssen, denn das war nun ein ganz heißes Eisen. Schade, dass es keinen Hinweis auf ein zweites Treffen und auf ein zweites nächtliches Abenteuer im Schwimmbad gab. Und schade, dass unklar blieb, um was für ein Geschenk es sich handelte. Till notierte sich die E-Mail-Adresse der Herrin Cleopatra. Anscheinend brauchte der Knabe eine etwas härtere Erziehung, als Tanja sie ihm geben wollte.

Mein Tagebuch, 29. Mai 2000

Trunken vor Glück und nicht zuletzt auch durch den übermäßigen Genuss des Champagners verlor ich mich in meiner neuen Heimat, in Tanjas Welt, im Paradies. Ich verbrachte die ganze Nacht bei Tanja, lag plötzlich in ihrem Bett, benommen und verwirrt, glücklich und zufrieden. Ich fühlte ihre zarte Haut, schmeckte ihren süßen Mund, roch ihr duftendes Haar, zitterte unter ihren forschenden Berührungen. Sie ließ mich hinein in ihr kleines Paradies, zeigte mir Täler und Berge, führte mich in luftige Höhen und vor tiefe Abgründe. Mal hetzte sie mich, mal führte sie mich, mal ließ sie mich schweben. Zum Schluss trieb sie mich auf den Gipfel, zeigte mir ihr riesiges Reich und meine engen Grenzen. Überwältigt und erschöpft sank ich in mich zusammen, die Reise durchs Paradies hatte aber erst begonnen.

Als ich am nächsten Morgen in ihrem Bett aufwachte, begrüßte sie mich mit einem grellen Blitz. Sie hatte eine Kamera in der Hand, erst später bemerkte ich die roten Buchstaben auf meiner Brust und meinem Bauch. »ICH GEHÖRE TANJA«, *hatte sie mir mit ihrem roten Lippenstift auf meine Haut geschrieben.*

Abgestempelt als Tanjas Eigentum posierte ich bereitwillig als Fotomodell, zur Belohnung gab es ein ausgedehntes Frühstück. Auf

Tanjas Wunsch hin saß ich mit nacktem Oberkörper in der Küche. Sie konnte sich gar nicht satt sehen an dem Spruch auf meiner Haut.

Sie hatte Rührei mit Schinken zubereitet. Bei einem starken Kaffee erzählte ich ihr von meiner Leidenschaft, dem Kochen. Nachdem meine Eltern vor einigen Jahren bei einem Unfall ums Leben gekommen waren, hatte ich mit meinem älteren Bruder eine kleinere Wohnung bezogen. Dort war ich für die Küche und mein Bruder für die Miete zuständig.

Mit Tanja kam ich überein, dass ich in zwei Wochen ein köstliches Mahl für sie bereiten würde.

14

Siebels genoss die Ruhe im Büro, nachdem die anderen gegangen waren. Konzentriert beschäftigte er sich mit den E-Mails von Tanjas Rechner. Zuerst hatte er die Briefe von Salvatore Di Lagio und Detlev Bach gelesen. Die E-Mails von Detlev Bach beunruhigten ihn. Das könnte der Mann sein, den sie suchten. Siebels war drauf und dran, seinen Plan umzuschmeißen. Er las noch einmal die E-Mail. Aber er fand keinen Grund, warum Detlev Bach Tanja als kleine geile Schlampe titulieren sollte. Es sei denn, es war neben Bach wirklich noch eine dritte Person im Spiel. Also entschied sich Siebels dazu, am nächsten Tag wie geplant mit Sabine Karlson zur Deutschen Bank zu fahren. Till war clever genug, um Detlev Bach allein zu befragen. Er nahm sich den Schriftverkehr zwischen Tanja und Jens Kiesbach vor.

Lady Chantal sucht Spielgefährten,
ich bin eine selbstbewusste junge Frau von 28 Jahren, blond und ausgestattet mit allen weiblichen Attributen. Zu meiner Unterhaltung suche ich Männer, die mir zu Füßen liegen. Du darfst gerne etwas schüchtern sein, auch ungezogene Jungs sind mir willkommen. Ich werde dir beibringen, dich den Wünschen einer Lady zu unterwerfen. Keine harten SM-Praktiken, keine Schmerzen.

From: **little-joe@t-online.de**
To: **LadyChantal@postbox.de**
Sent: **Sunday, March 24, 2002 04:02 PM**
Subject: **kleiner Junge**

Hallo Lady Chantal,
deine Anzeige hat mich sehr neugierig gemacht, du scheinst genau die Frau zu sein, die ich suche. Mir gefällt es, wenn sich eine Frau über mich amüsiert. Oft träume ich davon, wie aufregend es wäre, wenn ich mich den Wünschen und den Begierden einer starken Frau unterwerfen könnte. Leider habe ich noch nicht die Frau gefunden, mit der ich meine geheimen Sehnsüchte ausleben kann. Im richtigen Leben bin ich ein muskulöser attraktiver Mann, Frauen wollen von mir verführt werden, doch das liegt mir nicht.

Nun hoffe ich, auf diesem Weg eine Frau zu finden, die meine Sehnsüchte erfüllen kann. Bist du die, auf die ich warte?
Little Joe

....

From: LadyChantal@postbox.de
To: little-joe@t-online.de
Sent: Sunday, March 24, 2002 06.43 PM
Subject: Re: kleiner Junge

Hallo,
du willst dich also einer hübschen Lady zur Verfügung stellen. Braver Junge. Deine Antwort hat mich neugierig gemacht, ich will dich näher kennen lernen. Ruf mich an, meine Nummer ist: 0190 877535521 1,86Euro/min.
Wenn wir uns sympathisch sind und ich der Meinung bin, dass du einer Lady würdig bist, will ich frivole Stunden mit dir erleben.
Lady Chantal

....

From: little-joe@t-online.de
To: LadyChantal@postbox.de
Sent: Friday, June 05, 2002 05:42 PM
Subject: unser treffen

Hallo Chantal,
nun ist es endlich soweit, ich bin schon ganz aufgeregt. Ich weiß nicht, wie viele Telefonate wir in den letzten Wochen geführt haben, aber es kommt mir so vor, als würden wir uns schon ewig kennen. Trotzdem will ich dir heute diese Mail schreiben, bevor wir uns morgen dann endlich treffen. Ich weiß nicht, wie ich reagieren werde, wenn ich dir gegenüberstehe und in deine Augen schauen darf. Bitte habe keine Hemmungen, mich nach deinen Wünschen und Vorstellungen zu erziehen. Meine Handynummer hast du ja, hier ist sie noch einmal, für alle Fälle: 0172 888999000111
Dein little joe

....

From: little-joe@t-online.de
To: LadyChantal@postbox.de
Sent: Monday, June 10, 2002 07:00 AM
Subject: unser treffen

Hallo Chantal,
wie du es gewünscht hast, schreibe ich dir heute meine Eindrücke von unserem Treffen. Es war für mich noch aufregender, als ich es in meinen kühnsten Fantasien zu träumen wagte. Nie habe ich mich von einer Frau so angezogen gefühlt wie von dir. Nie hat es eine Frau verstanden, mich so zu erregen, wie du es getan hast. Noch nie bin ich so über mich hinausgewachsen, wie unter deiner raffinierten Führung. Nie hätte ich gedacht, dass ich meine geheimen Fantasien einmal so realistisch ausleben kann. Chantal, ich hoffe inständig, dass auch dir unser gemeinsames Wochenende gefallen hat und dass wir uns bald wieder treffen können.
Dein little joe

....

From: LadyChantal@postbox.de
To: little-joe@t-online.de
Sent: Tuesday, June 11, 2002 10.25 PM
Subject: Re: unser treffen

Lieber Jens,
ich bin mir ganz sicher, dass wir uns schon bald wieder treffen werden. Es gibt viele Männer, die sich von mir angezogen fühlen und es gibt viele Männer, die von sich behaupten, ungezogene kleine Jungs zu sein. Aber es gibt nur sehr wenig Männer, die so attraktiv und so lieb und so hingebungsvoll sind, wie du es bist. Mir haben unsere kleinen Spielchen sehr viel Spaß gemacht. Ich werde mich wieder bei dir melden, so schnell, wie es mir möglich ist, lieben Gruß,
Chantal

....

Siebels ging aus seinem Büro, er brauchte eine neue Packung Zigaretten. Auf dem Weg zur Kantine, wo ein Automat stand, ging er in Gedanken noch einmal die gelesenen E-Mails durch. Der Kontakt zwischen Jens Kiesbach und Tanja war zwar ähnlich wie die anderen Kontakte, die Tanja pflegte, aber eben nur ähnlich. Jens Kiesbach war der Einzige gewesen, den Tanja ausdrücklich wieder treffen wollte. Zurück in seinem Büro, zündete er sich eine Zigarette an und blies nachdenklich den Rauch in die Luft. Es war mittlerweile kurz vor 22.00 Uhr. Sein Verstand sagte Siebels, dass er nach

Hause gehen sollte. Nach Hause, in seine Zwei-Zimmer-Wohnung, wo ihn niemand erwartete. Seine innere Stimme sagte ihm, dass er ein Zeitdiagramm der letzten Monate in Tanjas Leben anfertigen sollte. In der Zeit zwischen Februar und Juli kam in Tanjas Leben nämlich sehr viel zusammen. In dieser Zeit fand der E-Mail-Kontakt mit Salvatore Di Lagio, Detlev Bach und Jens Kiesbach statt. Mit allen dreien hatte sie sich getroffen. Jeweils für ein Wochenende. Zur Zeit der ersten E-Mail-Kontakte ging ihre Beziehung zu Olaf Kreuzberger in die Brüche und sie hatte eine Abtreibung vornehmen lassen. Sie hatte zumindest mit Theresa Oslowski aus der Bank einen intimen Kontakt, wahrscheinlich auch mit Rolf Engelhard. Und Till war der Meinung, dass auch ihre Mentorin, Frau Caspari, mehr als nur ein berufliches Interesse an Tanja hatte. Der Personaldirektor bot ihr eine außergewöhnliche berufliche Karriere an und ihr Vater drängte sie zu einem Studium. Ein bisschen viel für eine so junge Frau, dachte sich Siebels. Kein Wunder, dass sie für Kokain empfänglich war. Je mehr Siebels über Tanja Niehaus nachdachte, desto weniger glaubte er an die hochbegabte, sexuell experimentierfreudige, alles im Griff habende eloquente junge Frau. Er sah viel mehr ein verunsichertes junges Mädchen, das seinen Weg suchte und nicht fand. Ein Mädchen, das nach außen stark sein wollte. Ein Mädchen, das seinen erfolgreichen Vater als Vorbild hatte. Ein Mädchen, das die berauschende Wirkung von Kokain brauchte, um den Geistern, die es gerufen hatte, auch entgegentreten zu können.

Siebels beschloss nach Hause zu gehen. Das Zeitdiagramm für Tanjas letzte Monate wollte er am nächsten Abend machen. Er dachte an Sabine Karlson, mit der er morgen wieder zusammen sein würde. Der Gedanke munterte ihn auf.

Donnerstag, 22. August 2002

Am nächsten Morgen trafen sich Siebels und Till um 8.30 Uhr im Büro. Gemeinsam berieten sie ihr weiteres Vorgehen und beschlossen, zunächst einmal die betroffenen Männer in einem persönlichem Gespräch mit Tanjas Tod zu konfrontieren.

Die zuständigen Polizeibehörden von Karlsruhe und Saarbrücken wollten sie zunächst noch nicht einschalten, auch wenn es der korrekte Dienstweg gewesen wäre.

Till ließ seine Gold Wing im Präsidium stehen und machte sich mit einem zivilen Opel Astra Dienstfahrzeug auf den Weg nach Karlsruhe.

Siebels bestieg seinen BMW und fuhr in die Mainzer Landstraße Richtung Nied. Jens Kiesbach arbeitete als Kraftfahrzeugmechaniker bei einem der vielen Autohändler, die an der Mainzer Landstraße angesiedelt waren. Der Weg führte ihn vom Alleenring im Chaos des allmorgendlichen Frankfurter Berufsverkehrs über die Senckenberg-Anlage zur Festhalle. Siebels kämpfte sich mit den Automassen in Richtung Hauptbahnhof von einer roten Ampel zur nächsten. Endlich konnte er rechts in die Mainzer Landstraße abbiegen, von hier ging es relativ zügig voran. Er ließ die gläsernen Neubauten der Commerzbank und der Dresdner Bank hinter sich, passierte die Galluswarte, das Straßenbild wurde jetzt mehr und mehr von Autohändlern geprägt. Siebels fuhr immer weiter geradeaus in Richtung Griesheim. Schließlich entdeckte er auf der gegenüberliegende Seite das große Schild. Bali el Salar – Gebrauchtwagen Import – Export. Bei der nächsten Linksabbiegerspur fädelte er ein, überquerte bei Grün die Straßenbahnschienen und fuhr auf das Gelände des Gebrauchtwagenhändlers. Wie fast alle Händler hier in der Gegend, kam auch dieser aus dem Nahen Osten. Im Hof standen dicht beieinander die neuesten Mercedes-Modelle. Siebels ging an den hochwertigen Wagen achtlos vorbei, sein Weg führte ihn direkt zu dem Container am Ende des Hofes, der als Büro diente. Hinter einem heruntergekommenen Schreibtisch saß ein älterer dunkelhäutiger Mann und telefonierte aufgeregt und lautstark in arabischer Sprache. Siebels beschloss zunächst, sich nicht als Polizist auszugeben, er wusste nicht, wie legal oder illegal der ganze Betrieb hier war und wollte nicht unnötig die Pferde scheu machen. Als der Mann endlich sein Telefonat beendete, fragte Siebels ihn nach Jens Kiesbach.

„Was wollen von Jens? Jens haben viel Arbeit, keine Zeit jetzt. Kommen wieder wenn Jens Mittagspause", der Araber fuchtelte wild mit den Händen. Siebels erklärte ihm ruhig, dass es sehr wichtig sei und er ihn unbedingt sprechen müsse, es ginge um den Onkel von Jens. Wenn es um Familienangelegenheiten ging, waren die Araber immer sehr entgegenkommend, vermutete Siebels. Er sollte Recht behalten. Der Araber überlegte kurz und deutete dann auf ein großes Schiebetor.

„Jens in Werkstatt, gehen du da durch Tor rein. Aber nicht lange Jens von Arbeit abhalten, Jens viel zu tun."

In der Werkstatt stand ein dunkelblauer 500er Mercedes. Ein junger Mann im Overall mit abgeschnittenen Ärmeln war damit beschäftigt, einen eingebeulten Kotflügel zu spachteln. Der Mann war blond, hatte muskulöse Oberarme, im rechten Ohr einen silbernen Ring. Aber er hatte keine Ähnlichkeit mit dem blonden Mann, der sich in der Ecke von Tanjas Schlafzimmer hatte ablichten lassen.

„Herr Kiesbach?" Der Mann drehte sich zu Siebels um. Siebels sah in ein markantes sonnengebräuntes Gesicht.

„Mein Name ist Siebels, Kriminalpolizei Frankfurt". Siebels hielt Kiesbach seinen Ausweis hin.

„Die Autos sind alle sauber, Papiere sind drinnen beim Chef."

„Die Autos interessieren mich nicht, ich möchte mich kurz mit Ihnen unterhalten."

„Worum geht es?" Kiesbach holte eine Packung Zigaretten aus dem Overall und zündete sich eine an. Siebels konnte nicht widerstehen und tat es ihm gleich.

„Es geht um Tanja Niehaus."

„Um wen?"

„Tanja Niehaus alias Lady Chantal."

Kiesbach musterte Siebels eindringlich, nahm einen tiefen Zug an seiner Zigarette.

„Kommen Sie, hier hinten ist ein kleiner Raum, da können wir ungestört reden." Die beiden setzten sich an einen kleinen Tisch, der sonst als Frühstückstisch zu dienen schien. Er war noch mit Krümeln und Kaffeeflecken übersät.

„Wussten Sie nicht, dass Tanja Niehaus der richtige Name von Lady Chantal ist?"

„Doch, aber Chantal ist mir geläufiger. Außerdem gehört das in meine Privatsphäre, muss ich ja wohl nicht jedem gleich auf die Nase binden."

„Das kann ich verstehen, ich habe Ihre E-Mails an Chantal gelesen."

„Na fein, aber ich bin erwachsen und sie ist erwachsen und unsere E-Mails gehen die Polizei eigentlich nichts an, finde ich."

„Das sehe ich etwas anders." Siebels zog zwei Fotos von der toten Tanja Niehaus aus der Tasche. Auf dem einen waren ihr Gesicht und die Würgemale am Hals zu sehen, auf dem anderen ihr Rücken mit den roten Buchstaben.

„Ich bin eine kleine geile Schlampe", las Kiesbach leise vor. „Oh Scheiße, da ist sie wohl an den Falschen geraten."

„Sieht ganz so aus, und diesen Falschen suche ich jetzt."

„Und ich stehe ganz oben auf der Liste, wie ich die Sache so sehe."

„Ganz weit oben, ganz genau. Hatten Sie auch noch zu anderen Frauen Kontakte? Ich meine Kontakte, wie den zu Chantal?"

„Nein, nur zu Chantal, oder zu Tanja. Ich bin eines abends beim Surfen im Netz auf die Anzeige gestoßen und habe geantwortet. So habe ich sie dann kennen gelernt."

„Erstmal per Telefon, über die angegebene 0190er-Nummer?" Siebels wollte einen Trumpf nach dem anderen ausspielen und abwarten, ob sich eine Gelegenheit ergeben würde, bei der er bluffen könnte, um etwas zu erfahren, dass er noch nicht wusste.

„Ja, das hat mich Unsummen an Telefongebühren gekostet. Aber ich konnte es nicht sein lassen. Manchmal habe ich über zwei Stunden an einem Abend mit ihr telefoniert, die war ganz schön raffiniert, hat mich um den Finger gewickelt und ausgesaugt. Und wenn ich ihr abends zuschauen wollte, wie sie sich in ihren verführerischen Dessous auf ihrem Bett präsentiert hat, musste ich mich natürlich auch über die teure Nummer auf ihre Homepage einloggen."

„Über welchen Zeitraum gingen denn diese Telefongespräche?"

Kiesbach überlegte einen Moment. „Die ersten Gespräche müssen so Mitte März stattgefunden haben. Das weiß ich noch, weil ich mir kurz vorher ein neues Motorrad gekauft hatte. Ich fragte sie nämlich, ob sie nicht eine Spritztour mit mir machen wolle. Sie meinte dazu, dass das kein Problem wäre, allerdings würde sie fahren und ich wäre der Sozi. Das letzte Gespräch fand im Juni statt."

„Und dann haben Sie sie persönlich getroffen."

Kiesbach nickte. Er zündete sich noch eine Zigarette an, bevor er antwortete. „Ich wollte sie unbedingt einmal sehen, ja. Bis dahin hatte ich ja auch schon über 1.000 Euro an Telefongebühren berappelt. Das konnte so nicht weitergehen, also habe ich ihr klar gemacht, dass wir uns entweder treffen oder den Kontakt abbrechen. Ihre normale Telefonnummer hat sie nicht herausgegeben. Und mich hat sie zwar ein paar Mal auf meinem Handy angerufen, aber meistens dann, wenn ich keine Zeit für lange Gespräche hatte."

„Und wo haben Sie sich dann mit ihr getroffen?"

„Im Zoo. Bei den Schlangen. Dort passte sie irgendwie ganz gut hin." Kiesbach grinste schelmisch. „Ich habe sie natürlich gleich erkannt. Hellblondes Haar, hellblaues Sommerkleid, ein aufreizendes Lächeln, so stand sie vor dem Fenster einer zwei Meter langen Python. Sie nahm mich bei der Hand und wir sind noch eine knappe Stunde durch den Zoo geschlendert. Anschließend sind wir in ein Café gegangen und haben noch etwas getrunken. Chantal war wohl der Meinung, dass ich wirklich ein harmloser kleiner Junge bin und hat mich zu sich nach Hause mitgenommen. Und da hatten wir dann viel Spaß."

„Das war die Wohnung in Sachsenhausen, in der Schweizer Straße?"

„Genau. Hatte sie noch andere Wohnungen?"

Siebels überhörte die Frage. „Wann genau ist Tanja dann mit Ihnen zum Nachtschwimmen gegangen?"

„Zum was?"

„Zum Nachtschwimmen. Oder wie nennen Sie das, wenn man nachts über ein Tor klettert, in ein Freibad eindringt, um dort seine sexuellen Fantasien auszuleben?"

„Ich bin zwar ein leidenschaftlicher Schwimmer, dass man beim Schwimmen aber sexuelle Fantasien ausleben kann, ist mir neu. Und unser Treffen war im Juni, der Juni war kalt und verregnet, wenn Sie sich erinnern? Meine sexuellen Fantasien habe ich jedenfalls mit Chantal in ihrer Wohnung ausgelebt. Und ich werde Ihnen jetzt bestimmt nicht im Detail erzählen, wie das war. Als ich wieder gegangen bin, war sie noch quicklebendig und bis vor einer Viertelstunde wusste ich von nichts anderem."

„Sie haben es nicht in der Zeitung gelesen?"

„Ich habe das Bild flüchtig gesehen und die Schlagzeile gelesen. Aber das tote Mädchen aus dem Schwimmbad habe ich nicht mit Chantal in Verbindung gebracht. Sonst hätte ich mich bei Ihnen schon gemeldet."

„Sind Sie da sicher?"

„Nein. Aber ich hätte geahnt, dass die Polizei meine E-Mails bei Chantal findet und ich zu den Verdächtigen gehören würde. Auch wenn unser Treffen nun schon zwei Monate zurückliegt."

„Chantal wollte Sie wiedersehen. Das hat sie Ihnen jedenfalls gemailt. Und Sie wollten sie auch wiedersehen. Vielleicht haben Sie sich ja am letzten Wochenende wieder mit Chantal getroffen? Oder haben Sie Zeugen, die bestätigen, dass Sie die Nacht von Sonntag auf Montag nicht mit Chantal verbracht haben?"

„Letzten Sonntag, lassen Sie mich überlegen. Ich war schwimmen, das ist richtig. Allerdings nicht nachts und nicht im Freibad, sondern mittags am Langener Waldsee. Bis ca. 17.00 Uhr. Mit einem Freund. Dann bin ich nach Hause gefahren, habe noch am Motorrad geschraubt und anschließend Fernsehen geschaut. So gegen kurz nach 23.00 Uhr bin ich schlafen gegangen. Am nächsten Morgen war ich um 7.00 Uhr wieder hier in der Werkstatt."

„Es kann also niemand bezeugen, wo Sie zwischen 17.00 Uhr am Sonntag Mittag und 7.00 Uhr am Montag Morgen gewesen sind?"

„Leider nicht."

„Können Sie mir Namen, Adresse und Telefonnummer von dem Freund geben, mit dem Sie am See waren?"

„Genau gesagt, war es eine Freundin. Aber keine von der Sorte Chantals, wenn Sie verstehen. Deswegen wäre es mir auch lieb, wenn Sie nicht mit ihr sprechen. Wenn Chantal in der Nacht umgebracht wurde, habe ich sowieso kein Alibi. Also brauchen Sie auch nicht mit meiner Freundin darüber zu reden, oder?"

„Sie haben Recht, trotzdem wäre es gut, wenn Sie zumindest für den Nachmittag einen Zeugen hätten."

„Ich werde darüber nachdenken, aber solange Sie mich nicht verhaften wollen, sehe ich keine Notwendigkeit, meine Freundin mit hineinzuziehen. Ich hoffe, Sie verstehen das."

„Das ist Ihre Entscheidung. Eine Frage habe ich noch. Hat Ihnen Chantal bei Ihrem gemeinsamen Wochenende etwas von ihren anderen Internet-Bekanntschaften oder sonstigen Liebschaften erzählt?"

„Nein, natürlich nicht. Sie hat so getan, als wäre sie nur für mich da. Alles andere hätte mich auch ziemlich abgetörnt."

„Vielen Dank für Ihre Zeit, falls Ihnen noch etwas einfällt, das uns behilflich sein könnte, hier ist meine Karte. Und falls Sie demnächst in Urlaub gehen wollen, sagen Sie mir vorher Bescheid. Ich werde in den nächsten Tagen bestimmt noch die eine oder andere Frage haben."

„Ich bin hier. Sollte ich darüber nachdenken, mir einen Anwalt zu nehmen?"

„Das ist auch Ihre Entscheidung. Denken Sie lieber noch einmal darüber nach, ob nicht jemand bestätigen kann, dass Sie Sonntagnacht zu Hause waren."

„Hören Sie, Herr Siebels, ich hatte zu der Zeit keine Freundin und war spitz wie Nachbars Lumpi. Da bin ich auf Chantal gestoßen. Es machte mir Spaß, mich als kleinen Jungen auszugeben, der alles tut, was die Frau ihm sagt. Mir hat das Spiel gefallen. Aber es war nur ein Spiel. Und für Chantal war es auch nur ein Spiel. Jetzt habe ich aber seit ein paar Wochen wieder eine feste Freundin. Ein tolles Mädchen. Ich habe keinen Grund, eine Frau wie diese Tanja Niehaus umzubringen. Ehrlich gesagt war ich froh, dass ich diese Phase hinter mir hatte. Und jetzt kommen Sie und erzählen mir, ich werde als Mörder verdächtigt."

„Da haben Sie wohl zur falschen Zeit das falsche Spiel gespielt."

Der Araber kam in die Werkstatt und schimpfte laut, Siebels machte sich wieder auf den Weg.

Mein Tagebuch, 13. Juni 2000

Tanja hatte nicht zuviel versprochen. Das Kochabenteuer, das ich am Sonntag erleben durfte, verdient eine ausführliche Beschreibung in meinem Erlebnisbuch.

Tanja hatte alles, was auf meiner Einkaufsliste stand, besorgt und in der großen Küche bereit gestellt. In so einer großen und modern eingerichteten Küche hatte ich noch nie gekocht. Ich machte mich gleich ans Werk.

Tanja trug kniehohe, geschnürte Lederstiefel, einen engen seitlich geknüpften Rock mit Schottenmuster und eine weiße Bluse. Sie sah umwerfend aus. Sie führte etwas im Schilde mit mir.

Aber das hinderte mich nicht daran, ein tolles Menü zu zaubern. Die Suppe brodelte im Topf vor sich hin, der Braten schmorte im Ofen und der Pudding stand bereits im Kühlschrank. Da klingelte es.

Tanja öffnete die Tür, ich verließ ebenfalls die Küche und stellte fest, dass der Tisch im Esszimmer für drei Personen gedeckt war. Erstaunt ging ich wieder zurück in die Küche.

Auch Tanja kam gleich darauf wieder in die Küche. Sie wurde von Jenny und Johanna begleitet. Das war eine schöne Überraschung. Ich stand am Herd und rührte die Suppe um.

Die drei Mädchen setzten sich an den Küchentisch, von mir schienen sie zunächst gar keine Notiz zu nehmen. Trotzdem sprachen sie über mich, als ob ich gar nicht anwesend wäre. Ich stand mit dem Rücken zu ihnen, werkelte weiter am Herd und spitzte meine Ohren. Tanja versuchte die beiden von meinen Qualitäten zu überzeugen. Ich wäre doch so süß und würde doch auch ganz nett aussehen. Ein Macho wäre ich auch nicht, eher ein gutmütiger und hilfsbereiter Junge, ein Mann für alle Fälle eben. Jenny klang leider ziemlich schroff, als sie mit Tanja über mich diskutierte. Es wäre doch nur allzu offensichtlich gewesen, dass ich nur ein dummer Spanner sei. Wegen meinen klotzenden Glubschaugen würde ihr immer noch übel werden, wenn sie an unser Treffen in der Sauna zurückdenken würde. Und außerdem wäre ich so überhaupt nicht ihr Typ. Wenn schon ein Mann, dann sollte es ein Muskelpaket sein, legte sich Jenny fest. Ich kam mir vor, wie bei einer Gerichtsverhandlung und war froh, als sich auch Johanna in das Gespräch einschaltete. Sie sprach leider nur sehr zögerlich, überlegte laut, ob es nicht sowieso Quatsch wäre, mit dieser Idee einer Vierer-Beziehung. Es wäre doch so schon kompliziert genug und wenn ihr Vater dahinter käme, würde er sie hochkant rausschmeißen. Tanja und Jenny lachten sie aus. Sie warfen Johanna Kleinbürgertum vor und gängelten sie wegen ihrem Vater. Es dauerte nicht lange, da gab Johanna klein bei und meinte, dass ich doch eine gute Wahl sei. Ich könne kochen, wäre wirklich süß und hätte ja schon bewiesen, dass man sich auf mich verlassen kann. Einen Muskelprotz wollte sie auf keinen Fall, stellte sie zu meiner Überraschung energisch klar.

Tanja beendete schließlich die Diskussion mit dem Vorschlag, mich für eine gewisse Zeit zu testen. Das Essen, das ich gerade zubereitete, sollte der Start zu einer vierzehntägigen Testphase sein. Johanna stimmte spontan zu und auch Jenny erklärte sich einverstanden, wenn sie auch etwas mürrisch dabei klang.

Mir war nicht ganz wohl in meiner Haut. Ich konnte mich nicht entscheiden, ob ich mich über die Entwicklung freuen oder schämen sollte. Irgendwie tat ich beides und meldete mich mit leicht gerötetem Kopf zu Wort. Das Essen war fertig, ich fragte, ob ich servieren dürfte. Tanja war ganz entzückt, nannte mich einen gut erzogenen Jungen und führte ihre Freundinnen an den gedeckten Tisch. Als sie sich gesetzt hatten, brachte ich die Suppe, Tomatensuppe mit einem Schuss Gin. Nachdem die Suppenteller gefüllt waren, gab Tanja mir die Anweisung, am Tischende stehen zu bleiben. Dort sollte ich warten, bis meine Evas ihre Suppe ausgelöffelt hatten.

Eigentlich war ich ja davon ausgegangen, dass ich allein mit Tanja am Tisch sitzen würde. Stattdessen stand ich wie ein Butler da und erfreute mich mit knurrendem Magen an dem guten Appetit meiner Damenriege. Anschließend servierte ich den Braten und zum Schluss den Pudding. Die Mädchen ließen sich viel Zeit beim Speisen. Sie plauderten über mich und den Rest der Welt und entließen mich nur zum Ab- und Auftischen aus meiner stehenden Wartehaltung. Geschlagene zwei Stunden verbrachte ich auf diese Art und Weise. Aber ich hatte es genossen, meinen drei Aphroditen zu Diensten zu sein. Zwei Stunden lang stand ich mitten unter ihnen und durfte jedes Wort ihrer Unterhaltung mit anhören. Sie hatten mich in ihren illustren Kreis aufgenommen. Wovon ich seit Jahren geträumt hatte, ist Wirklichkeit geworden. Tanja, Jenny, Johanna. Und ich.

Nachdem ich gespült und aufgeräumt hatte, sollte ich allen dreien meine Handynummer aufschreiben. Ein weiterer Schritt in Tanjas aufregende Welt war mir gelungen. Ich kann mein Glück kaum fassen und bin schon wahnsinnig gespannt, welche Abenteuer ich dort noch erleben werde. Keine Sekunde werde ich mein Handy aus den Augen lassen.

Till hatte für die Fahrt nach Karlsruhe knappe zwei Stunden gebraucht. Den Astra stellte er in einem Parkhaus nahe der Fußgängerzone ab. Schon von weitem sah er die Leuchtreklame des italienischen Eiscafés. Die Temperatur war heute bereits auf 30 °C gestiegen, die Plätze vor dem Eiscafé waren größtenteils belegt.

Zwei italienische Kellner bedienten die Gäste, die in der Sonne saßen und ihr Eis verspeisten. Vor der Ausgabe für die Eiskugeln zum Mitnehmen bildete sich eine kleine Schlange. Hauptsächlich Schüler standen für ein Eis an. Die haben heute bestimmt hitzefrei, dachte sich Till, der nun das Eiscafé betrat. Im Inneren war es ziemlich ruhig. Nur die Tische am Eingang waren belegt. Hinter dem Tresen stand eine kleine dickliche Italienerin, die eifrig mit dem Zusammenstellen bunter Eismischungen beschäftigt war. Till wartete einen Moment vor der Theke, bis sie ihn eines Blickes würdigte.

„Guten Tag, ich würde gerne den Chef sprechen."

„Salvatore", schrie die dickliche Italienerin lauthals durch das Café. „Salvatore, Besuch für dich."

„Was kann ich für Sie tun?" Salvatore stand anscheinend genau hinter der brüllenden Frau und versuchte, eine Espresso-Maschine zu reparieren.

„Salvatore Di Lagio?" vergewisserte sich Till.

„Ja, der bin ich. Und wer sind Sie?" Salvatore Di Lagio war ein hagerer Mann von circa 1,85 Meter. Er trug eine Brille, hatte dichtes schwarzes Kopfhaar und unter seinem bis zur Brust aufgeknöpften weißen Hemd glitzerte eine goldene Halskette mit einem Kreuz auf der behaarten Brust.

„Es geht um Ihren Besuch bei Chantal in Frankfurt."

„Mamma Mia, nicht hier. Kommen Sie." Di Lagio führte Till in ein an das Eiscafé angrenzendes Büro.

„Was wissen Sie von Chantal und mir? Wer sind Sie überhaupt?"

Till zeigte Di Lagio seinen Ausweis. „Kriminalpolizei Frankfurt. Wir ermitteln im Todesfall Tanja Niehaus."

„Wer ist Tanja Niehaus?"

„Tanja Niehaus ist der richtige Name von Chantal. Oder von Lady Chantal, wenn Ihnen das besser gefällt."

„Chantal ist tot? Mamma Mia, was für eine Tragödie." Di Lagio streckte theatralisch seine Arme nach oben. Er konnte seine Unbehaglichkeit aber nicht vor Till verbergen.

„Herr Di Lagio, ist es richtig, dass Sie Tanja Niehaus alias Lady Chantal über eine Internet-Kontaktanzeige kennen gelernt haben, dass Sie ausgiebigen telefonischen Kontakt mit ihr pflegten und dass Sie im April ein Wochenende in Frankfurt bei Chantal verbracht haben?"

Di Lagio zog ein Taschentuch aus seiner Hosentasche und wischte sich den Schweiß von der Stirn. Im Büro war es angenehm kühl, die Klimaanlage lief auf Hochtouren.

„Ja, das ist richtig", stammelte Di Lagio.

„Möchten Sie vielleicht ein Eis?" Der Italiener sah Till fragend an. Till hatte den Eindruck, als bräuchte der schwitzende Italiener ein wenig Zeit, um den Schock zu verdauen. Er überlegte, ob er diesen Zustand ausnutzen sollte, ob er jetzt das Foto vorzeigen sollte, auf dem Di Lagio auf Tanjas Bett zu sehen war. »DESSERT FÜR CHANTAL – ITALIENISCHE BANANE« mit rotem Lippenstift auf seiner Brust geschrieben. Und dann das Foto von der toten Tanja. »ICH BIN EINE KLEINE GEILE SCHLAMPE« mit rotem Lippenstift auf ihrem Rücken geschrieben. Wenn Di Lagio der Täter war, dann könnte er ihn jetzt in dieser Stresssituation mit den Fotos vielleicht zu einem schnellen Geständnis zwingen.

Till bestellte ein Banana Split und sah Di Lagio dabei mit einem vielsagenden Blick an. Di Lagio hatte die kleine Anspielung wohl verstanden, denn er fluchte leise auf italienisch vor sich hin. Schließlich ging er zur Tür und rief der Frau hinter dem Tresen etwas auf italienisch zu.

„Ihr Eis kommt gleich", zischte Di Lagio. Er setzte sich wieder Till gegenüber und schien sich seiner Situation allmählich bewusst zu werden.

„Sie sagen, sie ist tot. Wurde sie umgebracht?"

„Ja, sie wurde erwürgt."

„Ich nehme an, Sie haben meine E-Mails an Chantal gelesen?"

„Gestern Abend. Sie waren sehr beeindruckt von Chantal. Und Sie haben ihretwegen sehr viel Geld vertelefoniert. Haben Sie es nicht vertragen, dass Chantal nach dem Treffen mit Ihnen kein Interesse an weiteren Kontakten mehr zeigte?"

„Mamma Mia, wer sagt, dass Chantal kein Interesse mehr an mir hatte. Sie hat meine E-Mail beantwortet, das wissen Sie doch. Und danach hatte ich sowieso keine Zeit mehr, mich mit Chantal zu treffen. Wann wurde sie denn ermordet?"

„In der Nacht vom Sonntag auf Montag am letzten Wochenende."

„Das Wochenende war sehr heiß gewesen, mein Eiscafé ist in dieser Jahreszeit vom frühen Morgen bis spät in die Nacht geöffnet. Und die Leute sind bei der Hitze wie verrückt nach meinem italienischen Eis."

„Im April war Ihr Eiscafé bestimmt auch geöffnet, da hatten Sie aber Zeit für einen Wochenendausflug nach Frankfurt?"

„Eigentlich hatte ich keine Zeit. Für dieses Wochenende hatte ich aber meinen Neffen zur Unterstützung im Café. Ja, ich war bei Chantal. Ich hatte schon so viel Geld für die Telefonate mit Chantal ausgegeben, als sie mich nach Frankfurt eingeladen hatte, musste ich einfach fahren. Mamma Mia, so eine schöne Frau. Es war ein Wochenende voller Amore, wenn Sie verstehen."

Salvatore zwinkerte Till zu, er stellte nun den Italiener zur Schau. Till konterte, jetzt zog er doch das Foto von Salvatore Di Lagio aus der Tasche.

„Sieht so Amore aus?" gängelte Till den Italiener und schaufelte sich provozierend ein Stück der Banane von seinem Eis in den Mund.

„Mamma Mia, es gibt so viele Arten von Amore. Das war eine Art Spiel. Mir hat es Spaß gemacht und Chantal auch, ist das etwa verboten?"

„Nein, das ist nicht verboten. Aber diese Art von Amore hier, die ist verboten."

Till zeigte Di Lagio jetzt das Foto von der toten Tanja Niehaus. Der Italiener las den Spruch auf ihrem Rücken laut und entsetzt vor.

„Ich bin eine kleine geile Schlampe, Mamma Mia. Sie war so ein wunderbares Geschöpf. Wie gemacht für die Liebe. Wer tut nur so etwas Schreckliches?"

„Sie haben Zeugen, die bezeugen können, dass Sie letzten Sonntag bis spät in die Nacht in Ihrem Café waren?"

„Halb Karlsruhe kann bezeugen, dass ich am Sonntag hier war."

„Nennen Sie mir Namen, ich habe leider keine Zeit, wegen Ihnen halb Karlsruhe zu befragen."

„Sie werden meinen Mitarbeitern aber nichts von meinem Treffen mit Chantal erzählen, oder? Ich war an dem Wochenende im April nämlich in Frankfurt, um ein Eiscafé zu betrachten, an dem ich mich vielleicht beteiligen will. Kapito?" Der Italiener schaute Till fragend an.

„Null Problemo. Ich bin nur hier, weil es letzten Sonntag in diesem Frankfurter Eiscafé zu einer Messerstecherei kam. Nun suchen wir einen flüchtigen Italiener."

Di Lagio atmete erleichtert auf. Er ging zur Tür und schrie wieder etwas auf italienisch in das Café. Kurz darauf kamen die Frau von der

Theke und einer der Kellner ins Büro. Beide bestätigten die Angaben von Di Lagio. Mittlerweile war Di Lagio auch noch eingefallen, dass am späten Sonntagabend eine Gruppe von Mitarbeitern aus dem Karlsruher Rathaus bei ihm zu Gast war. Einige dieser Leute kannte er persönlich. Till notierte die Namen und Telefonnummern dieser Leute und strich den Italiener gedanklich von seiner Liste der Verdächtigen.

Der Ausflug nach Karlsruhe hatte außer einem Banana Split nichts gebracht. Bevor Till wieder in den Astra stieg, telefonierte er noch mit dem Sekretariat des Bürgermeisters von Karlsruhe. Einer der Mitarbeiter bestätigte die Anwesenheit von Di Lagio im Eiscafé am Sonntagabend. Di Lagio war endgültig aus dem Rennen.

Der Innenraum des Astras war glühend heiß. Till verfluchte sich, weil er nicht seine Gold Wing für den Ausflug benutzt hatte. Jetzt musste er bei dieser Hitze noch bis Saarbrücken fahren, der Astra hatte keine Klimaanlage.

15

Siebels hatte noch zwei Stunden Zeit, bis er sich mit Sabine Karlson bei der Deutschen Bank treffen wollte. Intuitiv beschloss er, Tanjas Mutter in deren Haus in Bockenheim zu besuchen. Er schaltete die Klimaanlage in seinem BMW ein, die Hitze erschien unerträglich. Während der Fahrt lief noch einmal das Gespräch mit Jens Kiesbach in seinem Kopf ab. Das Auftreten und die äußere Erscheinung des jungen Mannes passte so gar nicht in das Bild von seinen E-Mails, die er an Tanja geschickt hatte. Allerdings hatte er das auch von sich selbst in den E-Mails behauptet. Spielte er ein Spiel? Erst mit Tanja und jetzt mit ihm? Siebels wusste darauf keine Antwort. Kiesbach hatte kein Alibi. Siebels hatte ihn nahezu gedrängt, ihm einen Zeugen zu bringen, der Kiesbach für die Mordnacht entlasten könnte. Würde Kiesbach ihm nun noch nachträglich einen solchen Zeugen präsentieren, wäre der mit Sicherheit fingiert. So einen Zeugen würde Siebels dann so lange auseinandernehmen, bis der seine Aussage wieder revidieren müsste. Und dann könnte er Kiesbach in die Enge treiben. Erst das Hupkonzert hinter ihm riss Siebels aus seinen Gedanken. Die Ampel leuchtete schon lange wieder grün. Siebels zündete sich eine Zigarette an. So lange er nicht wusste, wie es Till in Karlsruhe und Saarbrücken ergangen war, wollte er nichts überstürzen.

Als Siebels vor dem Haus von Familie Niehaus parkte, kam Tanjas Mutter gerade vom Einkaufen zurück. Siebels hupte kurz und ging schnellen Schrittes zur Haustür, die Frau Niehaus gerade wieder schließen wollte.

„Guten Tag Frau Niehaus, ich hoffe ich störe nicht."

„Kommen Sie herein, ich komme gerade vom Einkaufen."

Siebels begleitete Maria Niehaus in die Küche, wo sie ihm einen Kaffee anbot. Siebels entschied sich für ein Glas kalten Orangensaft. „Wie geht es Ihnen?"

„Sagen Sie mir, wer meine Tochter getötet hat, dann geht es mir vielleicht etwas besser."

„Das kann ich Ihnen leider noch nicht sagen. Aber wir sind schon sehr viel weiter mit unseren Ermittlungen."

„Haben Sie einen Verdächtigen?"

„Wir unterhalten uns zur Zeit mit mehreren Männern, die mit Ihrer Tochter kurz vor ihrem Tod noch Kontakt hatten."

„Was für einen Kontakt?" Maria Niehaus sah Siebels traurig an.

„Das kann ich Ihnen zur Zeit noch nicht sagen. Ich glaube, dass wollen Sie auch gar nicht wissen."

Tanjas Mutter weinte leise vor sich hin. „Tanja hatte die Eigenschaften von ihrem Vater, da hat er ganz Recht. Aber das waren nicht alles gute Eigenschaften. Mein Mann hat den Preis für seine Gier bezahlt. Er hat viel Geld und einen guten Ruf verloren. Geändert hat er sich dadurch nicht. Und jetzt hat Tanja ihren Preis bezahlt. Sie hat mit ihrem Leben bezahlt. Der Preis ist zu hoch, finden Sie nicht?"

Maria Niehaus schluchzte jetzt laut und ohne Hemmungen. Sie kannte ihre Tochter, das wurde Siebels jetzt klar. Vielleicht kannte sie nicht alle Einzelheiten aus Tanjas Leben, aber die Mutterinstinkte in ihr waren deutlich ausgeprägt. Sie wusste, dass Tanja aus ihrem Leben ein Spiel gemacht hatte. Ein gefährliches Spiel, dessen Spielregeln unüberschaubar gewesen waren.

„Gibt es im Haus noch Tanjas altes Zimmer?"

„Ja, wir haben es nicht verändert, seitdem Tanja ausgezogen ist. Das war vor zwei Jahren. Wollen Sie es sehen?"

„Ja bitte." Siebels folgte Maria Niehaus in das obere Stockwerk.

„Die zweite Tür links, ich lasse sie alleine."

Siebels kam in ein typisches Teenager-Zimmer. Auf dem Bett lag noch ein Teddybär, an der Wand ein Poster von Robbie Williams. So ähnlich würde auch das Zimmer seiner Tochter aussehen, irgendwo in Berlin. Ob seine Tochter auch die schlechten Eigenschaften des Vaters geerbt hatte? Siebels setzte sich auf das Bett, dachte darüber nach wie es wäre, wenn er abends nach Hause kommen würde und seine Tochter in ihrem Zimmer besuchen könnte. So wie er es zwölf Jahre lang getan hatte. Plötzlich war ihm so, als könnte er sich in die Trauer und den Schmerz von Tanjas Eltern hineinversetzen. Er musste eine rauchen. Unten im Wohnzimmer wartete Maria Niehaus auf ihn. Auf dem Wohnzimmertisch lagen Fotos. Fotos von Tanja. Tanja als Baby, Tanja als Teenager. Tanja mit ihren Eltern auf der Eisbahn. Tanja mit zwei Freundinnen beim Ski fahren. Siebels erkannte die Mädchen. Von ihnen gab es auch Fotos auf Tanjas

Rechner. Erotische Fotos von jungen Frauen. Von jungen Frauen, die ihre fraulichen Körper entdeckten.

Maria Niehaus holte noch Orangensaft aus der Küche, Siebels fand ein Foto von Olaf Kreuzberger. Er steckte es ein. Frau Niehaus brachte den Orangensaft und einen Aschenbecher.

„Hatte Tanja vor der Beziehung zu Olaf Kreuzberger auch andere feste Beziehungen?"

„Nein. Tanja hatte öfter mal eine Verabredung. Aber keine feste Beziehung. Olaf war der Erste, mit dem sie sich näher einließ."

„Ist das nicht etwas ungewöhnlich, Tanja war ein sehr hübsches Mädchen. Sie musste doch Verehrer in der Schule gehabt haben."

„Verehrer hatte Tanja bestimmt viele. Aber keiner schaffte es, an ihren Kern heranzukommen. Sie gab sich gern als unnahbar."

„Aber Olaf Kreuzberger, der schaffte es?"

„Ja, Olaf war ja auch um einiges älter als Tanja. Ich nehme an, das war der ausschlaggebende Grund. Und Olaf ist ein Mann, der sehr einfühlend sein kann. Er weiß, wie er mit Frauen umgehen muss." Maria Niehaus klang sehr gedankenverloren, während sie von Olaf Kreuzberger sprach.

„Ich muss gehen, wir möchten uns noch einmal mit Tanjas Kollegen bei der Bank unterhalten. Kennen Sie jemanden aus Tanjas Abteilung, außer Herrn Kreuzberger?"

„Mein Mann gab im letzten Jahr eine große Silvesterfeier, hier im Haus. Da kam Tanja mit einer netten Kollegin. Caspari war ihr Name, sie war um einiges älter als Tanja. Ich glaube, sie war die Ausbildungsbeauftragte und kümmerte sich um Tanja während der Berufsausbildung. Ihr Mann war über Silvester geschäftlich in Übersee, also brachte Tanja sie mit zu uns. Sie machte einen sehr netten Eindruck auf mich."

„Vielen Dank für den Orangensaft, auf Wiedersehen."

Siebels war gerade wieder in seinen BMW gestiegen, als sein Handy läutete. Es war Charly.

„Hallo Steffen, wir haben den Lippenstift auf Tanjas Rücken identifiziert. Es ist jedenfalls ein anderer Lippenstift, als der, den wir in ihrer Wohnung gefunden haben. In ihrem Bad hatte sie einen Lippenstift von Chanel. Rouge a Leuvres Hydrabase, Flamenco Nr. 58 nennt sich der Typ. Die Schrift auf ihrem Rücken stammt von einem Jil Sander-Lippenstift. Lippenstift cremig, Nr. 14. Den gleichen Lippenstifttyp hatte sie auch auf ihren Lippen aufgetragen."

Siebels ließ sich das buchstabieren und schrieb es in sein Notizheft. Auf der gegenüberliegenden Seite in seinem Notizheft hatte er die Telefonnummern von Olaf Kreuzbergers Bruder und dem Freund notiert, mit denen Kreuzberger den Sonntagabend verbracht haben wollte. Siebels wählte die Nummer von Kreuzbergers Bruder. Die Geschäftsnummer von der Dresdner Bank. Nach dem dritten Klingelton meldete sich Helmut Kreuzberger. Er bestätigte, dass er mit seinem Bruder bis kurz vor Mitternacht in einem Apfelweinlokal gesessen hatte. Allerdings nicht am Sonntagabend, sondern am Samstagabend. Siebels wählte die Nummer von dem Freund. Es war eine Handynummer. Gleich nach dem ersten Klingelton meldete sich eine hohe Männerstimme. Der Mann bestätigte die Version von Olaf Kreuzberger. Er war sich ganz sicher, dass er mit den Kreuzberger-Brüdern am Sonntagabend zusammen war. Siebels wählte die Privatnummer von Helmut Kreuzberger. „Kreuzberger", meldete sich eine Frauenstimme. Frau Kreuzberger bestätigte Siebels, dass ihr Mann am Samstag mit seinem Bruder bis spät in die Nacht unterwegs war. Am Sonntagabend wäre er wie jeden Sonntag bei seiner Skatrunde gewesen und erst nach Mitternacht nach Hause gekommen.

Siebels startete den Motor und freute sich auf das Gespräch mit Olaf Kreuzberger, das er in wenigen Minuten führen würde.

Sabine Karlson wartete bereits vor den Zwillingstürmen der Deutschen Bank. Ihr hellblondes Haar wurde durch einen Haarreif nach hinten gehalten, sie trug enge Jeans und ein schwarzes T-Shirt mit der Aufschrift »Miami Vice«.

„Ich hoffe, Sie warten hier nicht auf Don Johnson", begrüßte Siebels sie.

„Nein, ich warte auf Steffen Siebels, den coolsten Cop von Frankfurt." Siebels hätte ihr am liebsten einen freundschaftlichen Klaps auf ihren Hintern gegeben, der in der engen Jeans hervorragend zur Geltung kam.

Der Sicherheitsbeamte erkannte Siebels von seinem letzten Besuch und nach einem flüchtigen Blick auf dessen Polizeiausweis, ließ er die Beamten die Drehtür passieren. Die beiden warteten auf einen der Aufzüge, Siebels nutzte die Gelegenheit und berichtete Karlson von Charlys Anruf.

Olaf Kreuzberger saß hemdsärmelig hinter seinem Schreibtisch und telefonierte lautstark, als er die beiden Beamten in sein Büro kommen sah. Siebels öffnete den Schrank, aus dem Kreuzberger bei seinem letzten Besuch den Aschenbecher hervorgeholt hatte. Der stand auch wieder auf seinem alten Platz. Siebels stellte ihn auf Kreuzbergers Schreibtisch und zündete sich genüsslich eine Marlboro an. Er war halt der coolste Cop von Frankfurt.

„Fühlen Sie sich wie Zuhause", begrüßte ihn Kreuzberger mit einem ironischen Ton, nachdem er sein Gespräch beendet hatte.

„Wir haben da noch einige Fragen, das ist übrigens meine Kollegin Frau Karlson."

Kreuzberger nickte der Karlson freundlich zu. „Ich hatte vor einigen Minuten ein paar sehr verwirrende Telefongespräche, Herr Kreuzberger. Mit Ihrem Freund und Ihrem Bruder, mit denen Sie den Sonntagabend verbracht haben wollen. Da gibt es aber leider ein paar Unstimmigkeiten."

Kreuzberger unterbrach ihn. „Ja, ich weiß. Es tut mir leid, aber ich scheine da die beiden Abende etwas durcheinander gebracht zu haben. Am Samstagabend war ich mit meinem Bruder und meinem Freund in diesem Lokal und am Sonntagabend war ich wieder dort. Allerdings ohne meinen Bruder. Am Sonntag hat mich nur mein Freund Michael Braun begleitet."

„Und da sind Sie sich jetzt aber hundertprozentig sicher?"

„Aber ja doch, Herr Kommissar. Das dürfen Sie mir jetzt nicht verübeln, ich war so verwirrt, als ich hörte, dass Tanja tot ist, ich konnte keinen klaren Gedanken mehr fassen."

„Wissen Sie, welchen Typ von Lippenstift Tanja benutzte?"

„Tanja trug gerne ein kräftiges Rot auf ihren Lippen."

„Können Sie sich aus Ihrer gemeinsamen Zeit mit Tanja vielleicht noch erinnern, ob sie immer den gleichen Lippenstift benutzte? Ich meine die gleiche Marke."

„Soweit ich weiß, hatte sie immer einen von Chanel. Mehr kann ich dazu aber nicht sagen, für Make-up bin ich leider kein Fachmann." Kreuzberger zog bedauernd die Schultern hoch.

„Wir würden uns auch gerne noch einmal mit Herrn Engelhard und Frau Oslowski unterhalten. Ist das möglich?"

„Aber natürlich, Sie können die gleichen Räumlichkeiten benutzen, wie bei Ihrem letzten Besuch. Sie wissen ja, wo Sie die Herrschaften finden."

Siebels drückte seine Zigarette im Ascher aus. Durch die Scheibe, die Kreuzbergers Büro von den anderen Schreibtischen trennte, sah er Theresa Oslowski. Er winkte sie zu sich.

„Guten Tag Frau Oslowski. Meine Kollegin Frau Karlson und ich hätten da noch ein paar Fragen an Sie, wenn Sie einen Moment Zeit hätten."

Theresa Oslowski ging vor den beiden Beamten zu dem Besprechungszimmer. Sie trug eine dunkle Sommerjacke über einem eng anliegenden hellen Rock, der bis knapp über die Knie reichte. Auf ihren hochhackigen Stöckelschuhen wirkte ihr Gang sehr elegant. Siebels bewunderte ihre Waden, sie schien sich die Beine zu rasieren. Karlson rempelte ihn an und riss ihn aus seinen Gedanken, als sie vor der Tür zum Besprechungszimmer anhielten.

„Darf ich Ihnen noch etwas zum Trinken anbieten? Es ist wieder sehr heiß heute." Theresa Oslowski besorgte noch eine Flasche Mineralwasser und saß den beiden Beamten dann sehr selbstbewusst gegenüber. Siebels hatte keine Ahnung, wie er das Gespräch beginnen sollte.

„Frau Oslowski, Sie haben mir ja schon erzählt, dass Sie eine intime Beziehung zu Tanja hatten, das ist doch richtig, oder?"

„Wir haben die eine und andere Nacht gemeinsam verbracht, das ist richtig, ja."

„Können Sie mir sagen, wann Sie die letzte Nacht mit Tanja verbracht haben?"

„Unsere letzte gemeinsame Nacht? Das ist nun schon eine Weile her. Mitte Juli vielleicht. Genau weiß ich es nicht mehr."

„Und wie viele Nächte hatten Sie bis dahin mit Tanja verbracht?"

„Ist das wichtig?" Theresa Oslowski lehnte sich entspannt auf ihrem Stuhl zurück. Das Gespräch schien ihr nicht im geringsten peinlich zu sein. Auch die Anwesenheit von Sabine Karlson beeindruckte sie nicht.

„Ich will den Tod von Tanja aufklären. Und dazu muss ich so viel wie möglich über die letzten Tage und Wochen aus ihrem Leben wissen. Sie müssen diese Fragen natürlich nicht beantworten."

„Doch, ich will, dass Sie Tanjas Mörder finden. Es gab vielleicht acht bis zehn Nächte, die wir zusammen verbracht haben."

„Das heißt, in denen Sie auch intimen Kontakt zu Tanja Niehaus hatten?", fragte Karlson vorsichtig nach.

„Wir haben uns gestreichelt und uns mit verschiedenen Sexspielzeugen gegenseitig zum Höhepunkt gebracht, wenn Sie es genau wissen wollen. Also ja, wir hatten intimen Kontakt."

Siebels musste sich beherrschen, damit er sich nicht allzu bildlich vorstellte, wie Tanja und Theresa Oslowski sich im Bett vergnügten. Karlson half ihm mit der nächsten Frage aus.

„Haben Sie mit Tanja auch Rollenspiele gespielt. So etwas wie Herrin und Sklavin oder etwas ähnliches?"

„Nein, so etwas haben wir nicht gemacht. Tanja war vielleicht etwas dominanter als ich. Sie liebte es, mich zu verführen. Aber bestimmt nicht als Herrin einer demütigen Sklavin. Nein, das war nicht unser Ding."

„Wissen Sie, ob Tanja vielleicht mit anderen Partnern solche Spiele spielte? Vielleicht mit Männern?"

„Bestimmt nicht, nein. Soweit ich weiß, war sie auch Männern gegenüber dominant veranlagt, sie war gerne die Verführerin. Aber das hatte nichts mit irgendwelchen Sadomaso-Geschichten zu tun, glauben Sie mir."

Nun war Siebels wieder an der Reihe mit dem Fragen.

„Wir haben in Tanjas Kleiderschrank aber alles gefunden, was zu einer gut ausgerüsteten Domina gehört. Hohe Lederstiefel, die passende Wäsche, Handschellen, sogar eine lederne Maske und eine Peitsche. Was wollte Tanja damit, wenn ihr die Rolle als Domina nicht gefiel?"

Theresa Oslowski blieb für einen Moment still. Sie schlug ihre Beine übereinander, zupfte ihren Rock zurecht, dann sah sie Siebels direkt ins Gesicht.

„Tanja traf sich hin und wieder mit Männern die sie aus dem Internet kennen gelernt hatte. Das waren Männer, die sich gerne verführen ließen. Nicht so, wie sich ein Mann für gewöhnlich von einer Frau verführen lässt. Diese Männer mochten es, wenn sie sich wieder wie pubertierende Jungs benehmen durften. Und Tanja gab sie der Lächerlichkeit preis. Darauf fuhren die ab. Als ich das letzte Mal bei Tanja war, erzählte sie mir davon. Und sie erzählte mir, dass sie bei ihrem letzten Treffen eine Domina-Ausstattung geschenkt bekommen hatte. Der Kerl wollte von Tanja ausgepeitscht werden. Dabei sollte sie ihm die Ledermaske aufsetzen und ihn mit den Handschellen anketten. Das wollte sie aber nicht. Das war nicht ihr Stil. Sie stellte den Kerl dann nackt in eine Ecke, wo er sich schämen sollte. Das hat er dann auch artig gemacht. Als Tanja mir davon erzählte, haben wir uns vor Lachen nicht mehr halten können."

Karlson und Siebels sahen sich vielsagend an, sagten aber nichts weiter. Siebels zog das Foto von der Oslowski aus der Tasche und legte es auf den Tisch.

„Dieses Foto haben wir auf Tanjas Computer gefunden. »Ich gehöre Tanja«, steht mit rotem Lippenstift auf Ihrem Bauch geschrieben. Ich finde, das wirkt auch etwas sklavisch."

Die letzten Worte sprach Siebels sehr bedächtig aus, so als hätte er lange nach dem Wort »sklavisch« gesucht. Oslowski ließ das Foto auf dem Tisch liegen, sie warf nur einen kurzen Blick darauf.

„Finden Sie? Es gibt noch so ein Foto. Auf dem ist Tanja zu sehen. Und da steht auf ihrem Bauch: »Ich gehöre Theresa«. Wir haben die Fotos eines Abend bei ihr gemacht. Es sollte ein Andenken sein. Wenn ich Deutschland wieder verlasse, sollten uns diese Fotos an unsere schöne Zeit hier erinnern."

„Wir haben von Tanja kein solches Foto gefunden. Haben Sie eines?"

„Nein, ich habe keines. Tanja hat die Bilder mit ihrer Digitalkamera aufgenommen. Sie wollte es mir dann per E-Mail senden, wenn ich wieder in meiner Heimat in Georgien bin."

„Frau Oslowski, kann es sein, dass Sie am letzten Wochenende wieder so eine Liebesnacht mit Tanja verbringen wollten? Wäre es möglich, dass Tanja Ihnen eine Absage erteilt hat. Eine Absage, weil sie sich mit einem Mann treffen wollte. Oder haben Sie Tanja besucht, Tanja hat Sie aber nicht in ihre Wohnung gelassen, weil sie nicht alleine war. Dabei gehören Sie doch Tanja und Tanja gehört Ihnen. Sie warteten am Sonntagabend vor Tanjas Wohnung. Sie wollten sehen, wer noch alles Tanja gehörte. Und am Sonntagabend kam Tanja dann mit einem Mann aus ihrer Wohnung. Sie folgten den beiden. Bis zum Brentano-Bad. Da haben Sie beobachtet, wie die beiden über das Eingangstor geklettert sind. Sie warteten einige Zeit. Warum sollten Sie nicht auch über das Tor klettern? Es war dunkel, keine Menschenseele zu sehen. Und Sie waren neugierig, was die beiden wohl im Schwimmbad treiben würden. Sie kletterten also auch über das Tor. Sie gingen über die Liegewiese. Schon von weitem hörten Sie Tanja und deren Begleiter. Sie versteckten sich hinter den Büschen, die die Liegewiese vom Schwimmbecken trennte. Im Mondlicht konnten Sie Tanja und ihren Liebhaber beim Schwimmen beobachten. Sie blieben hinter den Büschen. Auf der gegenüberliegenden Seite waren die Kleider von Tanja und dem Mann. Sie konnten also getrost in Ihrem Versteck bleiben. Die beiden würden auf der anderen Seite des Schwimmbeckens wieder herauskommen. Und als sie wieder aus dem Wasser kamen, beobachteten Sie, wie Tanja von dem Mann geliebt wurde. Die beiden müssen es ziemlich toll getrieben haben. Nicht so, wie Sie Tanja kannten. Nein, Tanja wollte es auf die harte Tour. Sie stand unter Kokain. Tanja gab sich her, wie eine billige Nutte. Tanja verlangte immer mehr von ihrem Liebhaber. Die beiden waren laut dabei. Sie saßen hinter dem Gebüsch und konnten hören, wie Tanja ihren Liebhaber anfeuerte. Das war unerträglich für Sie. Wie konnte Tanja sich so gehen lassen? Sie hätten den Mann am liebsten umgebracht. Doch dann mussten Sie mit ansehen, wie der Mann Tanja würgte. Er hatte sie wie eine Hündin von hinten bestiegen, rammelte sie wie ein räudiger Straßenköter. Und Tanja schien das auch noch zu gefallen. Wie im Rausch waren die beiden. Hemmungslos trieben sie es auf der Liegewiese, vor Ihren Augen. Das war nicht mehr Ihre Tanja. Entsetzt sahen Sie weiter zu, der Mann verlor die Kontrolle, er würgte Tanja immer fester. Und plötzlich war von Tanja kein Laut mehr zu hören. Sie bewegte sich auch nicht mehr. Der Mann ließ von Tanja ab. Er sammelte alle Kleidungsstücke ein, tränkte das Badehandtuch im Schwimmbecken und wischte Tanjas leblosen Körper sorgfältig ab. Danach verschwand er in der Dunkelheit des Schwimmbades. Sie blieben noch eine kurze Weile hinter dem Gebüsch. Dann liefen Sie um das Becken herum zu Tanja. Sie lag leblos auf dem Gras. Sie war tot. Und Sie waren sauer. Sauer auf Tanja, weil Tanja es vorgezogen hat, auf diese billige Weise zu sterben. Anstatt mit Ihnen eine romantische Liebesnacht zu verbringen. Sie waren so sauer auf Tanja, dass Sie das Bild, das Sie zur Erinnerung an Tanja gemacht hatten, ändern wollten. Tanja sollte nicht mehr Ihnen gehören. Tanja war eine kleine geile Schlampe. Eine Schlampe, die es mit jedem getrieben hat, der ihr über den Weg gelaufen ist. Und das sollte jeder wissen. Also schrieben Sie es ihr mit rotem Lippenstift auf den Rücken. War es so gewesen, Frau Oslowski?"

Während er sprach, studierte er jede noch so kleine Reaktion in Theresa Oslowskis Gesicht. Siebels wollte unterdrückte Emotionen in Theresa zum Vorschein bringen. Wenn seine Theorie stimmte, musste Theresa sehr gekränkt sein. Aber in ihrem Gesicht konnte er keinerlei Reaktion ablesen. Ausdruckslos hörte sie ihm zu. Keine Reaktion ist aber auch eine Reaktion, dachte sich Siebels.

„Ist Tanja so gestorben?" Der Ton, mit dem Oslowski fragte, klang deprimiert.

„Das hätte ich gern von Ihnen gewusst, Frau Oslowski."

„Ich muss Sie enttäuschen, Herr Kommissar. Ich weiß nicht, wie Tanja gestorben ist. Ich war auch nicht dabei. Und ich war auch nicht eifersüchtig auf Tanjas Männerbekanntschaften. Wenn Sie den Mord aufklären wollen, müssen Sie sich etwas anderes einfallen lassen. Wenn ich gesehen hätte, wer Tanja umgebracht hat, warum sollte ich das dann für mich behalten?"

„Ich weiß es nicht", gestand Siebels.

„Wo waren Sie denn in der Nacht von Sonntag auf Montag?"

„Am Sonntag war ich mit dem Fahrrad unterwegs. Ich bin an der Nidda entlanggefahren, bis nach Bad Vilbel. Dort habe ich mich bis zum frühen Abend auf einer Wiese gesonnt. Als ich wieder nach Hause kam, war es kurz nach 20.00 Uhr. Ich habe noch den Rest von der Tagesschau gesehen. Anschließend habe ich dann durch die verschiedenen Programme geschaltet. Als ich kein gutes Programm gefunden habe, habe ich ein Bad genommen und bin anschließend in mein Bett gegangen."

„Das kann aber niemand bezeugen?"

„Vermutlich nicht, nein."

„Wie lange dauert denn ihr Aufenthalt in Deutschland noch?"

„Eigentlich hätte ich schon seit Anfang des Monats wieder in meiner Heimat sein sollen. Ich arbeite hier aber noch an einem Projekt und habe die Genehmigung, für ein weiteres Semester in Deutschland zu sein. Ende des Jahres werde ich wieder nach Georgien zurückkehren."

„Sollten Sie vorher Deutschland verlassen wollen und der Fall ist noch nicht abgeschlossen, melden Sie sich bitte bei mir."

Siebels gab ihr zu verstehen, dass das Gespräch damit beendet sei. Oslowski wollte das Zimmer gerade verlassen, als Siebels sie doch noch etwas fragte.

„Haben Sie und Tanja bei Ihren gemeinsamen Nächten auch Kokain konsumiert?"

„Kokain? Das ist in Deutschland nicht erlaubt, wenn ich richtig informiert bin."

„Da sind Sie ganz richtig informiert. Allerdings bin ich von der Mordkommission. Solange Sie niemanden umgebracht haben, dürfen Sie mir alle Ihre Sünden beichten. Ich werde es nicht an meine Kollegen von der Drogenabteilung verraten."

„Das ist euer Problem hier in Deutschland. Jeder macht nur das, wofür er zuständig ist. Aber wir haben kein Kokain genommen. Wir haben nicht mal einen Joint geraucht. Eine Flasche Rotwein, ja, die haben wir getrunken."

Theresa Oslowski machte eine kurze Pause, dann sagte sie: „Wir haben uns an unseren Körpern berauscht, was sollte da Kokain noch bewirken?" Mit einem Lächeln ließ sie Siebels und Karlson sitzen.

Zehn Minuten später saß Rolf Engelhard auf dem Platz, auf dem Theresa Oslowski eben noch so freimütig von dem Liebesleben zwischen ihr und Tanja berichtete. Engelhard schien um einiges nervöser und unsicherer zu sein als die Oslowski.

„Herr Engelhard, bei unserem letzten Gespräch haben Sie mir erzählt, dass Sie nur beruflichen Kontakt mit Tanja Niehaus hatten, von einem gemeinsamen Disco-Besuch einmal abgesehen. Das ist doch richtig, oder?"

„Ja, das stimmt so."

„Und Sie haben nach einem Studium der Volkswirtschaftslehre hier Ihre Stelle angetreten." Siebels öffnete sein Notizbuch. „Sie analysieren die volkswirtschaftliche Entwicklung der ehemaligen Staaten der UdSSR. Ihre Arbeit findet sogar Gehör bei den Gremien der Europäischen Union. Da haben Sie doch eine sehr verantwortungsvolle Position hier bei der Bank, oder?"

„Das könnte man so sehen, ja." Engelhard fühlte sich sichtlich geschmeichelt von Siebels Worten und schien sich etwas zu entspannen.

„Nun, Herr Engelhard, das hört sich doch so an, als wären Sie ein kluges Köpfchen. Wie passt das denn mit diesem Foto hier zusammen?"

Siebels zeigte Engelhard das Foto. Das Foto, das ihn auf Tanjas Bett zeigte. »ICH BIN EIN KLEINER DUMMER JUNGE«, stand mit rotem Lippenstift auf seinem Bauch geschrieben.

„Wenn Sie eine intime Beziehung zu Tanja gehabt hätten, dann wäre so ein Foto für mich ja noch nachvollziehbar. Aber die hatten Sie ja nicht, nicht wahr?"

Engelhard rutschte unruhig auf seinem Stuhl hin und her. Er nahm das Foto und schaute es verlegen an, dann schaute er beschämt zu Sabine Karlson.

„Ich arbeite in der Abteilung Milieukriminalität, Herr Engelhard. Ich sehe ganz andere Fotos, da machen Sie sich mal keine Gedanken." Karlson sprach fast in einem mütterlichen Ton zu Engelhard und das schien zu wirken. Der Gesichtsfarbe des jungen Mannes wechselte wieder von tiefrot in ein gesundes hellrot.

„Ich hatte keine intime Beziehung zu Tanja. Ich habe Tanja damals hin und wieder angesprochen, ob sie nicht mit mir ausgehen wollte. Sie hat leider immer abgelehnt. Aber ich bin hartnäckig geblieben. Und eines Abends, ich fragte sie, ob wir noch zusammen Essen gehen wollen, da hat sie mich zu sich nach Hause eingeladen. Wir saßen in ihrem Wohnzimmer, Tanja ließ leise Musik laufen. Sie kam zu mir auf die Couch und wir kuschelten zusammen. Dann nahm sie mich mit in ihr Schlafzimmer. Sie wollte mich überraschen, sagte sie. Sie hat mir die Augen verbunden, mich auf ihr Bett geführt und meine Hände dort festgebunden. Dann hat sie mein Hemd ausgezogen und mir ins Ohr geflüstert, dass ich mich entspannen sollte. Ich spürte, wie sie mit etwas Klebrigem auf meinem Bauch schrieb. Einige Minuten später machte sie meine Augen wieder frei und zeigte mir das Foto. Ich solle mich damit abfinden, damit meinte sie, dass ich für sie nur ein kleiner dummer Junge bin. Und damit ich das nicht vergesse, würde das Foto auf ihrem Rechner bleiben. Sie fragte mich, ob ich damit einverstanden wäre. Das war ich natürlich nicht. Sie ließ mich über zwei Stunden am Bett festgebunden. In der Zeit ist sie aus dem Haus gegangen, sie hat mich einfach so liegen lassen. Als sie wieder kam, fragte sie mich, ob ich es mir überlegt hätte. Ich antwortete ihr, dass sie das Foto wieder von ihrem Rechner löschen soll. Da fing sie an, meine Hose zu öffnen. Sie könnte noch viel schönere Fotos von mir machen, war ihre lapidare Antwort. Was sollte ich tun? Ich habe ihr versprochen, dass ich sie außerhalb der Bank nicht mehr treffen wollte. Das Foto blieb auf ihrem Rechner. Und seitdem habe ich natürlich nicht mehr versucht, mich mit ihr zu verabreden. Tanja war ein ganz schön ausgekochtes Miststück."

Siebels hörte aufmerksam zu. Er vermochte nicht einzuschätzen, ob das die ganze oder nur die halbe Wahrheit war. Für das Erste wollte er sich damit zufrieden geben.

„Wann war das gewesen?“ wollte Karlson wissen.

„Anfang März muss das gewesen sein.“

„Hatten Sie oder Tanja an diesem Abend auch Kokain konsumiert?“

„Nein, wie kommen Sie denn darauf?“

„Nur so eine Frage“, beschwichtigte Siebels den aufgeschreckten Banker.

„Mehr wollen wir gar nicht von Ihnen wissen, vielen Dank für das offene Gespräch, Herr Engelhard.“

Siebels und Karlson begleiteten Engelhard zurück in das Großraumbüro. Die Augen der Kollegen waren alle auf den jungen Mann gerichtet, der sich mit gerötetem Kopf wieder an seinen Platz setzte. Siebels ging zu dem Schreibtisch, an dem Theresa Oslsowski saß.

„Ach, eine Frage hätte ich doch noch, Frau Oslowski. Was für einen Lippenstift benutzen Sie denn?“

„Ich benutze verschiedene Lippenstifte. Je nachdem für welche Gelegenheit und zu welcher Kleidung.“

„Würden Sie uns einmal den zeigen, den Sie heute benutzen?“

Die rötliche Farbe auf Theresas Lippen erinnerte Siebels an die roten Buchstaben auf Tanjas Rücken. Theresa kramte in ihrer Tasche und zog schließlich einen Lippenstift heraus. Siebels betrachtete ihn, gab ihn an Karlson weiter.

„Jil Sander, Lippenstift cremig, Nr. 14, für mich wäre der zu teuer“, seufzte Sabine Karlson und gab Theresa den Lippenstift zurück.

Siebels bemerkte Frau Caspari, die das Geschehen interessiert von ihrem Schreibtisch aus beobachtete. Nach Tills Meinung musste es zwischen dieser Frau und Tanja auch noch irgendetwas Zwischenmenschliches gegeben haben. Was das war, sollte Till aber selbst rausbekommen. Siebels und Karlson verabschiedeten sich bei den Mitarbeitern und verließen die Bank.

„Haben Sie Lust auf einen Apfelwein?“ Die Frage kam etwas überraschend für Sabine Karlson.

„Wir sind im Dienst, Herr Kollege.“

„Genau, und ich würde mir gerne das Lokal anschauen, wo Olaf Kreuzberger am Samstag und am Sonntag gewesen sein will."

„Einen dienstlichen Apfelwein also, da ist natürlich nichts dagegen einzuwenden."

16

Mein Tagebuch, 30. Juni 2000

Zwei geschlagene Wochen musste ich warten, bis mein Handy endlich klingelte. In der Schule waren wir weiterhin getrennte Wege gegangen, Verschwiegenheit war angesagt. Doch dann, es war schon spät am Abend und ich saß vor dem Fernseher, da rief mich Jenny an. Ausgerechnet Jenny, mit ihr hatte ich am wenigsten gerechnet. Sie klang nett am Telefon. Jenny lebt allein mit ihrer Mutter in einer kleinen Wohnung und die Mutter war für ein paar Tage verreist. Ich dachte erst, sie würde sich vielleicht einsam fühlen, ich sollte sie nämlich am nächsten Nachmittag besuchen kommen. Das wollte ich gerne tun, pünktlich um 16.00 Uhr stand ich am darauffolgenden Tag vor ihrer Wohnungstür. Jenny begrüßte mich mit einem skeptischen Blick, ließ mich dann aber herein. Zuerst tranken wir eine Cola und sprachen nicht viel. Ich inspizierte mit heimlichen Blicken die kleine Wohnung und sah schon, dass Jenny keine große Freude an Hausarbeit zu haben schien. Genau das war auch der Punkt und nach einigem abwägen kam Jenny dann auch schnell zur Sache. Putzen, Saugen, Waschen, Bügeln. Das wären die dringendsten Aufgaben. Ich nickte nur beflissentlich und erkundigte mich nach Putzeimer, Schrubber, Staubsauger und Bügeleisen.

Während ich die Bude auf Hochglanz brachte, genehmigte sich Jenny ein Schaumbad. Die Tür zum Badezimmer ließ sie offen stehen, manchmal rief sie nach mir und fragte das eine oder andere. Ich gab mir die größte Mühe, sie nicht allzu aufdringlich anzustarren, wie sie sich in der Wanne räkelte, denn Spanner mochte sie ja nicht. Aber es fiel mir nicht leicht. Ich konnte ihre einladenden Rundungen unter dem Schaum zwar nur erahnen, aber das animierte natürlich noch mehr zum Hinsehen.

Eine Stunde verbrachte sie im Bad, dann kam sie nur mit einem Kimono bekleidet ins Wohnzimmer und schaute mir interessiert beim Bügeln zu. Plötzlich sprang sie auf, nahm mir das Bügeleisen aus der Hand und führte mich in ihr Zimmer.

Was ich vorher nur erahnen konnte, wurde nun zur Gewissheit. Das Paradies öffnete wieder seine Pforten, die zweite Eva weihte mich in ihre Geheimnisse ein. Während Tanja mich raffiniert und abwechslungsreich durch die Höhen und Tiefen ihres Gartens geführt hatte, mochte Jenny es lieber etwas wilder. Sie war eine Frau, die zupackte. Ohne Kompromisse ging sie ans Werk. Im Eiltempo jagte sie mich durch den Garten Eden, den ich nun in Jennys Bett vorfand. Atemlos folgte ich ihren Wünschen und Begierden. Wo sie mir zuvor noch Missachtung geschenkt hatte, belohnte sie mich nun mit hemmungslosem Tatendrang. Ich tat, was ich konnte und gab mein Bestes. Keuchend hetzte ich durch Jennys tropisches Paradies und naschte an ihren Früchten. Sie war wie ein Vulkan, es brodelte gefährlich in ihrem Inneren. Ich war mittendrin in dem Vulkan, als er ausbrach. Ich verglühte in den heißen Lavaströmen, konnte ihnen aber nicht entfliehen. Jennys Glut umhüllte mich, brachte mein Blut zum Kochen. Hilflos schmolz ich unter Jennys Begierde und zerfloss in ihr.

Es war wunderbar. Ich lag danach noch eine ganze Weile neben ihr. Wir rauchten und schwiegen, bis auch Jenny plötzlich anfing, mich mit einem roten Lippenstift zu beschmieren.

»ICH BIN JENNYS KLEINER PUTZTEUFEL«, *las sie mir mit amüsierter Stimme vor, nachdem sie ihr Werk vollendet hatte. Ich quittierte ihre Aussage mit einem zufriedenen Lächeln und steckte mir noch eine Zigarette an. Jenny zog sich wieder ihren Kimono über und ging zur Haustür, weil jemand Sturm läutete. Ich befürchtete schon, Jennys Mutter wäre überraschend nachhause gekommen. Erleichtert stellte ich fest, dass Tanja zu Besuch kam. Meine Anwesenheit in Jennys Bett schien Tanja nicht weiter zu kümmern, sie nickte mir zu und begrüßte mich, als hätten wir uns beim Einkaufen auf der Straße getroffen. Den Spruch auf meinem Bauch nahm sie mit einem Augenzwinkern zur Kenntnis. Wie eine kleine*

Familie waren wir in Jennys Zimmer versammelt, nur Johanna fehlte zu meinem Bedauern. Aber Tanja hatte einen freudigen Anlass für ihren Besuch. Es sprudelte nur so aus ihr heraus. Wenn wir die Prüfungen endlich hinter uns hätten und alle ausgebildete Bankkaufleute wären, wollte sie uns nämlich zu einem gemeinsamen Urlaub in Spanien einladen. Ihre Eltern besitzen dort nämlich ein Ferienhaus, direkt am Strand der Costa Brava. Jenny war begeistert und ich sprachlos. Johanna hätte schon zugesagt, versicherte uns Tanja.

Nachdem ich in Tanjas aufregende Welt eingetreten bin und das Paradies mir seine Pforten geöffnet hat, scheine ich mir nun meine Bürgerrechte zu erwerben. Ich bin der glücklichste Mensch der Welt.

Kurz vor Saarbrücken steckte Till in einem Stau auf der Autobahn fest. Fluchend und schwitzend stand er in der Blechlawine, Meter für Meter kämpfte er sich Richtung Saarbrücken. Auf seiner Gold Wing hätte er eine wunderbare Fahrt auf den Landstraßen genießen können. Er tippte Siebels Nummer in sein Handy, er bekam nur die Mailbox.

Kurz vor 17.00 Uhr hatte er endlich seinen Astra in der Innenstadt von Saarbrücken geparkt. An einem türkischen Imbiss genehmigte er sich eine Cola und einen Döner. Während er auf seinen Döner wartete, fragte er den Türken vom Imbiss nach Bachs Bücherkiste. Er bestellte seinen Döner scharf mit Knoblauchsoße, sein Hemd war schweißnass. Der Türke zeigte zu der Fußgängerzone, bis zu dem Bücherladen waren es nur dreihundert Meter. Till bestellte noch eine Cola, die erste hatte er in einem Zug geleert. Mit der zweiten Cola bekam er auch seinen Döner. Um 17.30 Uhr stand er endlich vor Bachs Bücherkiste, sein Hemd war wieder trocken, sein Atem stank nach Knoblauch.

Der Buchladen schien sich auf Reiseliteratur spezialisiert zu haben. Nur zwei Kunden stöberten in den Regalen. Eine ältere Frau beschäftigte sich mit einem bebilderten Buch, Rundreise Australien stand auf dem Umschlag. Gleich neben der Frau war ein junger Mann in der Hocke. Sein Blick durchsuchte das unterste Buchregal. Das Regal war mit »Reiseführer Nordamerika« beschriftet.

„Kann ich Ihnen behilflich sein?" Eine Frau von vielleicht Mitte fünfzig kam auf Till zu. Ihr Tonfall klang bestimmend, ihr Äußeres machte einen sehr konservativen Eindruck. Trotz der Hitze trug sie die braune Bluse zugeknöpft bis zum Hals, das dunkelbraune Haar war hochgesteckt, die hellbeige Hose hatte ordentliche Bügelfalten. Die Brille mit Metallgestell saß auf ihrer Nasenspitze, sie schaute Till über die Gläser der Brille hinweg an.

„Guten Tag, ich suche Herrn Detlev Bach."

„Das ist mein Sohn, er sitzt im Büro und macht die Buchhaltung. Was möchten Sie denn von ihm?"

Till zeigte seinen Polizeiausweis vor. „Es geht um einen Vorfall in Frankfurt und wir benötigen eine Zeugenaussage von Ihrem Sohn."

„In Frankfurt? Das muss ein Irrtum sein, mein Sohn war seit Monaten nicht mehr in Frankfurt."

„Das würde ich gerne von Ihrem Sohn persönlich hören."

Die Frau musterte Till eindringlich, dann bat sie ihn, ihr zu folgen. Über eine Wendeltreppe gelangten sie in die Kellerräume. An einer Tür mit der Aufschrift »PRIVAT« blieb sie stehen. „Warten Sie bitte einen Augenblick."

Die Frau verschwand hinter der Tür. Till vernahm ein Gespräch. Die Frau hatte eine zornige Stimme, die andere Stimme war männlich und klang beschwichtigend. Till konnte nur Wortfetzen durch die geschlossene Tür wahrnehmen. Das Wort Frankfurt hörte er aber mehrmals deutlich heraus. Die Tür ging wieder auf.

„Kommen Sie bitte herein, mein Sohn erwartet Sie." Die Frau bemühte sich, höflich zu sein. Der Ärger in ihrer Stimme war aber nicht zu überhören.

Till betrat ein kleines, mit Aktenordnern vollgestopftes Büro. An einer Wand stand ein kleiner Schreibtisch mit einem alten Computer. Davor saß ein junger blonder Mann. Till erkannte den Mann, dessen Foto auch auf Tanjas Rechner gespeichert war. Es war der Mann, der nackt in der Ecke von Tanjas Schlafzimmer stand und beschämt zu Boden schaute. Auf seinem Bauch stand mit rotem Lippenstift: »ICH BIN EIN BÖSER JUNGE«.

Wie ein böser Junge sieht er eigentlich gar nicht aus, dachte sich Till, als er das Büro betrat. Der junge Mann stand auf und schaute Till misstrauisch an. Er war blass, trug sein blondes Haar mit einem altmodischen Seitenscheitel, auch seine Brille war nicht gerade eine modische Erscheinung. Einen Dreiundzwanzigjährigen hätte Till sich anders vorgestellt.

„Guten Tag, Herr Bach. Mein Name ist Till Krüger, Kriminalpolizei Frankfurt." Till zeigte wieder seinen Ausweis vor.

„Was kann ich für Sie tun?"

Detlev Bach klang unsicher. Er suchte etwas, woran er sich festhalten konnte und fand die Lehne von einem alten Drehstuhl.

„Es geht um Ihren Wochenendbesuch bei Tanja Niehaus in Frankfurt."

„Da muss es sich wohl um einen Irrtum handeln. ich kenne in Frankfurt keine Tanja Niehaus."

„Aber eine Lady Chantal, die ist Ihnen doch bekannt, oder?" Der Gesichtsausdruck von Detlev Bach schien sich zu versteinern. Er fing an, nervös auf seiner Unterlippe zu kauen.

„Lady Chantal? Sollte ich die kennen?" Bach klang nicht sehr überzeugend, das merkte er auch selbst.

„Also gut, ich kenne Chantal. Ich habe sie über eine Anzeige im Internet kennen gelernt. Das ist doch nicht verboten."

„Nein, das ist natürlich nicht verboten, heutzutage lernen sich ja viele Menschen über das Internet kennen. Das ist ja auch sehr praktisch. Besonders, wenn man etwas außergewöhnliche sexuelle Veranlagungen hat. Da braucht man nicht lange um den heißen Brei herumzureden, nein, man kommt gleich zur Sache."

Detlev Bach wurde es ganz offensichtlich immer unbehaglicher zumute. Er ging jetzt in dem kleinen Zimmer auf und ab. Zwei Schritte vor und zwei Schritte zurück. Wie ein gehetztes Tier im Käfig. Till war die Ruhe in Person.

„Ja, ich habe Chantal in Frankfurt getroffen, das war im Juni. Aber das wissen Sie ja anscheinend. Können Sie mir nun bitte den Grund Ihres Besuches verraten?"

„Lady Chantal oder Tanja Niehaus, wie sie mit bürgerlichem Namen hieß, weilt leider nicht mehr unter den Lebenden. Und nun suchen wir den bösen Jungen, der sie ins Jenseits befördert hat."

Bach wurde noch blasser, als er ohnehin schon war. Er setzte sich auf den Stuhl vor seinem Schreibtisch, drehte ihn so, dass er Till anschauen konnte.

„Chantal ist tot?"

„Mausetod. Wir fanden ihre Leiche im Schwimmbad. Apropos Schwimmbad. Nach meinen Informationen waren Sie doch auch mit Chantal im Schwimmbad. Mitten in der Nacht, um eine Zeit, wo doch eigentlich gar kein Badebetrieb ist. Erinnern Sie sich? An den Anblick von Chantals nacktem Körper im Mondschein? Erinnern Sie sich, wie verlegen Sie waren, nackt auf grüner Wiese unter dem Sternenhimmel? Erinnern Sie sich, wie Sie sich unter Chantals Anleitung von dem schüchternen Jungen zu einem Mann mit unbändiger sexueller Triebkraft verwandelt haben? Erinnern Sie sich, Herr Bach?"

Bach hörte resigniert zu, wie Till ihm seine eigenen Worte entgegenschleuderte. Worte, die er in schwärmerischer Euphorie an Chantal schickte. Und jetzt stand dieser Bulle in seinem Büro und missbrauchte seine Worte.

„Hören Sie auf, ja ich erinnere mich. Ich erinnere mich an eine aufregende Nacht mit einer aufregenden Frau. Aber in meiner Erinnerung ist diese Frau sehr lebendig. Wie ist sie gestorben?"

„Im Schwimmbad ist sie gestorben. Nackt im Mondschein. Sie wurde erwürgt. Erwürgt von einem Mann, der seine unbändige sexuelle Triebkraft nicht mehr unter Kontrolle hatte."

Bach schaute Till fassungslos an. „Ist das wahr?"

„Meinen Sie, ich fahre von Frankfurt hierher, um Ihnen ein Märchen zu erzählen?"

„Ich habe Chantal nicht umgebracht, das müssen Sie mir glauben."

Till zeigte Bach das Foto. Das Foto, das ihn in der Ecke von Tanjas Schlafzimmer zeigte. „Sie sind ein böser Junge, Herr Bach. Hier steht es rot auf Ihrem Bauch."

Bach starrte sekundenlang auf das Foto. „Das Foto hat sie gemacht, bevor wir ins Schwimmbad gegangen sind. Wir hatten uns bis dahin nur unterhalten. Ein paar Gläser Sekt getrunken. Chantal wollte alles von mir wissen. Was für sexuelle Fantasien ich gehabt hatte, wenn wir telefonierten. Bevor wir uns das erste Mal trafen, haben wir oft miteinander telefoniert. Manchmal drei bis vier Abende in einer Woche. Sie wusste genau, wovon ich gerne träume. Und jetzt konnte ich ihr das alles ins Gesicht sagen. Dabei streichelte sie mir zärtlich durch mein Haar. Dann führte sie mich in ihr Schlafzimmer. Sie verschwand im Bad und sagte, dass ich ausgezogen sein sollte, wenn sie wieder käme. Als sie wieder kam, spielte sie unser Spiel mit mir. Sie schimpfte mich einen bösen Jungen mit schlimmen Fantasien. Das schrieb sie dann auch mit ihrem Lippenstift auf meine Haut. Ich sollte mich in die Ecke stellen und mich schämen. Wahrscheinlich verstehen Sie das nicht, aber mir hat das Spaß gemacht. Als ich dann in der Ecke stand, hat sie mich fotografiert."

„Und wie war das im Schwimmbad?" Till versuchte, wie ein pflichtbewusster Beamter zu wirken. Es fiel ihm schwer, sich nicht über Bachs Schilderungen lustig zu machen. Aber wenn er der Mörder von Tanja war, musste dieses Gespräch mit dem nötigen Ernst geführt werden.

„Bis kurz vor Mitternacht waren wir in ihrer Wohnung. Da kam sie plötzlich mit der Idee, dass sie einen Ausflug mit mir machen wollte. Wir sind mit meinem Wagen gefahren. Vielleicht zwanzig Minuten lang durch die Stadt, bis wir an diesem einsamen Parkplatz ankamen. Ich wusste nicht, dass es ein Schwimmbad ist. Als Chantal über das Tor kletterte, dachte ich, sie will irgendwo einbrechen. Was sie ja eigentlich auch tat. Ich wollte erst nicht so recht. Aber Chantal stand auf der anderen Seite von dem Tor und rief mir zu, dass ich ein braver Junge sein soll. Dann würde ich auch von ihr belohnt werden. Ich bin gerne ein braver Junge, wissen Sie. Also kletterte ich über das Tor. Wir liefen über die Wiese, da sah ich dann das Schwimmbecken. Chantal zog sich aus und sprang ins Wasser. Ich blieb am Beckenrand stehen und schaute ihr zu."

Bach hörte auf zu sprechen, die Erinnerung schien ihn in Trance zu versetzen.

„Und dann?", fragte Till ungeduldig.

„Nichts und dann. Nach einer Weile bin ich auch ins Wasser gegangen. Sie haben doch eben schon mit meinen eigenen Worten erzählt, was ich empfunden habe. Warum soll ich das jetzt alles wiederholen?"

„Haben Sie vor dem Besuch im Schwimmbad Kokain geschnupft?"

„Nein, ich nehme keine Drogen. Ich rauche nicht, ich trinke keinen Alkohol und Kokain nehme ich schon gar nicht." Bach klang fast so, als wäre er empört über diese Frage.

„Sie sind halt ein sehr gut erzogener Junge", konstatierte ihm Till. „Hat Chantal vielleicht etwas Kokain genommen?"

„Nicht dass ich wüsste." Bach wurde es nun immer unwohler in seiner Haut. Er schien jetzt innerlich zu blockieren, Till wechselte das Thema.

„Sie haben diese Buchhandlung von Ihrem Vater geerbt?"

„Ja, mein Vater starb vor vier Jahren an einem Herzinfarkt. Seitdem gehört die Buchhandlung mir."

„Und Ihre Mutter, ist sie Ihre Angestellte? Warum hat sie nicht den Laden geerbt?"

„Meine Mutter hat das Haus geerbt. Offiziell bekommt sie ein Angestelltengehalt, ja. Aber wir treffen natürlich alle wichtigen Entscheidungen gemeinsam."

„Natürlich. Gibt es denn auch mal Meinungsverschiedenheiten bei wichtigen geschäftlichen Angelegenheiten zwischen Ihnen und Ihrer Mutter?"

„Das kommt vor. Aber was hat das mit Ihrem Besuch hier zu tun?"

„Eigentlich nichts, ich war nur neugierig. Wie laufen denn die Geschäfte?"

„Es lief schon besser. Meine Mutter war der Meinung, wir sollten uns auf Reiseliteratur konzentrieren. Ich wollte mich aber mehr auf Kinderbücher spezialisieren. Das große Geschäft mit Harry Potter haben wir verschlafen."

„Kennen Sie sich mit Kinderbüchern gut aus?"

„So gut, wie sich ein Buchhändler eben auskennen muss. Wichtig ist, dass man die Trends im Buchmarkt rechtzeitig erkennt. Vor allem, wenn man so ein kleiner Laden ist wie wir."

„Konnten Sie denn Ihre Mutter mittlerweile überzeugen?"

„Nein, meine Mutter kann man nicht überzeugen. Sie ist sehr starrsinnig."

„Aber Sie sind doch der Boss hier. Wenn Sie sagen Kinderbücher, dann sollten hier Kinderbücher verkauft werden."

„Ja, ich bin der Boss. Aber meine Mutter ist eben meine Mutter. Und wenn meine Mutter sagt Reiseliteratur, dann wird hier Reiseliteratur verkauft."

„Hier sind Sie also immer der brave Junge. Macht es Ihnen deswegen soviel Spaß, den ungezogenen Jungen zu spielen? Bei Frauen wie Chantal?"

„Hier mache ich meine Arbeit. Was ich in meiner Freizeit mache, das ist mein Problem."

„Sie haben Chantal ein Geschenk mitgebracht. Was war das denn?"

„Sie wissen doch sonst alles."

„Nein, vieles weiß ich noch nicht. Und deswegen bin ich hier. Also, was haben Sie ihr denn Schönes mitgebracht?"

„Etwas zum Anziehen."

„Zum Anziehen? Dessous?"

„So was in der Art, ja."

„So was in der Art also. Aber Chantal war der Meinung, dass das Geschenk gar nicht so zu ihr passen würde. Für Dessous hatte sie aber eine ganz große Schwäche. Das verstehe ich jetzt nicht."

„Es gibt solche Dessous und es gibt solche Dessous. Chantal hatte da vielleicht einen etwas anderen Geschmack als ich."

„Und deswegen hat sie Sie an eine Freundin verwiesen. An die Herrin Cleopatra. Haben Sie sich bei Cleopatra gemeldet?"

„Nein, habe ich nicht."

„Aber warum denn nicht. Sie kamen doch mit den besten Empfehlungen von Chantal. Da wäre ein Kontakt zu Cleopatra doch schnell hergestellt."

„Der Kontakt zu Chantal hatte mich auch einiges gekostet. Das wollte ich so schnell nicht wiederholen, wenn Sie verstehen."

„Ja, das verstehe ich natürlich. Die Geschäfte laufen nicht so, Chantal war lange Zeit nur über eine teure 0190er-Nummer zu erreichen, da war es doch ein Glück, dass Sie sie endlich einmal treffen konnten. Da wollten Sie bei Cleopatra nicht noch einmal von vorn anfangen."

„Genauso war es gewesen." Detlev Bach fing wieder an, nervös in dem kleinen Raum hin und her zu laufen.

„Haben Sie die Telefonate mit Chantal vom Geschäft aus geführt oder von zu Hause aus?"

„Mal so und mal so, wie es gerade am günstigsten für mich war."

„Also je nachdem, wo Ihre Mutter gerade war, richtig?"

Bach gab keine Antwort. Dass Till immer wieder auf seine Mutter zu sprechen kam, behagte ihm überhaupt nicht.

„Wenn Sie aber schon so viel in ein Treffen mit Chantal investiert hatten und wenn Sie sich dann auch noch so gut mit Chantal verstanden haben, dann haben Sie sie doch bestimmt bald wieder getroffen? Wann war denn das zweite Treffen?"

„Es gab kein zweites Treffen. Ich habe Chantal nach unserem ersten Treffen mehrmals angerufen. Aber sie hatte nie Zeit. Ein Treffen war ja auch nur an einem Wochenende möglich."

„Ihre Mutter sagte mir vorhin, dass Sie schon seit Monaten nicht mehr in Frankfurt gewesen sind. Was meinte sie denn damit? Was machen Sie denn in Frankfurt, wenn Ihre Mutter davon weiß?"

„Einmal im Jahr ist zum Beispiel die Buchmesse in Frankfurt.

Manchmal sind auch Lesungen in der einen oder anderen Frankfurter Buchhandlung. Da bekomme ich dann des Öfteren eine Einladung."

„Haben Sie auch noch andere Frauenbekanntschaften in Frankfurt? Ich denke, die Auswahl ist dort doch bestimmt sehr groß. Mit dem nötigen Kleingeld ist für jeden Geschmack die richtige Frau zu haben."

„Hören Sie, ich habe Kontakt mit Chantal gehabt, ja. Aber ich habe sie nicht umgebracht. Und auch sonst habe ich mir in Frankfurt nie etwas zu Schulden kommen lassen. Wenn Sie also sonst nichts weiter gegen mich vorbringen können, als dass ich im Juni in Frankfurt war, dann gehen Sie jetzt bitte wieder. Ich habe nichts mehr zu sagen."

„Wenn Sie mir noch verraten, wo Sie in der Nacht von Sonntag auf Montag waren, habe ich vorerst keine weiteren Fragen mehr."

Bach überlegte einen Moment. „Am Sonntagabend habe ich gemeinsam mit meiner Mutter die Neuerscheinungen für den Herbst durchgesehen. Wir wollten unser Programm eventuell etwas verändern."

„Auf Kinderbücher?"

„Nein, wir wollten eventuell noch Heimwerker- und Bastelbücher mit in unser Programm aufnehmen."

Till schnalzte mit dem Finger, als hätte er gerade einen Geistesblitz gehabt. „Das war bestimmt die Idee Ihrer Mutter!"

Bach nickte nur leicht zur Bestätigung.

„Sie sollten es vielleicht mit Fachliteratur über Lack und Leder probieren. Da kennen Sie sich doch aus. Und das liegt im Trend, glauben Sie mir." Mit einer wegwerfenden Handbewegung fuhr Till fort. „Ja ja, die Frau Mutter hat da ganz andere Vorstellungen, ich weiß."

„Bis um wie viel Uhr waren Sie denn mit Ihrer Mutter zusammen?"

„Wir haben abends bestimmt noch bis um 22.00 Uhr diskutiert. Und anschließend haben wir gemeinsam zu Abend gegessen. Wir waren also bis circa 23.00 Uhr zusammen. Meine Mutter saß anschließend noch vor dem Fernseher. Wenn ich das Haus verlassen hätte, hätte sie es bemerkt."

„Vielen Dank Herr Bach, für heute habe ich keine weiteren Fragen mehr."

Till verließ das kleine Büro, im Flur stand die Mutter von Detlev Bach und tat so, als würde sie Bücher in einen Karton verpacken.

„Ah, Frau Bach. Schön, dass ich Sie gleich hier antreffe. Ihr Sohn erzählte mir eben, dass Sie am Sonntagabend gemeinsam bis um 23.00 Uhr zusammen waren. Und dass er auch danach das Haus nicht mehr verlassen hat. Können Sie das bestätigen?"

Frau Bach sah Till mit ihrem strengen Blick an. Sie kam einen Schritt auf Till zu, bis sie ganz dicht vor ihm stand.

„Mein Sohn hat es nicht nötig, die Polizei anzulügen. Ja, ich kann das bestätigen."

„Und Sie würden das unter Umständen auch vor Gericht beeiden können?" hakte Till nach.

„Selbstverständlich. Aber es gibt mit Sicherheit keinen Grund, meinen Sohn vor Gericht zu stellen, junger Mann. Wenn Sie in Frankfurt Probleme mit kriminellen Subjekten haben, dann sollten Sie vielleicht mal die vielen Jugoslawen und Türken ausfragen. Aber nicht die anständigen Leute aus Saarbrücken, die nichts weiter als ihre Arbeit machen."

„Vielen Dank für den Tipp, Frau Bach. Trotzdem müssen wir Ihre Aussage zu Protokoll nehmen. Ich werde noch abklären, ob das unsere Kollegen aus Saarbrücken machen oder ob Sie zu uns nach Frankfurt kommen müssen. Schönen Tag noch."

Till verließ gut gelaunt die Buchhandlung. Dass Detlev Bach in der Mordnacht bei seiner Mutter war, bezweifelte er stark.

Detlev Bach saß nachdenklich in seinem kleinen Büro. Er hatte während dem Gespräch mit dem Frankfurter Polizisten schon den Entschluss gefasst, sein geplantes Treffen mit Herrin Cleopatra am nächsten Sonntag abzusagen. Aber nachdem der Bulle gleich abgezogen war, als er ihm weismachen konnte, dass er zur angegebenen Tatzeit mit seiner Mutter zusammen war, fühlte er sich wieder viel sicherer.

Mein Tagebuch, 22. August 2000

Noch zwei Tage, dann ist unser Urlaub in Spanien schon wieder Vergangenheit. Die ersten Tage verliefen sehr harmonisch. Morgens servierte ich das Frühstück für uns vier. Anschließend machten wir es uns meistens am Strand bequem. Das Ferienhaus lag etwas abseits von den Touristen-Hochburgen. Es gab eine kleine Bucht, ganz in der Nähe. Dort hatten wir den Strand ganz für uns allein. Ich war viel und oft damit beschäftigt, die Rücken der Mädchen einzucremen. Tanja glänzte immer im Tiroler Nussöl. Ich liebte den Anblick ihrer sonnengebräunten Haut, die durch das Öl in der Sonne glänzte. Mit Jenny hatte ich weniger Arbeit, meine schwarzhaarige Eva war nicht so empfindlich gegen die Sonne. Schon nach dem zweiten Tag hatte sie eine nahtlos tiefbraune Hautfarbe angenommen. Johanna zog es in der Hitze immer in den Schatten, sie war keine so große Sonnenanbeterin wie Tanja oder Jenny. Trotzdem musste sie ausgiebig mit Sonnenmilch behandelt werden und es schien ihr wirklich zu gefallen, wenn ich mich ans Werk machte und ihr von Kopf bis Fuß die schützende Sonnenmilch auf der zarten Haut einmassierte. Vor lauter Fürsorge um meine kleine Familie, hatte ich mich selbst sträflich vernachlässigt. Gleich am ersten Abend brannte ein schmerzhafter Sonnenbrand auf meinem Rücken. Tanja ermahnte mich, ich solle aufpassen, dass nicht auch noch mein Bauch so rot werden würde, das wäre nämlich kein guter Hintergrund für ihren roten Lippenstift. Jenny fand es amüsant, mir ab und zu auf meinen gemarterten Rücken zu klopfen. Ein Indianer kennt keinen Schmerz, war ihre Standardantwort auf mein gequält klingendes Aufstöhnen, das ich beim besten Willen nicht verhindern konnte. Zum Glück nahm sich Johanna meiner an. Sie kümmerte sich genauso liebevoll um meinen ausgetrockneten Rücken, wie ich den ihren vor dem Austrocknen bewahrt hatte.

So kam es, dass ich nun endlich auch das letzte noch unerforschte Gebiet von meinem Paradies entdecken durfte. Da nämlich Tanja und Jenny während unserer ersten beiden Urlaubstage unzertrennlich waren, interessierte sich Johanna nicht nur für meinen geschundenen Rücken. Ich lag schon in meinem Bett und lauschte an der Wand, die mein Zimmer von Tanjas Zimmer trennte. Leise und undeutlich, aber doch eindeutig, vernahm ich die Stimmen von Tanja und Jenny, die sich prächtig zu amüsieren schienen. Ich ahnte natürlich, was dort vorging und bereute, nicht mit von der Partie sein zu dürfen, als zu meiner großen Überraschung Johanna in mein Zimmer geschlichen kam. Wahrscheinlich fühlte sie sich genauso einsam wie ich und wahrscheinlich verstärkte die rege Zweisamkeit im Nachbarzimmer noch dieses Gefühl in ihr. Ich hieß sie freudig willkommen, als sie unter meine Decke kroch. Was auch immer im Nachbarzimmer passierte, es konnte nicht halb so schön gewesen sein, wie das, was in meinem Zimmer geschah. Der schönste und anmutendste Teil vom Paradies hatte sich mir aufgetan. Johanna war eine Frau voller Gegensätze. Scheu und forsch, distanziert und neugierig, sanft und wild, eine süße Maus und eine rassige Katze. Johanna war der See im Paradies. Ein stilles, klares und frisches Wasser mit unendlicher Tiefe. Ich schwamm in ihren zärtlichen Umarmungen, versank in ihren liebeshungrigen Augen, tauchte tiefer und tiefer in ihre unergründlichen Geheimnisse. Unglaubliche Strömungen rissen mich in ungeahnte Tiefen der Leidenschaft. Ganz langsam tauchte ich wieder auf und erreichte ein idyllisches Ufer, eine zutiefst zufriedene Johanna, in deren Armen ich friedlich einschlief.

Auch die nächsten Tage verbrachten wir alle gemeinsam am Strand. Abends kochte ich uns immer etwas Leckeres. Danach spülte ich das Geschirr, die Mädchen schauten Fernsehen oder lasen etwas. Die ganze erste Woche verbrachten wir so, es war eine herrliche Zeit.

Am Wochenende sind die Mädchen in die Stadt gefahren, dort wollten sie in die Disco. Ich sollte im Haus bleiben und aufpassen, mir war es recht. Es war auch schön, wieder mal allein zu sein. Spät in der Nacht kamen sie zurück. Aber sie kamen nicht allein. Sie brachten drei Spanier mit, die sie in der Disco kennen gelernt hatten. Ich glaube, dass alle schon ziemlich viel getrunken hatten. Jedenfalls lagen die Mädchen schnell mit den Spaniern auf der Couch und ließen sich von ihnen küssen. Ich wollte nicht stören und schickte mich an, das große Wohnzimmer zu verlassen. Aber Tanja bat mich zu bleiben. Ich sollte auf dem Sessel sitzen bleiben und etwas lernen, sagte sie. Also setzte ich mich auf den Sessel.

Tanja packte dann plötzlich dieses weiße Pulver aus. Sie träufelte es auf dem Glastisch zu einem Häufchen, verteilte es zu einer Linie und zog sich mit einem Röhrchen das Pulver durch die Nase. Jenny und Johanna taten es ihr nach und dann kamen die Spanier und zogen sich auch das Pulver durch die Nase. Die Spanier waren erst etwas verwirrt, weil ich die ganze Zeit auf dem Sessel sitzen geblieben war. Tanja erklärte ihnen etwas auf spanisch. Ich wusste gar nicht, dass Tanja auch so gut spanisch sprach.

Die Spanier waren noch mit dem weißen Pulver beschäftigt, da ging Tanja ins Badezimmer. Zurück kam sie mit ihrem roten Lippenstift. Sie lachte mich an und zog mir mein Hemd aus. Ich ahnte, was sie vor hatte und ließ sie gewähren. Sie sah mich amüsiert an, als sie den roten Lippenstift über meine Brust und meinen Bauch führte. Jenny und Johanna schauten neugierig zu. »ICH BIN KEIN STIER, NUR EIN KLEINES MURMELTIER«, *las Jenny laut lachend vor und kümmerte sich dann um den spanischen Stier in ihren Armen.*

Tanja flüsterte mir noch zu, dass ich genau zuschauen sollte, bevor sie ihren Stier an den Hörnern packte. Zu meinem Leidwesen führte sich auch Johanna wie eine liebestolle Stierkämpferin in der Arena auf. Ich wäre am liebsten auf mein Zimmer gegangen, Tanja schaute mich aber immer wieder mit einem vielsagenden Blick an. Meine Anwesenheit schien sie bei ihrem Stierkampf zu beflügeln, also blieb ich in meinem Sessel sitzen und ließ das eklige Schnauben dieser spanischen Ochsen über mich ergehen.

17

Siebels und Karlson hatten einen freien Platz in dem gut besuchten Apfelweinlokal gefunden, in dem Olaf Kreuzberger mit seinem Freund Michael Braun am Sonntagabend gewesen sein wollte.

„Was halten Sie von Kreuzberger?" wollte Siebels wissen. Die Bedienung kam, Siebels bestellte einen Apfelwein. Karlson entschied sich für eine Cola.

„Ich weiß nicht, was ich von ihm halten soll, dazu habe ich ihn noch zu wenig kennen gelernt. Aber Sie scheinen ihm sein Alibi nicht abzunehmen, habe ich Recht?"

„Ja, da haben Sie ganz Recht. Erst nennt er seinen Bruder als Zeugen, dann sagt er, er hätte sich mit dem Tag vertan. Das glaube ich aber nicht. Sein Freund, Michael Braun, bestätigte mir nämlich, dass er am Sonntagabend mit beiden Kreuzberger Brüdern hier gewesen wäre. Das stinkt doch zum Himmel. Und der kann sich nicht mit dem Tag vertan haben, denn am Samstag waren die Kreuzberger-Brüder ja nur zu zweit hier. Also verwette ich meinen Hintern darauf, dass Olaf Kreuzberger uns belügt."

„Warum haben Sie ihn in der Bank nicht damit konfrontiert?"

„Weil ich mir zunächst hier vor Ort ein Bild machen will. Vielleicht kann sich ja jemand vom Personal an ihn erinnern."

Die Bedienung, eine üppige Brünette, brachte die bestellten Getränke. Siebels sprach sie bei der Gelegenheit gleich an und zeigte ihr seinen Polizeiausweis.

„Haben Sie hier auch am letzten Sonntagabend bedient?"

Die brünette Bedienung nahm sich einen Augenblick Zeit und setzte sich zu Siebels und Karlson, obwohl sie in den gut besetzen Reihen alle Hände voll zu tun hatte.

„Letzten Sonntag war ich hier, ja. Von mittags um zwei bis abends um elf. Es war ein heißer Tag, da war hier viel los."

Siebels machte sich nicht viel Hoffnung. Bei dem Betrieb, der hier herrschte, würde sie sich kaum an einzelne Gäste erinnern können. Trotzdem holte er das Foto von Olaf Kreuzberger aus seiner Tasche.

Das Foto, das er bei seinem Besuch bei Maria Niehaus in seine Tasche gesteckt hatte.

„Können Sie sich vielleicht erinnern, ob dieser Mann hier zu Gast war? In Begleitung eines anderen Mannes?"

Die Brünette betrachtete neugierig das Foto. Sie schaute Siebels überrascht an. „Ich kenne diesen Mann. Aber ich kann mich nicht erinnern, ihn am Sonntag hier gesehen zu haben. Ich kenne ihn aber aus einer anderen Kneipe. Bis vor drei Wochen war ich nämlich noch bei der Konkurrenz beschäftigt, nur ein paar Straßen weiter. Und da habe ich ihn schon des Öfteren bedient. Wenn er am Sonntag hier gewesen wäre, hätte ich ihn bestimmt erkannt."

Siebels und Karlson sahen sich vielsagend an.

„Aber er will nicht nur am letzten Sonntag, sondern auch am Samstag hier gewesen sein. Haben Sie ihn da auch nicht gesehen?"

„Am Samstag hatte ich keinen Dienst, tut mir leid. Da muss ich passen."

Siebels holte intuitiv ein Foto von Tanja Niehaus aus der Tasche. „Kommt Ihnen diese Frau auch bekannt vor?"

Die Bedienung wurde nun etwas unruhig, einige Gäste um sie herum winkten nach ihr. Sie betrachtete schnell das Foto von Tanja. Dann blieb ihr Blick aber doch länger auf dem Bild hängen, sie schien Tanja erkannt zu haben.

„Diese Frau kenne ich nicht, aber der Mann auf dem anderen Foto war immer in Begleitung einer Frau. Die Frau, die bei ihm war, sah dieser hier sehr ähnlich. Nur war sie um einiges älter. Vielleicht eine große Schwester?"

Tanja hatte keine Schwester, aber sie war ihrer Mutter wie aus dem Gesicht geschnitten. Die Gedanken von Siebels überschlugen sich.

„Vielleicht auch die Mutter?"

„Ja, warum nicht. Es hätte auch ihre Mutter sein können. Jetzt muss ich aber wieder an die Arbeit, ich hoffe, ich konnte Ihnen weiterhelfen. Wenn Sie noch mehr Fragen haben, müssen Sie sich gedulden, bis es hier etwas ruhiger wird."

„Vielen Dank, Sie haben uns sehr geholfen. Noch eine letzte Frage. In welcher Beziehung standen Ihrer Meinung nach der Mann und seine Begleiterin?"

„Die beiden waren eindeutig ein Liebespaar. Jedenfalls konnte er seine Hände nie bei sich behalten, wenn sie am Tisch saßen. Ständig hat er an ihr rumgefummelt. Und getuschelt haben sie, wie ein paar Teenager." Die letzten Worte rief sie Siebels zu, denn sie war bereits auf dem Weg zu einem Gast, der nun endlich bezahlen wollte.

Siebels nahm einen kräftigen Schluck Apfelwein und zündete sich eine Zigarette an. „Bingo. Olaf Kreuzberger hatte nicht nur ein Verhältnis mit Tanja Niehaus, sondern auch mit Maria Niehaus. Und wenn er auch der Vater von Tanjas Kind war, hat er sich wohl mächtig Probleme eingehandelt."

Sabine Karlson nippte nachdenklich an ihrer Cola. „Wir sollten uns mit dem Arzt unterhalten, der den Schwangerschaftsabbruch bei Tanja vorgenommen hat. Er ist gesetzlich dazu verpflichtet, ein Beratungsgespräch durchzuführen, bevor er einen solchen Eingriff vornimmt. Vielleicht weiß er ja, wer der Vater ist oder warum Tanja überhaupt abgetrieben hat."

„Ja, das ist eine gute Idee. Aber so ein Beratungsgespräch ist doch nur eine Formsache, Tanja musste wahrscheinlich nur unterschreiben, dass sie beraten wurde und damit war der Fall erledigt."

„Da haben Sie Recht, trotzdem sollten wir es versuchen."

„Das werden wir, gleich morgen. Und mit dem Alibi von Herrn Kreuzberger werden wir uns wohl auch unterhalten müssen", fügte Siebels in einem ironischen Unterton hinzu. Das Handy von Siebels läutete. Till war am anderen Ende der Leitung. Er war gerade auf der Rückfahrt von Saarbrücken und berichtete Siebels von seinen Gesprächen mit dem Italiener und mit Detlev Bach. Siebels brummte nur ins Telefon, wenn Till eine Pause machte. Sie verabredeten sich für den nächsten Morgen im Präsidium, um die weitere Vorgehensweise abzustimmen.

Siebels gab Sabine Karlson den Inhalt von Tills Anruf wieder. „Dieser Salvatore Di Lagio scheint als Tatverdächtiger aus dem Rennen zu sein, er hat ein hieb- und stichfestes Alibi. Detlev Bach hat zwar auch ein Alibi, aber das ist die Aussage seiner Mutter. Und Till ist sich sicher, dass wir da nicht sehr viel drauf zu geben brauchen. Bach bleibt also noch im Rennen."

Freitag, 23. August, 2002

An diesem Morgen trafen sich Siebels, Till und Karlson um 9.00 Uhr im Büro. Till schilderte den beiden seine Eindrücke von Detlev Bach und seinem scheinbar etwas gestörten Verhältnis zu seiner Mutter. Siebels berichtete von seinem Gespräch mit Jens Kiesbach, den er nicht in den engsten Kreis der Verdächtigen einbezog, ihn aber als Täter auch noch nicht völlig ausschließen wollte. Das Gleiche galt für Rolf Engelhard, dem smarten Banker traute er diesen Mord nicht zu. Und die Rolle von Theresa Oslowski blieb weiter unklar.

Sabine Karlson meldete sich zu Wort. Sie schlug vor, sich heute um die restlichen E-Mail-Adressen aus Tanjas Rechner zu kümmern. Sie wollte bei den Providern nach den richtigen Namen der Absender nachforschen. Bei viertausend E-Mails hatte sie viel Arbeit vor sich.

Till sollte sich zunächst mit den zuständigen Kollegen aus Saarbrücken auseinandersetzen, um die zukünftige Ermittlungsarbeit zu erleichtern. Siebels rief bei dem Arzt an, der Tanjas Abtreibung vorgenommen hatte, und kündigte seinen Besuch an. Der Arzt, Dr. Bülkow, hatte seine Praxis in Bad Homburg, einem Kurort in der Nähe von Frankfurt. Siebels wollte in einer Dreiviertelstunde bei ihm sein.

Die Praxis von Dr. Bülkow befand sich nur einen Steinwurf vom Spielcasino entfernt. Das Praxisschild am Hauseingang wies den Arzt als Gynäkologen aus. Die Praxis befand sich in einer schmucken Villa, Siebels wartete am Empfang. Eine junge Frau in Weiß kam strahlend auf ihn zu, begrüßte ihn und führte ihn in das Arbeitszimmer des Doktors. Der Doktor saß hinter einem großen Mahagoni-Schreibtisch. Siebels schätzte ihn auf Ende sechzig. Mit seiner grauen Haarpracht, die er mit einem Kamm nicht unter Kontrolle zu bekommen schien, machte er einen sehr sympathischen Eindruck auf Siebels. Die Wände des kleinen Zimmers waren mit vollgestopften Bücherregalen zugestellt, das Zimmer wirkte wie die Höhle eines wilden Arbeitstieres. Der Arzt schaute zu Siebels auf und deutete ihm mit einer Handbewegung an, Platz zu nehmen. Dabei strich er sich eine graue Haarsträhne aus dem Gesicht, legte seine Brille zur Seite und schaute mit seinen neugierigen Augen auf Siebels.

„Sie kommen wegen einer meiner Patientinnen, Tanja Niehaus. Wie kann ich Ihnen weiterhelfen?“

„Ganz richtig, ich ermittele im Todesfall von Tanja Niehaus. Ich hätte von Ihnen gerne Informationen über die Umstände, die zu der Abtreibung geführt haben, die Sie an ihr vorgenommen haben."

„Über meine ärztliche Schweigepflicht brauche ich Ihnen ja sicherlich keinen Vortrag zu halten, Herr Siebels. Ihrem Kollegen habe ich ja bereits telefonisch bestätigt, dass ich diesen Eingriff bei Frau Niehaus vorgenommen habe. Ich wüsste nun nicht, wie ich Ihnen noch weiterhelfen kann."

„Nun, wir haben den nicht unbegründeten Verdacht, dass der Schwangerschaftsabbruch von Frau Niehaus ein Ereignis war, das mit ihrem gewaltsam herbeigeführten Tod in Verbindung stehen könnte. Unseren Ermittlungen wäre sehr geholfen, wenn wir die Gründe wüssten, die Frau Niehaus zur Abtreibung ihres Kindes veranlassten. Uns wäre auch sehr geholfen, wenn wir wüssten, wer der Vater des Kindes war."

„Und Sie meinen, ich könnte Ihnen Antworten auf diese Fragen geben?" Dr. Bülkow lehnte sich in seinem Sessel zurück, während er gedankenverloren mit seiner Brille spielte.

„Als Arzt, der einen Schwangerschaftsabbruch vornimmt, sind Sie dazu verpflichtet, mit Ihrer Patientin zuvor ein Beratungsgespräch durchzuführen. Wenn Sie Ihre Arbeit gewissenhaft machen, sollten Sie doch die eine oder andere wertvolle Information besitzen, die helfen könnte, den gewaltsamen Tod Ihrer Patientin aufzuklären."

Dr. Bülkow lächelte, er schaute Siebels mit seinen freundlichen Augen an und fuhr sich mit der Hand durch die wilde Haarpracht, die er einfach nicht unter Kontrolle brachte.

„Tanja Niehaus war eine sehr hübsche und zielstrebige junge Frau. Sie hatte noch viel vor in ihrem Leben. Sie hatte ein Kind im Leib und keinen Mann, mit dem sie ihr Leben hätte teilen wollen. Glauben Sie wirklich, ein Beratungsgespräch würde so eine junge Frau dazu bringen, alle ihre Pläne aufzugeben, um als alleinerziehende Mutter ihr Leben zu fristen? Ich kann Ihnen versichern, dass dem nicht so ist. Nicht nur bei Tanja Niehaus, nein, auch bei vielen anderen jungen Frauen. Und mir persönlich tut das sehr weh, ungeborenes Leben auf diese Weise aus der Welt zu schaffen. Ich bin Arzt geworden, um Leben zu erhalten, nicht um es zu beenden. Und ich führe aus diesem Grund mit meinen Patientinnen sehr intensive Gespräche. Es gibt aber auch viele Frauen, die sich nach solchen

Gesprächen dann doch für ihr Kind entscheiden. Für mich als Arzt sind das die größten Erfolge, die ich erringen kann. Wenn sich aber eine Patientin gegen eine Schwangerschaft entschieden hat, muss ich das respektieren."

„War Tanja Niehaus schon früher Ihre Patientin oder kam sie erst wegen dem Abbruch zu Ihnen?"

„Ich bin schon immer Tanjas Frauenarzt gewesen. Ihre Mutter war schon bei mir Patientin, als sie mit Tanja schwanger wurde.

Allerdings lebte Familie Niehaus damals im Ausland und ich hatte nur noch sporadischen Kontakt. Tanja ist im Alter von zwölf Jahren dann das erste Mal zu einer Untersuchung zu mir gekommen. Ihre Mutter brachte sie vorbei, meiner Meinung nach war es noch zu früh, doch Maria Niehaus war der Meinung, dass ihre Tochter auf dem besten Wege sei, sich zu einer Frau zu entwickeln. Und seitdem kam Tanja Niehaus auch in regelmäßigen Abständen zu mir. Ernsthafte Probleme hatte sie aber nie, bis sie mich dann eines Tages vor circa einem halben Jahr wegen der Schwangerschaft aufsuchte."

„Hat sie Ihnen erzählt, wer der Vater des Kindes gewesen ist?"

„Nein, das war nie ein Thema. Ich war mir nicht einmal sicher, ob sie überhaupt wusste, wer der Vater ist. Sie sprach überhaupt nicht viel zu jener Zeit. Sie war nicht die Tanja Niehaus, die ich kannte. Sie wirkte sehr verschlossen, ich hatte den Eindruck, dass sie einen inneren Kampf mit sich kämpfte. Das hatte meines Erachtens aber nichts mit der Frage zu tun, ob sie abtreiben sollte oder nicht. In der Frage hatte sie gar keine Zweifel, da bin ich mir sicher. Ich hatte den Eindruck, dass die ungewollte Schwangerschaft von Tanja nicht nur im Widerspruch zu ihrer Lebensplanung stand. Mir schien, als hätten da noch viel schwerwiegendere Gründe eine Rolle gespielt."

Siebels hörte dem Arzt gespannt zu. Er hatte immer noch kein klares Bild von Tanjas Persönlichkeit vor sich. Während er dem Arzt Gehör schenkte, fragte er sich, wer diese Tanja Niehaus eigentlich wirklich war. Siebels nahm sich vor, Tanjas alte Schule zu besuchen, mit Tanjas ehemaligen Lehrern zu sprechen. Vielleicht hatte sie noch Verbindungen zu ehemaligen Klassenkameraden, die ihm etwas mehr von Tanja erzählen konnten. Was für ein Mensch war Tanja gewesen, das interessierte Siebels nun immer mehr.

„Was meinen Sie, mit einem größeren Problem?" Siebels wurde bewusst, dass Dr. Bülkow auch einen inneren Kampf mit sich kämpfte. Der Arzt schien mehr zu wissen, als er bisher zu sagen bereit war. Siebels hatte den Eindruck, als würde der Doktor etwas zaghaft um den heißen Brei herumreden.

„Dr. Bülkow, ich bin nicht mehr der Jüngste. Mein Gedächtnis spielt mir hin und wieder einen Streich. Manchmal höre ich von irgendjemanden etwas und kurz darauf habe ich völlig vergessen, wer mir da eigentlich etwas gesagt hat."

Siebels konnte förmlich sehen, wie es in dem Kopf des Arztes arbeitete. Dann stand Dr. Bülkow ganz unvermittelt auf und reichte Siebels die Hand.

„Ich habe gleich einen Termin, Herr Siebels, wir müssen unser Gespräch leider beenden."

Siebels fluchte innerlich, ließ sich aber nichts anmerken. „Herr Doktor, vielen Dank für Ihre Mithilfe, falls Ihnen doch noch etwas einfällt, rufen Sie mich bitte an." Siebels gab dem grauhaarigen Mann seine Visitenkarte. Der Doktor kam um seinen Schreibtisch herum und reichte Siebels zum Abschied die Hand. Siebels erwiderte seinen Händedruck, verabschiedete sich und hatte die Türklinke schon in der Hand, da räusperte sich der Doktor hinter ihm und schien laut nachzudenken. Siebels blieb mit der Hand auf der Türklinke an der verschlossenen Türe stehen und rührte sich nicht. Gespannt lauschte er den Worten des Doktors.

„Es war schon sehr merkwürdig, als nur drei Wochen nachdem ich bei Tanja Niehaus den Eingriff durchgeführt hatte, auch Maria Niehaus mich in meiner Sprechstunde besuchte. Erst dachte ich, sie wollte mir Vorwürfe machen, weil ich Tanjas Schwangerschaft beendet hatte. Aber weit gefehlt. Die ganze Geschichte wiederholte sich. Die Mutter saß nun auf dem Stuhl, auf dem die Tochter mir vor kurzem erst von der ungewollten Schwangerschaft berichtete. Und die Mutter machte den gleichen unglücklichen Eindruck wie die Tochter. Auch die Mutter war schwanger. Auch die Mutter hatte keine Zweifel, ein Kind kam nicht in Frage. Gut, die Mutter war schon Mitte vierzig, aber das schien nicht das Problem gewesen zu sein. Jedenfalls nicht aus ihrer Sicht. Das Problem wurde also bei der Mutter auf die gleiche Weise gelöst, wie zuvor bei der Tochter. Natürlich habe ich auch mit der Mutter ein sehr intensives Beratungsgespräch geführt. Eigentlich war es mehr ein Monolog, den ich da führte. Maria Niehaus machte nur einige Bemerkungen, die auf mich sehr verwirrend wirkten. Erst im Nachhinein dämmerte es mir allmählich. Ich kann es nicht beschwören, aber wenn der Mann, der die Tochter geschwängert hat, der Gleiche ist wie der, der die Mutter geschwängert hat, dann gab es in der Familie Niehaus wirklich ein größeres Problem."

Siebels traute seinen Ohren nicht, was der Doktor da vermutete, ließ den Fall in einer gänzlich neuen Perspektive erscheinen.

„War noch etwas?" fragte der Doktor, als hätte er seine letzten Worte niemals ausgesprochen.

Siebels drehte sich herum, schaute den Doktor an. „Was haben Sie gerade gesagt? Ich habe es schon wieder vergessen."

„Oh, ich habe eben gar nichts mehr gesagt, da müssen Sie sich getäuscht haben."

Siebels fuhr schnurstracks in die Frankfurter Innenstadt, er konnte es kaum erwarten, Olaf Kreuzberger mit seinen neuen Erkenntnissen zu konfrontieren. Er parkte seinen BMW in einem der Parkhäuser in der Innenstadt und war um kurz vor Zwölf bei der Deutschen Bank. Am Eingang kam er diesmal schneller durch, der uniformierte Sicherheitsbeamte erkannte ihn gleich und winkte ihm freundlich zu. Kreuzberger saß an seinem Schreibtisch und war in einen Bericht vertieft, als Siebels in sein Büro eintrat.

„Guten Tag, Herr Kreuzberger. Ich möchte Sie bitten, am nächsten Montag um 9.00 Uhr im Präsidium zu erscheinen. Es gibt da leider noch einige Unklarheiten, die wir besprechen müssen."

Kreuzberger saß gelassen hinter seinem Schreibtisch. Er legte seinen Bericht zur Seite und fing an, auf seinem Bleistift herumzukauen.

„Unklarheiten? Darf ich fragen, was Sie damit meinen?"

„Sie dürfen. Am Montagvormittag auf dem Präsidium. Sollten Sie es vorziehen, nicht zu erscheinen, werde ich Sie von Beamten der Schutzpolizei hier abholen lassen."

„Ich habe zwar am Montag einen wichtigen Termin, aber den muss ich wohl verschieben. Ich werde da sein, Herr Siebels. Ich habe schließlich nichts zu verbergen und bin auch sehr daran interessiert, dass der Mörder von Tanja gefasst wird."

Kreuzberger sprach ruhig und überlegt, er machte nicht den Eindruck, als fühlte er sich in die Enge gedrängt. Siebels hatte sein Pulver für heute verschossen, er schaute durch die Glaswand in das

Großraumbüro. Sein Blick blieb an Frau Caspari hängen. Wenn er schon hier war, könnte er auch gleich mit dieser Frau noch ein paar Sätze reden. Dann brauchte Till das nicht mehr zu erledigen, der sollte sich jetzt ganz auf Detlev Bach konzentrieren.

Siebels fragte Kreuzberger diesmal nicht mehr um Erlaubnis, er ging direkt zum Schreibtisch von Frau Caspari. Die sah Siebels mit einem freundlichen Lächeln an und brachte ihren üppigen Busen dabei mit durchgestrecktem Kreuz in Stellung. Als Siebels vor ihr stand, ging es ihm nicht anders als Till. Sekundenlang verharrte sein Blick auf den zur Schau gestellten Wölbungen.

„Frau Caspari, ich hätte da noch ein paar Fragen, würden Sie mich bitte für ein paar Minuten in das Besprechungszimmer begleiten."

Die Blicke von Kreuzberger folgten Siebels und Frau Caspari, bis diese das Großraumbüro verlassen hatten. Im Gang vor der Tür zu dem Zimmer kam ihnen Theresa Oslowski entgegen. Sie begrüßte Siebels freundlich und fragte, ob es etwas Neues gäbe. Siebels verneinte knapp aber höflich und verschwand mit Frau Caspari in dem kleinen Zimmer.

„Frau Caspari, Sie haben meinem Kollegen erzählt, dass Sie beruflich ein gutes Verhältnis mit Tanja Niehaus pflegten, dass sie hin und wieder auch privat etwas zusammen unternommen hatten, ist das richtig?"

„Ja, natürlich, oder glauben Sie, ich hätte Ihren jungen Kollegen an der Nase herumgeführt?" Sie lächelte Siebels leicht verschmitzt an und saß ihm dabei so dicht gegenüber, dass seine Augen von ihrem Busen förmlich angesogen wurden. Sie tat so, also würde sie nichts davon bemerken und holte eine Zigarette aus ihrer Handtasche. „Haben Sie Feuer?"

Sie hatte die Zigarette im Mund und Siebels kam ihr mit der Flamme seines Feuerzeugs entgegen. Als sie sich vorbeugte, um ihre Zigarette zu entzünden, gewann Siebels einen tiefen Einblick in die Bluse der dunkelhaarigen Bankerin. Frau Caspari schenkte Siebels mindestens zwei Sekunden, in denen er ihre Brüste in vollem Umfang bewundern durfte. Dann lehnte sie sich wieder in ihren Stuhl zurück und blies den eingezogenen Rauch geräuschvoll aus.

Siebels musste sich jetzt auch eine Zigarette anzünden und versuchte dabei cool zu wirken. Aber bei dem Versuch, die Zigarette aus der Packung zu ziehen, knickte er den Filter um. Die zweite Zigarette steckte er sich dann verkehrt herum in den Mund und als er versuchte den Filter zu entzünden, konnte sich die Caspari ein heiteres Lachen nicht mehr verkneifen. Siebels musste nun auch lachen und es entstand eine gelockerte Atmosphäre zwischen den beiden. Siebels beschloss daraufhin, sie direkt nach Tanjas Liebesleben zu befragen.

„Ich war bei Tanjas Mutter. Die erzählte mir, dass Sie vergangenes Silvester mit Tanja bei Familie Niehaus verbracht haben."

„Das stimmt. Mein Mann war geschäftlich unterwegs und es ließ sich nicht vermeiden, dass er auch über Silvester im Ausland tätig war. Er ist Programmierer und bei einem seiner Kunden gab es ein schwerwiegendes Software-Problem in der amerikanischen Niederlassung. Das kam ziemlich kurzfristig, ursprünglich wollten mein Mann und ich den Jahreswechsel gemeinsam zu Hause verbringen. Als ich Tanja erzählte, dass ich Silvester alleine wäre, hat sie mich spontan eingeladen, so war das."

„Sie hatten bei Ihrem Gespräch mit meinem Kollegen angedeutet, dass Tanja ein Verhältnis mit Herrn Kreuzberger gehabt haben könnte. Hat Tanja Ihnen etwas derartiges erzählt?"

„Nicht direkt, nein. Aber wir sind mal nach Feierabend in einer Cocktailbar gewesen. Und nach dem dritten Pina Colada hatten wir ein sehr unterhaltsames Gespräch über Männer. Tanja sprach zwar nicht direkt über Olaf, aber ich merkte doch, dass da etwas lief zwischen den beiden."

„Und wie dachten Sie darüber? Immerhin war Tanja eine Auszubildende und Kreuzberger ist um einiges älter gewesen als Tanja."

„Tanja war bereits mit der Ausbildung fertig, als ich dahinter kam. Und sie war sehr erwachsen. Ich persönlich hatte kein Problem damit und ich habe es auch nicht an die große Glocke gehängt. Ich verstand mich gut mit Tanja und wollte es dabei auch belassen."

„Wussten Sie, dass sich Tanja nicht nur für Männer, sondern auch für Frauen interessierte?" Siebels war die Frage etwas unangenehm und er vermied es dabei, seiner Gesprächspartnerin in die Augen zu sehen. Einen Augenblick lang herrschte eine angespannte Ruhe in dem kleinen Raum, dann fragte die Caspari noch einmal nach Feuer. Siebels gab ihr diesmal Feuer, ohne dabei ihren Busen ins Visier zu nehmen.

„Tanja war bisexuell veranlagt, das ist richtig. Normalerweise hatte ich in diesem Raum hier immer einen Regenschirm deponiert, falls mal ein Gewitter aufzieht, wenn ich Feierabend machen will oder die Mittagspause für einen Stadtbummel nutze. Irgendwann im Juni gab es so ein Gewitter, als ich in der Mittagspause in die Stadt gehen wollte. Ich öffnete die Tür von diesem Raum hier und traute meinen Augen nicht, als ich Tanja und die Oslowski sozusagen in flagranti ertappte."

„Wie war nach diesem Erlebnis ihr Verhältnis zu Tanja?"

„Es ist bestimmt eine Woche vergangen, bevor wir darüber gesprochen haben. Vorher bin ich ihr und auch der Oslowski so gut es ging aus dem Weg gegangen. Ich musste das erst einmal verdauen, wusste nicht, wie ich damit umgehen sollte. Ich hatte das Gefühl, dass Tanja mich beobachtete und auf eine Gelegenheit wartete, um mit mir zu sprechen. Die Oslowski tat so, als wäre nichts gewesen. Sie ging mir nicht aus dem Weg und war auch nicht abweisend. Also nahm ich mir vor, die ganze Szene einfach zu vergessen. Tanja kam dann ungefähr eine Woche später auf mich zu, sie wollte nach Feierabend mit mir noch etwas trinken gehen und über die Sache reden. Ich war einverstanden. Wir gingen wieder in diese Cocktailbar. Da berichtete sie mir ausführlich von ihrem Verhältnis zur Oslowski, sie erzählte mir etwas von Liebe auf den ersten Blick und wie schön Sex zwischen Frauen doch wäre."

„Entschuldigung, aber ich muss das jetzt fragen. Gab es daraufhin auch intime Begegnungen zwischen Tanja und Ihnen?"

„Wie kommen Sie darauf?"

„Soweit ich bisher informiert bin, hatte Tanja mit vielen Leuten aus ihrem näheren Umfeld intimen Kontakt. Auf die eine oder andere Weise. Und in diesen Kontakten vermuten wir den Auslöser, der sie schließlich um ihr junges Leben brachte."

„Was ich Ihnen jetzt verrate, ist vertraulich. Sollte es einmal vor Gericht verhandelt werden, weiß ich nicht, ob ich es wiederholen werde.

Tanja erzählte mir damals, wie aufregend es sei, Sex mit einer Frau zu haben. Und sie schwärmte geradezu von der Oslowski. Ich muss gestehen, dass mich die Schilderungen von Tanja sehr fasziniert haben. Wir haben noch den einen und anderen Cocktail getrunken und sind dann mit der U-Bahn heimgefahren. Da wir in verschiedene Richtungen mussten, trennten wir uns an der Hauptwache. Ich wollte mich von ihr verabschieden, wie wir es sonst auch oft taten.

Mit einem Kuss auf die Wange. Aber eh ich mich versah, schmiegte sich Tanja eng an mich, ich spürte plötzlich ihre Lippen auf den meinen und dann küsste sie mich. Sie gab mir einen Zungenkuss. Und ich ließ es geschehen. Es gefiel mir, es war aufregend, ich hatte getrunken. In aller Öffentlichkeit stand ich da und küsste eine Frau. Eine Frau, die bis vor kurzem noch meine Auszubildende war. Tanja wollte anschließend die Nacht mit mir verbringen. Aber das lehnte ich dann ab. Ich war ziemlich verwirrt. Jetzt ist sie tot und ich frage mich allen Ernstes, ob ich nicht diese eine Nacht mit ihr hätte verbringen sollen. Ist das nicht verrückt? Eine glücklich verheiratete Frau in meinem Alter lässt sich auf so ein Küken ein, das ist doch völlig verrückt, oder?"

„Sie haben sich ja nicht darauf eingelassen", besänftigte Siebels sie. „Und Tanjas Anziehungskraft scheint, nach allem was ich weiß, enorm gewesen zu sein."

„Ja, das kann man so sagen." Die Stimme der Caspari klang wehmütig, als sie die Meinung von Siebels bestätigte.

Als Siebels wieder die gläsernen Zwillingstürme der Deutschen Bank verließ, war es kurz nach 13.00 Uhr. Er beschloss, sich auf der Zeil einen Döner zu genehmigen und wollte dann Maria Niehaus einen Besuch abstatten. Mit ihr musste er auf jeden Fall noch sprechen, bevor er am Montag Olaf Kreuzberger im Präsidium in die Mangel nehmen würde.

18

Sabine Karlson saß seit dem frühen Morgen am Telefon, sie sprach mit den Providern, bei denen die viertausend E-Mail-Adressen auf Tanjas Rechner registriert waren. Zwei Drittel der anonymen E-Mail-Adressen waren bei t-online, gmx und hotmail registriert. Es kostete Sabine Karlson zwar einige Zeit und viele gute Worte, bis sie zu den jeweiligen Entscheidern der Unternehmen durchgestellt wurde, aber letztendlich konnte sie mit allen sprechen. Natürlich war keiner von ihrem Anliegen begeistert, aber als sie zusicherte, die ganze Angelegenheit sehr diskret zu behandeln und vorläufig auf eine richterliche Anordnung zur Herausgabe der Identitäten der Besitzer der E-Mail-Adressen zu verzichten, waren ihre Gesprächspartner bereit, die E-Mail-Adressen zu überprüfen.

Nach Absprache mit den jeweiligen juristischen Abteilungen sollte dann entschieden werden, ob die Anonymität aller Kunden der Polizei preisgegeben werde oder nicht.

Das war immerhin ein Anfang, dachte sich Sabine Karlson. Sie schickte eine Liste der E-Mail-Adressen zu t-online, zu gmx und zu hotmail. Nun musste sie sich um das letzte Drittel der E-Mails kümmern. Fast 1.300 Adressen waren noch übrig, sie zählte über hundert verschiedene Provider für diese Liste. Eine Fleißarbeit wartete auf die blonde Halbschwedin.

Till saß derweil in seinem Büro und surfte im Internet. Er war auf der Suche nach Herrin Cleopatra. Eine E-Mail hatte er ihr schon geschrieben. Er gab sich als alter Freund und Spielgefährte von Tanja aus. Er beschrieb ziemlich ausführlich, wie schön es für ihn sei, wenn er seiner Herrin zu Füßen liegen dürfe. Zuvor besorgte er sich im Internet die nötigen Informationen. Es wollte ihm partout nicht einleuchten, warum manche Männer sich daran aufgeilten, wenn sie die Schuhspitzen einer Domina lecken durften, aber das Thema interessierte ihn. Als er eine Internetseite für Natursekt-Liebhaber fand, ließ sein Interesse an außergewöhnlichen Sexpraktiken aber rapide nach. Der Gedanke, anderer Leute Urin zu trinken, widerte ihn an. Was bei dieser Sauerei sexuell erregend sein sollte, das blieb ihm ein Rätsel, wofür er auch dankbar war.

Im Netz fand er zwar einige Seiten von Dominas, eine Herrin Cleopatra war allerdings nicht dabei. Dafür fand er eine Herrin der Wollust und eine Herrin Daphne. Beide präsentierten sich auf ihren Homepages mit hohen Lederstiefeln und strengem Blick.

Till dachte nicht lange nach, er ließ den beiden eine Nachricht zukommen. Über einen Link kam er auf die E-Mail-Seite. Professionell gab er seine neu gewonnenen Erkenntnisse zum Besten und hechelte in seinen Nachrichten nach der Erlaubnis, die Schuhspitzen der Damen mit seiner Zunge reinigen zu dürfen. Er klickte auf »SENDEN« und war gespannt, ob die Damen ihm antworten würden. Als nächstes besorgte er sich einen Stapel Zeitungen und studierte die gewerblichen Kontaktanzeigen. Irgendwo musste die Herrin Cleopatra doch auf ihre Dienste aufmerksam machen.

Eine Stunde war vergangen, nachdem Siebels die Deutsche Bank verlassen hatte. Er saß in seinem BMW, den er jetzt vor der Villa Niehaus geparkt hatte. Nervös klopfte er mit den Fingern auf dem Lenkrad herum, zündete sich die dritte Zigarette innerhalb der letzten zwanzig Minuten an. Siebels überlegte fieberhaft, wie er mit Maria Niehaus über deren Schwangerschaftsabbruch reden sollte. Dass er von Dr. Bülkow davon wusste, durfte sie nicht erfahren. Siebels stieg aus dem Wagen, klingelte an der Tür, er würde sich einfach auf seinen Instinkt verlassen. Wenn er erst im Gespräch mit ihr war, würde er es schon irgendwie in die richtige Richtung lenken.

Er wartete zwei Minuten, bis Maria Niehaus ihm endlich die Tür öffnete. Sie trug nur einen Bademantel, ihre Haare waren feucht.

„Entschuldigung, wenn ich ungelegen komme. Ich kann auch gern später vorbeikommen."

„Nein, kommen Sie herein. Ich war gerade unter der Dusche. Heute Vormittag habe ich das ganze Haus wieder einmal gründlich geputzt. Ich brauchte einfach etwas Ablenkung. Nächsten Dienstag ist die Beerdigung von Tanja. Ich kann nicht einfach herumsitzen und warten, bis meine Tochter zu Grabe getragen wird. Das ist schrecklich. Irgendwie hoffe ich, dass ich mich wieder besser fühle, wenn Tanja beerdigt ist. Mein Mann ist wieder den ganzen Tag im Büro, also habe ich mich entschieden, mich mit Hausputz abzulenken. Hinterher war ich so durchgeschwitzt, dass ich unter die Dusche musste. Nehmen Sie doch bitte Platz, ich ziehe mir nur schnell etwas über, dann bin ich für Sie da, Herr Siebels."

Siebels nahm auf der Couch im Wohnzimmer Platz. Sein Blick schweifte durch das geräumige Zimmer. In einer Ecke stand ein Flügel. Er fragte sich, ob Maria oder Peter Niehaus darauf spielte. Man sah, dass das Zimmer frisch geputzt war. Die Fenster glänzten, auf den Möbeln war kein Staubkorn zu entdecken und die Fliesen rochen noch nach dem Zitrusduft eines starken Reinigungsmittels.

„Darf ich Ihnen etwas zu trinken anbieten?" Maria Niehaus erschien im Türrahmen. Ihre Beine steckten in schwarzen Leggins, darüber trug sie eine schwarze Seidenbluse. Sie war noch immer eine sehr attraktive Frau. Eigentlich viel zu attraktiv, um von einem geschäftigen Mann wie Peter Niehaus vernachlässigt zu werden. Siebels konnte sich gut vorstellen, dass ein smarter Banker wie Olaf Kreuzberger es nicht allzu schwer hatte, diese Frau in ein Abenteuer zu stürzen.

„Ein Glas Orangensaft wäre gut, ja."

Maria Niehaus brachte eine Karaffe mit frisch gepresstem Orangensaft und zwei Gläser. Sie füllte die Gläser mit dem Saft, gab Eiswürfel dazu und setzte sich gegenüber von Siebels in den Sessel.

„Sind Sie mit Ihren Ermittlungen schon vorangekommen?"

„Ja, wir haben viele Hinweise, denen wir nachgehen. Ein Hauptverdächtiger hat sich allerdings noch nicht herauskristallisiert."

„Gibt es denn mehrere Verdächtige?" Maria Niehaus schien der Gedanke zu erschrecken, dass es gleich mehrere Männer geben könnte, die von der Polizei verdächtigt wurden, Tanja getötet zu haben.

„Ja, es gibt mehrere Verdächtige. Einer von Ihnen ist Olaf Kreuzberger."

„Olaf? Wie kommen Sie auf Olaf? Das kann nicht sein. Ich kenne Olaf Kreuzberger ganz gut. Er wäre niemals in der Lage, einen Menschen zu töten. Und schon gar nicht meine Tanja. Das ist ein absurder Gedanke. Wie kommen Sie auf diese Idee?"

„Herr Kreuzberger und Ihre Tochter hatten eine Beziehung. Olaf Kreuzberger liebte Tanja. Aber eines Tages machte Tanja Schluss mit ihm. Das war zu der Zeit, als Tanja die Abtreibung vorgenommen hatte. Es ist nicht bewiesen, aber ich vermute, dass Herr Kreuzberger der Vater des ungeborenen Kindes war. Vielleicht hat er es erst ein halbes Jahr später herausgefunden? Vielleicht hat Tanja ihm davon erzählt? Ich weiß es nicht. Noch nicht. Aber wenn es so war, dann hatte er ein Motiv. Und er konnte uns noch kein schlüssiges Alibi für die Tatnacht abliefern. Dafür hat er aber mehrfach falsche Angaben gemacht.

Ich habe Ihnen das Foto gezeigt, der Täter hat nach dem Mord Tanjas Rücken mit rotem Lippenstift beschmiert. »Ich bin eine kleine geile Schlampe«, hat er ihr auf den Rücken geschrieben. Warum tut man so etwas?

Nachdem Tanja die Beziehung zu Herrn Kreuzberger beendet hatte und den Schwangerschaftsabbruch bei Dr. Bülkow durchführen ließ, änderte sich einiges in ihrem Leben."

Siebels sah deutlich das Zucken in den Mundwinkeln von Frau Niehaus, als er Dr. Bülkow erwähnte. Das schien eine Neuigkeit für sie gewesen zu sein.

„Tanja hatte verschiedene Männerbekanntschaften gemacht. Männer, die sie im Internet kennen gelernt hatte. Mit einigen dieser Männer hatte sie auch Sex.

Olaf Kreuzberger wusste weder von seinem entgangenen Vaterglück noch von Tanjas Affären. Er hoffte vielleicht noch, dass er eines Tages wieder mit Tanja zusammenkommen würde. Und letzten Sonntagabend war es soweit. Die beiden trafen sich wieder außerhalb des Büros. Sie gingen in der Nacht in das Freibad, sie liebten sich. Tanja hatte Kokain geschnupft, das wissen wir. Vielleicht war auch Olaf Kreuzberger auf Kokain gewesen. Jedenfalls hatten die beiden ausgiebigen Sex miteinander. Dabei kam es zu einer verbalen Auseinandersetzung. Herr Kreuzberger versuchte Tanja einzureden, es noch einmal mit ihm zu versuchen. Da erzählte Tanja ihm von seinem entgangenen Vaterglück und ihren zahlreichen Affären mit fremden Männern. Bei Kreuzberger brannte eine Sicherung durch, als Tanja ihn dermaßen demütigte. Während er mit ihr schlief, packte er Tanja am Hals. Er drückte zu, immer fester, wie ein Besessener schnürte er Tanja die Luft ab. Im Kokainrausch bemerkte Tanja vielleicht viel zu spät, wie ernst ihre Lage war. Sie wehrte sich nicht, war wahrscheinlich gar nicht in der Verfassung, sich wehren zu können. Kreuzberger ließ nicht ab von Tanja, er würgte sie über einen Zeitraum von mindestens fünfzehn Minuten. Dann war Tanja tot. Es war kein Mord, es war eine Handlung im Affekt. Als er merkte, dass Tanja kein Lebenszeichen mehr von sich gab, brachte er seine verletzten Gefühle zum Ausdruck, indem er Tanja als kleine geile Schlampe titulierte und sie nackt im Schwimmbad zurückließ."

„Hören Sie auf, das ist ja krank." Maria Niehaus schrie Siebels unvermittelt an. Sie war so erregt, dass sie den Orangensaft, den sie in ihrer Hand hielt, über die schwarze Bluse kippte. Dann fing sie an zu weinen, sie saß in dem Sessel und heulte hemmungslos. Siebels gab ihr ein Taschentuch, mit dem sie sich die Tränen vom Gesicht wischte. Als sie sich wieder etwas beruhigt hatte, fuhr Siebels fort.

„Ich habe das angebliche Alibi von Olaf Kreuzberger überprüft. Er hat angegeben, am Sonntagabend in einem Lokal in Seckbach gewesen zu sein. Die Bedienung konnte sich nicht erinnern, ihn am Sonntag dort gesehen zu haben. Aber sie konnte sich gut erinnern, ihn des Öfteren in einem anderen Lokal in Seckbach gesehen zu haben. Und zwar in Begleitung einer Frau. Einer Frau, die Tanja sehr ähnlich sah. Nur war diese Frau um einige Jahre älter. Diese Frau und Olaf Kreuzberger benahmen sich dort regelmäßig wie ein verliebtes Pärchen. Wollen Sie mir nun vielleicht einiges erzählen, Frau Niehaus? Es geht immerhin darum, den Mord an Ihrer Tochter aufzuklären."

Maria Niehaus schaute Siebels mit großen und tränenverschmierten Augen an. Sie schien mit sich zu kämpfen, wägte ab, ob sie sich Siebels anvertrauen sollte. Dann fing sie an zu reden. Erst versagte ihre Stimme, doch dann erzählte sie in einem Fluss.

Till beendete seine Recherchen im Internet, er hatte genug von Dominas und von Männern, die sich als Sklaven halten ließen. Genug von Frauen oder Männern, die nur in der totalen Unterwerfung ihre sexuelle Erfüllung fanden. Er hatte genug von Menschen, die sich daran ergötzten, wenn sie von anderen vollgepinkelt wurden oder gar deren Urin trinken konnten. Er hatte genug von Leuten, die im Internet ihre sexuellen Abartigkeiten verbreiteten. Er ging zu Sabine Karlson, die eifrig am Telefonieren war. Als sie endlich den Hörer wieder auflegte, fragte er sie, ob sie ihn in die Kantine begleiten würde.

„Ja, mein Magen knurrt schon mächtig." Sie stand schnell von ihrem Schreibtisch auf und ging gemeinsam mit Till zur Kantine.

Beim Mittagessen erzählte Till ihr von seinen neuen Erkenntnissen, die er im Internet gewonnen hatte.

„Hören Sie bloß auf, das ist mein täglich Brot. Schlimm wird es aber erst, wenn Menschenhandel ins Spiel kommt. Wenn minderjährige Mädchen aus Osteuropa in unser schönes Land gebracht werden und hier dann nichts als Prostitution kennen lernen. Noch schlimmer ist es, wenn Kinder missbraucht werden. Unschuldige Kinder, die die Gelüste der geilen Herrschaften zu befriedigen haben. Es ist die Hölle, dass können Sie mir glauben."

„Haben Sie schon einmal daran gedacht, sich zur Mordkommission versetzen zu lassen?" Till kam diese Frage ganz spontan in den Sinn, er schaute die Karlson neugierig an, während er sein Schnitzel vertilgte.

„Ja, gestern Nacht zum ersten Mal, muss ich gestehen. Ich finde den Fall Niehaus sehr interessant. Und auch die Arbeit, die Sie und Herr Siebels machen, gefällt mir."

Till konnte sich ein breites Grinsen nicht verkneifen. „Und? Wann dürfen wir Sie in unserem Team begrüßen?"

„Na zur Zeit bin ich doch schon fast ein vollwertiges Mitglied in Ihrem Team, oder nicht?"

„Ja, aber leider nur inoffiziell. Wie läuft es denn mit den Providern? Rücken die die Identitäten ihrer Kundschaft raus?"

„Bis jetzt läuft es ganz gut. Die großen Unternehmen habe ich zuerst angerufen. Ich habe den Fall geschildert, nun wird das von den Juristen der jeweiligen Unternehmen überprüft. Ich hoffe, in zwei bis drei Tagen die ersten positiven Rückmeldungen zu bekommen. Es wird wohl darauf hinauslaufen, dass wir die richtigen Namen der Kunden bekommen, uns aber dazu verpflichten, alle Daten nach Durchsicht wieder zu vernichten. Haben Sie bei Ihrer Suche im Internet relevante Hinweise gefunden?"

„Nicht wirklich. Ich habe gehofft, diese Herrin Cleopatra zu finden. Fehlanzeige, es gibt keine Seite mit einer Herrin Cleopatra. Also habe ich ihr eine E-Mail gesendet. Die E-Mail-Adresse scheint noch aktuell zu sein. Ich habe ihr geschrieben, dass Tanja mich empfohlen hat und dass ich dringend die starke Hand einer wahrhaften Herrin spüren muss. Das Gleiche habe ich auch an einige andere Dominas gemailt, die mit einer Homepage im Netz vertreten sind."

„Na dann scheinen Sie ja auf den Geschmack gekommen zu sein."

Die Karlson lachte und Till fiel kein passender Spruch darauf ein, das passierte ihm eigentlich selten.

„Vielleicht kennen sich diese Damen ja untereinander, dachte ich mir. Immerhin eine Möglichkeit, um an diese Cleopatra heranzukommen."

„Ja, da haben Sie Recht. In diesem Gewerbe kennt man sich. Und in diesem Gewerbe spricht man unter keinen Umständen mit der Polizei. Wenn Sie also einen Termin bekommen, sollten Sie undercover hingehen. Lassen Sie sich einmal richtig auspeitschen, nur so erwecken Sie das Vertrauen dieser Damen."

Jetzt fiel Till ein passender Spruch zum Kommentar seiner forschen Kollegin ein.

„Wir können das ja vorher üben, mit Ihren Erfahrungen und Kenntnissen auf diesem Gebiet, sind Sie bestimmt in der Lage, mich zu dem perfekten Sklaven auszubilden."

„Klar, kein Problem. Fangen wir gleich an. Ich hätte gern eine Cola, da hinten steht der Automat. Beeil dich Sklave, und wenn mir die Coke nicht kühl genug ist, bekommst du zehn saftige Peitschenhiebe auf deinen Allerwertesten."

„Herrin Karlson, Euer Wille sei mir Befehl. Ich eile, ich will Euch die kühlste Cola des Präsidiums besorgen."

Als Till mit der Cola wiederkam, kniete er sich auf dem Boden vor der Karlson hin, legte seine Stirn auf den Boden und hielt ihr mit beiden Händen die Cola hoch.

„Gut gemacht, Sklave Till. Nun bleibe in dieser Stellung, bis ich dir Weiteres befehle."

Till blieb noch einige Sekunden in seiner demütigen Haltung, dann drehte er seinen Kopf leicht nach links und sah in die Gesichter einiger Kollegen am Nebentisch, die ihn neugierig in seiner Hündchenstellung beobachteten.

Er rappelte sich wieder auf. „Training für einen gefährlichen Undercover-Einsatz", rief er den Kollegen am Nebentisch zu.

„Na das funktioniert doch schon ganz gut. Noch ein paar Trainingseinheiten und aus Till Krüger wird der perfekte Haussklave." Die Karlson stand auf und brachte ihr Tablett zum Förderband. Till folgte ihr.

„Ich mache jetzt einen Ausflug ins Bahnhofsviertel. Die Etablissements dort kenne ich noch ganz gut aus meiner Zeit als

Streifenpolizist. Die eine oder andere Dame im Gewerbe ist mir noch einen Gefallen schuldig. Vielleicht erfahre ich ja etwas über diese Cleopatra. Vielleicht ist sogar Tanja bekannt. Wer weiß."

„O.K., viel Glück, ich werde mich weiter ans Telefon hängen."

Die zwei verabschiedeten sich. Die Karlson ging zurück in ihr Büro und Till fuhr auf seiner Gold Wing ins Bahnhofsviertel.

„Mein Mann und ich, wir führen eine gute Ehe. Aber wie das so ist, Peter ist geschäftlich viel unterwegs und ich habe viel Freizeit. Seitdem Tanja aus dem Haus ist, wurde es richtig leer in meinem Leben. Aber ich hatte nie eine Affäre mit einem anderen Mann. Eines Tages dann stellte uns Tanja ihren neuen Freund vor, Olaf Kreuzberger. Peter und ich waren zuerst irritiert, weil er schon Mitte dreißig war. Aber er war sehr nett und machte auch noch einen jugendlichen Eindruck. So groß war der Altersunterschied ja nun auch nicht. Wir haben hier im Haus zusammen zu Abend gegessen. Peter und Olaf waren schnell in ein Gespräch vertieft. Es ging um irgendwelche Bankangelegenheiten. Es war eigentlich ein sehr netter Abend. Tanja brachte Olaf nun des Öfteren mit in dieses Haus hier. Sie kamen bestimmt alle zwei Sonntage zum Mittagessen vorbei. Peter und Olaf verstanden sich immer besser. Es dauerte nicht lange und die beiden sind eines Sonntagnachmittags zum Golf spielen nach Niederrad gefahren. Einige Tage später haben sie sich abends zum Squash verabredet. Tanja war dann meistens bei mir. So gut wie zu dieser Zeit hatten wir uns noch nie miteinander verstanden. Ich sah in Tanja nicht mehr nur meine Tochter, sondern auch eine Freundin. Eines abends kam Olaf vorbei, er war mit Peter zum Squash verabredet gewesen. Aber Peter musste kurz zuvor plötzlich zu einem Meeting nach New York fliegen. Er hatte die Verabredung mit Olaf wohl ganz vergessen. Olaf schien enttäuscht, als ich ihm davon erzählte, also habe ich ihn hereingebeten. Ich bot ihm ein Glas Rotwein an. Wir haben hier gesessen, so wie wir jetzt hier sitzen. Aus dem Glas Rotwein wurden schließlich zwei Flaschen. Wir waren beide ziemlich betrunken. Dann fing er an, mir Komplimente zu machen. Wie schön und attraktiv ich doch sei. Von Peter hatte ich solche Komplimente schon lange nicht mehr gehört. Ich genoss es und vergaß, dass diese Komplimente vom Freund meiner Tochter kamen. Im Hintergrund lief leise Musik. Olaf fragte mich, ob ich tanzen wollte. Ich wollte, es war so eine romantische Atmosphäre entstanden, die konnte ich nicht kaputt machen. Ich lag in seinen Armen. Ich fühlte mich geborgen, wie hatte ich dieses Gefühl vermisst. Ich genoss es, in seinen Armen zu liegen, von ihm berührt zu werden. Und schließlich küsste er mich. Ich erwiderte seinen Kuss, erst ganz zaghaft, dann küssten wir uns immer leidenschaftlicher. Er zog mich aus, streichelte meine nackte Haut, er war so feinfühlig, so zärtlich, ich habe alles um mich herum vergessen. Wir schliefen miteinander. Ich erlebte meinen ersten Orgasmus seit ich weiß nicht wie vielen Jahren. Am nächsten Morgen sah dann die Welt wieder ganz anders aus. Ich hatte meinen Mann mit dem Freund meiner Tochter betrogen. Ich schämte mich und redete auf Olaf ein, dass wir das niemals wiederholen dürften. Olaf tat so, als wäre er ganz meiner Meinung. Aber nur ein paar Tage später schon rief er bei mir an. Er erzählte mir, dass er immerzu an mich denken müsste, dass er mich wiedersehen wollte, koste es was es wolle. Ich ließ mich überreden. Ich dachte, es wäre sinnvoll, wenn wir miteinander reden würden. Wir redeten und wir verbrachten zwei wunderschöne Stunden in einem Hotelbett. Danach trafen wir uns regelmäßig. Immer am gleichen Tag, immer im gleichen Hotel. Ich konnte nichts dagegen tun, ich wollte gar nichts mehr dagegen tun. Hin und wieder waren wir nach dem Hotel noch in diesem Lokal in Seckbach.

Ja, ich war die Geliebte von Olaf Kreuzberger, ich betrog nicht nur meinen Mann, sondern auch meine Tochter. Ich fühlte mich mies und glücklich gleichzeitig. Ich saß in einer Falle, aus der ich nicht mehr herauskam. Aber ich habe Olaf kennen gelernt. Er war ein sanfter und zärtlicher Liebhaber. Er könnte keine Frau erwürgen, wenn er mit ihr schläft. Das ist absurd."

Siebels goss sich noch ein Glas Orangensaft ein. Er wusste, dass das noch nicht alles war, was Maria Niehaus zu beichten hatte.

„Erzählen Sie mir die Geschichte bitte bis zum Ende, Frau Niehaus. Es muss noch mehr geschehen sein, zwischen Ihnen und Herrn Kreuzberger, habe ich Recht?"

Maria Niehaus wusste, dass sie nichts mehr verbergen konnte. Sie hatte sich vielleicht schon mitschuldig am Tod ihrer Tochter gemacht. Sollte sie nun auch noch den Mörder in Schutz nehmen, wenn es wirklich Olaf war?

„Wird mein Mann es erfahren?"

Siebels hatte Mitleid mit dieser Frau. Was sollte er ihr auf diese Frage antworten?

„Von mir wird er es nicht erfahren. Aber wenn es Kreuzberger war, glauben Sie, Sie können es dann weiter verheimlichen?"

„Nein, wahrscheinlich nicht. Aber wenn es wirklich Olaf war, dann darf ich es auch nicht verheimlichen.

Es war Anfang März, als ich unruhig wurde. Mir wurde öfters übel und ich hatte Unterleibsschmerzen. Ich ging zu Dr. Bülkow. Als ich seine Diagnose hörte, dachte ich schon an Selbstmord. Ich war schwanger. Ich wusste, dass das Kind nur von Olaf sein konnte. Ich ließ das Kind abtreiben. Dr. Bülkow führte ein langes Gespräch mit mir. Das heißt, er sprach. Ich hörte zwar seine Stimme, verstand aber nicht, worüber er sprach. Es war wie ein Albtraum. Wir vereinbarten einen Termin. Zwei Wochen später war alles erledigt. Ich hatte keine Ahnung, dass auch Tanja bei ihm war, um ihr Kind abtreiben zu lassen. Der arme Dr. Bülkow, was muss er nur über die Niehaus-Frauen denken?"

„Wusste Herr Kreuzberger von der Angelegenheit?"

„Ich wollte es ihm nicht sagen. Ich konnte es ihm nicht sagen. Ich konnte ihm nicht mehr gegenübertreten. Ich blieb unseren Verabredungen fern und ging auch nicht mehr ans Telefon. Eines Tages stand er dann mittags vor unserer Haustür. Er hatte einen großen Strauß roter Rosen in der Hand. Mir wurde übel, als er so vor mir stand. Er verlangte nach einer Erklärung. Ich konnte es ihm nicht ins Gesicht sagen, ich fühlte mich schuldig. Ich weiß, das ist dumm, aber gegen seine Gefühle kann man nichts machen. Sie sind einfach da. Ich drehte Olaf den Rücken zu und sagte ihm kurz und knapp, dass ich von ihm schwanger war und dass nun nichts mehr so sein würde, wie es war."

„Wie reagierte er?"

„Er war schockiert, glaube ich. Seine erste Frage war, ob Peter davon wüsste. Als ich verneinte, schien er erleichtert gewesen zu sein. Dann fasste er mich an den Schultern und sagte, dass es unter diesen Umständen wohl das Beste wäre, wenn wir unsere Beziehung beenden würden. Er ging wieder. Die Rosen nahm er mit. Ich weiß nicht, was ich von ihm hätte erwarten sollen. Ich hätte froh sein müssen, dass es nun endgültig vorbei war. Aber sein Verhalten hat mich sehr gekränkt."

Die Abneigung, die Siebels gegen Kreuzberger verspürte, wurde durch die Schilderung von Maria Niehaus noch verstärkt. Dieser Kreuzberger war ein aalglatter Typ, der nur auf seinen eigenen Vorteil bedacht war. Siebels sah auf seine Uhr. Es war noch genug Zeit, um Michael Braun, dem angeblichen Alibi von Kreuzberger, einen Besuch abzustatten. Wenn dieser Braun umfiel, hätte er am Montag leichtes Spiel mit Kreuzberger.

Siebels verabschiedete sich von Maria Niehaus. Sie begleitete ihn zur Tür. Siebels hatte den Eindruck, als wäre dieser Frau eine zentnerschwere Last vom Herzen gefallen, nachdem sie sich endlich alles von der Seele reden konnte. Er würde sich nicht wundern, wenn das Ehepaar Niehaus in absehbarer Zeit geschiedene Leute wären. Als Siebels das Haus verließ, fragte er sich, ob Peter Niehaus wirklich nichts von der Affäre seiner Frau und dem unheilvollen Ausgang dieser Liebschaft zu Olaf Kreuzberger wusste.

Till hatte seine Gold Wing am Jürgen-Ponto-Platz abgestellt. Vor ihm ragte das Hochhaus der Dresdner Bank in den wolkenbehangenen Himmel. Rings um den Wolkenkratzer waren in der Kaiserstraße und den Nebenstraßen die Bordelle und Bars untergebracht, die täglich Hunderte von Freiern in das Frankfurter Bahnhofsviertel zogen. Till lief ein paar Meter bis zur Taunusstraße. Dort war das »Cuba Libre«. Das Cuba Libre war eine kleine Striptease Bar, es war bekannt unter Messegästen und lebte von seinem Stammpublikum. Der Besitzer der Bar, Piet Lüttges, führte seinen Laden schon seit über zwanzig Jahren in diesem Viertel. Als Till noch ein junger und unerfahrener Streifenpolizist im Bahnhofsviertel war, lernte er Piet Lüttges kennen. Till war in Zivil und nicht im Dienst, als er sich mit einem der Hütchenspieler anlegte, die auf den Gehwegen ihren betrügerischen Spielchen nachgingen. Er gab sich als naiver Tourist und spielte mit einem der Hütchenspieler ein Spiel. Er provozierte einen Streit, Till hatte nicht mit der Aggressivität der Männer vom Balkan gerechnet. Plötzlich hielten ihn zwei an seinen Armen fest, der dritte bedrohte ihn mit einem Messer. Das Ganze spielte sich vor dem Cubra Libre ab. Piet Lüttges beobachtete die Szene aus seinem Lokal und kam mit einer Pistole heraus. Die Männer vom Balkan suchten das Weite, Till und Lüttges wurden so etwas wie Freunde. Wenn Lüttges Ärger mit der Polizei hatte, legte Till ein gutes Wort bei seinen Kollegen für ihn ein. Wenn Till einen Tipp aus dem Milieu brauchte, bekam er von Lüttges oft wertvolle Informationen. Lüttges hatte viele Mädchen kommen und gehen sehen. Er behandelte seine Mädchen immer ordentlich, das wusste Till. Viel verdienen konnten sie aber nicht in seinem kleinen Lokal. Und so blieben sie meist nicht lange. Bis auf Sina. Sina wurde von Lüttges als Sechzehnjährige von der Straße aufgelesen. Lüttges beschäftigte sie als Spülhilfe und als Mädchen für alles in seiner Bar. Als sie achtzehn wurde, fing sie auch als Tänzerin im Cuba Libre an. Sie hatte eine gute Figur, sie verstand es, den Männern den Kopf zu verdrehen. Sina wurde schnell bekannt im Bahnhofsviertel und die Zuhälter waren hinter ihr her. Lüttges wurde das eine und andere Mal mehr oder weniger freundlich darauf aufmerksam gemacht, dass bei der Konkurrenz ein reges Interesse an seiner Star-Tänzerin bestünde. Als die Methoden der Bordellbesitzer, die ein Auge auf Sina geworfen hatten, rüder wurden und Lüttges es mit der Angst zu tun bekam, da bat er Till um Hilfe. Till besuchte daraufhin schnurstracks die Besitzer einiger Bordelle, ließ durchblicken, dass Sina bei Lüttges bleiben wollte. Zuerst wurde er von keinem der Luden ernst genommen, doch als er mit regelmäßigen Razzien drohte und es auch schaffte, die eine und andere Razzia direkt nach seinem Besuch zu organisieren, ließ das Interesse der Milieugrößen an Sina schnell nach. Seitdem behandelte Sina ihn wie einen großen Bruder, wenn er im Cuba Libre nach dem Rechten schaute und mit Lüttges ein Bierchen trank.

Um diese Zeit war nur wenig Betrieb in der kleinen Bar. An den kleinen runden Tischen, die unter schummrigen roten Glühbirnen vor sich hin gammelten, saßen zwei, drei Gäste, die eher gelangweilt nach der Oben-ohne-Bedienung schielten. Sina stand hinter der Bar und spülte Gläser, als Till hereinkam.

„Na das ist ja eine Überraschung", strahlte sie übers ganze Gesicht, als sie Till erblickte.

„Hallo, kleine Schwester, wie geht's?"

„So lala, wir hangeln uns hier durch, mehr schlecht als recht. Schön, dass du dich wieder mal bei uns blicken lässt. Seitdem der Herr Polizist keine kleinen Gauner mehr jagt, sondern lieber schlimme Mörder fängt, bekommt man ihn ja kaum noch zu Gesicht. Was treibt dich denn her?"

„Ich hatte Sehnsucht nach dir, was glaubst du denn?" Sina lachte und stellte die gespülten Gläser in den Schrank, dann zapfte sie für Till eine Cola. „Ich glaube alles, nur das nicht. Aber wenn du hier nach einem Mörder suchst, bist du wahrscheinlich auf der falschen Fährte. Schau dir die müden Gestalten da doch nur an." Sina deutete auf die Gäste, die im Lokal saßen.

Till bekam seine Cola und trank die Hälfte in einem Zug aus. „Du und Piet, Ihr kennt doch die meisten Mädels, die anschaffen gehen, ich suche nach einer Domina."

„Ach du meine Güte, ich wusste ja gar nicht, dass du so veranlagt bist. Hast du bestimmte Wünsche?"

„Haha, ich arbeite gerade an einem Fall und dabei bin ich auf eine Herrin Cleopatra gestoßen. Ich erhoffe mir von der Dame einige nützliche Hinweise, habe aber keinen Anhaltspunkt, wer sie sein könnte oder wo ich sie finden kann."

„Also von den peitschenschwingenden Mädels die ich kenne, nennt sich keine Cleopatra. Ich kann mich auch nicht erinnern, den Namen jemals gehört zu haben. Aber ich werde mich für dich umhören."

„Das ist lieb von dir, danke. Wo ist Piet überhaupt?"

„Der liegt im Krankenhaus. Hatte letzte Woche einen Herzanfall, der Arme. Ist hier einfach zusammengeklappt."

„Scheiße", kam es Till über die Lippen. „Wo liegt er denn?"

Sina schrieb Till die Adresse des Krankenhauses und die Zimmernummer auf einen Zettel.

Eine halbe Stunde später klopfte Till an die Tür des Krankenhauszimmers. Piet lag zwischen zwei Türken in seinem Bett und sah schlecht aus.

„Na Piet, alter Junge, was machst du denn für Sachen?" Der alte Mann freute sich wie ein kleines Kind, als er Till erblickte. Die beiden begrüßten sich herzlich und Till blieb über eine halbe Stunde an der Bettkante seines alten Spitzels sitzen. Bevor er sich verabschiedete, fragte Till noch nach Cleopatra.

„Cleopatra sagst du, ich habe den Namen schon einmal gehört. Das ist noch gar nicht so lange her. Warte, ich komme gleich drauf."

Siebels stieg in seinen BMW, schaltete Radio und Klimaanlage ein und machte sich auf den Weg nach Eschborn, wo Michael Braun, das Alibi von Kreuzberger, wohnte. Im Radio liefen gerade die Fünf-

Uhr-Nachrichten. Siebels wusste nicht, was Braun beruflich machte, und hoffte, ihn um diese Zeit Zuhause anzutreffen. Von Bockenheim aus benötigte Siebels auch im Berufsverkehr nicht mehr als zwanzig Minuten bis nach Eschborn, einer kleinen Gemeinde direkt vor den Toren Frankfurts. Braun wohnte in einem Hochhaus, nicht gerade die schönste Ecke von dem kleinen Ort im Vordertaunus. Braun war Zuhause, er trug einen Trainingsanzug, als er Siebels die Tür öffnete.

„Guten Tag, Herr Braun. Siebels, Kriminalpolizei Frankfurt. Herr Kreuzberger hat Ihnen ja sicherlich schon berichtet, worum es geht. Wir benötigen nun der Form halber von Ihnen persönlich die Bestätigung, dass Sie am letzten Sonntag mit Herrn Kreuzberger in dem Apfelweinlokal in Seckbach waren."

Braun hatte seine Wohnungstür nur einen Spalt weit geöffnet und machte auf Siebels einen nervösen Eindruck.

„Ja klar, Olaf und ich waren zusammen in dem Lokal, war ein lustiger Abend gewesen."

„Darf ich einen Moment hereinkommen, Herr Braun?"

„Ich war gerade auf dem Weg zum Fußballplatz, ich trainiere eine Jugendmannschaft. Viel mehr kann ich Ihnen auch nicht erzählen, wir haben die halbe Nacht zusammengesessen."

„Es dauert nur zwei Minuten, ich möchte das nicht im Treppenhaus besprechen", drängte Siebels und schob sich durch die Wohnungstür. Braun war sichtlich unbehaglich zumute, als Siebels im Flur seiner Wohnung stand.

„Wissen Sie, Herr Braun, es gibt da ein paar Ungereimtheiten. Wir glauben, dass Sie und Herr Kreuzberger am Sonntag eben nicht in diesem Lokal waren. Es geht hier um einen Mordfall und eine bewusste Falschaussage kann Sie teuer zu stehen kommen. Ich weiß ja nicht, wie gut sie mit Herrn Kreuzberger befreundet sind, aber wenn sie gute Freunde sind, dann sollte er Sie nicht in ein Verbrechen mit hineinziehen. Und wenn sie keine so guten Freunde sind, dann sollten Sie sich natürlich auch nicht in einen Mordfall verwickeln lassen. Woher kennen Herr Kreuzberger und Sie sich eigentlich?"

„Wir kennen uns vom Fußballverein. Wir haben vor zwanzig Jahren schon zusammen in einer Mannschaft gespielt und jetzt sind wir beide ehrenamtlich für den FC Rödelheim tätig."

„Das muss aber doch noch nicht heißen, dass sie auch gute Freunde sind, oder?"

„Na ja, richtig gute Freunde hat man wenige im Leben. Aber wenn man sich so lange kennt, wie wir beide, dann ist man zwangsläufig auch ganz gut befreundet."

„Schulden Sie ihm etwas? Geld oder einen Gefallen? Oder warum decken Sie ihn mit einer Falschaussage?"

„Wie kommen Sie darauf, dass meine Aussage nicht zutrifft?" Braun kam ins Schwitzen, kleine Schweißperlen tropften von seiner Stirn, seine Pupillen wanderten unruhig hin und her. Siebels wusste, dass er jeden Moment umfallen würde. Er genoss diesen Moment.

„Ich weiß es, Sie wissen es. Entweder Sie machen mir das Leben leicht und geben zu, dass Sie am Sonntag nicht mit Kreuzberger zusammen waren, oder ich muss alle Indizien, die dagegen sprechen, in meiner Akte fein säuberlich zusammentragen. Dann werden Sie früher oder später eine Vorladung zum Gericht erhalten und dem Richter erklären müssen, wie Ihre Aussage mit den Indizien zusammenpasst. Im schlimmsten Fall erkennt der Richter dann auf Beihilfe zum Mord und das kostet Sie ein paar kostbare Jahre hinter Gittern. Ist Ihnen das Ihre Freundschaft zu Herrn Kreuzberger wert?"

Die Schweißtropfen auf der Stirn von Braun wichen einer fahlen Blässe. „Olaf hat mit dem Mord an der Kleinen nichts zu tun, das müssen Sie mir glauben."

„Wieso sind Sie sich da so sicher"?

„Er war in der Nacht, als es geschah, mit Tanjas Mutter zusammen. Aber von mir wissen Sie das nicht."

Siebels musste das erst einmal verdauen. Hatte ihn Maria Niehaus wirklich so an der Nase herumgeführt? War ihr das Techtelmechtel mit Kreuzberger wirklich wichtiger, als den Mord an ihrer Tochter aufzuklären? Das ergab für Siebels keinen Sinn. Sie hatte ihm von Ihrer Affäre mit Kreuzberger in allen Einzelheiten berichtet, warum sollte sie ihm nun das Alibi verweigern? Siebels verabschiedete sich von Braun und fuhr grübelnd zum Präsidium. Seine Laune war gründlich verdorben. Wenn Braun Recht hatte, war Kreuzberger als Verdächtiger ausgeschieden.

Der alte Lüttges saß in seinem Krankenbett und dachte angestrengt nach. „Cleopatra, Herrin Cleopatra, ja nun fällt es mir wieder ein. Die Kleine hat in einer Wohnung in Eschersheim auf eigene Rechnung gearbeitet. Mit dem Milieu hatte sie eigentlich gar keine

Verbindung. Aber vor einem halben Jahr ungefähr hat sie mächtig Ärger mit Big Jim bekommen. Irgendwie hat sie es geschafft, etliche Freier von Big Jims Mädels abzuwerben. Mann, war der Jim sauer. Er hat der Kleinen einen Besuch abgestattet und ihr die Lage erklärt, mit schlagkräftigen Argumenten. Die Geschichte hat schnell die Runde gemacht und wurde wohl auch schnell wieder vergessen. Ob das Mädel als Cleopatra noch aktiv ist, das weiß ich allerdings nicht. Soweit ich gehört habe, war sie auch nur eine Hobbynutte. Tagsüber war sie bei einer Bank beschäftigt, an den Wochenenden hat sie dann die Klamotten gewechselt und sich ein paar Mark nebenbei verdient, steuerfrei versteht sich."

„Hast du eine Ahnung, bei welcher Bank sie beschäftigt war?"

„Nein, das kann ich dir nicht sagen. Frag mal Big Jim, der weiß es vielleicht. Aber frag ihn höflich, du kennst ihn ja." Lüttges lachte, bis sein Lachen von einem Hustenanfall abgelöst wurde. Till verabschiedete sich.

19

Mein Tagebuch, 23. August 2000

Die Spanier blieben noch die ganze Nacht, erst heute Morgen verabschiedeten sie sich endlich und verließen unser Haus. Als sie weg waren, blieb ich noch eine Weile in meinem Zimmer. Durch die dünnen Wände hörte ich die Stimmen von Tanja und Jenny. Sie stritten sich. Ich konnte nicht verstehen, worum es ging, aber ich vermutete, dass die Spanier der Auslöser für den Streit waren. Die beiden wurden immer lauter und hysterischer. Ich hörte, wie Tanja Jenny als dumme Hure beschimpfte. Jenny lachte schrill und schmiss etwas nach Tanja. Außerdem wäre sie ein tollpatschiger Bauerntrampel, fluchte Tanja und verließ dann das Haus. Johanna rannte ihr hinterher. Auch von Jenny war nichts mehr zu hören. Ich vermutete, dass sie ebenfalls das Haus verlassen hätte. Da ich nach dieser Nacht alleine sein wollte, war ich ganz froh darum. Ich las noch ein paar Seiten in meinem Buch, bevor ich mir eine lange Dusche gönnte. Ich genoss es, unter dem Strahl der Dusche zu stehen und das Wasser an meinem Körper herunterlaufen zu spüren. Als ich mich abtrocknete, kam Jenny ins Badezimmer. Ich war etwas überrascht, denn ich dachte, ich wäre noch allein im Haus. Sie blieb vor mir stehen und beobachtete mich, wie ich meinen nassen Körper mit dem Handtuch trocken rieb. Es entstand plötzlich eine gespannte Atmosphäre zwischen Jenny und mir. Sie griff nach meinem Handtuch und nahm es mir ab. Ihr Blick musterte meinen nackten Körper, dabei schaute sie mich streng an. Ich war verunsichert, meistens neckte Jenny mich, wenn wir alleine waren. Doch heute Vormittag wirkte sie plötzlich um einige Jahre reifer als sonst.

Ihre dunkelbraunen Augen musterten mich mit einem prüfenden Blick. Mir wurde etwas mulmig zumute, denn ich befürchtete, dass ich gerade mit den Spaniern verglichen wurde und hatte Angst, dem Vergleich nicht standhalten zu können. Was dann kam, war aber noch viel schlimmer für mich. Jenny erklärte mir, dass ich mich entscheiden müsste. Entweder Tanja oder sie. Ich konnte sie nur ungläubig anstarren, aber sie meinte es bitterernst. Sie kam ganz nah an mich heran, ließ ihre Augen keine Sekunde von den meinen. Sie sah so unwahrscheinlich gut aus. Ich fragte, was denn mit Johanna sei. Johanna spiele keine Rolle, es ginge nur um Tanja und sie, platzte es aus Jenny heraus. Sie würde sich nie wieder mit einem Mann amüsieren, der noch nach Tanjas billigem Parfum stinken würde, setzte sie noch einen drauf. Mir wurde schlecht, so sollte das nicht enden. Es war doch gerade die Vielfalt der Blumen, die mir mein Paradies so schön erscheinen ließ. Meine kleine Familie zerbrach vor meinen Augen und ich konnte anscheinend nichts dagegen tun. Vor allem konnte ich unter dem eindringlichen Blick von Jenny nichts anderes sagen, als dass ich ohne sie nicht mehr leben wollte. Das wäre gut, nickte sie zufrieden und zog mich in ihr Zimmer. Dort sollte ich ihr beweisen, wie sehr ich sie begehren würde. Mit meiner Zunge sollte ich ihr es beweisen. Ihre Hand lag fürsorglich auf meinem Kopf, sie streichelte mein Haar und drückte mein Gesicht tief in ihren Schoß. Meine Zunge drang tiefer und tiefer in Jennys subtropisches Paradies ein und gleichzeitig schlossen sich damit für mich alle Türen, die mir zuvor Einlass in Tanjas herrliches Paradies gegeben hatten.

Mit meiner Zunge unterschrieb ich in Jennys feuchter Höhle die Scheidungsurkunde zwischen Tanja und mir. Mir war nur zu gut bewusst, dass ich Verrat an Tanja beging und vielleicht auch an Johanna, aber ich war zu schwach, um mich aus den Fängen von Jenny zu befreien.

Samstag, 24. August 2002

Das Wochenende sollte schwülheiß werden, es war bereits am frühen Samstagmorgen fast unerträglich. Es ging kein Lüftchen, die Schwimmbäder erwarteten einen Besucherrekord, Till saß im T-Shirt auf der Gold Wing und fuhr nach Erfurt. Dieses Wochenende würde er mit seinen Eltern verbringen, sein Vater hatte heute Geburtstag.

Als er am Abend zuvor noch mit Siebels den Fall Niehaus durchgegangen war, hatte er wieder ein schlechtes Gewissen bekommen, denn Siebels hatte nicht die Absicht, am Samstag auf seine Arbeit zu verzichten. Aber Siebels munterte ihn auf und gab ihm zu verstehen, dass es lange, wenn einer so blöd sei und sein Wochenende mit Arbeit verbringe. Gemeinsam überlegten sie, von welcher Seite man den Fall noch nicht beleuchtet hatte. Till fand in seinen Akten die Gesprächsnotiz, die er bei seinem Besuch bei Sven Fischer gemacht hatte. Er hatte sich die Telefonnummer von Joachim Schäfer, dem Betriebsrat der ehemaligen Vereinigten-Edelmetall-Werke notiert. Ob dieser Schäfer in diesem Fall eine Hilfe war, bezweifelte Till genauso stark wie Siebels. Aber Siebels wollte Schäfer trotzdem am Samstag einen Besuch abstatten. Der Gedanke, dass er eine Spur leichtsinniger Weise nicht verfolgte, sollte ihn nicht quälen. Sabine Karlson hatte am Freitag auf Wunsch von Siebels noch mit dem Gymnasium telefoniert, an dem Tanja ihr Abitur gemacht hatte. Siebels fand auf seinem Schreibtisch eine Notiz mit Telefonnummer und Adresse von Tanjas Klassenlehrer. Der Mann hieß Alexander Menkhoff, Siebels versprach sich einiges von einem Gespräch mit Tanjas ehemaligem Lehrer.

Er wusste nicht warum, aber er war bester Laune. Pfeifend stand Siebels vor seinem Spiegel und rasierte sich. In seiner Wohnung war es so heiß, dass er kaum atmen konnte, trotzdem pfiff er vergnügt vor sich hin. Er überlegte, was wohl der Grund für seine gute Laune sein könnte. Hatte er heute Nacht vielleicht von Sabine Karlson geträumt? Er vermochte es nicht zu sagen, aber bevor er eingeschlafen war, dachte er an die sympathische, gut aussehende Halbschwedin. Impulsiv beschloss er, sein Fahrrad aus dem Keller zu holen und eine Radtour nach Griesheim zu machen. Zehn Minuten später pumpte er die Reifen von seinem in die Jahre gekommenen Trekkingrad auf und machte sich auf den Weg zu Joachim Schäfer. Am Abend zuvor hatte er sich noch die Notizen von Till durchgelesen. Dabei wurde ihm wieder die ganze Tragweite seiner eigenen Spekulationsfreude bewusst, aber selbst das konnte ihm seine gute Laune am Samstagmorgen nicht verderben.

Als er die Mainzer Landstraße entlangradelte, war sein Hemd bereits vom Schweiß durchnässt. Bei dieser Hitze Rad zu fahren, kann auch nur einem verliebten Deppen einfallen, dachte er sich.

Die Bewegung tat ihm aber gut, er fuhr etwas langsamer. Als er in der Lärchenstraße ankam, war der Schweiß wieder getrocknet und seine Kehle verlangte nach etwas Flüssigem. In einer Seitenstraße fand er einen geöffneten Kiosk, die erste Dose Wasser hatte er in einem Zug geleert, bei der zweiten ließ er sich Zeit.

Joachim Schäfer wohnte mit seiner Frau und zwei kleinen Kindern in einem kleinen Häuschen. Schräg gegenüber befand sich eine Moschee, einige in weiße Gewänder gekleidete Männer mit dichten Bärten standen davor und diskutierten in einer fremden Sprache. Griesheim war ein Arbeiterviertel, die Polizei hatte hier viel Ärger mit arbeitslosen Jugendlichen, die sich zu Gangs zusammenrauften und ihren Alltag auf der Straße verbrachten. Viele von ihnen nahmen Drogen, die wenigsten hatten noch keine Bekanntschaft mit dem Jugendrichter gemacht.

Siebels klingelte vergeblich bei Joachim Schäfer, er ging um das Haus herum. Die Familie Schäfer war in dem kleinen Gartenstück hinter dem Haus versammelt. Joachim Schäfer planschte mit seinen beiden Kindern in einem aufblasbaren Planschbecken, seine Frau war in ein Buch vertieft.

„Herr Schäfer?"

„Ja, das bin ich und wer sind Sie?" Schäfer ermahnte seine Kinder, einen Moment Ruhe zu geben und kam zu dem Zaun, hinter dem Siebels stand.

Frau Schäfer legte neugierig ihr Buch zur Seite, als ihr Mann dem Fremden das Tor öffnete und mit ihm zur Terrasse kam. Er klärte seine Frau auf und verschwand mit Siebels im Haus, wo es angenehm kühl war.

„Die Tochter von Peter Niehaus wurde also ermordet", sinnierte Schäfer, während er Siebels ein großes Glas Zitronenlimonade brachte. Siebels hatte immer noch Durst und leerte das Glas wieder in einem Zug. Schäfer setzte sich zu Siebels auf die Eckbank in der Küche. Die Flasche Zitronenlimonade stellte er auf den Tisch, Siebels goss sich noch ein Glas ein.

„Peter Niehaus ist ein arrogantes und intrigantes Schwein, ich habe ihn oft verflucht. Aber so ein Schicksalsschlag ist furchtbar, wenn ich mir vorstelle, dass jemand meinen Kindern etwas antun könnte ..." Schäfer sprach den Satz nicht zu Ende. „Was treibt Sie nun eigentlich zu mir? Ich kann Ihnen zwar einiges über das geschäftliche Gebaren von Herrn Niehaus erzählen, aber wenn es um den Tod seiner Tochter geht, bin ich wohl kein geeigneter Gesprächspartner."

„Ich suche nach Verbindungen. Nach Verbindungen im Umfeld von Tanja Niehaus. Ich gebe zu, dass ich mir von meinem Besuch bei Ihnen nicht viel verspreche, deswegen will ich Sie auch gar nicht lange stören. Soweit ich informiert bin, wurde Ihr damaliger Arbeitgeber, die Vereinigte-Edelmetall-Werke, von der Deutschen Bank als Kapitalgeber in mehrere kleine Einzelunternehmen zerschlagen. Sie waren im Betriebsrat und verhandelten mit den Vertretern der Deutschen Bank, ist das richtig?"

„Ja, das ist so weit alles richtig", bestätigte Schäfer.

„Sie wurden damals von einem anderen Unternehmen abgeworben. Welches Unternehmen war das?"

„Ich bekam einen Anruf von einem Headhunter. Den Namen des Unternehmens habe ich erst viel später erfahren. Es war die Dresdner Bank."

„Die Dresdner Bank? Wie kommt man von einem Unternehmen aus der Edelmetall-Branche zu einer Bank?"

„Ich bin Programmierer. Da spielt es keine große Rolle, in welcher Branche ein Unternehmen tätig ist."

„Wie lange waren Sie dann bei der Dresdner beschäftigt?"

„Keine drei Monate. Mir wurde innerhalb der Probezeit wieder gekündigt. Ich bekam Aufgaben gestellt, die ich in der vorgegebenen Zeit unmöglich lösen konnte. Die notwendigen Strukturen dazu waren gar nicht vorhanden. Man hat mir vorgeworfen, ich wäre mehr daran interessiert, in den Betriebsrat der Dresdner Bank gewählt zu werden, als meine Arbeit zu machen. Das war Quatsch, aber ich hatte keine Chance."

„Sagt Ihnen der Name Kreuzberger etwas?"

„Ja, natürlich. Woher wissen Sie? Helmut Kreuzberger war mein damaliger Vorgesetzter und dafür verantwortlich, dass ich wieder entlassen wurde."

„Helmut Kreuzberger hat einen Bruder, Olaf Kreuzberger. Und der arbeitet bei der Deutschen Bank, ist ein guter Bekannter von Peter Niehaus und war der Vorgesetzte und spätere Liebhaber von Tanja Niehaus."

Die Kinder von Schäfer kamen in die Küche gerannt und verlangten nach Limonade. Schäfer holte zwei Dosen aus dem Kühlschrank und schickte seine Kinder wieder zu ihrer Mutter in den Garten hinaus.

„So ist das damals also gelaufen." Schäfer fuhr sich mit der Hand durch die Haare, wusste nicht, wie er auf die neuen Erkenntnisse reagieren sollte. Er fluchte leise vor sich hin. „Diese verdammten Schweine. Niehaus und Kreuzberger, es gibt also zwei Kreuzberger, vielleicht sollte ich die ganze Geschichte doch noch vor das Arbeitsgericht bringen?"

„Tun Sie das", ermutigte ihn Siebels. Sein Eindruck von Olaf Kreuzberger, den er für ein Arschloch hielt, hatte sich bei diesem Gespräch also bestätigt, auch wenn es im Fall Tanja Niehaus wie erwartet keine neuen Erkenntnisse gab.

„Haben Sie denn jetzt wieder einen Job?"

„Ja, ich arbeite jetzt am Flughafen. Ist ein gut bezahlter Job und macht Spaß, deswegen weiß ich auch nicht, ob ich die alte Geschichte wieder aufkochen lassen soll."

„Denken Sie drüber nach, manchen Leuten muss irgendwann einmal das Handwerk gelegt werden." Siebels verabschiedete sich und ging wieder durch den Garten zurück zu seinem Fahrrad.

Der ehemalige Klassenlehrer von Tanja wohnte in Frankfurt-Höchst. Von Griesheim aus war das keine allzu große Strecke mit dem Fahrrad, Siebels fuhr langsam, die Sonne brannte ihm auf die Stirn. Er brauchte etwa fünfundzwanzig Minuten, bis er vor der Haustür von Alexander Menkhoff stand. Menkhoff wohnte in einem Mehrfamilienhaus direkt neben einem großen Möbelgeschäft. Es war mittlerweile 12.00 Uhr mittags vorbei und Siebels hatte wenig Hoffnung, dass er den Lehrer um diese Zeit bei diesem Wetter antreffen würde. Doch zu seiner Überraschung hörte er den Türsummer und die Tür öffnete sich. Menkhoff wohnte im dritten Stockwerk. Siebels schätzte ihn auf Mitte vierzig. Er trug bunte Bermuda-Shorts, hatte einen Vollbart und war gut einen Kopf kleiner als Siebels. Siebels wies sich als Polizist aus und erklärte Menkhoff, dass er seine Adresse vom Sekretariat der Schule bekommen hätte.

Menkhoff bat ihn herein, er hatte einen Balkon, auf dem es angenehm schattig war. Siebels nahm den Eistee gerne an, den Menkhoff ihm anbot.

„Hat etwa einer meiner Schüler etwas angestellt? Wenn Sie mich an einem Samstag besuchen, wird es wohl keine Bagatelle sein, vermute ich."

„Nein, es handelt sich um eine Ehemalige, Tanja Niehaus. Erinnern Sie sich an Frau Niehaus?"

„An Tanja, natürlich. Sie war eine der begabtesten Schülerinnen, die ich je hatte. Ich glaube, sie war die Einzige, die das Abitur mit einer glatten Eins bestanden hat, seitdem ich unterrichte. Ist mit Tanja etwas passiert?"

Siebels klärte den Lehrer auf. Er erzählte im ausführlich, unter welchen Umständen Tanja ums Leben gekommen war. Nur den Spruch mit dem roten Lippenstift erwähnte er nicht.

„Das ist ja furchtbar. So ein junges begabtes Mädchen wie Tanja wird auf so abscheuliche Weise aus dem Leben gerissen. In welcher Welt leben wir eigentlich?" Menkhoff machte einen betroffenen Eindruck. Man merkte ihm an, dass er viel von Tanja gehalten hatte. Siebels ließ ihm einige Augenblicke Zeit, damit er das Gehörte verdauen konnte.

„Mich interessiert nun das nähere Umfeld von Tanja. Hatte sie in der Schule einen Freund oder eine beste Freundin? Gab es eine Clique, der Tanja angehörte? Ich nehme an, als ihr Klassenlehrer können Sie mir dazu etwas sagen."

„Soweit ich weiß, hatte Tanja keinen festen Freund. Jedenfalls keinen von der Schule. Obwohl sie ein sehr hübsches Mädchen war. Sehr klug und sehr hübsch. Vielleicht war das ja das Problem. Den Jungs in ihrer Klasse war sie wohl in jeder Hinsicht überlegen. Aber es gab da so eine Art Clique. Drei Mädchen, die immer zusammenhingen. Eine davon war Tanja. Die anderen beiden hießen Jenny und Johanna. Auch die beiden waren sehr reif für ihr Alter und glänzten mit guten Noten. An Tanja kamen sie allerdings nicht heran. Jenny und Johanna absolvierten das Abitur mit einer guten Zwei, wenn ich mich recht erinnere."

„Wissen Sie, was die drei Mädchen nach dem Abitur gemacht haben?"

„Die drei Mädchen haben alle den gleichen Weg eingeschlagen. Eine Ausbildung zur Bankkauffrau. Tanja hat es zur Deutschen Bank verschlagen, Jenny hat meines Wissens bei der Dresdner Bank angefangen und Johanna hat sich wohl für eine Ausbildung bei der Frankfurter Sparkasse entschieden. Mit Johanna hatte ich damals einige interessante Gespräche. Ihr Vater war Arzt und wollte, dass seine Tochter Medizin studiert und später seine Praxis übernimmt.

Aber wie das so ist mit den jungen Leuten. Johanna hatte nicht die Absicht, Medizin zu studieren. Sie wollte eine Banklehre machen. Ich bin mir allerdings sicher, dass sie bei ihrer Entscheidung stark von Tanja und Jenny beeinflusst wurde. Die drei waren ja unzertrennlich, da hatte Johannas Vater schlechte Karten. Leider weiß ich nicht, ob die Mädchen dabei geblieben sind oder ob sie sich doch noch anderweitig entschieden haben."

Siebels bemerkte, dass Menkhoff zu gerne gewusst hätte, was aus seinen ehemaligen Schützlingen geworden ist. Er verriet ihm, dass zumindest Tanja ihren damaligen Absichten treu geblieben war und wahrscheinlich eine bemerkenswerte Karriere bei der Deutschen Bank hätte machen können, wenn sie nicht schon so jung gestorben wäre.

Während er dem Lehrer von Tanjas Werdegang bei der Deutschen Bank berichtete, genoss er den angenehmen Schatten auf Menkhoffs Balkon und hatte gar keine Lust, sich wieder auf sein Fahrrad zu schwingen. Ihm fielen die Fotos ein, die auf Tanjas Rechner gespeichert waren. Tanja und zwei andere junge schöne Mädchen in erotischen Posen. Tanja, Jenny und Johanna, drei bildhübsche Mädchen, alle mit sehr guten Leistungen in der Schule und mit sexueller Experimentierfreude nach der Schule. Tanja hatte einen erfolgreichen Vater, Johanna anscheinend auch. Beide Väter wollten ihren Töchtern nahe legen, wie sie ihre Zukunft gestalten sollten. War es bei Jenny genauso? Siebels fragte Menkhoff nach deren Familie.

„Jennys Familie? Jenny lebte nur mit ihrer Mutter zusammen. Ihren Vater hat sie nie kennen gelernt. Der war US-Soldat in Frankfurt, wo er Jennys Mutter kennen lernte und schwängerte. Als Jenny noch ein Baby war, ist er wieder nach Amerika gegangen. Soweit ich weiß, gab es keinen Kontakt zwischen Jenny und ihrem Vater. Tanja und Johanna kamen aus wohlhabenden Familien, aber Jenny kam aus ganz einfachen Verhältnissen. Sie war es gewohnt, sich durchzuboxen. Ich hatte einmal Streit mit ihr, weil sie eine ganze Weile lang jeden Morgen zu spät zum Unterricht kam. Sie war der Meinung, dass sie kommen könne, wann sie wolle. Schließlich wären ihre Leistungen ja weit besser, als die der meisten anderen Schüler. Es folgte ein ziemlich lautes Gespräch zwischen uns in der Klasse. Jenny gab nicht nach, aber die darauffolgenden Wochen kam sie pünktlich. Später habe ich mitbekommen, dass sie dreimal in der

Woche als Bedienung in einer Disco tätig war und erst morgens um 3.00 Uhr nach Hause kam. Als ich das erfuhr, entschuldigte ich mich bei ihr und zollte meinen Respekt für die guten Leistungen, die sie brachte. Und pünktlich war sie ja mittlerweile auch. Sie winkte nur ab und sagte, dass sie kein Mitleid brauche." Menkhoff konnte sich ein Grinsen nicht verkneifen, man merkte, dass er gerne an seine ehemaligen Schülerinnen dachte.

20

Sonntag, 25. August 2002

Ein heftiges Sommergewitter riss Siebels bereits um 6.00 Uhr morgens aus dem Schlaf. Viel Schlaf hatte er sowieso nicht gefunden, er lag lange wach im Bett und grübelte über die Rolle von Maria Niehaus nach. Die Frau war ihm ein Rätsel. Kaum wurde er von dem Gewitter geweckt, waren seine Gedanken wieder bei Maria Niehaus. Der Regen prasselte gegen das Fenster, ein Donnerschlag wechselte den nächsten ab, Siebels hätte das Klingeln seines Handys fast überhört. Wenn es an einem Sonntagmorgen um diese Zeit klingelte, konnte es nichts Gutes bedeuten. Missmutig brummte er ein „Hallo" in sein kleines Nokia-Gerät.

„Herr Siebels? Guten Morgen, Sven Fischer am Apparat."

Siebels war plötzlich hellwach. „Herr Fischer, sagen sie bloß, Ihr Freund hat sich wieder bei Ihnen gemeldet."

„Ja das hat er, vor einer Viertelstunde. Er sagte wortwörtlich: »DEINE STORY, FORTSETZUNG AUF DEM FELDBERG-PLATEAU«. Dann hat er gleich wieder aufgelegt."

„Konnten Sie diesmal seine Stimme einordnen?"

„Nein, die Stimme klang wieder verstellt und war mir völlig fremd."

Siebels lief unruhig mit dem Handy am Ohr in seiner Wohnung herum. „Wir treffen uns in einer halben Stunde auf dem Feldberg, schaffen Sie das?" Siebels zog sich schon Hemd und Hose an, während er sprach.

„Ja, das müsste um diese Zeit zu schaffen sein, ich bin schon unterwegs."

Siebels fluchte, weil Till in Erfurt war, er rief die Karlson auf ihrem Handy an und bestellte sie auf den Feldberg. Als er in seinem BMW in Richtung Taunus losfuhr, forderte er noch ein Team der Spurensicherung an. Über die Notrufzentrale bestellte er auch einen Rettungswagen und einen Gerichtsmediziner auf den Feldberg. Anschließend funkte er die Zentrale an und erkundigte sich, ob der Anruf bei Sven Fischer weiterverfolgt werden konnte. Es dauerte einige Minuten, bis die Zentrale einen Kollegen ausfindig gemacht hatte, der mit der Abhöraktion vertraut war. Als Siebels ihn endlich am Apparat hatte, musste er sich anhören, dass der Anruf von einer öffentlichen Telefonzelle vom Hauptbahnhof aus erfolgt war. Siebels fluchte laut und schlug mit der flachen Hand auf das Armaturenbrett des BMW. Um sich wieder abzuregen, zündete er sich eine Zigarette an. Bei dem Betrieb, der am Hauptbahnhof herrschte, brauchten sie erst gar nicht ausrücken, das war hoffnungslos.

Der Parkplatz auf dem Gipfel des knapp 900 Meter hohen Berges im Vordertaunus war ein beliebtes Ausflugsziel für die Frankfurter Bevölkerung. Siebels war gespannt, was ihn dort erwartete. Es mussten Hunderte von Spaziergängern am Samstagnachmittag auf dem Feldberg unterwegs gewesen sein. Viele machten im Sommer auch gern eine Nachtwanderung, was auch immer er vorfinden würde, mit etwas Glück würden sich vielleicht Zeugen auftreiben lassen.

Die Straßen waren leer, trotzdem kam er bei dem heftigen Gewitter nicht so schnell voran, wie er gedacht hatte. Wenigstens kamen ihm auf den steilen kurvenreichen Straßen, die zum Feldberg hochführten, bei diesem Regen und um diese Zeit keine Motorradfahrer entgegen. Als er das Plateau des Feldbergs erreichte, sah er nur einen himmelblauen Opel Corsa auf dem Parkplatz stehen. Am Auspuff des Corsas war ein Schlauch befestigt, der um den Wagen herum und durch das Fenster des Beifahrers geführt war. Mit Lappen war der offene Fensterspalt abgedichtet.

Weder von Karlson noch von Sven Fischer war etwas zu sehen. Siebels lenkte seinen BMW bis hinter den Corsa, der Regen ließ etwas nach. Für die Spurensicherung war das Gewitter natürlich eine Katastrophe, hier oben schien es noch mehr geregnet zu haben als unten in der Stadt. Der Parkplatz war eine einzige Pfütze. Siebels wollte gerade aussteigen, als Fischer auf den Parkplatz fuhr. Er saß in einem alten, verrosteten Seat. Siebels wartete nicht auf Fischer, er ging zu dem Corsa, der Motor lief nicht mehr. Durch die nassen Scheiben konnte er eine Figur am Lenkrad erkennen. Er zog sich Latexhandschuhe über und öffnete die Fahrertür. In diesem Moment kam auch die Karlson auf dem Gelände an, sie fuhr einen gelben Alpha Spider. Er ging einen Schritt zur Seite und ließ das giftige und geruchlose Kohlenmonoxyd aus dem Wageninneren strömen. Sven Fischer und Sabine Karlson gesellten sich zu ihm.

Im Corsa saß eine junge Frau am Steuer. Siebels fasste ihren Puls, sie war zweifelsfrei tot. Die Todesstarre hatte schon eingesetzt. Ihr Oberkörper war nach vorne gelehnt, die Stirn der Toten lag auf dem Lenkrad. Die Handgelenke der jungen Frau waren mit Lederriemen am Lenkrad festgebunden. Ihr Kopf war mit einer ledernen Maske bedeckt, die Schlitze für Augen, Mund und Nase hatte. Sonst trug sie nichts, nackt und bleich saß der tote Frauenkörper auf dem Fahrersitz. Da ihr Oberkörper vornüber gegen das Lenkrad gebeugt war, fielen Siebels sofort die roten Buchstaben auf dem Rücken der Toten auf. Mit rotem Lippenstift hatte ihr Mörder seine Botschaft auf ihr hinterlassen. »ICH BIN EINE DUMME HURE«, las Karlson leise vor.

„Die Unfalltheorie, die Sie bei Tanjas Tod in Erwägung gezogen haben, können Sie nun getrost vergessen, Herr Kollege."

„Die Theorie können wir erst einmal vergessen, da haben Sie Recht. Nur gut, dass wir verhindern konnten, dass die näheren Umstände bei Tanjas Tod publik wurden, sonst könnten wir hier jetzt auch einen Trittbrettfahrer nicht ausschließen."

Siebels hob vorsichtig den Kopf der Frau an und zog ihr die lederne Maske vom Gesicht. Ein junges hübsches Frauengesicht kam zum Vorschein. Er kannte dieses Gesicht. Er hatte es auf den Fotos von Tanja gesehen. Gestern erst hatte er dem Lehrer Menkhoff eines der Fotos gezeigt. Die Frau, die in der Nacht an den giftigen Auspuffgasen sterben musste, war Tanjas Klassenkameradin Jenny.

Der Rettungswagen bog auf dem Parkplatz ein, kurze Zeit darauf traf das Team von der Spurensicherung ein, mit ihnen kam auch der Gerichtsmediziner.

Siebels beugte sich in den Fußraum des Wagens. Jennys Füße waren ebenfalls mit Lederriemen am Fahrersitz festgebunden, das Gaspedal war mit einem Stein beschwert. Der Zündschlüssel steckte im Schloss, Siebels versuchte den Motor zu starten, doch der gab keinen Laut von sich. Die Sanitäter waren überflüssig, Siebels schickte sie wieder weg, der Gerichtsmediziner nahm die Leiche in Augenschein, nachdem er Siebels begrüßt hatte.

Das Team der Spurensicherung sicherte den Tatort ab. Einer der Kollegen kam zu Siebels und erklärte ihm, dass der Regen brauchbare Reifen- oder Fußspuren vernichtet hätte.

Sabine Karlson gesellte sich zu Siebels.

„Was halten Sie davon? Selbstmord können wir ja wohl ausschließen, sie war mit Händen und Füßen gefesselt. Meinen Sie, dass es einen Zusammenhang mit Tanjas Tod gibt?"

Bevor Siebels antwortete, zündete er sich eine Zigarette an. „Ja natürlich, es gibt einen Zusammenhang. Beiden Mädchen wurde mit rotem Lippenstift ein Spruch auf den Rücken geschrieben, in beiden Fällen wurde unser Herr Fischer hier vom Täter verständigt. Das Mädchen im Corsa ist übrigens eine alte Klassenkameradin von Tanja. Haben Sie sie nicht von den Fotos auf Tanjas Rechner wiedererkannt?"

Die Karlson schlug sich mit der Hand auf die Stirn. „Ja, jetzt wo Sie es sagen, fällt es mir ein, es ist eine der drei Frauen von den Fotos auf Tanjas Rechner. Woher wissen Sie, dass es Schulfreundinnen waren?" Siebels erzählte ihr von seinem Besuch bei Tanjas altem Lehrer. „Die Dritte im Bunde heißt Johanna. Und ich werde das Gefühl nicht los, dass wir sie schnellstens aufsuchen sollten, bevor wir sie mit einem netten Spruch auf dem Rücken als Leiche serviert bekommen."

„Haben Sie schon ihre Adresse?" Der Karlson dämmerte es nun auch allmählich. Es gab drei Schulfreundinnen, drei gut aussehende Mädchen, zwei davon waren tot. Die eine wurde erwürgt, die andere vergiftet und beide wurden mit Lippenstift beschmiert. Die Dritte war vielleicht noch am Leben, sie musste auch wissen, warum Tanja und Jenny sterben mussten.

„Nein, leider hat der Lehrer keine Kontakte mehr, aber an den Nachnamen konnte er sich erinnern. Sie heißt Johanna Majowski. Ihr Vater war Arzt und hatte eine eigene Praxis, falls wir unter dem Namen Johanna Majowski nicht fündig werden, versuchen wir die Praxis ausfindig zu machen."

Sven Fischer machte einige Fotos von dem Wagen und von der Leiche. Er konnte es kaum glauben, aber er war schon wieder der einzige Vertreter der Presse. Siebels kam auf ihn zu.

„Es wäre schön Herr Fischer, wenn Sie für die letzte Nacht ein Alibi hätten. Was haben Sie denn so getrieben?"

„Gestern Abend war ich ab circa 20.00 Uhr bei einer Grillparty in einem Schrebergarten. Ein Freund von mir feierte seinen Geburtstag. Ich blieb bis ungefähr 2.00 Uhr morgens und bin dann mit dem Fahrrad heimgefahren, ich war nicht mehr ganz nüchtern."

„Dann gibt es ja bestimmt viele Zeugen, wie schön für Sie. Fahren Sie jetzt doch bitte nach Hause und machen mir eine Liste mit Namen, Telefonnummern und Adressen von diesen Zeugen. Morgen früh hätte ich diese Liste gern auf meinem Schreibtisch."

„Kein Problem, Herr Siebels, da kann ich Ihnen mindestens zwanzig Leute nennen, die meine Anwesenheit bestätigen können. Bin ich dann auch für den Mord an Tanja Niehaus entlastet?"

„Jedenfalls sieht es zur Zeit danach aus, ja." Dass Sven Fischer als Täter nun wahrscheinlich ausschied, beruhigte Siebels. Er hatte nämlich vor, die Hilfe des Journalisten zu beanspruchen. „Werden Sie Ihren Bericht wieder in der Bild veröffentlichen lassen?"

„Ich werde der Bild-Redaktion als erstes meinen Artikel und die Fotos anbieten und wenn sie nicht ablehnen, wird der Artikel morgen in der Bild erscheinen. Warum fragen Sie?"

„Ich möchte, dass Sie jetzt auch den Spruch auf dem Rücken der Toten erwähnen, lassen Sie ein Foto davon veröffentlichen. Und bringen Sie die zwei Mordfälle im Zusammenhang, erwähnen Sie auch den Spruch auf Tanjas Rücken."

Fischer schien hoch erfreut, mit den mysteriösen, mit rotem Lippenstift geschriebenen Sprüchen, würde die Story erst ein richtiger Knüller werden.

Fischer machte sich auf den Weg. Die Karlson fragte Siebels, warum er die Einzelheiten der Morde jetzt veröffentlichen lassen will.

„Ich will Druck auf diese Johanna Majowski ausüben. Ich glaube, der Mörder hat eine ziemliche Wut auf die Mädchen. Da muss etwas vorgefallen sein. Ich habe keine Ahnung, was das sein könnte, aber er mordet kaltblütig. Er geht sehr planmäßig und überlegt vor, er wird ein Motiv haben. Und wenn er das hat, kennt es jetzt nur noch Johanna Majowski. Ich bin mir aber nicht sicher, ob sie es uns gleich auf die Nase binden wird, wenn wir sie gefunden haben. Wenn die beiden Morde jetzt gemeinsam in der Presse auftauchen, wenn die Geschichte mit dem Lippenstift hochgepuscht wird, dann muss es Johanna Majowski mit der Angst zu tun bekommen. Sie wird wissen, was die Sache mit den Lippenstift-Sprüchen zu bedeuten hat, und sie wird wissen, dass sie die Nächste sein wird. Wenn sie dem entkommen will, muss sie uns reinen Wein einschenken." Siebels blies nachdenklich den Rauch aus seiner Lunge, während er seiner Kollegin seinen Plan erläuterte.

„Das ist ein gefährliches Spiel, Herr Siebels. Noch haben wir diese Johanna nicht gefunden. Wenn wir den Mörder unter Druck setzen und er seinen Plan ändert, wenn er Johanna schneller als geplant umbringt, dann sind wir die Dummen."

„Ja, deswegen sollten wir jetzt keine Zeit verlieren, wir treffen uns im Präsidium." Siebels verzichtete darauf, die Kollegen von der Spurensicherung oder den Gerichtsmediziner nach ersten Erkenntnissen zu befragen. Er gab kurz Anweisung, dass die Tote eingehend untersucht werden sollte, dass vor allem der Lippenstift auf ihrem Rücken identifiziert werden müsse und dass der Wagen gründlich auf Spuren untersucht werden sollte, dann setzte er sich in seinen BMW und machte sich auf den Weg hinunter in die Stadt. Der gelbe Alpha Spider von Sabine Karlson fuhr dicht hinter ihm.

Eine halbe Stunde später saßen die beiden Beamten in Siebels Büro. Karlson suchte im Computer nach dem Wohnsitz von Johanna Majowski.

„Haben Sie sich schon Gedanken darüber gemacht, wie der Täter mit Jennifer Miller auf den Feldberg gekommen ist und wie er alleine wieder von dort verschwunden ist?" Sabine Karlson hatte noch keine schlüssige Erklärung für den Tathergang.

„Ich vermute, dass er zusammen mit Jenny in dem Corsa nach oben gefahren ist. Was dort geschehen ist, werden wir wissen, wenn die Pathologen ihre Arbeit gemacht haben. Ich vermute, dass er Geschlechtsverkehr mit Jenny hatte. Vielleicht gehörte das Festbinden von ihren Händen und Füßen ja auch zu einem erotischen Spielchen, auf das sie sich eingelassen hatte. Wenn dem so war, hatte er einfaches Spiel. Er befestigte den Schlauch am Auspuff, führte ihn ins Wageninnere und dichtete die Scheibe ab. Dann brauchte er nur den Motor zu starten und das Gaspedal mit dem Stein beschweren und Jenny konnte nichts dagegen tun. Wahrscheinlich hat er noch lange genug gewartet, bis er sicher sein konnte, dass sie tot ist. Denn wenn vorher noch jemand auf den Parkplatz gekommen wäre und sie gefunden hätte, wäre er ja geliefert gewesen."

„Und wenn jemand gekommen wäre, was hätte er dann machen sollen?"

„Das ist eine gute Frage. Wir sollten auf den Obduktionsbericht warten, bevor wir uns darüber den Kopf zerbrechen. Vielleicht ist sie ja gar nicht an einer Kohlenmonoxyd-Vergiftung gestorben, vielleicht wollte er uns nur in die Irre führen. Vielleicht mag er auch das Risiko. Spuckt der Computer schon was zu Johanna Majowski aus?"

„Hier kommt es. Johanna Majowski, ledig, 24 Jahre alt, keine Vorstrafen, wohnhaft in Frankfurt, in der Pestalozzistraße im Riederwald."

„O.K., dann suchen Sie auch noch den Wohnort von Jenny, ihre Wohnung will ich mir heute auch noch ansehen. Ihr voller Name war Jennifer Miller, ihr Vater ist Amerikaner, lebt aber seit Jahren wieder in den Staaten."

Sabine Karlson tippte den Namen in das Suchprogramm. Es dauerte nur wenige Sekunden, bis sie fündig wurde. „Jennifer Miller, geboren am 14.09.1978 in Mainz. 1984 ist sie mit ihrer Mutter nach Frankfurt gezogen. Seit Juli 2001 ist sie mit Wohnsitz in der Großen Seestraße gemeldet."

„Na dann nichts wie los." Siebels und Karlson verließen hastig das Präsidium, sie nahmen den BMW, Siebels schaltete das Blaulicht ein.

21

Mein Tagebuch, 15. September 2000

Der Urlaub ist vorbei und unsere Ausbildung haben wir alle erfolgreich abgeschlossen. Neue Wege liegen jetzt vor uns. Tanja hat sich entschieden, für ein Jahr bei der Deutschen Bank zu bleiben und anschließend Betriebswirtschaft zu studieren. Johanna hat bei der Sparkasse gekündigt, sie hat keine Lust mehr auf die Arbeit und will Medizin studieren, sehr zur Freude ihres Vaters Jenny wurde von der Dresdner Bank übernommen. Und mir geht es wie Johanna. Auf eine Tätigkeit als Bankkaufmann kann ich getrost verzichten, ich werde Informatik studieren.

Große Sorgen mache ich mir aber um unser harmonisches Familienleben, das seit jener Nacht mit den Spaniern leider nicht mehr existiert. Bis heute weiß ich nicht, was zwischen Tanja und Jenny vorgefallen ist. Ich muss es herausfinden und versuchen zu retten, was zu retten ist.

Die Heimfahrt von Spanien war ein einziger Albtraum gewesen. Auf der Hinfahrt hatten wir noch alle vier in einem Zugabteil gesessen. Auf der Rückfahrt saß ich mit Jenny in einem Abteil, Tanja und Johanna in einem anderen. Wenn Blicke töten könnten, wäre ich im Zug tot umgefallen. Schweren Herzens musste ich natürlich Jenny Gesellschaft leisten. Ich hatte es ihr versprochen. Tanja wollte natürlich, dass ich bei ihr und Johanna im Abteil sitzen sollte. Ihren eiskalten Blick, mit dem sie mich aus ihren blauen Augen in Beschlag nahm, als ich mich zu Jenny gesellte, werde ich nie vergessen.

Drei Wochen sind seitdem vergangen. Drei Wochenenden, an denen ich mich bei Jenny austoben durfte. Erst kam die Hausarbeit. Putzen, Waschen, Bügeln. Auch den Keller durfte ich aufräumen. Nach der Pflicht rief mich Jenny zur Kür. Schneller, tiefer, fester.

Aber auch auf zärtliche Küsse wollte sie nicht verzichten. Die bekam sie früher von Tanja, da war ich natürlich nur ein schlechter Ersatz. So aufregend es auch war, im wilden Galopp durch Jennys Paradies zu reiten, so sehr fehlte mir die verführerische Raffinesse von Tanja und die hingebungsvolle Leidenschaft von Johanna. Doch davon durfte ich in Jennys Gegenwart kein Wort verlieren. Sie hatte mir strikt verboten, von Tanja zu sprechen. Von einem Treffen zwischen Tanja und mir ganz zu schweigen.

Doch heute bekam ich einen Anruf von Tanja. Sie flüsterte, ihre Stimme klang so unwahrscheinlich erotisch. Im Geiste sah ich, wie ihre roten vollen Lippen die Worte formten, die wie Musik an mein Ohr drangen. Worte, deren Bedeutung mich glücklich und ängstlich zugleich machten. Tanja wollte sich mit mir treffen. Nichts wollte ich mehr, als Tanjas Gegenwart zu genießen. Nichts fürchtete ich mehr, als Jennys Zorn zu spüren.

Ich verabredete mich mit Tanja für den nächsten Tag. Meine Freude überwog meine Angst, als ich den Telefonhörer wieder auflegte.

Sonntag, 25. August 2002, 10.00 Uhr

Siebels hatte gehofft, dass sie Johanna um diese Zeit antreffen würden, doch er klingelte vergebens. Nachdem die beiden Beamten fünf Minuten lang vor der verschlossenen Tür ausgeharrt hatten, klingelte Siebels bei einer Nachbarin. Es dauerte nicht lange und die Tür wurde geöffnet. Johannas Wohnung lag im zweiten Stockwerk, die der Nachbarin genau daneben. Eine junge Afrikanerin stand hinter ihrem Türspalt und musterte die beiden Kripobeamten, die ihre Ausweise vorzeigten. Die Afrikanerin sprach in einem akzentfreien Deutsch.

„Johanna ist im Urlaub, auf Gran Canaria. Ist etwas passiert?"

Siebels stöhnte, das hatte ihm gerade noch gefehlt. Er ließ sich seine Aufregung nicht anmerken.

„Es geht um eine Freundin von Frau Majowski, wir benötigen einige Auskünfte. Wie lange ist sie denn schon verreist und wann kommt sie wieder?"

„Sie hat für zwei Wochen gebucht, nächsten Samstag kommt sie zurück."

Siebels bedankte sich und wollte wieder gehen, aber seine Kollegin hakte bei der Afrikanerin noch einmal nach.

„Mit wem ist sie denn in den Urlaub geflogen? Mit ihrem Freund?"

„Nein, Johanna hat keinen Freund, sie ist allein geflogen. Sie wollte wohl ursprünglich mit einer Freundin fliegen, die hat es sich aber anders überlegt. Johanna war ziemlich sauer und ist dann alleine nach Gran Canaria geflogen."

Sabine Karlson bedankte sich bei der dunkelhäutigen Frau mit dem schwarzen gekräuselten Haar und lief hinter Siebels die Treppen hinunter. Siebels schien es eilig zu haben.

„Und nun?" Karlson saß neben Siebels im BMW, mit hoher Geschwindigkeit fuhren sie durch die Stadt, das Blaulicht auf dem Dach, die Sirene ließ Siebels nur an Kreuzungen aufheulen.

„Wir werden sie am Samstag auf dem Flughafen abfangen. Jetzt verschaffen wir uns einen Überblick in Jennys Wohnung. Ich will wissen, ob es bei ihr auch Hinweise auf Aktivitäten im Internet gibt und ob sie auch einen zweiten Anschluss mit einer 0190er-Nummer besitzt. Rufen Sie bitte in der Zentrale an, die sollen einen Schlüsseldienst in die Große Seestraße schicken."

„Am Sonntagmorgen, das kommt den Steuerzahler aber teuer." Siebels brummte nur etwas Unverständliches vor sich hin. Dann kam ihm in den Sinn, dass er seiner Kollegin auch den Sonntag verdarb, eigentlich gehörte sie offiziell überhaupt nicht in seine Abteilung.

„Hatten Sie heute schon was vor? Es tut mir leid, dass ich Ihnen den Sonntag versaue, ich kann das auch allein durchziehen."

„Nein, das ist schon in Ordnung. Ich freue mich, dass Sie mich in den Fall voll mit einbeziehen."

Siebels streckte ihr seine Hand entgegen. „Ich heiße übrigens Steffen. Willkommen bei der Mordkommission."

Die blonde Halbschwedin erwiderte den festen und herzlichen Händedruck. „Ich bin die Sabine. Jetzt müssten wir aber auch noch mit einem Glas Sekt anstoßen."

„Das holen wir nach, ganz bestimmt." Siebels schlechte Laune verwandelte sich schlagartig, er musste grinsen und konnte nicht mehr damit aufhören. Die Karlson war Balsam für seine geschundene Seele.

Der Mann vom Schlüsseldienst wartete schon, als der BMW mit Blaulicht am Kurfürstenplatz vorfuhr. Jennifers Wohnung lag in einem Wohnblock, direkt gegenüber vom Kurfürstenplatz. Im Erdgeschoss war ein Frisörsalon untergebracht, es gab natürlich keine Parkplätze. Siebels parkte den BMW in zweiter Reihe, das Blaulicht ließ er auf dem Autodach.

Jennifer lebte in einer geräumigen Vier-Zimmerwohnung. Als Siebels den Computer in einem der Zimmer sah, fiel ihm ein, dass er Charly Hofmeyer jetzt gebrauchen könnte. Ob er Charly am Sonntag überhaupt erreichen würde, schien ihm fraglich. Er versuchte es erst im Präsidium, aber da war er natürlich nicht. Er ließ sich seine Privatnummer geben und klingelte Charly schließlich aus dem Bett. Charly war gar nicht begeistert davon, seinen heiligen Sonntag zu opfern, aber als er von einer zweiten Leiche im Fall Niehaus hörte, war sein Interesse geweckt. Er versprach Siebels, sich sofort auf den Weg zu machen.

Die Wohnung von Jenny war ordentlich und sauber. Es gab zwei kleinere Zimmer, ein großzügig geschnittenes Schlafzimmer und ein in die Länge gezogenes Wohnzimmer. Raufasertapeten bildeten einen Kontrast zu der schwarzen Ledercouch-Garnitur, die um einen kleinen Tisch gruppiert war. An den Wänden hingen Bilder. Die Bilder dokumentierten Jennys Interessen. Ein Schwarzweiß-Bild zeigte einen nackten Mann, der in Ketten an einen Baum gebunden war. Ein farbiges Bild zeigte einen Frauenfuß in einem roten Stöckelschuh, davor kniete ein Mann, dessen gespitzte Lippen die Schuhspitze küssten. Das dritte Bild im Zimmer war wieder eine Schwarzweiß-Fotografie. Es zeigte eine gut proportionierte Frau, deren kurvenreiche Rundungen in einem eng geschnürten Korsett besonders gut zur Geltung kamen. Sie stand vor einer Art Schlossmauer und hatte eine rauchende Zigarre in der Hand. »Die Gräfin«, war der Untertitel des Bildes.

„Gefällt es dir?" Sabine Karlson riss Siebels aus seinen Gedanken. Er hatte bestimmt eine Minute lang auf das Bild geschaut und dabei alles um sich herum vergessen.

„Ehrlich gesagt, ja. Das Bild gefällt mir. Warum tragt ihr Frauen heutzutage eigentlich keine Korsetts mehr?"

„Habe ich das nötig?" Die Karlson schob ihr T-Shirt hoch und präsentierte Siebels ihren braungebrannten Bauch, an dem kein Gramm

Fett zuviel war. Siebels wollte cool bleiben und etwas erwidern. Er öffnete zwar seine Lippen, brachte aber kein Wort heraus. Er schaute sie einfach nur an und hatte das unbändige Bedürfnis, diesen Bauch zu berühren, zu streicheln, zu liebkosen. Die Karlson bedeckte ihn aber wieder und für einen kurzen Augenblick trafen sich ihre Blicke und die sagten mehr als tausend Worte. Die Karlson kam wieder zur Sache und fragte Siebels, was er mit Charly ausgemacht hatte.

„Charly ist auf dem Weg hierher. Ich will gleich wissen, ob wir auf dem Rechner hier etwas finden, das im Zusammenhang mit Tanjas Internetaktivitäten steht und ob es einen Hinweis darauf gibt, dass Jenny identisch mit Tanjas Freundin Cleopatra ist."

Die Karslon hatte den PC gerade angeschaltet und wartete, während er mit einem Summen hochfuhr. Dabei stöberte sie in einem Terminkalender, der neben dem Computer lag.

„Hier habe ich schon die erste Verbindung zu Tanjas Akte gefunden", rief sie erfreut aus. „Für Vorgestern ist etwas Interessantes eingetragen."

Siebels konnte seine Neugierde nicht verbergen, mit zwei schnellen Schritten stand er hinter seiner Kollegin und schaute über deren Schulter in den Terminkalender. Dabei stieg ihm der süßliche Geruch von Karlsons Parfum in die Nase, er atmete tief ein. Sein Blick richtete sich auf den aufgeschlagenen Terminkalender und der Name Detlev Bach sprang ihm sofort ins Auge. „Detlev Bach, Saarbrücken", las er laut vor. Der Eintrag war vom Freitag auf der Zeile für 18.00 Uhr. Siebels starrte auf den Terminkalender, er stand hinter seiner Kollegin, die an dem Schreibtisch saß. Sein Blick wanderte vom Kalender zu dem Körper von Sabine Karlson. Er schaute von oben auf ihre Brüste, er dachte nicht mehr an den Eintrag in dem Kalender, der für die laufenden Ermittlungen eine enorme Rolle spielte. Er dachte daran, wie schön es wäre, diese Brüste in seinen Händen zu wiegen. Er schaute auf ihren Nacken, dachte daran, wie schön es jetzt wäre, diese braune weiche Haut zärtlich mit seinen Fingern zu berühren. Für einen Moment glaubte er, den Boden unter den Füßen zu verlieren. Die Karlson saß regungslos auf dem Stuhl. Als würde sie seine Blicke spüren und genießen, als würde sie seine Blicke nicht mehr loslassen wollen.

Siebels riss sich zusammen. „Schauen wir mal, was wir sonst noch finden, du stöberst hier in den Schränken, ich kümmere mich um das andere Zimmer."

„Suchen wir nach etwas Bestimmtem?" Die Karlson drehte sich mit ihrem Stuhl zu Siebels herum und sah ihn fragend an.

„Ja, aber ich weiß nicht, nach was. Du hast ja schon einen wichtigen Hinweis in dem Kalender gefunden, vielleicht gibt es noch andere Hinweise, die mit ihrem Tod in Verbindung stehen könnten." Die beiden machten sich an die Arbeit, Charly Hofmeyer war mittlerweile auch eingetroffen. Siebels erzählte ihm von Jennys Tod auf dem Feldberg und von dem Spruch auf ihrem Rücken. Charly pfiff leise durch die Zähne und machte sich dann an Jennys Computer zu schaffen. Der war mit einem Passwort geschützt. Charly war schnell darin vertieft, den Zugang zu knacken.

Sabine Karlson blätterte in einem Fotoalbum. Sie fand die gleichen Bilder, die auch bei Tanja auf dem Rechner gespeichert waren. Die drei Mädchen gemeinsam am Strand, Tanja und Jenny unter der Dusche, Tanja und Johanna nackt im Bett. Hier gab es noch mehr dieser Fotos, als auf Tanjas Rechner.

Siebels kam aufgeregt ins Zimmer. „Schaut euch das einmal an." Er hatte einen Aktenordner in der Hand. „Das sind die Unterlagen und Gehaltsabrechnungen ihres Arbeitgebers, der Dresdner Bank. Es gibt auch einige Beurteilungen und Briefe, die von ihrem Vorgesetzten unterschrieben sind. Und jetzt ratet mal, wer dieser Vorgesetzte ist." Charly und die Karslon schauten ihn nur ratlos an. „Haltet euch fest, es ist Helmut Kreuzberger. Der Bruder von Olaf Kreuzberger, dem Vorgesetzten und ehemaligen Liebhaber von Tanja. Olaf Kreuzberger hatte übrigens auch ein Verhältnis mit Tanjas Mutter."

„Ist nicht wahr", staunte Charly.

„Doch, das ist wahr. Der Fall wird immer verzwickter. Erst dieser Detlev Bach, der mit beiden toten Mädchen in Kontakt gestanden hat und jetzt wieder der Name Kreuzberger. Für morgen Vormittag habe ich Olaf Kreuzberger auf das Präsidium bestellt. Wenn ich mit dem fertig bin, werde ich mir seinen Bruder bei der Dresdner Bank vorknöpfen."

„Ich bin drin!" Charly zeigte triumphierend auf den Bildschirm, der nun die gespeicherten Inhalte des Rechners preisgab. „Wollt ihr wieder raten, wie das Passwort heißt?"

„Nein, wollen wir nicht, erzähl es uns", erwiderte Siebels.

„Na ihr habt doch nach einer Cleopatra gesucht. Bingo, das Passwort heißt Cleopatra."

„Also ist Jenny identisch mit Tanjas Freundin Cleopatra. Detlev Bach wurde von Tanja an Jenny vermittelt. Der steht wohl auf die ganz harte Tour und war bei Jenny besser aufgehoben als bei Tanja."

„Genau", erwiderte Siebels. „Da wird sich Till aber freuen. Der soll morgen gleich wieder nach Saarbrücken fahren und den Knaben ordentlich unter Druck setzen. Vielleicht gesteht er ja jetzt."

Charly hatte sich mittlerweile einen Überblick über Jennys gespeicherte Daten verschafft. Es gab keine Hinweise auf eine 0190er-Nummer, wie sie bei Tanja installiert war. Er fand auch keinen E-Mail-Verkehr, der auf Internet-Bekanntschaften hingewiesen hätte. Stattdessen fand Charly einige Internet-Adressen, die Jenny häufig besucht hatte. Er öffnete den Internet-Explorer und rief die verschiedenen Internet-Seiten auf, die Jenny unter ihren Favoriten abgespeichert hatte. Siebels und Karlson gesellten sich zu Charly und verschafften sich einen Überblick über Jennys Interessen. Zum Vorschein kamen Bilder von Dominas in Lack und Leder, von nackten Männern, die in Ketten gefesselt waren und sich als Sexsklaven zur Verfügung stellten. Es gab etliche Seiten mit SM, Bondage oder Fetisch-Angeboten. Eine Seite erklärte ausführlich, wie man willige Sklaven einer Dressur unterzieht, auf einer anderen Seite konnte man online die nötigen Requisiten bestellen. Charly fand eine gespeicherte Bestellung von Jenny. Sie hatte vor zwei Monaten Unterwäsche aus Leder und Latex bestellt. Außerdem waren auf dem Bestellzettel ein paar hochhackige Stiefel, Handschuhe, drei verschiede Peitschen, ein Reitstock und zwei Sorten Hundehalsband aufgeführt. Die Rechnung betrug über dreihundert Euro.

Siebels fing an, in Jennys Kleiderschrank zu stöbern. Es dauerte nicht lange und er präsentierte seinen Kollegen die Utensilien, die auf dem Bestellzettel aufgeführt waren.

Charly durchsuchte weiter die gespeicherten Dateien, Sabine Karlson saß neben ihm und starrte auf den Bildschirm. In einem Unterverzeichnis fiel ihr ein Dateiordner auf. Sie zeigte mit der Fingerspitze darauf. „Mach den Ordner auf, Charly."

„Welchen?"

„Cleopatras Untertanen."

Charly sah den Ordner und öffnete ihn. Zum Vorschein kam eine Liste mit Namen und Telefonnummern. Es waren vierzehn Namen auf der Liste. „Wir haben ihre Kundendatei gefunden", rief Karlson und Siebels eilte herbei. Charly druckte die Liste aus und überreichte sie Siebels. Der gab sie an Sabine weiter. „Damit dir nächste Woche nicht langweilig wird“, witzelte er.

„Soll das heißen, dass ich jetzt ein vollwertiges Mitglied bei der Mordkommission bin?“

„Zumindest für den laufenden Fall, wenn du einverstanden bist.“

„Klar bin ich einverstanden.“

„Ich werde nächste Woche mit Jensen reden, damit das auch offiziell wird.“ Siebels tippte die Nummer vom Leiter der Spurensicherung in sein Handy. Das Team hatte seine Arbeit auf dem Feldberg gerade beendet. Es gab noch keine verwertbaren Spuren. Siebels beorderte das Team in Jennys Wohnung.

„Wenn die Jungs von der Spurensicherung hier sind, fahren wir zu Sven Fischer.“ Charly stöhnte. „Mein schöner Sonntag, kannst du deiner Kundschaft nicht beibringen, am Wochenende das Morden sein zu lassen?“

„Was hättest du mit deinem Sonntag denn angefangen, wenn ich dich nicht aus deiner Einsamkeit befreit hätte? Bei Fischer brauchen wir dich aber nicht, du bist damit für heute entlassen.“

„Gehört dieser Fischer noch zu deinen Mörder-Kandidaten? Till hat mir erzählt, der wäre schwul.“

„Na wenn er dir gefällt, kannst du gerne mitkommen. Als Täter ist er so gut wie ausgeschieden.“

Charly verzichtete auf eine Antwort, er verdrehte stattdessen nur die Augen.

Eine Dreiviertelstunde später marschierten drei Männer von der Spurensicherung ein. Karlson und Siebels machten sich auf den Weg zu Sven Fischer. Charly zog es vor, sich zu verabschieden.

Fischer war gerade dabei, den Artikel zu verfassen.

»LIPPENSTIFT-MÖRDER VERGAST OPFER AUF DEM FELDBERG«, lautete seine Headline. Die Karlson hatte kein gutes Gefühl bei der Sache.

„Willst du wirklich, dass er seinen Artikel in allen Einzelheiten abdrucken lässt? Solange wir Johanna Majowski noch nicht gesprochen haben, könnte das ins Auge gehen.“

„Auf Gran Canaria sollte sie in Sicherheit sein, wir müssen sie nur gleich am Flughafen abfangen, wenn sie wieder in Frankfurt landet. Würdest du dich darum kümmern und herausfinden, mit welchem

Anbieter sie geflogen ist und wann genau sie wieder hier ankommt."

„Kein Problem, trotzdem bin ich skeptisch, ob das mit dem Artikel eine so gute Idee ist."

„Wir werden Johannas Wohnung nächste Woche observieren lassen. Wenn wir Glück haben, setzt der Artikel unseren Mann unter Druck und er taucht bei Johanna auf. Solange sie nicht da ist, haben wir noch den größten Handlungsspielraum. Das sollten wir ausnutzen."

Der Artikel lag bereits gedruckt im Ausgabefach des Laserdruckers, Siebels nahm das Blatt Papier und las den Artikel laut vor. Fischer beschrieb die genauen Umstände von den beiden Morden und machte die Sprüche auf den Rücken der toten Mädchen zum Aufhänger in der Geschichte. Siebels war zufrieden. Das musste den Täter unter Druck setzen, wenn Johanna auch noch auf seiner Liste stand. Die Karlson hatte Recht, es war ein gefährliches Spiel, das er da spielte. Aber er war der Meinung, die besseren Karten zu haben und wollte das Spiel spielen.

Es war mittlerweile 14.00 Uhr vorbei, sie hatten den ganzen Tag noch nichts gegessen. Siebels lud seine Kollegin zum Mittagessen in eine Pizzeria auf der Adalbertstraße ein.

Die letzten Regenwolken hatten sich nun endgültig verzogen, nur noch vereinzelte weiße Wölkchen zogen am blauen Himmel vorüber, es wurde schwül in der Stadt. Sie ergatterten noch einen Tisch in der kleinen Pizzeria, Siebels nahm die Nummer 18, wie immer. Tomaten, Käse, Schinken, Pilze. Die Karlson begnügte sich mit einem italienischen Salat. Dazu genehmigten sich beide ein kühles Bier.

„Jetzt können wir unser »PER DU« auch mit etwas Flüssigem besiegeln. Prost, Sabine." „Prost, Steffen." Sie stießen die Bierflaschen an und leerten sie mit großen durstigen Zügen. Auf das obligatorische Küsschen nach dem »PER DU« verzichteten sie aber.

Sie blieben noch über zwei Stunden und unterhielten sich. Sabine Karlson erzählte von ihrer zweiten Heimat in Schweden, von ihrem Entschluss, Polizistin zu werden, und welche Schwierigkeiten sie im Laufe der Jahre mit ihrem Job hatte. Es lagen zwei längere Beziehungen hinter ihr. Die eine dauerte zwei Jahre. Er war damals noch Student, er studierte Geologie. Sie absolvierte damals mehrere Fortbildungskurse neben ihren regulären Schichten bei der Milieukriminalität. Für die Beziehung war das Gift, der angehende

Geologe fand schließlich eine angehende Geologin, die mehr auf seine Bedürfnisse einging. Sabine Karlson war damals zweiundzwanzig, ein Jahr später lernte sie einen Kollegen kennen und lieben. Aber auch diese Liebe war nicht von langer Dauer, der Kollege hielt es nicht so genau mit der Treue und als die rassige Halbschwedin eines nachts wegen einer Erkältung früher als geplant von der Nachtschicht nach Hause kam, fand sie eine vollblütige Italienerin in ihrem Bett vor. Sie prügelte den liebestollen Bullen und seinen Betthasen mit seinem Gummiknüppel aus ihrer Wohnung. Seitdem hatte sie die Schnauze voll von Männern, wie sie Siebels lachend versicherte.

Siebels erzählte von seinem geplatzten Traum. Eine fürsorgliche Frau, eine aufgeweckte Tochter, die noch ein Brüderchen bekommen sollte, und ein hübsches Häuschen am Stadtrand von Frankfurt. Eine stattliche Anzahl von Telekom-Aktien, die er mit seinem Dispo finanziert hatte, sollte den ganzen Traum noch etwas beschleunigen. Wenn das Häuschen erstmal bezahlt war, konnte man es sich ja gut gehen lassen, ein sorgenfreies Leben leben. Dummerweise hatte er nach den ersten Kursanstiegen noch ein großes Paket Aktien nachgekauft. Und kaum waren die Wertpapiere seinem Depot gutgeschrieben, kannten die Kurse nur noch eine Richtung, die nach unten.

Der Traum war geplatzt, das Häuschen wurde zwangsversteigert, Frau und Tochter kehrten ihm den Rücken zu, seine Arbeit war alles, was er noch hatte.

Sabine hörte ihm gerne zu, er hatte eine angenehme Art zu sprechen. Und Siebels hätte stundenlang zuhören können, wenn die attraktive Kollegin von der Milieukriminalität aus ihrem Leben erzählte.

Es war 16.00 Uhr vorbei, als Siebels schließlich zahlte und sie sich trennten. Die Karlson fuhr in ihrem gelben Alpha Spider nach Hause. Siebels beschloss, Maria Niehaus noch einen Besuch abzustatten. Wenn sie die Geschichte von Olaf Kreuzbergers Freund bestätigte, wäre das Verhör am nächsten Morgen mit Kreuzberger ziemlich überflüssig.

Er parkte seinen BMW vor der Villa, die Garage war offen und leer, Peter Niehaus schien also unterwegs zu sein.

„Sie schon wieder?" Maria Niehaus stand in der Tür und sah ihn misstrauisch an. „Ja, ich schon wieder. Guten Tag Frau Niehaus. Darf ich hereinkommen?"

Siebels trat ein, das Haus kam ihm mittlerweile schon vertraut vor. Er ging Maria Niehaus voraus ins Wohnzimmer und machte es sich auf der Couch bequem. Sie setzte sich ihm gegenüber auf den Sessel. Einen Drink bekam er nicht angeboten.

„Ist Ihr Mann nicht Zuhause?"

„Nein, er ist im Tennisclub. Wollten Sie mit ihm sprechen?"

„Nein, ich will mich mit Ihnen unterhalten. Es geht noch einmal um Olaf Kreuzberger. Und um sein Alibi für die Nacht, in der Tanja ums Leben kam. Bei meinem letzten Besuch wollten Sie nicht ausschließen, dass Kreuzberger etwas mit dem Tod von Tanja zu tun hat, das ist doch richtig, oder?

Maria Niehaus war das Thema unangenehm. Sie blieb erst einen Moment still und senkte ihren Blick auf den Boden. Dann sprach sie mit leiser Stimme. „Ich weiß es nicht. Ich sagte, dass ich Olaf nicht für fähig halte, einen Mord zu begehen. Schon gar nicht an meiner Tochter. Aber wer weiß schon, was in einem anderen Menschen vorgeht? Ihre Theorie schien mir einleuchtend."

Siebels musterte Maria Niehaus, er hätte zu gerne gewusst, was in ihrem Kopf vorging. Aber er wurde nicht schlau aus der Frau.

„Olaf Kreuzberger nannte uns den Namen eines Freundes, mit dem er in der Tatnacht zusammen gewesen sein wollte. Dieser Freund hat nun aber zugegeben, dass er nicht mit Kreuzberger zusammen war. Stattdessen behauptet dieser Freund, dass Kreuzberger die Nacht mit Ihnen verbracht hat. Können Sie das bestätigen Frau Niehaus?"

Sie schaute ihn mit großen Augen an. „Ich habe Ihnen doch gesagt, dass ich keinen Kontakt mehr zu Olaf hatte. Wie kommt dieser Freund bloß auf diese Idee?"

„Das frage ich Sie, Frau Niehaus. Sie haben meine Frage nicht beantwortet. Waren Sie in der Nacht als Tanja starb, mit Olaf Kreuzberger zusammen? Antworten Sie doch bitte nur mit Ja oder Nein."

„Nein. Ich war nicht mit ihm zusammen. Er hat zwei Tage vorher angerufen, ja. Er wollte sich mit mir treffen, ja. Aber ich wollte ihn nicht sehen. Ich wollte diese unglückselige Beziehung ein für allemal beenden. Verstehen Sie das? Ich war in der Nacht als Tanja starb, mit meinem Mann zusammen. Wir haben am Abend gemeinsam gegessen, sind anschließend noch spazieren gegangen. Fragen Sie ihn, wenn Sie mir nicht glauben. Wir haben die Nacht in unserem gemeinsamen Ehebett verbracht. Wie es sich gehört für ein Paar, das seit über zwanzig Jahren verheiratet ist."

Siebels beließ es dabei. Er verabschiedete sich, für heute hatte er sein Pensum an Polizeiarbeit erfüllt. Die nächste Woche gab es noch viel zu tun.

22

Montag, 26. August 2002

Johanna wanderte, wie jeden Morgen seit einer Woche, von ihrem Hotel zum Strand. Das Hotel lag mitten in Playa del Ingles, bis zum Badestrand hatte sie etwa fünfzehn Minuten Fußweg. Es war wieder heiß, viel zu heiß. Am Strand mietete sie sich einen Sonnenschirm, das Thermometer zeigte bereits 34 °C im Schatten und es war früh am Tag. Ihre Haut war bereits dunkelbraun, trotzdem cremte sie sich ausgiebig ein. Sie machte es sich auf der Liege unter dem Sonnenschirm bequem und las die letzten Seiten von ihrem Roman »Das Haus der Harmonie« von Barbara Wood. Johanna hatte die 520 Seiten in drei Tagen durchgelesen, zuvor hatte sie schon zwei Bücher gelesen. Wenn sie das Buch durch hatte, war ihr der Lesestoff ausgegangen. Sie hatte noch eine lange Woche am heißen Strand von Playa del Ingles vor sich. Sie würde sich am Abend nach neuen Büchern umsehen müssen. Als sie das Buch ausgelesen hatte, ging sie schwimmen. Es war etwas Wind aufgezogen und die Wellen schwappten ihr angenehm entgegen. Sie lief den Wellen entgegen, das Wasser stieg nur langsam an ihrem Körper höher. Sie musste einige Zeit gehen, bis sie bis zum Hals im Wasser stand. Rings um sie wurde gespritzt und gejohlt. Ein Ball flog ihr gegen den Kopf, ein Surfer fiel genau neben ihr vom Brett. Sollte das eine Anmache gewesen sein? Ihr war es egal, sie wollte einfach nur ihre Ruhe haben. Sie ließ sich ins Wasser gleiten und schwamm in regelmäßigen Zügen aufs offene Meer hinaus. Sie war eine gute Schwimmerin und hier draußen gab es nur noch vereinzelte Windsurfer. Ansonsten herrschte hier Ruhe, nur das Grollen der heranrückenden Wellen war zu hören. Kein Kindergeschrei, keine Musik aus Radios, keine lautstarken Unterhaltungen von jugendlichen Engländern, Holländern oder Deutschen störten sie hier draußen. Sie blickte zurück zum Strand. Es schien alles winzig und weit weg. Johanna ließ sich auf dem Rücken im Wasser treiben. Ließ sich von jeder Welle emporheben und wieder sinken. Es war ein herrliches Gefühl, sich so treiben zu lassen. Sie schloss die Augen, wurde von der großen Welle überrascht, die da bedrohlich auf sie zukam. Sie musste Salzwasser schlucken, als die Welle sie unter sich begrub. Hustend und keuchend kam ihr Kopf wieder unter der Wasseroberfläche hervor. Sie schaute der großen Welle hinterher. Schade, dass sie nicht surfen konnte. Johanna schwamm zurück zum Strand. Wenn Tanja mitgefahren wäre, so wie sie es geplant hatten, wäre der Urlaub bestimmt lustiger geworden. Sie bereute es jetzt, dass sie ihre neue Bekanntschaft aus Frankfurt nicht gefragt hatte. Es wäre doch schön gewesen, jetzt mit Jens hier am Strand zu liegen, von seinen einfühlsamen, aber starken Händen eingecremt zu werden. Aber sie hatte ihn ja erst vor vier Wochen kennen gelernt. Und seitdem hatten sie sich nur drei- oder viermal gesehen. Hatte sie sich in ihn verliebt? Sie musste hier jedenfalls oft an ihn denken. Er war witzig, charmant und sah sehr gut aus. Das Wasser ging ihr nur noch bis zu den Hüften, die letzten Meter lief sie zwischen schreienden Kindern und Ball spielenden Jugendlichen im Zickzack-Kurs zurück zum Strand. Sie erkannte ihre Liege schon von weitem an dem hellgrünen Badehandtuch. Neben ihr lag plötzlich eine Gruppe Jugendlicher. Als sie näher kam, identifizierte sie die tätowierten Jungs eindeutig als Engländer. Nur Engländer hatten diese knallroten Sonnenbrände aufzuweisen. Sie hatte den Strand erreicht und ging zielstrebig auf ihre Liege zu, als ihr die Schlagzeile der Bild-Zeitung ins Auge fiel. Ein deutsches Pärchen breitete gerade seine Handtücher im Sand aus, die Zeitung lag neben dem Rucksack des Mannes. Wie in Trance kam Johanna näher und betrachtete sich die Titelseite der Bild. Fotos von Tanja und Jenny waren abgedruckt. Daneben stand in großen Lettern etwas von einem Lippenstift-Mörder. Johanna wurde schlecht, sie hatte das Gefühl, sich übergeben zu müssen.

Till erschien am Montag bereits um 8.30 Uhr im Büro. Er war am Abend zuvor gegen Mitternacht wieder in Frankfurt eingetroffen. Während des Wochenendes in Erfurt hatte er keinen Gedanken an den Fall verloren, der sechzigste Geburtstag seines Vaters war Anlass für ein großes Familientreffen. Am Sonntag hatte Till auch seine Freunde in sein altes Stammlokal eingeladen. Jedenfalls die, die noch in Erfurt verblieben waren. Viele waren es nicht mehr, die meisten hatten eine Arbeitsstelle im Westen angenommen und Thüringen den Rücken gekehrt. Aber er bekam noch eine Gruppe von sechs Leuten zusammen, mit denen er seit seiner frühesten Kindheit befreundet war. Er blieb länger, als er geplant hatte. Es gab viel zu erzählen und seine Kumpels waren begeisterte Zuhörer, wenn er von der Polizeiarbeit in Frankfurt berichtete.

Siebels war bereits seit 7.00 Uhr im Büro und schrieb einen ausführlichen Bericht über die Geschehnisse vom Wochenende.

Kaum hatte Till am Abend zuvor seine Gold Wing vor seiner Haustür abgestellt, waren seine Gedanken wieder bei dem aktuellen Fall gewesen. Wie er seinen Kollegen kannte, hatte der am Wochenende wieder alle möglichen Ermittlungen durchgeführt. Till war gespannt, was Siebels Neues zu berichten hatte.

Siebels benötigte über eine Stunde, bis er Till von dem ereignisreichen Wochenende in Kenntnis gesetzt hatte. Er berichtete von seinem Besuch bei Joachim Schäfer und bei dem Lehrer Menkhoff. Er erzählte Till ausführlich, wie er das Alibi von Kreuzberger zerpflückt hatte und machte es spannend, als er Till von dem Tod Jennys erzählte. Er berichtete, dass Jennifer Miller identisch mit der Herrin Cleopatra sei, die Tanja Niehaus in ihrer E-Mail an Detlev Bach erwähnt hatte. Er machte es spannend, als er über die Entdeckung in dem Terminkalender von Jenny erzählte, Till wurde immer hellhöriger. Schließlich weihte er Till noch über die Freundschaft zwischen Tanja, Jenny und Johanna ein und machte ihm deutlich, dass Johanna nun eine besondere Bedeutung zukam. Anscheinend hatte Till heute noch keine Bild-Zeitung zu Gesicht bekommen, Siebels griff in seine Schublade und reichte Till die Zeitung. Die großen, fetten Buchstaben standen neben den Fotos der beiden toten Mädchen. »LIPPENSTIFT-MÖRDER – SERIENKILLER IN FRANKFURT?«, lautete die reißerische Überschrift. Till sah Siebels fragend an.

„Wir machen dem Täter Druck. Wenn Johanna die Nächste sein soll, ist sie nun gewarnt. Sie wird sich entscheiden müssen, entweder sie macht reinen Tisch bei der Polizei oder sie wartet, bis sie mit einem netten Spruch auf dem Rücken endet. Und der Täter hat keine Zeit zu verlieren, wenn Johanna auch auf seiner Liste steht. Johanna ist bis nächsten Samstag auf Gran Canaria, wir werden sie bei ihrer Ankunft am Flughafen abfangen. Seit heute Morgen 7.00 Uhr steht ein ziviler Wagen vor ihrer Wohnung. Wir überwachen die Wohnung jetzt rund um die Uhr."

„Klingt vernünftig, dann dürfte der Fall ja bald abgeschlossen sein.“ Till faltete die Zeitung auseinander und las den Artikel von Sven Fischer in aller Ruhe durch. „Fragt sich nur, ob diese Johanna den Artikel auf Gran Canaria überhaupt zu Gesicht bekommt.“

„Da gibt es die Bild an jeder Ecke zu kaufen, das kann ihr gar nicht entgehen.“

Das Telefon von Siebels läutete genau in dem Moment, als Sabine Karlson das Büro betrat. Sie begrüßte die beiden mit einem strahlenden Lächeln. Siebels winkte ihr kurz zu, er sprach mit einem der Pförtner vom Präsidium. Olaf Kreuzberger hatte sich eingefunden.

„Ihr zwei wart ja ganz schön fleißig am Wochenende, habe ich gehört.“

„Das kannst du laut sagen, Steffen hat mich am Sonntag in aller Frühe aus dem Bett geklingelt, jetzt haben wir schon die zweite Leiche. Und jetzt weiß es auch ganz Frankfurt.“ Sie deutete auf die Zeitung in Tills Händen.

Till war gleich aufgefallen, dass sie Siebels mit seinem Vornamen angesprochen hatte. Die beiden schienen sich also auch privat näher gekommen zu sein.

„Ich gehe runter und hole Kreuzberger her.“ Siebels riss Till aus seinen Gedanken. „Wenn wir mit ihm fertig sind, will ich seinen Bruder bei der Dresdner Bank besuchen. Und auf dich wartet eine kleine Spritztour nach Saarbrücken. Dein Freund Detlev Bach freut sich bestimmt, dich wiederzusehen. Falls Kreuzberger uns kein lupenreines Geständnis abliefert, was ich stark bezweifele.“

„Was heißt hier mein Freund? Der Typ ist die absolute Lachnummer. Und ich wette meinen Arsch darauf, dass er das ganze Wochenende artig bei Mutti war.“

„Wer war bei Mutti?“ Jensen tänzelte wie immer ohne Ankündigung in das Büro. Er deutete auf die aufgeschlagene Bild-Zeitung. „So, meine Dame und meine Herren. Da veranstalten Sie ja wieder mal einen ganz schönen Wirbel. Ich hoffe, Sie wissen, was Sie da machen. Wie kommt es eigentlich, dass die Bild scheinbar wieder einmal exklusiv berichtet?“

„Das ist mir auch ein Rätsel“, Siebels mimte den Ahnungslosen und die Karlson schaute demonstrativ aus dem Fenster, sie hatte Angst, sich durch ihren Gesichtsausdruck zu verraten.

„Ich vermute, der Fall steht kurz vor der Aufklärung, nicht wahr, meine Herren." Jensen machte seinem Ruf als Wiesel alle Ehre, im Eiltempo lief er kreuz und quer durch das kleine Zimmer.

„Natürlich, Herr Staatsanwalt, wir sichten gerade die letzten Beweise und dann schnappen wir uns den Kerl." Till klang überzeugend, Jensen schnippte mit dem Finger. „Das habe ich mir gedacht, also an die Arbeit, Herrschaften." Beobachtet von drei verwunderten Augenpaaren verließ er das Büro so flink, wie er gekommen war. Das Lachen aus dem Zimmer bekam er nicht mehr mit.

Siebels verschwand und kam zehn Minuten später mit Olaf Kreuzberger zurück. Die drei Beamten begleiteten ihn in das kleine Besprechungszimmer. Siebels setzte sich ihm gegenüber, Till stand hinter ihm am Fenster und die Karlson lehnte sich an die Glaswand, die das Büro von dem Zimmer trennte. Kreuzberger fühlte sich in die Mangel genommen, die drei harmonierten perfekt miteinander. Siebels führte das Gespräch, er ließ ein Tonband mitlaufen.

„Schön, dass Sie es einrichten konnten, Herr Kreuzberger. Die Geschichte mit Ihrem Alibi macht mir nämlich einiges Kopfzerbrechen. Erst wollten Sie uns weismachen, dass Sie in besagter Nacht mit Ihrem Bruder und Herrn Braun zusammen waren. Später fiel Ihnen ein, dass Ihr Bruder an diesem Abend gar nicht anwesend war, aber sehr wohl der Herr Braun. Ich muss Ihnen leider mitteilen, dass auch der Herr Braun mittlerweile bestreitet, Ihnen am besagten Abend Gesellschaft geleistet zu haben. Irgendwie drängt sich mir der Eindruck auf, dass Sie uns belügen. Und wenn dem so ist, werden Sie auch einen triftigen Grund dafür haben. Mord im Affekt oder Totschlag wird für gewöhnlich weitaus milder bestraft als vorsätzlicher Mord. Dazu ist aber ein lückenloses Geständnis Grundvoraussetzung."

Kreuzberger saß unbeeindruckt auf seinem Stuhl. Seine anfängliche Nervosität war einer selbstsicheren Haltung gewichen. Er fragte nach einem Glas Wasser, die Karlson brachte ihm eins, nachdem Siebels mit einem leichten Nicken sein Einverständnis gegeben hatte. Kreuzberger trank es zur Hälfte leer, bevor er auf Siebels Vorwürfe einging.

„Ich habe Tanja nicht getötet. Ich war auch in besagter Nacht nicht mit ihr zusammen. Allerdings am Vormittag."

„Was heißt das genau, am Vormittag? Um welche Zeit genau waren Sie mit Tanja zusammen?"

„Wir hatten uns am Samstag um 11.00 Uhr bei mir in der Wohnung verabredet. Sie kam circa fünfzehn Minuten später."

„Was war der Grund für diese Verabredung?"

„Es sollte ein klärendes Gespräch werden. Ich wollte endlich das Private und das Berufliche getrennt wissen. Ich wollte, dass Tanja meine Abteilung verlässt. Freiwillig verlässt, ich wollte sie nicht mit unfairen Mitteln herausdrängen. Ich war mir nicht im Klaren, warum Tanja überhaupt in meiner Abteilung geblieben war. Sie hätte studieren können, sie hätte bei der Bank wesentlich attraktivere Aufgaben übernehmen können. Aber sie tat weder das Eine noch das Andere. Ich wusste nicht warum und ob es etwas mit unserer Beziehung zu tun gehabt hatte. Ich wollte Klarheit schaffen."

„Und? Haben Sie Klarheit geschaffen?"

„Nein, Tanja sagte nur, dass ihre Entscheidung nichts mit mir zu tun gehabt hätte."

„Haben Sie ihr das geglaubt?"

„Ich weiß es nicht. Sie wusste wahrscheinlich selbst nicht, was sie wollte. Ich vermute, dass sie einfach nur Zeit gewinnen wollte, um sich zu entscheiden."

„Sie wussten zu diesem Zeitpunkt nichts von Tanjas Schwangerschaftsabbruch?"

„Nein, das habe ich erst von Ihnen gehört."

„Sie wussten aber, dass Sie Tanjas Mutter, Maria Niehaus, geschwängert hatten. Fast zur gleichen Zeit wie Tanja. Beide Frauen haben beim gleichen Arzt abgetrieben."

Kreuzberger stützte seine Ellenbogen auf dem Tisch ab und versteckte sein Gesicht zwischen seinen Händen. Er murmelte etwas Unverständliches in seine Handflächen.

„Sprechen Sie bitte laut und deutlich in das Mikrofon, Herr Kreuzberger."

Kreuzberger nahm wieder Haltung an, er sprach in das Mikrofon.

„Ja, das wusste ich. Frau Niehaus hat mir davon berichtet, nachdem sie die Beziehung zu mir abgebrochen hatte. Ich liebte sie, ich liebe sie immer noch. Sie ist eine tolle Frau."

„Und Tanja? Tanja haben Sie auch geliebt?"

„Ja, zuerst liebte ich Tanja. Bis ich ihre Mutter kennen lernte. Je öfter ich Maria Niehaus sah, desto mehr fühlte ich mich zu ihr hingezogen. Gleichzeitig wurden die Probleme zwischen Tanja und mir immer größer. Tanja war zu jung und zu lebenshungrig für mich. Sie wollte in die Disco, sie wollte in Bars, sie wollte immer unterwegs sein. Ich gehe auch gern aus, aber in Maßen. Tanja und ich lebten uns immer mehr auseinander. Und eines Abends war ich mit Peter Niehaus verabredet. Ich sollte ihn bei sich Zuhause abholen. Er war aber nicht da, der hatte unsere Verabredung einfach vergessen. Ich trank also ein Glas Wein mit Maria Niehaus. Sie war wie Tanja, ihre Art zu sprechen, ihre Art sich zu bewegen, einfach alles. Nur mit dem Unterschied, dass sie reifer war und ausgehungert nach Liebe. An diesem Abend passierte es einfach. Und anschließend konnte ich nicht mehr von Maria lassen. Ich traf mich mit ihr, so oft es nur ging. Meistens in einem Hotel, oft aber auch bei mir."

„Maria Niehaus war also eine reife attraktive Frau, deshalb haben Sie sich zu ihr hingezogen gefühlt. Das Gleiche haben Sie aber auch über Tanja gesagt."

„Über Tanja hatte ich gesagt, dass sie für ihr Alter sehr reif gewesen sei. Schon zu Beginn ihrer Ausbildung bei der Bank. Das ist auch richtig. Aber sie war auch anstrengend. Ihre Mutter hingegen war sehr hingebungsvoll. Glauben Sie mir, ich hatte viele schlaflose Nächte. Ich liebte die Mutter meiner Freundin, ich schlief abwechselnd mit Tanja und mit Maria, es war die Hölle. Aber ich kam nicht heraus aus dieser Hölle. Bis dann Tanja unsere Beziehung beendete. Und nur ein paar Tage später tat es ihre Mutter ihr gleich. Es dauerte einige Zeit, bis ich mich mit diesem neuen Zustand abgefunden hatte. Als ich von Marias Schwangerschaft erfuhr, habe ich mich damit abgefunden, dass sie unsere Beziehung beendet hat. Aber die ständige Anwesenheit von Tanja im Büro ließ mich das alles nicht vergessen. Also wollte ich die Gründe für ihr Bleiben in meiner Abteilung erfahren, das war am Samstag vor einer Woche."

„Wie lange ist Tanja bei Ihnen geblieben?"

„Etwa drei Stunden. Um 14.00 Uhr habe ich mir eine Talkshow angesehen, das weiß ich noch. Ich wollte gedanklich abschalten und habe mir eine von diesen bescheuerten Sendungen angetan. Kurz vorher war Tanja gegangen."

„Dann ist sie aber ziemlich lange geblieben, wenn man bedenkt, dass sie Ihnen nicht allzu viel erzählt hat über die Gründe, warum sie in Ihrer Abteilung bleiben wollte."

„Wir haben über ziemlich vieles gesprochen. Warum es mit unserer Beziehung nicht geklappt hat und so weiter. Ich habe an diesem Tag auch noch einmal mit ihr geschlafen. Das war nicht geplant, weder von ihr noch von mir, aber es ist passiert. Und dann kommen Sie zwei Tage später in mein Büro und erzählen mir, dass Tanja tot sei. Ich war wie vor den Kopf gestoßen, ich konnte keinen klaren Gedanken mehr fassen."

„Haben Sie denn ein Alibi für die Zeit nach 14.00 Uhr. Hat Sie noch jemand gesehen, nachdem Tanja gegangen ist?"

„Nein. Ich bin Zuhause geblieben. Ich fühlte mich nicht besonders. Ich hatte Tanja eingeladen, damit sie endgültig aus meinem Leben verschwindet. Das einzige Resultat war, dass ich mit ihr geschlafen habe, ich fand das deprimierend."

„Ihrem Freund Braun haben Sie erzählt, dass Sie in dieser Nacht mit Maria Niehaus zusammen gewesen wären."

„Ja, das stimmt. Ich hatte ihn gebeten, meine Geschichte von dem Apfelweinlokal zu bestätigen. Das wollte er natürlich nicht, also habe ich ihm erzählt, dass ich in dieser Nacht mit Tanjas Mutter zusammen gewesen wäre. Ich sagte ihm, dass ich das auf keinen Fall der Polizei erzählen könne. Er sah das ein und versprach, mich zu decken. Ich hätte ihn da nicht reinziehen sollen, das war ein Fehler. Ich hatte Angst."

„Haben Sie und Tanja an dem Samstag Kokain konsumiert?"

„Ich nicht. Aber Tanja hat sich eine line durch die Nase gezogen. Sie tat das meistens, wenn sie Lust auf Sex hatte."

„Sagt Ihnen der Name Jennifer Miller etwas?"

„Miller oder Müller?"

„Miller, wie Müller, nur auf englisch."

„Nein, tut mir leid. Diesen Namen habe ich noch nie gehört."

„Sind Sie sicher?" Die Karlson schaltete sich nun noch kurz ein.

„Kennen Sie vielleicht eine Frau, die Jenny genannt wird?"

„Jenny? Ich glaube, Tanja hatte eine Freundin, die Jenny hieß. Aber ich kenne diese Jenny nicht."

Die Karlson hakte nach. „Haben Sie schon mal etwas von einer Cleopatra gehört?"

„Cleopatra? Natürlich. Cleopatra war eine ägyptische Kaiserin und die Geliebte von Julius Cäsar. Was hat das mit Tanja zu tun?"

Till lachte leise in sich hinein, da hat er die Karlson aber auflaufen lassen. Siebels übernahm wieder das Fragen.

„Tanja nannte sich auch Chantal. Sie nutzte dieses Pseudonym, um Männerbekanntschaften im Internet zu machen. Und Jennifer Miller, oder Jenny, war tatsächlich eine gute Freundin von Tanja. Und auch Jenny hatte ein Pseudonym. Sie nannte sich Cleopatra. Davon wussten Sie aber nichts, oder doch?"

„Nein, das ist mir neu."

„Wie ist denn Ihr Verhältnis zu Ihrem Bruder?"

„Zu Helmut? Er ist mein großer Bruder, sozusagen. Helmut ist fünf Jahre älter als ich. Ich würde sagen, dass unser Verhältnis ganz gut ist. Er hat mich damals überredet zur Bank zu gehen. Er ist nämlich ebenfalls Banker, bei der Dresdner. Wie kommen Sie darauf?"

Siebels hatte nicht die Absicht, Kreuzberger in die Geschehnisse vom Wochenende einzuweihen. Anscheinend war ihm die heutige Schlagzeile der Bild-Zeitung auch noch nicht zu Gesicht gekommen.

„Entschuldigen Sie uns bitte einen Moment, Herr Kreuzberger."

Siebels ging in das Büro nebenan und winkte Till und die Karlson zu sich. Er schloss die Verbindungstür.

„Ich fahre jetzt gleich zur Dresdner Bank, dort wird man sicher schon aus der Zeitung erfahren haben, dass eine Mitarbeiterin ermordet wurde. Ich will mit Helmut Kreuzberger reden. Seht zu, dass ihr Olaf Kreuzberger so lange wie möglich hier behaltet. Nehmt ihm die Fingerabdrücke ab, zeigt ihm irgendwelche Verbrecherkarteien, gebt mir zwei Stunden, in denen er sich nicht mit seinem Bruder in Verbindung setzen kann."

„Wird gemacht, Chef." Till freute sich schon darauf, Kreuzberger auf die Nerven zu gehen und ihn hinzuhalten.

„Nein, du nicht. Du fährst jetzt nach Saarbrücken, Freund Detlev wartet schon. Sabine, bekommst du das hin?"

„Klar, der geht hier nicht raus, bevor er sich ausführlich fünfhundert Bilder von unserer Kundschaft aus dem Milieu angesehen hat." Die drei Kommissare grinsten zufrieden. Siebels öffnete wieder die Verbindungstür.

„Herr Kreuzberger, wir müssen noch Ihre Fingerabdrücke abnehmen. Außerdem haben wir einen Hinweis, dass Tanja in der Tatnacht mit einem Mann gesehen wurde. Leider handelt es sich hier um einen anonymen Hinweis. Wir wissen nur, dass dieser Mann angeblich mit Zuhälterei und Drogengeschäften zu tun haben soll. Es wäre uns eine große Hilfe, wenn Sie einen kurzen Blick in unsere

Verbrecherkartei werfen könnten. Vielleicht haben Sie diesen Mann ja früher einmal mit Tanja gesehen?"

Kreuzberger wollte protestieren, er hätte Tanja nie mit fremden Männern gesehen. Siebels schnitt ihm gleich das Wort ab.

„Meine Kollegin, Frau Karlson, wird sich um Sie kümmern, vielen Dank für Ihre Kooperation."

Siebels machte sich auf den Weg zum Hochhaus der Dresdner Bank am Jürgen-Ponto-Platz. Das Bankhaus stand mitten im Frankfurter Rotlichtviertel am Hauptbahnhof. Till begleitete Siebels zum Ausgang des Präsidiums. Auf dem Weg fiel ihm sein Gespräch mit seinem alten Freund Lüttges wieder ein.

„Steffen, wenn du schon zur Dresdner gehst, könntest du anschließend Big Jim besuchen. Sein Laden ist gleich um die Ecke in der Elbestraße. Big Jim hat Cleopatra eine Abreibung verpasst, weil sie seinen Mädels die Kunden abgejagt hat."

„Gute Idee, ich kenne Big Jim ganz gut, der wird sich freuen, mich mal wieder zu sehen, der alte Bastard."

Mein Tagebuch, 17. September 2000

Ich traf mich mit Tanja abends in einem Bistro in der Leipziger Straße in Bockenheim. Es war ein spätsommerlicher, schwüler Septembertag. Die Temperaturen waren am Tag noch einmal über dreißig Grad geklettert und auch am Abend hatte es nur wenig abgekühlt. Tanja hatte sich einen Salat bestellt. Ich war zu aufgewühlt, um etwas essen zu können. Wir unterhielten uns zunächst über unsere Wege nach der Ausbildung. Mein Studium hatte ja noch nicht begonnen, ich verbrachte meine Zeit meistens vor dem Computer. Tanja erzählte mir mit Begeisterung von ihrer Tätigkeit bei der Deutschen Bank. Sie schwärmte nicht nur von ihrer Arbeit, sondern auch von ihrem Vorgesetzten und den Kollegen. Besonders eine Kollegin hatte es ihr angetan. Eine Studentin, die aus Georgien kam und in Frankfurt studierte. Einige Stunden in der Woche würde sie in der Bank arbeiten, für Tanja schienen diese Stunden die schönsten in der Woche zu sein. Tanjas Ausführungen empfand ich wie einen Schlag in den Magen. Sie sagte es zwar nicht, aber für mich gab es keinen Zweifel. Diese Studentin hatte den Platz von Jenny eingenommen. Meine kleine Familie schien endgültig ausein-

andergebrochen zu sein. Aber noch wollte ich meinen Traum vom Paradies nicht aufgeben. Mit angstvoller Stimme fragte ich sie nach Jenny. Ich wollte von Tanja wissen, was in Spanien in jener Nacht vorgefallen wäre. Ob sie sich mit Jenny nicht wieder vertragen wollte. Ich fragte sie nicht, ich flehte sie förmlich an. Ich erzählte ihr vom Paradies, das nur mit meinen drei Evas so vollkommen sein könnte, wie ein Paradies eben sein müsste. Ich sprach von unserer kleinen Familie, von Glück und Geborgenheit, aber Tanja lachte nur. Das wäre ein für allemal Vergangenheit, gab sie mir deutlich zu verstehen. Wenn ich wissen wollte, was in Spanien passiert wäre, würde sie es mir erzählen. Aber vorher wollte sie noch ein kleines Abenteuer mit mir erleben. Ich erklärte mich einverstanden.

In ihrem Wagen fuhren wir von dem Bistro nach Rödelheim, Tanja parkte vor dem Brentano-Bad. Es war bereits kurz vor Mitternacht, ich fragte mich, was sie hier wollte. In der Dunkelheit des abgeschiedenen Parkplatzes genehmigte Tanja sich eine Brise von dem weißen Pulver. Ich mochte das Zeug nicht, nahm aber auch davon, als Tanja mich dazu aufforderte. Dann ging alles ganz schnell. Tanja kletterte über das Eingangstor und lief schnellen Schrittes auf das Schwimmbecken zu. Ich folgte ihr. Kurz darauf schwammen wir beide nackt in dem großen Schwimmbecken. Tanja hatte wirklich Sinn für schöne Abenteuer. Obwohl ich das Pulver, ich glaube, es war Kokain, nicht mochte, spürte ich seine berauschende Wirkung. Erst wollte ich schwimmen wie Marc Spitz, dann war ich nur noch spitz auf Tanja. Und sie auf mich. Noch einmal öffnete mir Tanja die Pforten zu ihrem Paradies. Gierig wie ein Schiffbrüchiger nach Süßwasser kostete ich jeden Tropfen, den ich aus Tanjas Früchten herauspressen konnte. Wir vergnügten uns unter freiem Himmel auf der großen Wiese. Ich lag unter ihr und über ihr und war in ihr und schenkte ihr alles was ich hatte und noch viel mehr.

Es dauerte viel länger und war viel intensiver, als ich es je erlebt hatte, wenn ich im Paradies unterwegs gewesen war. Fast glaubte ich schon, dieses Mal wäre ich in der Hölle gelandet. Erst als ich völlig erschöpft neben Tanja lag und den Mond beobachtete, wusste ich, dass mich Tanja auf Gipfel gejagt hatte, die in den Himmel ragten.

Wir lagen eine Weile nebeneinander, dann erzählte sie plötzlich von jener Nacht in Spanien. Sie erzählte mir, wie sie die Spanier in der Disco kennen gelernt hätten. Wie sie mit ihnen auf der Tanzfläche geflirtet und wie sie sie an der Nase herumgeführt hätten. Sie wollte Spaß haben, nicht mehr und nicht weniger. Jenny hätte aber zur gleichen Zeit einen anderen Kerl an der Bar ins Auge gefasst. Der hätte ihrer Meinung nach eine Menge Kohle gehabt, während die Jungs, die Tanja im Visier hatte, nach Jennys Meinung nur ein paar arme Bauernlümmel gewesen wären. Schließlich konnte sich Tanja mit Johannas Unterstützung durchsetzen. Sie verbrachten mit den drei Spaniern noch eine Weile in der Disco und brachten sie dann mit nach Hause. Dort wäre ich ja Zeuge geworden, dass es sich um drei niedliche, süße Jungs gehandelt hätte. Dass ich die drei Stiere für Ochsen gehalten hatte, behielt ich für mich. Am nächsten Morgen hätte Jenny dann ihr wahres Gesicht gezeigt. Sie wollte Geld von den Jungs. Tanja klang empört, als sie das aussprach. Giftig zischte sie, dass Jenny eine Hure sei, die es nur für Geld machen würde. Eine dumme Hure, die genau ausgerechnet hätte, wie viel jeder von ihnen nach der Nacht zugestanden hätte. Wobei Jenny natürlich am meisten verdient hätte. Jenny die Luxusnutte und Tanja die Bordsteinschwalbe, so hätte Jenny sich das vorgestellt. Johanna hätte nach Jennys Maßstäben bestenfalls ein Trinkgeld zugestanden.

*Ich konnte das nicht glauben, von mir hatte Jenny ja auch noch nie Geld verlangt. Tanja zeigte mir, was sie von mir hielt, seitdem ich mich auf Jennys Seite geschlagen hatte. Sie fischte ihren Lippenstift aus ihrer kleinen Handtasche, die auf der Wiese lag, und verzierte mir zum wiederholten Male meinen Bauch. »*ICH BIN JENNYS HURENBOCK*«, schrieb sie mir mit großen Buchstaben auf die nackte Haut.*

Johanna ging zu ihrer Liege, sie packte ihr Handtuch in ihre Tasche und verließ den Strand. Wie in Trance lief sie zur Promenade, im nächsten Geschäft kaufte sie sich eine Bild. Sie steckte die Zeitung in ihre Tasche, sie wollte noch nicht lesen, was dort geschrieben stand. Mit weichen Knien ging Johanna zurück zum Hotel. Als sie in der Eingangshalle in den großen Spiegel blickte, glaubte sie, aschfahl im Gesicht zu sein, obwohl sie heute Morgen noch braun gebrannt war. Sie drückte auf den Knopf, die Aufzugstür öffnete sich. Im siebten Stockwerk stieg sie aus, öffnete die Zimmertür. Zimmer 721. Johanna setzte sich auf das Bett. Langsam nahm sie die Zeitung aus ihrer Tasche. Mit zwei Fingern zog sie das Papier heraus, vorsichtig, als wäre es giftig. Von den kleinen Fotos lächelten sie die Gesichter von Tanja und Jenny an. Sie überflog den Artikel, dabei fröstelte es sie. Tanja wurde erwürgt im Schwimmbad gefunden, Jenny mit Auspuffgasen vergiftet auf dem Feldberg. Was stand da von Lippenstift? »Ich bin eine kleine geile Schlampe«, stand auf Tanjas Rücken. Auf dem großen Foto war es deutlich zu erkennen. In Johannas Kopf arbeitete es. Sie erinnerte sich an die Klassenfahrt, damals mit der Berufsschule. »Ich bin ein kleiner geiler Spanner«, hatte Tanja ihm auf den Rücken geschrieben. Damals fanden sie das unheimlich witzig. Was hatten sie hinterher gelacht. Und was hatten sie noch alles mit ihm angestellt. Der Urlaub in Spanien kam Johanna wieder in den Sinn. Als Tanja es mit dem Spanier getrieben hatte und ihn zuschauen ließ. Mit dem erniedrigenden Spruch auf seinem Bauch.

Johanna laß weiter. Auf Jennys Rücken war auch ein Spruch mit rotem Lippenstift geschrieben. »Ich bin eine dumme Hure«. Jenny hatte ihr erzählt, was sie mit ihm gemacht hatte. Er war ihr Testobjekt, an dem sie üben wollte. »Ich bin Jennys kleiner Putzteufel«, hatte sie ihm auf den Rücken geschmiert. Erst hat er die Wohnung geputzt und dann Jenny. Hatte er sich gerächt? Konnte das sein? Nein, das war unmöglich. Er doch nicht, er träumte doch vom Paradies. Er hatte Tanja und Jenny vergöttert, auch wenn sie ihn partout wieder loswerden wollten. Aber wer sonst? Das ergab alles keinen Sinn. Johanna war völlig verwirrt. Sollte sie die Nächste sein? Sollte sie zur Polizei gehen? Sie musste nachdenken. Ihr fiel ein, was sie mit ihm gemacht hatte, was sie ihm mit rotem Lippenstift auf den Bauch geschrieben hatte.

An dem Springbrunnen auf dem Platz vor den Eingängen zum Hochhaus der Dresdner Bank widmete sich ein Junkie seiner Körperpflege. Teilnahmslos schlenderten Männer in dunklen Anzügen an ihm vorbei. Eine junge Frau ging zu dem Junkie, in ihrem engen Minirock und der grellen Schminke war sie schnell als Prostituierte auszumachen. Die Frau redete wild gestikulierend auf den Junkie ein. Der schubste sie zur Seite und fing an, seine Kleider im Brunnen zu waschen. Die Frau verließ laut fluchend den Platz und zeigte dem Junkie den Mittelfinger. Sie musste sich ihren Stoff, den sie dringend brauchte, woanders besorgen.

Siebels gelangte ohne viel Aufhebens in die Eingangshalle des Hochhauses. Am Empfang wies er sich als Kripobeamter aus, er müsste in einer dringenden Angelegenheit mit Herrn Helmut Kreuzberger sprechen. Der Mann am Empfang schaute in seine Liste und wählte die Durchwahl von Kreuzberger an. Er wies Siebels an, einen Moment zu warten, Herr Kreuzberger wäre schon auf dem Weg nach unten.

Siebels beobachtete die Aufzugstüren, die sich ständig öffneten und Banker ausspuckten, um andere wieder zu verschlucken.

Kreuzberger kam alleine aus dem Aufzug, als sich wieder die Türen öffneten. Siebels erkannte ihn sofort, er sah seinem jüngeren Bruder sehr ähnlich.

„Sie sind von der Polizei, ich dachte mir schon, dass Sie kommen, nachdem ich die Bild heute Morgen in die Finger bekam. Einer unserer Angestellten kam ganz aufgeregt zu mir und zeigte mir den Artikel. Ich konnte es kaum glauben, aber die junge Dame, die am Wochenende ermordet wurde, ist meine persönliche Assistentin, Frau Jennifer Miller."

Während Kreuzberger auf Siebels einredete, gingen die beiden wieder in die Aufzugskabine. Die Türen schlossen sich, im 16. Stockwerk öffneten sie sich wieder. Siebels folgte Kreuzberger in ein Großraumbüro. Mehrere Frauen saßen hinter Bildschirmen und tippten still und monoton auf den Tastaturen herum. Der Schreibtisch von Helmut Kreuzberger war durch Schrankwände vom übrigen Büro abgetrennt. Sein Bruder hat wenigstens eine Glasscheibe, dachte sich Siebels.

Kreuzberger schenkte Kaffee ein, die Klimaanlage lief auf Hochtouren, Siebels fröstelte es fast ein wenig. Draußen waren es wieder 28 °C.

Das Telefon auf Kreuzbergers Tisch fing an zu läuten, ein rotes Lämpchen wies außerdem darauf hin, dass jemand in der Leitung war. Kreuzberger drückte ein paar Tasten auf seinem Telefon, das Läuten verstummte, er hatte eine Rufumleitung eingegeben.

„Stimmt es, was in der Zeitung geschrieben steht?", fragte er. Er lockerte seine Krawatte und gab Milch und Zucker in seinen Kaffee.

„Es stimmt, dass Frau Jennifer Miller eines unnatürlichen Todes gestorben ist. Sie wurde in ihrem Auto aufgefunden. Mit Händen und Füßen an Lenkrad und Sitz gefesselt, wurde sie mit nach innen geleiteten Auspuffgasen vergiftet."

„Welches kranke Hirn denkt sich nur so etwas aus? Frau Miller war eine sehr begabte und zuverlässige junge Frau. Sie kam nach ihrem Abitur als Auszubildende in unsere Bank. Im Anschluss an ihre erfolgreiche Ausbildung ist sie mir als persönliche Assistentin zugewiesen worden. Ich kann nichts Schlechtes über sie sagen. Haben Sie schon einen Verdacht, wer sie auf dem Gewissen hat?"

„Über die laufenden Ermittlungen darf ich Ihnen leider keine Auskünfte geben. Aber ich hätte ein paar Fragen an Sie."

„Bitte, fragen Sie. Aber ich werde Ihnen wahrscheinlich nicht viel weiterhelfen können, in das Privatleben von Frau Miller bin ich in keiner Weise involviert."

„Wenn Sie die Bild-Zeitung heute Morgen aufmerksam gelesen haben, ist Ihnen ja bestimmt nicht entgangen, dass Frau Miller bereits das zweite Opfer war."

„Das ist wirklich merkwürdig, Herr Siebels. Das erste Opfer, diese Tanja Niehaus, war eine Kollegin von meinem Bruder. Mein Bruder ist bei der Deutschen Bank beschäftigt."

„Ich weiß, ich hatte mit Ihrem Bruder bereits das Vergnügen. Vielleicht erinnern Sie sich, dass wir letzte Woche kurz miteinander telefoniert hatten. Es ging um das Alibi Ihres Bruders im Fall Tanja Niehaus."

„Stimmt, ich erinnere mich. Ich wusste allerdings nicht, dass Sie das waren am Telefon."

Siebels schaute sich nach einem Aschenbecher um, fand aber keinen. Er beschloss, auf seine Zigarette zu verzichten. Er konnte sich immer noch keinen Reim darauf machen, dass die beiden toten Mädchen für die Kreuzberger-Brüder arbeiteten. War das Zufall? Helmut Kreuzberger machte keinen nervösen Eindruck. Wenn es einen Zusammenhang zwischen den Morden und den Kreuzberger-Brüdern gab, dann musste sich sein Gegenüber ziemlich sicher fühlen. Siebels fragte sich, ob er etwas Wesentliches übersehen hatte. Oder ob er einfach nur in die Irre geführt wurde durch die engen Verflechtungen zwischen Olaf Kreuzberger und der Familie Niehaus.

„Finden Sie es nicht etwas merkwürdig, dass erst die ehemalige

Freundin und Angestellte Ihres Bruders und kurz darauf Ihre eigene Assistentin ermordet werden?"

„Das finde ich allerdings etwas merkwürdig, da haben Sie Recht. Ich kann mir aber keinen Reim darauf machen. Wie ich in der Zeitung gelesen habe, waren die beiden Mädchen bereits seit ihrer Schulzeit miteinander befreundet. Mein Bruder und ich sind also nicht die einzige Verbindung zwischen den beiden Frauen."

„Ihr Bruder hatte ein Verhältnis mit Tanja Niehaus. Vielleicht ist es ja etwas weit hergeholt, aber hatten Sie vielleicht auch ein Verhältnis mit Frau Miller?" Siebels hatte keinerlei Hinweise auf ein solches Verhältnis, die Frage war eigentlich überflüssig. Nachdem sich aber Olaf Kreuzberger mit seinen Falschaussagen verstrickt hatte, konnte es nicht schaden, auch den Bruder etwas aus der Reserve zu locken.

„Ich bin glücklich verheiratet. Und ich bin ein treuer Ehemann. Nein, ich hatte mit Frau Miller nur rein beruflichen Kontakt."

Siebels beschloss, das Thema zu wechseln.

„Ist Ihnen der Name Joachim Schäfer bekannt?"

Kreuzberger kratzte sich nachdenklich am Kinn. Die Frage kam unerwartet für ihn.

„Wir hatten mal einen Mitarbeiter, der so hieß. Ein EDV-Spezialist. Der war aber nur für kurze Zeit in unserem Unternehmen. Was hat das mit dem Mord an Frau Miller zu tun?"

„Nach meinen Informationen wurde Herr Schäfer auf Initiative von Herrn Peter Niehaus, dem Vater von der ermordeten Tanja Niehaus, bei der Dresdner Bank eingestellt. Sie waren sein Vorgesetzter und Sie haben Herrn Schäfer auch kurz darauf wieder entlassen."

„Dazu kann ich Ihnen leider keine Auskunft geben. Das sind bankinterne Vorgänge. Ich kann Ihnen nur so viel sagen: Als wir Herrn Schäfer eingestellt haben, glaubten alle an einen wirtschaftlichen Aufschwung in Deutschland. Es stellte sich aber schnell heraus, dass genau das Gegenteil eintreffen sollte. Wie alle anderen Geldinstitute auch, mussten wir mit Einsparungen beim Personal Maßnahmen treffen. Und da Herr Schäfer noch in der Probezeit war und seine Fähigkeiten auf absehbare Zeit nicht von großem Nutzen waren, traf es leider auch ihn."

„Wenn Frau Miller als Ihre persönliche Assistentin tätig war, hatte sie doch sicherlich Einblick in alle Ihre geschäftlichen Vorgänge?"

„Ja, das hatte sie. Aber wie gesagt, sie war sehr zuverlässig und fleißig. Darüber hinaus auch sehr loyal. Alles Eigenschaften, wie man sie sich bei einer persönlichen Assistentin wünscht."

„Gab es zwischen Herrn Niehaus und Ihnen noch andere geschäftliche Kontakte?"

„Ich bin leider nicht befugt, Ihnen darüber Auskunft zu geben. Ich kann Ihnen aber gerne einen Termin mit einem der Herren aus der Direktion machen. Ich kenne Herrn Niehaus auch nur dem Namen nach, persönlich hatte ich noch keinen Kontakt mit ihm."

Das Thema Niehaus schien Kreuzberger nicht sehr behaglich zu sein. Im Kopf von Siebels arbeitete es auf Hochtouren. Hatten Niehaus und die Kreuzberger-Brüder Dreck am Stecken? Waren vielleicht noch höhere Ebenen in den beiden Geldinstituten darin verstrickt? Jenny war eine gute Freundin von Tanja Niehaus und die persönliche Assistentin von Helmut Kreuzberger. Sie hatte also Zugang zu geschäftlichen Informationen von der Deutschen Bank, von der Dresdner Bank und von Niehaus-Consulting. Hatte sie etwas entdeckt, das ihr zum Verhängnis werden sollte? Ihr und Tanja? War die Geschichte mit den Lippenstift-Sprüchen nur ein Ablenkungsmanöver, um die wahren Hintergründe der Morde zu vertuschen? Aber dann müsste sich irgendein Hinweis finden lassen. Irgendwelche Schriftstücke bei den Hinterlassenschaften der beiden toten Mädchen. Vielleicht in einem Postfach oder in einem Schließfach. Siebels würde dem nachgehen.

„Hatte Frau Miller denn außer mit Ihnen auch mit anderen Kollegen engeren Kontakt?"

„Ja natürlich, wir arbeiten hier ja in einem Großraumbüro."

„Gibt es Kollegen oder Kolleginnen, die auch privaten Kontakt mit Frau Miller pflegten?"

„Nein, meines Wissens nicht. Aber das kann ich natürlich nicht hundertprozentig sagen. Da müssen Sie schon bei den Kollegen selbst nachfragen. Wir sind in unserer Abteilung insgesamt neun Personen. Natürlich hatte Frau Miller auch Kontakte zu anderen Abteilungen. Das ist schließlich eine Bank mit Hunderten von Mitarbeitern."

„Würden Sie mich bitte zunächst den engsten Mitarbeitern von Frau Miller vorstellen und dafür sorgen, dass ich mich mit ihnen in Einzelgesprächen ungestört unterhalten kann."

Kreuzberger erhob sich von seinem Bürostuhl und ging um seinen Schreibtisch herum. „Kommen Sie, ich stelle Ihnen unsere Mitarbeiter vor. Selbstverständlich können Sie ungestört mit ihnen sprechen. Benutzen Sie mein kleines Reich hier, ich werde mich dann für eine halbe Stunde in die Kantine zurückziehen."

Kreuzberger stellte Siebels die anwesenden Mitarbeiter vor. Es waren fünf Frauen und zwei Männer. Sie hatten alle schon aus der Zeitung erfahren, was geschehen war.

Johanna schlug die Augen auf. Sie musste eingeschlafen sein, als sich ihre Gedanken wie wild im Kreis gedreht hatten. Sie fühlte sich erschöpft. Neben ihr lag die Zeitung mit den gedruckten Gesichtern von Tanja und Jenny. Es war also kein böser Traum, ihre Freundinnen waren wirklich tot. Ermordet und mit rotem Lippenstift beschmiert. Sie erinnerte sich, dass sie mit einem beruhigenden Gefühl eingeschlafen war. Aber warum? Sie hatte an irgendetwas gedacht. An etwas, das ihr die Sicherheit gab, nicht das nächste Opfer zu sein. An was hatte sie nur gedacht, bevor sie eingeschlafen war? Sie dachte wieder an ihn, an die Zeit mit ihm und ihren beiden Freundinnen. Jetzt fiel es ihr wieder ein. Mit ihm hatte zwar alles angefangen, aber Tanja und Jenny hatten sich später auch andere Opfer gesucht. Andere Männer, die sie für ihre Spielchen missbrauchten. Das war es, das Johanna aufatmen ließ. Er war nicht der Einzige, der von Tanja und Jenny erniedrigt wurde. Es gab auch andere Männer, denen die beiden diese Sprüche mit Lippenstift auf die Haut malten, andere, die Tanja oder Jenny verfallen waren. Und wenn Tanja auf eines ihrer Opfer keine Lust mehr hatte, hat sie es an Jenny abgetreten und umgekehrt. Aber Johanna hatte diesen Schabernack nur mit ihm gemacht. Und er war sicher nicht fähig, seine über alles geliebten Mädchen zu töten. Im Gegenteil, er hatte immer Spaß an dem, was sie mit ihm machten. Johanna fühlte sich wieder besser, für sie bestand keine Gefahr. Sie dachte wieder an ihre neue Bekanntschaft. Das könnte der Mann sein, von dem sie immer geträumt hat. Sie beschloss, ein neues Leben zu beginnen. Eine feste Beziehung einzugehen, vielleicht Kinder zu bekommen. Alles andere wollte sie vergessen.

23

Während der Fahrt nach Saarbrücken zerbrach Till sich den Kopf darüber, wie er Detlev Bach gegenübertreten sollte. Wenn er sich nicht am Riemen riss, würde er den armen Kerl mit zynischen Sprüchen und Bemerkungen überschütten. Ob er damit Erfolg hätte, bezweifelte er allerdings. Eigentlich war Bach ja eine arme Sau. Und ob sein merkwürdiges Verhältnis zu seiner Mutter der Auslöser war, dass er sich mit Frauen wie Chantal oder Cleopatra amüsierte, war wohl eher eine Frage für einen Psychologen. Und ob er seine gekauften Abenteuer dann auf ziemlich unorthodoxe Weise ins Jenseits beförderte, war erst recht eine Frage für den Psychologen. Till war aber nur ein Kriminalbeamter auf der Suche nach Fakten und Widersprüchen. Daran wollte er sich halten, wenn er Bach heute befragte. Wenn er wirklich der Täter war, musste er sich bei einer intensiven Befragung zwangsläufig in Widersprüche verwickeln. Wenn sich der Verdacht gegen ihn erhärtete, sollten sie einen Psychologen hinzuziehen. Vielleicht würde es sich lohnen, im Vorfeld zu recherchieren, ob Bach schon in psychologischer Behandlung war. Das könnte Aufschlüsse über sein Handeln geben, über seine Denkweise, über sein Weltbild.

Die Nadel auf der Tankuhr der Gold Wing sank in den roten Bereich. Bis zur nächsten Tankstelle waren es noch fünfundzwanzig Kilometer. Till wechselte seine Gedankenspiele. Er dachte an die Karlson. Er fing an zu träumen, mit hundertzwanzig Sachen auf der rechten Spur. Die blonde, rassige Halbschwedin saß hinter ihm, umklammerte ihn und sie genossen die Fahrt. Till fuhr von der Autobahn ab, lenkte die schwere Maschine über die kurvigen Landstraßen. Die Landstraße führte durch ein Waldstück, Till bog links in einen kleinen Waldweg ab. An einer Lichtung hielt er die Maschine an, die beiden zogen ihre Helme und die Lederjacken aus. Die Sonnenstrahlen fielen durch die Baumkronen, es wehte ein frischer Wind. Till setzte sich verkehrt herum auf seine Lederbank, schaute der schönen Beifahrerin ins Gesicht. Sie hatte nur ein enges Top unter der Lederjacke an. Er legte seine Hände auf ihre Hüften, sie schenkte ihm ein verführerisches Lächeln. Ihre braune Haut fühlte sich weich und sanft an. Seine Hände hatten sich unter den Stoff des engen Tops geschoben. Er zog das Top nach oben, sie streckte die Arme hoch, er zog es ihr über den Kopf. Vor seinen Augen wippten leicht die festen nackten Brüste seiner Kollegin. Er legte seine Hände über die Brüste, massierte sie, streichelte sie und fing an, mit seiner Zungenspitze an den spitzen Brustwarzen zu spielen. Sabine genoss seine Zärtlichkeiten, sie fuhr mit ihren Händen durch seine Haare und deutete ihm an, weiterzumachen.

Im letzten Moment sah Till die Ausfahrt zur Tankstelle. Mit einem Schlenker scherte er aus der Spur aus und bog ab. Als er neben der Zapfsäule stand und das Benzin in den Tank floss, beruhigten sich seine Gedanken wieder. Er wurde das Gefühl nicht los, dass im Kopf von Siebels die gleichen Gedanken herumspukten.

Mit vollem Tank fuhr Till die restlichen dreißig Kilometer bis nach Saarbrücken. Er hatte den Kopf wieder frei für die Befragung von Detlev Bach. In Till wuchs das Gefühl, einen Wettstreit mit seinem Kollegen zu veranstalten. Wer würde den Mörder fangen? Till in Saarbrücken oder Siebels in der Deutschen Bank? Und wer würde das Rennen bei der Karlson machen? Oder waren sie beide auf dem Holzweg?

Es war alles genauso, wie bei seinem letzten Besuch, als er die Buchhandlung betrat. Einige Kunden stöberten in den Regalen, Bachs Mutter stand hinter der Kasse. Die Haare zu einem Knoten gebunden, die Bluse zugeknöpft bis zum Hals, darüber hing eine silberne Kette mit einem Kreuz als Anhänger.

„Guten Tag Frau Bach, da bin ich wieder." Till kam auf sie zu, als wäre er ein guter alter Bekannter. Sein Auftreten verwirrte die strenge Frau, sie sah ihn wortlos an.

„Sie kennen mich doch noch, oder? Till Krüger von der Mordkommission Frankfurt."

„Natürlich erkenne ich Sie wieder, junger Mann. Ich hätte nicht gedacht, Sie hier noch einmal zu sehen. Warum belästigen Sie uns schon wieder?"

„Oh, es ist nicht meine Absicht, Sie zu belästigen. Ich übe nur meinen Beruf aus, wie es sich für einen anständigen deutschen Staatsbürger gehört."

Frau Bach sah ihn mit einem strafenden Blick hinter ihren dicken

Brillengläsern an, erwiderte aber nichts.

„Leider habe ich die unangenehme Aufgabe, Sie zu fragen, wo Ihr Sohn das Wochenende verbracht hat."

„Er war Zuhause. Deswegen hätten Sie nicht extra aus Frankfurt herfahren müssen. Das hätte ich Ihnen auch am Telefon sagen können."

„Ja, da haben Sie sicher Recht. Es gibt allerdings Hinweise, dass sich Ihr Sohn in Frankfurt aufgehalten hat. Um der Sache nachzugehen, habe ich mich nun persönlich herbemüht. Schließlich ermitteln wir immer sehr gewissenhaft, besonders wenn es um Mord geht."

„Ich vermute, Sie sprechen von den beiden Schlampen, die in Frankfurt tot aufgefunden wurden. Ich habe in der Zeitung davon gelesen. Mir ist aber absolut schleierhaft, wie Sie meinen Sohn mit diesen Subjekten in Verbindung bringen können."

„Wie kommen Sie darauf, dass die beiden Mädchen Schlampen waren?"

„Sie wissen doch, was man denen auf den Rücken geschmiert hat. Glauben Sie ernsthaft, dass unbescholtene Mädchen ein solches Ende finden? Nein, die zwei haben rumgehurt. Die gerechte Strafe für ihr Tun haben sie nun bekommen."

Till dämmerte es allmählich, dass er es hier mit einer religiösen Fanatikerin zu tun hatte. Die Aktien für Detlev Bachs Unschuld fielen ins Bodenlose. Instinktiv fasste Till den Entschluss, auf den fahrenden Zug aufzuspringen.

„Die toten Mädchen waren einem sündhaften Leben nicht abgeneigt, da muss ich Ihnen recht geben. Nach unseren Erkenntnissen gab es etliche junge unbedarfte Männer, die den Reizen dieser Frauen verfallen sind. Aber einer hat über sie gerichtet. Einer hat ihnen das Leben genommen. Hat ihnen keine Chance gelassen, den Weg zur Tugend zurückzufinden."

Es entstand eine kurze Pause. Frau Bach schien nach der richtigen Antwort zu suchen. Till befürchtete, etwas zu dick aufgetragen zu haben.

„Sie haben Recht", antwortete ihm Frau Bach. „Nur Gott allein steht es zu, über Leben und Tod zu entscheiden. Aber Gott bedient sich der Menschen als Werkzeuge. So war es immer gewesen und so wird es immer sein. Und wenn es Gottes Ratschluss war, dass diese Frauen ihr Leben verwirkt haben, wird er den Boten des Todes in

Menschengestalt geschickt haben. Und kein Richter der Erde wird diesen Boten zur Rechenschaft ziehen, wenn es Gott nicht gefällt."

War das schon die Verteidigungsrede für ihren Sohn? Till fühlte sich unbehaglich. Die Frau schien ziemlich verrückt zu sein. Als Alibi für ihren Sohn hatte sie sich mit dieser Aussage jedenfalls disqualifiziert.

„Ich würde nun gerne ein paar Worte mit Ihrem Sohn sprechen. Ist er wieder im Keller?"

„Ja, er ist wieder in dem Raum, wo Sie ihn bei Ihrem letzten Besuch angetroffen haben. Aber Sie können sich die Mühe sparen, Gott würde sich meinen Sohn niemals als Werkzeug nehmen. Dazu ist Detlev viel zu schwach."

Till überhörte die letzte Bemerkung, er war schon auf dem Weg hinunter in den Keller. Die Tür zu dem kleinen Büro war nur angelehnt. Detlev Bach saß vor dem Computer und gab Daten in eine Liste ein. Till beobachtete ihn eine Weile durch den Türspalt, dann klopfte er an die Tür und trat ein. Der verdutzte Detlev Bach sah ihn an. Er packte seine Unterlagen schnell vom Schreibtisch, verstaute sie in einer Schublade, als hätte er etwas zu verbergen.

„Guten Tag Herr Bach. Da bin ich wieder. Mit einem zweiten Mordfall im Gepäck, aber Sie haben die Zeitung ja gelesen, stimmt's?"

„Was wollen Sie von mir? Ich war bei dem ersten Mord nicht in Frankfurt und dieses Wochenende auch nicht."

„Aber Sie wissen, wer die zweite Tote ist?"

„In der Zeitung stand, dass sie Jennifer Miller hieß. Ich habe diesen Namen noch nie zuvor gehört."

„Frau Miller muss aber Ihren Namen schon gehört haben. Jedenfalls stehen Sie namentlich in ihrem Terminkalender. Am Freitag um 18.00 Uhr hatten Sie einen Termin bei Frau Miller, schon vergessen?"

„Es gibt noch mehr Leute, die Detlev Bach heißen. Das ist ein Allerweltsname. Ich war am Freitag jedenfalls nicht in Frankfurt."

„Aber Herr Bach, erzählen Sie mir doch keine Märchen. Jennifer Miller ist identisch mit Cleopatra. Tanja Niehaus hat Sie Cleopatra empfohlen und am Freitag waren Sie bei ihr gewesen. Am Sonntag war sie tot. Entweder Sie erzählen mir die Wahrheit oder Sie sind vorläufig festgenommen."

Bach wurde wieder kreideweiß im Gesicht. Er erhob sich von seinem Stuhl, ging zur Tür und spähte durch den Spalt. Die Mutter war nicht zu sehen, er schloss die Tür und sprach dann leise zu Till.

„Ich habe Cleopatra nicht getötet. Ich habe auch Tanja nicht umgebracht. Ja, ich war am Freitagabend bei Cleopatra in Frankfurt. Aber nur für zwei Stunden, dann bin ich wieder nach Saarbrücken gefahren. Cleopatra war da noch quicklebendig."

Bach klang verzweifelt und fuchtelte hilflos mit den Armen herum. „Wenn meine Mutter das erfährt, wird sie sich furchtbar aufregen. Werden Sie ihr davon erzählen?"

Till bekam Mitleid mit Bach. Er schien ziemlich unter seiner Mutter zu leiden. Machte ihn das zum skrupellosen Mörder? Hatte er eine gespaltene Persönlichkeit? Ließ er sich von Frauen wie Tanja und Jenny erniedrigen, weil das ein Ventil war, mit dem er die heiße Luft rauslassen konnte, die seine Mutter ihm täglich einblies? Gab es dabei einen Punkt, an dem er sich in einen Killer verwandelte? Einen Killer, der die Frauen tötete, die ihn zuvor unterdrückt hatten? Rächte er sich auf diese Weise an seiner Mutter? Wenn dem so war, mussten sie unbedingt einen Psychologen zu dem Fall hinzuziehen.

„Es gehört nicht zu meinen Aufgaben, Ihre Mutter über Ihre privaten Angelegenheiten zu unterrichten. Das setzt aber voraus, dass Ihre Mutter uns für Ihre Treffen in Frankfurt keine falschen Alibis auftischt. Sonst muss ich natürlich mit ihr sprechen, das werden Sie verstehen. Wenn Sie am Freitagabend mit Cleopatra zusammen waren, sind Sie einer der letzten, der sie lebend gesehen hat. Auf Ihre ausführliche Aussage muss ich dann bestehen. Das bleibt natürlich unter uns."

„Was wollen Sie wissen?"

„Wie sind Sie mit Cleopatra in Kontakt getreten? Haben Sie sie angerufen? Hat Tanja Ihnen die Telefonnummer gegeben?"

„Nein, Cleopatra hat mich angerufen. Tanja hatte in ihrer letzten E-Mail an mich die E-Mail-Adresse von Herrin Cleopatra erwähnt. Daraufhin schickte ich ihr eine E-Mail, ich erklärte, wie ich auf sie kam und gab auch meine Telefonnummer an."

„Wann hat sie sich zum ersten Mal bei Ihnen gemeldet?"

„Das war ungefähr vier Wochen nach meinem Treffen mit Chantal, also Anfang Juli."

„Wie ging es dann weiter?"

„Cleopatra hat mich ausgefragt. Sie war sehr direkt. Ich wollte am Telefon gar nicht so viel von mir erzählen, aber sie hat darauf bestanden. Sie wollte wohl sicher gehen, dass ich mir keinen Spaß mit ihr erlaube. Sie war sehr dominant, das hat mir gefallen."

Till setzte sich auf den noch freien Stuhl in dem kleinen Raum. Bach redete jetzt frei heraus. Es schien so, als hätte Till den richtigen Ton getroffen, um Bach aus der Reserve zu locken.

„Wie ging es dann weiter? Haben Sie gleich einen Termin für ein Treffen mit ihr vereinbart?"

„Nein. Sie wollte, dass ich ihr einen Brief schreibe. Ich sollte ihr schreiben, warum ich mich mit ihr treffen wollte. Ich sollte meine geheimen Fantasien zu Papier bringen und sie so davon überzeugen, dass sie sich meiner annimmt, wenn Sie verstehen."

„Ja, ich glaube, ich verstehe, was Sie meinen. Haben Sie den Brief an ihre Adresse geschickt?"

„Ich hatte damals ihre Adresse noch nicht. Nur eine Postfach-Adresse. Dorthin habe ich den Brief geschickt."

„Und dann hat sie sich wieder telefonisch bei Ihnen gemeldet?"

„Ja. Ungefähr eine Woche, nachdem ich den Brief geschrieben hatte. Sie sagte, dass ich bei ihr genau richtig wäre. Sie würde mich wieder anrufen. Das tat sie dann auch. Am Freitag vor einer Woche, also an dem Wochenende, an dem Tanja gestorben ist. Sie hat mich für letzten Freitag zu sich bestellt. Sie gab mir ihre Adresse und die Uhrzeit, 18.00 Uhr. Ich sagte zu. Und dann kamen Sie und haben mir vorgeworfen, ich hätte Chantal umgebracht. Ich war ziemlich durcheinander. Ich wollte das Treffen mit Cleopatra absagen, habe es aber nicht fertiggebracht."

„Cleopatra war doch mit Chantal befreundet. Hat sie mit Ihnen über den Tod ihrer Freundin gesprochen?"

„Nein, sie hat kein Wort darüber verloren und ich auch nicht. Sie tat das, wofür ich sie bezahlte und das tat sie sehr gut."

„Sie waren zwei Stunden bei ihr. Wie hoch ist denn der Stundensatz gewesen?"

Bach zögerte mit seiner Antwort. Dass er Frauen bezahlte, war bei seinen Neigungen nichts Ungewöhnliches. Wie tief er dabei in die Tasche griff, hatte mit dem Mord eigentlich nichts zu tun. Aber er wollte kooperieren, wollte so schnell wie möglich seine Ruhe vor der Polizei haben.

„Cleopatra war keine gewöhnliche Domina. Sie ging dieser Beschäftigung nur nebenberuflich nach. Aber sie war exquisit. Nicht jeder konnte zu ihr. Ich habe Ihnen ja erzählt, welche Prozedur nötig war, um mit ihr in Kontakt zu treten. Sie hatte in bestimmten Kreisen auch einen ausgezeichneten Ruf."

Till wollte etwas nachhelfen. „Ein Mercedes kostet ja auch einiges mehr als ein Opel. Trotzdem fahren viele Leute einen Mercedes. Wenn die Qualität stimmt, sind die Menschen gern bereit, mehr auszugeben. Das ist doch überall so im Leben. Was kostet denn nun eine Cleopatra in der gehobenen Klasse?"

„Cleopatra war keine gehobene Klasse. Sie war Luxusklasse. Die zwei Stunden bei ihr kosteten mich sechshundert Euro."

Für einen Moment war es still im Raum. Bach war sich bewusst, dass er für Frauen in dieser Kategorie eigentlich kein Geld zur Verfügung hatte. Aber die zwei Stunden bei Cleopatra waren für ihn wie der Urlaub auf Mallorca für den normalen Durchschnittsbürger. Till kannte aus seiner Zeit als Streifenbeamter im Bahnhofsviertel die Preisklassen in den Bordellen. Solche horrenden Summen wurden aber allenfalls im Jetset bezahlt. Jennifer musste wirklich hart an ihrem Ruf gearbeitet haben.

„Ist Ihnen während Ihres Besuches bei Cleopatra irgendetwas Außergewöhnliches aufgefallen? Ein anderer Mann, der vor dem Haus rumgelungert ist oder etwas in der Art?"

„Nein, mir ist niemand aufgefallen. Es hat sich auch sonst nichts Außergewöhnliches ereignet."

„Um welche Zeit haben Sie die Wohnung verlassen?"

„Es war kurz nach 20.00 Uhr, als Cleopatra mich wieder weg schickte. Sie sagte noch, dass ich bald wieder kommen solle. Ich antwortete ihr, dass ich mir das nicht leisten könne. Darüber sollte ich mir keine Gedanken machen, es gäbe auch andere Möglichkeiten für mich."

„Wie meinte sie das?"

„Das sollte heißen, dass ich mir Cleopatras Gesellschaft auch mit dem Verrichten von Dienstleistungen verdienen könnte. Mit Hausarbeiten oder anderen Gefälligkeiten."

„Als persönlicher Haussklave?"

„So nennt man das, ja."

„Gab es noch andere Männer, die sich Cleopatras Gunst mit Dienstleistungen erwarben?"

„Ich weiß es nicht, aber ich gehe davon aus. Eine Frau wie Cleopatra hält sich mindestens ein bis zwei persönliche Sklaven, die immer für sie da sind."

„Gab es irgendwelche konkreten Hinweise auf solche Sklaven?"

„Nein, ich war ja das erste Mal bei ihr gewesen, da hätte sie mir niemals tiefere Einblicke in ihr Reich gegeben."

„Hat Sie jemand gesehen, als Sie die Wohnung verließen? Im Haus oder auf dem Weg zu Ihrem Wagen?"

„Nicht, dass ich wüsste. Auf der Straße waren vielleicht Leute, aber die haben mich nicht beachtet und ich habe sie nicht beachtet."

„Ihre Mutter scheint mir sehr religiös zu sein. Weiß sie von Ihrem Hang zu dominanten Frauen? Haben Sie deswegen Auseinandersetzungen mit ihr?"

„Ich habe Ihnen alles gesagt, was ich weiß. Meine Mutter hat damit nichts zu tun. Ja, sie ist sehr religiös und sie liest jeden Abend in der Bibel. Es ist nicht einfach, es ihr recht zu machen. Aber wir kommen gut miteinander aus."

Till entging nicht, wie gereizt Bach wurde, als seine Mutter ins Spiel kam. Er vermutete, dass er unter dieser Frau ziemlich zu leiden hatte. Ließ er seine Wut an anderen Frauen aus? Suchte er nach dominanten Frauen, weil nur diese Frauen seine Mutter verkörpern konnten? Ließ er sich so lange erniedrigen, bis er in Cleopatra seine Mutter wiedererkannte? Hatte er Chantal und Cleopatra ermordet, um seine Mutter zu ermorden? Konnte er seiner eingekerkerten Seele auf diese Weise etwas Entspannung verschaffen? Bach war ein Schwächling. Er war der Typ, der in der Schule immer gehänselt und verprügelt wurde. Er war der Typ, der unfähig war, sich zu wehren. Bei den beiden Morden floss kein Tropfen Blut. Tanja wurde erdrosselt und Jenny vergast. Das würde zu einem Typ wie Bach passen. Aber es gab keinen einzigen stichhaltigen Beweis. Wenn die Spurensicherung Spuren von Bach in Jennys Wohnung entdecken würde, hätte es nichts zu bedeuten. Genauso wenig wie in Tanjas Wohnung. Im Schwimmbad wurden überhaupt keine Spuren gefunden und auf dem Feldberg bisher auch noch nicht.

Das Einzige was blieb, war Jennys Wagen. Irgendwie musste der Täter mit ihr auf den Feldberg gekommen sein.

Till war frustriert. Er kam nicht weiter, konnte Bach nicht das Geringste anhaben. Spontan und instinktiv kam ihm die nächste

Frage in den Sinn. Er formulierte sie laut, bevor er überhaupt über ihre Bedeutung nachgedacht hatte.

„Haben Sie das Foto gesehen, das Jenny von Ihnen gemacht hat?"

„Welches Foto?" Bach schien tatsächlich verwirrt zu sein.

„Na das Foto, nachdem sie Sie mit rotem Lippenstift bemalt hat. So wie Chantal das auch gemacht hat."

„Ich wusste nicht, dass es davon ein Foto gibt. Cleopatra hat mir es auf meinen Rücken geschrieben." Bach errötete und Till triumphierte.

„Sie wussten es nicht? Wussten Sie denn, was Ihnen Cleopatra auf den Rücken geschrieben hat?"

„Ja natürlich. Sie hat es mir vorgelesen."

„Woher wollen Sie wissen, dass Cleopatra Ihnen auch das Richtige vorgelesen hat? Was hat sie denn gesagt, was sie geschrieben hätte?"

Bach wurde unsicher. Was hatte der Polizist auf dem Foto gesehen? Er fing an zu stottern, fing sich wieder und erklärte Till, wie es zu der Situation kam. „Nachdem ich fast zwei Stunden mit Cleopatra verbracht hatte und mich gerade wieder fertig für die Heimreise machen wollte, fragte sie mich, ob ich sie jetzt regelmäßig konsultieren wollte. Ich druckste mich um eine Antwort herum, aber sie ließ nicht locker und erwartete eine klare Ansage von mir. Es fiel mir nicht leicht, aber ich sagte ihr dann ganz deutlich, dass ich mir das nicht leisten könne. Da kam sie mit dem roten Lippenstift. Als sie fertig war, bewunderte sie ihr Werk und las es mir vor. »Ich bin ein armer Habenichts«, stand auf meinem Rücken. Mir war das peinlich, deshalb habe ich nichts darauf erwidert. Cleopatra zuckte bedauerlich mit den Schultern und meinte, dass ich mir ihre Gegenwart vielleicht auch mit kleineren Dienstleistungen verdienen könne. Ich versprach ihr, darüber nachzudenken und bin dann gegangen." Till musste an den Spruch denken, mit dem die tote Jennifer Miller bedacht wurde. »Ich bin eine dumme Hure«.

24

Siebels saß auf dem Stuhl von Helmut Kreuzberger, ihm gegenüber saß eine unscheinbare Frau. Sie hieß Melanie Janicke, war vierunddreißig Jahre alt und arbeitete seit sieben Jahren bei der Dresdner Bank. Davon drei Jahre in der Abteilung von Helmut Kreuzberger. Hier lernte sie dann auch Jennifer Miller kennen. Näheren Kontakt pflegte sie allerdings nicht mit Frau Miller. Sie erzählte Siebels, dass sie anfangs bemüht war, mit der neuen Kollegin ins Gespräch zu kommen, sie wären aber nie richtig miteinander warm geworden und so beschränkte sich ihre Kommunikation nur auf das Unvermeidbare. Sie beschrieb Jennifer als fleißig und zielstrebig, als intelligent und als sachlich. Allerdings auch als arrogant und machtbewusst, als intrigant und als karrieregeil. Sie machte nicht den Eindruck, als wäre sie allzu schockiert über den plötzlichen Tod von Jenny und über die Schlagzeilen darüber in der Bild. Sie wirkte aber auch nicht schadenfroh und gab keine Kommentare von sich, dass es ja so hätte kommen müssen oder ähnliches. Aus dem Privatleben von Jennifer wusste sie nichts oder wollte sie nichts wissen, jedenfalls langweilte sie Siebels ziemlich schnell und er hatte nicht den Eindruck, dass ihn diese Befragung weiterbringen würde. Er bedankte sich bei ihr für das offene Gespräch, die nächsten beiden Gespräche mit Kolleginnen von Jennifer verliefen ganz ähnlich. Es gab nicht den Hauch einer Andeutung von einem Verhältnis zwischen Helmut Kreuzberger und Jennifer oder davon, dass Jennifer nicht nur Jennifer war.

Die nächste Kollegin, die ihm gegenüber Platz nahm, war attraktiver als ihre Vorgängerinnen. Sie hatte kurzes rotes Haar, Siebels vermutete, dass es gefärbt war. Tief graublaue Augen, die von langen Wimpern umrandet waren, sahen ihn neugierig an. Die Frau stellte sich ihm als Petra Schneider vor, sie erzählte, dass sie ziemlich schockiert sei über die Geschichte. Endlich eine Kollegin, die ihm etwas mehr erzählen konnte, dachte sich Siebels.

„Wie war denn Ihr Verhältnis zu Frau Miller? Verstanden Sie sich gut mit ihr?"

Die großen Augen starrten ihn an. Man konnte förmlich von ihrem Blick eingesogen werden. Siebels hatte Mühe, sich auf das Gespräch zu konzentrieren, diese Augen faszinierten ihn. Sie strahlten Temperament und Witz aus.

„Ja, Jenny und ich verstanden uns sehr gut. Ich bin vor einem Jahr in diese Abteilung gekommen. Mit Jenny habe ich mich auf Anhieb gut verstanden."

„Ihre anderen Kolleginnen hatten da wohl Schwierigkeiten? Frau Miller wurde mir bisher eher als unterkühlt und abweisend beschrieben."

„So wirkte sie vielleicht, das kann durchaus sein. Aber wer sie näher kannte, wusste, dass sie sehr nett und hilfsbereit sein konnte. Sie achtete sehr darauf, mit wem sie Kontakt pflegte und mit wem nicht, das ist richtig."

„Und mit Ihnen hatte Frau Miller also einen guten Kontakt. Woran lag das?"

„Die Chemie zwischen uns hat eben gestimmt. Wir konnten über dieselben Sachen lachen und uns über dieselben Sachen aufregen. Jenny bekam als Assistentin von Herrn Kreuzberger ja viel mit. Herr Kreuzberger wusste es immer zu schätzen, dass Jenny nicht zu der Sorte von Frauen gehörte, die bei jedem Kaffeeklatsch dabei war und alles, was sie auf Besprechungen und Meetings mitbekam, gleich brühwarm weitererzählte."

„Hatten Sie auch privat Umgang mit Frau Miller?"

„Hin und wieder. Wir haben uns mal auf einen Kaffee getroffen und ein bisschen getratscht. Ab und zu sind wir am Wochenende auch mal gemeinsam ins Kino gegangen. Ansonsten haben wir uns nur hier gesehen."

„Kannten Sie Tanja Niehaus, die Freundin von Jennifer, die vor einer Woche tot aufgefunden wurde?"

„Tanja Niehaus habe ich einmal flüchtig kennen gelernt. Das war vor fast genau einem Jahr, auf Jennifers Geburtstagsparty. Morgen hätte Jennifer wieder Geburtstag gehabt." Die junge Frau musste sich bei dem Gedanken ein paar Tränen aus den Augen wischen, bevor sie weitersprach. „Ich hatte mich damals eine Weile mit Tanja unterhalten, hauptsächlich über die Arbeit. Tanja war ja auch eine Bankerin, sie arbeitete bei der Deutschen Bank. Später erzählte mir Jennifer, dass der Bruder von Herrn Kreuzberger mit Tanja liiert sei."

„Das ist richtig, ja. Tanja hat Ihnen nichts davon erzählt?"

„Nein, mit keinem Wort. Obwohl ich unseren Herrn Kreuzberger damals erwähnte. Ich erinnere mich noch, weil ich zu dieser Zeit etwas sauer über eine Entscheidung von ihm war und schimpfte über meinen Chef bei jeder Gelegenheit. Als ich es erfuhr, war mir das richtig peinlich. Ich meine, dass ich mich über meinen Chef bei der Freundin seines Bruders ausgeheult hatte. Aber von Tanja kam nicht die geringste Reaktion auf den Namen Kreuzberger, da bin ich mir sicher."

„Können Sie sich noch an andere Gäste auf der Party erinnern? Wie viele Leute waren denn anwesend?"

„Vielleicht zwölf bis fünfzehn Leute. Außer mir war Gabriel noch da. Gabriel arbeitet auch hier in der Abteilung, er sitzt da drüben." Der Finger von Petra Schneider zeigte in das Großraumbüro auf einen hageren Mann mit blonden Locken, der Name passte zu ihm. „Dann war da noch eine gute Freundin von Tanja und Jenny. Die hieß Johanna, die war auch sehr nett. Mit der habe ich mich besser verstanden als mit Tanja. Dann war da noch eine Freundin von Tanja, den Namen weiß ich nicht mehr. Es war keine Deutsche, sie muss Russin oder so was in der Art gewesen sein. Jedenfalls hatte sie einen deutlichen Akzent. Tanja und diese Russin waren wohl ziemlich eng miteinander befreundet. Mehr wie ein Pärchen als wie gute Freundinnen. Ich war mir sicher, dass die zwei lesbisch sind. Deswegen habe ich mich auch so gewundert, als ich dann hörte, dass Tanja mit dem Bruder vom Kreuzberger zusammen sei. Ansonsten kann ich mich noch daran erinnern, dass Jennys Nachbarn da waren. Ein junges Paar, vielleicht Anfang zwanzig. Die waren beide noch am Studieren. Es waren drei oder vier Jungs da, von denen habe ich aber nicht viel mitbekommen. Die waren die ganze Zeit in der Küche und ich habe eigentlich den ganzen Abend auf der Couch im Wohnzimmer verbracht. Kurz bevor ich gegangen bin, kam noch so ein merkwürdiger Typ. Der kannte wohl nicht nur Jenny, sondern auch Tanja und Johanna ganz gut. Der war irgendwie komisch drauf. Es waren nur noch wenige Leute da, als der kam, aber irgendwie hatte der ganz schnell die Stimmung kaputt gemacht. Erst hat er heimlich mit Jenny rumgetuschelt, dann hat er auf Tanja eingeredet und kurz darauf ist er mit Johanna auf dem Balkon verschwunden. Dort haben die beiden wild gestikulierend aufeinander eingeredet. Kurze Zeit später haben Gabriel und ich uns dann verabschiedet."

„Wissen Sie, wie der junge Mann hieß, der noch auf die Party kam und sich so merkwürdig verhielt?"

Petra Schneider überlegte. Sie rieb sich am Kinn und starrte mit ihren großen Augen in die Luft, als würden sich dort die Szenen und Gespräche dieser Party noch einmal wiederholen. „Jennifer hat mir später einmal seinen Namen gesagt. Sie erzählte mir auch, dass er ein guter alter Freund von ihr und von Tanja und Johanna sei. Und sie erzählte mir auch, dass diese Freundschaft in letzter Zeit etwas gelitten hätte, dass sie eigentlich alle drei nichts mehr mit ihm zu tun haben wollten. Das hat ihm wohl zu schaffen gemacht. Wie hieß er nur ... Richard ... nein ... Robert, genau, so hieß er: Robert." Die hellen Augen der Rothaarigen strahlten und funkelten wie Sterne, als sie sich wieder an den Namen des Mannes erinnern konnte.

„Den Nachnamen wissen Sie aber nicht mehr?"

„Nein, tut mir leid. Es fiel nur der Name Robert."

Irgendwas klingelte bei Siebels im Hinterkopf, der Name Robert war irgendwo schon einmal aufgetaucht. Nur wo? Ganz weit hinten in seinem Kopf ertönte ein Warnsignal, er konnte es aber nicht einordnen und schrieb den Namen Robert mit drei dicken Ausrufezeichen in seinen Notizblock. Robert war zwar ein geläufiger Name, aber es konnte ja nichts schaden, diesem Hinweis bei Gelegenheit nachzugehen. Irgendwo war der Name Robert schon aufgetaucht, Siebels war sich sicher.

„Ist Ihnen der Name Cleopatra bekannt? Ich meine nicht die ägyptische Königin, ich spreche von einem Pseudonym."

„Tut mir leid, da muss ich passen. Wie kommen Sie darauf?"

„Frau Miller nannte sich so. Sind Sie sicher, dass Jennifer niemals den Namen Cleopatra erwähnt hat?"

„Warten Sie, da fällt mir etwas ein. Auf dieser Party von Jenny damals, da fiel der Name Cleopatra. Ich konnte mir aber keinen Reim darauf machen und habe nicht weiter darüber nachgedacht. Als dieser Robert kam und sich so merkwürdig benahm, da fiel auch der Name Cleopatra. Ich hatte mich schon fertig gemacht zum Gehen, wollte mich noch verabschieden, als Jennifer und Johanna sich stritten. Sie waren im Schlafzimmer, die Tür war aber nur angelehnt. Johanna schien ziemlich ärgerlich und fragte Jenny, was der ganze Cleopatra-Quatsch denn solle. Dann ging es noch irgendwie um diesen Robert. Ich habe dann kurz an die Tür geklopft und mich von den beiden verabschiedet. Mehr habe ich nicht mitbekommen."

„Das ist schon sehr hilfreich für mich. Eine andere Frage hätte ich aber noch. Hier muss vor einiger Zeit kurzfristig ein Joachim Schäfer gearbeitet haben. Ist Ihnen dieser Name bekannt?"

„Ja, an Herrn Schäfer kann ich mich gut erinnern. Der blieb aber nicht lange. Ich weiß auch gar nicht, warum er überhaupt eingestellt wurde. Er war Informatiker und bastelte Computerprogramme zusammen. So weit ich das beurteilen kann, hatten wir gar keinen Bedarf für einen Programmierer. Na ja, er ist ja auch nicht lange geblieben. Weiß der Geier, was sich der Herr Kreuzberger dabei gedacht hat, einen Programmierer einzustellen. Wir haben eine ausgezeichnete Abteilung für solche Sachen im Haus."

„Haben Sie mit Frau Miller mal darüber gesprochen? Als Assistentin vom Chef muss sie doch darüber Bescheid gewusst haben."

„Ich hatte Jenny tatsächlich mal darauf angesprochen, in der Mittagspause. Das war, als der Herr Schäfer schon seine Kündigung auf dem Tisch hatte. Der wurde noch in der Probezeit abserviert, der arme Kerl. Jenny hat aber nur mit den Schultern gezuckt. Irgendwas von Politik hat sie erzählt, aber nur andeutungsweise. Entweder wusste sie nichts zu erzählen oder sie durfte nicht. Keine Ahnung."

Helmut Kreuzberger kam herein und schaute demonstrativ auf seine Uhr. Siebels räumte das Feld und überließ es Kreuzberger. Er wollte noch mit den beiden Männern im Büro kurz sprechen, zog es aber vor, dies an einem anderen Ort zu tun. Die ganze Zeit hatte er das Gefühl, dass die ganze Abteilung jedes Wort mithören könnte. Er fragte Kreuzberger, ob er mit den restlichen Mitarbeitern ein kurzes Gespräch in der Kantine führen dürfe. Kreuzberger hatte keine Einwände. Siebels schnappte sich den älteren der beiden und zog mit ihm los. Während der Fahrt im Aufzug sprachen die Männer kein Wort miteinander. Beide senkten den Blick zum Boden und warteten, bis der erlösende Piepston erklang, der ankündigte, dass das gewünschte Stockwerk erreicht war. Die Türen öffneten sich und der stille Banker zeigte dem Kommissar den Weg in die Kantine.

Das Handy von Siebels fing an zu läuten. Staatsanwalt Jensen war dran, er klang ziemlich aufgeregt. Der Artikel in der Bild-Zeitung hatte ziemlichen Wirbel ausgelöst, die Pressevertreter rannten dem Polizeisprecher förmlich die Bude ein. Siebels ließ ihn erstmal reden.

Jensen beruhigte sich wieder. Er erzählte Siebels, dass er für 19.00 Uhr eine Pressekonferenz einberufen hätte. Eine Stunde vorher sollte sich Siebels mit seinem Team bei Jensen einfinden, um die Strategie für die Pressekonferenz festzulegen.

Der Banker hatte in der Zwischenzeit zwei Tassen Kaffee geholt und setzte sich nun Siebels gegenüber. Die Kantine war fast leer, nur vereinzelt saßen ein paar Angestellte an den Tischen. Der Banker hieß Karlheinz Reimer und war mit siebenundvierzig Jahren der älteste Mitarbeiter in Kreuzbergers Abteilung. Siebels rührte den Zucker und die Milch in seinen Kaffee, Reimer begann von sich aus das Gespräch.

„Es ist schrecklich, was da passiert ist. Ich habe eine Tochter, die ist nicht viel jünger als Frau Miller. Frau Miller ist sehr attraktiv gewesen, wenn sie mittags in die Kantine gegangen ist, hat sie scharenweise die Blicke der Männer auf sich gezogen. Sie war aber nie provozierend, gab sich nie wie ein Flittchen. Wir haben einige junge Damen hier in der Bank, von denen könnte ich das nicht behaupten."

„Wie war Frau Miller denn im persönlichen Umgang? Von Ihren Kollegen habe ich widersprüchliche Aussagen bekommen. Die einen beschrieben sie als kalt und distanziert, die anderen als freundlich und zuvorkommend. Ich kann mir noch kein klares Bild von Frau Miller machen."

„Ich denke, es trifft beides zu. Je nachdem, mit wem sie es zu tun hatte, war sie eher abweisend oder eher zuvorkommend. Sie war sehr wählerisch, was den Umgang mit ihren Mitmenschen anging. Und das habe ich immer sehr an ihr geschätzt. Ich kann Leute nicht ausstehen, die zu jedermann freundlich sind. Genauso wenig, wie Leute, die immer griesgrämig durch die Gegend laufen. Frau Miller hatte eine gesunde Menschenkenntnis. Mitarbeiter, die nicht mit ihr auf einer Wellenlänge lagen, hat sie schlicht und einfach gemieden und die Kontakte auf das Geschäftliche beschränkt."

„Und wie war Ihr Kontakt zu Frau Miller?"

„Wir hatten einen guten Kontakt, würde ich sagen. Keinen freundschaftlichen, wir haben uns gegenseitig respektiert und sind gut miteinander ausgekommen. Als sie noch neu war, habe ich sie unterstützt, so gut ich konnte. Sie war sehr fleißig und zielstrebig, das hat mir imponiert. Wenn sie Probleme hatte, kam sie immer zuerst zu mir und fragte um Rat."

„Würden Sie Frau Miller als dominant bezeichnen?"

Reimer überlegte einen Moment, bevor er antwortete. „Ich denke, dominant ist ein ganz gutes Wort, um sie zu beschreiben, allerdings im positiven Sinne. Sie hat sich eigentlich immer durchgesetzt. Aber auf ihre ganz eigene Weise. Die meisten Frauen hier neigen dazu, sich schrecklich aufzuregen, wenn es nicht nach ihrem Kopf geht. Frau Miller war da anders. Immer sachlich, aber konsequent in der Argumentation. Bei Diskussionen konnte sie ihren Standpunkt knapp und präzise zum Ausdruck bringen und ihre Gesprächspartner mit intelligenten Fragen zur Verzweiflung treiben. Wenn ihr eine Diskussion zu dumm wurde, hat sie einfach beschlossen, dass das nun so und so gemacht wird und basta. Und in der Regel hat sie sich auf diese Weise immer durchgesetzt. Sogar vor dem Herrn Kreuzberger machte sie selten Halt. Ich würde sogar sagen, dass der gute Ruf, den er hier genießt, zum größten Teil auf die Arbeit von Frau Miller zurückzuführen ist."

„War Frau Miller von Anfang an so couragiert und durchsetzungsfähig, oder haben Sie eine gewisse persönliche Entwicklung bei ihr beobachten können?"

„Natürlich hat sie sich persönlich weiterentwickelt. Sie kam ja nach ihrem Abitur zu uns und hat eine Ausbildung gemacht, bevor sie in unsere Abteilung kam und schließlich die Assistentin von Herrn Kreuzberger wurde. Man konnte fast zusehen, wie sie aus jeder Erfahrung gelernt und sich ihre Erfahrungen zu eigen gemacht hat. Manchmal dachte ich, dass sie sich in zwei Jahren schneller entwickelt hat, als ich mich in zwanzig Jahren."

„Sie haben in der Zeitung ja bestimmt von dem Spruch gelesen, den der Täter ihr mit rotem Lippenstift auf den Rücken geschrieben hat. Können Sie sich darauf einen Reim machen?"

»Ich bin eine dumme Hure«, flüsterte Reimer leise vor sich hin. „Natürlich habe ich mir meine Gedanken darüber gemacht. Wie gesagt, sie war sehr attraktiv und soweit ich weiß, war sie nicht in festen Händen. Sie wird mit Sicherheit den einen oder anderen Liebhaber gehabt haben. Wenn es nicht den anderen Mord gegeben hätte, würde ich denken, dass ein eifersüchtiger Ex-Geliebter den Verstand verloren hat. Ansonsten wüsste ich nicht, was davon zu halten ist."

Mit dem Namen Cleopatra konnte Reimer nichts anfangen und seine Aussagen zu Joachim Schäfer deckten sich mit denen von Frau

Schneider. Siebels verabschiedete sich und bat Reimer, dass er seinen jüngeren Kollegen in die Kantine schicken solle.

Sabine Karlson saß den ganzen Tag im Büro und ermittelte weiter in den beiden Mordfällen. Sie gab Anweisungen an die Gerichtsmedizin und ordnete an, dass bei der Obduktion der toten Jennifer Miller auf Gemeinsamkeiten mit dem Fall Niehaus geachtet werden sollte. Sie kümmerte sich darum, dass der Wagen von Jennifer Miller bis ins kleinste Detail untersucht wurde und dass mit Fotos von Jenny und dem blauen Corsa ausgerüstete Streifenbeamte die Ausflugslokale rund um den Feldberg abklapperten und nach Zeugen suchten. Sie entwarf einen Flyer, der Zeugen dazu aufrufen sollte, sich bei der Polizei zu melden. Dieser Flyer sollte von Schutzpolizisten an den Bäumen rund um den Feldberg angebracht werden. Mit Charly Hofmeyer sichtete sie noch einmal die Daten in Jennys PC und sie versuchte, die Liste auszuwerten, die anscheinend die Kundenliste von Cleopatra war. Die Namen schienen alle verschlüsselt zu sein. Kein einziger war registriert. Besonders auffällig schien ihr der Name Otto Krauzmeier zu sein. Sie hatte den Verdacht, dass sich dahinter Olaf Kreuzberger verbergen könnte. Es war mehr eine Vermutung als ein Verdacht, aber die auffällige Namensähnlichkeit gab ihr zu denken. Um die Mittagszeit rief Till bei ihr an. Er erzählte von seinem Besuch bei Detlev Bach und was dieser ihm über die Kontaktaufnahme zu Cleopatra berichtete. Er gab ihr die Nummer von dem Postfach und bat sie, einen Kollegen von der Spurensicherung in Jennys Wohnung zu schicken, um nach solchen Bewerbungsbriefen zu suchen. Zwischendurch kam der Pressesprecher der Polizei immer wieder zu ihr und fragte nach Informationen. Der arme Kerl war mit dem plötzlichen Presserummel völlig überfordert.

Schließlich meldete sich auch noch ein Anwalt bei ihr. Er vertrat die Interessen des Providers gmx. Er erklärte sich bereit, der Polizei die Identitäten der gmx-Kunden, die mit anonymen E-Mail-Adressen auf Tanjas Rechner gespeichert waren, unter bestimmten Bedingungen preiszugeben. Karlson stellte ihn an Staatsanwalt Jensen durch. Dieser akzeptierte, dass die Daten der Personen nach Prüfung sofort vernichtet würden. Eine Stunde später erhielt Sabine Karlson eine E-Mail von gmx. Im Anhang befanden sich die Namen und Adressen der Männer, die auf Tanjas Kontaktanzeigen geantwortet hatten. Karlson ging die Liste Namen für Namen durch. Insgesamt befanden sich 856 Namen auf der Liste, sie waren alphabetisch geordnet. Sie traute ihren Augen nicht, als sie etwa in der Mitte der Liste auf einen vertrauten Namen stieß. Helmut Kreuzberger stand auf der Liste.

In der Kantine der Dresdner Bank führte Siebels sein letztes Gespräch mit Gabriel Belau. Belau war der Mann, der mit Petra Schneider auf der Geburtstagsfeier von Jenny gewesen war. Er war siebenundzwanzig Jahre alt, mit seinen blonden Locken sah er wahrhaftig wie ein Engel aus. Siebels informierte ihn über sein Gespräch mit Frau Schneider. Er sprach die Feier an, auf der Belau und Frau Schneider vor einem Jahr bei Jenny eingeladen waren. Er fragte nun auch Belau, ob er sich noch an die anwesenden Gäste erinnern konnte. Belaus Angaben entsprachen im Wesentlichen denen von Petra Schneider.

„Frau Schneider erwähnte noch einen jungen Mann, der erst zu der Party gestoßen ist, als Sie schon gehen wollten. Es muss ein Freund von Jennifer Miller und Tanja Niehaus gewesen sein. Laut Frau Schneider hat er sich merkwürdig verhalten und es gab Streit zwischen ihm und den beiden Mädchen, Tanja und Jenny. Erinnern Sie sich an diesen Mann?"

Belau fragte Siebels nach einer Zigarette, sie steckten sich beide eine an. „An den erinnere ich mich. Das war wirklich ein merkwürdiger Typ. Ich hatte den Eindruck, dass Jennifer ziemlich unglücklich war, als er aufgetaucht ist. Das Ganze ist nun zwar schon ein Jahr her, aber an den Auftritt kann ich mich noch sehr gut erinnern."

„Was meinen Sie mit Auftritt?"

„Na ja, der kam zur Tür herein und hat sofort damit angefangen, Jennifers Wohnung aufzuräumen. Als wäre er das Hausmädchen. Jenny hat ihn angefaucht, dass er das jetzt lassen solle. Aber der dachte nicht im Traum daran. Hat alle leeren Flaschen weggeräumt, die Krümel vom Tisch gewischt und auf dem Tisch alles wieder so hingestellt, wie es vor der Party war. Und zu Jenny hat er gesagt, dass er sich um alles kümmert, wie immer. Ich kam mir vor, wie in einem Hotelzimmer, in dem das Zimmermädchen seinen Job macht."

„Wie haben Tanja und Johanna darauf reagiert?"

„Ich hatte den Eindruck, dass Jenny die Geschichte ziemlich

unangenehm war. Von uns wusste ja auch niemand, wer der Typ überhaupt war. Jedenfalls ist sie dann aus dem Zimmer gegangen und Tanja hat mit dem Typ geredet. Sie hat ihm irgendwas von einem neuen Vertrag gesagt, den sie mit ihm machen wollte. Der Typ wurde trotzig und meinte, dass es ja wohl nicht an ihm liegen würde. Er hätte immer alle Verträge erfüllt. Ich hatte aber keinen blassen Schimmer, wobei es darum ging. Petra und ich wollten sowieso gerade gehen. Und als mit dem Typ dann die Stimmung ganz futsch war, sind wir auch gegangen. Ich habe nur noch mitbekommen, wie Johanna kam und mit ihm auf den Balkon gegangen ist. Dort hat sie auf ihn eingeredet, ich konnte aber nicht verstehen, worum es ging."

„Können Sie sich an seinen Namen erinnern?"

„Nein, beim besten Willen nicht. Ich weiß gar nicht, ob sein Name überhaupt erwähnt wurde."

Die beiden drückten ihre Stummel gleichzeitig im Aschenbecher aus, Siebels hatte genug gehört. Der merkwürdige Kerl, von dem Frau Schneider und Herr Belau berichtet hatten, ging Siebels nicht mehr aus dem Kopf. Er hatte das Gefühl, dass da ein Zusammenhang bestehen musste mit dem, was er schon wusste. Nur was das sein sollte, das war ihm noch nicht klar. Ein Blick auf die Uhr sagte ihm, dass er sich beeilen musste, wenn er mit Big Jim noch plaudern wollte. Als er das Hochhaus am Jürgen-Ponto-Platz verließ, kam ihm ein Obdachloser entgegen. Barfuss, mit all seinen Habseligkeiten, die er in einem Einkaufswagen vor sich herschob, bettelte er Siebels um einen Euro an. Der Mann war schmutzig, stank nach Alkohol und hatte nur noch drei verfaulte Zähne im Mund. Siebels zeigte zu dem Brunnen, an dem sich der Junkie gewaschen hatte. „Ich gebe dir fünfzig Cent, wenn du dich wäschst und deine Zähne putzt." Der Penner nahm dankend die Münze. Siebels sah ihm nach, wie er am Brunnen vorbei lief, schnurstracks zur nächsten Trinkhalle.

Auf dem Weg zu seinem BMW rief Siebels erst Till und dann die Karlson an. Um 17.00 Uhr war Treffpunkt im Präsidium angesagt.

25

Mein Tagebuch, 01. Oktober 2000

Fast zwei Wochen sind seit meinem Treffen mit Tanja vergangen, ohne dass ich etwas von Tanja, Jenny oder Johanna gehört hätte. Jeder Tag war eine Qual gewesen. Ich hatte mir den Kopf zermartert, hatte mir unentwegt Gedanken gemacht, wie ich meine kleine Familie wieder zusammenführen könnte. Die Worte von Tanja hallten noch wie ein Echo in meinem Kopf. Jenny die Hure, die es nur für Geld macht. Ich weigerte mich, es zu glauben. Für mich gab es nur eine Erklärung. Zwischen Tanja und Jenny war ein Machtkampf entbrannt. Beide wollten sie bestimmen, wo es langgeht. Beide wollten das Familienoberhaupt verkörpern. Dabei war doch jede für sich eine Eva mit wunderbaren Vorzügen und nur zusammen mit Johanna und mir ergab sich das Bild vom Paradies. Ich konnte und wollte nicht zulassen, dass dieses Paradies wegen weiblicher Eitelkeiten zerstört wurde. Nach eifrigem Überlegen kam ich zu dem Entschluss, dass auch Johanna ein unschuldiges Opfer des kleinen Grabenkampfes geworden ist. Johanna, der stille tiefe See im Paradies war zum Austrocknen verdammt, wenn sich Tanja und Jenny nicht bald wieder versöhnen würden. Nach langem Zögern habe ich Johanna vorgestern angerufen. Ihr Zustand war noch viel schlimmer, als ich es befürchtet hatte. Als sie meine Stimme erkannte, wurde sie sofort schroff im Ton. Ich redete mit Engelszungen auf sie ein, erzählte ihr von meinen Treffen mit Jenny nach unserem Urlaub und von meinem Treffen mit Tanja von vor zwei Wochen. Ich versicherte Johanna, dass ich genauso leiden würde wie sie, dass mich meine Sehnsucht nach ihr, nach Tanja und nach Jenny auffressen würde. Trotz meiner flehenden Bitten, sich mit mir zu treffen, blieb Johanna hart und verschlossen. Sie würde sich um ihren Kram kümmern und ich sollte mich um meinen kümmern, war ihre lapidare Antwort. Ich kam nicht an sie heran. Anscheinend verdrängte sie die wunderbaren Erinnerungen an unsere Abenteuer und das unbeschreibliche Gefühl paradiesischer Wonnen.

Bevor sie auflegen konnte, befragte ich sie noch zu Tanjas Vorwürfen gegenüber Jenny. Ihre Antwort machte mich traurig. Jenny sei ein geldgieriges Luder und Tanja keinen Deut besser und ich sei ein gutmütiger Trottel. Das waren Johannas letzten Worte, bevor sie unser Gespräch beendete.

Nach einer schlaflosen Nacht fuhr ich gestern zu Jenny. Ich musste Gewissheit haben. Zu meiner Überraschung öffnete mir ihre Mutter die Tür. Zu meiner Verwunderung erklärte sie mir, dass Jenny letzte Woche ausgezogen sei. Nach der Ausbildung könne sie sich ja nun eine eigene Wohnung leisten. Sie gab mir die Adresse. Jenny wohnte jetzt am Dornbusch, ganz in der Nähe vom Hessischen Rundfunk.

Viel Zeit hatte Siebels nicht mehr, wenn er sich noch mit seinem Team auf die Pressekonferenz am Abend vorbereiten wollte. Er würde es kurz machen müssen bei Big Jim. Big Jim hieß mit bürgerlichem Namen Johannes Brettschneider und war Besitzer von drei Nachtclubs, zwei Pornokinos und einer Spielhalle im Bahnhofsviertel. Er hatte seine Karriere im Milieu vor über zwanzig Jahren als Türsteher einer heruntergekommenen Bar begonnen. Später wurde er der Laufbursche von einem Bordellbesitzer und hätte fast Karriere als Boxer gemacht, wenn er nicht schon in frühen Jahren Arthrose in den Kniegelenken bekommen hätte. Ohne Schulabschluss und ohne Berufsausbildung blieb ihm nur das Milieu. Nachdem er im Ring nicht mehr boxen konnte, boxte er sich als Zuhälter nach oben. In einer Disco lernte er eine junge mittellose Polin kennen, sein erstes Mädchen, das er auf den Straßenstrich schickte. Die junge Polin hatte Freundinnen in Polen. Big Jim holte sie nach Deutschland und schickte sie zum Anschaffen auf die Straße. Er behauptete sich gegen die alteingesessenen Zuhälter und erwarb bald seine erste kleine Spelunke. Der Laden florierte, die jungen Mädchen aus Polen waren eine Goldgrube. Big Jim wurde mehrmals wegen Zuhälterei und Menschenhandel angeklagt, einmal wurde es eng für ihn, aber er arrangierte sich mit der Staatsanwaltschaft. Die Anklage wurde eingestellt, Big Jim revanchierte sich mit wertvollen Informationen über die Struktur der Russenmafia, die in Frankfurt mit zuvor nicht gekannter Gewalt die Szene umkrempelte. Die Frankfurter Polizei konnte kurz darauf einige pressewirksame Erfolge im Kampf gegen die Russenmafia präsentieren und Big Jim ging seinen Geschäften weiter unbehelligt nach.

Die Harley Davidson von Big Jim stand im Hinterhof, Siebels klopfte an die Tür von der Bar. Der Garten Eden war noch geschlossen, ein kahlköpfiger Muskelprotz mit tätowierten Armen öffnete die Tür und blickte Siebels skeptisch an.

„Ist Big Jim da?"

„Wer will das wissen?" Der Glatzkopf holte tief Luft und blies seinen Brustkorb auf.

„Die Polizei will das wissen, geh rein und sag deinem Chef, dass Steffen Siebels ihn sprechen will." Siebels hatte Big Jim kennen gelernt, als die Sache mit der Russenmafia ins Laufen kam. Es gab damals einige Mordfälle im Milieu, sie wurden allesamt den Russen zugerechnet. Mit Hilfe von Big Jim konnte Siebels schließlich zwei professionelle Killer festnehmen. Ehemalige Offiziere des KGB. Das Ganze lag nun fast drei Jahre zurück und seitdem hatte Siebels keinen Kontakt mehr zu Big Jim gehabt.

Der Glatzkopf ließ Siebels herein, auf der Bühne studierten zwei Tänzerinnen das Nachtprogramm ein, Big Jim stand hinter der Theke und unterhielt sich mit einem anderen barbusigen Mädchen. Er hatte sich nicht verändert, lange Locken fielen auf die breiten Schultern des über 1,90 Meter großen Hünen. Er trug immer noch den Schnauzbart und auch seine Vorliebe für karierte Hemden schien er nicht aufgegeben zu haben.

„Hauptkommissar Siebels, lange nicht mehr gesehen. Was führt Sie zu mir? Mein Keller ist aufgeräumt, da werden Sie keine Leichen finden." Big Jim lachte laut und schickte das barbusige Mädchen mit einer Handbewegung ins Hinterzimmer. Die beiden schüttelten sich die Hände.

„Wie läuft's denn so, Big Jim?"

„Ich kann mich nicht beklagen. Die Russen sind zwar immer noch ein großes Problem, aber man arrangiert sich, so gut es eben geht. Gibt es wieder eine Leiche mit einem kleinen Loch in der Stirn?"

„Nein, diesmal gibt es andere Leichen. Ich nehme an, Sie haben die Bild gelesen. Zwei tote Mädchen, beide sind unter etwas merkwürdigen Umständen gestorben."

„Klar habe ich das gelesen. Und wie kommen Sie da auf mich? Mit den Russen hat das ja wohl nichts zu tun."

„Nein, die Russen sind diesmal nicht im Spiel. Aber nach meinen Informationen kannten Sie eines der beiden toten Mädchen."

„Hat sie für mich gearbeitet? Die Mädels kommen und gehen, manche vergisst man gleich wieder, andere vergisst man nie wieder. Aber ich weiß jetzt nicht, ob eine von den beiden mal für mich gearbeitet hat. Ich habe den Artikel nur flüchtig gelesen."

„Ihr Name war Jennifer Miller alias Cleopatra, sie hat nicht für Sie, sondern gegen Sie gearbeitet."

Big Jim klopfte sich mit der Faust gegen die Schläfe. „Jennifer Miller, jetzt klingelt es beim großen Jim. Die Kleine musste ja mal so enden."

„Wie meinen Sie das?"

„Das war eine kleine Feierabend-Nutte, die sich als Domina spezialisiert hat. Tagsüber war sie eine spießige Bankerin und abends oder an den Wochenenden hat sie dann die Peitsche geschwungen. Wäre mir ja egal, aber Big Jim hat in der Kaiserstraße ein ganz tolles Studio aufgemacht. Alles vom Feinsten, alles legal. Die Männer werden immer bescheuerter, die geben ein Vermögen aus, um mal richtig verprügelt zu werden. Der Laden entpuppte sich als Goldgrube. Aber plötzlich blieben einige Stammkunden aus, das machte mich natürlich stutzig. Und was soll ich Ihnen sagen, diese kleine spießige Bankerin hat sich vor meinem Laden auf die Lauer gelegt und mir meine Kunden abgeworben."

„Und dann haben Sie der Kleinen einen Besuch abgestattet, richtig?"

„Richtig, Herr Kommissar. Es war sozusagen ein Geschäftsbesuch. Sie hatte ein kleines Etablissement am Dornbusch. Stellen Sie sich das mal vor, Herr Kommissar. Das ist doch keine Gegend für dieses Gewerbe. Das mag die Stadt Frankfurt nicht und Big Jim mag das auch nicht. Aber als guter Bürger und Steuerzahler habe ich mich ehrenamtlich um die Sache gekümmert. Ich habe sie ganz überraschend besucht und ihr gezeigt, was Big Jim unter dominant versteht." Der Riese mit den Locken grinste, er hatte es im Milieu zu etwas gebracht und das kam nicht von ungefähr.

„Und wie ging es dann weiter? Haben Sie ihr ein Angebot gemacht, für Sie zu arbeiten?"

„Das habe ich in der Tat, aber wie gesagt, die Kleine war ja eine Bankerin. Ziemlich arrogant und weltfremd. Für mich wollte sie jedenfalls auf gar keinen Fall arbeiten, also habe ich ihr klar gemacht, dass sie die Finger von meinen Kunden zu lassen hat. Leider war sie mit guten Worten allein nicht zu überzeugen."

„Ich nehme an, Ihre abhanden gekommenen Kunden sind wieder zurückgekommen."

„Da nehmen Sie ganz richtig an. Diese Herrin Cleopatra musste nach unserem Gespräch ihr Hobby für eine Weile aufgeben, aus kosmetischen Gründen. Die Wohnung am Dornbusch hat sie dann auch aufgegeben. Seitdem habe ich nichts mehr von der Dame gehört. Ich war der Meinung, dass sie sich wieder ganz auf ihren Job als Bankerin konzentriert. Aber offensichtlich liebte sie das Spiel mit dem Feuer und nun ist sie verbrannt."

„Ja, so könnte man das auch nennen. Wann hat sich dieses Gespräch zwischen Ihnen und ihr denn abgespielt?"

„Das war vor vielleicht einem halben Jahr. Ich glaube im Februar."

„Und wann sind Sie das erste Mal auf sie aufmerksam geworden?"

„Das war, als die ersten Stammkunden plötzlich ausblieben. Bemerkt habe ich es, als zwei meiner treuesten Gäste auf der Silvesterparty im Studio fernblieben. Das war ein ganz besonderes Event, müssen Sie wissen. Ausschließlich für geladene Gäste, wir hatten ein Programm vom Feinsten. In der Szene gibt es einige Dominas, die wahre Berühmtheiten sind. Die habe ich extra aus allen Teilen der Welt einfliegen lassen. Wenn da ein geladener Gast nicht kommt, dann stinkt das zum Himmel. Und was soll ich Ihnen sagen. Diese Cleopatra hat eine eigene kleine private Silvesterparty arrangiert. Und einige meiner Kunden haben sich dort prächtig amüsiert, wie ich später herausfand."

Big Jim bot Siebels etwas zu trinken an, der nahm dankend ein Glas Wasser und kramte die Packung Marlboro aus seiner Hosentasche. „War unter diesen Gästen vielleicht ein Mann Namens Detlev Bach?"

„Detlev Bach? Nein, nie gehört. Ich hatte mal einen guten Kunden, der hieß Dieter Bach. Der ist aber nun schon seit einigen Jahren tot. Das war noch lange vor der Eröffnung von meinem SM-Studio, aber der hat es auch auf die harte Tour gemocht."

„War der zufälligerweise in Saarbrücken Zuhause?"

Big Jim stutzte. „Genau, der kam aus Saarbrücken. Hatte da eine Buchhandlung."

„Wissen Sie immer so gut Bescheid über Ihre Kunden? In Ihrem Geschäft legen die Kunden doch Wert auf Anonymität."

„Das ist richtig. Aber der Bach kam seit über zehn Jahren regelmäßig zu meinen Mädchen. Im Laufe der Zeit habe ich ihn näher kennen gelernt. Eines Abends, als er wieder mal aus einem unserer Zimmer kam und an der Bar noch was zu trinken bestellt hat, fragte ich ihn, ob er zufrieden gewesen wäre. So kamen wir ins Gespräch. Der arme Kerl war sogar mit einer ziemlich dominanten Frau verheiratet gewesen. Die hat ihn aber nicht rangelassen. Sex war ein Tabuthema in seiner Ehe, also hat er sich hier geholt, was er gebraucht hat."

„Haben Sie auch einen Robert in Ihrem erlauchten Kundenkreis?"

„Herr Kommissar, in meinem Geschäft ist Diskretion unerlässlich, soll ich Ihnen jetzt alle meine Kunden preisgeben? Das von Bach habe ich Ihnen nur erzählt, weil der schon lange unter der Erde liegt. Und wenn Sie nicht mehr haben, wie Robert, dann muss ich Sie leider enttäuschen."

Siebels musterte den gelockten Riesen hinter der Theke. Big Jim machte den Anschein eines Riesenbabys, dem es noch etwas an Grips fehlte. Aber dieser Anschein trog. Big Jim hatte es nicht umsonst zu einer beachteten Persönlichkeit im Viertel gebracht. Der Kommissar verabschiedete sich von seinem alten Informanten, gab ihm sicherheitshalber seine aktuelle Karte und machte noch einen Abstecher zu McDonalds.

Als er Punkt 17.00 Uhr das Büro betrat, herrschte dort eifriger Trubel. Staatsanwalt Jensen saß zwischen Till und der Karlson und blätterte ungeduldig in den Akten Niehaus und Miller, was ihn in eine ziemliche Aufregung versetzte.

„Ah Siebels, da sind Sie ja endlich. Die beiden Mordfälle stinken ja bis zum Himmel. Die eine hat Karriere als Telefonhure gemacht und die andere als Domina. Und Sie haben nichts besseres zu tun, als Bankangestellte zu interviewen. Was soll das denn bringen, bitteschön?"

Till und Karlson hatten ihr Fett wohl schon abgekriegt und schauten verzweifelt und hilfesuchend zu Siebels, dem bei diesem Empfang der Kragen platzte.

„Wenn Sie die Akten aufmerksam gelesen hätten, wüssten Sie, dass die toten Mädchen beide bei einer Bank beschäftigt waren, dann wüssten Sie, dass einige der Bankangestellten mehr als verdächtig sind und dann wüssten Sie auch, dass wir nicht nur in eine Richtung, sondern in alle Richtungen ermittelt haben. Und zwar nicht Dienst nach Vorschrift, sondern fast rund um die Uhr." Siebels wurde immer lauter während er sprach und bekam vor Aufregung schon einen roten Kopf. Jensen hob beschwichtigend die Hände.

„Ist ja schon gut, nun müssen wir aber schleunigst zu Ergebnissen kommen. Sonst hagelt es dumme Presseartikel in den nächsten Tagen. Das ist genau das, was wir nicht wollen, nachdem wir seit dem Einzug in unser neues Präsidium hier überwiegend positive Presse hatten."

Siebels erkundigte sich nun erst einmal nach den neuesten Ermittlungen von Till und Sabine. Till berichtete von seinem Besuch bei Bach und von dem merkwürdigen Verhalten seiner Mutter. Seiner Meinung nach sollte ein Psychologe eingeschaltet werden. Siebels ergänzte den Bericht mit den Informationen von Big Jim, nach denen bereits der Vater von Detlev Bach unter dem Verhalten seiner Frau gelitten hatte und anscheinend die gleichen Veranlagungen zeigte, die sein Sohn nun zum Hauptverdächtigen machten. Jensen hörte aufmerksam zu, er musste der Presse bald Rede und Antwort stehen.

Die Karlson konnte es kaum erwarten, ihre Neuigkeiten Preis zu geben. Und als sie davon erzählte, dass Helmut Kreuzberger einer der anonymen E-Mail-Schreiber an Tanja bzw. an Chantal gewesen war, allerdings keine Antwort erhalten hatte, und dass in der Kundenliste von Jennifer alias Cleopatra ein Otto Krauzmeier auftauchte, der ihrer Meinung nach durchaus Olaf Kreuzberger sein könne, da wurden die Ohren von Jensen immer größer. Auch Siebels wurde der Fall immer suspekter.

„Unter welcher E-Mail-Adresse hat sich Helmut Kreuzberger denn bei Tanja gemeldet und was hat er geschrieben?"

Die Karlson blätterte in ihren Unterlagen und suchte die E-Mail heraus.

„Seine E-Mail-Adresse war bei gmx mit dem Pseudonym »KLEINER DIENER« registriert."

Till schlug sich mit der flachen Hand gegen die Stirn. „Diese

Deppen", war sein Kommentar zu dem Pseudonym. Jensen warf ihm einen missbilligenden Blick zu, die Karlson las die E-Mail vor. Es gab nur einen Brief mit diesem Absender. Tanja hatte ihm ihre Standardantwort mit der Aufforderung, sie auf der 0190er-Nummer anzurufen, geschickt. Ob es noch weitere Kontakte gab, war nicht nachvollziehbar.

„Der Absender »KLEINER DIENER« hat am 17. April 2002 folgendes an Chantal geschrieben:

Hallo Chantal, deine Anzeige ist mir sofort ins Auge gesprungen. Ja, ich möchte eine Lady wie dich kennen lernen. Eine Lady, die weiß, wie man einen Mann zu behandeln hat. Ich habe mit meinen dreiundvierzig Jahren schon einige schöne Erfahrungen sammeln können, zur Zeit langweile ich mich aber sehr mit meiner Frau und hatte schon lange kein Abenteuer mehr.

Ich bin zu vielem bereit, auch zu kleineren Sauereien, du weißt schon, was ich meine ...

Ich bin sicher, dass du es nicht bereuen wirst, wenn du mir antwortest, ich bin für alles offen und liebe es, hin und wieder ein untergebener Diener sein zu dürfen. In froher Erwartung, H."

„Wissen Sie jetzt, warum wir in den letzten Tagen so gerne unschuldige Bankangestellte interviewt haben?", fragte Siebels sarkastisch in Richtung Jensen.

Jensen überhörte den Kommentar und bohrte weiter. „Haben Sie bei der Telekom überprüft, ob dieser Kreuzberger auf der 0190er-Nummer von Tanja Niehaus angerufen hat?" Alle Blicke waren auf Sabine Karlson gerichtet.

„Nein, dazu bin ich noch nicht gekommen."

„Dann machen Sie das gleich morgen Früh!", wies Jensen sie an.

„Es gab noch mehr zu tun", verteidigte sich die Halbschwedin. „Charly Hofmeier hat mir eine Kopie von den Daten auf Jennifers Rechner gebracht. Dort war zwar nichts in der Art, wie wir es auf Tanjas Rechner gefunden haben, aber trotzdem habe ich ein paar interessante Hinweise gefunden. Jennifer hat viel auf Sadomaso-Seiten im Internet gesurft. Sie hatte auch einige Newsletter abonniert, das Neueste aus der Szene. Darüber hinaus gibt es ein Forum, auf dem sich aktive Dominas zusammengetan haben. Diese Dominas, insgesamt sieben Frauen aus dem gesamten Bundesgebiet, hatten einen regen Kontakt via E-Mail und auch in einem Chatraum. Aus den E-Mails geht hervor, dass jede von ihnen einen persönlichen Sklaven in der Ausbildung hatte und über das Forum haben sie sich darüber unterhalten und gegenseitig informiert, wie man diese Ausbildung noch verfeinern könnte. Jennifer Miller war in diesem Forum aktives Mitglied unter ihrem Pseudonym Cleopatra. Die ganze Forum-Geschichte ist im Laufe des letzten Jahres entstanden und wurde immer weiter perfektioniert."

Jensen schüttelte den Kopf. „Das ist ja widerlich. Lassen Sie diese Informationen bloß nicht an die Presse durchsickern, sonst lesen wir morgen die wildesten Geschichten in der Zeitung." Nach einer kurzen Denkpause konzentrierte er sich wieder auf die Ermittlungen.

„Können wir mit den vorhandenen Daten Kontakt zu den Damen aus diesem Forum für Erziehung aufnehmen?"

„Ja, das müsste möglich sein."

„Gut, dann bestellen Sie die Damen mal zur Vernehmung aufs Revier. Aber tasten Sie sich vorsichtig heran, nicht gleich die Pferde scheu machen."

„Keine Sorge, wir wissen schon, wie wir das am schlauesten anstellen." Die klugen Kommentare von Jensen nervten nun auch die Karlson, die bei seinem letzten Kommentar ihre Augen nach oben verdrehte und damit ein erfreutes Lächeln bei Till auslöste. Siebels merkte, dass sie immer mehr Informationen zusammentrugen, ohne dabei wirklich weiter zu kommen. Sie brauchten Beweise, irgendeinen eindeutigen Hinweis auf den Täter. „Sind die Obduktionsberichte von Frau Miller schon da?"

„Nein, noch nicht. Der Bericht von der Spurensicherung über den Wagen von Frau Miller ist auch noch nicht eingetroffen. Ich habe schon nachgefragt, beide Berichte sollen spätestens morgen Mittag auf unseren Tischen liegen. Die Kollegen von der Streife waren den ganzen Tag auf dem Feldberg und in der näheren Umgebung unterwegs. Sie haben die Ausflugslokale aufgesucht und Wanderer befragt. Ein paar vage Hinweise gab es wohl bisher, aber noch nichts Konkretes. Einen ausgewerteten Bericht werden wir auch erst morgen Mittag bekommen."

„Die Pressekonferenz ist aber in einer Stunde", meldete Jensen sich zu Wort. „Wir sollten so wenig wie möglich preisgeben. Mit dem, was wir bisher wissen, sind ja die wildesten Spekulationen möglich, ein wahrer Albtraum."

Jensen fühlte sich überhaupt nicht wohl in seiner Haut. Würde er der Presse zuviel verraten, würde er unweigerlich Ärger mit den Banken bekommen. Ein Wort zuviel über die Beziehungen der Kreuzberger-Brüder zu den beiden Mädchen und die Herren Vorstände der Deutschen und der Dresdner Bank würden sich umgehend beim Polizeipräsidenten beschweren. Würden sie zu wenig an Informationen herausrücken, würde die Polizei wieder als unfähig dargestellt. Siebels unterbrach seine verzweifelten Gedankengänge.

„Auf keinen Fall dürfen wir etwas von Johanna Majowski erzählen. Wir geben zu, dass auf Grundlage der Ermittlungsergebnisse der Täter im persönlichen Umfeld der Opfer zu suchen ist. Einen Serientäter, der keinen persönlichen Umgang mit den Mädchen hatte, schließen wir definitiv aus. Damit wären wir die schlimmsten Gerüchte über einen Frankfurter Jack the Ripper erstmal los."

„Was ist mit dieser Johanna Majowski?", wollte Jensen wissen. Siebels erklärte ihm die näheren Zusammenhänge.

„Auch das noch", stöhnte der Staatsanwalt. „Ein weiteres potenzielles Opfer sonnt sich zur Zeit am Strand von Gran Canaria. Ich hoffe, Sie fangen die Frau rechtzeitig am Flughafen ab."

„Keine Sorge, wir haben Verbindung mit der Fluggesellschaft aufgenommen, Frau Majowski landet am Samstag und wir werden sie am Flughafen empfangen. Bis dahin wird ihre Wohnung rund um die Uhr überwacht, bisher haben die Kollegen noch keine außergewöhnlichen Vorkommnisse bemerkt."

„Gibt es sonst noch etwas?" Jensen schaute in die Runde, Siebels nickte. „Ja, wir sollten gleich morgen bei allen Hauptverdächtigen Hausdurchsuchungen vornehmen. Ich möchte Sie bitten, das Nötige zu veranlassen."

„Und wen bezeichnen Sie nun alles als Hauptverdächtige?"

„Nachdem, was wir bereits wissen, sind das beide Kreuzberger-Brüder, Detlev Bach und auch Jens Kiesbach. Den konnten wir aber leider nach dem Mord an Frau Miller noch nicht erneut befragen. Trotzdem sollten wir keine Zeit verlieren und nicht warten, bis mögliche Beweisstücke vernichtet werden."

„Also gut", antwortete Jensen. „Aber bei den Kreuzberger-Brüdern bitte mit möglichst viel Diskretion vorgehen. Ich schlage vor, dass wir morgen früh um 7.00 Uhr gleichzeitig die Wohnungen der beiden Kreuzberger-Brüder durchsuchen. Herr Siebels, Sie gehen mit einem Team zu Olaf Kreuzberger, der scheint mir am meisten in den Fall involviert. Frau Karlson und ich besuchen Herrn Helmut Kreuzberger mit einem zweiten Team. Herr Krüger soll Unterstützung bei den Kollegen aus Saarbrücken beantragen und bei Detlev Bach eine Hausdurchsuchung vornehmen, klären Sie mit den dortigen Kollegen das genaue Vorgehen ab und beziehen Sie sich auf mich. Da Herr Kiesbach bisher anscheinend nur in den erweiterten Kreis der Verdächtigen gehört, können wir bei ihm wohl bis übermorgen abwarten."

Alle drei Beamten nickten zufrieden. Endlich konnten sie in die Offensive gehen.

Die Pressekonferenz verlief tumultartig, es waren mindestens fünfzig Journalisten anwesend. Nach einer kurzen Eröffnungsrede von Jensen übernahm Siebels das Beantworten der Fragen. Till und die Karlson verfolgten das Spektakel mit regem Interesse, sie saßen links und rechts von Siebels. Auf die meisten Fragen antwortete der gewiefte Polizist nur mit einem strammen »KEIN KOMMENTAR« oder »UM DIE ERMITTLUNGSARBEITEN NICHT ZU GEFÄHRDEN, KÖNNEN WIR HIERZU KEINE AUSKUNFT GEBEN«. Die Frage, woher die Redaktion der Bild so detaillierte Informationen hatte, blieb genauso unbeantwortet wie die Frage, ob die Frauen sexuell missbraucht wurden. Siebels stellte eindeutig klar, dass es sich nicht um einen geistig verwirrten Serientäter handele, sondern dass der Täter im persönlichen Umfeld der Opfer zu finden sei. Es gebe derzeit mehrere Tatverdächtige, nach Auswertung der gerichtsmedizinischen Untersuchungen an Jennifer Millers Leiche und der Spurensicherung an dem Wagen, in dem sie starb, würde der Täter mit ziemlicher Sicherheit festgenommen werden können. Die ganze Pressekonferenz dauerte keine halbe Stunde, Jensen beendete sie unter lautem Protest der Journalisten, die noch viele offene Fragen hatten.

Johanna hatte den ganzen Tag im Hotelbett verbracht. Nun saß sie auf einer Bank an der Promenade und beobachtete den Sonnenuntergang. Das Thermometer zeigte noch 28 °C an, die letzten Sonnenanbeter wanderten vom Strand zurück in die Hotels. Niemand beachtete die junge Frau auf der Bank, die mit leerem Blick hinaus aufs Meer starrte. Sie würde es hier nicht bis Samstag aushalten. Sie musste mit jemanden reden. Aber mit wem? Mit der Polizei? Sollte sie die ganze Geschichte, die zwischen Tanja, Jenny, ihr und Robert gelaufen war, ausplaudern? Sie wehrte sich gegen diesen Gedanken. Sie dachte an Jens, den sie vor einigen Wochen kennen gelernt hatte. Sie hatte an einer roten Ampel gestanden, als der Kerl ihr hinten drauf gefahren war. Als er aus seinem Wagen ausgestiegen war, um sich bei ihr zu entschuldigen, hatte es ihr die Sprache verschlagen. Er sah blendend aus, war muskulös, und wenn er lächelte, formten sich kleine Grübchen auf seinen Wangen. Spitzbübisch hatte er Johanna erklärt, dass er Mechaniker sei und den Schaden gerne selbst reparieren würde. Es war nur ein unbedeutender Blechschaden. Johanna war einverstanden gewesen und hatte am nächsten Abend ihren Wagen in die Mainzer Landstraße gebracht, dort arbeitete er in einer Autowerkstatt. Zu ihrer großen Überraschung hatte er nicht nur den Blechschaden behoben, sondern auch die Kupplung und die Bremsklötze erneuert. Johanna hatte sich postwendend mit einem Abendessen bei ihm revanchiert. Es war ein langer Abend beim Italiener geworden, über drei Stunden lang hatten sie sich unterhalten und in den darauffolgenden Tagen noch einige Telefonate geführt. Bevor Johanna in den Urlaub geflogen war, hatten sie sich noch ein paar Mal getroffen.

Sie verspürte jetzt einfach das Bedürfnis, in den starken Armen von Jens zu liegen. Dort würde sie sich beschützt fühlen. Ja, sie würde Jens anrufen, aber zuvor wollte sie sich bei der zuständigen Reiseleiterin ihrer Fluggesellschaft einen früheren Rückflug besorgen. Wenn sie Glück hatte, würde sie die Reiseleiterin noch heute Abend im Hotel antreffen.

Nach der Pressekonferenz stimmten sich die Beamten für die Hausdurchsuchungen am nächsten Tag ab. Jensen veranlasste die Ausstellung der Hausdurchsuchungsbefehle. Anschließend machten sie für diesen Tag Feierabend, bis auf Siebels. Der machte es sich in seinem Büro bequem und studierte noch einmal gründlich die Akten der beiden Mordfälle, die im Laufe des Tages von Sabine Karlson um einige Fakten ergänzt worden waren. Er schlug die Akte Niehaus auf und zündete sich eine Zigarette an. Beim Blättern fiel ihm auf, dass mittlerweile genauere Personenbeschreibungen von Tanjas Internet-Bekanntschaften in der Akte enthalten waren. Der Kollege, der damals die Adressen von Salvatore di Lagio, Detlev Bach und Jens Kiesbach ausfindig gemacht hatte, hatte in der Zwischenzeit genauere Informationen eingeholt. Die Karlson musste die Blätter zu der Akte geheftet haben. Siebels überflog die Daten des Italieners. Geburtstag, Geburtsort, Name der Eltern, Heirat, Geburtstag des Kindes, Datum der Scheidung, Gewerbeschein, unbezahlte Strafzettel und so weiter. Alles war fein säuberlich abgeheftet. Das Gleiche bei Detlev Bach, nur gab es über ihn wesentlich weniger Informationen. Er war ledig, hatte mit zwanzig seinen Führerschein gemacht und mit einundzwanzig eine schlecht laufende Buchhandlung von seinem Vater geerbt. Er lebte im Haus seiner Mutter, es gab keine Geschwister und keine Auffälligkeiten. Siebels fand nichts, was von Interesse hätte sein können. Er blätterte weiter zu den Daten von Jens Kiesbach. Seine Eltern starben beide bei einem Autounfall, als Kiesbach achtzehn Jahre alt war. Er bekam eine bescheidene Lebensversicherung ausbezahlt, die es ihm ermöglichte, sich und seinen sechszehnjährigen Bruder über Wasser zu halten, bis er seine Ausbildung als Mechaniker beendet hatte. Er erhielt das Sorgerecht für seinen jüngeren Bruder, bis dieser das achtzehnte Lebensjahr vollendet hatte. Die beiden zogen aus der elterlichen Wohnung aus und mieteten sich eine kleinere Wohnung in Rödelheim. Der jüngere Bruder hieß Robert Kiesbach und musste jetzt etwa im gleichen Alter wie Tanja sein. Siebels blätterte hastig weiter in der Akte, er suchte die Telefonnummer vom Lehrer Menkhoff.

26

Dienstag, 27. August 2002

Um Punkt 7.00 Uhr am Morgen klingelte Siebels in Begleitung eines vierköpfigen Teams an der Haustür von Olaf Kreuzberger. Gesucht werden sollte in erster Linie nach Schriftstücken, die ein Motiv für die Ermordung der beiden Mädchen bedeuten könnten. Außerdem hatten die Beamten ein besonderes Augenmerk auf Kokain sowie auf Material, das Auskunft über den Erstickungsprozess mit Auspuffabgasen gäbe. In der Besprechung vom Abend zuvor war man sich zwar einig, dass man die fehlenden Kleidungsstücke von Tanja Niehaus mit Sicherheit nicht mehr in der Wohnung des Täters finden würde, trotzdem wurden die Beamten des Durchsuchungstrupps darauf hingewiesen. Ebenso sollten sie nach einer Handtasche, einem Wohnungsschlüssel oder anderen Gegenständen suchen, die Tanja Niehaus an ihrem letzten Lebenstag mit ins Schwimmbad genommen haben könnte.

Kreuzberger war noch im Schlafanzug und protestierte lautstark. Er bekam die richterliche Anordnung, die noch am späten Abend auf Drängen von Jensen ausgestellt wurde, vorgehalten und wurde ansonsten weitestgehend ignoriert. Gewissenhaft durchsuchten die Polizisten jede Schublade, jeden Schrank, alle Regale, den Spülkasten der Toilette und die Gewürzdosen in der Küche. Die Festplatte von seinem Rechner sowie Disketten und CDs wurden überspielt und sollten später im Präsidium überprüft werden.

Olaf Kreuzberger hatte sich einen Bademantel übergezogen, in der Tasche konnte er in einem unbeobachteten Moment sein kleines Handy verschwinden lassen. Als die Beamten mit der Durchsuchung des Schlafzimmers fertig waren, schloss er die Tür und rief bei seinem Bruder an. Von ihm erfuhr er, dass ein Staatsanwalt Jensen in Begleitung von einer blonden Kripobeamtin und drei weiteren Polizisten mit einem Durchsuchungsbefehl bei ihm aufgetaucht sei und die Wohnung auf den Kopf stellen ließ. Olaf Kreuzberger ging nervös in seinem Schlafzimmer auf und ab. Er hatte das Handy am

Ohr, sein Bruder redete auf ihn ein, endlich reinen Tisch zu machen. Er überlegte, fragte seinen Bruder, ob die Polizei bei ihm fündig werden könne. Schließlich stimmte er dem Vorschlag seines Bruders zu.

Drei Stunden später klärte Till ein dreiköpfiges Polizistenteam aus Saarbrücken über die anstehende Hausdurchsuchung auf. Die Vorgaben waren die gleichen wie bei den Kreuzberger-Brüdern. Der Durchsuchungsbefehl für Bach musste im Saarland ausgestellt werden und galt für die Buchhandlung sowie für das Wohnhaus. Als Till bei seinen Saarbrücker Kollegen eintraf, waren bereits alle Formalitäten erledigt, Jensen hatte gute Arbeit geleistet. Eine Dreiviertelstunde später schritt Till seinen Kollegen voran durch die Tür der Buchhandlung. Frau Bach und ihr Sohn standen gemeinsam vor einem der Bücherregale. Till zeigte seinen Durchsuchungsbefehl vor und ignorierte die schimpfende Mutter Bach. Es waren keine Kunden im Geschäft, Till gab den Beamten kurze Anweisungen, im nächsten Augenblick wurden die Schubladen hinter der Verkaufstheke gewissenhaft durchstöbert. Till ging in Begleitung von einem Computerspezialisten in das kleine Büro im Keller. Die Durchsuchung dauerte etwas länger als eine halbe Stunde, die Daten vom Computer wurden gesichert. Gefunden wurde nichts. Als sich die Beamten anschickten, die Durchsuchung im Wohnhaus fortzusetzen, kam es zu einem Streit zwischen Detlev Bach und seiner Mutter. Beide wollten die Beamten zum Wohnhaus begleiten, die Mutter setzte sich durch, der Sohn blieb in der Buchhandlung zurück. Till ahnte nichts Gutes. Er bat einen seiner Kollegen, als Beobachtungposten vor der Buchhandlung zu warten. Er sollte Bach auf Schritt und Tritt verfolgen, falls dieser den Laden schließen und sich aus dem Staub machen wollte.

Das Wohnhaus der Familie Bach war etwa zehn Autominuten von der Buchhandlung entfernt. Es hatte fünf Zimmer, eine Küche, zwei Bäder und eine Abstellkammer. Die Durchsuchung konzentrierte sich auf die zwei Zimmer, die Detlev Bach allein bewohnte. Außerdem sollten Keller und Dachboden gründlich unter die Lupe genommen werden. Die Beamten teilten sich auf, Till ging in die beiden Wohnräume von Detlev Bach, gefolgt von dessen Mutter, die hektisch auf ihn einredete.

„Wie kommen Sie dazu, meinen Sohn zu beschuldigen und uns vor unseren Nachbarn und Kunden dermaßen bloß zu stellen? Ich werde mich auf höchster Ebene über Ihre Methoden beschweren."

Till ließ sich nicht beeindrucken, er öffnete die Schränke, blätterte in Papierstapeln, las Briefe und Rechnungen. Wie beiläufig ging er auf die geifernde Frau Bach mit seinen Fragen ein. „Woran ist Ihr Mann eigentlich gestorben?"

„Was geht Sie das an?"

„Er schien die gleichen Veranlagungen zu haben, die auch Ihr Sohn hat." Wenn Blicke töten könnten, wäre Till augenblicklich gestorben, aber er kehrte Frau Bach den Rücken zu und stöberte weiter in den privaten Unterlagen von Detlev Bach.

„Was wollen Sie damit sagen?", zischte eine entzürnte Stimme.

„Ich will damit nichts Bestimmtes sagen. Mir ist nur aufgefallen, dass der Name Ihres Mannes und der Ihres Sohnes bei unseren Ermittlungen auftauchen. Immer im Zusammenhang mit Frauen, die man als sehr dominant bezeichnen könnte. Und nun sind zwei dieser Frauen gewaltsam ums Leben gekommen. Sie glauben ja an Gott und weniger an Zufälle, nicht wahr? Und ich glaube an meinen gesunden Menschenverstand und der sagt mir, dass in Ihrer Familie etwas ganz gewaltig stinkt."

Till erwartete ein schrill kreischendes Donnerwetter, stattdessen hörte er, wie die Zimmertür mit einem lauten Knall ins Schloss flog. Er konnte sich ein Grinsen nicht verkneifen und suchte weiter. Er suchte unter der Matratze, zwischen den Kissen, hinter den Büchern in den Regalwänden, zwischen den Wäschestücken im Kleiderschrank und in der Blumenvase. Er befühlte sämtliche Taschen von Sakkos und Jacken. Er fand in fast allen Taschen etwas. Hustenbonbons, Papiertaschentücher, leere Zigarettenschachteln und dann fand er etwas, das sein Herz schneller schlagen ließ. In der Innentasche eines Leinensakkos fühlte er etwas schmales rundliches. Er griff hinein und hatte einen roten Lippenstift in der Hand. Er ließ ihn vorsichtig in einer Plastiktüte verschwinden, in dem Moment kam einer der Kollegen aufgeregt zur Tür herein. „Schneider hat sich gerade gemeldet." Schneider war der Beamte, der vor der Buchhandlung zurückgeblieben war. „Bach hat die Buchhandlung geschlossen und ist mit einem Taxi davongefahren. Schneider folgt ihm, er fährt Richtung Bahnhof."

Helmut Kreuzberger versuchte seine Frau zu beruhigen, die durch den morgendlichen Überfall von einem Staatsanwalt und einer Gruppe Polizisten ziemlich durcheinander geriet. Er redete auf sie ein, erklärte ihr, dass das alles nichts zu bedeuten hätte und sich bald aufklären würde. Sabine Karlson war indessen in seinem Arbeitszimmer und machte sich an den Schubladen seines Schreibtisches zu schaffen. Eine davon war verschlossen. Sie rief Kreuzberger, der noch damit beschäftigt war, seine Frau zu besänftigen. Jensen wurde auf die verschlossene Schublade ebenfalls aufmerksam und gesellte sich zu Karlson. Kreuzberger machte keine Anzeichen, die Schublade öffnen zu wollen. Er ließ seine Frau in der Küche zurück, kam zu den Beamten in sein Arbeitszimmer und verschloss die Tür hinter sich. Er stellte sich vor den Schreibtisch und deutete auf die verschlossene Schublade.

„In dieser Schublade befindet sich ein Brief, der Sie sehr interessieren wird. Dieser Brief stammt von Tanja Niehaus. Mein Bruder und ich wollen eine Aussage machen, ich würde vorschlagen, dass wir gemeinsam zu meinem Bruder fahren, nachdem ich Ihnen den Brief ausgehändigt habe. Mit dem Tod der beiden Mädchen haben wir allerdings nichts zu tun, das will ich vorher ausdrücklich gesagt haben."

Jensen nickte bedächtig, die Karlson war nur zu neugierig, um was für einen ominösen Brief es sich dabei handeln sollte.

„Wollen Sie Ihren Anwalt zu dem Gespräch hinzuziehen?", fragte Jensen.

„Ich denke, das ist vorerst nicht notwendig. Mein Bruder und ich wollen die Sache so schnell wie möglich aufgeklärt wissen. Ich möchte Sie aber bitten, meiner Frau zunächst nichts zu sagen. Ich muss mich mit ihr in aller Ruhe aussprechen, es gab leider einige Fehltritte in meinem Leben, beruflich wie privat."

Jensen nickte. „Dann zeigen Sie uns doch bitte jetzt diesen Brief." Kreuzberger hatte den Schlüssel zur Schublade in der Hosentasche. Er öffnete die Schublade und unter einem Stapel Papiere kramte er einen Briefumschlag hervor, den er Jensen überreichte. Jensen nahm den Umschlag entgegen, er enthielt einen mit Hand geschriebenen Brief auf hellblauem Briefpapier.

Lieber Helmut,
lange habe ich überlegt, ob ich dir verraten soll, was aus unserem kleinen Streit geworden ist. Aber ich denke, du sollst es wissen, vielleicht sollten es auch dein Bruder und deine Frau wissen, darüber denke ich noch nach. Dir

will ich aber auf alle Fälle verraten, dass unser kleiner Streit nicht ohne Folgen geblieben ist. Warum haben du und deine Frau eigentlich keine Kinder? Vielleicht ärgert deine Frau dich nicht so, wie ich es getan habe? Denn mit deinem Wutausbruch hast du mir nicht nur weh getan, du hast mich auch geschwängert.
Aber du kannst erleichtert weiterlesen, ich habe unser gemeinsames Kind abtreiben lassen. Es ist mir nicht leicht gefallen, aber eine andere Möglichkeit habe ich nicht gesehen.
Wenn du jetzt allerdings denken solltest, dass der Fall damit für dich erledigt ist, dann muss ich dich enttäuschen. Ich habe mich entschlossen, noch eine Weile in der Abteilung deines Bruders zu bleiben. Nicht, dass ich noch viel Wert darauf lege, ihn regelmäßig zu sehen, aber ich will doch den Kontakt zu den Herren Kreuzberger nicht verlieren. Wo ich doch schon so viel über Eure kleinen Machenschaften herausgefunden habe ...
Ich denke, du bist mir einiges schuldig. Sollte ich also einmal deine Hilfe benötigen, werde ich mich bei dir melden!
Lieben Gruß (auch an deine Frau)
Tanja

....

„Das liest sich ja fast wie ein Erpressungsbrief", bemerkte Jensen, der den Brief an die Karlson weiterreichte.

„Ja, so könnte man das nennen. Alles Weitere möchte ich Ihnen in Gegenwart meines Bruders erzählen."

Die Karlson las verwirrt den Brief. Die Möglichkeit, dass Helmut Kreuzberger der Vater von Tanjas Kind gewesen sein könnte, war bisher überhaupt kein Thema bei den Ermittlungen gewesen. Was sollte da bloß noch alles ans Licht kommen, von dem sie bisher noch keine Ahnung hatten?

Die Hausdurchsuchung ging trotzdem mit der nötigen Sorgfalt weiter, Hinweise auf den Tod von Tanja oder Jenny kamen aber nicht zum Vorschein. Jensen telefonierte mit Siebels, der noch bei Olaf Kreuzberger zu Gange war. Olaf Kreuzberger hatte Siebels gegenüber noch nichts davon erwähnt, eine gemeinsame Aussage mit seinem Bruder machen zu wollen. Siebels war daher überrascht, als Jensen ihm davon erzählte. Siebels bestand allerdings darauf, dass die Aussage der beiden auf Band aufgenommen werden sollte. Sie vereinbarten, dass die Karlson auf der Fahrt im Präsidium Halt machen und ein Aufnahmegerät besorgen sollte.

Johanna hatte Glück gehabt. Die Reiseleiterin hatte am Abend noch im Hotel zu tun gehabt und Johanna erklärte ihr, dass sie wegen einem Todesfall so schnell wie möglich zurück nach Deutschland müsse. Der Reiseleiterin kam dieses Anliegen sehr entgegen. Eine andere Urlauberin hatte sich beim Animationsprogramm im Hotel am Morgen eine leichte Gehirnerschütterung zugezogen. Sie war bei einer Aerobic-Übung gestürzt und lag nun im örtlichen Krankenhaus. Ihr Rückflug war für den morgigen Mittwoch gebucht, den konnte sie aber nicht antreten. Die Reiseleiterin tauschte kurzer Hand die Buchung von Johannas Rückflug am Samstag mit dem der gestürzten Urlauberin am Mittwoch. Johanna ging ein letztes Mal zum Strand, am nächsten Tag würde sie um 18.00 Uhr deutscher Zeit auf dem Frankfurter Flughafen landen.

Auf dem Weg zum Strand sah sie, dass die deutschen Zeitungen vom Dienstag schon in den Geschäften auslagen, sie kaufte sich die Bild. Diesmal wurde erst auf Seite zwei von den Morden in Frankfurt berichtet, anscheinend gab es keine aufregenden Neuigkeiten. »Mysteriöser Lippenstift-Mörder: Fand er seine Opfer im Internet?«, lautete die fett gedruckte Überschrift. Johanna las mit schnell klopfendem Herzen den Artikel.

Nach Polizeiangaben gibt es Hinweise darauf, dass beide Opfer sich mit unbekannten Männern getroffen haben, die sie über das Internet kennen gelernt hatten. Es konnten bereits einige dieser Männer ausfindig gemacht und befragt werden. Die Polizei schließt aber auch einen Täter aus dem persönlichen Umfeld der getöteten Frauen nicht aus. Es gibt mehrere Hinweise auf den mutmaßlichen Täter, die Staatsanwaltschaft ist sich sicher, nach Auswertung der Beweislage Anklage gegen den mutmaßlichen Täter erheben zu können. Das erste Opfer, Tanja Niehaus, hatte kurz vor ihrem Tod ausgiebigen Geschlechtsverkehr. Sexuelle Misshandlung schließt die gerichtsmedizinische Untersuchung jedoch aus. Eine Überführung des Täters mittels DNA-Analyse ist nach Angaben des zuständigen Staatsanwaltes Jensen nicht möglich. Nach dem bisherigen Stand der Ermittlungen sieht es so aus, als ob der Täter die Leiche von Tanja Niehaus mit einem feuchten Handtuch gründlich gereinigt und damit alle Spuren erfolgreich beseitigt hat. Da an dem Opfer auch keinerlei Spermaspuren nachgewiesen werden konnten, muss davon ausgegangen werden, dass der Täter ein Kondom benutzt hat. Dieser Tatbestand lässt darauf schließen, dass Täter und Opfer einvernehmlich zu einem Schäferstündchen in das Freibad eingedrungen sind.

Ob auch Jennifer Miller vor ihrem Tod sexuellen Verkehr mit ihrem Mörder hatte, wird zur Zeit noch untersucht.

Die fünfundzwanzigjährige Jennifer Miller wurde am Sonntagmorgen tot in ihrem Wagen auf dem Feldberg-Plateau gefunden. Sie saß völlig unbekleidet auf dem Fahrersitz, Hand- und Fußgelenke waren gefesselt. Sie starb an einer Kohlenmonoxidvergiftung, hervorgerufen durch die ins Wageninnere geleiteten Auspuffabgase.

Ebenso wie bei Tanja Niehaus hinterließ der Täter auf dem Rücken der toten Jennifer Miller eine Botschaft, geschrieben mit rotem Lippenstift: »ICH BIN EINE DUMME HURE«. Dass auch die Leiche von Tanja Niehaus mit rotem Lippenstift beschrieben wurde, gab die Polizei erst nach dem Tod von Jennifer Miller bekannt. »ICH BIN EINE KLEINE GEILE SCHLAMPE«, schrieb der Täter auf den Rücken von Tanja Niehaus, nachdem er sie brutal erwürgt hatte.

Nach Auskunft von Polizeihauptmeister Siebels kann ein Serientäter, der seine Opfer willkürlich aussucht, ausgeschlossen werden. Die Polizei sucht Zeugen, die in der Nacht zum Sonntag einen hellblauen Opel Corsa auf den Zufahrtsstraßen zum Feldberg gesehen haben.

Sachdienliche Hinweise nimmt jede Polizeidienststelle entgegen.

Johanna hatte sich zum Lesen der Zeitung auf eine der Bänke an der Strandpromenade gesetzt. Sie musste den Artikel drei Mal durchlesen, bis sie alles verinnerlicht hatte. Man suchte den Täter im engeren Bekanntenkreis von Tanja und Jenny, schloss aber auch nicht aus, dass die beiden von einer Bekanntschaft aus dem Internet ermordet wurden. Johanna wusste von Tanjas Kontaktanzeigen. Ursprünglich war es ihr nur um den lukrativen Nebenverdienst mit der teuren 0190er-Nummer gegangen. Sie hatte Johanna erzählt, wie schnell man auf diese Art und Weise Geld verdienen konnte. Sie hatte versucht, Johanna zu überreden, es auch mit dieser Masche zu versuchen und Johanna war drauf und dran gewesen, sich darauf einzulassen. Dann ließ sie es aber doch bleiben. Als Tanja ihr erzählte hatte, dass sie sich hin und wieder auch mit solchen Männern verabreden würde, verlor Johanna das Interesse. Das war nichts für sie. Tanja liebte das Spiel mit dem Feuer und sie verstand es vorzüglich, ein entfachtes Feuer lichterloh zum Brennen zu bringen.

Johanna erinnerte sich zurück, wie alles angefangen hatte. Sie hatten sich in der elften Klasse kennen gelernt. Mit Tanja hatte sie sich auf Anhieb blendend verstanden. Eines Abends waren sie gemeinsam durch die Stadt gezogen und in einer Cocktailbar gelandet, aus der sie ziemlich angetrunken wieder herauskamen. Ein Taxi hatte sie zu der Villa von Tanjas Eltern gebracht. Tanjas Eltern waren verreist und Johanna wollte nicht mehr alleine nach Hause fahren. Tanja hatte ihr angeboten, bei ihr zu schlafen. Angeheitert wie sie waren, hatten sie noch herumgealbert und es sich bei einem Video auf der Couch bequem gemacht. Tanja hatte ihren Arm um Johanna gelegt und Johanna hatte sich müde an ihre Freundin geschmiegt. Sie hatte sich nichts dabei gedacht, als Tanja ihr einen zärtlichen Kuss auf die Wange gab. Sie hatte sich nicht gerührt, als Tanja anfing, ihre Brust zu streicheln. Sie ließ es geschehen, als sich Tanjas Lippen erst ganz sanft, dann immer fordernder auf die ihren pressten. Sie war etwas verwirrt, sie hatte noch nie einen Gedanken daran verschwendet, eine Frau zu lieben. Aber es hatte ihr gefallen, es gefiel ihr sogar gut. Tanja verführte sie und sie ließ sich verführen. Sie hatten eine leidenschaftliche Nacht miteinander verbracht und es sollten noch viele folgen. Sie waren kein Paar, sie hielten sich beide nicht für lesbisch, aber sie genossen ihre körperliche Liebe. Später freundeten sie sich in der Schule auch mit Jenny an. Die drei unternahmen viel zusammen, sie gingen gemeinsam Kleider kaufen, sie trafen sich abends in Kneipen und Diskotheken und sie lernten gemeinsam für das Abitur. Es war an einem dieser Tage, wo sie sich getroffen hatten, um für eine Matheklausur zu lernen. Sie trafen sich bei Tanja, die wieder einmal sturmfreie Bude hatte. Nach drei Stunden Mathematik hatten sie keine Lust mehr. Tanja fing an, Johannas Schultern zu massieren. Sie küsste Johanna zärtlich auf den Nacken und fing vor Jennys Augen damit an, Johannas Busen zu streicheln. Johanna war das peinlich, sie wollte sich von Tanja befreien, aber Tanja ließ das nicht zu. Johanna bekam einen hochroten Kopf, als Tanja ihr das T-Shirt über den Busen schob und sie immer intensiver küsste. Jenny beobachtete die beiden, Tanja ging immer weiter. Sie fing an, Johanna wild und leidenschaftlich zu küssen, ihre Hände wanderten begierig über Johannas Körper und suchten nackte Haut. Da kam Jenny zu den beiden herüber, sie setzte sich auf die andere Seite von Johanna und fing ebenfalls an, sie zu streicheln. Sie flüsterte Johanna ins Ohr, dass sie einen wunderschönen Körper hätte, dabei schob sie mit ihrer Hand Johannas Rock nach oben und streichelte ihren Oberschenkel. Die drei Mädchen sprachen kein Wort, sie zogen sich gegenseitig aus und entdeckten ihre fraulichen Körper. Sie küssten und streichelten sich und verfielen in einen Rausch der Sinne. Stundenlang lagen sie zu dritt auf dem Sofa und entlockten sich gegenseitig lustvolle Seufzer.

Im Laufe der Zeit wurden die drei unzertrennlich. Sie verbrachten die Zeit in der Schule genauso gemeinsam wie die Zeit in ihrer Freizeit. Sie sprachen eigentlich nie über ihr sexuelles Dreier-Verhältnis. Sie liebten sich einfach, wenn ihnen danach zumute war. Meistens ergriff Tanja die Initiative. Tanja hatte auch immer neue Ideen. Mal schlug sie vor, dass sie sich zu dritt ein Schaumbad gönnen sollten, ein andermal hatte sie den Einfall, ein Rollenspiel zu spielen. Sie entdeckten ständig neue Varianten, um ihre Sexualität auszuleben.

Nach dem Abitur hatten sich alle drei für eine Ausbildung bei einer Bank entschieden. Sie gingen zu unterschiedlichen Geldinstituten, besuchten aber weiterhin gemeinsam eine Berufsschulklasse. Sie trafen sich weiterhin regelmäßig, um zu lernen und um sich zu lieben. Tanja sprach immer öfter davon, wie reizvoll es doch wäre, wenn sie noch einen Mann in ihrer Mitte hätten. Doch sie hatten keine Ahnung, wie sie das bewerkstelligen sollten. Johanna war von dem Gedanken auch gar nicht sonderlich angetan. Ihr gefiel es, wie es war und wenn sie mit einem Mann zusammen sein wollte, dann doch lieber allein, ohne ihre Freundinnen. Doch dann kam die Klassenfahrt mit der Berufsschule. An diesem Abend dachten sie, dass alle anderen in der Disco im Dorf wären und machten es sich in der Sauna der Jugendherberge bequem. Und da stand plötzlich Robert vor ihnen und sah ihnen mit offenem Mund und rotem Kopf zu. Wie angewurzelt stand er da. Johanna wäre am liebsten im Erdboden versunken, doch Tanja ging einfach zu ihm hin und redete mit ihm.

Eigentlich mochte Johanna Robert. Er sah gut aus, war aber ein Einzelgänger. Er hatte sich gegenüber den Mädchen äußerst schüchtern gezeigt, aber auch bei den Jungs war er immer sehr zurückhaltend gewesen. Als die drei später in ihrem Zimmer waren, hatte Tanja ihnen von ihrem Plan erzählt. Robert sollte der Mann in ihrer Mitte werden. Sie würden ihm sagen, was er zu tun und was er zu lassen hätte. Tanja hatte damals schon genau gewusst, wie sie Robert verführen wollte. Jenny war sofort begeistert gewesen von Tanjas Idee. Johanna war erst skeptisch, dann aber doch zu neugierig geworden, ob das funktionieren könnte. Sie mochte Robert, also stimmte sie zu.

Die drei amüsierten sich prächtig, als der arme Kerl kurze Zeit später mit den Dessous ihrer Lehrerin ins Zimmer gestürmt kam. Tanja konnte es natürlich nicht sein lassen, ihn der Lächerlichkeit preiszugeben und schrieb ihm mit ihrem Lippenstift auf den Bauch, dass er ein kleiner geiler Spanner sei und fotografierte ihn in dieser Pose. Robert hatte das perfide Spiel gut gefallen. Unter Tanjas Regie verstrickten sie Robert in den folgenden Monaten dann immer tiefer in ihre sexuellen Spielereien und alle hatten Spaß daran. Schließlich waren sie sogar alle vier zusammen in den Urlaub nach Spanien gefahren. Die Ausbildung bei der Bank hatten sie mittlerweile abgeschlossen, der gemeinsame Urlaub sollte der Übergang in ein neues Leben werden. Und das wurde er dann auch. Es gab einen entsetzlichen Streit zwischen Tanja und Jenny und die Wege der Mädchen trennten sich erst einmal. Nachdem der erste Zorn verflogen war, konnten auch alle gut damit leben. Tanja ging eine Beziehung mit ihrem Vorgesetzten ein und Jenny entdeckte mehr und mehr ihre dominante Ader. Sie wurde immer professioneller und entwickelte sich in kürzester Zeit zu einer Luxusnutte, die nach Feierabend für die ausgefallenen Wünsche ihrer zahlungskräftigen Kundschaft zur Verfügung stand. Das Kapitel wäre für Johanna ein für allemal beendet gewesen, wäre da nicht ständig wieder Robert aufgetaucht. Der war mit Leib und Seele auf seine Evas fixiert und nicht in der Lage gewesen, sich mit den neuen Umständen abzufinden. Robert hatte seinen Traum vom Paradies, nämlich die Gemeinschaft mit Tanja, Jenny und Johanna, nie aufgegeben. Nur wegen ihm und seinen aufdringlichen Annäherungsversuchen kam es noch zu Kontakten zwischen Johanna und ihren ehemaligen Freundinnen.

Irgendwann trafen sie sich wieder. Jenny hatte sie zu sich eingeladen. Bei diesem Treffen hatte Johanna erfahren, dass die Beziehung zwischen Tanja und ihrem Vorgesetzten in die Brüche gegangen war. Als Robert etwas später hinzukam, war die Katastrophe nicht mehr aufzuhalten gewesen. Er hatte sich wie ein Geisteskranker aufgeführt und Johanna hatte sich nicht ganz unschuldig an diesem Desaster gefühlt. Irgendwie mussten sie ihn damals ruhig stellen.

Johanna kam das nun alles vor, wie ein böser Traum. Sie sehnte sich nach einem Menschen, dem sie sich anvertrauen konnte. Außer Jens fiel ihr niemand ein und Jens kannte sie erst seit kurzer Zeit. Sie mochte ihn sehr, er war immer charmant und freundlich gewesen, wenn sie sich getroffen hatten. Und obendrein sah er auch noch sehr gut aus. Johanna kramte ihr Handy aus der Badetasche und tippte so lange auf die Tasten, bis die gespeicherte Handynummer von Jens im Display erschien. Erst jetzt fiel ihr auf, dass sie weder seinen Nachnamen noch seine Adresse kannte. Das Einzige, was sie von ihm wusste, war eigentlich nur, dass er in einer Autowerkstatt als Mechaniker arbeitete. Sie drückte den Knopf und seine Nummer wurde angewählt. Als Johanna seine Stimme hörte, klopfte ihr Herz etwas höher. Jens schien sehr erfreut über ihren Anruf, er versprach, Johanna am nächsten Abend um 18.00 Uhr am Frankfurter Flughafen abzuholen.

27

Mein Tagebuch, 22. Oktober 2000

Schon wieder sind drei Wochen ins Land gezogen seit meinem Gespräch mit Johanna. Drei Wochen, in denen mir die schleierhaften Aussagen von Johanna immer deutlicher wurden. Jetzt habe ich ein klares Bild vor Augen. Es kann aber nur ein Trugbild sein. Niemand verlässt freiwillig das Paradies, um sein Glück in der Hölle zu suchen. Ich weiß nicht, warum Jenny diesen Weg beschritten hat, aber ich weiß, dass es der falsche Weg ist und ich werde nicht ruhen, bis sie wieder auf dem Pfad der Tugend ist. Zusammen mit mir und Tanja und Johanna.

Als ich vor drei Wochen zu der besagten Adresse am Dornbusch gefahren bin, fand ich Jennys Namen nicht an der Haustür. Ich ging davon aus, dass noch der Name vom Vormieter am Klingelschild angebracht war. Szierkowski, Dürer, Anna Schmitt, G. Kleiber, Ötzdimür und H. Cleopatra wohnten in dem Haus. Unschlüssig stand ich vor der Haustür, als ein älterer Mann hinzukam und zielsicher die Klingel von H. Cleopatra betätigte. Ich trat ein Schritt zurück und wollte schon umkehren, als ich die Stimme von Jenny aus der Sprechanlage erkannte. Sie fragte, wer da sei. „Gottfried", flüsterte der Mann in die Sprechanlage und ein leises Summen gab den Eingang frei. Verwundert blieb ich vor der Haustür stehen, stellte aber geistesgegenwärtig einen Fuß in die Tür. Erst zögerte ich, doch dann ging ich in das Haus. Ich hörte noch die Schritte des Mannes auf der Treppe und folgte ihm so leise wie möglich. Im zweiten Stockwerk wurde er empfangen. Wieder vernahm ich Jennys Stimme, konnte aber nicht verstehen, was sie sagte. Nachdem Gottfried die Tür zu Jennys Wohnung hinter sich geschlossen hatte, ging ich mit leisen Sohlen weiter zur zweiten Etage. H. Cleopatra stand auch auf der Wohnungstür. Neugierig presste ich mein Ohr an die Tür, doch ich konnte nichts hören. Schließlich ging ich hoch in die dritte Etage und setzte mich auf die Treppe. Ich wollte wissen, wie lange Gottfried bei Jenny bleiben würde. Er blieb eine knappe halbe Stunde. Als er ging, konnte ich von oben einen kurzen Blick durch das Treppengeländer auf Jenny werfen. Sie trug Lederstiefel, die bis über die Knie reichten und sonst nur noch ein schwarz glänzendes enganliegendes Wäschestück, dass mehr preisgab, als es verbarg. Ich blieb sitzen, wo ich saß. Regungslos und unfähig zum Nachdenken starrte ich Löcher in die Luft oder klotzte auf die frisch gebohnerten Holzstufen im Treppenhaus. Eine sinnlose Stunde lang saß ich im unbeleuchteten Treppenhaus. Jennys Nachbarn schauten Fernsehen, wahrscheinlich waren sie schwerhörig. Gerade als ich mich zum Gehen aufraffen wollte, tat sich wieder etwas. Wieder kam ein Mann, den Jenny in diesem reizvollen Outfit in ihre Wohnung einließ. Wieder blieb er etwa für eine halbe Stunde. Der Kerl hätte ihr Großvater sein können. Mit Halbglatze und Seidenschal sah er nicht gerade aus wie der Muskelprotz, den Jenny sich vor noch nicht allzu langer Zeit gewünscht hatte. Während ich weiter wartend im Treppenhaus saß, schalteten die Nachbarn den Fernseher aus. Anstatt den Stimmen von irgendwelchen Serienhelden vernahm ich nun in unregelmäßigen Abständen ein leises Wimmern aus Jennys Wohnung. Ich fragte mich, was Jenny mit dem Opa anstellte. Ich musste sie selbst fragen.

Nachdem er wieder weg war, wartete ich noch ein paar Minuten, bevor ich mich leise vor Jennys Wohnungstür schlich. Ich traute mich weder zu klingeln noch zu klopfen und tat es schließlich doch. Jenny trug noch immer ihren aufreizenden Dress. In ihrem Blick sah ich die pure Verachtung, als sie mich erkannte. Noch immer frage ich mich, wie Zuneigung und Verachtung sich so schnell die Hand reichen können. Ich konnte diesem Blick nicht standhalten, schaute betreten zu Boden und wäre am liebsten auf der Stelle gestorben. Alles war so fremd. Dieses Haus, diese Wohnung, Jenny in diesen Klamotten.

Sie fragte, was ich denn hier wolle. Ich fragte, ob sie mich nicht mehr gern hätte. Ich hätte mich mit Tanja getroffen, hätte es mit dieser falschen Schlange getrieben, ich solle mich zum Teufel scheren, spie sie mir entgegen. Ich fragte, warum sie jetzt Cleopatra *heißen würde. Da ich weder ein Cäsar sei noch als Sklave zu gebrauchen wäre, bräuchte mich das nicht zu interessieren. Ihre Antwort fand sie amüsant und ich fragte sie in meiner Verzweiflung, warum ich denn nicht als Sklave zu gebrauchen wäre. Die Vergangenheit holte uns dann doch wieder ein. Jenny ließ mich in die Wohnung herein und forderte mich auf, mich auszuziehen. Ihre Antwort auf meine Frage bekam ich dann mit rotem Lippenstift auf meine Haut geschrieben.* »SKLAVEN GEHORCHEN«.

Dienstag, 27. August 2002, 14.20 Uhr

Die Durchsuchungen bei den Kreuzberger-Brüdern hatte nichts mehr zu Tage gebracht. Wie abgesprochen, trafen sich alle Beteiligten in der Wohnung von Olaf Kreuzberger. Olaf und Helmut Kreuzberger saßen Siebels, Jensen und der Karlson gegenüber und sahen sich gegenseitig fragend an. Das Aufnahmegerät stand auf dem Tisch. Helmut Kreuzberger unterbrach schließlich das Schweigen, er beteuerte nochmals, dass er und sein Bruder nichts mit dem Tod von Tanja und Jenny zu tun hätten. „Als die Beziehung zwischen meinem Bruder und Tanja noch intakt war, waren die beiden auch des Öfteren zu Besuch bei mir und meiner Frau. Meine Frau und Tanja mochten sich nicht besonders, aber es kam auch nie zu größeren Streitereien. Tanja hielt nicht viel von meiner Frau und umgekehrt war es genauso. Damals tat Tanja immer so, als wären sie und Olaf das absolute Traumpaar. Vor allem machte sie immer gern Anspielungen über das aufregende Sexleben, das die beiden miteinander führen würden. Aber es waren eben immer nur Andeutungen, sie hat nie ausführlich das Thema angeschnitten. Gleichzeitig hat sie meiner Frau gegenüber gerne Andeutungen gemacht, dass ich ja eigentlich zu bedauern sei in meiner langweiligen Ehe. Einige Monate später kriselte es dann ganz gewaltig zwischen Olaf und Tanja. Es gab immer häufiger Streit, ich weiß das nur von den Erzählungen meines Bruders."

Olaf Kreuzberger nickte bedächtig zur Bestätigung der Worte seines Bruders. „Tanja war eine Meisterin darin, andere zu provozieren. Sie konnte unwahrscheinlich freundlich und liebenswürdig sein, sie konnte aber auch extrem unleidlich sein, wenn ihr etwas gegen den Strich ging. Die Streitereien zwischen den beiden wurden immer häufiger, bis Olaf sie eines Tages schlug. Er war ihr einfach nicht mehr gewachsen, da ist ihm dann die Hand ausgerutscht. Tanja ist daraufhin Hals über Kopf bei ihm ausgezogen."

„Wann war das?", wollte Siebels wissen.

„Das war Ende letzten Jahres", antwortete Olaf Kreuzberger. Sein Bruder fuhr mit seiner Erklärung fort.

„Ungefähr drei Wochen später ist Olaf für ein paar Tage zu einem Seminar nach München gefahren. Er bat mich darum, in dieser Zeit ein Auge auf seine Wohnung zu werfen. In der Nachbarschaft hatte es damals einige Einbrüche gegeben. Außerdem suchte er jemanden, der sich um seine Katze kümmerte."

„Das macht sonst meine Nachbarin, wenn ich verreist bin, aber die war in dieser Woche auch nicht Zuhause", warf Olaf Kreuzberger ein.

„Ich war also eines abends in seiner Wohnung, ich hatte das Katzenklo sauber gemacht, eine neue Dose Katzenfutter geöffnet und nach dem rechten gesehen. Da kam Tanja, sie besaß noch einen Schlüssel zu Olafs Wohnung. Sie hatte noch einige Sachen in der Wohnung und durch die Bank wusste sie ja, dass Olaf nicht Zuhause war. Als sie mich dann sah, präsentierte sie sich von ihrer zuckersüßen Seite. Wir setzten uns gemeinsam auf die Couch, wo wir jetzt gerade sitzen, und unterhielten uns. Ich öffnete eine Flasche Rotwein, die wir zusammen tranken, eigentlich war es bis dahin ein netter Abend. Nach einer Weile fing Tanja damit an, mich zu provozieren. Sie rutschte immer näher zu mir, machte mir Komplimente, was für ein attraktiver Mann ich doch eigentlich sei und so weiter. Mir war das unangenehm, sie war die Ex-Geliebte meines Bruders und ich hatte nicht die Absicht, meine Frau mit Tanja zu betrügen. Ich schlug ihr vor, dass es am besten wäre, wenn wir nach Hause gehen würden, jeder zu sich. Aber Tanja dachte nicht im Traum daran. Im Nachhinein glaube ich, dass sie sich an Olaf rächen wollte."

„Rächen? Wofür wollte sie sich rächen?", hakte Siebels ein.

„Dafür, dass die Beziehung in die Brüche gegangen ist. Dafür, dass sie doch nicht das Traumpaar gewesen waren, für das Tanja sie immer schilderte. Ich nehme jedenfalls an, dass es so war."

„Und wie ging es dann weiter, an diesem Abend?", fragte Jensen ungeduldig nach.

Helmut Kreuzberger hielt einen Moment inne, man merkte ihm an, dass es ihm nicht leicht fiel, darüber zu sprechen.

„Tanja holte noch eine zweite Flasche Wein aus der Küche. Und ich bin schön brav sitzen geblieben. Als sie wieder kam, setzte sie sich so dicht neben mich, dass sie fast auf meinem Schoß saß. Ich glaube, sie hatte in der Küche ihre Bluse etwas weiter aufgeknöpft, jedenfalls schenkte sie mir einen tiefen Einblick in ihre Bluse und ich Dummkopf starrte auf ihren Busen. Sie trug keinen BH. Der Rotwein machte sich bei mir wohl mittlerweile auch bemerkbar, meine Hemmungen ließen jedenfalls spürbar nach. Sie fragte mich ganz unverblümt, ob mir gefallen würde, was ich sehe. Bevor ich antworten konnte, hatte sie ihre Bluse ganz aufgeknöpft. Sie nahm meine Hand und drückte sie auf ihre nackte Brust. Dann fing sie an, mich zu küssen, sie knöpfte mein Hemd und meine Hose auf. Ich wehrte mich und stieß sie weg, das war mir einfach zu billig. Da fing sie an, mich zu provozieren. Sie lästerte über meine Frau und über Olaf. Sie zog sich vor meinen Augen ganz aus, ich sagte, dass sie das lassen solle, aber sie lachte mich nur aus. Ob mir meine Frau auch so eine Vorstellung bieten würde, fragte sie, dabei räkelte sie sich vor mir nackt auf dem Fußboden. Ich wusste einfach nicht, wie ich reagieren sollte. Ich sah ihr gebannt zu, wie sie sich vor mir räkelte, leider ging das nicht spurlos an mir vorüber. Plötzlich fing sie auf eine überhebliche Art an, mich zu beschimpfen. Sie nannte mich einen Schlappschwanz und einen prüden Schleimer. Da ist mir der Kragen geplatzt." Kreuzberger redete nicht weiter.

Siebels half ihm auf die Sprünge. „Sie haben ihr das Gegenteil bewiesen. In dem Brief steht etwas von einem Wutanfall, haben Sie sie vergewaltigt?"

„Ich weiß nicht, ob man in dieser Situation von einer Vergewaltigung sprechen kann. Ich war wütend, das stimmt. Als ich dann tat, was sie die ganze Zeit von mir verlangt hatte, fing sie an zu schreien. Aber je lauter sie schrie, desto heftiger habe ich reagiert. Es war fast wie ein Ringkampf, ich musste sie besiegen, um jeden Preis. Als sie immer lauter schrie, habe ich ihr eine geknallt. Dann habe ich meine ganze Wut an ihr ausgelassen. Als ich fertig war, blieb sie weinend am Boden liegen." Kreuzberger rieb sich mit beiden Händen über sein Gesicht, als wollte er seine Fassungslosigkeit über dieses Erlebnis demonstrieren.

Keiner sagte etwas, alle blickten betreten auf den Boden. Siebels stellte sich die Szene bildlich vor. Genauso hätte es sich auch im

Schwimmbad abgespielt haben können. Nur dass Tanja dort nicht weinend, sondern tot am Boden liegengeblieben war. Er fragte sich, ob ihm da eben die ganze oder nur die halbe Wahrheit präsentiert wurde. Hatte sich das Ganze vielleicht so abgespielt, wie Kreuzberger es eben erzählte, nur mit dem Unterschied, dass es sich nicht hier im Wohnzimmer, sondern im Schwimmbad zugetragen hatte? Aber der Brief von Tanja sprach für Kreuzbergers Version. Wenn es keine Fälschung war. So leicht würde er es Kreuzberger jedenfalls nicht machen.

„Und dann erhielten Sie diesen Brief hier?"

„Ja, etwa zwei Monate nach diesem Abend. Ich rief gleich meinen Bruder an, ich wollte wissen, ob er etwas von der Schwangerschaft Tanjas bemerkt hätte. Er sah sie ja jeden Tag. Er wusste aber von nichts. Er war ganz verwirrt, als ich ihm davon erzählte."

„Hatte denn Tanja nicht verhütet?", wollte die Karlson von Kreuzberger wissen.

Es war Olaf Kreuzberger, der antwortete. „Solange sie mit mir zusammen war, hat sie immer die Pille genommen. Ob sie zu dieser Zeit verhütet hatte, weiß ich natürlich nicht."

„Dieser Brief ist ein Beweisstück", Siebels hielt den Brief hoch, den Tanja an Helmut Kreuzberger geschrieben hatte. Wir brauchen von Ihnen noch eine Schriftprobe, von Ihnen beiden. Um auszuschließen, dass einer von Ihnen den Brief gefälscht hat."

„Warum sollten wir das tun?", fragte Helmut Kreuzberger.

„Vielleicht um ein kleines Verbrechen vorzutäuschen, damit das große Verbrechen nicht entdeckt wird", antwortete ihm Siebels.

„Oder um Ihren Bruder zu entlasten. Als möglicher Vater von Tanjas Kind hätte er vielleicht ein Motiv gehabt, sie zu töten." Siebels sah Olaf Kreuzberger an. „Sind Sie sicher, dass Sie am letzten Samstag zur Mittagszeit mit Tanja in Ihrer Wohnung waren? Oder war es bereits spät in der Nacht und nicht in Ihrer Wohnung, sondern im Schwimmbad? Tanja hat sich so aufgeführt, wie Ihr Bruder es uns eben geschildert hat. Dann hat sie Ihnen von dem ungeborenen Kind erzählt. Da sind bei Ihnen die Sicherungen durchgebrannt und Sie haben sie erwürgt."

„Das ist doch Quatsch", fiel ihm Olaf Kreuzberger ins Wort. „Wenn Sie es für nötig halten, bekommen Sie natürlich auch Ihre Schriftproben von uns." Sein Bruder stimmte ihm zu.

„Was meinte Tanja denn mit den kleinen Machenschaften, die sie in dem Brief erwähnt hat?", erkundigte sich Jensen.

Die beiden Brüder schauten sich gegenseitig an, Helmut Kreuzberger war es schließlich, der wieder Rede und Antwort stand.

„Dabei handelte es sich um Bankangelegenheiten. Mein Bruder hatte öfters mit Peter Niehaus zu tun, Tanjas Vater. Und der ließ sich bei seinen Geschäften auch von kleinen miesen Tricks nicht abhalten. In mancherlei Hinsicht entwickelte er eine richtig kriminelle Energie. Und meinen Bruder und mich benutzte er des Öfteren als Handlanger. Da sprang finanziell natürlich immer eine hübsche Summe für uns raus. Einmal sollte ich einen Programmierer aus einer Firma abwerben. Ich hatte aber absolut keinen Bedarf für einen Programmierer. Niehaus meinte nur, dass ich ihn dann vor Ablauf der Probezeit wieder rausschmeißen sollte. Ich habe das gemacht, weil er meinen Bruder bei der Deutschen Bank schon das eine und andere mal in krumme Dinger verwickelt hat. Er selbst war natürlich unantastbar, aber ein kleines Wort von ihm an der richtigen Stelle und Olaf hätte viel Ärger am Hals gehabt. Also tat ich ihm den Gefallen. Ich dachte immer, er hätte Tanja davon erzählt, weil sie in diesem Brief so etwas andeutete. Aber jetzt, wo ich weiß, dass Tanja und Jennifer Miller gute Freundinnen waren, wird mir so einiges klar."

Die Karlson konnte es kaum erwarten, die Kreuzberger-Brüder mit weiteren unangenehmen Fragen zu konfrontieren. Bis jetzt hielten sie sich noch recht tapfer und hatten für alles eine Erklärung. Das konnte sich aber noch ändern.

„Ein paar Ungereimtheiten zu Ihnen beiden gibt es aber immer noch in diesem Fall. Tanja Niehaus hat im Internet Kontaktanzeigen mit dem Pseudonym Chantal geschaltet. Und einer von den vielen Männern, die darauf geantwortet haben, benutzte das Pseudonym »KLEINER DIENER«. Dieses Pseudonym ist bei gmx auf den Namen Helmut Kreuzberger registriert. Damit aber noch nicht genug der Ungereimtheiten, meine Herren. Ihre fleißige Assistentin Frau Miller war in ihrer Freizeit nämlich als Hobbyhure tätig. Nach Feierabend und an den Wochenenden verwandelte sie sich von der strebsamen Bankerin in eine strenge Domina. In der Szene hatte sie sich schon einen Namen gemacht, ihre Dienste galten als äußerst exklusiv. Und wie es sich gehört, führte sie auch eine Kundenliste. Und auf dieser Kundenliste taucht der Name Otto Krauzmeier auf.

Einen Otto Krauzmeier gibt es aber gar nicht, die Wortverwandtheit von Otto Krauzmeier und Olaf Kreuzberger finde ich allerdings sehr verblüffend. Vielleicht können Sie uns zu diesen beiden Feststellungen ja auch noch etwas mitteilen?"

In Saarbrücken hatte Till mittlerweile erfahren, dass der Polizist, der Detlev Bach verfolgte, am Bahnhof von Bach abgeschüttelt worden war. Bach war auf der Straße vor dem Bahnhof aus dem Taxi gesprungen und in der Menschenmenge verschwunden. Der Beamte, der ihn verfolgen sollte, hatte mittlerweile erfolglos alle Gleise am Bahnhof abgesucht. Till veranlasste, dass die Kollegen aus Saarbrücken eine Großfahndung nach Bach in Gang setzten. Die Mutter von Bach weigerte sich indessen, mit Till zu sprechen. Till hatte keine Ahnung, wohin Bach flüchten könnte, seine einzige Hoffnung war die Mutter, doch die schwieg eisern.

„Falls er unschuldig ist, verschlimmert er seine Lage nur mit seiner Flucht", redete Till auf Frau Bach ein. Er zeigte ihr den Lippenstift, den er in dem Sakko gefunden hatte. „Kennen Sie diesen Lippenstift? Benutzen Sie einen solchen Lippenstift?"

Er bekam keine Antwort. Ratlos tippte er die Nummer von Siebels in sein Handy. Als dieser sich meldete, gab Till ihm einen kurzen Bericht. Siebels saß im Wohnzimmer von Olaf Kreuzberger und flüsterte Jensen ins Ohr, was er soeben von Till erzählt bekommen hatte. Jensen nickte nur, Siebels verließ das Zimmer und sprach nun ohne Zuhörer mit Till. Sie beschlossen, dass Till sofort nach Frankfurt zurückkommen sollte, damit der Lippenstift im Labor untersucht werden konnte. Falls Bach der Fahndung ins Netz gehen sollte, was früher oder später passieren musste, sollte er direkt nach Frankfurt überstellt werden.

Siebels kam wieder ins Wohnzimmer zurück, wo Helmut Kreuzberger auf die Fragen von Sabine Karlson einging.

Er erzählte, dass er stundenlang mit seinem Bruder diskutiert hätte, nachdem er den Brief von Tanja erhalten hatte. Ihrer beider Job wäre in Gefahr gewesen, hätte Tanja bei den richtigen Leuten ein paar Andeutungen über die Zusammenarbeit zwischen ihnen und Peter Niehaus gemacht. Außerdem hatte Helmut Kreuzberger Angst um seine Ehe. Angst davor, dass seine Frau etwas von

Tanjas Schwangerschaft erfahren könnte. Schließlich erzählte er den Beamten, dass er und sein Bruder Olaf einen Privatdetektiv engagiert hätten. Einen Privatdetektiv, der das Privatleben von Tanja ausspionieren sollte. Sie waren sich einig, dass es bei Tanjas Laune nach gutem Sex den einen oder anderen Ausrutscher gab. Vielleicht hatte sie einmal als Nacktmodell für ein einschlägiges Magazin posiert, war die Überlegung von Helmut Kreuzberger gewesen. Es war ihnen einen Versuch wert. Der Detektiv bekam den Auftrag, in Tanjas Leben rumzuschnüffeln. Und das tat er erfolgreich. Nach drei Wochen intensiver Recherche und nicht ganz legaler Mittel fand der Detektiv heraus, dass Tanja Niehaus sich eine Rufumleitung auf eine 0190er-Nummer gemietet hatte. Es dauerte nicht lange, bis der Detektiv auch auf die Kontaktanzeigen von Chantal im Internet stieß und diese Tanja Niehaus zuordnen konnte. Damit nicht genug, fand dieser emsige Schnüffler beim Abhören von Tanjas Telefonaten auch noch heraus, dass ihre beste Freundin nicht nur die persönliche Assistentin seines Auftraggebers war, sondern dass die gleiche Frau auch noch unter dem Pseudonym Cleopatra ihre Dienste als strenge Domina anpries.

„Das war natürlich ein gefundenes Fressen für uns. Und gleichzeitig war ich schockiert, dass Jennifer Miller so gut mit Tanja befreundet und mindestens genauso durchtrieben war. Ich hielt sie immer für eine ausgesprochen integere Mitarbeiterin. Wir bezahlten den Detektiv, da kam ein hübsches Sümmchen zusammen. Und dann beschlossen wir, der Sache noch etwas mehr auf den Grund zu gehen. Ich antwortete auf eine Kontaktanzeige von Tanja, dazu legte ich mir das Pseudonym »KLEINER DIENER« zu. Ich fand das recht passend für den Text in ihren Anzeigen. Allerdings habe ich nie eine Antwort erhalten. Also versuchten wir es bei Jennifer Miller. Von dem Detektiv wussten wir, dass es im Internet eine Seite gab, auf der man Kontakt mit ihr aufnehmen konnte."

„Können Sie diese Internetseite etwas genauer beschreiben?", fiel die Karlson ihm ins Wort. Olaf Kreuzberger beantwortete ihre Frage.

„Es war so eine Art Forum, in dem sich mehrere Frauen zusammengeschlossen hatten. Es waren sieben oder acht Frauen, die sich »FORUM FÜR EXKLUSIVE ERZIEHUNG« nannten. Zur Kontaktaufnahme gab es für jede Dame eine Postfachadresse. Wer sich bewerben wollte, musste einen ausführlichen handgeschriebenen Brief an dieses Postfach schreiben. Mein Bruder und ich haben einige Abende gebraucht, bis wir einen einigermaßen passablen Brief geschrieben hatten, von dem wir annahmen, dass er auf ihr Interesse stoßen würde. Und tatsächlich hatten wir mehr Glück als bei Tanja. Bereits nach fünf Tagen bekamen wir Antwort, ebenfalls auf ein Postfach, das wir eigens gemietet hatten. Cleopatra hatte sich aber kurz gefasst. Sie schrieb, dass sie unseren Brief positiv zur Kenntnis genommen hätte. Jetzt wollte sie noch eine ausführliche Beschreibung unserer sexuellen Phantasien und Vorstellungen über eine exklusive Erziehung. Auch darauf haben wir geantwortet, allerdings keine Antwort mehr erhalten."

Jensen blickte auf die Uhr, er hatte noch einen Termin bei Gericht, es war Zeit, zu gehen. Er verabschiedete sich, Siebels ließ sich von den Kreuzberger-Brüdern noch eine Schriftprobe geben, er ließ beide den Brief von Tanja abschreiben und steckte die zwei Blätter Briefbogen anschließend sorgfältig in einen Plastikumschlag. Er notierte sich noch die Nummer von dem Postfach, auf das sie ihre Briefe an Cleopatra geschickt hatten, dann machte auch er sich mit der Karlson auf den Weg.

„Glaubst du den beiden die Geschichte?" erkundigte sich Sabine Karlson, als sich Siebels draußen auf dem Gehsteig eine Zigarette anzündete und nachdenklich den Rauch ausblies.

„Die Geschichte klingt plausibel und erklärt so einiges, letztendlich entlasten sie sich damit aber nicht. Stell dir doch einmal bildlich die Story von Helmut Kreuzberger vor, wie er über Tanja in der Wohnung seines Bruders herfällt. Vielleicht ist das nur die halbe Wahrheit. Es könnte sich genauso zugetragen haben, nur zu einer anderen Zeit an einem anderen Ort mit einem anderen Ausgang. Oder das Ganze hat sich später noch einmal wiederholt und endete dann mit dem Tod von Tanja."

„Aber warum im Schwimmbad?", fragte die Karlson, mehr zu sich selbst.

„Wenn ich das wüsste. Wir sind nahe dran, das spüre ich." Siebels erzählte seiner Kollegin von der Flucht von Bach. „Damit ist er zunächst unser Hauptverdächtiger, Till ist schon auf dem Weg ins Labor mit dem Lippenstift, den er in Bachs Wohnung gefunden hat."

28

Sabine Karlson saß wieder im Büro vor dem PC. Mittlerweile war sie nur noch im Büro der Mordkommission anzutreffen. Das Ganze war noch nicht offiziell, sie fragte sich, ob sie in Zukunft immer hier arbeiten würde. Der Gedanke gefiel ihr. Sie fuhr den Computer hoch und ging online. Sie öffnete eine Suchmaschine und gab »FORUM FÜR EXKLUSIVE ERZIEHUNG« ein. Eine Seite öffnete sich vor ihr auf dem Bildschirm. Große rote Buchstaben hießen sie Willkommen. Es gab einen Button, der zu einem Mitgliedsbereich führte. Karlson klickte darauf, es erschien eine Eingabemaske für ein Passwort. Sie benutzte den anderen Button, der für Besucher gedacht war. Eine neue Seite öffnete sich vor ihren Augen. Eine kurze Beschreibung des Forums für exklusive Erziehung erschien auf dem Bildschirm. Das Forum wurde von sieben Frauen betrieben, sieben Frauen, die sich als Herrinnen ausgaben. Die Karlson fand einen Link, der zu einem Besucher-Chatraum führte. Sie klickte darauf, die Namen der Herrinnen erschienen und der Besucher konnte erkennen, ob eine von ihnen online war. Nur bei einer leuchtete das online-Zeichen. Sie nannte sich Herrin Milva und kam aus Wiesbaden. Sabine Karlson klickte auf den rot leuchtenden Link dieser Herrin Milva und ein Chatfenster öffnete sich. Etwas ratlos saß sie vor dem Bildschirm, sollte sie sich jetzt als Mann ausgeben? Als einen Mann mit gequälten sexuellen Phantasien, die er nun endlich einmal ausleben wollte? Sie wurde nervös, da erschien schon eine Nachricht von Herrin Milva im Chatfenster.

„Hallo Unbekannter, ich begrüße dich."

Die Karlson starrte auf den Bildschirm. Überlegte, in welche Rolle sie nun schlüpfen sollte. Instinktiv fing sie an, auf ihre Tastatur einzutippen.

„Herrin Milva, ich freue mich, Sie kennen zu lernen."

Sie klickte auf »SENDEN« und ihre Nachricht erschien in dem Chatfenster. Dann wartete sie nervös, ihr Blick hing regungslos auf dem Bildschirm. Da kam die Antwort.

„Gefällt dir unsere Seite?"

Schnell tippte die Karlson ihre Antwort ein.

„Ja, Herrin. Nach einer solchen Seite habe ich lange gesucht."

„Das freut mich. Schön, dass du uns gefunden hast. Wie alt bist du?"

Mit dieser Frage hatte Karslon nicht gerechnet. War sie ein jüngerer Mann, ein älterer Mann, machte es einen Unterschied? Sie entschied sich für die Mitte.

„Ich bin 36 Jahre alt, Herrin."

„Ein gutes Alter, um sich einer Herrin anzuvertrauen. Bist du verheiratet?"

„Nein, ich bin seit vier Jahren geschieden."

„Hast du dich schon mit unserer Seite vertraut gemacht? Hast du dir einen Überblick über meine Vorlieben und die meiner Kolleginnen gemacht?"

„Ja Herrin, ich habe mir einen kurzen Überblick verschafft."

„Und? Welcher von uns würdest du dich gerne anvertrauen?"

„Um ehrlich zu sein, Herrin Cleopatra hat es mir sehr angetan."

„Eine gute Wahl. Sie kann dir sehr viel beibringen."

„Kennst du sie persönlich, Herrin?"

„Natürlich."

„Wie kann ich sie kennen lernen?"

„Das ist ein langer Weg. Willst du diesen Weg gehen?"

„Ja, Herrin"

„Du kannst dich bei ihr bewerben. Schriftlich. Mit einem handgeschriebenen Brief. Beschreibe ihr ausführlich, warum du bei ihr in die Lehre gehen möchtest. Willst du das tun?"

„Wohin muss ich den Brief schicken?"

„An ein Postfach. Soll ich dir die Adresse geben? Überlege es dir gut."

Diese Frau schien noch keine Ahnung davon zu haben, dass ihre Kollegin nicht mehr unter den Lebenden weilte.

„Mein Name ist Sabine Karlson, ich arbeite bei der Frankfurter Kriminalpolizei. Wir ermitteln im Mordfall Jennifer Miller alias Herrin Cleopatra. Ich möchte mich mit Ihnen treffen. Ist das möglich?"

Eine Weile passierte nichts auf dem Bildschirm. Sabine Karlson befürchtete schon, dass sich ihre Gesprächspartnerin ausgeklinkt hätte. Da kam die Antwort.

„Scheiße, ist das wahr?"

„Ja. Sagen Sie mir, wann und wo wir uns treffen können. Sie können anonym bleiben."

Wieder geschah eine ganze Weile gar nichts. Die Karlson war sich unsicher, ob sie warten oder ob sie ihre Bitte noch einmal wiederholen sollte. Sie hatte schon die Finger auf der Tastatur, da kam die Antwort.

„Heute Abend 20.00 Uhr, Museum für Alltagskultur in Wiesbaden. Kommen Sie allein."

„Ich werde da sein, allein. Wie werde ich Sie erkennen?"

„Rote high heels, rote Lackledertasche, schwarzer Lackleder-Minirock. Das dürfte reichen."

„Bis heute Abend."

Es war mittlerweile 17.30 Uhr vorbei. Gerade als sie das Gespräch im Chat beendet hatte, kam ein junger Beamter ins Büro. Er brachte den Bericht der gerichtsmedizinischen Untersuchung von Jennifer Miller und den Bericht über die Spurensuche an dem Corsa vorbei. Fast gleichzeitig kam Till ins Büro, den Lippenstift hatte er bereits im Labor abgegeben, innerhalb der nächsten Stunde sollte er einen vorläufigen Bericht erhalten. Er erzählte Sabine Karlson ausführlich von seinem Besuch in Saarbrücken, im Gegenzug erfuhr er von der blonden Halbschwedin, wie sich die Sache bei den Kreuzberger-Brüdern entwickelt hatte. Till hatte Probleme, ihr konzentriert zuzuhören, obwohl er den Fall mittlerweile so spannend fand, wie schon lange keinen Fall mehr. Aber der Anblick seiner Kollegin ließ seine Gedanken abschweifen. Er stellte sich vor, wie er gemeinsam mit ihr in seinem Bett lag. Er hörte ihr mit einem Ohr zu, ihre Stimme klang sexy in seinem Ohr. Er sah sie, wie sie vor ihm am Schreibtisch saß und gleichzeitig sah er sie, wie sie in seinem Bett lag und sich eng an ihn schmiegte.

„Was hältst du davon?", fragte sie, nachdem sie die Beichten von Olaf und Helmut Kreuzberger wiedergegeben hatte. Von ihrem geplanten Treffen in Wiesbaden erzählte sie nichts. Das wollte sie allein durchziehen. Von Frau zu Frau. Es gelang Till, seine Gedanken zur Seite zu schieben, sich wieder auf die Arbeit zu konzentrieren.

„Meiner Meinung nach ist Bach unser Mann. Er ist ein Psychopath, seine Mutter ist ein Psycho und sein Vater war wahrscheinlich auch ein Psycho. Ein richtige kleine Psychofamilie. Ich würde mich nicht wundern, wenn er auf dem Weg zum Flughafen ist und versucht, einen Flug nach Gran Canaria zu buchen. Wahrscheinlich ist er schon ganz heiß drauf, auch diese Johanna abzumurksen."

„Gibt es denn eine Verbindung zwischen ihm und Johanna Majowski?"

„Bis jetzt noch nicht, aber wenn diese Johanna mit unseren beiden Freundinnen aus der Leichenhalle befreundet ist, kann es durchaus eine Verbindung geben. Die Kollegen am Flughafen sind jedenfalls darauf vorbereitet, den Kerl einzusacken. Jede Wette, dass wir ihn da schnappen. Wo ist Steffen eigentlich?"

„Der wollte noch einmal in die Mainzer Landstraße, in die Werkstatt, wo dieser Kiesbach arbeitet. Der wurde noch nicht zu Jennifer Miller befragt, Steffen will aber morgen eine Hausdurchsuchung bei ihm durchführen."

„Zeitverschwendung. Bach ist unser Mann. Und wenn Bach es nicht ist, dann ist es einer von den Kreuzbergern."

Auf dem Weg in die Mainzer Landstraße hatte Siebels bei dem Lehrer Menkhoff angerufen. Menkhoff konnte sich weder an einen Robert noch an einen Jens Kiesbach erinnern. Er versprach Siebels, sich noch einmal die Liste des damaligen Jahrgangs herauszuholen und es zu überprüfen. Siebels erwartete jeden Moment seinen Rückruf. Als er seinen BMW in den Innenhof der Autowerkstatt fuhr, klingelte sein Handy. Er stellte seinen verbeulten BMW zwischen zwei nagelneue Mercedes SLK und war gespannt, ob Menkhoff doch noch auf den Namen Kiesbach gestoßen war. Fehlanzeige, Menkhoff hatte auch die Jahrgänge vor und nach denen von Tanja, Jenny und Johanna überprüft. Ein Kiesbach war definitiv nicht auf der Schule gewesen.

In dem provisorischen Büro saß wieder der Araber. Bevor Siebels überhaupt etwas sagen konnte, fing der schon an, lauthals auf Siebels einzureden.

„Jens nix mehr da. Hat Anruf auf Telefon bekommen und früher Schluss gemacht. Diese Woche kommt nix mehr, hat Jens gesagt. Jede Menge Arbeit in Werkstatt, aber Mister Jens einfach abhauen. Verdienen sehr gutes Geld hier. Mehr als in jeder anderen Werkstatt. Und was machen er? Machen Urlaub, ohne vorher zu sagen Bescheid.

Braucht gar nicht kommen wieder. Genug gute Mechaniker lecken sich Finger nach gut bezahlte Job. Sagen du ihm das wenn ihn sehen."

„Wissen Sie, wer ihn angerufen hat?"

„Ich nix wissen. Hat telefoniert auf sein Handy. Hat gesagt, ganz wichtig, muss haben Urlaub für Rest der Woche. Hat nix gefragt nach Urlaub. Hat einfach gesagt ich gehen Urlaub."

Der Araber wandte Siebels wieder den Rücken zu, hörte aber nicht auf zu schimpfen. Siebels legte seine Karte auf den Tisch. „Rufen Sie mich an, wenn Sie von Herrn Kiesbach etwas hören oder sagen Sie ihm, dass er sich dringend bei mir melden soll."

Der Araber drehte sich wieder um, nahm die Visitenkarte in die Hand. „Polizei? Was wollen Polizei von Jens? Ich dachte du wären Onkel. Jens hat etwas verbrochen?"

„Rufen Sie mich an, wenn er sich meldet und sagen Sie ihm, dass ich ihn sprechen will." Siebels verließ das Büro, er hatte kaum Hoffnung, dass der Araber ihn anrufen würde.

In seinem BMW wählte er die Privatnummer von Jens Kiesbach. Er ließ es fünfzehn Mal läuten, es nahm niemand ab. Er rief Jensen an, die beiden vereinbarten, die Hausdurchsuchung bei Kiesbach am nächsten Morgen um 8.00 Uhr durchzuführen.

Auf dem Weg zurück zum Präsidium musste Siebels an Sabine Karlson denken. Er hätte sie gern ganz in seinem Team gehabt. Er hätte aber auch gern privat ein Team mit ihr gebildet. Beides ging aber nicht, das konnte nicht gut gehen. Er fragte sich, ob die Karlson überhaupt ein Interesse an ihm haben könnte. Sie sah einfach Klasse aus, obendrein war sie sympathisch und ein witziger umgänglicher Typ. Sie hatte eigentlich alles das, was er sich von einer Frau erhoffte. Und sie würde mit seinem Job klarkommen. Er zündete sich eine Zigarette an. Wenn er an sie dachte, fühlte er sich gut. Er freute sich darauf, sie gleich wieder im Büro zu sehen. Aber solange der Fall nicht abgeschlossen war, wollte er sie nur als Kollegin betrachten. Er hoffte, den Fall bald zu den Akten legen zu können. Sah sich schon wieder in einem schmucken kleinen Häuschen, das er zusammen mit Sabine Karlson bewohnte. Sabine Siebels hört sich auch gut an, musste er denken und konnte sich ein Lächeln nicht verkneifen.

Als er in sein Büro zurückkam, diskutierten Till und die Karlson den gerichtsmedizinischen Befund. Siebels erzählte den beiden, dass auch Kiesbach verschwunden sei, aber keiner von den beiden maß dem eine größere Bedeutung zu. Erst als Siebels von Jennys letzter Geburtstagsfeier berichtete, wo ein Robert auftauchte, der sich merkwürdig benahm, schenkten ihm die beiden Gehör. Er erzählte, dass er in der Akte Tanja Niehaus den Namen Robert Kiesbach gefunden hatte, den jüngeren Bruder von Jens Kiesbach. „Und der Robert, der vor einem Jahr auf Jennys Geburtstagsparty aufgekreuzt ist, der kannte nicht nur Jenny, der kannte auch Tanja und Johanna. Ob es sich bei diesem Robert und dem Bruder von Jens Kiesbach um ein- und dieselbe Person handelt, das steht allerdings noch in den Sternen. Dieser Robert Kiesbach und die drei Mädchen sind zwar alle im gleichen Alter, die gleiche Schule haben sie aber nicht besucht. Morgen werden wir vielleicht schlauer sein, um 8.00 Uhr ist die Hausdurchsuchung bei Jens Kiesbach angesagt. Jensen leitet bereits alles in die Wege."

Siebels machte es sich an seinem Schreibtisch bequem, lehnte sich entspannt zurück, kramte die letzte Marlboro aus seiner Schachtel und blickte qualmend die Decke seines Büros an. „Was gibt es denn Neues aus der Gerichtsmedizin?"

Till nahm sich den Bericht zur Hand und gab eine kurze Inhaltsangabe zum Besten.

„Todesursache war eindeutig Vergiftung durch eine erhöhte Konzentration Kohlenmonoxid im Blut der Toten, hervorgerufen durch das Einatmen von Auspuffabgasen. Die Kohlenmonoxid-Hämoglobin-Konzentration lag bei 63 Prozent. Tödlich ist eine Konzentration zwischen 55 bis 65 Prozent. Das Kohlenmonoxid bewirkt im Körper eine Blockierung des Sauerstoff-Transportes. Bei Erreichen der tödlichen Konzentration tritt ein Herz- und Kreislaufstillstand ein, genauso ist es bei Jennifer Miller geschehen. Die äußeren Befunde, petechiale Blutungen und Nekrosen im Globus pallidus, bestätigen die Messwerte der Kohlenmonoxid-Konzentration. Frag mich aber bitte nicht, wo der Globus pallidus ist. An Hand und Fußgelenken hatte sie starke Abschürfungen, die von den Fesseln verursacht wurden. Sie muss verzweifelt versucht haben, sich aus ihrer Lage zu befreien. Das hat ihren Tod allerdings nur beschleunigt, bei körperlicher Anstrengung steigt der Kohlenmonoxid-Hämoglobin-Wert nämlich entsprechend schneller an. Todeszeitpunkt zwischen 4.00 und 4.30 Uhr am Montagmorgen.

Geschlechtsverkehr hatte sie kurz vor ihrem Tod nicht gehabt. Auf ihrem Hintern fanden sich noch Striemen und Hautabschürfungen, wahrscheinlich durch Schläge mit einem Ledergürtel."

„Schau an", warf Siebels ein. „Da hat anscheinend jemand die Rollen vertauscht. Der Täter ist also mit Sicherheit im Cleopatra-Umfeld zu suchen."

„Davon können wir ausgehen, aber das war ja auch schon ziemlich eindeutig, als du sie gefunden hast. Nackt mit einer Ledermaske über dem Kopf an Sitz und Lenkrad gefesselt. Hattest du etwa noch Zweifel, dass es hier einen Zusammenhang mit ihrer Tätigkeit als Cleopatra gibt?"

Mit erhobenen Händen wehrte Siebels ab. „Ja ja, du hast Recht, ich bin etwas durcheinander. Was steht sonst noch in dem Bericht?"

„Interessant ist, dass an den Handgelenken auch Spuren von Baumwolle gefunden wurden. Bevor sie mit den Lederriemen am Lenkrad gefesselt wurde, waren ihre Handgelenke wahrscheinlich mit einem Tuch oder etwas ähnlichem gefesselt."

„Ich nehme an, das war nötig, um ihr den Hintern zu versohlen. Freiwillig hat sie den bestimmt nicht hingehalten."

Till nickte nachdenklich zu Siebels Theorie und fuhr dann fort.

„Auf dem Beifahrersitz wurden einige Haare gefunden, die nicht zu Jennifer Miller gehören. Das könnten die des Mörders sein. Demnach wäre er mit in ihrem Wagen auf den Feldberg gefahren. Zurück hätte er laufen können. Ein kleiner Fußmarsch nach Oberursel, von dort mit der U-Bahn nach Frankfurt oder sonst wo hin. Zeitlich gesehen wäre das kein Problem, die ersten U-Bahnen sind bestimmt schon gefahren, ich denke er hätte so zwischen 6.00 und 7.00 Uhr an der Station sein können."

Die Karlson schaltete sich in den Gedankengang von Till ein. „Sie muss freiwillig mit ihm auf den Feldberg gefahren sein. Ich glaube nicht, dass sie nackt da hochgefahren ist. Und wenn sie freiwillig gefahren ist, dann hat er ihr vorher nicht den Hintern mit seinem Ledergürtel versohlt, sondern erst oben auf dem Feldberg. Dann muss er ihre Klamotten mitgenommen haben, es ist ein schöner Fußmarsch bis zur U-Bahn Station nach Oberursel. Wir sollten die Strecke mit Suchhunden ablaufen lassen. Vielleicht hat er die Klamotten von Jennifer im Wald entsorgt."

Siebels stimmte dem zu. Wie bei Tanja, fehlte auch bei Jennifer jede Spur von ihren Kleidungsstücken. Für die Beweisaufnahme könnten sich die Kleider der Opfer aber als äußerst wichtig erweisen. Bei den Hausdurchsuchungen hatten sie nicht die geringste Spur von Kleidungsstücken gefunden.

Die Karlson fuhr mit ihren Gedankengängen fort. „Ihr glaubt, dass der Mörder von Jenny aus ihrem Cleopatra-Umfeld kommen muss. Das würde gegen Detlev Bach sprechen und die beiden Kreuzbergers entlasten, obwohl die von Jennifers Aktivitäten als Cleopatra Bescheid wussten. Wie bei Tanja ist der Mörder aber auch bei Jennifer äußerst dominant vorgegangen. Anscheinend hat er ihr den Hintern versohlt. Das passt einfach nicht zu der Sorte Mann, die sich Tanja und Jennifer als Chantal oder Cleopatra ausgesucht haben. Das passt aber auf Außenstehende, die Bescheid wussten. Also auf die Herren Kreuzberger. Zumindest auf einen von ihnen."

Till konterte, er hatte sich auf Bach festgelegt. „Woher sollen wir wissen, wie so ein Typ wie Bach tatsächlich gepolt ist. Der holt sich seinen Kick, wenn er von einer Domina so richtig verarscht wird. Aber der Typ ist ein Psycho, da bin ich mir sicher. Da gibt es irgendwo in seinem Kopf einen Knopf und wenn der gedrückt wird, rastet er aus. Erst hat Tanja auf diesen Knopf gedrückt, ohne zu wissen, was sie da tat und dann ist Jennifer das gleiche Missgeschick passiert. Vielleicht hat ja auch seine Mutter auf den Knopf gedrückt. Vielleicht mag er es ja gar nicht, wenn er von einer Frau dominiert wird. Von seiner Mutter wird er aber ständig dominiert. Sie schreibt ihm vor, wie er zu arbeiten hat und sie schreibt ihm vor, wie er zu leben hat. Er ist aber unfähig, sich gegen seine Mutter zu wehren. Also sucht er sich Frauen, auf die er seinen Hass gegen seine Mutter richten kann. Um dieses Hassgefühl in ihm zu erzeugen, braucht er aber erst die Dominanz, die diesen Hass erzeugt. Also sucht er sich Dominas, die ihn richtig runter machen. Es ist wie eine Sucht für ihn, er braucht dieses Gefühl, erniedrigt zu werden. Er braucht es, um sich davon befreien zu können. Er lässt sich erniedrigen, bis ihm der Kragen platzt, dann zeigt er seiner Peinigerin, wer der Mann ist. Tanja hat er wie wild gerammelt, bevor er sie erwürgt hat, Jennifer hat er den Arsch mit seinem Gürtel versohlt und ich wette, er hat in diesen Augenblicken seine Mutter gewürgt und geschlagen. Und als Krönung erniedrigt er seine Opfer dann mit den Lippenstift-Sprüchen, mit dem sie ihn zuvor erniedrigt haben. Die toten Mädchen mit seiner Botschaft auf dem Rücken sind für ihn so etwas wie Freiheitsstatuen, sie bezeugen ihm, dass er frei ist von der Dominanz, die seine Mutter auf ihn ausübt."

„Nette Theorie", bestätigte ihm Siebels. „Ein Wolf im Schafspelz. Ohne handfeste Beweise nutzt uns das alles aber rein gar nichts. Steht in dem Bericht denn etwas von dem Lippenstift, der bei Jennifer benutzt wurde?"

Till blätterte den Bericht einige Seiten weiter vor. „Ja, der Lippenstift wurde eindeutig identifiziert als ein Jil Sander cremig Nr. 14. Der Gleiche, wie er bei Tanja benutzt wurde. Noch ein Minuspunkt für unseren Freund Detlev."

„Und der gleiche Lippenstift, wie ihn diese Theresa Oslowski benutzt", fügte die Karlson hinzu.

„Die wollt ihr aber hoffentlich nicht als Täterin in Betracht ziehen, oder?", fragte Till stutzig.

„Mit dem Tod von Jennifer dürfte sie keine Rolle mehr spielen. Die Theorie, dass sie aus Eifersucht der toten Tanja den Spruch auf den Rücken malte, dürfte hinfällig sein." Siebels griff zum Telefonhörer, er wählte die Nummer vom Labor, das die Lippenstifte untersucht hatte. Er hatte Glück, der Laborant wollte gerade Feierabend machen. Er hatte aber den Lippenstift, den Till bei Bach gefunden hatte, schon identifiziert.

„Und da sind Sie ganz sicher?", fragte Siebels noch einmal in den Hörer. „Vielen Dank, und einen schönen Feierabend." Er legte den Hörer auf. „Und noch einen Minuspunkt für Detlev Bach, er war nämlich stolzer Besitzer eines Lippenstiftes von Jil Sander. Cremig Nr. 14."

29

Mein Tagebuch, 05. Dezember 2000

Draußen ist es kalt und regnerisch, es kostet mich viel Anstrengung, wenn ich mich an die heißen Tage in Spanien zurückerinnern möchte. Die Tage, bevor es zur Katastrophe kam, die unser kleines Paradies von einer Minute auf die andere in die Luft sprengte. Stattdessen beherrschen die Nachbeben der Katastrophe meine Gedankenwelt. Ständig spukt Jenny in meinem Kopf herum. Jenny die Bankerin. Jenny die Hure. Jenny alias Cleopatra. Die Kaiserin, die keine andere Frau neben sich duldet und von ihren Untertanen absoluten Gehorsam verlangt. Gottfried war es wahrscheinlich leicht gefallen, gehorsam zu sein. Schließlich musste er nur mit Geld bezahlen, um vor Jenny gehorsam sein zu dürfen. Von mir hatte sie einen Mord verlangt. Den Mord an Tanja. Kein Mord im herkömmlichen Sinne, aber dennoch ein Mord. Was wäre es anderes, wenn ich Tanja aus meinem Kopf und meinem Herzen verbannen würde? Mehrfach hatte ich versucht, ihr das klar zu machen. Je öfter ich bei ihr anrief, desto größer schien ihr Groll auf Tanja zu werden und desto weniger zeigte sie Bereitschaft, mir zu verzeihen. Ich versank in einem Sumpf. Stück für Stück versank ich tiefer im Morast meiner Gefühle. Ich versuchte mich mit allen Mitteln zu befreien und versank dabei immer tiefer. Verzweifelt suchte ich nach einer rettenden Hand. Immer wieder versuchte ich nach der Hand von Johanna zu greifen. Ich rief bei ihr an, schickte ihr E-Mails und handgeschriebene Briefe. Doch Johanna verweigerte mir ihre Hand. Genervt schaute sie zu, wie ich alle meine Kräfte aufwendete, um meinem Schicksal zu entgehen. Einen guten Rat gab sie mir. Ich solle doch einfach meinen Ballast abwerfen. Damit meinte sie Tanja, Jenny und sich selbst. Was für ein Rat! Lieber versinke ich vollends im Sumpf.

Ich versuchte nach der Hand von Tanja zu greifen. Doch Tanja hatte alle Hände voll zu tun. Am Telefon erzählte sie mir freimütig von ihrem Vorgesetzten. Den würde sie gerade ganz raffiniert um ihren Finger wickeln. Sie war ganz begeistert davon, Arbeit und Vergnügen miteinander verbinden zu können. Zu ihrer großen Überraschung hätte sie vor kurzem sogar erfahren, dass ihr Vorgesetzter nicht nur scharf auf sie war, sondern auch der Bruder von Jennys neuem Vorgesetzten bei der Dresdner Bank. Verwirrt und neugierig zugleich, fragte ich Tanja, woher sie das denn wüsste. Ich traute meinen Ohren nicht, als sie mir erzählte, dass sie sich ab und an mit Jenny treffen würde. Letzte Woche wären sie gemeinsam auf der Zeil beim Shoppen gewesen und hätten sich anschließend noch einen Kaffee bei Mövenpick gegönnt. Jenny hätte von ihren Abenteuern als Cleopatra erzählt. Die ulkigsten Geschichten von durchgeknallten Typen, wie Tanja mir versicherte. Und dann hätten sie sich über ihre Jobs unterhalten und festgestellt, dass beide einen Vorgesetzten hatten, der Kreuzberger hieß. Das wäre total spannend, sagte Tanja.

Es war, als würde sie mir noch ein paar Zementblöcke um den Hals hängen, damit ich schneller und tiefer im Sumpf verschwinde.

Jenny war in Tanjas Augen keine Hure mehr, sie war Cleopatra und erlebte tolle Abenteuer mit zahlungskräftigen geilen Spinnern. Die beiden gingen zusammen shoppen und quatschten über Männer, wahrscheinlich auch über Frauen. Bloß nicht über Johanna oder mich.

Das Paradies, mein Paradies, war gar nicht gesprengt worden. Es hatte nur andere Einwohner. Tanja und Jenny und zwei Banker.

Nach dem Gespräch mit Tanja begriff ich allmählich, was in den letzten Monaten passiert war. Erst hatte Jenny mir den Kontakt mit Tanja verboten. Dann hatte ich mich trotzdem heimlich mit Tanja getroffen. Hatte mit und in ihr die höchsten und aufregendsten Gipfel erklommen, um danach in das Tal der Erkenntnis geführt zu werden, dass Jenny eine billige Hure sei. Ich wollte es nicht glauben, doch bevor ich mich selbst davon überzeugen konnte, verwandelte sich in Tanjas Augen die Hure Jenny zur Abenteurerin Cleopatra, der sie brühwarm und wahrscheinlich in allen Einzelheiten von unserem Treffen berichtete. Die strenge Cleopatra verbannte daraufhin ihren ungehorsamen Sklaven. So hatten sie mich endgültig aus den letzten Winkeln unseres Paradieses vertrieben und Platz geschaffen für ihre Vorgesetzten.

Das Einzige, was mir immer noch nicht in den Kopf gegangen ist, ist die Frage nach dem Warum! Wenn es kein Machtkampf zwischen Tanja und Jenny war, der mich um meinen Platz im Paradies gebracht hat, was war es dann? Ich hatte mir nichts zuschulden kommen lassen. Mir bleibt nur eine Erklärung. Ich wurde ein Opfer der Launen der Natur. Tanja und Jenny, Evas im Paradies, Wunder der Natur. Was ihnen heute gefiel, war ihnen morgen zuwider, nur sich selbst blieben sie treu.

Mit der neu gewonnen Gewissheit, dass sie auch die Banker bald wieder aus ihrem Paradies hinauswerfen, fühle ich, wie ich mich ein Stückchen aus dem Sumpf befreien kann. Ich muss nur warten und bereit sein, wenn mein Platz im Paradies wieder frei wird. Früher oder später werden sie erkennen, was sie an mir hatten und noch haben werden. Bis dahin muss ich dafür sorgen, dass sie mich nicht vergessen. Außerdem muss ich mich darum kümmern, dass auch Johanna zu gegebener Zeit wieder ihren Platz in unserer Mitte findet.

Dienstag, 27. August 2002, 20.00 Uhr

Um Punkt acht Uhr stand Sabine Karlson vor dem vereinbarten Treffpunkt in Wiesbaden. Als sie sich am späten Nachmittag noch mit Siebels und Till über den Fall unterhalten hatte, war sie mehrmals drauf und dran gewesen, den beiden von ihrer Verabredung zu erzählen. Sie bildeten bisher ein sehr gutes Team und jeder hielt jeden mit den neuesten Ermittlungsergebnissen auf dem Laufenden. Sie hatte das Gefühl, diesen Teamgeist zu beschädigen, wenn sie nun auf eigene Faust handelte. Andererseits sagte ihr ihr siebter Sinn, dass dieses Treffen am fruchtbarsten verlaufen würde, wenn es zunächst unter den beiden Frauen blieb. Außerdem hatte sie nicht das Gefühl, bis jetzt sehr viel zu diesem Fall beigetragen zu haben. Und das wollte sie ändern. Nun stand sie vor dem Museum für Alltagskultur und zweifelte, ob sie die richtige Entscheidung getroffen hatte. Ihre

Gedanken wurden schlagartig unterbrochen, als sie in circa fünfzig Metern Entfernung eine Frau auf sich zukommen sah. Schnell näherte sich die Gestalt dem Museum, nur ein paar Atemzüge später stand sie direkt vor der Karlson. Diese Frau war wirklich ein Blickfang, sie musste verstohlene Männerblicke anziehen wie das Licht die Motten. Sie war gut einen Kopf größer als die Karlson, mindestens 1,80 Meter. Trotz der roten high heels mit Absätzen, auf denen die Karlson wahrscheinlich keine zehn Meter weit gekommen wäre, ohne zu stürzen, schwebte diese groß gewachsene Frau wie eine Gazelle daher. Der schwarze Minirock zeigte ein Maximum an langen, wohl geformten Beinen, die wild gelockte, kastanienbraune Mähne verlieh dieser Herrin den Ausdruck einer unzähmbaren Löwin. Die beiden Frauen standen sich für einige Sekunden wortlos gegenüber und musterten sich.

„Sie sind die Polizistin?", die Frau, die sich Herrin nannte, gab sich auch als solche. Selbstbewusst hielt sie der Karlson ihre Hand hin und begrüßte sie.

„Sie sind eine sehr attraktive Frau, ich hätte mir eine Kriminalbeamtin ganz anders vorgestellt. Gehen wir ein paar Schritte?"

„Danke für die Blumen, aber neben Ihnen komme ich mir vor wie ein kleines Schulmädchen." Die Karlson schüttelte die ihr dargereichte Hand, ein fester Händedruck zwischen zwei Frauen, wie sie unterschiedlicher nicht hätten sein können. Die Karlson war erstaunt, nach der Beschreibung, die Milva ihr im Chat gegeben hatte, hatte sie eine billig zurecht gemachte Nutte erwartet. Aber diese Frau strahlte auch auf sie eine ungeahnte Dominanz aus, allerdings im positiven Sinn, wie sich die Karlson eingestehen musste. Sie wirkte freundlich und sympathisch und sie war sich ihrer Ausstrahlung bewusst.

„Cleopatra ist wirklich tot? Ich kann es immer noch nicht glauben, ich hatte seit einigen Wochen keinen Kontakt mehr mit ihr, müssen Sie wissen. Ich dachte, sie hätte sich eine kleine Auszeit genommen. Ich nehme an, Sie sind über unser kleines Hobby informiert, sonst hätten wir uns heute wohl nicht in unserem Chatraum kennen gelernt."

„Wir wissen, dass Cleopatra im richtigen Leben Jennifer Miller hieß, dass sie hauptberuflich bei einer Bank tätig war und dass sie sich ein eher außergewöhnliches Hobby ausgesucht hat, nämlich die

Erziehung von Männern", formulierte die Karlson knapp und präzise. Die beiden Frauen schlenderten nebeneinander über den Bürgersteig und nahmen den Weg in einen Park. Die Luft war mittlerweile angenehm kühl, die wenigen Passanten, die durch den kleinen Park liefen, strahlten eine wohltuende Ruhe aus. Es war nichts von der Hektik zu spüren, wie sie tagtäglich in der Frankfurter Innenstadt herrschte, besonders wenn man häufig im Bahnhofsviertel zu tun hatte, wie die Karlson. Die beiden Frauen setzten sich auf eine Parkbank. Die Frau, die Karlson an einen männerfressenden Vamp erinnerte, zündete sich eine Zigarette an. Nach ein paar tiefen Lungenzügen ging sie auf das ein, was ihr die Karlson gerade erzählt hatte.

„Die Erziehung von Männern, ja, so könnte man das nennen. Es gibt viele Männer, die devot veranlagt sind. Männer, die davon träumen, sich einer Frau bedingungslos zu unterwerfen. Bei den meisten Männern sind das aber nur erotische Fantasien, im wirklichen Leben würden sie das niemals ausleben. Das gleiche gilt natürlich auch für Frauen, die davon träumen, sich einem Mann willenlos hinzugeben. Ich vermute, dass dieses Phänomen bei Frauen sogar sehr viel öfter vorkommt als bei Männern. Nun gut, bei mir und meinen Freundinnen ist es andersherum. Wir sind von Natur aus sehr dominant veranlagt und versuchen, diese Veranlagung so gut es eben geht auszuleben. Zu diesem Zweck haben wir auch unser Forum gegründet. Es ist sehr leicht, über das Internet an die richtigen Männer heranzukommen. Allerdings gibt es auch sehr viele Spinner im Netz. Deswegen ist ein persönlicher Kontakt mit einer von uns nur möglich, wenn wir vorher ausführliche Informationen von einem Interessenten an ein anonymes Postfach bekommen haben."

„Warum an ein Postfach und nicht an eine anonyme E-Mail-Adresse?", wollte die Karlson wissen.

„Am Anfang haben wir das so gemacht. Aber da kam eine Flut von E-Mails und die wenigsten waren ernst zu nehmen. Wissen Sie, eine E-Mail ist schnell geschrieben und die Hemmschwelle und der Aufwand, sie zu verschicken, ist gleich Null. Aber einen ausführlichen Brief zu schreiben und zwar mit der Hand, das ist sehr viel aufwändiger. Ich kann Ihnen versichern, dass uns auf diese Weise sehr viel weniger Post erreichte. Und das was kam, war in der Regel auch ernst zu nehmen."

„Wenn Sie mit einem Interessenten einverstanden sind, wie viel muss er für Ihre Dienste dann bezahlen?"

Die Frau mit der wilden Mähne lachte leise vor sich hin, sie trat ihren Zigarretenstummel aus. „Das kommt darauf an, was er bekommt. In der Regel gibt es beim ersten Treffen ein mehrstündiges Programm, bei dem man sich zunächst erst einmal näher kennen lernt und abschätzt, inwieweit man miteinander harmoniert. Da das sehr zeitaufwändig ist, muss der Anwärter, so nennen wir neue Männer, erstmal bluten. Dabei achten wir natürlich auch auf seine finanziellen Möglichkeiten. Aber unter sechshundert Euro läuft nichts." Die Karlson pfiff leise durch die Zähne, „Sechshundert Euro, das ist ein Haufen Geld."

Die Frau mit der Löwenmähne tat so, als wäre das das Normalste der Welt und sprach weiter. „Wenn einer bereit ist, so viel Geld zu bezahlen, dann meint er es auch ernst, das ist auch eine Sicherheit für uns. Wenn wir uns für weitere Treffen entscheiden, kann es dann auch kürzer sein und wird entsprechend billiger. Ein einstündiger Erziehungstermin kostet in der Regel so um die einhundert Euro. Wir lassen uns aber auch gern mit Dienstleistungen entschädigen. Das ist besonders wertvoll, wenn man nebenbei noch einem bürgerlichen Beruf nachgeht, so wie Cleopatra es getan hat."

„Sie sprechen von Hausarbeit und solchen Dingen?"

„Genau. Putzen, Waschen, Bügeln und was sonst so anfällt. Es ist sehr angenehm, wenn für diese Arbeiten ein ergebener Diener zur Verfügung steht. Natürlich können sie für solche Arbeiten nicht irgendjemanden abkommandieren, da benötigt man schon eine Person seines Vertrauens."

„Jemanden, der fest angestellt ist", vermute ich.

„So könnte man es nennen, ja. Sie wissen ganz gut Bescheid."

„Ja, ich arbeite seit Jahren bei der Sitte. Hatte Cleopatra einen Mann in Festanstellung?"

„Das ist der Grund, warum ich mich überhaupt mit Ihnen getroffen habe. Cleopatra hatte wohl einen vielversprechenden Mann kennen gelernt. Sie hat mir im Chat und am Telefon einiges von ihrer neuen Errungenschaft erzählt. Cleopatra war sehr angetan von ihm. Und was soll ich Ihnen sagen, kurz bevor wir beide heute Mittag gechattet haben, hat mich dieser Mann in unserem Chatforum angesprochen. Er erzählte mir, dass er in Frankfurt bei Cleopatra sei, dort aber niemand antreffen könnte. Er erzählte, dass er Frau und Kinder verlassen hätte, um Cleopatra zu Diensten sein zu können. Nun würde er in Frankfurt allein und verlassen vor verschlossenen Türen stehen und wüsste nicht, wohin. Zurück wollte er nicht mehr und da Wiesbaden nicht weit von Frankfurt ist, fragte er, ob ich nicht vorübergehend für ihn Verwendung hätte. Ich wollte Cleopatra einen Gefallen tun und mich um ihn kümmern, bis sie wieder auftauchen würde. Jetzt sitzt er in meiner Wohnung und Sie erzählen mir, dass Cleopatra tot ist. Ehrlich gesagt, fühle ich mich nicht ganz wohl in meiner Haut."

„Kennen Sie seinen Namen? Wissen Sie, wo er herkommt?" Die Karlson war ganz aufgeregt, vielleicht saß der Mörder von Tanja und Jennifer nun bei dieser Frau in der Wohnung und wartete, bis sein nächstes Opfer wieder nach Hause kam.

„Er heißt Detlev. Seinen Nachnamen kenne ich gar nicht."

„Wissen Sie, von wo aus er nach Frankfurt kam?"

„Er hat es mir nicht erzählt, aber als Cleopatra mir von ihrer neuen Errungenschaft erzählte, erwähnte sie auch, dass er aus Saarbrücken käme."

Die Karlson hatte genug Informationen, sie konnte den Tag mit einem Erfolgserlebnis beenden. Sie überlegte kurz, ob sie Bach im Alleingang festnehmen sollte, entschied sich aber anders. Siebels saß in seinem BMW und war auf dem Weg nach Hause, als sein Handy läutete. Mit gemischten Gefühlen lauschte er den Neuigkeiten, die Sabine ihm übermittelte.

Es war bereits 22.00 Uhr, als Siebels in Begleitung mit zwei Streifenpolizisten die Karlson vor dem Museum in Wiesbaden traf. Die zuvor noch so selbstbewusste Herrin Milva konnte ihre Nervosität nicht mehr verbergen. Der Gedanke, dass ein zweifacher Mörder in ihrer Wohnung auf sie wartete, hatte sie in der letzten Stunde ein halbes Päckchen Zigaretten gekostet.

Bach leistete bei seiner Festnahme keinen Widerstand. Im Gegenteil, er beteuerte laut schluchzend seine Unschuld, machte einen verzweifelten Eindruck und redete wirr auf Siebels ein. Die Streifenpolizisten verfrachteten Bach in den grünweiß lackierten Opel und fuhren ihn zur Untersuchungshaft nach Darmstadt-Weiterstadt. Siebels begleitete die Karlson noch zu ihrem gelben Alfa Spider. Bevor sie einstieg, nahm er sie in den Arm, es war ein langer und anstrengender Tag und er brauchte jetzt das Gefühl von Geborgenheit. Und das bekam er. Die Karlson ließ sich gerne an ihn drücken, die beiden schauten sich an, die Lippen der blonden Halbschwedin näherten sich bedrohlich denen von Siebels. Doch bevor sich die suchenden Lippen zu einem Kuss treffen konnten, wendete Siebels sich ab. „Wir müssen morgen wieder früh raus, die Hausdurchsuchung bei Kiesbach ist für 8.00 Uhr angesetzt."

„Ist das noch nötig, jetzt wo wir Bach dingfest gemacht haben?", fragte die Karlson, sich immer noch in den Armen von Siebels wiegend.

„Bach hat bei seiner Festnahme alles geleugnet. Alles, was wir haben, ist der Lippenstift. Das ist zu wenig. Nach der Durchsuchung bei Kiesbach werden wir ihn eingehend vernehmen. Vorher will ich aber sicher sein, dass wir Kiesbach ausschließen können."

Die Karlson drückte Siebels einen flüchtigen Kuss auf die Lippen und verschwand in ihrem Sportwagen. Siebels blieb noch eine Zigarettenlänge bewegungslos stehen und schaute dem davonfahrenden Spider hinterher. Er war müde, sehnte sich nach ein paar freien Tagen.

30

Mittwoch, 28. August 2002

Es war 7.45 Uhr, als Jensen, Siebels und Till in Begleitung von zwei Streifenpolizisten und zwei Kollegen von der Spurensicherung das Präsidium verließen. Sie hatten sich nur kurz begrüßt und sich dann auf die zwei bereitstehenden Autos verteilt. Auf dem Weg nach Frankfurt-Rödelheim in die Radilostraße, wo Kiesbach wohnte, berichtete Siebels von der Festnahme am letzten Abend. Jensen rieb sich begeistert die Hände. „Dann können wir endlich der Presse eine Erfolgsmeldung mitteilen. Ich würde vorschlagen, dass wir noch für heute Abend eine Pressekonferenz anmelden, was halten Sie davon, Herr Siebels?"

Siebels nickte nur. Es sollte wieder ein heißer Tag werden und er würde wie seit Tagen vom frühen Morgen bis zum späten Abend im Einsatz sein. Aber er spürte, dass der Fall kurz vor der Aufklärung stand und das gab ihm den Tatendrang, den er benötigte, um diesem Stress standzuhalten. Till verlangte einen ausführlichen Bericht, wie es zu der Verhaftung von Bach gekommen war und Siebels erzählte von dem Alleingang der Karlson. Als er alles haarklein wiedergegeben hatte, schmunzelte Jensen belustigt. „Die Frau Karlson hat sich ja sehr gut bei Ihnen eingearbeitet, was halten Sie davon, wenn sie ganz in Ihr Team wechselt. Sie haben doch noch eine dritte Kraft angefordert."

„Sie wäre mit Sicherheit eine Verstärkung, ich möchte darüber aber erst mit ihr unter vier Augen sprechen, wenn Sie nichts dagegen haben."

„Dann machen Sie das mal, Siebels. Und Sie, Herr Krüger, wie kommen Sie mit der Kollegin zurecht?"

Till wünschte sich nichts mehr, als diese traumhafte Frau in Zukunft immer um sich zu haben. „Von meiner Seite aus gibt es keine Einwände, ganz im Gegenteil. Frau Karlson wäre die perfekte dritte Kraft bei uns."

Die beiden Wagen fuhren gerade auf einen kleinen Parkplatz am Rödelheimer Bahnhof. Sie parkten einen Straßenzug entfernt von der Wohnung von Jens Kiesbach. Siebels gab letzte Instruktionen, dann setzte sich der kleine Trupp in Bewegung.

Eiligen Schrittes gingen sie die kleine Einkaufsstraße entlang. Das Haus, in dem Kiesbach wohnte, beherbergte eine Metzgerei im Erdgeschoss. Nach mehrmaligem Klingeln an der Haustür gaben sie es auf, Kiesbach war nicht Zuhause. An der untersten Klingel des Mehrfamilienhauses war ein rotes Schild mit der Aufschrift »HAUSMEISTER« angebracht. Siebels klingelte bei dem Hausmeister, ein älterer Mann mit ungekämmten weißen Haaren und grauen Bartstoppeln öffnete ein Fenster im ersten Stockwerk. Zwei Minuten später öffnete er den Beamten in seinem grauen Hausmeisterkittel die Haustür und führte sie in den dritten Stock, wo Kiesbach wohnte. Mit dem Generalschlüssel öffnete der Hausmeister die Tür, Siebels und Till zogen sicherheitshalber ihre Waffen. Jensen begleitete den Hausmeister zurück in seine Wohnung.

Rücken an Rücken, die Waffen schussbereit in den Händen, durchquerten die beiden den langgestreckten Flur. Vom Flur aus führten drei Türen in andere Zimmer. Die erste Tür war die Küchentür, die Küche war leer. Auch im Schlafzimmer war niemand auszumachen. Als Siebels die Tür zum Wohnzimmer aufstieß, fluchte er laut. Blitzartig drehte sich Till zu ihm herum. Die Waffe mit beiden Händen haltend, zielte er ins Zimmerinnere. Aber von dort lauerte keine Gefahr. Stattdessen starrten die beiden auf die Leiche einer Frau. Sie lag auf dem Bauch, ein roter Fleck auf dem Teppich neben dem Kopf der Frau markierte eine ovalförmige Blutlache. Das Blut war bereits getrocknet. Siebels kniete sich vor der Toten nieder, fühlte sicherheitshalber ihren Puls, konnte aber keinen finden. Die Kollegen betraten den Raum, Siebels ließ sich Latexhandschuhe geben. Vorsichtig strich er die dunklen Haare der Toten zur Seite und hob ihren Kopf an. Er schaute in das Gesicht von Theresa Oslowski.

„Was ist denn hier los?" Jensen drängte aufgeregt in das Zimmer, dessen Eingang von den Beamten versperrt wurde. Er bahnte sich den Weg durch die ratlos dastehenden Männer und blieb fassungslos vor der Leiche stehen.

„Darf ich vorstellen, Frau Theresa Oslowski. Eine Mitarbeiterin von Tanja Niehaus bei der Deutschen Bank. Außerdem hatte sie auch ein intimes Verhältnis mit Frau Niehaus. Viel Spaß bei der Pressekonferenz heute Abend."

Jensen ging aufgeregt im Zimmer auf und ab. „Dieser Kiesbach ist also unser Mann. Veranlassen Sie sofort eine Großfahndung nach ihm. Bis heute Abend will ich ihn in Untersuchungshaft wissen, haben Sie mich verstanden?"

Siebels brummte nur etwas Unverständliches vor sich hin. Till bemerkte, dass Siebels gleich der Kragen platzen würde. Er ging auf Jensen zu. „Das passt nicht ins Bild, kein Spruch mit rotem Lippenstift auf der Leiche. Es sieht so aus, als wäre Frau Oslowski hier in der Wohnung umgebracht worden. Die anderen beiden Frauen wurden aber im Schwimmbad und auf dem Feldberg ermordet. Das ergibt doch keinen Sinn."

„Wollen Sie damit vielleicht sagen, dass Kiesbach mit den anderen Morden nichts zu tun hat und wir jetzt rein zufällig auf eine weitere Leiche in seiner Wohnung gestoßen sind?" Jensen wurde immer aufgeregter, er hatte das Gefühl, vor dem Nichts zu stehen. Till deutete auf die Kante des massiven Wohnzimmerschrankes, vor dem die Oslowski lag. „Ich vermute, dass sie mit dem Kopf gegen die Schrankkante gestoßen ist. So wie sie daliegt, macht das Sinn. Das würde bedeuten, dass es sich hier wahrscheinlich um einen Unfall handelt und nicht um einen Mord."

„Vielleicht hatten wir ja doch recht mit der Theorie, dass die Oslowski mehr wusste, als sie uns erzählt hat. Bei ihr hatte ich die ganze Zeit so ein komisches Gefühl", Siebels kratzte sich nachdenklich am Kinn und starrte auf die tote Frau aus Georgien. „Aber wo ist die Verbindung zwischen ihr und Jens Kiesbach?"

„Setzen Sie endlich die Fahndung nach ihm in Gang, wenn wir ihn haben, können Sie das dann ihn fragen." Jensen verließ die Wohnung, er klingelte bei den Nachbarn, stürzte sich voller Tatendrang in die Polizeiarbeit und vergaß, dass das nicht sein Job war.

Von den Nachbarn hatte aber niemand etwas gesehen oder gehört. Schon gar keine Frau, die Kiesbach mit in seine Wohnung genommen hätte. Nein, Herr Kiesbach war immer allein. Er war ein netter und höflicher junger Mann. Er ging früh morgens aus dem Haus und kam am späten Nachmittag wieder zurück. Besuch hatte er selten, er war ein Einzelgänger. Die ältere Dame im zweiten Stockwerk wusste zu berichten, dass Kiesbach ab und zu Besuch von seinem jüngeren Bruder bekam. Vor einigen Jahren wohnten die beiden noch zusammen in der Wohnung. Doch dann ist der Jüngere ausgezogen und kam hin und wieder auf Besuch. Robert hieß der jüngere Bruder. Die ältere Dame hatte ihn sehr gemocht. Er hatte ihr früher, als er noch hier wohnte, oft Besorgungen gemacht. Er war immer sehr hilfsbereit, ein sehr schüchterner Junge, aber ein guter Junge. Die ältere Dame kochte für Jensen einen Kaffee und erzählte ihm von Robert Kiesbach.

Auf der Fahrt zurück ins Präsidium berichtete Jensen, was ihm die ältere Dame erzählt hatte. Siebels horchte auf, war das der gleiche Robert, der sich vor einem Jahr auf der Geburtstagsfeier von Jennifer so merkwürdig verhalten hatte? Er tippte die Nummer von seinem Apparat im Büro in sein Handy ein. Die Karlson meldete sich, sie war gerade dabei, den Bericht über die Festnahme von Detlev Bach zu schreiben. Siebels fasste sich kurz. „Sabine, tu mir einen Gefallen. Finde alles über den jüngeren Bruder von Jens Kiesbach, Robert Kiesbach, heraus. Vor allen Dingen will ich wissen, wo er jetzt wohnt. Es ist dringend, alles andere kann warten. Ich erzähle dir später was los ist, wir fahren jetzt bei den Eltern von Tanja vorbei und kommen dann zurück ins Präsidium."

Neugierig drehte sich Jensen zu Siebels um. „Was wollen wir denn jetzt bei den Eltern von Frau Niehaus?"

„Ich will wissen, ob Tanja einen engeren Bekannten hatte, der Robert hieß. Und wenn ja, will ich wissen, woher sie ihn kannte. Ich habe Charly Hofmeier Bescheid gegeben, dass er sich schnellst möglich den Computer von Jens Kiesbach vornimmt. Vielleicht finden wir da noch eine Verbindung zwischen ihm oder seinem Bruder Robert zu Tanja Niehaus und Jennifer Miller. Den Kollegen von der Spurensicherung habe ich aufgetragen, dass sie die Wohnung von Kiesbach nach einem roten Lippenstift durchsuchen. Außerdem sollen sie die Schränke von Kiesbach gründlich nach Briefen an eine Cleopatra durchforsten. Das Postfach, an das die Briefe der Cleopatra-Jünger adressiert waren, müssen wir übrigens auch noch konfiszieren. Die Schlinge zieht sich zu, fragt sich nur, wessen Kopf am Ende drin steckt."

Till parkte den Wagen vor dem Haus von Peter Niehaus. Das Garagentor stand offen und die Garage war leer. Maria Niehaus erschien an der Eingangstür und ließ die Männer herein. Sie sah müde und erschöpft aus. Dunkle Ringe markierten ihre Augen. Siebels hatte den Eindruck, als wäre sie in den letzten zehn Tagen um zehn Jahre gealtert. Die drei setzten sich auf das Sofa im Wohnzimmer, es herrschte eine gedrückte Atmosphäre. Maria Niehaus setzte sich zu ihnen in den Sessel. „Gibt es etwas Neues?", fragte sie, aber in ihrer Stimme klang keine Hoffnung mit. Siebels beugte sich nach vorn, stützte sich mit seinen Unterarmen auf seinen Oberschenkeln ab.

„Wir haben einen Verdächtigen verhaftet, gestern Abend. Wir werden ihn heute Nachmittag eingehend verhören. Es gibt aber noch mehr Verdächtige. Einer von ihnen ist immer noch Herr Olaf Kreuzberger. Er hat mittlerweile zugegeben, dass er an dem Samstag vor der Nacht in der es geschah, mit Ihrer Tochter zusammen gewesen ist. Er bestreitet aber, dass er mit ihr auch in der Nacht im Schwimmbad war. Ich frage Sie deshalb noch einmal, Frau Niehaus. Waren Sie in der Nacht von Samstag auf Sonntag mit Herrn Olaf Kreuzberger zusammen?"

Maria Niehaus schaute Siebels resigniert an. „Ich habe Ihnen die Wahrheit gesagt. Olaf war nicht bei mir, nicht eine Sekunde. Wenn er mit dem Tod von Tanja etwas zu tun hat, soll er dafür zur Hölle fahren. Ich würde ihn eigenhändig umbringen, wenn ich könnte. Ich würde ihm bestimmt kein Alibi liefern. Da können Sie Gift drauf nehmen."

„Gut, dann hätten wir das geklärt. Ich habe aber noch eine andere Frage. Hatte Tanja in ihrem Freundeskreis einen jungen Mann, der Robert hieß?"

Drei neugierige Augenpaare waren auf Maria Niehaus gerichtet.

„Robert? Ich kann mich nur an einen Robert erinnern. Robert Kiesbach. Er ging mit Tanja in die gleiche Klasse in der Berufsschule, als Tanja ihre Ausbildung bei der Deutschen Bank absolvierte. Ich habe ihn aber nur flüchtig kennen gelernt. Er kam ab und zu hier her und gab Tanja Nachhilfe in Mathematik. Aber ob er zu Tanjas engerem Freundeskreis gehörte, wage ich zu bezweifeln."

„Warum?", hakte Siebels nach.

„Na ja, er war ein sehr zurückhaltender junger Mann. Eher schüchtern, würde ich sagen. Ich denke, dass Tanja nur an seinen Mathematik-Kenntnissen interessiert war, aber nicht an ihm als Freund."

Siebels stand auf, Jensen und Till taten es ihm gleich. „Sie haben uns sehr geholfen, das war es schon. Ich habe Ihren Mann übrigens lange nicht mehr gesehen, wie geht es ihm?"

„Mein Mann wohnt seit gestern in einem Hotel. Ich habe ihm von meiner Beziehung zu Olaf Kreuzberger erzählt. Und auch von meiner Schwangerschaft. Ich musste diesen Ballast einfach los werden." Maria Niehaus schaute Siebels aus unendlich traurigen Augen an.

„Ich weiß nicht, ob es Ihnen hilft, aber Olaf Kreuzberger war nicht der Vater von Tanjas Kind, so viel kann ich Ihnen verraten."

„Danke", flüsterte Maria Niehaus. „Das macht es vielleicht doch etwas einfacher für mich, über den Tod von Tanja hinwegzukommen."

Auf der Fahrt zurück ins Präsidium rief Siebels bei Sven Fischer an. „Hallo Herr Fischer, Siebels hier. Ich hätte eine kurze Frage an Sie. Sagt Ihnen der Name Kiesbach etwas? Jens Kiesbach. Sind Sie sicher? Und Robert? Robert Kiesbach?"

Fischer kannte weder einen Robert noch einen Jens Kiesbach, er klang selbstsicher und entschlossen, Siebels glaubte ihm.

„Haben Sie heute keine Nachricht von Ihrem Freund erhalten?"

Till und Jensen lauschten aufmerksam dem Gespräch. Dass Sven Fischer diesmal nicht wieder der Erste am Tatort war, war ihnen noch gar nicht aufgefallen.

„Kennen Sie die Radilostraße in Rödelheim? Wir haben dort die Leiche einer Kollegin von Tanja Niehaus gefunden, die Spurensicherung macht dort gerade ihre Arbeit. Hausnummer zwölf. Versuchen Sie Ihr Glück, Ihre Kollegen werden heute Abend ausführlich auf einer Pressekonferenz informiert. Kommen Sie vorher in meinem Büro vorbei, vielleicht habe ich dann noch ein paar exklusive Informationen für Sie. Ja, auf Wiedersehen."

Kurz bevor der Bus kam, der Johanna von ihrem Hotel zum Flughafen bringen sollte, rief sie Jens an. Sie hatte Sehnsucht nach seiner Stimme und sie freute sich schon sehr darauf, ihm in Frankfurt um den Hals zu fallen. Eigentlich hatte sie nicht vorgehabt, ihm am Telefon von den Zeitungsartikeln zu erzählen, die sie so nervös machten. Aber dann musste sie es sich einfach von der Seele reden. Sie erzählte ihm, dass die beiden ermordeten Mädchen zwei Freundinnen von ihr waren. Und sie beichtete ihm, dass sie Angst hatte. Angst, dass im nächsten Zeitungsartikel ihr Name stehen würde. Jens hörte seelenruhig zu, sprach dann beruhigend auf sie ein. Er fragte Johanna, ob sie zur Polizei gehen wolle, doch Johanna wollte von der Polizei zunächst noch nichts wissen. Jens erzählte ihr, dass er es für zu gefährlich hielt, wenn sie jetzt in ihre Wohnung zurückkehren würde. Ein Freund von ihm hätte eine leer stehende Ferienwohnung, nur eine halbe Stunde Autofahrt vom Frankfurter Flughafen entfernt. Johanna fand das eine gute Idee, sie stimmte Jens zu, nach ihrer Ankunft direkt mit ihm zu dieser Wohnung zu fahren. Als sie in den Bus einstieg, fühlte sie sich erheblich besser. Noch ein paar Stunden, dann konnte sie sich in die Obhut von Jens begeben.

Als Siebels und Till wieder ihr Büro betraten, telefonierte die Karlson gerade mit dem Einwohnermeldeamt. Mehrmals wiederholte sie den Namen Kiesbach, doch das Ergebnis schien dadurch nicht besser zu werden. Genervt legte sie den Hörer auf und begrüßte ihre Kollegen.

„Hast du etwas herausgefunden?", platzte es aus Siebels heraus.

„Ja, einiges, nur seinen derzeitigen Aufenthaltsort finde ich nicht heraus."

„Dann erzähl mal der Reihe nach."

„1993 starben die Eltern von Robert und Jens Kiesbach bei einem Autounfall. Die Mutter war sofort tot, der Vater starb einige Tage später im Krankenhaus. Jens Kiesbach war damals achtzehn Jahre alt und hatte gerade seine Ausbildung zum Mechaniker beendet. Robert Kiesbach war damals sechzehn Jahre alt. Die beiden zogen gemeinsam aus dem Haus der Eltern in die Wohnung in der Radilostraße. Jens Kiesbach kümmerte sich um seinen kleinen Bruder, der machte das Abitur und zog 1999 dann in seine eigene Wohnung. Von 1997 bis zum Jahr 2000 absolvierte er eine Ausbildung zum Bankkaufmann bei der Hessischen Landesbank in Frankfurt. Anschließend studierte er Informatik. Vor fast genau einem Jahr fuhr er auf der Rosa-Luxemburg-Straße mit überhöhter Geschwindigkeit gegen einen Betonpfeiler. Er hatte nicht nur knapp zwei Promille Alkohol im Blut, sondern auch einige Ecstasy-Pillen geschluckt. Er wurde erst vor zwei Monaten wieder aus dem Krankenhaus entlassen, bei dem Unfall hat er sich drei Wirbel gebrochen, jetzt sitzt er im Rollstuhl."

„Na toll, wenn er im Rollstuhl sitzt, scheidet er doch definitiv aus." Till machte eine wegwerfende Handbewegung. Siebels stand von seinem Stuhl auf und lief aufgeregt hin und her.

„Denk doch mal nach, Kleiner. Robert Kiesbach ist im gleichen Alter wie Tanja und Johanna. Er hat nach seinem Abitur eine

Ausbildung zum Bankkaufmann gemacht. Er war in der gleichen Klasse wie Tanja, er hat Tanja Nachhilfe gegeben. Er muss auch Jennifer und Johanna aus der Schule gekannt haben. Robert Kiesbach und die drei Mädchen waren also doch in einer Klasse. Nicht beim Abitur, aber während ihrer Berufsausbildung. Robert wurde als schüchterner, aber netter junger Mann beschrieben. Von Tanjas Mutter und von der älteren Dame in der Radilostraße. Das ist genau die Sorte Mann, die Tanja gern an der Nase herumgeführt hat. Jetzt sitzt er wegen eines Autounfalls im Rollstuhl. Wenn Tanja und Jennifer etwas mit dem Unfall zu tun hatten, wenn sie daran Schuld waren, ist das nicht Motiv genug für seinen älteren Bruder, sich an den beiden zu rächen?"

„Was sollten die beiden denn mit dem Unfall zu tun gehabt haben? Das ist der schwache Punkt in deinen Ausführungen. Robert Kiesbach ist besoffen und mit Ecstasy vollgepumpt gegen einen Brückenpfeiler gerast. Ich sehe da keinen Zusammenhang mit Tanja und Jennifer. Für mich ist Detlev Bach der Mörder der beiden. Der hat eindeutig nicht alle Tassen im Schrank. Wir sollten ihn jetzt endlich vernehmen und nicht ständig neue Theorien aufstellen."

„Du bist doch schon ein großer Junge, mach das mal allein. Ich will mehr über diesen Robert Kiesbach erfahren. Wenn Jensen heute Abend wieder eine groß angelegte Pressekonferenz abziehen will, sollten wir zusehen, dass wir uns nicht blamieren. Du fährst nach Darmstadt-Weiterstadt zu Bach, Sabine bleibt hier und koordiniert die Fahndung nach Jens Kiesbach. Ich versuche herauszufinden, wo sein Bruder jetzt steckt. Wenn er im Rollstuhl sitzt, muss er doch zu finden sein. Um 19.00 Uhr treffen wir uns wieder hier."

Sabine Karlson gab Siebels alle Informationen, die sie über Robert Kiesbach finden konnte. „Nach seiner Entlassung aus dem Krankenhaus gibt es keine weiteren Informationen. Die Einzigen, die uns da weiterhelfen können, sind sein Bruder oder sein Hausarzt. Der Hausarzt ist aber irgendwo zum Segeln auf dem Atlantik. Er wird erst in zwei Wochen wieder in Frankfurt erwartet."

„Ich fahre am besten zuerst ins Krankenhaus. Wenn er mehrere Monate dort gelegen hat, macht es bestimmt Sinn, das Personal persönlich zu befragen."

31

Mein Tagebuch, 19. März 2001

Fast hätte ich die Hoffnung aufgegeben, meinen Platz im Paradies in der Mitte von Tanja, Jenny und Johanna wieder einnehmen zu können. Es war immer schwieriger geworden, mit meiner aufgelösten Familie in Kontakt zu bleiben. Tanja wohnte nicht mehr bei ihren Eltern. Ich kannte ihre neue Adresse nicht und fand sie auch nicht im Telefonbuch. Selbst ihre E-Mail-Adresse schien nicht mehr zu existieren, meine Mails kamen seit Weihnachten als nicht zustellbar wieder zurück. Aber ich fand die Adresse von ihrem Vorgesetzten heraus. An einem kalten Januarabend hielt ich es nicht mehr aus, ich musste wissen, ob Tanja bei ihm lebte. Stundenlang hatte ich in der Kälte vor seiner Haustür ausgeharrt. Es war schon nach Mitternacht, als sie endlich kamen. Arm in Arm kamen sie lachend die Straße entlanggeschlendert. Tanja hatte mich erst erkannt, als sie genau vor mir stand. Mein Herz hüpfte vor Freude, als ich nach so langer Zeit in ihr Engelsgesicht blicken durfte. Mein Herz zerbrach, als ich in das Gesicht ihres Begleiters sah. Er war viel älter als Tanja. Er wirkte so souverän, lächelte mich nur dumm an und fragte Tanja, ob sie mich kennen würde. Am liebsten hätte ich ihn auf der Stelle erwürgt. Niemals konnte dieser Kerl sich so aufopfernd um Tanja kümmern, wie ich es gern getan hätte. Ich sah ihn an und stellte mir vor, wie er mit Tanja das erlebte, was ich mit ihr im letzten Sommer in dieser schwülen Nacht im Schwimmbad erlebt hatte. Plötzlich geriet in mir alles durcheinander und als ich Tanja sagen hörte, dass ich ein flüchtiger Bekannter sei, mit dem sie früher einmal in der gleichen Klasse gewesen sei, musste ich ihm einfach die Wahrheit in sein dümmlich grinsendes Gesicht schreien. Wie von Sinnen schrie ich ihn an. Ihn und Tanja. Ich beschimpfte ihn als Familienmörder und bezichtigte Tanja, eine falsche Schlange zu sein. Ich drohte ihm, dass er seinen Platz im Paradies bald wieder räumen müsste und verhöhnte ihn, weil er ja nur Tanja hätte und nicht wüsste, dass auch

Jenny und Johanna ins Paradies gehörten. Ich geriet immer mehr in Rage, konnte mich gar nicht mehr beruhigen und registrierte erst gar nicht, wie Tanja mich lauthals einen blöden Tölpel nannte. Ich sollte endlich aus ihrem Leben verschwinden, schrie sie mich an und der Typ an ihrer Seite wurde handgreiflich. Er schubste mich vor sich her und warf mir vor, ich wäre betrunken. Das machte mich noch zorniger. Wütend schimpfte ich auf ihn ein. Ich brüllte ihn an, dass er aus Tanja genauso eine Hure machen wolle, wie sein Bruder es mit Jenny getan hätte. Da war plötzlich Ruhe. Tanja fing an zu heulen und der Kerl klotzte mich mit großen Augen an. Bevor er noch etwas sagen konnte, drehte ich mich um und ging weg.

Insgeheim hoffte ich, dass Tanja nach meinem Auftritt ein Licht aufgehen würde, allerdings fühlte ich mich hundeelend und befürchtete, mich noch viel weiter vom Paradies entfernt zu haben, als ich es ohnehin schon war. Doch zu meiner Überraschung erhielt ich schon am nächsten Abend einen Anruf von Jenny.

Sie klang nett und freundlich und fragte mich, wie es mir gehen würde. So fürsorglich kannte ich sie noch nicht einmal aus der Zeit, als noch alles in bester Ordnung war. Sie fragte mich sogar, ob ich sie vermissen würde. Hatte sie wirklich keine Ahnung von meinen Sehnsüchten? Ich hatte es ihr in tausend Briefen geschrieben, ich erzählte ihr es noch einmal am Telefon. Geduldig hörte sie mir zu. Ich redete und redete und hörte mir selbst beim reden zu und hörte die nackte Verzweiflung in meiner Stimme. Jenny unterbrach mich in meinem Redefluss. Sie meinte, es wäre besser, wenn wir das alles einmal unter vier Augen besprechen könnten. Der Meinung war ich allerdings auch und stimmte ihr freudig zu. Leider wollte oder konnte sie noch keinen Termin mit mir abstimmen. Sie wäre sehr beschäftigt, gab sie mir zu bedenken. Aber sie würde sich in Kürze bei mir melden, versprach sie mir und ich musste ihr dafür versprechen, dass ich weder mit ihrem noch mit Tanjas Vorgesetzten auf irgendeine Weise in Kontakt treten würde. Ich versprach es ihr, mit diesen Kerlen wollte ich sowieso nichts zu tun haben.

Einige Tage vergingen, ohne dass ich wieder etwas von Jenny gehört hätte. Erst Mitte März, also gute sechs Wochen nach meinem

Gespräch mit Jenny, kam ich meinem Ziel wieder einen Schritt näher. Allerdings war es nicht Jenny, die sich bei mir meldete und mir ein Treffen vorschlug. Es war Johanna.

Ein Psychologe, Till wollte einen Psychologen bei der Vernehmung von Bach dabei haben. Doch in der Hektik der letzten Stunden und Tage hatte er keine Zeit gefunden, sich mit dem Polizeipsychologen in Verbindung zu setzen. Soweit er wusste, gab es im Untersuchungsgefängnis psychologische Betreuung für die Untersuchungshäftlinge. Auf seiner Fahrt nach Darmstadt-Weiterstadt rief er einen im Gefängnis tätigen Sozialarbeiter an, den er flüchtig kannte. Er hatte Glück, es war eine Psychologin im Haus, die sich einmal in der Woche um die Insassen kümmerte.

Eine halbe Stunde später saß er mit der jungen Frau im Verwaltungstrakt des Gefängnisses zusammen und schilderte ihr den Fall und seine Eindrücke von Detlev Bach. Die Psychologin, ihr Name war Evelyn Kaiser, hörte geduldig zu, bevor sie antwortete.

„Aus psychologischer Sicht hört sich Ihre Theorie sehr schlüssig an. Ein gestörtes Verhältnis zu seiner Mutter und ein Vater, der bereits sein Vergnügen bei dominanten Frauen suchte, das könnte durchaus ein Hintergrund für das schizophrene Verhalten sein, dessen Sie ihn verdächtigen. Allerdings ist das eine bloße Theorie und allein aufgrund Ihrer Ermittlungen kann ich diese Theorie weder bestätigen noch abweisen. Um ein psychologisches Profil von ihm zu erstellen, müsste ich viele Einzelgespräche mit ihm führen. Das setzt voraus, dass er überhaupt dazu bereit ist, mit mir zu sprechen."

„Dafür haben wir leider keine Zeit, ich würde mich aber wohler fühlen, wenn Sie bei der Vernehmung anwesend wären. Sie könnten mir hinterher Ihre Eindrücke von Bach schildern. Ist das in Ordnung für Sie?"

Die Psychologin lächelte Till an. Bisher hatte sie es nur mit den Problemen von Alkoholikern oder Heroinabhängigen zu tun gehabt. Das war endlich mal eine spannende Abwechslung in ihrem tristen Alltag. „Das ist in Ordnung, packen wir es an."

Bach wurde von einem Vollzugsbeamten in den kleinen Raum geführt. Till gab dem Wärter Anweisung, Bach die Handschellen abzunehmen. Die beiden saßen sich gegenüber, ein kleiner Holztisch trennte sie voneinander. Auf dem Holztisch hatte Till sein Aufnahmegerät aufgebaut, er hoffte inständig, am Ende des Verhörs ein Geständnis von Bach auf Band zu haben. Frau Kaiser saß auf einem Holzstuhl in einer Ecke des Raumes und beobachtete das Geschehen.

„Hallo Herr Bach, so sieht man sich wieder."

„Weiß meine Mutter, dass ich hier bin?"

„Von mir jedenfalls nicht. Soll ich sie anrufen?"

„Nein, rufen Sie sie nicht an. Lassen Sie mich hier raus."

„Das geht leider nicht, Sie werden des Mordes an Tanja Niehaus und Jennifer Miller beschuldigt."

„Warum? Ich habe damit nichts zu tun."

„Haben Sie sich einen Anwalt genommen?"

„Nein. Ich brauche keinen Anwalt. Ich habe mir nichts zuschulden kommen lassen."

„Sie sollten sich einen Anwalt nehmen. Sie haben schlechte Karten, Herr Bach. Ich denke, Ihre Mutter wird sich um einen guten Anwalt kümmern."

„Lassen Sie meine Mutter aus dem Spiel."

Till zog den roten Lippenstift aus seiner Tasche, den er bei der Durchsuchung bei Bach gefunden hatte. „Kennen Sie diesen Lippenstift?"

„Ich weiß nicht. Sieht aus wie ein ganz gewöhnlicher Lippenstift."

„Ganz genau. Ein ganz gewöhnlicher Lippenstift, wie man ihn in den Taschen vieler Frauen findet. Aber den hier habe ich in einem Ihrer Sakkos gefunden. Was macht ein Mann wie Sie mit einem Lippenstift, frage ich mich."

„Ist das neuerdings verboten, dass Männer Lippenstift besitzen dürfen? Haben Sie mich deswegen eingesperrt?"

„Ich bin eine kleine Schlampe, haben Sie mit diesem Lippenstift auf den Rücken von Tanja Niehaus geschmiert, nachdem Sie sie erwürgt haben. Ich bin eine dumme Hure. Das haben Sie Jennifer Miller auf den Rücken geschmiert, bevor Sie sie mit den Auspuffgasen vergiftet haben. Der Lippenstift, mit dem den beiden toten Frauen auf den Rücken geschrieben wurde, ist vom gleichen Fabrikat, wie dieser hier." Till hielt Bach den Lippenstift unter die Nase.

Bach stiegen die Tränen in die Augen. Er hatte Mühe, seine Stimme zu finden. „Cleopatra hat mir bei meinem ersten Besuch den Lippenstift gegeben. Ich sollte ihn immer bei mir haben, hat sie zu mir gesagt. Ich habe sie nicht umgebracht. Warum hätte ich das machen sollen?"

„Das kann ich Ihnen sagen. Sie sind völlig verkorkst. Irgendwas stimmt bei Ihnen nicht im Oberstübchen. Sie ertragen es nicht, ständig vor Ihrer Mutter kuschen zu müssen. Sie hassen Ihre Mutter, würden sie am liebsten umbringen. Wie oft haben Sie sich schon geschworen, diese alte Hexe umzubringen?"

„Reden Sie nicht so von meiner Mutter." Bach klang verzweifelt.

„Sie hassen Ihre Mutter. Aber Sie lieben sie auch. Sie ist ja schließlich Ihre Mutter. Da prallen in Ihnen zwei Gefühle zusammen, die absolut nicht unter einen Hut zu bringen sind, habe ich Recht?"

„Nein, seien Sie endlich ruhig." Bach schrie Till jetzt an und schlug wütend mit der flachen Hand auf den Tisch. Der Psychologin wurde mulmig zumute. Die Theorie von Till erschien ihr von Minute zu Minute wahrscheinlicher.

„Ihre Mutter konnten Sie einfach nicht umbringen. Dazu fehlte Ihnen der Mumm. Aber Sie sind ja clever. Sie suchten sich andere Frauen. Frauen, die genauso dominant waren wie Ihre Mutter es ist. Frauen, die verlangten, dass Sie bedingungslos kuschten. Und Sie kuschten vor diesen Frauen. Taten so, als würde Sie das geil machen, wenn Sie sich als willenloses Sexobjekt zur Verfügung stellten. Oder hat Sie das wirklich geil gemacht? Ihr Vater war ja genauso gepolt. Wissen Sie, dass Ihr Vater Stammgast bei den Dominas im Frankfurter Rotlichtmilieu war?"

„Mein Vater ist tot. Was wissen Sie schon von meinem Vater. Halten Sie endlich ihr Schandmaul und lassen mich hier raus."

„Vielleicht haben Sie Ihre Unterwürfigkeit ja von Ihrem Vater geerbt? Der Apfel fällt nicht weit vom Stamm. Aber dann ist Ihr Vater gestorben und Sie waren allein Ihrer Mutter ausgeliefert. Ihre Mutter hält Sie für einen Schwächling. Und das nutzt sie aus. Aber Sie Herr Bach, Sie ertragen das nicht, Sie brauchen ein Ventil. Ein Ventil, mit dem Sie den aufgestauten Dampf ablassen können. Sie finden Tanja über eine Kontaktanzeige im Internet. Sie führen teure Telefonate mit ihr, lassen sich von ihr zum Kasper machen. Dann treffen Sie Tanja. Tanja überredet Sie zum Nachtbaden im Schwimmbad. Entschuldigung, ich meinte natürlich Chantal. Chantal war es, die Ihnen im Schwimmbad gezeigt hat, was sie von einem richtigen Hengst erwartet, habe ich Recht?"

Bach schwieg. Teilnahmslos starrte er auf die Holzplatte des Tisches. Till führte seinen Monolog unbeirrt weiter.

„Chantal war machtbesessen und sexbesessen. Sie wollte Sie demütigen und gleichzeitig von Ihnen gut gefickt werden. Sie waren begeistert von diesem Abenteuer im Schwimmbad, aber es ging Ihnen noch nicht weit genug. Sie schenkten Chantal eine Domina-Ausrüstung. Sie wollten sich ihr als Lustsklave völlig unterwerfen. Erst wenn Sie ihr willenlos ausgeliefert waren, konnten Sie den Hass, den Sie auf Ihre Mutter haben, auch auf Chantal übertragen. Aber das ging Chantal zu weit. Sie brachte Sie mit Cleopatra in Kontakt. Cleopatra stand auf harte Sadomaso-Spielchen. Sie nahmen Kontakt mit Cleopatra auf. Trotzdem trafen Sie sich auch mit Chantal wieder. Den nächtlichen Fick im Freibad wollten Sie auf alle Fälle wiederholen. In Ihrer E-Mail an Chantal haben Sie das ja ganz euphorisch zum Ausdruck gebracht. Vor zehn Tagen fuhren Sie dann wieder nach Frankfurt. Gingen wieder mit Chantal zum nächtlichen Schwimmen. Chantal hatte zuvor gekokst. Sie war gut drauf und wollte hart genommen werden. Nach ein paar Runden Schwimmen im Mondschein wollte sie dann auf der Liegewiese den Hengst in Ihnen zum wiehern bringen. Kurz vorher hatte sie sich extra einen scharfen Bikini gekauft, sie wollte Sie richtig auf Touren bringen. Chantal hat es mit Ihnen auf der Liegewiese getrieben. Sie wollte es hart und dreckig, sie hat Sie angefeuert, es ihr zu besorgen. Sie hat Sie beschimpft, ein Schlappschwanz zu sein, denn Sie konnten ihr nicht das geben, was sie von Ihnen wollte. Da wurde er doch noch wach. Der Hass, der in Ihnen schlummert. Sie haben Chantal von hinten genommen, Sie haben sie wie ein Wilder gerammelt, aber Chantal hat Sie dabei verhöhnt, habe ich Recht? Sie hat Sie verhöhnt, so wie Ihre Mutter sie verhöhnt, egal wie Sie sich auch anstrengen, Sie ernten nur Hohn. Da war er dann wieder, dieser Hass. Ihre Hände legten sich um den Hals von Chantal und dann drückten Sie zu. Sie stießen in sie hinein und drückten zu. Aber Chantal war voll auf Koks. Der Sauerstoffentzug hat sie nur noch geiler, noch hemmungsloser gemacht. Sie ließ sich von Ihnen ficken und wollte immer mehr. Da sind Sie ausgerastet. Sie haben fester zugedrückt, immer fester und fester, so wie Chantal immer fester und fester gestoßen werden wollte. Wie lange ging das so? Hatten Sie überhaupt noch ein Zeitgefühl? Der gerichtsmedizinischen

Untersuchung nach müssen Sie sie mindestens fünfzehn Minuten lang gewürgt haben, eine lange Zeit. Aber dann war Chantal endlich still. Dieser weibliche nimmersatte Körper bewegte sich nicht mehr. Wie haben Sie sich gefühlt, als sie so leblos da lag? War es ein gutes Gefühl? Haben Sie sich gewünscht, es wäre Ihre Mutter, die da liegen würde?"

Bach raufte sich mit seinen Händen durch die Haare. Er sah Till aus weinenden Augen an. „Hören Sie endlich auf, ich ertrage das nicht mehr. Ich mochte Chantal, ich hätte ihr niemals etwas antun können."

„Nein, hätten Sie nicht. Bis zu dem Zeitpunkt, wo bei Ihnen die Sicherung durchgebrannt ist. Aber als Chantal dann tot war, da müssen Sie wieder einen klaren Kopf bekommen haben. Sie haben ihren Körper mit einem nassen Handtuch fein säuberlich abgewischt. Außer den Handtuchfasern haben wir keinerlei Spuren auf ihrem Körper gefunden. Und dann haben Sie ihr mit diesem Lippenstift hier noch den Rücken verziert. »Ich bin eine kleine geile Schlampe«. Haben Sie dabei etwa auch an Ihre Mutter gedacht? Haben Sie es ihr heimgezahlt, in dem Sie Chantal als Ersatz ausgesucht hatten? Was hat Chantal Ihnen damals auf den Bauch geschrieben? Ich bin ein böser Junge. Der Spruch hätte doch glatt auch von Ihrer Mutter sein können, habe ich Recht?"

Bach antwortete nicht. Sein Blick war jetzt leer, er zeigte keinerlei Emotionen mehr, saß einfach nur noch da und ließ die Beschuldigungen von Till über sich ergehen.

„Als nächstes kam dann Cleopatra an die Reihe. Ihre Briefe waren wohl sehr überzeugend, Cleopatra wollte Sie näher kennen lernen. Sie ließen sich von ihr den Hintern versohlen, wie ein kleiner unartiger Junge. Das ließen Sie solange über sich ergehen, bis Ihnen wieder der Kragen geplatzt ist. Irgendwann kommt der Punkt, da siegt der Hass über die Demut. Sie haben schlicht und ergreifend die Rollen vertauscht, jetzt haben Sie der fassungslosen Cleopatra den nackten Hintern versohlt. Wo haben Sie das gemacht? Bei ihr in der Wohnung oder erst auf dem Feldberg? Ich vermute, Sie haben ihr es in der Wohnung besorgt und sie dann gezwungen, mit Ihnen auf den Feldberg zu fahren. Hatte Cleopatra Angst vor Ihnen? Hatte sie jetzt Respekt? Den Respekt, den eigentlich Ihre Mutter vor Ihnen haben sollte? Ja, vermutlich hatte Cleopatra eine gehörige Portion

Angst, als Sie sich vom kleinen bösen Jungen zum rachsüchtigen Ungeheuer verwandelt haben. Wie war es dann, als Sie Cleopatra am Fahrersitz festgebunden und den Schlauch vom Auspuff ins Wageninnere gelegt hatten? Haben Sie sich an der Angst, die Sie in ihren Augen gesehen haben, erfreut? Haben Sie da in die Augen Ihrer Mutter gesehen? Jetzt reden Sie schon, Mann."

„Sie sind ein Arschloch." Die Verzweiflung schien von Bach gewichen zu sein. Seine Stimme klang jetzt fest und sicher. Die Psychologin bemerkte, wie sich blanke Wut in ihm aufstaute. Till redete weiter auf ihn ein, aggressiv warf er Bach seine Verdächtigungen entgegen.

„Wenn Sie unschuldig sind, warum sind Sie dann geflohen? Warum nach Wiesbaden zu dieser Freundin von Cleopatra? Was hatten Sie mit ihr denn vor? Wäre meine Kollegin nicht gewesen, wäre diese Milva jetzt Ihr nächstes Opfer. Für wie blöd halten Sie uns eigentlich? Dachten Sie wirklich, dass wir Ihnen nicht auf die Schliche kommen würden? Wie viele Frauen haben Sie denn vor Chantal schon abgemurkst? Von wie vielen Morden wissen wir bis jetzt noch gar nichts? Mann, Bach, reden Sie, das Spiel ist aus. Wissen Sie was, Sie hätten Ihre Mutter umbringen sollen. Dann wäre Ruhe gewesen ..."

Till kam nicht dazu, weiter zu sprechen. Urplötzlich sprang Bach von seinem Stuhl auf und hechtete über den kleinen Tisch. Er stürzte sich auf den verdutzten Till, würgte ihn und schrie wie ein Besessener, dass Till endlich sein Maul halten sollte. Die Psychologin schrie laut um Hilfe, sie trommelte mit den Fäusten gegen die Tür. Es vergingen nur Sekunden, bis die zwei Wärter in den kleinen Raum gestürmt kamen und Till aus dem Würgegriff von Bach befreiten. Doch es kam ihr vor wie eine Ewigkeit. Die beiden Wärter hatten Bach schnell überwältigt und zogen ihn von Till weg, schleiften ihn aus dem Raum. Till saß noch auf dem Fußboden, die Schreie von Bach schallten durch den langen Gang. Wüste Beschimpfungen stieß er gegen seinen Widersacher hervor.

Siebels lief ziellos durch die langen eintönigen Gänge im Nordwest-Krankenhaus. Er hatte keine Ahnung, auf welcher Station Robert Kiesbach gelegen hatte und so kämpfte er sich von Stockwerk zu Stockwerk und befragte die Ärzte und Krankenschwestern, die ihm über den Weg liefen. Die Gynäkologie ließ er aus. Endlich fand er eine Krankenschwester, die sich an Robert Kiesbach erinnerte. Sie verwies Siebels an die Chirurgie, dort hätte Kiesbach die meiste Zeit seines Krankenhausaufenthaltes verbracht. Die Chirurgie war im sechsten Stockwerk untergebracht. Siebels ließ den Aufzug Aufzug sein und benutzte das Treppenhaus. Als er vor der Tür mit der Aufschrift »SECHSTER STOCK – ALLGEMEINE CHIRURGIE« stand, zündete er sich eine Zigarette an. Das Treppenhaus diente als Raucherraum, ein übervoller Aschenbecher stand an der Wand zwischen zwei Stühlen. Die Tür ging auf und ein junger Mann humpelte auf einem Gipsbein zu einem der Stühle. Jeder Meter schien ihm große Mühe zu bereiten. Als er endlich auf dem Stuhl saß und sich erleichtert eine Zigarette ansteckte, kam Siebels das Bild eines Hundertmeter-Läufers in den Sinn, der nach dem Erreichen der Ziellinie jubelnd die Arme in die Höhe warf.

Auf der Krankenstation suchte Siebels verzweifelt nach einem weißen Kittel, konnte aber weder eine Schwester noch einen Arzt entdecken. Aus einem der Zimmer kam lautstark diskutierend eine siebenköpfige türkische Großfamilie heraus. In ihrer Mitte schoben sie einen kleinen Jungen von vielleicht zehn Jahren in seinem Rollstuhl durch den Gang. Der Kopf des Jungen war bandagiert, ein Arm lag in Gips und ein Bein leuchtete in allen erdenklichen Farben. Solch heftige Blutergüsse hatte Siebels noch nie gesehen. Eine andere Zimmertür öffnete sich und eine junge blonde Frau in einem weißen Kittel kam Siebels entgegen. Auf ihrem Kittel war ein Namensschild befestigt.

„Hallo Schwester Monika", sprach Siebels sie erleichtert an. Nachdem er sich als Polizist ausgewiesen hatte, folgte er der jungen Frau in das Schwesternzimmer. Dort leuchtete bereits ein Lämpchen auf, ein Patient verlangte nach Schwester Monika. Zehn Minuten später saß sie mit Siebels im Schwesternzimmer.

„Ja, Robert Kiesbach, der lag bestimmt fast sieben Monate hier auf der Station", erinnerte sich Schwester Monika, als sie wieder zurück war. „Ein schwerer Autounfall nicht weit von hier hatte ihn übel zugerichtet. Ich hatte Dienst, als er eingeliefert wurde. Die Ärzte kämpften über zehn Stunden im Operationssaal um sein Leben, sie haben den Kampf gewonnen. Anschließend wurde er in ein künstliches Koma versetzt. Vier Wochen lang lag er ohne Bewusstsein auf der Intensivstation. Er hatte einen Schädelbasisbruch und mehrere gebrochene Wirbel. Seinen Kopf haben wir wieder hingekriegt, aber die gebrochenen Wirbel werden ihn für den Rest seines Lebens an den Rollstuhl fesseln. Warum fragt jetzt die Polizei nach ihm?"

„Haben Sie in der Zeitung von den ermordeten Frauen gelesen?"

„Die Morde im Schwimmbad und auf dem Feldberg? Ja natürlich. Aber was hat das mit Robert zu tun?"

„Robert Kiesbach kannte beide Frauen ziemlich gut, das vermuten wir jedenfalls. Jetzt hätten wir gern eine Zeugenaussage von ihm, aber wir wissen nicht, wo er steckt. Haben Sie eine Ahnung, wo er sich zur Zeit aufhält?"

„Ja, ich habe vor ein paar Tagen eine Ansichtskarte von ihm bekommen, er ist zur Rehabilitation. In einer Klinik draußen in Bad Soden-Salmünster."

„Wissen Sie auch den Namen dieser Klinik?"

„Irgendetwas mit Maria oder Marien. Ja, Marienklinik, ich glaube, so heißt die Klinik."

Siebels machte sich Notizen in seinem Schreibblock. „Kannten Sie Herrn Kiesbach näher?"

„Wenn ein Patient so lange hier liegt, lernt man ihn natürlich etwas näher kennen. Und Robert war ein sehr angenehmer Patient. Er war immer ausgesprochen höflich. Das kommt nicht oft vor, wenn ein Patient über einen so langen Zeitraum bei uns ist, müssen Sie wissen. Die meisten haben natürlich irgendwann die Schnauze voll vom Krankenhaus und das lassen sie dann an den Schwestern aus. An wem denn auch sonst. Aber Robert war immer der Gleiche. Der hat sich nie beschwert, ertrug alle seine Leiden mit einer Engelsgeduld, ich habe ihn sehr gemocht. Und nicht nur ich, auch die anderen Schwestern mochten ihn. Er hat immer gesagt, er wäre nur zufrieden, wenn auch wir zufrieden wären. Hach, wenn bloß alle Patienten so wären."

„Hatte Robert Kiesbach viel Besuch?"

„Nein. Außer seinem älteren Bruder kam eigentlich niemand. Der kam aber ziemlich regelmäßig. Bestimmt drei Mal die Woche. Das war auch ein netter Kerl, aber nicht so wie Robert. Der hat auch mal auf den Tisch gehauen, wenn es sein musste."

„Wie meinen Sie das?"

„Wenn er mit einem der Ärzte sprechen wollte und keinen Termin bekam, dann konnte er ganz schön sauer werden. Oder wenn er der Meinung war, sein Bruder würde nicht richtig behandelt werden, dann hat er auch lautstark auf die Ärzte und auf uns Schwestern eingeredet. Aber das ist ja normal, wenn der Bruder so einen Leidensweg durchmachen muss. Wenn man täglich ein Stück Hoffnung mehr verliert, dass es wieder so wird wie früher. Wissen Sie, am Anfang hatten wir noch Hoffnung, dass Robert nicht auf Dauer gelähmt sein würde. Aber diese Hoffnung mussten wir leider begraben. Diese bittere Wahrheit zu akzeptieren, fiel seinem Bruder viel schwerer als Robert selbst. Der Bruder machte natürlich zunächst die Ärzte dafür verantwortlich. Er beschimpfte sie als Pfuscher und Quacksalber. Das war zum Glück nur seine erste Reaktion. Im Laufe der Zeit beruhigte er sich wieder und hat sich im Nachhinein bei den Ärzten entschuldigt." Das Lämpchen fing wieder an zu blinken und Schwester Monika eilte zu einem ihrer Patienten. Siebels hatte genug gehört, er bedankte sich und verließ das Krankenhaus. Irgendwie fühlte er sich bedrückt. Die Geschichte von Robert hörte sich sehr tragisch an und in dieser Krankenhaus-Atmosphäre konnte Siebels sich nur allzu gut ein Bild davon machen, wie der Bruder von Robert sich gefühlt haben musste.

Der Flieger, der Johanna vorzeitig von Las Palmas, der Hauptstadt von Gran Canaria, zurück in die Heimat brachte, landete planmäßig um 18.00 Uhr auf dem Frankfurter Flughafen. Johanna verließ mit den anderen Passagieren das Flugzeug, auf dem Rollfeld wartete ein Bus, der die heimkehrenden Touristen zum Terminal bringen sollte. Die Busfahrt dauerte nur wenige Minuten, Johanna reihte sich in den Strom der Passagiere ein und folgte ihnen einfach, ohne darauf zu achten, wo es eigentlich hinging. Sie freute sich auf Jens, nur noch ein paar Minuten, dann würde sie ihm um den Hals fallen. Der Strom der Touristen versammelte sich um eines der Gepäckbänder. Johanna konzentrierte sich wieder auf ihre Umgebung, sie kontrollierte das Display über dem Gepäckband, das sich gerade in Bewegung setzte. Die Flugnummer und der Abflughafen leuchteten in großen Buchstaben auf, sie stand am richtigen Band. Sie besorgte sich einen Gepäckwagen und wartete im Kreis der anderen Heimkehrer. Bald entdeckte sie ihren orange schillernden Koffer mit dem Aufkleber, den sie dort vor Jahren draufgeklebt hatte.

Auch die kleinere schwarze Reisetasche kam kurz darauf auf dem Laufband angeschwebt. Sie packte das Gepäck auf den Wagen, folgte der Beschilderung, kam ungehindert durch den Zoll und stand dann aufgeregt im Terminal. Da kam ihr Jens auch schon mit seinem strahlenden Lächeln entgegen. Er breitete seine Arme aus und Johanna fiel hinein, drückte sich eng an ihn, auf diesen Moment hatte sie sich seit Stunden gefreut.

32

Mein Tagebuch, 5. April 2001

Gestern war es endlich soweit. Wie verabredet, traf ich mich mit Johanna vor dem Eingang vom Städel-Museum. Johanna wollte sich eine Ausstellung anschauen, irgendwelche Bilder von einem holländischen Maler. Von Kunst verstehe ich nicht viel. Malerei interessiert mich nicht besonders, aber in Begleitung von Johanna war sogar ein Besuch im Kunstmuseum ein Vergnügen. Am Anfang wussten wir beide nicht so recht, was wir sagen sollten und schlenderten mehr oder weniger schweigend durch die Ausstellungsräumlichkeiten. Über 2500 Gemälde gäbe es in dem Museum, darunter Werke von Dürer, Holbein, Rembrandt, Picasso oder Van Gogh, klärte Johanna mich auf. Tatsächlich gab es dort einige Gemälde, die mich faszinierten. Die Bilder von dem Holländer fand ich im Gegensatz zu Johanna allerdings grottenschlecht. Nachdem sie sich eine gute Stunde lang eingehend mit den Bildern beschäftigt hatte, überkam mich eine große Ungeduld. Schließlich wollte ich mit Johanna reden und im Museum flüstert man mehr als das man sich unterhält. Nach dem Besuch im Museum wollten wir noch eine gemütliche Kneipe in Alt-Sachsenhausen aufsuchen. Vom Museum aus sind es nur wenige Meter bis zu dem Kneipenviertel. In einer dunklen Ecke bei einem oder zwei Glas Bier konnte man sich dort prächtig unterhalten. Aber mein Bedürfnis zu reden ließ sich nicht mehr unterdrücken. Ich stand hinter Johanna und vor einem alten Schinken aus Öl und fragte sie endlich im Flüsterton, ob sie nicht auch Sehnsucht nach unserem Paradies hätte. Sie seufzte leise und ich wusste nicht, wie ich diesen Seufzer interpretieren sollte. Sie drehte sich langsam zu mir um, sah mir in die Augen und hatte plötzlich eine Idee. Sie wollte mir noch ein Bild zeigen. Meine Euphorie hielt sich in Grenzen, aber ich folgte ihr brav in einen anderen Ausstellungsraum. Sie führte mich zu einem Bild und zeigte mit ihrem Finger auf den Titel. Das Paradies. Adam und Eva standen nur mit einem

Feigenblatt bekleidet zwischen zwei Bäumen. Adam und Eva im Paradies, klärte Johanna mich auf. Ein Mann und eine Frau, von drei Frauen wäre nie die Rede gewesen. Ich gab ihr zu bedenken, dass Eva zu jener Zeit ja auch die einzige verfügbare Frau gewesen wäre, doch Johanna akzeptierte meinen Einwand nicht. Glücklich sein könne man nur in trauter Zweisamkeit, widersprach sie mir. Plötzlich klang sie ziemlich energisch. Zu meiner Überraschung forderte sie mich plötzlich dazu auf, mir meine Jacke und meinen Pullover auszuziehen. Natürlich wusste ich, was sie vorhatte. Die alten Zeiten schienen wieder auf dem Vormarsch zu sein. Ich wartete aber noch einen Moment, weil noch eine ältere Dame ihr Interesse an dem Gemälde vom Paradies bekundete. Als sie endlich weiterzog und wir allein in dem Raum standen, zog ich mich aus und Johanna fischte ihren Lippenstift aus ihrer Handtasche. Es fühlte sich fantastisch an, als sie mit langsamen Bewegungen den Lippenstift über meine Haut fahren ließ. Es dauerte eine Weile, bis ich mit gesenktem Kopf die Worte von Johanna auf meinem Bauch entziffern konnte. Was ich las, gefiel mir aber nicht. »ICH SUCHE DAS FALSCHE PARADIES«, *hatte sie geschrieben.*

Mittwoch, 28. August 2002, 18.45 Uhr

Im Büro von Siebels und Till herrschte ein eifriges Treiben. Till berichtete von seinem Verhör und davon, wie Bach schließlich ausgerastet und über ihn hergefallen war. „Ich bin nur froh, dass diese Psychologin dabei war. Die bestätigte mir hinterher, dass Bach ein typisch schizophrenes Verhaltensmuster an den Tag gelegt hat. Erst mimt er den Jammerlappen, der keiner Fliege etwas zu Leide tun kann. Wenn er aber ausreichend provoziert wird, rastet er völlig aus. Ich hätte nie gedacht, dass der solche Kräfte entwickeln würde. Der lag plötzlich auf mir mit seinem wahnsinnigen Gesichtsausdruck und drückte mir die Kehle zu. Ich wusste gar nicht, wie mir geschah. Wenn diese Psychologin nicht um Hilfe geschrieen hätte, der hätte mich kalt gemacht."

Jensen kam aufgeregt in das Büro gestürmt. „Meine Herren, Frau Karlson, sind Sie fertig? Die Meute wartet schon ungeduldig. Wir machen das wie abgesprochen. Der Fall steht kurz vor der Aufklärung. Wir nennen unter keinen Umständen irgendwelche Namen. Ein Verdächtiger sitzt in Untersuchungshaft, ein zweiter ist zur Fahndung ausgeschrieben. Die Untersuchung vom Leichnam der Oslowski hat das bestätigt, was wir bereits vermutet hatten. Sie ist gestürzt, mit dem Kopf gegen die scharfe Schrankkante gefallen und hat sich dabei das Genick gebrochen. Es wurde eine leichte Schwellung an der Wange festgestellt, Kiesbach könnte ihr eine geknallt haben, was schließlich zum Sturz führte. Es war ein Unfall, Kiesbach bekam Panik und hat sich aus dem Staub gemacht. Wir gehen davon aus, dass der Tod von der Oslowski nichts mit den anderen beiden Morden zu tun hat. Demnach steht Kiesbach auch nur im Fall Oslowski unter dringendem Tatverdacht. Alles klar?"

„Das klingt alles sehr schlüssig, ich bezweifle aber, dass die Geschichte so endet, wie Sie es gerade dargestellt haben." Siebels schaute kampfeslustig zu Jensen herüber, der winkte aber nur ab. Till war da ganz anderer Meinung, Jensen hatte den Nagel auf den Kopf getroffen.

„Was stört dich daran?", fragte Sabine Karlson.

„Was mich stört? Mich stört die Tatsache, dass diese Oslowski überhaupt in der Wohnung von Kiesbach war. Was machte sie da? Sie ist eine Kollegin und die Geliebte von Tanja Niehaus. Das ist doch kein Zufall, dass wir ihre Leiche bei Jens Kiesbach finden. Das sieht doch ein Blinder."

Jensen mahnte zum Aufbruch und die Beamten setzten sich in Bewegung, Till wollte gerade die Bürotür hinter ihnen schließen, da kam ihnen Charly Hofmeier entgegen.

„Hallo Leute, ich habe noch etwas für euch. Tut mir leid, dass es nicht früher ging, aber nachdem ich bei diesem Kiesbach die Daten von seinem Rechner kopiert hatte, wurde ich zu einer Aktion von der Steuerfahndung gerufen. Aber ich habe noch etwas Interessantes auf dem Rechner gefunden, so eine Art Tagebuch in elektronischer Form. Das wird euch bestimmt gefallen." Charly hielt eine Diskette in der Hand.

„Legen Sie das bei Herrn Siebels auf den Schreibtisch, wir müssen jetzt zu einer Pressekonferenz", wiegelte Jensen den fröhlichen Charly ab. Siebels fühlte sich gar nicht wohl in seiner Haut, bevor er jetzt an die Öffentlichkeit ging, hätte er zu gerne gewusst, was Charly da gefunden hatte. Aber es war zu spät. Jensen betrat schon den großen Saal, Till und Sabine trotteten hinterher und Siebels blieb nichts anderes übrig, als es ihnen gleichzutun.

Die Pressevertreter überhäuften Jensen und Siebels mit Fragen, die meisten davon beantwortete Jensen lapidar mit »KEIN KOMMENTAR«. Nach einer halben Stunde beendete er die Konferenz und niemand hatte mehr Zweifel, dass der Fall kurz vor der Aufklärung stand.

Nach einer weiteren halben Stunde hatten die meisten Journalisten den Saal wieder verlassen. Sven Fischer stand noch im Raum und Siebels kam auf ihn zu. Er hatte Fischer wiederholt nach den Namen Bach und Kiesbach befragt, aber Fischer klang überzeugend, als er bestritt, die Namen jemals gehört zu haben.

„Hallo Herr Siebels, vielen Dank für die frühe Information zu dem Fall von heute Morgen. Glauben Sie wirklich, dass der Tod von dieser Oslowski nichts mit den anderen beiden Morden zu tun hat?"

„Jedenfalls gibt es keinen offensichtlichen Zusammenhang. Frau Oslowski hat sich bei einem Sturz das Genick gebrochen, wir haben es eben ja ausführlich geschildert. Kein Lippenstift, keine Nachricht für Sie, also kein Fall, der ins Muster passen würde. Oder haben Sie mittlerweile eine Nachricht bekommen?"

„Nein, das wüssten Sie sonst schon längst."

„Und Sie sind sich immer noch sicher, weder einen Robert noch einen Jens Kiesbach zu kennen? Auch keinen Detlev Bach?"

„Tut mir leid Herr Kommissar, da muss ich passen. Gibt es denn schon verwertbare Zeugenaussagen über den Feldberg-Mord?"

„Meine Kollegin sammelt die Hinweise, aber von fünfzehn Zeugen, die sich bisher gemeldet haben, haben wir fünfzehn verschiedene Beschreibungen der Insassen des Corsas. Wer weiß, wie viele Opel Corsa an dem Tag durch den Taunus gekurvt sind, ich verspreche mir nicht viel davon."

Als Siebels wieder in sein Büro kam, hatten seine Mitstreiter bereits Feierabend gemacht. Er steckte die Diskette von Charly in sein Laufwerk und druckte den Inhalt aus. Während der Drucker laut summend ein Blatt Papier nach dem anderen ausspuckte, stellte Siebels fest, dass seine Zigaretten alle waren. In seinem Geldbeutel fand er keine passenden Münzen für den Automat, er fluchte und machte sich auf den Weg zum Kiosk an der U-Bahn-Haltestelle vor dem Präsidium.

Mit einem dampfenden Becher aus dem Kaffeeautomaten kam er wieder in sein Büro, der Drucker hatte seinen Job beendet. Müde aber neugierig zündete er sich die erste Zigarette des neuen Päckchens an und fing an zu lesen. Es war kurz vor Mitternacht, als er den letzten Eintrag des elektronischen Tagebuches vor sich hatte.

Mein Tagebuch, 29. Juni 2001

Entgegen meinen Erwartungen, hatte mich auch mein Treffen mit Johanna nicht viel weitergebracht. Im Gegenteil. Für Johanna war unsere kleine Familie angeblich ein Kapitel, mit dem sie ein für allemal abgeschlossen hätte. Nach unserem Besuch im Städel-Museum hatten wir uns noch eine gemütliche Kneipe in Alt-Sachsenhausen ausgesucht und uns lange unterhalten. Johanna blieb den ganzen Abend über ziemlich zugeknöpft. Schöne Grüße von Tanja und Jenny hatte sie mir ausgerichtet. Den beiden würde es gut gehen. Im Vertrauen erzählte sie mir, dass das ihrer Meinung nach nicht der Fall war. Tanja hätte von ihrer Experimentierfreudigkeit nichts eingebüßt, ständig wäre sie auf der Suche nach einem neuen Kick. Trotzdem wäre sie nie zufrieden mit dem, was sie hätte. Zwar würde sie nach wie vor mit ihrem Vorgesetzten in einer Beziehung leben, der Hang zu anderen Männern und Frauen machte sie in Johannas Augen aber zu einem Flittchen. Und mit Jenny wäre es noch schlimmer. Verächtlich berichtete Johanna mir von Jennys Zweitjob als Nutte. Jenny selbst würde sich als Feierabend-Luxushure bezeichnen. Mittlerweile hätte sie sich sogar als Domina einen Ruf in der Szene erworben. Darauf wäre sie mächtig stolz. Jedenfalls hätte sie Tanja und Johanna gegenüber freimütig von den Wünschen ihrer Kunden erzählt und was sie damit nebenbei zu verdienen imstande war. Johanna hatte mir erklärt, dass sie sich nur wegen mir mit den beiden getroffen hätte. Tanja und Jenny hätten Johanna dann überredet, sich mit mir zu treffen. Sie sollte mir klarmachen, dass wir keine Familie wären, dass ich keine Ansprüche hätte und mir ein neues Paradies suchen müsste, wenn ich nicht in der Lage wäre, ein ganz normales Leben zu führen.

Johanna ist eine tolle Frau. Ich habe lang und viel über ihre Worte von diesem Abend nachgedacht. Mit einem Flittchen und einer Hure hätte ich mir kein schönes Paradies ausgesucht, gab sie mir zu bedenken. Ich sollte mir lieber das Gemälde aus dem Museum zum Vorbild nehmen, wenn ich das Paradies finden wolle. Johanna war der Meinung, dass ich mir eine Frau suchen solle, die zu mir passt. Nur dann könnte ich das richtige Paradies finden, nur dann könnte mein Traum von einer kleinen Familie in Erfüllung gehen.

Seit meinem Gespräch mit Johanna denke ich jeden Tag und jede Nacht über diese eine Frau nach. Vielleicht wäre es wirklich einfacher, nur mit einer einzigen Eva das Paradies zu teilen.

Vielleicht ist es Tanja. Ich weiß, dass sie glücklich war, als ich ihr jeden Wunsch von den Augen ablesen durfte. Vielleicht könnte ich sie heute noch glücklich machen, wenn wir von Anfang an allein in unserem kleinen Paradies geblieben wären. Ab und zu hätte sie Jenny oder Johanna zu Besuch empfangen können. Tief in ihrem Inneren ist sie nämlich kein Flittchen. Vielleicht kann ich ihr das ja doch noch begreiflich machen?

Oder ist es Jenny. Hätte ich mich nicht heimlich mit Tanja im Schwimmbad vergnügt, könnte ich sie vielleicht heute noch beglücken. Hätte ich Jenny nach unserem Urlaub nicht mit Tanja betrogen, würde ich heute noch in ihrem Paradies sitzen. Bin ich daran Schuld, dass Jenny sich jetzt als Hure verdingt?

Oder ist es Johanna? Die stille Johanna, die immer im Schatten von Tanja und Jenny stand. Die kluge Johanna, die Tanja jetzt ein Flittchen nennt und Jenny als Hure verachtet. Ist sie die wahre Eva?

Haben sie mich in den letzten Monaten nur abgewiesen, weil ich sie alle drei glücklich machen wollte? Sieht Tanja mich mit anderen Augen, wenn ich nur für sie allein da sein will? Zieht es Jenny vom Bordell zurück ins Paradies, wenn ich ihr gehorchen werde und mich von Tanja abwende? Hat Johanna nicht den gleichen Traum wie ich? Ich werde es herausfinden. Für eine von ihnen muss ich mich entscheiden, und zwar für die Richtige!

Siebels konnte kaum noch die Augen offenhalten. Er hatte auch keine Kraft mehr zum Nachdenken, morgen war auch noch ein Tag.

Im Präsidium gab es kleine Ruheräume mit Schlafmöglichkeiten für die Beamten. Wie ein Zombie schlurfte Siebels durch die langen Gänge, er fand einen unbesetzten Ruheraum, Sekunden später schlief er fest und selig auf der kleinen Matratze.

Auf der Fahrt vom Flughafen nach Bad Soden-Salmünster erzählte Johanna von ihren beiden Freundinnen, von dem Schock, als sie den Artikel in der Zeitung gelesen hatte und dass sie danach völlig durcheinander gewesen sei. Der kleine Kurort Bad Soden-Salmünster lag östlich von Frankfurt, etwa fünfundvierzig Autominuten entfernt. Jens hörte Johanna zu, er ließ sie sprechen und nickte nur hin und wieder. Johanna hätte Jens auch gern von der Geschichte erzählt, die ihrer Meinung nach mit dem Tod ihrer Freundinnen in Zusammenhang stehen könnte. Doch sie wusste nicht, wie sie Jens das klar machen konnte. Sie schämte sich jetzt für diese Eskapaden, würde am liebsten vergessen und verdrängen, doch das ging nicht. Vielleicht würde sie Jens später davon erzählen, nach und nach, nicht alles auf einmal.

Es war kurz nach 20.00 Uhr, als sie den idyllischen Kurort erreichten. Jens parkte den Wagen vor einer kleinen Pension, die beiden brachten ihr Gepäck in eine gemütliche Ferienwohnung, Hunger machte sich breit. Ganz in der Nähe gab es eine Pizzeria, sie setzten sich draußen hin, die Luft war frisch und angenehm, nicht so stickig wie in Frankfurt.

Während sie auf die Pizza warteten, wollte Jens wissen, was Johanna nun tun wolle. Ob sie zur Polizei gehen würde, ob sie einen Verdacht hätte, wer ihren Freundinnen das angetan haben könnte. Johanna zuckte nur mit den Schultern. Sie wusste nicht, was sie tun wollte, sie brauchte einen klaren Kopf, sie musste nachdenken. Hier war genau der richtige Ort dafür, alles war so ruhig, so friedlich. Sie entspannte sich mehr und mehr.

Sie aßen ihre Pizzen und schlenderten anschließend Hand in Hand durch den Kurpark, setzen sich auf eine Parkbank, keiner sagte was und doch war es so, als würden sie sich unendlich viel mitteilen.

Sie saßen bestimmt eine Stunde still nebeneinander auf der Bank, bevor sie zurück in die Wohnung gingen. Jens duschte, Johanna nahm danach ein ausgedehntes Schaumbad. Als sie nach Lavendel duftend aus dem Bad kam, nur mit einem knappen Badetuch bekleidet, lag Jens mit halb geschlossenen Augen auf dem Bett. Johanna sehnte sich nach seinem muskulösen Körper, sie sehnte sich nach seinen starken Armen, von denen sie gedrückt werden wollte, sie sehnte sich nach seinen zärtlichen Lippen, von denen sie geküsst werden wollte. Sie legte sich neben ihn auf das Bett und alles, wonach sie sich sehnte, erfüllte sich. Jens liebte sie, erst voller Gefühl, zart streichelte er ihre samtweiche gebräunte Haut. Er benetzte jede Pore ihrer nach Lavendel duftenden Haut mit seinen Lippen, ließ sich unendlich viel Zeit dabei. Johanna gab sich ihm hin, sie genoss jede seiner Berührungen. Es herrschte völlige Stille im Zimmer, nur der Atem der beiden, der immer unregelmäßiger wurde, durchbrach die Stille. Sie streichelten sich, küssten sich, schauten sich gegenseitig tief in die verlangenden Augen. Sie liebten sich leidenschaftlich, die Geräusche von schwerem Atem wurden durch lustvolles Stöhnen ersetzt, bis nur noch ein befriedigtes Seufzen ihren Kehlen entrann. Eng umschlungen lagen ihre Körper auf dem Bett, sie schliefen ein, ohne auch nur noch ein Wort zu sagen.

Donnerstag, 29. August 2002

Die Temperaturen hatten endlich etwas nachgegeben, die Anzeige auf der Gold Wing zeigte 19 °C an, als Till sie vor dem Präsidium abstellte. Er war spät dran, es war bereits 9.30 Uhr. Sabine Karlson saß am Schreibtisch von Siebels und las etwas, von Siebels war nichts zu sehen.

„Guten Morgen Frau Karlson, gut geschlafen?"

„Hi, ich heiße übrigens Sabine."

„Hi Sabine, ich bin Till."

„Ja gut geschlafen habe ich schon, nur viel zu wenig."

„Willkommen im Club. Wo ist denn Steffen?"

„Keine Ahnung, ich bin seit einer halben Stunde hier, habe ihn aber noch nicht gesehen. Wahrscheinlich hat er wieder die halbe Nacht durchgearbeitet, das hier lag auf seinem Schreibtisch. Das ist das Tagebuch aus dem Computer von Jens Kiesbach, das uns Charly gestern noch vorbeigebracht hat. Eine sehr interessante Lektüre." Sie gab Till den Stapel Papier und Till machte sich gleich ans Lesen. Er pfiff leise durch die Zähne, nachdem er die ersten Seiten gelesen hatte.

Das Telefon klingelte, als Till sich gerade bildlich vorstellte, wie der Tagebuchschreiber mit großen Augen die drei Mädchen in der Sauna begaffte.

„Was? Sind Sie sicher? Ja, vielen Dank für den Anruf."

Die Karlson knallte den Hörer auf die Gabel. „Das war die Frau von der Fluggesellschaft, mit der Johanna Majowski nach Gran Canaria geflogen ist. Sie hat heute Morgen zufällig festgestellt, dass der Flug von Johanna von Samstag auf gestern vorgebucht wurde. Sie ist gestern Abend um 18.00 Uhr auf dem Flughafen gelandet."

Till legte die Blätter zur Seite. „Aber ihre Wohnung wird doch observiert. Die hätten uns doch Bescheid gegeben, wenn sie gestern zurückgekommen wäre. Till griff zum Hörer und ließ sich mit den diensthabenden Beamten vor Johannas Wohnung verbinden. „Keine besonderen Vorkommnisse? Sind Sie da ganz sicher? Klingeln Sie mal an der Tür, ich bleibe solange am Apparat."

Gespannt beobachtete die Karlson den Gesichtsausdruck von Till. Nach ein paar Minuten war wohl wieder jemand in der Leitung. „Nichts? Und die Tür ist auch nicht beschädigt? Wir sind in einer halben Stunde da, behalten Sie die Wohnung genau im Auge."

„Sie haben sie nicht kommen sehen. Sie haben an der Tür geklingelt, nichts. Ich habe kein gutes Gefühl, wir müssen in die Wohnung rein. Wo zum Kuckuck ist Steffen?"

Laute Schritte im Gang, Gesprächsfetzen drangen an sein Ohr. Wo war er? Es kostete ihn Mühe, die Augen zu öffnen. Es fühlte sich an, als wären sie zugeschwollen. Die Stimmen draußen wurden lauter, jetzt kamen auch Frauenstimmen hinzu. Endlich bekam er die Augen auf, langsam dämmerte es ihm. Er war in einem der kleinen Ruheräume im Präsidium. Er schloss wieder die Augen, er war noch müde. Wie viel Uhr war es eigentlich? Blinzelnd öffnete er das rechte Auge und schaute auf seine Armbanduhr. Mit einem Satz sprang er von der Liege. 10.00 Uhr. Das Tagebuch. Siebels kam wieder zu Sinnen, hastig eilte er in sein Büro.

Till und die Karlson kamen ihm im Gang entgegen, erzählten ihm von der frühzeitigen Heimkehr von Johanna.

„Du siehst Scheiße aus", Till musterte seinen unrasierten und ungekämmten Chef von Kopf bis Fuß.

„Ich fühle mich auch Scheiße. Habt ihr das Tagebuch gelesen?"

„Ja, haben wir", antworteten die beiden im Chor. „Liest sich eher wie ein Drehbuch für einen Psychothriller", setzte Till nach.

Siebels kratzte sich am Hinterkopf. „Wer hat es geschrieben? Jens Kiesbach? Oder sein Bruder Robert? Nach allem, was ich von Robert Kiesbach gehört habe, stammt es von ihm. Der letzte Tagebucheintrag war ein paar Tage bevor die Geburtstagsfeier bei Jennifer Miller stattfand. Sein Autounfall passierte am gleichen Tag an dem diese Feier stattfand. Ob das ein Zufall war oder ob die Mädchen aktiv nachgeholfen haben? Ich habe das Gefühl, dass wir bald um einiges schlauer sind. Jetzt hält er sich zur Rehabilitation in Bad Soden-Salmünster auf. Wir sollten dort hinfahren, nicht zur Wohnung von der Majowski. Ich gehe jede Wette ein, dass wir dort nicht nur Robert Kiesbach finden, sondern auch seinen Bruder."

„Und wo finden wir diese Johanna?", wollte die Karlson wissen.

„Vielleicht sollten wir Sven Fischer erstmal anrufen. Möglicherweise hat der ja schon einen Hinweis, wo wir Johanna finden können? Ich würde zu gerne wissen, was er ihr auf den Rücken geschmiert hat."

„Jetzt male den Teufel nicht an die Wand. Wenn Fischer eine Nachricht erhalten hätte, hätte er sich schon gemeldet. Aber ich rufe ihn trotzdem schnell an, wartet mal einen Moment hier."

Zwei Minuten später kam Siebels wieder aus dem Büro. „Nichts, Fischer hat keine Nachricht erhalten. Wir fahren zusammen, das Kaff liegt an der A66, Richtung Fulda."

Till fuhr den Opel Astra, die Karlson saß neben ihm und Siebels versuchte auf dem Rücksitz noch etwas Schlaf zu finden.

Johanna erwachte nur ganz allmählich aus ihrem Tiefschlaf. Sie lag auf dem Bauch, die Arme unter ihrem Kopf verschränkt. Sie spürte den warmen Körper von Jens dicht neben sich, er lag auf der Seite, sie spürte seine Fingerspitzen, die zärtlich ihren Nacken kraulten. Sie tat so, als würde sie noch schlafen, genoss seine sanften Berührungen. Eine Gänsehaut bedeckte ihren Körper, als er langsam die Decke von ihr streifte. Sie spürte, wie seine Augen über ihren nackten Körper wanderten. Fast unmerklich strichen seine Finger über ihren Rücken, an der Wirbelsäule herunter. Sie konnte es kaum erwarten, seine Zärtlichkeiten auf ihrem Po zu spüren. Doch sie spürte ihn nicht an ihrem Po. Sie spürte etwas klebriges auf ihrem Rücken. Es fühlte sich merkwürdig an. Als würde er ihr etwas auf den Rücken schreiben. Er schrieb ihr etwas auf den Rücken. Wieder überzog eine Gänsehaut ihren Körper, diesmal nicht vor Wonne, sondern vor Angst. Er hatte ihr etwas mit Lippenstift auf den Rücken geschrieben. Panik kam in ihr auf, aber sie rührte sich nicht, tat weiter so, als würde sie schlafen. Ihre Gedanken überschlugen sich. War Jens der Mörder von Tanja und Jennifer? Hatte er ihnen diese Sprüche mit Lippenstift auf die Rücken geschmiert? Aber warum? Was hatte Jens mit Tanja und Jenny zu schaffen? Und warum sie? Jens stieg aus dem Bett, er ging ins Bad. Johanna blinzelte ihm hinterher, in seiner Hand sah sie den roten Lippenstift. Er war nackt. Als er im Bad verschwunden war und die Tür hinter sich geschlossen hatte, sprang Johanna aus dem Bett. Ihre Klamotten, die sie gestern getragen hatte, hingen griffbereit über der Stuhllehne. Sie streifte sich das T-Shirt über, schlüpfte in die Leggins, versuchte dabei keinen Laut von sich zu geben. Im Bad hörte sie die Toilettenspülung. Mit einem Satz war sie an der Tür und rannte los, rannte so schnell sie nur konnte die Hauptstraße herunter.

Mein Tagebuch, 27. Juli 2001

Meine Bemühungen der letzten Tage, die Richtige unter den dreien zu finden, sind nicht ohne Erfolg geblieben. Erst war es sehr schwierig, erneut mit Tanja und Jenny Kontakt aufzunehmen. Auch Johanna machte es mir nicht einfach. Sie konnten ja auch nicht wissen, dass ich monogam werden wollte. Aber ich erklärte es ihnen. Ich schrieb es ihnen, so lange, bis sie es verstanden hatten. Ich erklärte Tanja, dass ich nur für sie da sein wolle, wenn sie allein mit mir das Paradies teilen würde. Ich versprach Jenny, dass ich sie nie wieder enttäuschen und ihr bedingungslos gehorchen würde, wenn sie mich wieder bei sich aufnehmen würde. Ich bedankte mich bei Johanna, weil sie mir die Augen geöffnet hat. Nur mit ihr allein wolle ich das Paradies teilen, redete ich mit Engelszungen auf sie ein.

Gestern fand ich den Briefumschlag in meinem Briefkasten. Es war eine Einladung zu einer Geburtstagsfeier. Zu Jennys Geburtstagsfeier. Im August feiert sie ihren Geburtstag. Nur mit mir?

„Wir sind da", Till zeigte auf das gelbe Ortsschild. Siebels gab von hinten wieder Lebenszeichen von sich. Er streckte sich, gähnte laut und beugte sich dann mit seinem Oberkörper zwischen die beiden Sitze vor ihm. „Da steht schon ein Schild: Sankt Marien." Er deutete von hinten mit dem Finger in die Richtung des Schildes.

„Was ist denn da los?" Die Karlson zeigte jetzt mit ihrem Finger nach vorne. Aus dem Dorfkern kam ihnen eine junge Frau entgegengerannt. Einige Meter hinter ihr rannte ein halbnackter Mann. Die Frau war vielleicht noch hundert Meter von dem Wagen entfernt. Till öffnete sein Fenster, die Frau schrie, sie schrie um Hilfe. Jetzt hörten sie auch den Mann schreien. Er brüllte ihren Namen. Johanna.

Die Frau war nun fast auf der Höhe des Wagens, Till bremste scharf, gleichzeitig flogen drei Türen auf. Der Mann hatte Johanna fast eingeholt, sein Rufen verstummte, als er die drei Beamten mit gezogenen Waffen aus dem Wagen springen sah. Er blieb abrupt stehen, Johanna lief halb schreiend, halb weinend und voller Panik in die Arme von Till. Siebels zielte mit seiner Waffe auf Kiesbach. Er rief ihm zu, dass er sich mit ausgebreiteten Armen auf die Straße legen sollte. Kiesbach stand einige Sekunden nur da und rührte sich nicht. Siebels wiederholte lautstark seine Aufforderung. Kiesbach legte sich auf den Bürgersteig. Die Karlson hielt ihn mit der Schusswaffe in Schach, Siebels legte ihm Handschellen an.

„Warum?", flüsterte Johanna, die immer noch Schutz in den Armen von Till suchte.

„Ja, warum, Herr Kiesbach?", wiederholte Siebels. „Wegen Ihrem Bruder Robert, nicht wahr? Es war doch sein Tagebuch, das wir auf Ihrem Rechner gefunden haben, nicht wahr?"

Kiesbach nickte. „Ja, es war das Tagebuch von Robert. Er ist jetzt dort drüben." Kiesbach zeigte auf das gelbe Gebäude. „Eine Rehabilitationsklinik, er sitzt im Rollstuhl."

33

„Mein Bruder war sechzehn und ich war achtzehn, als wir unsere Eltern bei einem Autounfall verloren hatten. Meine Mutter war sofort tot, mein Vater lebte noch ein paar Tage. Auf dem Sterbebett musste ich ihm das Versprechen geben, mich um Robert zu kümmern. Ich habe es ihm versprochen. Robert war schon seit je her schwach, ich war sein ganzes Leben lang sein Beschützer. In der Schule war er immer der Laufbursche für alle anderen. Manchmal musste ich seinen Klassenkameraden eins drauf geben, wenn sie es übertrieben hatten. Anstatt mir dankbar zu sein, fragte er nur, warum ich so grob zu seinen Freunden sei. Später entwickelte er sich dann zu einem Einzelgänger. Mir war das ganz recht, so wurde er jedenfalls nicht dauernd ausgenutzt. Nach der Schule bekam er einen Ausbildungsplatz bei der Hessischen Landesbank. Ich dachte, er könnte spätestens nach der Ausbildung auf eigenen Füßen stehen. Ich dachte, ich hätte das Versprechen, das ich meinem Vater auf dem Sterbebett gegeben hatte, eingelöst. Robert wurde auch immer selbständiger. Er zog bei mir aus, hatte eine eigene kleine Wohnung gefunden. Ich hatte kaum noch Kontakt zu ihm und war auch nicht böse darum. Im Gegenteil. Ich war drauf und dran, mir einen Traum zu erfüllen. In Spanien hätte ich von einem Bekannten eine Surfschule übernehmen können. Das notwendige Geld hatte ich zusammengespart. Alle Formalitäten waren so weit geregelt. Robert hatte seine Ausbildung beendet und ein Informatik-Studium begonnen. Nebenbei arbeitete er und verdiente dabei ganz gut. Und dann, eines nachts, kam der Anruf aus dem Krankenhaus. Robert hätte einen schweren Autounfall gehabt. Er lag wochenlang bewusstlos auf der Intensivstation. Angeblich wäre er mit Alkohol und Drogen vollgepumpt gewesen. Ich konnte es nicht fassen. Robert hatte nie in seinem Leben auch nur einen Tropfen Alkohol getrunken. Und schon gar keine Drogen genommen. Ich hatte keine Ahnung, was da gelaufen war, aber irgendetwas stimmte nicht. Als er endlich wieder zu sich kam und einigermaßen ansprechbar war, fragte ich ihm Löcher in den Bauch. Wie es zu dem Unfall kam, warum er so zugedröhnt war, von wo er gekommen wäre. Die Polizei hatte natürlich die gleichen Fragen. Aber Robert konnte sich angeblich an nichts mehr erinnern. Er lag einfach nur da in seinem Krankenhausbett und starrte an die Decke. Jeden Tag das gleiche Bild. Und dann kam eines Tages der Arzt und erklärte mir, dass Robert für den Rest seines Lebens im Rollstuhl sitzen müsste. Für mich war das der absolute Schock, ich erinnerte mich an das Versprechen, das ich unserem Vater gegeben hatte. Ich kam mir vor wie ein Versager. Und mein Traum von Spanien war auch gestorben. Jetzt musste ich mich für den Rest meines Lebens um meinen kleinen Bruder kümmern. Ich kündigte seine Wohnung, dort konnte er im Rollstuhl nicht mehr wohnen. Dabei fand ich sein Tagebuch auf seinem Computer. Ich war fassungslos. Diese Weiber haben ihn total kaputt gemacht. Ich stellte ihn zur Rede, erzählte ihm haarklein, was ich gelesen hatte. Er verteidigte diese Weiber auch noch, ich kann es immer noch nicht glauben."

Johanna hatte fassungslos zugehört. Sie schluchzte. „Ich wusste nichts von dem Unfall. Ich hatte ja keine Ahnung. Ich mochte Robert, ich mochte ihn wirklich, aber es konnte so nicht weitergehen. Er wurde immer aufdringlicher, rief fast jeden Tag bei mir an, schrieb unzählige Briefe und E-Mails. Es war der reinste Horror. Hätte ich geahnt, wo das alles hinführen würde ..."

Die Karlson gab ihr ein Taschentuch, sie schniefte hinein und wischte sich die Tränen aus den Augen.

„Was ist an Jennifers Geburtstag passiert?", wollte Siebels wissen. „Es war doch ihr Geburtstag, an dem Robert den Unfall hatte, habe ich Recht?"

Johanna fing an zu erzählen.

„Er tat mir leid, andererseits wollte ich den Kontakt mit ihm abbrechen. Als er sich auch nach Wochen nicht abwimmeln ließ, hat ihn Jenny zu ihrer Geburtstagsfeier eingeladen. Ich wusste, dass er auch bei Tanja ständig anrief und ihr Briefe schrieb. Als ich Tanja davon erzählte, dass Robert bei der Feier auftauchen würde, war sie gar nicht begeistert. Ich habe sie dann davon überzeugt, dass wir mit ihm sprechen müssten, ihm klarmachen, dass es nicht mehr so wird, wie es war. Erst hatte er monatelang davon geträumt, mit uns dreien eine Gemeinschaft bilden zu können. Er nannte es sein Paradies. Irgendwann konnte ich ihn davon überzeugen, dass das Unsinn ist.

Das hat er sogar eingesehen. Aber er hat nicht aufgehört, uns weiter zu verfolgen. Plötzlich wollte er nur noch eine von uns. Er konnte sich aber nicht entscheiden, wen er wollte und machte uns abwechselnd den Hof. Tanja sah ein, dass wir alle drei mit ihm sprechen mussten. Jennifer war es egal, sie wollte sich nur nicht vor ihren Kollegen bloßstellen. Also bestellten wir Robert zu einer späteren Uhrzeit, so dass die Feier eigentlich schon vorbei war, als er kam. Es waren auch nur noch eine Handvoll Leute da, als Robert schließlich auftauchte. Und die sind dann auch bald gegangen. Robert benahm sich gleich wie der Haussklave. Hat sofort angefangen, die Wohnung aufzuräumen, hat gespült und so weiter. Als er alles wieder in Ordnung gebracht hatte, fing er wieder damit an, dass wir doch eine Familie wären und so ein Quatsch. Wir haben mit ihm gesprochen, mit Engelszungen auf ihn eingeredet. Aber er hörte gar nicht zu, für ihn war ab sofort wieder alles wie früher. Wir waren seine Familie und er wollte alles für uns tun. Das Ganze entwickelte sich zu einem Albtraum. Tanja fing dann an, seinen Kadavergehorsam uns gegenüber auszunutzen. Sie mixte ihm einen Drink. Halb Orangensaft, halb Wodka. Den sollte er in einem Zug austrinken, für Tanja. Er tat das natürlich. Dann mixte sie ihm einen neuen Drink, den sollte er für Jenny austrinken. Und Robert trank. Im dritten Drink war dann fast nur noch Wodka, den sollte er für mich austrinken. Robert leerte ihn in einem Zug. Er trank sonst überhaupt keinen Alkohol, er vertrug nicht viel. Er war dann auch ziemlich schnell betrunken, saß auf dem Sofa und war ruhig. Tanja war ganz stolz darauf, wie sie ihn ruhig gestellt hatte. Da kam Jenny mit diesen Scheiß Ecstasy-Pillen. Sie meinte, er bräuchte jetzt die volle Dröhnung, wenn ihm so richtig übel werden würde, hätte er uns endlich in schlechter Erinnerung. So wollten wir ihn loswerden. Er schluckte eine Pille für Tanja, eine für Jenny und eine für mich. Dann wurde er ganz grün im Gesicht. Er hing bestimmt zwei Stunden wie ein Zombie auf dem Sofa rum, war überhaupt nicht ansprechbar. Ich wollte schon den Notarzt rufen, aber Jenny meinte, der würde schon wieder. Irgendwann kam er auch wieder zu sich. Tanja streichelte ihm über sein Haar und flüsterte ihm etwas ins Ohr. Ich weiß nicht, was es war. Jedenfalls ist er dann gegangen. Vom Balkon aus konnten wir noch sehen, wie er vor sein Auto gekotzt hat. Das war das Letzte, was ich von ihm sah, danach habe ich auch nie wieder etwas von ihm gehört. Von dem Unfall wusste ich aber wirklich nichts." Johanna schaute zu Jens, sie hatte jetzt keine Angst mehr, sie hatte Mitleid. Jens blickte zu Boden, die Arme hinter dem Rücken verschränkt, um seine Handgelenke trug er Handschellen.

Siebels drückte mit der Fußspitze mittlerweile die dritte Kippe auf dem Boden aus. „Eines verstehe ich nicht, Herr Kiesbach. Sie haben das Tagebuch gefunden und die drei Frauen, die Ihr Bruder als seine Familie betrachtete, für seinen Unfall verantwortlich gemacht. Sie wollten Rache. Aber Tanja haben Sie über das Internet als Chantal kennen gelernt. Woher wussten Sie von Tanjas Existenz als Chantal?"

„Als ich das Tagebuch gelesen hatte, staute sich eine riesige Wut in mir auf. Eine Wut auf diese Weiber, die meinen Bruder kaputt gemacht hatten und sich darüber kaputt gelacht haben. Ich konnte an nichts anderes mehr denken, nur noch an diese verflixten elenden Weiber."

Johanna traf jedes Wort wie ein Dolchstoß ins Herz. Sie fühlte sich schuldig, sie schämte sich bis ins Bodenlose, sie konnte keinem der Umstehenden ins Gesicht schauen.

„Robert hatte denen auch E-Mails an ihre richtigen Adressen geschickt. E-Mail-Adressen mit vollständigem Namen, ich wusste also, wie die drei heißen. Tanja Niehaus, Jennifer Miller und Johanna Majowski. Ich fand dann natürlich schnell raus, wo sie wohnen. An Tanja war ich am meisten interessiert, mit ihr hatte alles angefangen und irgendwie ahnte ich auch, dass wegen ihr dann alles so geendet hat. Ich beobachtete sie, wartete vor ihrem Haus, fuhr ihr nach, ich belauerte sie. Das ging über Wochen so. Eines abends saß ich in meinem Auto und wartete vor ihrer Wohnung. Als sie das Haus verließ, bin ich in ihre Wohnung eingebrochen. Ich musste einfach mehr von ihr wissen, es war wie ein Zwang. Die Tür hatte ich ziemlich schnell offen. Da habe ich dann lauter ausgedruckte E-Mails gefunden. Die lagen überall herum. Alle an Chantal adressiert. Ich habe bestimmt zwei oder drei Stunden nur diesen Müll gelesen. Und ständig hat das Telefon geklingelt, der Anrufbeantworter hat laufend den gleichen Senf abgespult. Lauter kaputte Typen haben da drauf losgequasselt. Irgendwann habe ich dann geschnallt, um was es ging. Der Anrufbeantworter war auf eine 0190er-Nummer umgeleitet und diese Nummer hat sie an Typen gemailt, die auf eine Kontaktanzeige im

Internet von ihr geantwortet hatten. Irgendeiner hat dann angerufen und auch erwähnt, in welchem Kontaktmarkt er die Anzeige von ihr gefunden hätte. Bevor ich ging, habe ich etwas Durcheinander in ihrer Wohnung hinterlassen, ein paar Sachen und etwas Geld mitgehen lassen. Ich habe nicht viel geklaut, ich nehme an, sie hat nicht mal Anzeige erstattet, sonst wäre ihr Hobby ja bei der Polizei aufgefallen, wenn die in die Wohnung gekommen wären. Am gleichen Abend habe ich im Internet nach dieser Kontaktanzeige von Chantal gesucht. Die war ganz leicht zu finden, nicht nur in einem Kontaktmarkt, sondern fast auf allen einschlägigen Seiten. Den Rest kennen Sie, meine E-Mails als little joe haben Sie ja gelesen."

„Die haben wir gelesen, ja. Es gab allerdings Tausende von Antworten auf diese Kontaktanzeigen, Tanja hat aber nur auf sehr wenige geantwortet. Und getroffen hat sie sich nur mit einer Handvoll von Bewerbern. Wie haben Sie es geschafft, dazuzugehören?"

„Ich habe ihr einfach eine E-Mail geschrieben. Ich kannte ja Roberts Tagebuch. Ich wusste, worauf die scharf war. Sie wollte Männer, die sie verarschen konnte. Und Männer, die sie richtig fickten. Das wurde mir klar, als ich im Tagebuch gelesen hatte, wie sie in Spanien drauf war. Als sie sich von diesen Spaniern nehmen ließ wie eine billige Nutte. Das brachte sie aber nur, wenn sie auf Koks war. Jedenfalls bekam ich auf meine E-Mail ihre Standardantwort mit der 0190er-Nummer. Ich rief sie an. Vorher hatte ich bestimmt hundert Mal das Tagebuch gelesen. Als ich mit ihr sprach, konnte ich mich richtig in Robert reinversetzen, ob Sie es glauben oder nicht. Und Tanja hat angebissen. Hat mich erst abgezockt mit dieser Telefonnummer, Hunderte von Euro hat mich das gekostet. Aber schließlich wollte sie sich mit mir treffen. Wir trafen uns im Zoo, bei den Schlangen, wie ich es Ihnen ja schon erzählt habe. Anschließend waren wir in der Stadt noch was trinken und dann hat sie mich zu sich nach Hause mitgenommen. Wir haben uns in den darauf folgenden Tagen noch zwei Mal getroffen. Ich wollte sie mit dem Zustand von Robert konfrontieren, wusste aber nicht wie. Ich rief sie am vorletzten Wochenende wieder an, wir verabredeten uns. Wir waren in der Stadt, in einer Cocktailbar, schauten uns dann im Kino einen Film an. In dem Film gab es eine Szene, wo ein Pärchen nachts in ein Schwimmbad eingedrungen ist, um es dort auf der Liegewiese zu treiben. Nach dem Film saßen wir in meinem Wagen, wir wollten zu Tanjas Wohnung nach Sachsenhausen. Plötzlich kam sie auf die Idee, die Szene aus dem Film nachzuspielen. Sie dirigierte mich zum Brentano-Bad. Es muss gegen 2.00 Uhr nachts gewesen sein, als ich meinen Wagen auf dem Parkplatz abstellte. Tanja stieg aber nicht aus. Sie fing an, in ihrer Tasche zu kramen. Sie hatte alles dabei, einen kleinen Spiegel, eine Rasierklinge, das Koks. Sie zog sich das Zeugs durch die Nase, dann sind wir über das Tor geklettert."

„Eines verstehe ich nicht", unterbrach ihn Till. „Wenn es sich um eine spontane Aktion handelte, mit dem Besuch im Schwimmbad, warum hatte Tanja dann einen Bikini an?"

„Das habe ich mich hinterher auch gefragt. Ich schätze, sie hatte vorher schon alles bis ins Detail geplant. Sie kannte den Film, den wir gesehen hatten, sie wusste vorher schon, dass sie diese Szene im Schwimmbad mit mir wiederholen wollte. Die Frau in dem Film hatte auch einen Bikini an. Die stand dann im Mondschein vor ihrem Lover und legte einen heißen Tanz hin, wobei sie sich langsam ihres Bikinis entledigte. Ihr Lover wurde bei der Vorstellung scharf wie Nachbars Lumpi. Tanja hat diese Szene perfekt kopiert. Durch die Kokserei hat sie aber ihre letzten Hemmungen verloren. Sie kam nicht mehr dazu, sich des Höschens zu entledigen. Es hing ihr noch in den Kniekehlen, als sie mich mehr oder weniger vergewaltigte. Ich trieb es mit ihr auf der Wiese. Sie wollte es auf die harte Tour. Hat sich in einen richtigen Rausch gefickt. Da habe ich sie nach Robert gefragt. Das hat die gar nicht mehr gepeilt. Die hat angefangen zu lachen, hat sich über Robert lustig gemacht, hat ihn eine blöde Nervensäge genannt. Die hat nicht mal wissen wollen, woher ich Robert kenne. Die wollte nur noch ficken. Ich musste sie von hinten nehmen. Sie machte sich dabei wieder über Robert lustig, ich wurde aggressiv. Ich wollte sie nicht umbringen, ich hatte das nicht geplant, nicht im voraus. Ich wollte nur wissen, was für eine Frau das war, wollte nur wissen, wie Robert sich so verarschen lassen konnte. Ich fing an, sie zu würgen. Das machte sie noch geiler. Sie stöhnte hemmungslos und laut, schrie mich an, ich solle sie härter ficken. Ich tat es, wollte sie klein kriegen, wollte ihr das nuttige Maul stopfen, dieser nymphomanen Bestie. Das schien ihr aber erst so richtig Spaß zu machen. Ich drückte fester zu, immer fester, fickte sie und würgte sie. Sie schrie nur, mach weiter, mach weiter, fester, gib's mir. Ich habe es ihr gegeben. Die hat gar nicht mitbekommen, dass ich gerade dabei war, sie zu erwürgen. Ich habe es auch nicht geschnallt. Ich habe sie gefickt und gewürgt, ihr Lachen über den nervigen Robert dabei im Ohr gehabt. Ich sah ihn vor mir, wie er auf der Intensivstation lag. Mit all den Schläuchen. Wie er im Rollstuhl durch den Krankenhausgang gefahren ist. Ich drückte fester zu, die Zeit schien stehen geblieben zu sein. Ich glaube, sie bekam einen Orgasmus, kurz bevor sie starb. Ihr ganzer Leib zuckte und bebte und sie schrie wie eine Wahnsinnige, ich hörte aber nicht auf. Ich fickte sie und drückte ihr die Kehle zu. Bis sie keinen Laut mehr von sich gab und sich nicht mehr bewegte. Es dauerte eine ganze Weile, bis ich wieder einen klaren Gedanken fassen konnte. Sie war tot, lag einfach so vor mir. Im Wagen hatte ich ein Handtuch. Das holte ich, tränkte es im Schwimmbecken und versuchte meine Spuren an ihr zu verwischen. Ich wusch sie ganz ab, ich hatte zwar einen Kondom benutzt, sicherheitshalber habe ich sie aber so gut abgewischt, wie es nur ging."

„Das ist Ihnen gelungen", pflichtete Siebels ihm bei. „Wie war das mit dem Spruch, den Sie ihr mit dem Lippenstift auf den Rücken geschmiert haben?"

„Die Idee kam mir ganz spontan. Wie sie so da lag, als ich sie mit dem Handtuch abwischte. Das Höschen hing ihr immer noch in den Kniekehlen. Ich dachte an Robert, dachte an sein Tagebuch. Mir fiel die Episode von der Klassenfahrt ein. Als sie ihm die Augen verbunden hatte und ihm dann mit ihrem Lippenstift auf den Bauch schmierte: »Ich bin ein kleiner geiler Spanner«. Das Foto, das sie davon machten, habe ich auch bei Robert gefunden. Er war wohl noch stolz drauf. Ich kramte in der Handtasche von Tanja und fand den Lippenstift. Vielleicht wäre sie ja auch stolz drauf gewesen, auf diese Titulierung: »Ich bin eine kleine geile Schlampe«."

Kiesbach zuckte nur mit den Schultern, als er seine Überlegungen aussprach.

„Sie tat mir nicht leid. Sie hatte es verdient. Ich dachte an Robert und fühlte mich gut, als ich sie da so liegen sah. Ich packte ihre Sachen zusammen und bin zu ihrer Wohnung gefahren. Dort verstaute ich ihre Klamotten im Kleiderschrank und stellte die Handtasche an der Garderobe ab. Den Wohnungsschlüssel habe ich wieder mitgenommen, das Kokain auch. Ich kam auch auf die Idee, meine E-Mails von ihrem Rechner zu löschen, aber der Rechner war durch ein Passwort geschützt. Das war wohl mein Pech."

Johanna setze sich in den Astra, sie hatte genug gehört, ihr wurde schlecht. Jens Kiesbach schaute ihr mit einem wehmütigen Blick hinterher, als sie im Inneren des Wagens verschwand. Siebels unterbrach seinen träumerischen Blick.

„Bei Jennifer Miller haben wir aber keine Briefe von Ihnen gefunden. Jedenfalls konnten wir keinen der Bewerbungsbriefe an Cleopatra Ihnen zuordnen."

„Nein, es gibt keinen Brief. Diese Mühe habe ich mir nicht mehr gemacht. Ihre Rolle bei dieser ganzen Misere war im Tagebuch ja am ausführlichsten beschrieben. Die hat ja Robert erst zu dem gemacht, zu dem er wurde. Ich habe sie auch eine Weile beobachtet, aber nicht so intensiv wie Tanja. Nachdem mir richtig bewusst geworden war, dass ich Tanja getötet und ich mich dabei auch noch gut gefühlt hatte, kam mir der Gedanke, dass Cleopatra auch ihren Lohn erhalten sollte. Eine Woche später bin ich einfach bei ihr vorbei marschiert. Ich bin in die Wohnung rein und habe mich als Bruder von Robert vorgestellt. Ich habe ihr von seinem Unfall erzählt, habe ihr erzählt, dass er für den Rest seines Lebens im Rollstuhl sitzen würde. Da wäre er wohl selber Schuld, mehr wusste die dumme Kuh dazu nicht zu sagen. Ich habe ihr eine geknallt, dass sie durch die ganze Wohnung geflogen ist. Die schaute mich nur blöd an und sagte, dass sie nicht auf Prügel stehen würde. Aber Robert, den könnte ich schlagen, der würde da drauf abfahren. Wenn er jetzt im Rollstuhl sitzt, kann er auch nicht weglaufen, sagte sie lachend. Da bin ich ausgerastet. Bin zu ihr hin und habe ihr noch eine gescheuert und dann noch eine und noch eine. Sie lag auf dem Boden und hat sich nicht mehr gerührt. In ihrem Schlafzimmer fand ich diese Ledermaske und eine Peitsche. Ich habe ihr die Kleider vom Leib gerissen, ihr diese Ledermaske aufgesetzt und die Peitsche geschwungen. Aber ich konnte keinen Gefallen daran finden, ihr den Arsch zu versohlen. Trotzdem habe ich immer wieder zugeschlagen. Bis es mir zuwider war. Sie lag einfach nur da und ich habe mir überlegt, wie ich sie umbringen sollte. Ich glaube, ich saß stundenlang auf ihrem Sofa und habe mir überlegt, ob ich sie erwürge oder ersteche. Aber ich habe weder das Eine noch das Andere fertig gebracht. Es war schon früh morgens, als mir die Idee mit den Auspuffgasen kam. Ich bin in ihre Küche, weil ich Durst hatte. Da lag ein neuer Schlauch für die Waschmaschine. Ich fand das eine schöne Idee. Ein langsamer Abgang für Cleopatra.

Sie hat sich nicht gewehrt, ist schön artig mit mir gekommen. Ich habe ihr meine Jacke gegeben, sonst hatte sie nichts an. Dann sind wir mit ihrem Corsa auf den Feldberg gefahren. Die Idee kam mir, weil ich wusste, dass Robert gern auf den Feldberg gefahren ist. Er ist dann stundenlang im Taunus spazieren gegangen. Ich fand, das wäre ein schöner Ort, um Robert zu rächen. Oben war es auch menschenleer. Ich habe ihr noch eine gescheuert. Bevor sie kapiert hat, was Sache ist, hatte ich sie am Lenkrad und am Sitz festgebunden. In meiner Jackentasche fand ich plötzlich den Lippenstift, den ich noch von Tanja hatte. Das war wohl Fügung." Kiesbach lachte bitter auf. „Ich hatte sie schon am Lenkrad festgebunden, ihr Oberkörper war nach vorne gebeugt, ihr entzückender Rücken hatte mich geradezu eingeladen, ihr eine Botschaft mit ins Jenseits zu geben. Mit einem schönen Gruß von Robert, flüsterte ich ihr von der Rückbank aus ins Ohr, als ich meinen Spruch auf ihr drauf hatte. »Ich bin eine dumme Hure«. Da hat sie gewinselt und gejammert, mir war es egal. Der Rest war kinderleicht. Ich startete den Motor, habe das Gaspedal mit einem Stein beschwert und bin zu Fuß nach Oberursel gelaufen. Der Spaziergang am frühen Morgen hat richtig gut getan. Es war das erste Mal, dass ich verstand, warum Robert so gern im Wald spazieren ging. Von dort aus bin ich morgens mit der U-Bahn zurück nach Frankfurt gefahren. An Cleopatra habe ich keinen Gedanken mehr verschwendet."

„Sie haben nicht gewartet, bis sie tot war?"

„Nein, ich bin gleich losmarschiert, ich musste da weg. Ihr beim Sterben zu zuschauen, das hätte ich nicht geschafft."

„Hatten Sie keine Bedenken, dass jemand den Corsa sehen könnte, bevor Frau Miller tot war?"

„Darüber habe ich überhaupt nicht nachgedacht. Das lief irgendwie alles ab wie in einem Film. Ich war wie in Trance."

Siebels schlug die Wagentür von dem Astra zu. Er legte seine Hand auf die Schulter von Kiesbach und entfernte sich mit ihm ein paar Meter von dem Wagen. „Was hatten Sie mit Johanna vor? Wie sollte sie sterben? Warum hier?"

Kiesbach drehte sich zu dem Astra herum, der Hinterkopf von Johanna war durch die Heckscheibe zu sehen.

„Johanna, die undurchsichtige Dritte im Spiel. Über sie war ich mir nicht so ganz im Klaren. Sie habe ich auch eine Weile beobachtet. Eines Tages habe ich vor ihrer Wohnung gewartet, bis sie das Haus verließ. Ich bin ihr hinterher gefahren. Als sie an einer Ampel stoppte, bin ich ihr hinten draufgefahren. Sie hat ganz schön geflucht, aber ich habe meinen ganzen Charme spielen lassen und sie überredet, dass sie mir den Wagen in die Werkstatt bringt. Am nächsten Tag kam sie dann vorbei, ich habe die Kiste wieder auf Vordermann gebracht. Nicht nur den Schaden von dem Auffahrunfall, sondern auch alles andere, was gemacht werden musste. Zum Dank hat sie mich zum Essen eingeladen. Danach sind wir noch ein paar Mal ausgegangen. Ich wollte sie auf Robert ansprechen, doch ich konnte es nie. Sie ist dann nach Gran Canaria geflogen. Wäre sie hier geblieben, wäre das alles wahrscheinlich nie passiert. Aber als sie weg war, waren meine Gedanken immer wieder bei Tanja Niehaus und bei Jennifer Miller. Ich hätte nicht gedacht, dass die Geschichte von einem Tag auf den anderen so einen Rummel in der Presse machen würde. Ich war ziemlich durcheinander. Da rief mich Johanna von Gran Canaria aus an. Sie hatte dort von den Morden gelesen, sie war völlig durch den Wind. Und ausgerechnet bei mir rief sie an. Das war der reinste Horror. Sie hatte einen früheren Rückflug gebucht, wollte, dass ich sie vom Flughafen abhole. Bevor sie dort abflog, rief sie mich noch einmal an. Erzählte mir, warum sie früher zurückkommen würde. Wegen Tanja und wegen Jenny, weil es ihre Freundinnen waren. Gestern Mittag saß ich dann Zuhause und überlegte, was ich tun sollte. Als hätte ich nicht schon genug Scheiße am Hals, tauchte plötzlich auch noch diese bescheuerte Tussi von der Deutschen Bank bei mir auf."

„Theresa Oslowski", half ihm Siebels aus. „Was wollte die denn von Ihnen, die hatte mit der ganzen Sache doch überhaupt nichts zu tun."

„Was die von mir wollte? Das glauben Sie ja doch nicht. Die wollte mich heiraten."

Siebels, Till und die Karlson schauten sich gegenseitig mit verwirrten Blicken an.

„Und deswegen bringen Sie sie gleich um?"

„Ich habe sie nicht umgebracht, jedenfalls hatte ich das nicht vor. Es war ein Unfall. Die blöde Kuh war in Tanja verknallt gewesen. Die muss in der Nacht, als ich mit Tanja ins Schwimmbad gegangen bin, vorher in dem Film im Open-Air-Kino gewesen sein. Sie ist anscheinend eine der Letzten gewesen, als sie nach dem Film das

Bad verlassen hat. Die hatte irgendwo in der Nähe geparkt und als ich mit Tanja da ankam, war die auch noch da, die hat uns gesehen. Hat sie mir später erzählt, ich habe sie nicht gesehen. Ich habe auch nicht bemerkt, dass die uns dann hinterher ist. Die hat uns die ganze Zeit im Schwimmbad beobachtet, die muss da hinter einem Busch gehockt haben und hat zugeguckt, wie wir es getrieben haben. Und wie ich Tanja erwürgt habe. Die geht aber nicht zur Polizei. Nee, die meint, sie könnte mich jetzt erpressen."

„Wollte sie Geld?"

„Geld? Nee, kein Geld, ich habe doch gesagt, die wollte mich heiraten. Weil sie aus Georgien kam und nur ein begrenztes Aufenthaltsrecht in Deutschland besaß. Aber ihr Vater muss drüben in Georgien eine große Nummer bei der Mafia sein. Menschenhandel und Drogen und so ein Zeug. Die wollte da weg, ging aber nicht. Wenn ich sie geheiratet hätte, hätte sie hier bleiben können. Sie dachte, das wäre ein guter Deal. Zwei, drei Jahre Ehe und sie hält die Schnauze. Ich fand das überhaupt nicht lustig. Ich war voll im Stress, Johanna war im Anflug, in der Presse waren die anderen beiden ganz groß rausgekommen und da tauchte die Tussi auf und erzählte mir so eine Scheiße. Die hätte doch jeden haben können, sah ja Klasse aus, die Frau. Die wollte aber einen Deal, was Handfestes. Mich hatte sie in der Hand, verstehen Sie? Das war halt eine echte Mafiabraut. Und ich wurde immer nervöser, als die da bei mir auftauchte und mir erzählte, sie hätte alles gesehen. Wäre aber kein Problem, ich bräuchte sie nur zu heiraten. Ich habe sie angeschrieen, dass sie nicht alle Tassen im Schrank hätte. Sie hat zurückgeschrieen, ob ich lieber in den Knast gehen würde. Da habe ich ihr eine gelangt und die blöde Kuh fällt mit dem Kopf gegen die Kante vom Schrank. Bleibt die in meiner Wohnung liegen und rührt sich nicht mehr. Ich wusste nicht mal, ob sie noch am Leben war. Ich bin einfach weg zum Flughafen. Ist sie tot?"

„Sie ist tot, die geht auch auf Ihr Konto, Herr Kiesbach."

„Scheiße. Ich möchte mich von Robert verabschieden. Kann ich zu ihm?"

„Kein Problem, wir begleiten Sie. Erzählen Sie uns vorher noch, was Sie mit Johanna vorhatten."

Kiesbach schaute wieder in den Astra, schaute auf die dunklen Haare von Johanna, die im Sonnenlicht der Heckscheibe schimmerten.

„Eigentlich wollte ich sie hier mit Robert konfrontieren. Wollte ihr zeigen, was aus ihm geworden ist. Was sie aus ihm gemacht haben. Aber heute Morgen habe ich es mir anders überlegt. Schauen Sie auf ihren Rücken."

Kiesbach ging in Begleitung von Siebels und Till zu der Klinik, die keine Hundert Meter von ihnen entfernt lag. Die Karlson ging zum Astra.

„Frau Majowski, dürfte ich bitte einen Blick auf Ihren Rücken werfen?"

Johanna starrte die Karslon an. „Er hat mir heute Morgen mit Lippenstift auf den Rücken geschrieben. Deswegen bin ich weggerannt. Genau in Ihre Arme. Ich glaube nicht, dass ich wissen will, was dort steht." Ihre Stimme zitterte.

„Aber ich muss es wissen. Es ist wichtig für die Verhandlung vor Gericht später. Sie sind sozusagen ein Beweisstück, wir werden es auch fotografieren müssen."

Mit langsamen, fast mechanischen Bewegungen stieg Johanna aus dem Wagen. Sie sah die Karlson an, drehte ihr dann den Rücken zu und schob ihr T-Shirt nach oben. Eine Weile blieb sie so stehen, wartete, dass die Karlson etwas sagen würde.

„Ich liebe dich, hat er geschrieben", sagte die Karlson dann endlich. Johanna konnte ihre Tränen nicht zurückhalten. Sie fing an zu weinen, laut weinte sie, die Karlson nahm sie in die Arme und drückte sie fest an sich.

34

Die Straße, die zur Sankt-Marien-Klinik hochführte, war noch feucht, am Morgen hatte es einen kurzen, aber heftigen Schauer gegeben. Jetzt strahlte der Himmel wieder in seinem schönsten blau, die Sonne stand majestätisch am Horizont, der Sommer schien kein Ende nehmen zu wollen. Kiesbach ging voran, mit nach vorn gebeugtem Oberkörper, die Hände hinter dem Rücken in den Handschellen. Siebels dachte zurück, erinnerte sich daran, wie dieser Fall begonnen hatte. Mit Sven Fischer. Aber Fischer hatte angegeben, Kiesbach nicht zu kennen. Die beiden waren etwa im gleichen Alter, kannten sie sich vielleicht doch? Hatte er Fischer zu blind vertraut? Sie erreichten den Eingang der Klinik, nahmen die Treppe, hoch in den ersten Stock. Vor einer braunen Holztür blieb Kiesbach stehen. Anklopfen konnte er nicht, er blickte zu Siebels. Keine Spur in seinen Augen von einem kaltblütigen Mörder, von einem gewaltbereiten Racheengel. Siebels empfand Mitleid mit diesem jungen Mann. Er öffnete das Schloss der Handschellen, Till wollte etwas entgegnen, ließ es aber sein. Kiesbach bedankte sich mit einem unmerklichen Nicken und klopfte an die Tür. Drinnen blieb alles still, er öffnete die Tür, sie gingen herein. Ein kleines, aber ordentliches Zimmer. Eine Duschkabine, ein Bett, ein Kleiderschrank und ein Fernseher, kein Ort für einen langen Aufenthalt. Am Ende des Zimmers eine offen stehende Terrassentür, dahinter saß auf dem großflächig angelegten Balkon ein junger Mann im Rollstuhl, drehte den Besuchern seinen Rücken zu. Er saß vor einem Laptop, war konzentriert, bemerkte noch immer nicht, dass er nicht mehr allein war. Dunkles glänzendes Haar, ein schmaler Körper, rehbraune Augen, über den bewegungslosen Beinen eine braun gemusterte Wolldecke.

„Hallo Robert." Die rehbraunen Augen schauten erstaunt nach oben. Sanft strahlten sie, der Mund formte ein Lächeln, dann ein misstrauischer Blick, ein Blick zu Siebels und zu Till. Siebels wollte kein Zeuge des Abschieds sein, er gab Till einen Wink, die beiden verließen den Balkon, schlossen die Glastür hinter sich und warteten im Zimmer. Till fand im Drucker ein Blatt Papier, er nahm es sich und fing an zu lesen.

... fünf Minuten später lag ich im Rettungswagen, die Fahrt zum Nordwest-Krankenhaus dauerte nur zwei Minuten. Die Sanitäter pumpten mir noch im Rettungswagen den vergifteten Magen aus. In der Notaufnahme wurde schließlich ein Schädelbasisbruch festgestellt, drei Wirbel waren gebrochen, mein Leben hing am seidenen Faden. Die Ärzte versetzten mich in ein künstliches Koma.

Mein Tagebuch, 29. August 2002

Ich verbrachte mehrere Tage im Koma und mehrere Monate im Krankenhaus. Ich hatte viel Zeit zum Nachdenken. Je länger ich nachdachte, desto größer wurde meine Enttäuschung. Ja, ich hatte mich getäuscht. Ich brauchte aber lange, um das einzusehen.

Jens besuchte mich regelmäßig im Krankenhaus. Das tat mir gut. Er war meine Familie, sonst niemand, das wurde mir jetzt klar. Eines Tages kam er und war wütend. Er hatte mein Tagebuch auf meinem Computer gefunden. Er verfluchte Tanja und schimpfte Jenny eine dumme Hure, Johanna nannte er eine dreckige Schlampe. Er war zornig, so hatte ich ihn noch nie erlebt. Aber ich zweifelte immer noch, hing noch immer an meinen Erinnerungen wie ein Heroinsüchtiger an der Nadel. Ich versuchte, Jens zu besänftigen, erklärte ihm, wie sehr ich die Mädchen gemocht hatte. Er hörte mir überhaupt nicht zu.

Als mir der Arzt eröffnete, dass ich meine Beine nie wieder würde bewegen können, erkannte ich endlich meinen Irrtum. Keine von ihnen hatte mich besucht, keine hatte angerufen, ich war ihnen egal.

Acht Monate sind seit dem Unfall vergangen, acht Monate in denen ich Schritt für Schritt in die Realität zurückgelangte. Als ich vor ein paar Tagen die Schlagzeile in der Zeitung gelesen habe, hatte ich das Gefühl, dass alles wieder in Ordnung wäre. Tanja und Jenny haben bekommen, was sie verdient haben. Tanja starb als eine kleine geile Schlampe, mehr war sie nie gewesen. Jenny wurde als dumme Hure getötet. Das ist gut so. Ich bin schon sehr gespannt, wie Johanna ihr Leben beenden wird. Obwohl ich für sie noch so etwas wie Sympathie empfinde. Mein Bruder wird wissen, was für Johanna angebracht ist. Auf meine Familie kann ich mich verlassen, das wusste ich schon immer. Jetzt weiß ich auch, wer meine Familie ist. Jens!

Keiner von beiden sagte etwas, weder Till noch Siebels konnten fassen, was in dem Kopf von diesem Robert vorging. Das Klingeln von Siebels Handy durchbrach die Stille. Wortlos hielt er sich das Telefon an sein Ohr. „Scheiße." Mehr sagte er nicht, steckte sein Handy wieder ein. Seine Kiefer mahlten aufeinander, er wollte etwas sagen, wusste nicht wie, zündete sich eine Zigarette an.

„War das was Wichtiges?" Irgendwas war, Till kannte diesen Gesichtsausdruck von seinem Chef. Etwas arbeitete in ihm, das war kein gutes Zeichen.

„Das war Jensen. Sie haben Detlev Bach heute Morgen in seiner Zelle gefunden. Er hat sich erhängt."

„Scheiße." Nur ein Murmeln, kein Fluch, eher ein ungläubiges Stammeln. Till war sich so sicher gewesen, so verdammt sicher. Er dachte an die Mutter, der Gedanke, ihr noch einmal unter die Augen zu kommen, ließ ihn erschaudern.

Kiesbach klopfte leise an die Glastür. Er würde seinen Bruder für lange Zeit nicht mehr sehen, Robert sah ihm mit traurigen Augen nach, bevor er an seinem Laptop weiterschrieb.

Kiesbach blieb stehen, hielt Siebels seine Handgelenke hin, die Handschnellen schnappten wieder zu. Eisiges Schweigen auf dem Weg zurück zum Astra. Zurück nach Frankfurt fuhren sie getrennt. Die Karlson mit Johanna im Astra. Die drei Männer im Wagen von Kiesbach, sie fuhren ihn direkt nach Darmstadt-Weiterstadt. Diesmal brachten sie den Richtigen vorbei. Die nächste Pressekonferenz war schon in Vorbereitung, Siebels graute es davor. „Eines müssen Sie mir noch erklären, Herr Kiesbach. Woher kennen Sie Sven Fischer?"

„Ich kenne ihn nicht. Nachdem ich das Tagebuch gelesen hatte und mehr über Tanja erfahren wollte, habe ich im Internet nach dem Namen Niehaus gesucht. Ich fand eine ganze Menge über ihren Vater. Darunter auch einen Artikel aus der F.A.Z. Die haben nicht sehr gut über den Niehaus geschrieben, das hat mir gefallen. Eigentlich hatte ich ja daran gedacht, einem Reporter dieses Tagebuch anzubieten. Ich dachte, ich könnte Tanja Niehaus auf diese Weise bloßstellen. Ich habe in der Redaktion angerufen. Es hatte niemand Interesse an meiner

Geschichte, aber ich bekam die Handynummer von diesem Sven Fischer. Der hatte damals für den Artikel über Niehaus recherchiert. Na ja, dann kam alles anders. Nachdem ich Tanja im Schwimmbad erwürgt hatte, habe ich ihn angerufen. Tanja sollte ihre Story bekommen, wenn nicht so, dann so. Ich war etwas enttäuscht, weil er nichts von dem Lippenstift geschrieben hatte. Ich wollte es in der Zeitung lesen, dass sie eine kleine geile Schlampe war. Also habe ich ihn auch auf Cleopatra aufmerksam gemacht. Das hat dann ja auch besser geklappt. Die Zeitungsartikel wurden gleich viel ausführlicher. Jetzt wissen es alle."

Samstag, 31. August 2002

Der erste freie Tag für Siebels, seitdem er am frühen Morgen vor zwei Wochen zur Leiche von Tanja Niehaus ins Brentano-Bad gerufen worden war. Jetzt war er wieder im Brentano-Bad. Er lag zwischen Tausenden von sonnenhungrigen Frankfurtern, er genoss die heißen Sonnenstrahlen, die auf ihn brannten. Und er genoss die zärtlichen Hände der Karlson, die die Sonnenmilch auf seinem Körper einmassierten. Er überlegte, wann er sich das letzte Mal so gut gefühlt hatte. Ihm fiel es ein, es war vor über zehn Jahren, hier im Brentano-Bad. Seine Tochter trug Schwimmflügel, seine Frau hatte belegte Brötchen in der Kühltasche, er war ein frisch gebackener Kommissar und stolzer Familienvater. Das war ein anderes Leben, ein anderer Siebels, eine andere Zeit. Damals waren die Bademeister dünne blasse Gerippe in weißen T-Shirts mit DLRG-Aufdruck. Jetzt sah er braun gebrannte Muskelpakete mit kurz geschorenen Haaren und Goldkettchen um den Hals auf den kleinen Aufsichtstürmen sitzen. Baywatch in Frankfurt und seine Pamela Anderson lag neben ihm und sah einfach nur aufregend aus. Eine andere Zeit, ein anderes Leben.

Till begleitete Johanna. Sie besuchten Robert, leisteten ihm auf seinem einsamen Balkon Gesellschaft. Johanna fühlte sich schuldig. Schuldig am Schicksal von Robert, schuldig am Tod von Tanja und Jennifer. Schuldig für zwölf Jahre Gefängnis, die auf Jens Kiesbach warteten. Till fühlte sich auch schuldig. Schuldig am Tod von Detlev Bach. Schuldig an der Trauer einer einsamen und weltfremden Witwe irgendwo in Saarbrücken. Die beiden hatten sich viel zu erzählen, sie teilten sich ihren Kummer, sie lebten ein anderes Leben.